蘭馨集

陸浩題

上编

图书在版编目（C I P）数据

兰馨集 ：兰州大学校友诗选 / 翟亚军主编. -- 兰州 ：兰州大学出版社，2019.8
ISBN 978-7-311-05671-1

Ⅰ. ①兰… Ⅱ. ①翟… Ⅲ. ①诗集－中国－当代
Ⅳ. ①I227

中国版本图书馆CIP数据核字(2019)第178574号

责任编辑　饶　慧　锁晓梅　刘爱华　马媛聪　王颢瑾
书名题签　陆　浩
书名篆刻　程庆拾
封面画作　段　竑
封底画作　由旭声
封面设计　李　念

书　　名　兰馨集——兰州大学校友诗选　上编
作　　者　翟亚军　主编
出版发行　兰州大学出版社　(地址:兰州市天水南路222号　730000)
电　　话　0931-8912613(总编办公室)　0931-8617156(营销中心)
　　　　　0931-8914298(读者服务部)
网　　址　http://press.lzu.edu.cn
电子信箱　press@lzu.edu.cn
网上销售　http://lzup.taobao.com
印　　刷　兰州人民印刷厂
开　　本　710 mm×1020 mm　1/16
总 印 张　57.25(插页28)
总 字 数　719千
版　　次　2019年8月第1版
印　　次　2019年8月第1次印刷
书　　号　ISBN 978-7-311-05671-1
定　　价　280.00元(上、下编)

《兰馨集》顾问委员会

总 顾 问

袁占亭　严纯华

特邀顾问（以姓名音序排列）

高永中　葛墨林　李恒滨　李吉均　林家英　刘人怀
陆　浩　涂永强　王　锐　吴云东　杨利民　岳建民
张文轩

顾　问（以姓名音序排列）

包国宪　车全宏　陈文江　范宝军　冯　诚　韩培刚
韩　玉　何仕荣　金兴宜　李春安　李葛卫　李文学
李振国　刘大为　刘建东　刘向兵　刘彦峰　刘运才
庆振轩　石　厉　苏　刚　唐文明　田旭龙　汪东颖
王登渤　王功勇　王建军　王彦伶　吴　彬　吴维学
向　彬　向建军　肖同庆　谢海涛　薛从伦　杨盛茂
殷　雄　曾开天　张继革　张劲松　张曙光　赵四海
赵学勇　钟宝申　周发展

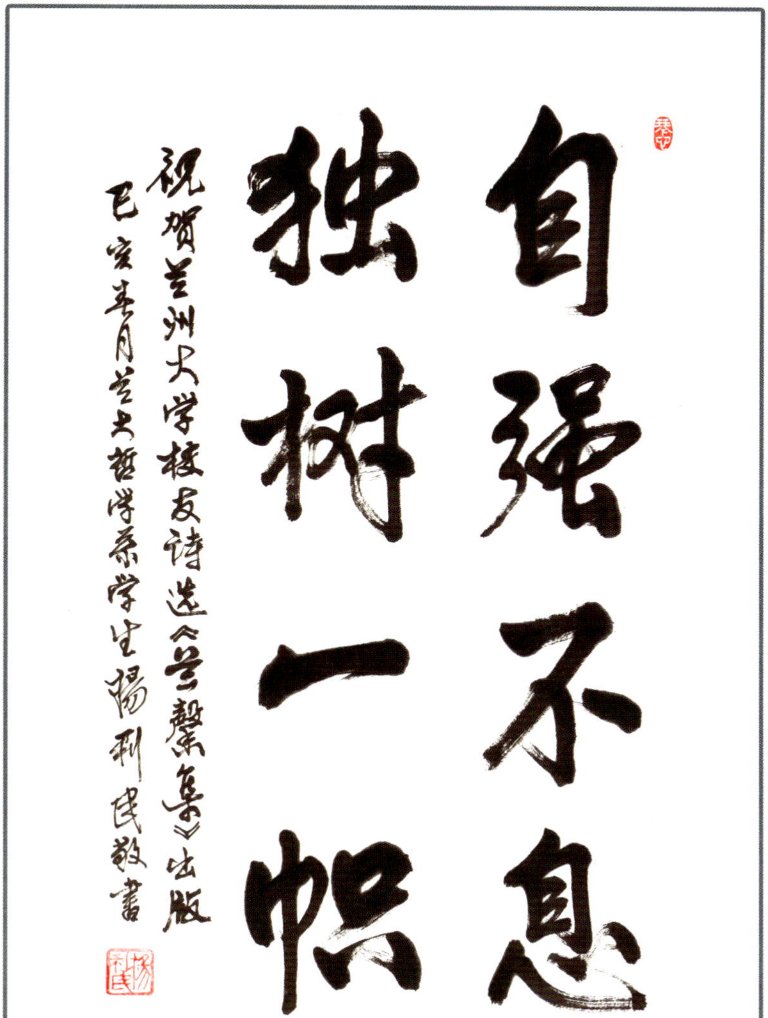

杨利民 书法：兰大校训

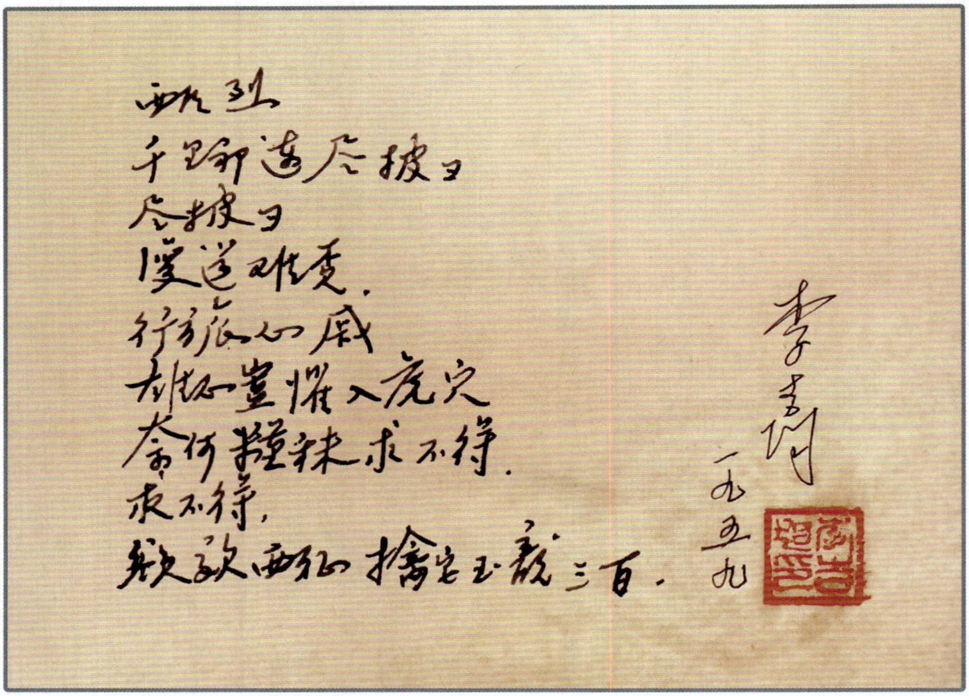

李吉均 词作手迹

赠忠正仙桃伉俪

佳节重阳又一年，
九如纳福合家欢。
舒心适意人康泰，
更享期颐庭树萱。

林家英
2018年10月16日

林家英　诗作手迹

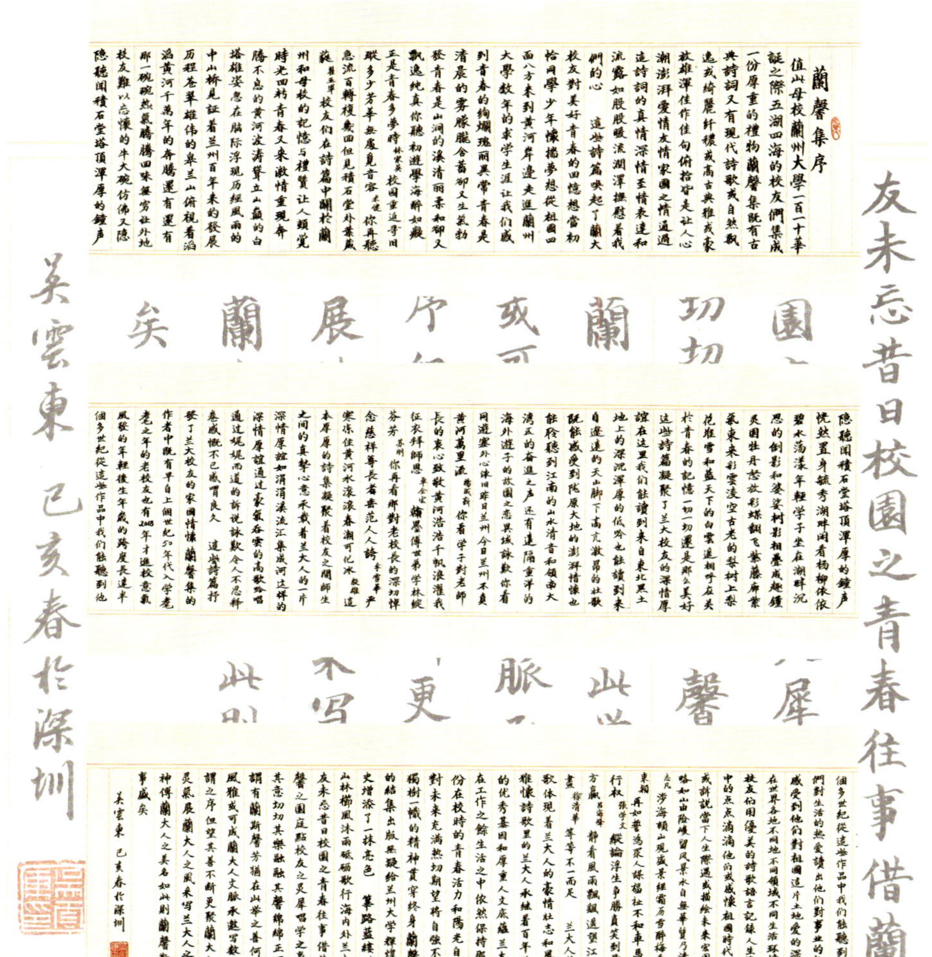

吴云东 《兰馨集》序文手迹

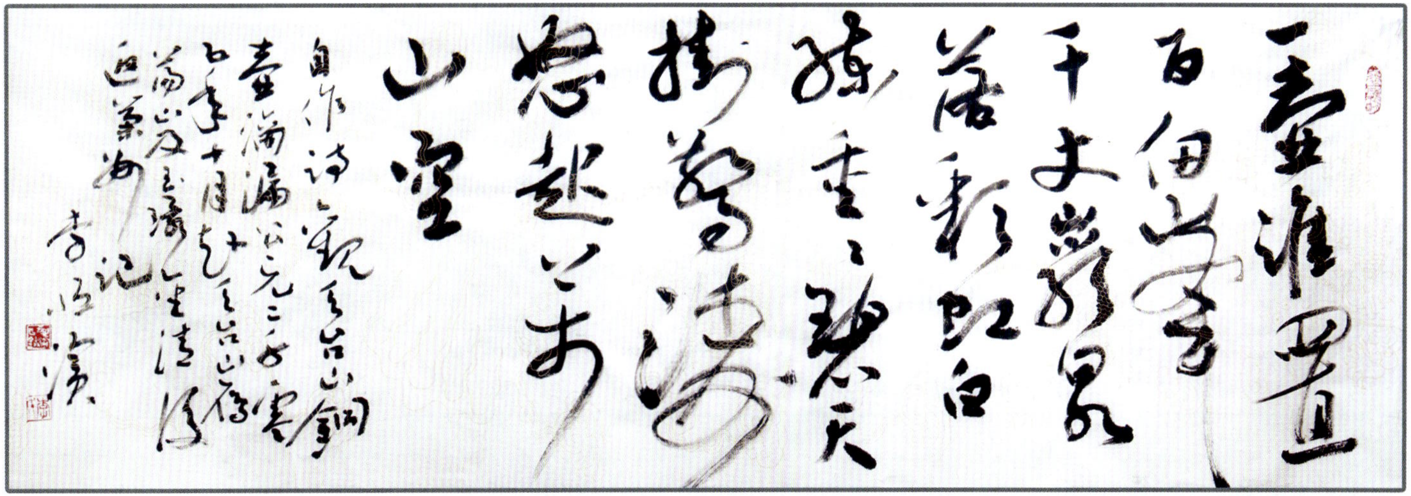

李恒滨　书法：自作诗

张文轩 书法：甘餐精炼联

米健 书法：五言联句

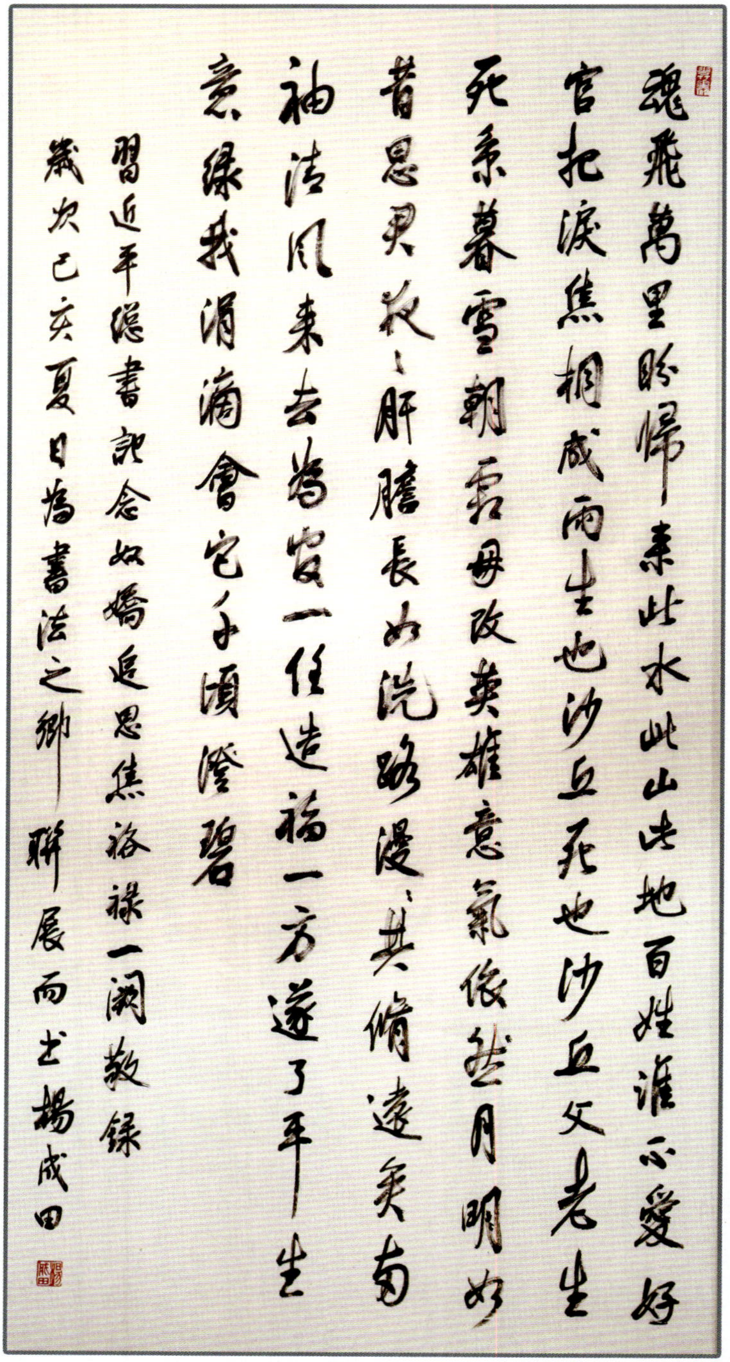

杨成田 书法：习近平《念奴娇》词

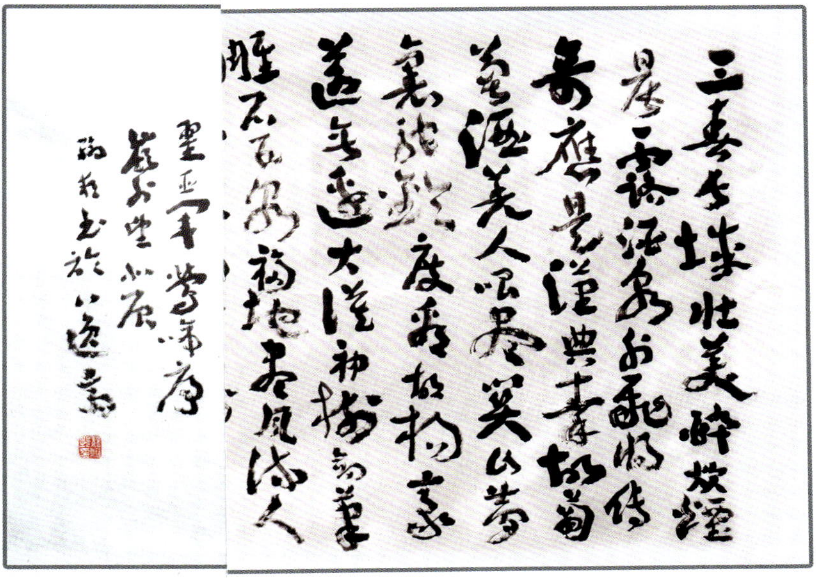

魏翰邦　书法：翟亚军《莺啼序》词

总目录

序一

刻满诗句的年轮

袁占亭　严纯华

从1909年到2019年，兰州大学走过了110个春秋，以自己厚重与坚实的办学传统为祖国培养了近40万优秀学子。110年的峥嵘岁月，兰大的光荣与梦想来自每一位师生、每一位校友的不懈努力。

适逢兰州大学建校110周年，深圳的校友向海内外校友发起了诗歌征集活动，对此我们一直充满期待。现在，这部沉甸甸的诗集已经呈于读者面前，它将珍藏于兰州大学图书馆的260万藏书之中。这是一个集体的创举，也是一份特殊的礼物，更是一种真挚的情谊。

本诗集一千余首诗是从近3 000首校友诗作中撷取的。作者横跨我校20多个院系，来自海内外170多位校友，其中既有20世纪50年代入学的老校友，也有2018年入学在读的新同学，年代跨度极大；既有耄耋老院士的倾情歌咏，也有知名企业家的即兴吟唱；既有像林家英、张文轩这样的学术名家的笔底珠玑，也有众多诗歌

袁占亭，兰州大学党委书记。

严纯华，兰州大学校长。

爱好者的生活咏叹；既有工整典雅的古体诗，也有灵动深情的现代诗。应该说这是几代兰大人诗作的集大成之作。在我们看来，这部诗集很像一座雕塑，一座用兰大校友真情雕刻而成的雕塑，它凝聚着中外几代校友对母校的真情厚谊，必将载入兰州大学的辉煌史册。作为兰大人，我们为此深感自豪。

展读这些长短不一、古今各异的诗词，我们能感受到诗词所特有的那种精神和语言的巨大能量，感受到在古典表达和现代表达中所蕴含着的充沛而真挚的情感。仿佛能触摸到一颗颗跳动的心灵，仿佛认识了一个个生动的面孔。他们书写所见、所闻、所思，他们热爱生命，热爱生活，热爱自然。既有对世界、社会、自然的观察、思考与触摸；又有挖掘内在自我与探索人性秘密的执着；也有献身时代，讴歌时代的真实脉动。而其中最动人的主题，还是对母校的怀恋。关于母校的记忆永远是年轻的、青春的，就像诗人写的：从白塔染绿到皋兰飞雪，“梦犹在，血还热，胸中滔滔是黄河”。（冯诚：《40年，让我对你说》）就像诗中说的：“一次美丽的邂逅，注定今生我们纠缠不休。”（李原昭：《我的兰大》）无论是古体诗还是现代诗，无不来自传统血脉的滋养，无不来自母校的教诲。这薪火相传的炽热光芒，“依然在为我们每一位燃烧、延伸、护航”。（李万元:《致珍藏二十年的大学记忆》）

唐代诗人岑参有言：“笔端通造化，掌内运乾坤。”每一首诗都是一个别样的世界，都蕴含着新的生命感动。每个诗人都是一个独立的个体，但在兰大共同的学养基因作用下彼此交融，成为一个群体。这一首首诗歌散发着无限丰富的思想情感，言有尽而意无穷。它们如此丰赡、多彩，传递着滋养心性的文字魅力，荡漾着宁静悠远的回声。借助于诗歌的力量，一代代兰大人穿越时光，穿越空间，让一种血脉得以延续——“自强不息，独树一帜”；让一种精神得以传承——“勤奋、求实、进取”。这是一种文学之美，也是一种历史之美。它们的荣耀和美丽属于兰州大学，属于这所学校的风雨历程，属于时代的馈赠和这片土地的慷慨。

大学是追求学术和真理的殿堂，是追梦和筑梦的摇篮。每个学子的青春不仅绽放在教室和实验室里，也飞扬在操场上、礼堂里。大学本身也是诗意的，实验室的灯光是诗，运动场上的身影是诗，树林里的琅琅读书声是诗，求知探索的孤独和寂寞也是诗，在知识和智慧中成长的年轻时光更是诗意盎然。

有人说，诗歌是精神呈现、语言表达的最高形式。习近平总书记在全国教育大会上指出，高校要以凝聚人心、完善人格、开发人力、培育人才、造福人民为工作目标，培养德、智、体、美、劳全面发展的社会主义建设者和接班人。我们认为，富有诗意的教育才是成功的教育，能够孕育出德才兼备、才华横溢的诗人的学校，才是伟大的学校。我们无比欣慰地看到，兰大校友永葆青春，在五湖四海，在人生的每一个阶段都保持着花样年华的诗情。

感谢这些校友诗人们和他们的诗，感谢来自海内外学子们的深情厚谊。兰州大学的未来，一定会像一首宏伟壮丽的诗章，闪烁着耀眼的光芒；兰州大学的广大校友，一定能以诗情画意的家国情怀、坚守奋斗的独特精神，在世界的一隅，在广袤的祖国大地上茁壮成长，枝繁叶茂。

2019年5月于兰州大学

序二

情牵梦绕的青春家园

吴云东

值此母校兰州大学百十华诞之际，五湖四海的校友们集成一份厚重的礼物——《兰馨集》，既有古典诗词，又有现代诗歌。或自然飘逸，或绮丽纤秾，或高古典雅，或豪放雄浑，好词佳句俯拾皆是，让人心潮澎湃。爱情、友情、家国之情通过这些诗词真情、深情、至情地表达和流露，如股股暖流润泽、抚慰着我们的心。

这些诗篇，唤起了兰大校友对美好青春的回忆。想当初，恰同学少年，怀揣梦想，从祖国四面八方来到黄河岸边，走进兰州大学。数年的求学生涯，让我们感到青春的绚烂瑰丽异常。青春是清晨的雾，朦胧含蓄，却又生气勃发；青春是山涧的溪，清丽柔和，却又飘逸纯真。你听，“初游学海醉如痴”“正是青春多梦时”（林家英《渔歌子》），“校园重返寻旧踪，多少芳华无处觅音容”（米健《虞美人·重返黄河校园》），“田径场上相追赶，书画园里舞翩跹”（张宏发《我的大学》）；你再听，“急流百转复几回，但见积石堂外叶葳蕤”（翟亚军《虞美人·和米健师兄》）。校友们在诗篇中关于兰州和母校的记忆与礼赞，让人顿觉时光回转，青春又来，激情重现。奔腾不息的黄河波涛，耸立山巅的白塔雄姿，忽在脑际

吴云东，兰州大学1977级化学系校友。

浮现。历经风雨的中山桥见证着兰州百年来的发展历程，苍翠雄伟的皋兰山俯视着滔滔黄河千万年的奔腾。还有，还有那一碗碗热气腾腾、回味无穷、让外地校友难以忘怀的“牛大碗”……仿佛又隐隐听闻积石堂塔顶浑厚的钟声，恍然置身毓秀湖畔闲看杨柳依依、碧水荡漾，年轻学子坐在湖畔沉思的倒影和婆娑树影相叠成趣；钟灵园牡丹怒放，彩蝶翻飞；紫藤廊紫气东来，霞光满天；古老的梨树上梨花堆雪，和蓝天下的白云遥相呼应。关于青春的记忆，一切一切都还是那样的美好。

这些诗篇，凝聚了兰大校友的深情厚谊。在这里，我们能读到来自东北黑土地上的深沉浑厚的低吟，也能读到来自辽远的天山脚下高亢激昂的壮歌，既能感受到陇原大地的澎湃情怀，也能聆听到江南的山水清音和岭南大湾区的奋进之声……还有远隔重洋的海外游子的故园之恋、异域咏叹。你看，“同游塞外心依旧，昨日兰州，今日兰州，不负黄河万里流”（杨成新：《采桑子·赠别老同学》）；你看，学子对老师长的衷心致敬，“黄河浩浩千帆浪，濯我征衣拜师恩”（车全宏：《致敬母校一百一十周年校庆》）“翰墨传世弟，学林绽芬芳”（苏刚：《征程——贺恩师葛墨林院士八秩华诞》）；你再看，那对老校长的深切悼念，“慈祥尊长者，垂范人人夸”（李雪华：《忆刘冰老校长》）“严寒冻住黄河水，滚滚春潮可化冰”(殷雄：《七律祭悼母校刘冰老校长》)。这本厚厚的诗集凝聚着校友之间、师生之间的真挚心意，承载着兰大人的一片深情厚谊，如涓涓溪流汇集成河。这样的深情厚谊通过豪气吞云的高歌吟唱，通过娓娓道来的诉说咏叹，令人不忍释卷，感慨不已，感喟良久。

这些诗篇，抒发了兰大校友的家国情怀。《兰馨集》的作者中既有早自20世纪50年代入学、耄耋之年的老校友，也有2018年才进校、意气风发的年轻后生，年岁的跨度长达半个多世纪。从这些作品中，我们能听到他们对生活的热爱，读出他们对事业的执着，感受到他们对祖国这片土地爱得深沉。在世界各地不同地方、不同领域、不同生活环境中，校友们用优美的诗歌语言记录人生旅途中的点点滴滴。他们或感怀祖国时代变迁，或诉说当下人生际遇，或描绘未来宏图伟略。如："山由险峻留风景，水自无华质乃清"（钟志凡：《兰州大学赋》）"涉海登山观盛景，经霜历雪醉梅香"（汪东颖：《一朝阅尽天下事》）；再如："誓为众人谋福祉，不和车马抢行权"（张学文：《七律双节抒怀——喜迎国庆中秋节》）"纵论浮生争胜负，笑到最后方赢"（吕海峰：《临江仙·雅集曼谷绿宝石酒店》）"静看风雨飘摇，遥望江山如画"（徐清华：《闲暇》）等等，不一而足。

兰大人的诗歌，体现着兰大人的豪情壮志和风采雅怀，诗歌里的兰大人，承继了百年兰大的优秀基因和厚重人文底蕴。兰大人在工作之余、生活之中，依然保持着那一份在校时的青春活力和阳光自信，对未来充满热切期望，将"自强不息，独树一帜"的精神贯穿终身。《兰馨集》的结集出版，无疑给兰州大学辉煌校史增添了一抹亮色。

筚路蓝缕，以启山林，栉风沐雨，砥砺歌行！海内外兰大校友未忘昔日校园之青春往事，借兰馨之园庭，点校友之灵犀，唱学子之衷情，其意切切，其乐融融，其馨绵绵。正可谓：有兰斯馨，芳华犹在。此举之善，何独风雅，或可成兰大人文脉。承邀写数语谓之序，但望其善不断，更聚兰大人之灵气，展兰大人之风采，写兰大人之精神，传兰大人之美名。如此，则兰馨斯事盛矣！

己亥春于深圳

前言

灵魂的呐喊

殷雄

今年是中国农历的己亥年，由此上溯至110年前的公元1909年，是中国农历的己酉年，按照中国传统的十二生肖纪年法，那一年是鸡年。在历史的长河中，那个鸡年只是普通的一年，但对于中国这只雄鸡来说，则是发生了许多翻天覆地的大事。其中最为重大的事件，就是那一年因中国历史上最后一任皇帝溥仪登基而被称为宣统元年。对于我们这些兰州大学的校友们来说，那一年最重要的事情，莫过于母校的前身——甘肃法政学堂的诞生，它是发生在中国地理中心的一件重大事情，它是顺应历史的潮流、迎接新时代的产物，从那时起便成为所有校友的精神家园。

从己亥到己酉，仅仅是一字之差，却浓缩了110年的风云变幻。在此期间，事过境迁，物是人非，许多往事都已如烟，如同那滚滚黄河之水，日夜东流而一去不复返了。唯有母校的精神与风骨，犹如大海退潮之后留在沙滩上的东西，化作遗传基因留存在她的所有学子的血液之中了。这种遗传基因，可以说是我们在母校所

殷雄，兰州大学1982级现代物理系校友。

学之精华，也就是爱因斯坦所说的教育。正是母校给予我们的这种教育，成为这四面八方的校友们以不同的方式庆祝母校110华诞的情感动力。深圳校友会的部分校友决定用诗歌的形式，向母校表达我们这些身处全世界、心系大西北的学子们对母校的思念与祝愿。我们的母校所在地——兰州，这个温馨的名字，唤起我们许多美好的回忆，也引发我们许多澎湃的情思。大家经过集思广益，为这部诗集取名为“兰馨集”。我有幸能在这部诗集出版之际写下自己的心声，这是我作为母校的一个普通校友，在这个特殊的历史节点上，所享有的一份可遇而不可求的殊荣。

古有《兰亭集》，今有《兰馨集》，前者诞生于公元353年，也就是东晋大书法家王羲之在序言中所描述的“永和九年”，两部作品集的问世时间相隔了1666年。两部作品的书名虽然只有一字之差，但其含义却有着天壤之别。我们这些校友生活和工作在我国改革开放的伟大时代，对几十年来我国社会生活的变迁有着深刻的体会和感悟，诗集内容充分反映了当代社会生活的剧烈变迁和丰富多彩，更是1666年前的东晋那个时代所无法比拟的。每位校友都曾经领略过大西北的黄河滚滚和白云悠悠，每个人都曾经憧憬过自己毕业后的伟大事业和美好前程，每个人也都曾经经历了生活与工作中的种种磨难和考验。不管我们在离开母校之后经历了什么，也不管每个人如今的境况如何，有一点是共同的：格致楼前的青青小草，积石堂中的淡淡书香，毓秀湖畔的琅琅书声，体育场上的阵阵欢呼，永远也不会随着时光的流逝而远离我们的记忆。150多位校友用诗词来表达110年间无数师长、校友们对母校念兹在兹的依依深情，这是给后人留下的一份宝贵的文字资料，它足以在这个历史的节点上作为一种独特的载体而长存于世，并且化作校友们的精神营养而显其弥足珍贵。

《诗经》中说：“靡不有初，鲜克有终。”如果把元年引申为某个事物或事件开始发生的时间，那么，1909年便是我们的母校诞生的元年，迄今已经走过了110年的漫漫长路。说它是长路，是因为作为个人来说，能够走过110年的生命旅程是一件极为稀少的事情。从这个意义上来说，110年确实不算短。但是，从历史长河的角度来看，110年也不过是一瞬间的事情，正如王羲之在《兰亭集序》中所说的那样，看上去正处于欣欣向荣的事物，“俯仰之间，已为陈迹”；人的生命更是短暂，“修短随化，终期于尽”；正因历来如此，才有“后之视今，亦犹今之视昔”的类比与感慨。本诗集的各位作者，也许不会或极少再经历下一个110年的校庆了，但他们的作品以及通过这些作品所承载的情怀，会随着这部诗集的流传而成为永恒。这正是应了唐代诗人宋之问的那句“自古皆死，不朽者文”的著名论断。在这部诗集中，更多地体现了“诗言志，诗缘情”的思想功能，就是表达各位校友对于生活、工作的独特感悟和对于母校、师友的真挚情意，我们希望各位校友对本诗集中的缺陷予以体谅和包容。其实，这个世界本来就没有什么东西是完美的，某种程度的缺陷在很多情况下也是一种独特的美。

诗歌是灵魂的呐喊。这种呐喊之声的动力，源于融化在血液之中的情感。由于这是一部诗集，因此，我就以收录在本诗集中的一首拙作《七律·庆祝母校兰州大学建校一百一十周年》的诗，作为这篇感想的结束，同时也是我从灵魂深处发出的对于母校深情厚谊表达感恩的一声呐喊：

滚滚黄河东入洋，白云远上鹤家乡。
汉唐故地风流在，文理萃英锦绣藏。
十载期颐人恋旧，兰馨日记墨添香。
钟灵毓秀湖边柳，岁月都存积石堂。

2019年3月20日于深圳至乐斋

作者姓名索引

（按作者姓名拼音顺序排序，括号内为作者所在年级及院系）

篇　目(上)

古典部分

（按作者入校时间顺序、姓名拼音顺序排序）

林家英

福建惠安人，现居甘肃兰州。1956年毕业于复旦大学中文系，同年赴兰州大学执教。历任助教，讲师，副教授，教授，古代文学教研室主任，中国古代文学专业硕士生导师。曾任甘肃省政协委员、常委兼科教文卫体委员会副主任，甘肃省唐代文学学会会长，甘肃诗词学会副会长等职。中华诗词学会常务理事名誉理事，现任甘肃省文史馆馆员。享受国务院特殊津贴。主要从事中国古代文学的教学与研究，于唐宋诗词用力尤勤。已出版多部学术著作。

兰州黄河铁桥

横锁金城对碧霄，等闲风雪卷寒潮。
铮铮铁骨中流屹，不愧黄河第一桥[1]。

1962年9月

兰大校园闻钟

催人奋进撞心扉，逝者如斯亘古悲。
池畔花间多学子，知新温故惜良时。

1993年10月

[1]铁桥贯南北市区，北依白塔山，有“黄河第一桥”之称。

陇东行·平凉柳湖访旧[1]

旧踪萍迹果园中，万树香蕉苹果红。
渠水清清堪照影，故人霜鬓我如蓬。

1997年9月

缅怀杜甫流寓陇右一二五〇周年二首

（一）
杜公当年作西行，国是民生笔底情。
雄秀山川开视野，遗踪处处树吟旌。
（二）
高风足式厚人文，陇右增辉千古珍。
流惠后昆承继日，心香一炷奉诗魂。

2009年10月

即事二首[2]

（一）
南窗陋室少尘扰，论学明诗旨趣馨。
手眼精专凭审美，弘文存史意真诚。
（二）
五月端阳别样忙，文存编选费思量。
点评赏论灵犀悟，堪喜会心品味香。

2017年6月

---

[1]1969年冬至1970年夏，余曾在平凉柳湖大队参加“教育革命”。
[2]2017年6月，振轩、许波应《陇上学人文存》编委会之约，为拙著选编一卷“文存”。感其认真求善，诚挚尽心，聊赋小诗二首以志铭情。

贺于忠正八十华诞暨诗文集《神韵》出版

兴寄风骚亲雅颂，心清神爽夕阳红。
万花世界浮名淡，多彩人生眷爱浓。
翰墨纵横馨朝暮，情文睿智展襟胸。
高楼望断天涯路，健步泰然凌峻峰。

2012年1月

乡友张国琳先生惠赠
宏著《中国传奇惠安女》读之志感

南雁北飞路几程，携君宏著感乡情。
传奇惠女群英谱，靓彩墨馨健笔萦。
辉映图文凭审美，兼融赏论力求精。
春归夏至历三载，不负一腔心血凝。

2016年4月

谷融师寄赠《当代大学者对话录·钱谷融卷》
有感而赋

塞雁飞来捎卞玉，宠惊如醉意千重。
佳人独立倚修竹[1]，桃李欣滋沐春风。
散淡行云飘逸韵，平和心境转宽容。
十分清丽关山月，地北天南一望中。

2000年6月

[1]此用杜甫《佳人》诗“天寒翠袖薄，佳人倚修竹”句意，喻谷融师因20世纪50年代提出“文学是人学”的观点而经历的沧桑，及其不改初衷的学术品格。

敦煌莫高窟驰想

神思几度萦丝路，千里西行到莫高。
壁上观音迎倩笑，人间神笔费辛劳。
佛门善果邯郸梦，艺苑奇葩白堕醪。
华夏方今招俊杰，飞天何事向空飘？

1982年8月

岁暮抒怀

近悉北京物资学院桂天寅副教授荣获“北京市中青年骨干人才”称号，咸阳师范学院李世忠讲师在陕西师范大学名师霍松林先生指导下，以优异的成绩获得文学博士学位。桂、李二位在兰州大学攻读唐宋文学硕士学位期间，与余结下深厚的师生情谊。今知其学术造诣日渐精进，深感欣慰。因赋杂诗数句一抒喜悦之情。

皋兰山下萃英缘，寒暑几多年。
促膝切磋交流，眺远志上高楼。
朝沐晨风拂袖，任微雨爽心。
久悟骚人三昧，赏流水瑶琴。
人文陶冶，经典华章。
陋室寒窗外，桃李映春光。
待西风望断天涯路，别意依依柳丝长。
凭留情，地北天南总相忆。
更堪喜，时倩飞鸿传消息：
暮烟夕照美，为我传佳绩。

2010年11月

童年寻梦

忆昔童年逢盛夏，离家随母住山隗。
故里城西大山下，村居幽静傍小溪。
心随彩蝶绕芳树，腿乏闲卧草萋萋。
采得山花送流水，衣襟染香脚着泥。
午后浓阴“知了”唱，房前拂晓百鸟啼。
啼鸟如歌声百啭，慈母听儿诵古诗。
入夜清风上屋顶[1]，月明星稀乌鹊栖。
爱听慈母讲故事，如醉如痴不知疲。
成功收复台湾岛[2]，则公禁烟壮国威[3]。
木兰从军十二载，女扮男装想英姿。
轻柔细语催儿睡，善美情愫我心滋。
忽闻“老虎下山了”[4]，家家户户闭荆扉。
慈母娇儿惊变色，木然呆立风凄凄。
幸有邻人来救急，巍巍颤颤下木梯。
惊魂彻夜无多寐，恨不插翅城中飞。
黎明传讯家人接，不胜后怕犹戱欷。
似水流年无限事，大山一别梦难归。
浪花一朵留心海，如梦童年回首时。

1993年8月

---

[1]“入夜”句：闽南盛夏酷热，百姓夜间多沿木梯上屋顶乘凉。
[2]成功：郑成功（1624—1662），福建南安人，明清之际收复台湾的名将。
[3]则公：即林则徐（1785—1850），福建侯官（今闽侯）人，清末政治家，以查禁鸦片的卓绩而名扬青史。
[4]“忽闻”句：余童年时代故乡惠安县曾一度闹虎患。

兰山放歌行

忆昔春衫度陇天，鳌园落脚傍兰山。
常惊白日风沙暗，隔窗曾对荒山叹。
皋兰山上一棵树，塔影北山何孤独。
少雨春秋黄风起，黄河两岸笼尘雾。
五十年代气峥嵘，绿化荒山激豪情。
旱魔敢与比高下，背冰植树上山行。
汗滴冰消树苗润，干山烈日转蒸腾。
杯水车薪苗难活，幸有稀疏树长成。
千古世上无难事，集木成林贵有恒。
黄河滔滔流日夜，机泵引水上山来。
沟渠潺潺勤浇灌，甘泉催得百花开。
娟娟白塔依山立，明净一朝扫阴霾。
夏日炎炎绿荫爽，春光桃李映楼台。
琴棋书画伴歌管，情趣盎然胜书斋。
八十年代宏图展，美化兰山谱新篇。
布局景观规划好，高山之上辟公园。
高山公园举世少，花明柳暗道蜿蜒。
更有凌空飞索道，缆车直上三台巅。
三台楼阁玲珑起，青青松柏绕峰峦。
最是三台夜色美，明月苍茫云海间。
灯火回望人寰处，珍珠洒落金城璀。
洞天仙境移眼前，银河闪烁添神秘。
不觉忘忧复忘形，流连忘返一如醉。
别有幽思感悟萌，良辰美景造物赐。
鸡虫得失无了时，百年弹指浑似寄。

何当常伴三台月，一解浮名身外累。
想入非非天地间，人生何时不艰难？
记取前修千古训，百折不挠路漫漫。
放眼五凉黄沙梦，瀚海长河落日圆。
参天白杨织林带，垂柳千丝染塞垣。
长城如画河山秀，春风已度玉门关。
烽火无烟烽燧息，皓月雄关入梦安。
葡萄美酒夜光杯，别有温馨沁心扉。
寄语五洲迎嘉客，陇原千里饶风姿。
莫愁前路无知己，丝路花雨传友谊。

1992年5月

浣溪沙·赠振轩

情系萃英卅五秩，
书香盈室气清幽。
杏坛佳绩庆丰收。

学海探珠凭矢志，
潜心经典益精修。
风光更上一层楼。

2014年9月

浣溪沙·鼓浪屿海口

海口朝朝鼓浪声，
声声召唤寄深情。

不知隔水可曾听？

鸥鸟轻飞时起舞，
渔舟来往不须惊。
清空丽日好归程！

1981年4月

渔歌子二首·将赴母校复旦大学百年庆典前夕

（一）
回首江南思绪飞，
初游学海醉如痴。
听教诲，仰名师，
正是青春多梦时。
（二）
旦复旦兮知惜时，
杏花春雨不曾迷。
寒窗影，桃李蹊，
甘苦其中志不移。

2005年9月

鹧鸪天·偕诸生初秋夜共吟古典诗词

风爽烟轻酷暑残，
逸楼宁静远尘喧。
唐音宋韵魂思醉，
北调南腔桃李欢。

情切切，意绵绵，
烛光摇影夜阑珊。
归来踏月悄无语，
断续蛩声一缕寒。

2006年9月

水调歌头·读黄汉卿先生《秋水轩词稿》

才俊剡溪子，善美写人生。
素笺五秩挥洒，箫笛伴琴筝。
西子杏花春雨，滋润丰盈灵性，
华彩蕴真情。
更塞上霜雪，豪气意纵横。

淡荣辱，欣自在，笑浮名。
幽兰雅趣，梅韵姝影案边萦。
珠玉联翩遥夜，似醉如痴忘我，
长啸已天明。
轩外知音在，秋水赏倚声。

2011年12月

李吉均

出生于四川彭县。1956年至1958年就读于兰州大学地理系，并获硕士学位。毕业后留校任教。地理与地貌学家，第四纪地质学家，中国科学院院士，兰州大学西部环境与气候变化研究院教授、博士生导师，干旱环境与气候变化协同创新中心主任。1999年被聘为南京师范大学地理科学学院教授。

西行随录三首

（一）

驼行蹒跚路迢遥，云拥天际众山小。
举头但望方来路，眼底云海浪涛涛。

（二）

昨夜云行万里风，今晨世界陡不同。
青青草原五色山，换就银装一夜中。
深涧忽闻潺潺水，炎夏未泯天已冰。
冰雪健儿相顾笑，瞬间又历一暑冬。

（三）

九天托出哈拉湖，人间天上一明珠。
天晴赛得明如镜，碧水汪汪染绮罗。
如茵绿草镶湖岸，山比银龙八方舞。
飘香百草招八骏，只缺鸦雀牛女图。
瑶池王母穆天子，未谙音容谙仙境。
渺哉茫茫俱往矣，欲数风流吾辈始。
为苏赤地三千里，请命降龙入斯境。
谈笑徒涉关山月，脚下风尘八千里。

指点且把玉龙伏，展图但示囚虎志。
叱咤天河中川水，奔泄流注人间去。
浇注万顷嘉禾绿，从此人间无旱魃。
欲问此事何所解，共产主义俱向往。

1959年7月8日

忆秦娥·祁连山

西风烈，
祁连千里尽披雪；
尽披雪，
漫道难觅，
行旅心怯。

雄心岂惧严寒虐，
奈何粮秣求不得；
求不得，
欲执玉练，
擒它螭孽。

1959年7月8日

刘人怀

四川成都人。地壳结构分析与应用专家、管理学专家，中国工程院机械与运载学部和工程管理学部院士。1958年至1963年就读于兰州大学数学系。毕业后留校任教。1978年调入中国科技大学近代力学系任教并升任教授。曾任暨南大学校长、澳门科技大学常务副校长、中国工程院机械与运载学部常委、教育部力学教学指导委员会主任、中国复合材料学会副理事长等职。现任暨南大学校董、教授、应用力学研究所所长、战略管理研究中心主任。我国当代杰出的科学家和教育家。

《兰馨集》题词

字字珠玑，
篇篇锦绣。
人人奋发，
事事精进。

灿兮兰大芝兰，
焕乎校友文章
同窗情谊深江海，
校友文章焕星斗。
浓墨忆兰大生活，
妙笔写人生华章。
共忆兰大师生情谊，
同谱时代奋斗篇章。
同窗知己高山流水，
事业人生金声玉振。

张文轩

字术远，甘肃永登人，现居甘肃兰州。1963年至1968年就读于兰州大学中文系，后获硕士学位。现任兰州大学文学院教授，甘肃省文史馆馆员，教育咨询委员会委员，甘肃陇文化研究会名誉会长。专长语言文字研究及书法、古诗文创作。在《中国语文》《中国语言学报》等国内外学术刊物发表论文60余篇，出版《兰州方言辞典》《语言研究导论》等著作多部。叶韵、方言方面的创新成果奠定了其在现代中国语言学史上的地位。曾兼任甘肃省人大常委、省民盟副主任、教育部教学指导委员会委员等职。

赠王士元先生铜奔马即兴口占八句以呈[1]

神骏汉家生，腾空万里行。
培风千丈厚，飞燕四蹄萦。
扬尾增霞彩，长鸣感斗庚。
拳拳频顾首，心系两京城。

1997年5月26日

[1]王士元先生，美国加州大学终身教授，世界著名语言学家，台湾中央研究院院士，曾任首届国际汉语学会会长。1983年开始多次至我国大陆及港澳台地区讲学。1997年8月应吾邀请，来兰大中文系讲学一周（吾时任系主任）。鉴于敝系拮据，先生拒收讲课酬金，并自付来去路费。其深广学问、精彩论辩、高尚风节，令人倾倒，轰动全校。末场讲座结束时，吾致辞答谢，奉赠铜奔马一尊，即席赋此八句以呈。汉朝以长安、洛阳为两京城。

赠中文系1987届毕业生二十年后团聚会[1]

当年志学士，今日栋梁材。
颜面恐难识，姓名自道来。
声闻何亲切，细看乃童孩。
记否香晨梦，曾搔汝耳腮？

2007年8月

赠日本小田早苗君[2]

小田临陇雨纷纷，重会飞天醴酒醇。
我欲千杯歌万曲，明晨但怕难送君。

1995年9月24日

复兰州大学党委书记王寒松同志2013年元旦零点贺岁短信二首[3]

(一)
子时钟报岁华新，辱赐贺函情义真。
节值隆冬心培暖，笔耕羸马沐阳春。
(二)
岁接龙蛇瑞气连，乐摇木铎植芳荃。

[1]吾曾任中文系1983级本科班班主任一年。开学伊始，晨六时半吾至其宿舍，搔耳促其起床。数日后，皆晨兴下楼，或锻炼身体，或吟诵诗文，风气大变，与他班扬镳焉。

[2]1995年9月24日晚，扶桑笹川特使小田早苗女史宴请兰大笹川良一奖学金评委于飞天大酒店，次日晨将返程。席间各展喉献歌，至余乃吟此四句而免歌焉。

[3]2014年7月10日书为条幅赠王。

陇头风急无梅信，喜见苍松立雪前。

图书馆大楼[1]

当年迢递瞰东岗，笋起楼台竞遮阳。
满腹华章增不减，英才照旧踵门墙。

1999年8月

江隆基校长塑像

游人指点费猜评，寥落碑文事不明。
绿竹生台抽劲节，青松照月发悲鸣。
芝兰九畹屈平树，厦屋千寻巨柱擎。
若是斯人随俗韵，哪来兰大此时名！

1995年5月

兰大旧文科楼礼赞[2]

生来方正稳如山，一着灰装四十年。
熙攘长街身外物，汪洋大道洞中天。
轩窗郎朗纳清气，木凳沉沉坐大贤。
留得文名知海内，冠新冠旧是云烟。

1999年9月

---

[1]20世纪50年代末兰大建图书馆，上有钟楼，其时为东岗地区最宏阔典雅之建筑，后为兰大标志。

[2]20世纪50年代兰州大学由萃英门迁今址，面天水路建教学大楼，名文科楼。40年来千万学子读于斯，出于斯，名闻遐迩。20世纪80年代另增建一教学楼，俗以新旧别之。

赠袁行霈教授[1]

玄鸟衔泥柳吐黄，春寒未尽雁归忙。
蜂拥学子立程雪，北大鸿儒临杏堂。
大雅新声绕梁屋，洞幽显赜耀藜光。
兰山千树望时雨，君返匆匆令我伤。

1997年3月28日

题赠吾中文系半月报

莫嫌版面小，黄金含量大。
国事校讯系内情，还有诗词和漫画。
莫嫌资财小，奔走如骏马。
采编校对拉广告，不成瓷瓶先做瓦。
莫嫌人物小，毛头学生娃。
今日园池试身手，明朝江海舞龙蛇。

1997年4月18日

爱桃李兮吐芬芳

——李恒滨书法义卖作品集序

环观夫五洲之文，惟吾东土汉字独树一帜，兼音形义于一身，贯古今而通殊域，虽谦卑之士，亦弗可掩其瑜也。盖仓颉之造字，法天地，象万物，契言语，通神明，成万世百端之利，故天雨粟而鬼夜哭焉。汉字与书法辅车依止，壹于神形。由甲骨而至吉金，自篆隶而为真草，皆岂苟且于点画之缀合，但达

[1]1997年3月28日袁行霈教授临兰与会，应吾之邀乘间来兰大中文系做学术报告（吾时任系主任）。讲座毕，吾致辞答谢，并口占此八句以赠。

旨意而已哉？必也形体之美奂、韵致之衍漾是求焉。若无汉字与书法，何言乎我华夏悠远之文脉，博厚之文化耶？苏子东坡曰：“书必有神、气、骨、肉、血，五者阙一，不成为书也。”人能弘道，道亦能弘人。吾国后来君子倘欲神气骨肉血俱丰兼物，舍书道难免乎事倍功半之效矣。今之士大夫折躬西文者实多，明乎此理者盖寡。吾校副校长李恒滨公则为深明此理者也。公非独高步书坛，且殷忧乎后来焉。公初法钟王，后踪颠素，行气流畅，跌宕痛快。乍似扶摇抟乎大漠，又如狂涛运于南溟。近十年间亟展其制于大江表里，海峡两岸。扶桑蜚声，泰西慕名。煽扬书风于庠序，启诱翰墨于师生。得坐春风，仰沾时雨者曷止乎三千！吾校素质教育因与有力焉。公谓校内奖项甚伙，然究无为书法而设者，殊与全面育人之趣不协。今欲义售其力作四十幅，以筹资而设此奖，冀补其阙而释其所憾。四方拍卖公司乐成此事。兹集之成册，彩印布世，藉便雅好君子审览而简择之。故吾乐为之序，且为歌曰：李公儒雅兮心意长，设奖措款兮勉儿郎。精思傅会兮送星霜，倾箧义售兮不思量。人爱黄金兮筑华堂，公爱桃李兮吐芬芳。铁画银钩兮揩锋芒，硬弩枯藤兮胜矰斨。嗟尔学子兮莫彷徨，重神振气兮轻稻粱，绳我祖武兮立东方。

2008年12月

兰大图书馆扩建记[1]

吾校图书馆，探本溯源，权舆乎一九零九年法政学堂阅报室。一九二七年辟清季贡院观成堂，陈览竹帛，始有图书馆之名焉。后建积石堂，则形制成而规模具矣。迨至一九五七年，

[1]此记是受兰州大学长上之嘱而撰，曾宣读于2002年7月6日兰大图书馆扩建竣工典礼。

举校由萃英门乔迁今址，面目一新。一九六二年，斯馆落成，位居校园腹心，势镇中轴，面西巍立，俯瞰东岗。后凸书库七级，前横主楼四层。上鸣时钟，下簇花木，校内众楼如仰北辰而拱之，莫不谓兰大标志焉。近岁师生骤增，学风弥笃，馆舍苦狭，亟须拓展。香港邵逸夫先生闻之，急我所急，欣然捐港元八百万而为扩建之资。馆长赵书诚教授奔走呼号，复筹款二千余万。遂于一九九九年七月鸠材庀工。清华大学关肇邺院士拨冗设计，省内外数家公司分工献劳。此次之扩建也，不伤筋骨，惟踵事增华，务大其用是求。壮其胸襟，奋其两翼。首起宏宇一厅，颠升钟塔十米。原体处处施加固之计，可抗震荡之灾；府库层层设喷防之具，足弭火盗之患。窗门廊庑，壁面地板，水暖管道，椅案架笥，皆去旧布新，以妙易陋。匠殚技艺，料求精纯。风雨匪解，昼夜兼作，历时二载，耗资三千万元，二千零一年九月喜竣其事。于是馆舍达二万一千平米，阅览设二千有余佳座。登门穹窿高敞，天地私倾泛清之光；入室典籍鳞栉，师生竞采酿蜜之蕊。自外观瞻，风姿卓荦，未减当年；居中检索，功能齐备，堪称现代。主体地位愈显突出，百年文脉深得绍漾焉。故乐为之记且为辞曰：

吾校兰台，踪迹悠远。
先室后堂，由堂而馆。
馆而隆之，峨峨如巘。
巘非天作，人力惟艰。
邵公首赞，一石起澜。
同心协气，金裂石穿。
嗟我友朋，爱我宝馆。
书海苍茫，任君缱绻。
复兴中华，搏浪共勉。

2002年7月

兰州南北两山绿化赋

兰州古来扼西域而牵青藏，挽贺兰而瞰镐沣。讵惟产获之饶足，实赖河山之雄闳耳。大河哮傲，湍悍匆匆；出积石而漫汗，望熹微而朝宗。首摇八盘幽谷，尾曳桑园高峡，聊逍遥以从容。两岸连山，南北接空。逶迤百里，遏云驻风。二崤望之而俯首，函谷耳之而折躬。此乃兰州之大观也。其河兹不遑赘述，其山洵有可为世人道者焉。观其势也，厚重威崇，邈不可测。横卧岭阜，纵回沟壑。或攒聚星扪，或横断斧削。陂稍缓而舒扇，陬多蚀而弯月。察其名也，白塔山虎踞河阳，皋兰山龙蟠城南。因九州台，九天难堕；越七道梁，七月犹寒。闻大砂沟、马家洼、梁家弯之号，何庸追本？味青白石、簸箕掌、蝎子尾之义，若睹其颜。至于仁寿、大青、龙爪、狗娃，皆称峰峦之词，甲子、官家、骆驼、虎狼，悉谓岭台之言。如此种种，弗可胜道也。相其表也，黄土浩瀚，广覆其体。或积百仞，或压尺咫。掬之若菽麦之粉，风之则灰飞尘起。间露巉岩，泛青射紫。混熊罴之态，却牛羊之趾。探其里也，亢阳是苦。涸胜鲋鱼之辙，燥同祝融之府。缘何若兹，内陆深处。黄泉莫及，海风遥阻。目累杲杲，心受汤煮。夏震雷霆，偶倾天盆，但兴洪而挟泥土。秋绵甘霖，若滴更漏，仅浥道而沾南亩。掘地三尺，谁见沮洳？春播斗实，秋粒珠数；植青条乎平旦，收枯薪于亭午。是以向之南北两山壮而少美也。然今之所见多葱茏之秀色，寡濯濯之荒岑。芝兰掩径，嘉木成林。含清吐芬，披翠戴荫。生鲜氧于四季，调恒温于晨昏。育廊厦之栋桷，繁珍异之兽禽。得无造化悯赐霈泽，竟易其数乎？非也。天穹玄默，地络如故。唯斯民之黾勉，耻守株而待兔。尚人一己百之精神，仰革故鼎新而进步也。爰在畴昔，童山无言，仁人有意。有清总督杨公，掘窖山巅，天雨是蓄。长留数榆之缀饰，永告人力之可济。民国多士，乐此不倦。手凿鳞坑，肩荷水担。辟龙尾山麓以造林，欲为中山先生之祭奠；垦徐家山阿以植树，藉兴水土保持之实验。虽殚思竭力，又幸元戎驾临，解囊勖劝；终势孤财眇，难免荒凉依旧，抚膺长叹。迨及雄鸡唱白，醒狮抖擞，万象始更。“绿化祖国”，主席倡率，地动天惊。党政运筹，军民子来，众志成城。或整地、播籽、压条，或背冰、挑水、耘苗。踊跃不分士农工商，劳作难阻黄发垂髫。牵黄龙而登岭脊，定单位而驻山腰。于是两山改颜，生机勃发，草木宅爽垲而自豪。陈帅欣赋佳句，颂其绩而歌其劳。洎乎改革开放，凝神于发展。顾创业之艰辛，谋鸿猷而拓演。总书记莅金城而擘画大业，总理植翠柏而厘定方案。“种草种树”，系乎贫富治致；天谐人和，乃成兴邦关键。于是南扩北进，东延西渐。沿通衢而嵌翡翠，依隈坳而绘囿苑。三级管理，设场建站。严法度以促进程，尊科学而制预算。上动帑藏，旁受馈赞。感国力之强盛，念人心之向善。慕农妇之珍粒米，审精钢而铸利剑。急技艺之研发，重设备之具办。叩石击壤，攀峰越涧。电能畅输天池，高路屈接云汉。泵房轰鸣，疑神龙之吞吐；管道伏布，犹血脉之聚散。白雪不融，实敷保墒之塑膜；彩虹竞舞，乃启抗旱之喷灌。设消防以弭火灾，饲禽鸟以治虫患。乔灌杂植，草木相间。广品博类，互依共伴。于是旱魃无奈人何，造化乐从人愿。但见白杨峭拔，红柳婆娑。国槐持重，沙枣婀娜。君王冕旒乃垂杨之绦，刘海金钱本旱榆之实。圆桧如浮图凌空，侧柏似玉簪秀直。六十春松杉尚为少年，三四秋桃杏已非处子。银杏须辨雄株雌株，郁黄偏分毛李结李。山楂扁鹊倚重，梧桐凤雏来巢。喜庆必置核桃大枣，养生常采枸杞花椒。苹果、沙果、软儿、冬果、白檎、紫楸、石榴、葡萄。春花赏千枝万朵，秋实盈土筐洋包。十里送芳，有虬干丁香、刺枝玫瑰；二月迎春，唯榆叶红梅、绽金连翘。至若苜蓿、红豆、木樨之类，皆山野之羔羊，乐肥他而为肴；沙棘、扎刺、柠条之属，俱林薮之金刚，善御侮而锐矛。又见百鸟嘤嘤，颉颃翔集；有兔爰爰，扑朔迷离。朱阁乍隐乍现，画楼时高时低。馆五洲访览之贵客，藏四库文溯之宝籍。父老策杖，盘桓而忘日暮；学子诵文，陶醉而致声嘶。扑蝶采花，姹女足绊藤萝；凭栏浩歌，壮士心驰骏骐。是以曩昔不毛之地，今日百宝之源。兴利无量，造福万年。信白云苍狗，人定胜天也。虽然，层楼俟登，遐荒待往。骅骝不厌路遥，舟船岂畏水涨！应知邓林可接，睢苑易仿。指兴隆以迈步，目吐鲁而运桨。他年两山连碧，一色苍莽。当告世人，我兰山雄闳不减，秀美有加，愿枉驾贲临而共赏焉。

2009年4月

金石留名　情深义长

——兰州大学校友墙序言

维公元二千有一十九年，岁次己亥，吾兰州大学欣逢百有十载华诞。庆抃祝延之际，树校友墙于城关校区，凡立校而来注册师生员工之姓字,皆依年镌刻其上。此举洵为海内外诸上庠所罕觏，故不可不序之焉。《大学》云：“物有本末，事有终始，知所先后，则近道矣。”寻迹追本，吾校发轫乎有清之末世。其时国体腐溃，列强鹰啄狼噬，民人顿悴哀号。仁人志士扼腕振臂，亟欲拯溺图强。孟子云：“豪杰之士，虽无文王犹兴。”智出百人谓之豪，才过千人谓之杰。欲使衰暮之帝国一变而为青春之中华，则非有青春之豪杰不可。而培养其元气，砥砺其锋芒，又非赖大学不可也。兰州古曰金城，雄踞羲皇画卦、周秦发迹之陇上，敢开风气之先。遂于一九零九年九月十七日劈科举贡院之锈锁，立新型高等之学府，名曰“甘肃官立法政学堂”，开法律、政治、国文、伦理诸课程。学子或为花甲宿儒，或为总角少年，济济跄跄，争吮新知焉。未几，民国鼎革，依令改称“甘肃公立政法专门学校”，旨在“教授高等学术，养成专门人材”，且于一九二八年晋格为“兰州中山大学”。后迭经“甘肃大学”“甘肃省立甘肃学院”“国立甘肃学院”之嬗变，迨至一九四六年，民国政府颁令改称“国立兰州大学”，下设文、理、法、医及兽医五学院。于是吾校始冠“兰州大学”之名而至今。民国之际，内忧外患，板荡三空。吾校虽经主事诸公奔走呼号，励精图治，渐有进益，然米珠薪桂，举步维艰。校园促狭，设施简陋。师不满百，生不及千。涸泽之鱼，切望风雷之兴而作霖焉。天遂人愿，新中国横空出世；春风化雨，旧兰大喜得新生。应国家支援西北建设之召唤，名校硕彦纷至沓来，安身立命；留洋才俊破网飞降，设帐授徒。新辟宏阔校园于东岗，楼宇笋起；广纳志学子弟于四方，免费入泮。一九五五年，中央定为西北唯一“全国重点综合性大学”。改革开放，新拓一分部与榆中校区二千亩。学科遽增，日臻完善；学生扩招，不囿中外。一九九六年首批迈入“二一一工程”之康衢，二零零一年跻身“九八五工程”之行阵。二零一七年，沐新时代之春晖，荣登“双一流建设”之华堂。夫回首百有十年，吾校由呱啼而蹒跚，由羸弱而伉健，乃至名播寰宇，固仰仗于国家之辅翼，人民之哺乳，革命之激扬，改革之推引，然苟无历来师生员工报国利民之宏愿，自强不息之恒心，明德厚知之志趣，不厌不倦之理念，又无甘餐束刍生湩汁之精神，精炼山铁铸黄钟之毅力，断难有“兰大现象”之誉世，岂能有建成一流大学之前景哉！故吾校今日之辉煌，历来师生员工之奋斗实与有力焉。先哲有言：“十年树木，百年树人。”百年又复十年矣，树之者三世继踵，举锸遏云，所树者四海竞秀，伸枝摩天，奚可偻指胜道也哉！《易》云：“神以知来，知以藏往。”厚藏方有大来。

偻指不可胜道，而往者不可不计，不可不藏也。吾校以树墙镂名之举，寄藏往知来之意，苦心孤诣，必可见知于大雅君子。窃谓吾校虽不敢方文王之苑囿，实堪追屈子之畹亩也。学生者，所树者也。适如松槐桃李、禾麻菽麦、梅兰菊竹、芹葵瓠芋，各禀异能，咸具妙用也。故无论博硕学士，抑或专科生员，无论脱产肄业者，抑或兼职进修者，皆国之所需，民之乐用者也，率皆慈心植护，略无厚此薄彼之偏见焉。教职员工者，树之者也。适如园丁穑夫，或筹谋于田庐，或耕耨于垄亩，或溉苗而施肥，或灭蠹而防患，各尽其职，弗可或缺也。故无论校长教授，抑或科员助教，无论劳心操觚者，抑或挥汗拥彗者，皆育才之保傅，明心之灯烛也，率皆由衷敬重，略无尊贵鄙贱之俗念焉。故皆铭壁永志，萦怀不忘也。自今而后，其辞世者览之，九天含笑，知人生之情深，思来世而厚报。在世者览之，血涌涕零，感母校之恩重，愿发愤而增荣。后来之少者览之，将囊萤刺股，修身笃学，争相攀桂于壁后之黉林；后来之长者览之，将怀珠抱玉，越陌度阡，皆欲效力于墙内之杏坛焉。夫如是，斯墙因芳名璀璨而年伸，将近跨大河，远及长城，墙内畹亩因花木繁茂而日扩，将近迈梁园，远接邓林，不亦宜乎？凡我同志，愿拭目而待焉！

孟乐年

甘肃武威人，现居福州。1959 年至 1965 年就读于兰州大学中文系。

旷世奇观，敦煌惊现“三泉相依”

地有灵性水有源，
月牙几度瘦复满。
三泉再活鱼再乐，
重映诸佛庄严看。

洪裕国

现居沈阳。1960年至1966年就读于兰州大学物理系无线电专业。曾任兰州大学沈阳校友会会长，辽宁校友会副会长，现任兰州大学辽宁校友会名誉会长。

怀念江隆基校长[1]

阴阳相隔五十年，重逢校园树荫间。
紧紧握住校长手，无限思念泪潸然。
鞠躬尽瘁为兰大，文革受辱身蒙难。
教育兴国未完志，继承遗愿慰黄泉。

2016年8月（2018年12月修改）

---

[1]我就读物理系无线电专业时，亲历了兰大的“文化革命”和江校长的遇难，他的音容笑貌终生铭刻在我心中。2016年8月8日，我路过兰州，第一件事就是去兰大瞻仰江校长的塑像。时隔五十年，抚摸着江校长塑像的断臂，像和他握手对话一样，思念和伤感的泪水夺眶而出。有感而作此诗。

王明安

笔名星河无座，陕西汉中人，现居河北唐山。1962年至1968年就读于兰州大学物理系无线电专业。曾先后在沈阳市精密仪表厂和唐山市电缆总厂工作。

观西部开发画作展有感

黄沙漫漫胡杨青，雪山皑皑牧草新。
同心协作开西部，再引春风渡玉门。

2001年

贺兰州大学建校一百一十周年，兼和小殷师弟，步其韵一首

废举建校仿西洋，金城太学起陇乡。
破旧立新豪气在，数史理文胸中藏。
丝绸古道书声起，黄河之滨纸墨香。
百年学子栎檀柳，喜看今日聚一堂。

附：殷雄原作《七律·母校建校一百一十周年感怀》“滚滚黄河东入洋，白云远上鹤家乡。汉唐故地风流在，文理萃英锦绣藏。十载期颐人恋旧，兰馨日记墨添香。钟灵毓秀湖边柳，岁月都存积石堂。”

李中和

网名海沙飞，现居三亚。1965年至1970年就读于兰州大学经济系。先后在甘肃省轻纺工业厅和甘肃省质量技术监督局工作。在1999年兰州大学90周年校庆活动中担任校友总会常务理事。

秋在河西

秋日映西天，长廊一线穿。
祁连披白纱，戈壁铺花毯。

雨雪清明

雨雪霏霏洗苍穹，三日浮尘一夜尽。
天地人神齐戮力，清明节气气象新。

2018年4月6日

空中感言[1]

海天云天天外天，青山荒山山重山。
江河不息万古流，大千世界极目看。

闲趣

南冰北雪热三亚，海鸥翔云浪推沙。
垂钓琼岛艳阳天，虎尾南国赏兰花。

---

[1]一九九一年“五四”中午，从广州飞兰州，透过舷窗俯瞰江河湖海、山川云路，感而吟之。

茅屋秋风千古唱，天涯海角建广厦。
细雨煦风哺新芽，椰林信步采晚霞。

2011年1月27日

三游西湖[1]

西子湖畔春妖娆，大华楼檐燕筑巢。
昔日先哲聚议政，今人运筹谋明朝。
三临杭城三十年，常忆少年风华茂。
点点帆影远山动，夜夜遥闻钱塘潮。

[1]一九九五年四月十日至十四日在西湖畔大华饭店出席全国技监宣传会议。据说五六十年代曾在此召开过中央工作会议。天公多情，日晴日阴，或蓝天红日，或烟雨迷蒙，西子佳丽，尽显风采。会间，清晨傍晚独坐湖边，心静如水，神入画境。时年四十有九。

李斌之

1973年至1976年就读于兰州大学化学系物理化学专业。曾任陕西省计量科学研究院副总工程师/高级工程师。九三学社陕西省委委员，九三学社陕西省质量技术监督局支社主任委员，陕西汉唐文化创意研究院书法智库会员。书法作品多次参展并获奖。部分作品被单位及友人收藏。

春景

春桃花满绽，灞柳雪飞天。
白鹭妆春景，人游图画间。

2018年6月18日

书法临摹有感

书法艺术学问深，寒暑临池耕于勤。
若悟三希[1]得真谛，书画自有小乾坤。

2017年7月1日

[1]三希即故宫三希堂，常指书法作品中的三件稀世珍宝。

西安暴雨即兴

电闪频频夜如昼，炸雷犹如万马吼。
惊涛骇浪平地起，错将长安作壶口[1]。

2016年8月

梦田

——观老友尚华侍田随想

华翁荷锄入田苑，韶光幽梦老时圆。
推窗聆听山鸡鸣，开门满目渔家船。

2018年4月29日

兴庆湖雨中漫步

天上飘下万条线，疑似织女机杼断。
湖面氤氲起涟漪，美景影绰柳如烟。

2018年9月5日

冬日无雪

喜鹊枝头过干冬，就诊儿童排长龙。
非洲猪瘟声声打[2]，艳阳无霾风有功。

2018年12月28日

---

[1]壶口，延安壶口瀑布。

[2]非洲猪瘟疫情北京房山区设岗截查。

观兴庆宫牡丹怒放有感

盛唐花开柳如烟，兴庆太极含元殿[1]。
沉香亭畔牡丹艳，为谁绽放为谁鲜。
名花倾国两相欢，太白赋词曲龟年[2]。
三郎玉笛玉环舞[3]，长恨歌声万世传。
花开花落两千年，国色天香满御园。
兴衰荣辱沧桑尽，东方雄狮震宇环。
愚公万民大移山，盛世永存四月天。
引浆布衣花丛中，妇孺老少笑开颜。

2018年4月3日

临帖

——悟尚华先生临《九成宫醴泉铭》十八米长卷

书友临帖众赞评，嶙峋天石猎兔鹰。
墨掀骇浪淹七军，笔抒胸襟百万兵。
碧波万顷隐蛟龙，虎啸山林残叶风。
险绝意势磅礴出，哀婉如歌宝黛情。
画龙描凤难点睛，磨砺苦寒出神功。
花甲吾辈齐努力，德善传承国学兴。

2018年5月27日

---

[1]兴庆太极含元殿，唐朝皇家兴庆宫、太极宫和大明宫。

[2]太白即李白，龟年即李龟年。

[3]三郎即唐玄宗李隆基。

乡愁[1]

水波潋滟农家院，鸡鸣犬吠有炊烟。
茶壶烟袋围着坐，油泼辣椒蒜醮面。
忽闻此地要动迁，体育新城跳水馆。
挖掘机器轰隆响，家家补偿上百万。
瞬间满目瓦砾滩，几株榆槐站路边。
祖传邻里抬头问，水泥高楼能住惯？

2019年2月9日

腾飞

——西安己亥过大年灯展灯光秀有感兼和校友翟亚军师弟词作

汉唐雄风古长安，横扫欧亚舞蹁跹。
列强八国俯称臣，奇珍异宝来觐见。
清廷腐败国运缓，列强输入双鸦片。
积贫积弱难自立，万千生灵遭涂炭。
抗日救亡浴血战，亿万国人把身翻。
韬光养晦几代人，中华民族艳阳天。
开放盛世大西安，科教航天实力现。
华灯异彩升平气，丝绸之路新起点。

附：翟亚军原作《忆江南·长安感怀》“江南梦，身似到长安。堪比盛唐花葱郁，犹如银汉星阑干。今夜彩灯繁。年未过，夜宴醉犹酣。游遍西都真为快，赏春从乐又温泉。民众共翩跹。”

2019年2月11日

[1]西安灞河三角洲建设体育新城，部分故人怀念村舍院落祖祖辈辈栖居地。

王维浩

湖北天门人，现居成都。副研究员。1973年至1976年就读于兰州大学化学系物理化学专业。曾先后在北京航天部第一研究院和乐山市核工业西南物理研究院工作。

忆江南二十六首

（一）咏中国环流器
氘氚聚[1]，受控净无烟。
水府波漩千顷浪，月宫气漫九重天[2]。
孺子可耕田[3]。

2005年11月30日

（二）观抚琴雕塑
凝神处，新笋起竹间。
虽似梦中无日月，但觉墟里有云烟。
挥手试琴弦。

2011年10月31日

（三）幽溪怨
秋满岸，玉管恸幽溪。
柳下顽童呼啼鹭，桥边倩影舞红衣。
忧怨有谁知？

2011年11月2日

---

[1]氘与氚的核聚变反应是恒星发光发热的源泉。控制高温状态下氘和氚的核聚变反应速率，是中国环流器的关键技术。每一公升海水中含有30 mg的氘，经核聚变产生的能量相当于300 L汽油。全球海水中约有45万亿吨氘，可提供世界100亿年的能源，可谓取之不尽，用之不竭。

[2]解决了能源，就可以探索深海和太空，实现远大的理想。化用毛主席词句“可上九天揽月，可下五洋捉鳖。”

[3]化用（宋）贺亢诗句“但存方寸地，留与子孙耕。”

（四）祈愿

元宵至，合手向天穹。
月透硝烟迷市井，灯穿焰火羡蟾宫。
醉鸟语疏桐。

2012年2月12日

（五）杜甫旧居

茅屋破，诗圣著千秋。
春雨飘飘梅岸近，翠竹隐隐古琴悠。
遗韵绕清流。

2012年2月20日

（六）春晓

笛声逸，芳露落泉头。
曲径幽溪花鸟醉，明桥暗榭柳风悠。
春晓月如钩。

2012年3月22日

（七）祭英烈

清明雨，漫洒九霄云。
万水千山飞入梦，金戈铁马化为尘。
挥泪唤忠魂。

2012年3月24日

（八）荷下

朝雨过，日出满天金。
踞岸移足识进退，临渊仰首悟高深。
荷下亦藏云。

2012年6月13日

（九）咏国画牡丹图

呼声起，妙笔兴犹酣。
粉瓣蓝心黄蕊动，青枝翠叶晓风顽。
蝶醉舞蹒跚。

2012年10月4日

（十）咏书法
心无滞，锋转势相连。
铁画银钩通篆草，枯毫润笔起云烟。
信手寄狂颠。

2012年11月17日

（十一）叠池蜡梅
一夜雨，小苑净尘埃。
玉泻叠池仙雾漫，芳凝落叶蜡梅开。
花下客徘徊。

2012年12月20日

（十二）睡莲湖上
荷香淡，绿盖晃金莲。
颂柳吟风蝉欲醉，追波戏影鹭翩翩。
苇絮自悠闲。

2013年8月5日

（十三）春溪
风拂柳，一夜尽春丝。
野渡黄花开晓雾，默林落蕊隐幽溪。
月淡鹭飞西。

2013年3月12日

（十四）咏国画葡萄图
调五彩，醉笔写连珠。
硕果招蜂青透紫，长藤带叶卷还舒。
笑看夏风拂。

2014年2月9日

（十五）咏国画梅花图
春何处，疏影渡西墙。
叶落红尘白雪美，花开老树翠竹香。
挥笔点朝阳。

2014年2月12日

（十六）观风筝
柳烟外，碧天彩鸢飞。
云卷云舒长为伴，线收线放总相随。
高处不言归。

2014年3月31日

（十七）观指画
石桌静，指动牡丹开。
翠叶摇摇金蕊落，蝉声阵阵桂风来。
客过我徘徊。

2014年9月2日

（十八）咏国画红莲图
清波皱，萍逸野塘闲。
水草闻香拂翠盖，蜻蜓振翅向红莲。
淡淡起云烟。

2014年10月4日

（十九）咏国画观瀑图
鹰闲弋，瀑啸挂晴空。
叠嶂烟云吞万壑，层峦雾霭吐千峰。
人在画图中。

2014年10月7日

（二十）咏国画紫藤图
春雾晓，燕过日迟迟。
穗倒花垂芳聚散，红深紫浅赭依稀。
满眼似虹霓。

2014年10月6日

（二十一）成都大庙会
蜀汉舞，怪发戏神装。
彩脸易容红袖醉，烟唇喷火赤蛇狂，
曲随梦飞扬。

2015年2月14日 至3月3日

（二十二）黄葛树下
春波绿，风和絮轻轻。
林中黄叶翩翩下，树上紫芽冉冉生。
鸟醉戏花藤。

2015年4月15日

（二十三）草堂琴声
草堂早，日影动柴门。
流水高山迷啼鸟，妙音雅乐醉游云。
携手又听琴。

2011年6月6日

（二十四）凌霄花
凌霄灿，翘首吻天光。
蜜鸟云端摇醉翼，游人檐下赏遗芳。
欲弃又争藏。

2011年6月18日

（二十五）兰大重阳会
同学聚，畅叙四十年。
点画参差书俏丽，歌声婉转意缠绵。
红叶舞窗前。

2016年10月11日

（二十六）赞国画东篱秋菊图
东篱晓，翠叶影徘徊。
蕾放流霞仙氛起，蜂摇玉翅妙音来。
何处有尘埃。

2019年1月15日

彩云归·登峨眉山[1]

峨眉西上彩云间，纵飞流万壑生烟。
迎雪峰路断南来雁，风雨夜闪柱擎天。
蜀僧曲，太白诗意，有琴蛙续编。
叶飘布金禅寺，避瓦投渊。

无眠，荧荧圣火，荡幽冥似醉如颠。
猕猴夹道，桫椤藏雾，鸽子花闲。
露古今凤毛麟角，难尽芳草甘泉。
惊回首，灿灿佛光，动我心弦。

2015年1月26日

彩云归·狂草探微

颠张狂素[2]草中仙，惹闲云荡漾胸间。
长管毫舔破涪翁[3]砚，多少代慢颖独旋。
笔无滞，墨翻惊浪，看铎[4]书蜿蜒。
可惜帝王挥炬，仅剩余笺。

新编，删繁右任[5]，喜滋滋探本穷源。

---

[1]峨眉山，高3099米。（唐）李白《听蜀僧浚弹琴》有诗句“蜀僧抱绿绮，西上峨嵋峰……”。山上有弹琴蛙，其声美妙。布金寺有离垢园，无一片落叶。登山途遇圣火、佛光、猕猴、桫椤树、鸽子花等。

[2]颠张指张旭，狂素指怀素。

[3]涪翁指黄庭坚。

[4]铎指王铎。

[5]右任指于右任。

朝窗临帖，夕辉裁纸，磊明[1]重研。
感我师博学妙悟，一腕摇醉华年。
开斯卷，豪翰神飞，漫吐龙涎。

2013年5月3日

彩云归·回眸

星移斗转蜀山巅，捋霜鬓信步梅轩。
飘叶坡望断南归雁，回眸处雪又翩翩。
倚栏啸，怕惊华蕾，损冰姿万千。
尚存浩然之气，仰首人间。

欢颜，香花蜜蕊，看饥蜂翅振蓝天。
诗童迷径，琴徒倾耳，画师趋前。
有放翁[2]悲歌树下，吹落芳瓣无言。
凌空去，一缕仙氛，竟作春烟。

2014年3月16日

[1]磊明指黄磊明老师，善于“高提笔慢行笔”运腕作书，是黄庭坚家族的传人，中国书法家协会主席沈鹏的得意弟子。

[2]放翁指陆游。有《卜算子·咏梅》“驿外断桥边，寂寞开无主。已是黄昏独自愁，更著风和雨。无意苦争春，一任群芳妒。零落成泥碾作尘，只有香如故。”

姚强

中共党员，现居湖北襄阳。1973年至1976年就读于兰州大学化学系物理化学专业。先后在兰州西北铁合金厂和湖北襄阳汽车轴承股份有限公司的技术管理部门工作。担任中国表面工程协会金属防锈专业委员会常务理事中南地区、湖北省轴承行业防锈专业委员会理事长。

岳阳楼头颂晚霞

君山湖水银针茶，洞庭秋韵一江花。
潇湘多娇秀色美，岳阳楼头颂晚霞。

2018年8月7日

古城夜色

——于襄阳夜雨散步汉江大道

烟雨蒙茫雾罩城，一叶扁舟逆江行。
眺望霓虹萤光闪，万家灯火夜照明。

2017年6月4日晚20时

中秋夜感怀

——于湖北襄阳古城楼台

中秋夜雨密有声，阖家团聚意更浓。
灯火阑珊江渚上，金桂佳酿敬亲朋。
醉酒当歌望路远，千里寄情盼月明。
眷恋夕阳黄昏唱，襄城楼台颂古风。

2017年10月4日

同学重逢巴蜀游

——部分同学聚蓉城外蜀道边三圣花乡白鹭湾

同学重逢巴蜀游，梦落花乡入金秋。
湖水山色凭栏处，白鹭栖息一孤洲。
凝眸闻啼二三只，划空穿翔驱尘忧。
落日夕暮农家乐，笑谈举杯不言愁。

2017年9月28日

同学重逢在兰州

——四十年返校有感

金城汤池秋实盛，同学重逢喜相迎。
离别卌载重返校，遍寻旧迹多无踪。
聚坐畅谈忆往事，欢声笑语论今情。
缥缈酒香开画卷，沧桑绘撰夕阳红。

2016年10月

登径山

——与同学沈伟国、谢延凯、汪震潮登径山

径山叠翠峰峦秀，绿坡茶园迎客宾。
古道通幽万寿寺，笋莀竹海落梦痕。
东坡洗砚池水澈，禅茗把盏悟参深。
登高绝顶春好处，凌霄仙境落凡尘。

2018年4月16日

余杭归歌唱不完[1]

禅茶品味悟天下，径山古道往来还。
竹茂峰翠笋满地，江流绕岭吐龙涎。
心如月明指作笔，水山一色天为蓝。
苍茫云海拥万里，余杭归歌唱不完。

2018年4月18日

循迹重游岳阳楼

循迹重游岳阳楼，浩瀚洞庭湖水流。
傲拥日月白浪笔，雅士骚客文墨留。
凭栏萧瑟高台览，遥望舟飞桨荡悠。
壮志未酬千秋记，佳篇传世胜封侯。

2018年10月12日

岁月莫愁化炎凉

——兰州大学73级物理化学专业同学游君山洞庭有感

丹桂四溢赴岳阳，同学相聚话短长。
洞庭湖水连君山，古木翠掩鬓染霜。
竹下品茗狂言语，人间何处不沧桑。
随缘知足尘心洗，岁月莫愁化炎凉。

2018年10月11日

[1]忆四同学（沈伟国、谢延凯、汪震潮、姚强）径山游而拙笔。

卜算子·相伴酿真情

——有感王维浩同学四十一载中秋月美篇拙笔，同时赠相伴我三十九载的夫人

人生知天命，岁月来去匆。
风霜雨雪寒依旧，爱恨共此生。

尘缘不负卿，笑对看枯荣。
衣食奔波挽帮扶，相伴酿真情。

2018年11月17日

秦理斌

笔名文杉（文山），号陇南子。兰州大学1974级现代物理系学生。曾任兰州大学艺术学院党总支书记兼副院长，兰州大学档案馆馆长及甘肃省书法家协会副主席，甘肃省第四届文联委员等职。兰州大学历史文化学院客座教授，陇南师专特聘教授。现任兰州大学书法研究所副所长、研究员，兰州大学萃英书画协会会长，甘肃省书法家协会顾问，甘肃省政协书画研究院顾问，甘肃省政府文史研究馆研究员，中国书法家协会会员、教育委员会委员，中国高教学会美育专业委员会副会长，国家艺术基金评审库专家，国家文化贸易学术研究平台学术委员会专家。

宿花山隐居[1]

芭蕉院落小山房，百卉临窗丹桂香。
细雨空濛远岫暮，睡莲闲卧浅池塘。

2016年4月

庐山五老峰

上得庐山五老峰，远观湖水近观云。
乱景迷眼无佳句，流泉悦耳有知音。
万里秋风松涛动，十面烟云群山阴。
路险石奇鸟惊飞，独立苍茫叩天门。

1998年12月

[1]花山隐居系苏州城西一宾馆。

李恒滨

山东平度人，兰州大学研究员。1975年入读兰州大学物理系无线电物理专业，1978年毕业留校工作。现任兰州大学书法研究所所长，《视野》杂志编委会主任，国家艺术基金评委，教育部大中小学艺术展赛评委，中国书法家协会会员。曾任兰州大学副书记、副校长，甘肃省书法家协会副主席。多次在国内外举办个人书法作品展；组织《百年兰大杯全国书画大赛》及海峡两岸文化艺术活动和全国书画展赛多次。书法作品被艺术展馆、海内外高校、重要外宾和民间人士广泛收藏。

观天台山铜壶滴漏

一壶谁置百仞峰，
千丈岩泉落彩虹。
白练重重碧天挂，
惊涛怒起万山空。

高永中

1977年考入兰州大学。1978年至1981年就读于兰州大学中文系。研究员。曾任中央组织部干部一局副局长兼中央办公厅调研室六组组长，《党建研究》主编，党建研究所所长，中央党史研究室副主任，全国政协委员。现任全国党建研究会副会长，中共党史学会副会长。主编出版《党的建设科学化研究》《改革开放口述史》等研究专著30多部。

七绝·阅《兰馨集》有感

己亥槐夏，气暖天安，余得亚军学弟相赠《兰馨集》复审卷！启卷皇皇，文华郁郁，旦旦阅之，不能自已！先睹为快，幸甚幸甚！始知吾兰之盛，底蕴其深，于此略见二三！诗词相唱，曲赋和声，无囿于文理地域，不羁于长幼身份，善矣哉！百感在胸，诗以志之！

巍巍学府百十载，
厚土长河铸盛名。
迭代芸芸多俊士，
兰馨唱尽治修平。

李建生

山西平陆人，现居太原。1977年考入兰州大学。1978年至1981年就读于兰州大学经济系。历任中科院山西煤化所所办业务秘书，山西省政府办公室会务组组长，山西省政府调研室副主任，山西省经贸委主任助理兼办公室主任，山西能源产业集团副总经理兼董事。曾任兰州大学山西校友会会长。

历经沧海弄桑田

当年分别离校园，倏忽已过廿三年。
梦魂牵绕同窗日，头角峥嵘曾比肩。
斗转星移收获大，春华秋实硕果甜。
感慨吾辈人生路，历经沧海弄桑田。

李世英

1977年考入兰州大学。1978年至1981年就读于兰州大学中文系。毕业后留校任教。先后获兰州大学硕士学位和南开大学文学博士学位。出版专著有《唐宋诗歌导读》《清初诗学思想研究》《清代诗学》，主编《中国戏曲艺术思想史》等。现为中国戏曲学院教授。

戊戌秋登黄鹤楼感怀(散曲套数)

【双调新水令】
秋深丽日菊花香，作远游恰逢霜降。
适才跨黄河，随即过长江。
巨龙飞翔，猛抬头叹江城雄壮。
【驻马听】
楚天晴朗，千古名楼耸高岗。
碧水汤汤，龟蛇相望锁大江。
熙熙攘攘游客忙，摩肩接踵似赶场。
凭谁赏？争相拍照台阶上。
【沉醉东风】
行过了落梅轩玉笛声漾，又见那鹅碑亭奇书耀墙。
九九归鹤姿态异，百松园里涛声荡，千禧钟奏响宫商。
崔颢诗果然是高古难仿，怪不得搁笔亭立在一旁。
【折桂令】
进楼来满目琳琅，壁画记事，长联临窗，藻饰雕梁。
此楼阙重建非同寻常，有模型可见历代影像。
盛衰兴亡，变幻沧桑。

旧遗迹唯有山水，新景观矗立昂藏。

【沽美酒】

沿楼梯盘旋上，凭栏杆极目望。

通衢茫茫九派横，不由得心潮激荡，

久徘徊伫立半晌。

【太平令】

想古来登临题诗豪放，有感触何必深藏。

无非是思旧怀乡，不过些悲秋感伤。

揣简陋涂鸦数行，任人笑一时狷狂，

且留作忆旧游他日念想。

【离亭宴煞】

放眼看南面是赤壁战场，当年鼙鼓角声犹然响，

大浪淘不尽英雄功业扬。

孙权为江东豪主，周瑜是年少才郎，曹操乃幽燕老将。

忆太白举杯潇洒，送浩然烟花东下，随流水注目远向。

不复见伯牙子期会高山，但看那芳草绿树簇汉阳，

只剩下古琴台将千载知音故事讲。

仙鹤如梦杳，神游情思爽，再回首添一丝惆怅。

何时携好友对坐，赏美景醉月飞觞？

李映洲

甘肃天水人，1977年考入兰州大学历史系。1982年毕业留校工作。任兰州大学教授、兰州大学旅游管理研究所所长。学生时代曾创办秦风诗社并主编《秦风》诗刊。留校任教多年笔耕不辍，创作诗歌散见报纸杂志。近年尝试古体诗作酬唱赠答于师生友人。

水调歌头·萃英颂

皋兰巍巍立，黄河滔滔流。
百年铸就名校，萃英写春秋。
谁人种得胡杨？大漠深处绿洲，常怀左公柳。
至公题额处，昆仑建堂楼。

法政堂，中山院，易兰州。
自强不息，独树一帜，布局西北首。
科研花红果硕，教学比超一流，学界赞誉稠。
春色满校园，桃李遍神州！

乙丑仲夏应甘晖约为兰大百年校庆作
2009年6月21日于麦积斋

米健

笔名米也天。1977年考入兰州大学，1978年至1981年就读于兰州大学历史系。现为博导，高级法官，澳门特区政府政策研究和区域发展局局长。曾任青海省高级人民法院副院长，《比较法研究》主编，中国政法大学中德法学院院长，《中国法学文档》主编，德国法兰克福大学首席中国讲座教授，澳门科技大学法学院院长，中国政法大学比较法学研究院院长。兰州大学珠海澳门校友会会长。

郊居

是年阳春自厦门至北京求学，居北大西门外娄斗桥农家。出则往北图、北大和人大等修学之地，入则于寓舍、庭院和荷塘等享闲之间。其情也融，其趣也妙，可谓兼得为学为生之道矣。

郊外塘荷碧，田头弱柳裟。
柴门向小径，桃面采农家。
晨起邀飞鸟，夕归逗噪蛙。
何来读诵客，兴俱与春发。

1983年5月

高楼窥望

余来澳居富豪酒店已半年余，每每于高楼之上俯瞰街道之匆匆行人，葡京门前子夜时分犹车马如流，暗笑而发。

只道庶民贪食色，哪知权贵慕虚荣；
高楼窥望众生事，来去匆忙三者中。

1992年春

游和顺古镇

忍落红尘已有时，常思归去做农夫；
彩云和顺游热海，古镇空山复何如？

戊戌清明

越三峡

巫山巫水幻如画，巫雨巫云细似纱；
危壁横眉恐欲坠，急流拍岸惊将塌；
颈折不见神女面，耳聩唯闻江涛压；
敢问英雄谁此去，九千丈水越三峡。

1984年夏

双节晚望月

国庆中秋双节之时与友人登路环叠石塘山访妈祖庙不遇，又去岗顶拜谒妈祖像并凭览四周山海，旋下山往黑沙海滩，时有明月焉。

海上中秋悬明月，岸边白浪卷黑沙。
一浪欲退一波起，千万情长千万家。
游客本来非过客，水花不甘做落花。
我自朝天忽放歌，明空浩荡思无涯。

丁酉秋

乙未春与诸学生踏青

乙未春与诸学生远足踏青，欲往深圳登梧桐山。梧桐乃凤栖之木，有祥瑞雄雅之寓意。少年读杜甫，知其有名句："香稻啄馀鹦鹉粒，碧梧栖老凤凰枝。"而李白、白居易等均有言凤梧之佳句。驱车往之，一路春雨绵绵，直至山中仍缓急阵阵，淅沥不断。然雾霭蒸腾，峰峦隐现，飞瀑前川，林深花红，山路陡峭，曲折艰险，人与草木时时见于迷蒙之中，虽有其苦，然谈笑间已至好汉坡前。四十年前同日上山下乡，由兰州乘火车往河西武威祁连山畔，而今则在东南海隅论及港澳中国之事。感慨系之。

春雨缠绵三百里，依依伴我觅梧桐。
远山碧野罩云雾，近水飞瀑映花红。
纵马奔驰天际处，穿林涉涧迷蒙中。
四十年后又今日，好汉坡前论英雄。

2015年4月11日

冬日游京西古道

京西古道蹄窝深，枯树孤亭铁瘦马。
远眺山间寻韭园，近闻犬吠有农家。
小桥流水今如何？更令断肠人泪下。
妙峰山妙纵千年，难解此情难挥洒。

为《兰馨集》贺

兰州大学深圳校友人才济济、群英荟萃，颇多事业有成、内外兼修之士也，可危坐而论天下之道，能俯仰而品诗书文章。观其所辑诗词散文《兰馨集》，才情四溢、八雅咸集，颇有天地山河宇宙，诗书琴画文章之风貌气派，可谓当今滚滚红尘中难得之文脉。校友如斯，当不负兰州大学学人之名也。感其清雅之趣、淳朴之风、纯真之心、豪放之情，蓦然有附庸风雅之兴矣。

兰馨百转溢神州，大气千回荡四海。
天上水灵育俊杰，人间地广展雄才。
黄河歌舞有遗风，华夏诗篇诵万代。
今看群英荟萃时，栋梁桃李担文脉。

己亥仲夏

虞美人·重返黄河校园

己亥初二携小女游兰州大学校园并漫步黄河滨河公园，指点当年，曾问东君，思及今日，有感系之。

黄河原是天上水，
直下万千岁。
奔流到海不复回，
便使大地生命尽葳蕤。

东君歌舞今又至，
敢忆当年事？
校园重返寻旧踪，
多少芳华无处觅音容！

沁园春·丙申十月十日重阳次日登高

二十五年前，应当时澳门政府邀请，并受司法部和教委联合派遣到澳门参加法律本地化工作。自珠海拱北海关入澳之日乃十月十日，因其日期特别，故记忆犹新。二十五年后，恰又在此双十之日，受行政长官之命向国家总理汇报工作，感其机缘巧合而有赋焉。

浩荡清秋，白露乍寒，又是重阳。
忆双十此日，衔命南下；
铁肩担道，辣手文章。
日作南湾，夜读富豪，意气书生自敢当。
妈阁畔，每高楼独立，问史大洋。

少年有志凌云，欲天下纵横尽翱翔。
阅古今中外，东西南北；
须臾成败，世态炎凉。
荣辱不惊，得失淡定，进退明察知存亡。
今回首，又二十五载，去向何方？

水调歌头·国庆中秋双节登路环叠石塘山

又有登临意，跃上叠石塘。
山海尽在眼底，天际莽苍苍。
更问大风起处，安得几多勇士？立马守濠江。
世事本难料，未可期民防。

存近忧，怀远虑，谋久长。

仰望妈祖，未来家园是何方？
一带一路漫漫，粤港大湾较远，最好伶仃洋。
水道大西阔，筑梦金莲乡！

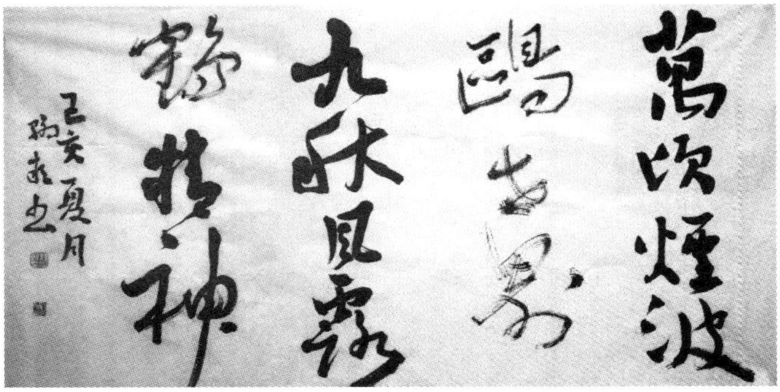

魏翰邦书七言联句

苏玉成

1977年考入兰州大学。1978年至1981年就读于兰州大学物理系磁学专业。北京市高等学校教学名师。现为北京物理学会理事，中央民族大学理学院教授，兰州大学北京校友会副会长，兰州大学北京校友会物理分会常务副会长兼秘书长。

桃源忆故人·隆基路[1]

——纪念江隆基校长诞辰一百一十周年

祝福载酒倾心诉，贺词感人泪注。
物态变化万千，理想仍如故。

分别积石英山麓，会聚京云[2]深处。
成就自强人生，立论隆基路。

2015年7月

[1]隆基路：2015年是江隆基校长诞辰110周年。本词是藏头词：祝贺物理分会成立；本词引出的对联：上联：母校情怀，百名校友讲述千则故事；下联：自强不息，崎岖山麓闯出独树人生；横批：隆基精神。

[2]京云：2015年7月，兰州大学北京校友会物理分会在北京成立。

吴云东　任跃英

江苏溧阳人。1977年考入兰州大学，1978年至1981年就读于兰州大学化学系。中国科学院院士，理论有机化学家，香港科技大学教授。曾任北京大学深圳研究生院院长。北京大学化学生物学与生物技术学院教授、课题组长，北京大学化学与分子工程学院教授。工作之余，偕同夫人任跃英品赏兰花，填词作诗，怡情娱乐。

任跃英，吴云东夫人。1978年至1982年就读于南京医学院，后赴美国学习，1993年获得美国加州大学洛杉矶分校（UCLA）生物化学博士学位。其后于香港科技大学生物系执教二十年。曾主讲生物学、生物多样性、环境科学、植物学及人体健康等课程。退休后专注于石斛兰水沉木盆景艺术创作和古典诗词创作，收获颇丰。

临江仙·纪念邓公小平兼和任老师同题作品

二十二载风和雨，
不忘邓公您好。
兰花一枝祭英豪。
多少心中事，不言自明了。

满怀欣喜上高校，
从此步步攀高。
成就少年梦真妙，
天地任君遨，

无需惧暗礁。

附：任跃英原作《临江仙·纪念邓公小平》“二月十九遇元宵，乌云逐浪涛涛。清酒一杯祭英豪。从来多少事，相忆年华少。　　二十二年云和路，回首步步攀高。落木不朽清风抱。繁花喜登枝，年年春来早。”

翟亚军和作《临江仙·己亥年元宵节怀念邓公兼和任老师吴师兄》：“漫卷红旗风荡絮，大潮回目凝情。万家灯火爆竹声。雨烟如醉，天际远，暮云重。　　细数往昔多少事，如今福报苍生。莲山春满鲜馨浓。夜清人静，云渐散，月圆明。”

2019年2月19日

沁园春·生命之舞

枯木轻盈，花枝悠然，凝眸相吻。
多少情与爱，成就了天，感动了地，谱写诗魂。
相遇是缘，相拥而舞，铸就生命的永恒，
更有那，兰花展妩媚，不敢负春。

曾经相思难禁。只盼着，得知音共鸣。
如优美的字，尘封的梦，一朝相见，从此永存。
如今这般，生死相依，春花秋月处处景。
直教人，花香沾罗衣，长醉不醒。

流苏开花

流云飞舞恰似锦，苏苏飘逸满朵盈。
开笔忽觉字含香，花如仙女款款行。

蜻蜓石斛

扶花惊见枝轻柔，一对蜻蜓立枝头。
翅如云母淡淡粉，宛如仙女轻拂袖。
碧玉双目切切望，蜂忙蝶惊叹秋眸。
细风软语吟新曲，字未成章醉未休。

将进酒

君不见，霞光斜照兰园静，岁久年深绿成荫。
君不见，千种石斛万种情，老干新枝著芳馨。
春暖风和晴日短，知己相见犹恨晚。
花开花落总有时，共邀明月把酒欢。
人生聚散从来事，长歌一曲自当还。
鼓槌敲，喇叭响，百花舞，酒正酣。
功名利禄皆虚无，唯有诗歌隽永远。
万里行走尽为乐，一醉方休千杯干。
前路漫漫花为伴，春花秋月满篷帆。
曲水流觞冠古今，幽兰诗意展新卷。
将进酒，杯莫停，朋友聚，把歌唱，
莫惧风雨莫回头，同谱人生新篇章。

如梦令·醉人

清风徐徐拂面，
幽香缕缕送吻。
莫道兰园小，

赏尽娇花奇珍。
醉人，醉人，
处处皆是销魂。

如梦令·寒园春梦

花开一枝窈窕，
寒园灼灼闪耀。
静静竹叶间，
寒风瑟瑟何好？
莫笑，莫笑，
梦中孤寂催老。

如梦令·美丽石斛[1]

养了近一年的一株美丽石斛盛开了，洁白如玉的硕大花朵，绽放在几近枯萎的枝干上，给人一种孤傲高冷，又梦幻飘逸的景致，摄人心魄，令人无语。兰园中一派白肥红瘦之静美，有一种我花开来百花低之感觉，难怪她被称为美丽石斛。

细雨隔窗沥沥，
小院葱葱春意。
吟赏问清风，
谁为今朝花帝？
美丽，美丽，
如梦如痴如逸。

[1]美丽，一种石斛兰花。

卜算子·天宫秋怨

天宫晚秋开，疑似仙鹤来。
谁知寒起暑未尽，凄凄望天外。

昨夜春梦绕，清酒洒花台。
一点残红含泪诉，今日错争爱。

卜算子·兰园鸟趣

兰园雨叮咚，园内又不同。
鸟儿绕梁探头望，此处绿意浓。

家园渐渐小，阳台胜泥融。
园虽无树花香溢，人鸟乐融融。

点绛唇·兰园秋韵

兰园静谧，秋风吹拂翠满楼。
绿帘悠悠，不见夏日愁。

纤纤兰根，末梢玉珠透。
天宫柔，起舞如柳，
更将春光留。

点绛唇·霸王花

春雨凝幽，暗香浮动穹枝绕，
鼓槌桀骜，丰腴乐逍遥。

高风玉骨，恰如帝王貌。
神姿妙，琼葩含笑，
谁与争风骚！

点绛唇·滃

冰姿玉骨，似醉非醉惹人愁。
清香幽幽，恰如少女羞。

滃面红唇，婉婉双眸透。
枝清瘦，玉手如勾，
欲将娇儿守。

菩萨蛮·大山深处[1]

大山巍峨翠连峰，沟壑在在皆惹梦。
青青如纱衣，鸟鸣催乐起。

洞幽清香绕，坐禅闻兰笑。

[1]已是三九寒冬，深圳的气候却是温暖如春，兰儿们快快乐乐享受这暖冬的滋润。其中一尊小盆景形似大山，在大山深处的山洞里，摆上一尊坐禅小沙弥，甚是可爱，特记之。

心静天地明，室陋花草馨。

清平乐·一枝独秀

一枝独秀，万般皆含羞。
看取平生来时路，百花恨冷清瘦。

今年春过大半，和煦暖风料晚。
伫立独赏幽景，留得千古美谈。

清平乐·绿

白云悠悠，不知客人愁。
举目青山无尽头，满目翠色欲流。

遥望家乡拜叩，祈愿苍天保佑。
山山绿树成荫，华夏处处绿洲。

清平乐·静园赏梅

静园梅俏，花开朵朵笑。
暗送馨香破拂晓，兰儿惊叹神貌。

浮生难，欢娱少，心底梅香总好。
应是梦中之景，今日岁寒欢闹。

清平乐·兰园春早

兰园春早，肿节占头鳌。
翩翩起舞尽妖娆，翅梗含香媚笑。

喇叭不惧寒潮，文心更是无脑。
虽居偏角一隅，倒也各自奇妙。

鹊桥仙·生死恋

沉木醉吟，幽兰倾诉，
如梦如初如故。
一朝相逢只恨晚，
道不尽、万千情愫。

翠枝销魂，悠婉灵动，
似唱似歌似舞。
笑靥盈盈蜜意浓，
只顾得、缠绵无度。

鹊桥仙·中秋寄情

星稀月暗，银河迢迢，
举杯难忍泪流。
拂面垂柳江南酒，
梦中岁月无计留。

白云袅袅，缥缈轻柔，
丝丝含情如旧。
雨后落红催人瘦，
时至中秋只剩愁。

诉衷情·花儿你慢点儿开

娇美贝壳又争开，疑是仙鹤来。
小草不忍寂寞，独自亮舞台。

风儿吹，叶摇摆，花开怀。
轻轻相依，丝丝情谊，娓娓道来。

西江月·护春

借得昨日绿意，萌发新芽一枝，
欲问家仍安在乎？却是满目疮痍！

但愿携手合力，护住春光一息。
绿叶片片迎甘露，希望就在心里。

眼儿媚·喉红醉舞

夏日炎炎蝉无休，百花渐落瘦。
喉红玲珑，欢聚翠楼，笑颜依旧。

白裙飘逸朱唇秀，醉中舞轻柔。
徐徐清风，丝丝凉意，何来夏愁？

忆少年·同窗缘

如梦如幻，花开花谢，难说恍然。
昨日才别离，吟诗不觉远。

万里相隔云飘逸，忆往事，似苦还甜。
笺疏字灵动，只道寒窗见。

鹧鸪天·花开如雪伴君醉[1]

铜皮悠悠载云归，穿庭撩得清香吹。
难道只怨春色浅，白雪迷路岭南回？

花如雪，片片飞，君行千里词难对。
寒道无尽雪纷纷，梦作幽兰与君随。

钗头凤·花慰

沉木跳，鸟儿叫，满枝绿叶片片笑。
球花貌，如灯耀，艳光闪闪，翩翩舞蹈。
妙！妙！妙！

风雨嚎，路遥遥，伊人忧愁花中绕。
兰儿俏，慰辛劳，风平雨静，儿夫已到。

---

[1]昨日先生出差，临行前匆匆拍下一幅铜皮石斛小盆景盛开的照片，今日里我静坐兰园，只见许多石斛盆景都被这和煦的春风吹开花了。想着北国漫天的飞雪，先生的独行让人记挂，还好有石斛的花香花容陪伴着，就当飞雪是思念人的花魂吧，一路平安！

好！好！好！

蝶恋花·细茎开花

小花凌寒聚翠楼。
优雅送吻，白中绿含羞。
幽香缕缕好梦留，
不与百艳争春秋。

浪迹天涯喜牵手。
燕子双飞，最解相思愁。
轻曲唱罢更何有？
静静蕴育诗与酒。

蝶恋花·紫瓣石斛

销魂麝香展妩媚，
风流灵动，奇香催人醉。
面粉唇红眉垂泪，
惹吻更掩夏憔悴。

蜜蜂闻香不知累，
欲离还休，细看青苗翠。
罄笔难书画中美，
静看花舞魂已飞。

定风波·战台风山竹

风颠雨猛吹断魂，青萝横翠有啼痕，
山竹一路狂咆哮，发飙，茫茫天海密密云。

兰园娇儿闻颤音，微惊，举头侧目心平静。
摧枯拉朽总有尽，待晴，吾当高歌向风鸣。

2018年9月16日

江城子·重聚

转眼四十冬又春，
梦中寻，当年景。
春雷一声，雨润万株菁。
酣酣梅花粉面笑，
大学兴，神州明。

莘莘学子苦伴行，
悠悠心，同窗鸣。
遨游天涯，从此展豪情。
寒露冰霜白云鬓，
相思语，对花吟。

江城子·金钗花开

昨夜雨疏风又狂，
花枝颤，春雷响。

满园花魂，何处诉衷肠。
纵有风情万千种，
花未香，寒未央。

晨起未及细梳妆。
急步行，花台往。
石斛盎然，唯有喜满腔。
金钗花开飘满枝，
路虽长，情难忘。

江城子·古涧临风

风过鹏城雨未停，
天未宁，水无情。
默默幽兰，几度溅泪痕。
独梦只觉路漫漫，
烟雨中，觅知音。

古涧细流润无声，
涓涓行，于葱青。
相遇有缘，字字皆为情。
桃李不言自成蹊，
兰临风，涧常清。

苏幕遮·兰花赋

水凝香，翠枝展。
优美灵动，点点红唇满。

垂丝万缕花成串，雨后风清，艳光处处闪。
花似语，蕊如章。
幽兰款款，笑闻春风唤。
含羞垂眉轻轻唱，铮骨柔情，妙曲催人欢。

小重山·清明

春到此时百花盈。
竹叶淡淡香，最迷情。
楼外岭头处处青，
遮不住，清风伴素馨。

几许幽幽景。
细叶片片动，悄无音。
黄花闪闪如泪凝，
莫不是，也知到清明？

天净沙·静园冬韵

绿枝酣醉情浓，
琼苞含羞微红，
年年来去匆匆。
残叶萧瑟，
风中思念无穷。

程庆拾

字古生，三即斋主人，山西武乡人，现居乌鲁木齐。1978年至1982年就读于兰州大学中文系。全国美学学会及新疆作协、书协、美协会员。国内著名钢笔画家、钢笔画理论家和钢笔画信息宣传工作者。中国钢笔画联盟常务理事，《中国钢笔画家》杂志编委，《当代钢笔画》杂志主编，新疆钢笔画艺术家俱乐部主席，全国“首届新钢笔画学术展”组委会委员。

致家胜兄[1]

迷漫北疆路，雪漠冬来早。
远峰唯古冰，寒宇无飞鸟。
小车如点豆，此行何寂寥。
梅枝盼春发，归来共醴酪！

2018年11月

颂隆基校长

江河源远波相从，隆隆巨雷醒夜空。
基业遗爱皋兰秀，英名永垂百世功！

答秀高兄

雨里家山秀可餐，举杯邀茗对轻寒。
此景飘飘何所似？天地朦胧梦故园。

[1]梅家胜，新疆著名作家。

一川嘉好山水在

一川嘉好山水在，
十亩田园种瓜菜。
三朋四友豆棚下，
谈古论今何快哉！

桂栖鹏

湖北黄梅人。1978年至1982年就读于兰州大学历史系。1988年获杭州大学中国古代史专业硕士学位，1995获南京大学中国古代史专业博士学位。浙江师范大学教授，多年兼任古典文学专业硕士生导师。

自题《元代进士研究》(七绝三首)

(一)

十年一剑亦何能？处处英才看早成。

望断浮云还自笑，臣之壮也不如人。

(二)

疏狂涤尽是潮流，风俗移人不自由。

漫说文章千古事，著书先为稻粱谋。

(三)

牢骚易盛事难工，天道酬勤自古同。

检点平生余一愧，闲抛心力负春风。

2001年7月

游呼伦贝尔草原

七月边陲秋已浓，如茵绿草接天穹。

我来不为湖鱼美，只向苍茫觅旧踪。

2004年7月

游千岛湖

扫却风尘作胜游，春装越女最风流。
一湖碧玉开新镜，万点红桃缀小楼。
山水有情迎客笑，荣华无际淡乡愁。
江郎到此惭才尽，欲写天姿不自由。

1997年4月

五十感怀

又把流年送一程，镜中双鬓渐如银。
云帆沧海迷朝雾，幽草空山爱晚晴。
尽洗铅华归本色，好栽桃李淡虚名。
人间冷暖皆真味，细悟前缘种后因。

临江仙

兰大毕业三十年，同学聚会于兰州，赋小词以纪之。

一别兰州三十载，
依稀往事如烟。
凌风把酒忆当年，
千杯倾故意，
今夜自无眠。

相见时难君莫叹，
殷勤更续前缘。
黄河柳色送归船。
天涯明月在，
处处共清圆。

2012年8月

王锐

1978年考入兰州大学化学系。中国工程院院士，全国政协常委。现任兰州大学副校长、医学院院长、基础医学院院长、甘肃省新药临床前研究重点实验室主任。1988年获博士学位（兰州大学与日本京都大学联合培养），兰州大学和美国堪萨斯大学（University of Kansas）博士后。兰州大学教授、博士生导师，教育部“长江学者”特聘教授，国家杰出青年科学基金获得者，中组部国家“万人计划”领军人才，负责“多肽药物”教育部创新团队和科技部十一五、十二五“重大新药创制”国家重大科技专项多肽关键技术课题。

五绝·无题

江山多胜景，
大美在峰巅。
放眼摩云处，
挥汗更加鞭。

2019年7月

如梦令·咏怀

半世苦征学海，
卅载精耕多肽，
华发渐悄生，
仍是初心未改，
莫怠，莫怠，
道远时不我待。

2019年7月

易建平

1978年至1982年就读于兰州大学历史系。现为中国社会科学院世界历史研究所研究员。

次韵桂栖鹏教授《桃花》一绝

山河望处失楼台，敢恨灰霾泛滥开？
诸事茫然无着所，樱红桥瘦梦君来。

附：桂栖鹏教授原作《桃花》："仙姿谁遣下瑶台，野岭长堤处处开。不向东君争国色，无边春意待人来。"

2019年3月20日

题人旧照

别梦迷离谁与语？山门坐久晚云虚。
伤心莫惹秋林月，跌落清塘艳若初。

2018年10月19日

感时

不为情狂为楚狂，人间解罢白茫茫。
无端出笑无端吼，冷冷江风下夕阳。

2018年

落花

三千无那意何寻？一朵轻徐一朵沉。
捡到黄昏人欲去，拂衣踏雪屐痕深。

2018年4月15日

送客

月出长滩白鸟惊，有心无语夏凉生。
行舟渐远灯明灭，听罢风声听水声。

2017年

过酒泉

云横戈壁日如伤，千里祁连走汉墙[1]。
我有秋心书未尽，于无声处说苍茫。

2015年9月

无题

近来心事总难定，风动北林听未真。
雪涌年关空客舍，钟鸣隔岸倍思亲。

2014年

[1]祁连山下，汉长城秃废，残垣时隐时现；凸显者，多为烽火台遗址也。

涨潮

荼蘼小院为谁开？铺罢余晖莫可裁。
欲赋春声潮水起，万山开处一帆来。

2014年

客舍

铁马叮呤绿玉蕉，问谁隔院晚来箫？
清音惟似故园好，吹彻乡愁女子谣。

2014年

无题

雀啼三五破空天，簌簌秋凉惹一肩。
封罢家书人起立，斜阳如坠恨如烟。

2004年

张克非

1978年至1985年就读于兰州大学历史系，先后获学士和硕士学位。毕业后留校至今。2006年受命编写兰州大学百年校史，遂执着于校史的研究及传播。现为兰州大学校史研究室主任、中国高等教育学会校史研究分会理事长。

兰大人之歌

昆仑巍巍黄河长，荟萃群英立上庠；
艰难困苦成大器，奋发有为创辉煌。
扎根西部做奉献，振兴中华勇担当；
独树一帜自强路，奔向那大同理想。
勤奋求实学风厚，崇尚真理不遑让；
名师先贤丰碑在，母校有我增荣光！

2019年初春

张亚非

1978年考入兰州大学物理系，相继获得理学硕士博士博士后。现为亚太材料科学院院士，上海交通大学电子信息与电气工程学院副院长，薄膜与细微技术教育部重点实验室主任，长江学者特聘教授，上海市领军人才，优秀留学回归人员，IEEE高级会员，JCR Q1区SCI专业英文国际学术期刊《Nano-Micro Letters》主编。

兰州牛肉拉面

兰州拉面远名扬，味鲜汤清手作长。
萝卜老汤红火辣，蒜苗香菜面金黄。
牛鸡肉骨闷泡煮，陈氏研寻调料香。
高蛋面团揉复醒，捣筋抻顺按节搪。
抡摔弹扯精绝技，正手单拉反索双。
柔展绵滑能恰好，指间拿控可圆方。
细毛韭叶分粗度，滚水锅中煮面光。
入碗加齐汤辅料，三官皆悦面食王。

改革开放巨变记（平水韵）

（一）经济变革四十年
四十年始国门启，产业兴盛世界级。
引进外资新技术，市场经济展生机。
城乡改造脱贫困，制造中国享誉一。
个体合资国有企，跨国外企步云集。
尖端制造精科技，发展高新网络基。

改变经营传统链，供需整饬化顽疾。
交通高速加联网，带路宏图发动机。
智慧人工潮涌领，民生国计赶超激。
（二）高考恢复四十年
四十年来高考路，尊重知识选青英。
寒门弟子求知梦，学识才能出竞争。
七七知青降首运，国家计划分岗征。
众多空白任填补，各个行当受热迎。
七九后来应届考，市场经济自谋营。
浪潮涌起高科技，产业工程主力鸣。
博硕本科加综合，阶梯教育自然成。
统一应试虽不足，改革维新在健行。
（三）人才海归四十年
四十年潮留学热，外寻佳域注希望。
未知世界迷兴趣，求索高端学梦扬。
表现得赢生活费，勤持拼过学分墙。
热门方向难争取，基础深据亦隽良。
开放初期经济弱，中央高略引才方。
长江百杰优青计，招募回归任栋梁。
千万人才波浪涌，渊源不断助图强。
全球放眼贤才聚，大国雄心人本创。

源(平水韵)

（一）志
人间不乏困难中，世上几多紫气东？
遇到高兴须尽乐，遭逢痛苦勿殚衷。
幸当文粹心能慰，便为诗魂义可忠。

乍得激情温似火，感时盛意煦如风。
古传失鲜前人敬，今着开新后代功。
李杜肩头平步起，律成绝响岂凡同?
天生万物能描画，灵慧毫微会辨攻。
诗术精修通变化，神词妙咏韵无穷。

（二）情

天生必有吾才用，上下求之索路通。
五品齐家修学正，诗书道德化贤衷。
兼容历代精华识，萃取中西智略功。
报国忧患思义重，为民请命法行公。
登高放眼天涯路，不畏前途荆棘丛。
长空揽星排日月，波澜壮阔踏西东。
出成一表真名姓，博得千财济世穷。
自信人生能百岁，当须功业会英雄。

（三）意

万物天然美画裁，千般人造善图开。
沉鱼落雁能思喻，鬼斧神工可想猜。
淡抹浓妆风配韵，简谐和约独称徘。
瑶池荡漾光潋滟，色彩斑斓影滟徊。
宛若凌波云雾境，似乎梦幻逸仙台。
青山绿水鲜花艳，金柱银梁铁石裁。
珠树玉珑飞欲定，灵霄宫阙目惊呆。
诗情那得神奇许?意境相承绝妙来。

（四）韵

古诗经集意为先，歌咏音调韵当然。
乐府奉师高雅研，中唐韵律致精宣。
协调平仄排扬抑，押韵音声和步旋。
对仗巧谐言性偶，经传绝律押平缘。

和诗趣会文交戏，次步依规限韵填。
曲段乐章词万种，句型长短乐歌弦。
多端曲谱调名杂，奇偶参承节奏全。
权却律诗严韵限，宋词造化到盛巅。

霜天晓角·立春

立春呼迨至，六九穿冬日。
跨越冽寒极点，升阳气，北风滞。

生机迎暖示，冰雪渐消释。
早柳萌芽枝绿，春光启，醒尘世。

忆汉月·龙神(词林正韵)

灵族美鳞苍圣，遁地通天潜迳。
祖源昆脉理神州，驾调雨风云滢。

惊威雷电激，居四海、洛河呈孟。
贯阴阳中国昌盛，祥瑞九龙观庆。

蝶恋花·雪人

雪降南方稀贵罕。
欢喜惊叹。厚白绒遮遍。
抓捏滚揉球雪软。
堆人身座头加冠。

鼻子眼睛它质扮。
雍素银装，点缀颜灵显。
晴日渐融消野散。
坚持雪守凭流干。

李同双

河北无极人。1979年至1989年就读于兰州大学化学系，分别获学士、硕士和博士学位。1993年至1994年在英国Bristol大学做博士后；曾先后在加拿大、美国、中国多家药物公司从事新药研发。现为美国Fochon Pharma药物化学资深总监。发表学术论文200多篇，拥有专利30多项。1995年获中国化学会青年化学奖，1997年获第五届中国青年科技奖。

赞王秋林老师[1]

兰马英雄王秋林，吾辈敬仰愧望尘；
年过花甲健如飞，自强不息兰大魂！

2018年4月

赞宝石冬泳[2]

(一)
三九寒天雪飘扬，奔六猛男冬泳忙。
有我宝石老周在，岂容泳池变冰场。
(二)
身着泳衣戴红帽，冰水浴中舞冰刀。
雄心似火驱严寒，破冰斩浪逞英豪！

2019年1月

---

[1]王秋林老师1982年毕业于兰大化学系，现在兰大档案馆工作。他连续八年征战兰州马拉松并全部完成全马，是我崇拜的英雄。
[2]兰大同学周宝石，陕西师大教授，冬泳是其爱好之一。元旦日，又见其冬泳英姿，必须点赞！

冬雪

——温哥华50年不遇大雪有感

圣诞新年到，缘何车马稀？
不见松柏绿，但见松枝低。
大河无踪影，岸边白沙堤。
四野无杂色，寒风跃万里。
暴雪扫北美，百年不得遇。
陆空交通困，亲友难相聚。
低温菜价高，百姓忧生计。
可怜鸟与兽，觅食成问题。
万物待来年，春暖展生机。

2008年12月

清平乐·战老牛[1]

久有夙愿，与老牛再战。
多年美梦今实现，双双喜笑欢颜。

这厢奋力劈杀，那边健步轻弹。
大汗淋漓过后，兄弟把酒言欢。

2018年3月

[1]2018年3月到母校——兰州大学回访，和在兰大工作的同学、球友牛景海切磋了羽毛球技。

李雪华

笔名青山、龙津散人，福建明溪人。1979年至1983年就读于兰州大学经济系。长期从事中职学校行政管理与教学工作。诗词作品入选《梅蕊先萌》《全球华文诗词艺术博览全书》《传世孤本经典诗词》《世界华文诗词艺术家大词典》《当代诗坛百杰佳作选》等书刊。

早春游鼓山

明知不是放晴天，执意出行向顶巅。
翠鸟竞追随道侧，游人踊跃绕山前。
云遮雾罩丛林锁，气爽神清俗念蠲。
好个天然山水画，清心一片出骄妍。

2011年3月19日

大学同学武夷山聚会感怀

同窗求学忆当年，苦练勤研不夜天。
拐角温馨常眷念，雁滩篝火总纠缠。
叹长缨困多难见，惜世网羁久失联。
来日悠悠真可喜，相携共进谱新篇。

2015年3月21日

辛酉正月扶龙头舞龙灯即事

老夫聊发少年横，撸起衣裳龙首撑。
节气满乡人涌动，招摇过市我先行。
卷桥灯接三弯转，浓兴心随一路倾。

酒气冲天君莫笑，家家狂饮喜盈盈。

2017年2月11日

戊戌元宵拜访魏世恩教授[1]

连日加班苦累身，今朝得假访师亲。
谦谦鹤立一尊老，炯炯鹰巡两眼神。
灯笼巷中寻北斗，城工部里染征尘。
峥嵘岁月君知否，教授曾为佩剑人。

2018年3月3日

贺兰大校友总会年会成功召开

北国高秋寒未觉，欣逢学友暖洋洋。
高谈阔论沙龙闹，策划协调大会忙。
华夏必肥休怨瘦[2]，真经求得自芬芳。
感恩回报齐心力，共助吾兰赴远航。

2018年10月21日

甘蔗赋

落地生根心自恬，亭亭向上一身谦。
霜侵雪压寒不顾，雨打风吹蜜更添。
节节有神骄日月，根根无悔献甘甜。
长康食尾[3]君知否？逝水流年佳境占。

2018年12月28日

[1]魏世恩原系兰大经济系教授，现离休在榕生活。
[2]兰大校友中常有“吾兰虽瘦，必肥华夏”之语。
[3]顾恺之，晋代画家，字长康，他有“吃蔗先吃尾”的说法。

忆刘冰老校长[1]

忆昔余在泮，君正理斯衙。
炯炯精神眼，谦谦君子家。
貌平话略少，言简意尤赊。
师有呼随应，生逢事必查。
最难学运闹，公劝耐心加。
慈祥尊长者，垂范人人夸。

2017年8月5日

[1]名震中外的原兰州大学刘冰老校长已于2017年7月24日逝世，享年96岁，仅以此诗寄哀思。

王立业

现居北京。1979年至1983年就读于兰州大学外语系俄语专业。现为北京外国语大学教授、博士生导师。莫斯科大学博士，北京大学博士后。长期从事高校俄罗斯文学教学、研究与翻译。主攻方向：俄罗斯诗歌与小说，文学比较研究。有专著两部，主编高校精品文学教材一部两本，编著两部，译著四部。主持国家社科项目、省部级项目多项，参与国家重大社科项目多项。

月下独语

盈盈云间月，亭亭树端斜，
婆娑风度影，身轻步自捷。
沉淀过往事，优游天下歇，
时时相问讯，比心少哦嗟。

2011年6月11日

致陶化友[1]

——听淮海戏《节妇吟》“夜半风高……”唱段

乡间泥戏田舍娃，今朝淮海绽芳华，
数十寒苦谁知忆，自有梅花香作答。
凄凉温馨吟一并，晏君临江彩云斜[2]，
敢问天籁何处有？有滋有味午后茶。

2017年3月2日

[1]陶化友：江苏省淮海剧团小生，国家一级演员。
[2]晏君指宋代词人晏几道；临江指其名词《临江仙·梦后楼台高锁》。

傅景世

1980年至1987年就读于兰州大学物理系磁学专业，分别获学士及硕士学位。中共党员，高级工程师。曾在松下电器产业株式会社研修三年（1994—1997），先后在中国华录（央企）工作长达16年，现任中经承园科技有限公司董事、总经理（国家信息中心子公司）。

贺《兰馨集》

馨馨之兰，绵长百年。
其根也深，其叶也繁。
屹立金城，丝路之干。
惟开来与继往兮，奋余勇而直前！

2019年3月22日

缘

大道谁先觉？有缘皆自栽。
心中有仙境，我心即蓬莱。

2018年7月19日

北票十小18位师生国庆中秋长假聚会

10月1日国庆节、4日中秋节，1日至8日为国庆中秋长假，很是难得。辽宁北票十小1975届五年级毕业的17位同学和陈伯华老师聚会，感慨万千。已经42年了，陈老师已82岁，同学们也年过半百、不少已经做了爷爷奶奶姥爷姥姥。光阴似箭、日月如梭，信夫！

人生初起步，师业陈伯华[1]。
珠算识加减，拼音辨我他[2]。
童颜今已老，儿话早失察。
此刻推杯乐，新孙又长牙。

2017年10月8日

从太极拳到太极[3]

不知拳术妙，无语也当然。
目影直直聚，身形缓缓盘。
心如止水静，手似行龟前。
一遇非常事，柔刚转瞬间。

2017年12月6日

无题

苍茫有劲松，长干正朝东。
针绿丝丝硬，果实塔塔隆。
西风撼不动，重雪压无情。
待到花开日，生机万里同。

2017年12月20日

[1]师业陈伯华，指师从小学班主任陈伯华老师。

[2]珠算让同学们学会了加减法，拼音让同学们学会了认字。

[3]国人擅太极。太极文化中有太极图、太极八卦、太极拳等，做人做事也富含太极智慧。其实，又有多少人真正悟得太极呢？人生几十年，太极来太极去，把自己的一生都太极了！

登临

清风频诱我，再上一层楼。
缓步登临去，层林皆是秋。
绿黄相映美，天水互为周。
坐在此庭里，何须盼封侯。

2018年9月20日

菊

走在菊丛里，两眼看菊忙。
菊美我惊艳，菊娇我情长。
始悟潜爱菊，原来有名堂。
更喜菊花茶，一杯足清凉。

2018年10月3日

存储

信息产业储为王，通讯云算后乖张。
如果没有存储事，谁知当年秦始皇。

2018年1月17日

端午节

端午从容踏重洋，儒风潇洒弄轻裳。
三支艾子祈福处，粽叶香时汝亦香。

2009年5月28日

汶川大地震一周年祭

举世同悲哭汶川[1]，千年羌寨几人还[2]。
主席总理相踪至[3]，顷刻全国大动员[4]。
网络连天皆墨色[5]，援民四面入时艰[6]。
三分警报共沉默[7]，重建时节泪已潸[8]。

2009年5月12日

伟大时代

东来紫气正旋升，国泰民和万事兴。
代代江山有良将，层层沃土多精工。
智能网络信息化，高铁航天微信通。
教育健康文化里，一机在手共享丰。

2018年9月8日

---

[1]2008年5月12日14时28分，四川汶川、北川、什邡等地发生8.0级特大地震，举世震惊。

[2]众多的地方，如存续一千多年的羌寨等，一瞬间消失，没有几人能够生还。

[3]地震发生两小时，总理温家宝飞赴灾区；五天后主席胡锦涛飞赴灾区。

[4]地震发生后，全国立即进入紧急动员状态，部队、武警、民众等国家机关单位，从陆上、空中进行“全民大救援”。

[5]网络、报纸、杂志、电视台等新闻媒体，连篇累牍报道地震及救援消息，篇面都是黑色一片，表示哀悼。

[6]国内、国际各种救援力量，从四面八方汇聚地震灾区，出钱出力，共济时艰。

[7]5月19日第七天，全国拉响警报，车船鸣笛，降半旗，胡锦涛率政治局全员在中南海，与全国十几亿人民一道默哀3分钟，哀悼地震遇难者。国外使领馆、部分国家、联合国等，亦降半旗及默哀，沉痛悼念地震遇难者。

[8]中央安排全国各省市与地震灾区结成“共建对口帮单位”，进行灾区的全面重建工作，重建工程以前所未有的响应速度应声而起。

无题

冬寒夏暑满身尘，百度京承执念真[1]。
饶口饶舌饶脑力，为国为我为伊人[2]。
功成需待体肤饿，名就更凭心志沉[3]。
存储安全绿色后[4]，与君一笑说昆仑。

2018年8月15日

贺首届“先进材料论坛暨兰大材料人年会”

老酒新茶聚故人，三杯过后愈精神。
四年共事堪同忆，卅载殊途得立门。
先进论坛因材料，高端讲座借天民[5]。
功能器件业绩伟，兰大呕心倾热忱。

2018年7月22日

清平乐·云雾山

云缠雾绕，客问君来早。
山里不知山外恼，登顶心情大好。

一山又是一山，眼前足下真颜。
远望朦胧美妙，当谙此刻安闲。

2018年6月30日

---

[1]指两年多来往返北京和承德百余次，致力于“中国经济信息网承德大数据中心建设”之事。

[2]费尽口舌和脑力，为了国家、为了我辈、为了承德人。

[3]天将降大任于斯人也，必先饿其体肤、劳其筋骨、苦其心志。

[4]指真正地解决数据中心的安全存储、绿色存储、长寿命存储和并行检索。

[5]在王天民老师的关心和指导下，首届“先进材料论坛暨兰大材料人年会”于2018年7月20—23日在兰州大学召开，参加论坛的各界代表达300多人。

摊破浣溪沙·中经承园宣传册

一册初成心略宽，
承德数业看高端。
国信擎旗合众力——已八年[1]。

旌指光磁存储事，
大幅省电又安全[2]。
数据中心新路线——正出山[3]。

2018年7月9日

[1]国家信息中心联合各方面的产学研力量，致力于磁光电融合存储技术的新一代绿色数据中心建设，已经准备了八年。

[2]融合光存储技术和磁存储技术建设新一代绿色数据中心（在闪存服务器价格下降到可接受程度时再考虑融合电存储技术），在能够大幅度省电的同时，又可以实现物理隔离，更加安全。

[3]一种融合光存储技术和磁存储技术的新一代绿色数据中心建设路线，由承德的中经承园科技有限公司出山。它将把现在流行的数据中心建设路线分成三类：一是面向热温数据服务的数据中心，二是面向冷数据服务的灾备数据中心，三是面向冰数据服务的永久归档和长期保存数据中心。

西江月·白云古洞

为客白云古洞，方知别有洞天[1]。
六山三寺蔚奇观，僧道和尼罕见[2]。

穴谷峰石花药[3]，空灵不染尘缘[4]。
洞边热浪尚炎炎，洞里风凉忽现。

2018年7月19日

西江月·塞罕坝上

无际无边绿色，驱车一路不停。
八千里外有豪情，人朗花红风硬。

三四朵云飘过，七八只鸟清鸣。
忽然黑点近前来，马影羊群入径。

2018年7月23日

---

[1]白云古洞为承德丰宁的天然洞群，开辟于明朝中期的16世纪中叶，总面积10平方公里，其中核心区4平方公里。是一处集峡谷、洞穴、古迹、奇峰、怪石、植被和佛寺、道观、尼庵等人工建筑于一体的综合景观，其中以“三寺”“六山”“九景”“十二洞”最为著名。

[2]“六山”是笔架山、边墙山、虎头山、卧狮山、望吼山、鸡冠山，“三寺”是宝华寺、青云观、隐仙庵，这种僧、尼、道共居一山修行的情况，在我国宗教史上比较罕见。

[3]指峡谷、洞穴、奇峰、怪石、杜鹃花等奇花异草及柴胡等药材。白云古洞景区的植物种类多达110多种。

[4]相传明朝天启年间，有一人进山打猎，见山景空灵、纤尘不染，遂感悟而绝尘缘，在白云古洞修建宝华寺出家为僧，成为开山祖师。

西江月·胡杨

中国电子视像行业协会白为民会长在微信朋友圈里转发了《航拍内蒙古〈今秋胡杨〉》一文，感慨胡杨而作词。

沙漠绿洲盆地，丹霞戈壁草原。
胡杨一守三千年，如此初心罕见。

人口刚刚三万，面积十万十千。
内蒙额济纳秋天，绝美辉煌天判[1]。

2018年10月3日

西江月·荷

不理人间嚣乱，从来淡淡出尘。
荷花荷叶藕连根，有水便无它恨。

船至由它过去，蝶闻荷也纯真。
迎风送雨看风云，不怕谁说荷笨。

2018年10月5日

忆秦娥·除夕夜

除夕夜，家家户户情真切。
情真切，融融其乐，只谈风月。

[1]内蒙古额济纳，面积114 606平方公里，人口仅3万，是中国版图上一个神话般的存在。胡杨三千年不死，死后三千年不倒，倒后三千年不朽，额济纳胡杨林用三千年的守望，等来一个又一个绝美的秋天。

银花火树忽明灭，拜年微信传佳页。
传佳页，同人击掌，亲朋道谢。

2018年2月15日

钗头凤·见朋友

天将暮，急归住，交加风雨匆匆路。
林荫暗，道多变，朦胧标识，有时难判。
慢、慢、慢。

朋友处，人如故，几多感慨倾心吐。
杯盏换，话不断，互言珍重，还须挥汗。
干、干、干。

2018年10月27日

水调歌头·偷静

偷得一时静，与汝醉三天。
稀粥花卷，咸菜茶水亦心宽。
战记文学历史，网络光盘微信，躺椅任休闲。
小品葡萄酒，小梦竟成鼾。

信由步、乱舒意、侃新谈。
视频忽响，亲友同事又传言。
日里公园转过，傍晚邻居笑毕，入夜已平安。
问我何为幸？妻伴在身边。

2018年6月25日

故乡

说古说今说故乡，故乡有亲娘。
儿时记忆比天长。
入秋此刻，天或转凉？

高龄老母可安康？
姐妹三家，又为何事忙？
四十年来，回省皆匆匆，
家有难事能谁帮？

2018年8月11日

张绍红

辽宁盘山人，现居石家庄，中共党员，研究员。1980年至1984年就读于兰州大学经济系。在河北省委办公厅先后从事文字、后勤、经营、保卫等工作，现任河北金融学院党委常委、纪委书记。河北省作协会员、诗人。出版诗集有《田野牧春风》《诗痕浸墨香》等。

菊韵

菊花开于秋天，以金黄色居多。晚秋后，百花凋敝，而菊花盛开。常为文人墨客所喜爱。我亦喜欢菊花的孤傲与高洁。

丰含三秋月，富比黄金国。
贵在逢霜时，君前无俗客。

人生感悟

春风细雨，百花争艳，白云悠悠，天高望远，一份心境，自得悠然。

细雨润春园，霁后百花鲜。
天蓝缘风扫，心坦自悠然。

枫叶渡

枫林如火，枫叶随风，如同波涛大海，宽阔汹涌。

枫林不知晚，风轻叶如船。
正好渡君子，红云铺满山。

天上人间

某日，行车于太行山间，雨后初霁，云缭雾绕，如玉带缠腰，蔚为壮丽。不禁诗意涌来，随占一首。

祥云笼翠微，玉带绕山巍。
人间无此景，天上走一回。

夏夜小醉

夏夜熏风暖，柳拂小河边。
不敢倚床瞅，怕惹相思笺。
心恼无片语，情来何以堪。
把酒临风饮，醉舞明月前。

农家乐

农村是朴素的，没有功利，没有喧嚣。朝看日东升，暮看日西落，那种恬淡，那种闲情逸致，是在城里没法获得的。

愿做弄瓜叟，农家饲鸡鸭。
清风好作伴，绿野可安家。
忙时闻鸣鸟，闲来看彩霞。
幽幽偷安乐，烟郭醉饮茶。

咏槐

花开青玉色，风过醉千家。
庭院午遮日，村郭暮栖鸦。
起屋当料好，果腹入肴佳。
乡客识为重，四野种槐芽。

草原风光

我多次到草原，那种雄浑与辽阔，那种厚重与豁朗，让我至今难以忘怀。

茫茫绿野望不尽，牛羊过后野马奔。
草原儿女歌声起，星月起舞风牧云。

咏秋之秋云

这首诗是写给刘云兄的，秋天是惬意的，在秋天的高山上看云卷云舒是多么的心旷神怡。

风扫花痕秋韵深，菊黄酒暖正怡人。
闲观远空听鸣雁，醉卧高山看流云。

咏秋之秋雨

绵绵秋雨，如泣如诉，别样相思，在秋雨中漫步，冲不破这雨网，也冲不破这情网。

少女心中一段愁，绵如绣针绕指柔。
结成铺天盖地网，别样相思在心头。

梦春

半夜梦醒，梦境历历在目，仿佛老家的园子，桃红柳绿，蜂飞蝶舞，满园春色，好不热闹。

梦里偷闲回老家，满园芳菲映彩霞。
邻家小女闻香至，斜倚墙头看杏花。

读红楼

一部《红楼梦》造就了一门学问——红学。我从二十几岁开始读红楼，断断续续近三十年，仍没有读完……

梦里情丝梦外牵，缘来缘去总应怜。
心似春潮不忍泪，红楼至今不敢翻。

诗样人生

每个人的生活都是一首诗，就看我们怎样去书写，可以浅吟低唱，可以诗花怒放。

人生遍地有诗章，信手拈来诗成行。
哪日解破千秋梦，能让心花吐芬芳。

桃花赋

阳春三月，桃花盛开，文人骚客，纷至沓来。我却静待秋后的仙桃，好尽孝道于父母的膝前。

腊红枝上粉红云，香雨纷纷飘红尘。
可怜秋后花儿落，嫩蕊成桃奉双亲。

梨园醉

河北盛产雪花梨，每逢春三月，梨花盛开，一片雪白，春风拂过，香溢四野。踏青于梨园，心花也盛开。

玉色压枝满梨园，欺霜赛雪香盈川。
可怜春风拂不动，熏得游人醉花间。

咏兰花

家有兰花一盆，并有小女一个，一日技痒，按动快门，吾为之补诗一首以记之。

素雅淡妆羞卷帘，轻烟拢翠过凡间。
入鼻些许人皆醉，微风无奈偎幽兰。

枫叶红

秋来十月，寒风来袭，大雁南飞，鸣叫声远，偶过枫林，一片红霞。

瑟瑟秋风过岭东，声声雁叫彻碧空。
窃偷天酒染枫叶[1]，江山一片涂丹红。

题玻璃海棠

玻璃海棠，花中的小家碧玉，那种娇柔、妩媚，让人凡心涌动，如醉如梦。

几枝碧绿数点红，娇柔不敢经春风。
恐因轻抚折脆茎，又怕入梦醉一生。

[1]杨万里有诗："小枫一夜偷天酒，却情孤松掩醉客。"

韩培刚

河北邢台人，现居深圳。1981至1985年就读于兰州大学物理系金属专业。1990年获兰州大学材料科学硕士学位。后于香港科技大学和香港城市大学分获工学硕士和博士学位。先后做过工程师、研究员、技术总监、总经理。现任深圳技术大学新材料与新能源学院院长，特聘教授，国家“千人计划”特聘专家。

七律·逛苗寨[1]

苗寨雨微飘若尘，木楼烟醉隐松音。
阑珊灯火通长夜，姣好月光迎早晨。
古巷歌稠侵客栈，新春寒重浸城门。
西江千户今何在？步履匆匆过路人。

2018年春节

临江仙·美酒去愁[2]

运动场上健儿飞，
冲破寒意森森。
学府师生共欢欣。
今日了却愁，
举杯当畅饮。

[1]2018年春节，陪同家人来到向往已久的贵州黔东南苗寨度假。千家万户的精美木屋镶嵌在云雾缭绕的大山中，鸡犬相闻于早晨的炊烟袅袅中，诗情迸发，欣然记之。
[2]深圳技术大学去筹当日，适逢学校运动会成功举行。当晚获悉华为孟晚舟在加拿大保释，欣喜而记之。

华为招谁惹了谁，
加国为何抓人？
忽闻寰宇变风云。
晚舟驶回家，
国人放下心。

附：翟亚军和作“（一）飒爽西风临海滨，融融学谊兰草熏。等闲时光三十载，对酒莫辞歌咏频。（二）风老鹰雏茅檐馨，满天桃李悦相闻。匠心再筑金色梦，文化更塑赤子魂。（三）政教学研著功勋，诸子才高事业新。无愧蹉跎说学术，秃笔泼墨更精神。（四）长路风尘灯火昏，鸾镜暗惊朱颜沉。情怀如昔增感慨，喜点喜聚惜芳樽。”

老白和作：“（一）清秋气爽鸿翔集，学谊前缘喜再续。技术立校领先机，八面风来待鹏举。（二）依然玉树看临风，次第桃李欣向荣。匠心筑梦思奋进，文化塑魂冀诚明。（三）弟子三千多才俊，兰园旧事入梦频。于今坪山河上水，犹闻雁滩岸边音。（四）深惠灯火相辉映，喜点共饮龙光城。且趁酡颜合张影，人生能得几重逢？（五）天下技大第一校，紫气东来鹏翼高。闻鹊梅枝同贺喜，识荆兰苑亦堪豪。停杯重唱塞北雪，投箸再吟康河桥。师情学谊酝老酒，乘醉共弄南海潮。”

李卫

祖籍广东，现居东莞。1981年至1985年就读于兰州大学物理系。在校期间是校足球队中场主力，该足球队多次获兰州地区高校联赛冠军。1990年至1993年赴澳大利亚学习商业管理。曾先后在美资企业、港资企业担任副总经理、总经理等职务。现任东莞市普凯塑料科技有限公司董事长。该公司目前是国家高新技术企业，在行业内有较高的知名度和良好口碑。

2017年8月应同学盛情邀请
游甘肃甘南自治州有感

（一）

一路风情一路歌，天成美景意如何？

人间仙境何处觅？甘南归来逍遥客。

（二）

立秋之日甘南游，惊艳美景把客留。

秋风未起暑气散，清凉快活意悠悠。

有感于同学游八一冰川

未见大漠孤烟直，恍记当年骠骑帜。

西域净土今犹在，蓝天白云寄情思。

2017年8月

教师节有感，向老师致敬

师道尊严是典章，园丁天职非寻常。
平凡人生见非凡，桃李满园醉芬芳。

2017年教师节

肇庆游

秋高气爽肇庆游，古韵旧貌见风流。
鼎湖山眺七星岩，人间仙境何须求？
山泉清澈湖水悠，处处湖光山色秀。
宜古宜今宜风雅，无愧岭南第一州！

2018年11月8日

世界杯

盛宴落幕硝烟尽，跌宕起伏叹输赢。
名至实归赢众望，高卢雄鸡又登顶。
寂寞豪强皆败兴，格子军团举世惊。
世事沧桑风云幻，四载轮回再修行！

2018年7月16日

送别马天健同学

天马行空来匆匆，去也匆匆不忍送。
把酒言欢意未尽，相见恍如在梦中。
与君挥别未觉恐，人生何处不相逢？
悲欢聚散一杯酒，纵使沉醉仍从容！

2016年2月

见中学政治课刘老师近照有感

时光飞逝虽如烟，当年风采依稀见。
哲学政治经济学，老师教诲铭心间。
精神矍铄身体健，快意生活享晚年。
闻说夕阳无限好，晚霞绚烂尚满天。

2018年12月30日

如梦令

曾记少时顽皮，
怎忘无忧光景，
蹉跎半世毕，
始见尘世端倪，
忆起，忆起，
同学真情如昔。

2015年7月

卜算子·为普者黑之游助兴

普者黑梦引，同学心牵系。
万水千山都是情，且放飞心灵。

风光难阅尽，聚散总依依。
唯愿情老人不老，岁月日日新。

2018年7月

浪淘沙·端午抒怀

又闻粽香飘，知了鸣叫。
龙舟竞渡欢声啸，
艾草菖蒲驱邪妖，
夏日喧嚣。

盛世乐逍遥，事遂人料。
华夏崛起路虽迢，
众心合一前程耀，
江山多娇。

2018年端午节前

浪淘沙·主席祭日有感

又逢九月九，思绪悠悠。
伟人仙去音容留，
国泰民安英魂佑。
功立千秋。

盛世勿忘忧，恶流急涌。
围堵封杀来势凶，
一战立威定苍穹！
中华锦绣！

2018年9月9日

清平乐·美国之行

天蓝地旷，少有路人双。
硕大仙人掌盛妆，疑为异域图窗。

虽是走马观花，未见梦中繁华。
故乡更现活力，华夏定铸辉煌！

2015年春节

清平乐·绿茵如梦

绿茵如梦，载青春葱茏。
矫健不与少年同，激情却仍相拥。

回首未觉倥偬，怎奈时光匆匆。
莫叹岁月蹉跎，时光依旧从容。

2018年1月6日

诉衷情·2017年主席祭日有感

开天辟地何曾见？英魂佑人间。
民富国强巨变，华夏换新颜。

复兴梦，路仍远，心更坚。
伟人在天，谈笑指点，江山娇艳。

2017年9月9日

西江月·太原之行

——洪伟足球队太原之行

久有古城梦萦，今时有幸登临。
古风依稀叹盛名。天地人间全新。

足球痴缘难尽，绿茵重燃激情。
风雨兼程人未停。健康快乐同行。

2018年6月9日

西江月·世界杯

盛宴如约而至，夏日如梦如痴，
啤酒呐喊不眠夜，久违激情谁知？

四方巨星齐集，八面豪强毕至，
风云际会鏖战急，续写足坛新诗。

2018年6月15日

相见欢·忆联赛夺冠[1]

卅载弹指如梦，太匆匆。
难忘球场驰骋，气如虹！

克铁院，取工大，胜师大。
一路高歌猛进，建奇功！

2017年8月

[1]1986年兰大校队以全胜战绩夺得兰州地区高校足球联赛冠军。

相见欢·甘南归来有感

归期短瞬如梦，太匆匆。
怎忘携手仙游，云雨风？

同学心，情珍重，义如松！
南粤遥望高原，篝火红。

2017年8月

相见欢·与多年不见的老同学老穆、小牟相聚有感

时光转瞬如隙，何所期？
同窗之谊犹记，心相惜。

年半百，鬓染霜，莫嘘唏。
笑看夕阳起落，相聚益。

2017年12月

忆江南

东莞好，岭南秀色照。
层林叠翠江海汇，
人杰地灵物丰饶。
人间仙境好！

东莞好，改革开放早。
敢为人先胆气豪，

举世瞩目东莞造。
放眼步步高！

2016年9月

忆秦娥·中秋

中秋夜，云淡风轻朦胧月。
朦胧月，疏影横斜，桂枝摇曳。

把盏言欢琼浆液，举杯共祝家国圆。
家国圆，同享盛宴，天上人间！

2018年中秋

临江仙·贺港珠澳大桥通车

浩瀚缥缈伶仃洋，岁月浪花滔滔。
过眼云烟与谁道？
星移斗转间，事变物亦超。

玉带蜿蜒粤港澳，又似银链闪耀。
人间奇观添妖娆。
无须叹伶仃，风流看今朝！

2018年11月23日

满江红·贺母校110周年华诞

滔滔黄河，奔流过，时光飞逝。
转瞬间，母校华诞，逾百有十。
倡勤勉自强不息，重研学独树一帜。

栉疾风，历筚路蓝缕，苦心志。

看今日，根叶炽。果满枝，器成势。
骐骥出绝域，骇俗惊世！
踏歌寻梦何言痴？情怀天下贵真挚。
正逢时，趁风华正茂，展雄姿！

2018年11月28日

沁园春·东莞

珠江湾畔，葱茏岭南，江海聚汇。
望旗峰山峦，层林叠翠，秀色可园，风情陶醉。
人杰地灵，天赋勤勉，敢为人先胆气锐！
叹今朝，乡野变都会，物换轮回。

莞香飘逸依旧，神韵一如天地精髓。
赞风水宝地，天顺人和。境态谐美，鸿喜荟萃。
物竞天择，矩步引领，时不我待争年岁。
看前程，风鹏正举时，朗耀曦辉！

2016年3月

水调歌头·国庆抒怀

磨难逾百年，沧桑人世间。
前赴后继向前，共和国加冕。
抗美援朝亮剑，“两弹一星”惊天，
国安慰先贤。
睡狮渐已醒，复兴路仍艰。

开国门，兴改革，赢巨变。
北斗天宫，寰宇遨游引人羡。
蛟龙深海探险，天眼视野无限，
高铁疾如电。
旧貌换新颜，神州国运健！

2018年国庆

李风泽

1982年至1986年就读于兰州大学物理系磁学专业。毕业后在河北省从事质量技术监督法律法规、认证认可、产品质量监督等行政管理工作。

如梦令·重聚

兰苑同窗重聚，
往事书生意气。
宴语笑声高，
沉醉春风细细。
如叙，如叙。
唤起经年记忆！

2018年2月

刘伯昂

北京人。1982年至1986年就读于兰州大学物理科学与技术学院理论专业。先后教授过电大、电化、职业培训等课程。后来做过技术研发、设计、制造工艺、产线检测等工作。现在专司专利商标的双创工作，领域涉及微波、射频、电路以及机电一体化。

远征老兵行

——2011访缅看望抗战老兵有感

久仰丛林虎，今晤远征军。
论年皆耄耋，寥寥几人存。
历尽兵火劫，临风似不禁。
初聊难解意，重听悟乡音。
话到抗战事，谈笑倍精神。
双目泛异彩，记忆似更新:
“枪口齐对外，不打自己人”。
唱罢沙场曲，热血涌欲喷。
秋风吹故垒，磅礴万马奔。
挥刀诛倭寇，扬鞭遏战云。
全歼宿敌菊，碎作盂关尘。
男儿报国死，功名何须论。
故事随流水，岁月去无痕。
而今老贫病，羁泊伊江滨。
故园回不得，思乡夜梦频。
老娘岂瞑目，犹盼远归魂。
闻此我心恸，泪落湿衣襟。

安得吴祭酒，诗颂赤子心。

后记：2011年访缅北老兵后所作，此次稍有改动。谨以此奉献给民族英雄孙立人将军和常胜军新一军，晚辈刘伯昂敬书。

何双玄书七言联句

孟庆华

河南安阳人。1982年至1986年就读于兰州大学物理系。曾在中国乐凯胶片公司、上海峰星国际贸易有限公司等单位工作，现就职于广州某私募基金管理公司。曾于2017年出版了78万字的长篇小说《哪儿》（上、下）。

岭南忆兰大有感

岭南景象时时新，
姹紫嫣红浓亦真，
彩霞飘飘耀莲峰，
松涛阵阵听白云。
花灯倒映珠江夜，
海波轻摇鹏湾春，
同学相逢竞执手，
共忆西北兰蕊馨。

2018年12月6日

苏刚

甘肃庆阳人。1982年至1991年就读于兰州大学物理系磁学专业，先后获学士、硕士及博士学位。1992年进入中国科学院研究生院博士后从事研究工作。1993年10月至1999年2月先后在美国纽约州立大学石溪分校（CEEC学者）、德国科隆大学（洪堡学者）及日本东京理科大学（GSPS学者）等高校从事科研工作。主要从事凝聚态理论物理、统计物理及计算材料物理等方面的研究。现任中国科学院大学副校长、教授。国家杰出青年科学基金获得者，中科院“百人计划”学者。2007年入选人事部科技部等七部委“新世纪百千万人才工程”国家级人选。

征程·贺恩师葛墨林院士八秩华诞[1]

翰墨遇世弟，
学林芳芬绽。
高怀见物理，
可积通规范。

2018年12月1日

[1]葛墨林院士是我国著名的理论物理学家，笔者的导师，师母秦世芬老师教授过笔者的普通物理实验课，小诗的前两句嵌入了导师和师母的名字，最后一句反映了葛老师在规范场和可积系统两大领域取得了重大成就。

兰大物理院礼赞

数辈灌兰根[1]，连年释馥馨。
隆基助物理，树帜应天人[2]。
贤者犹格致[3]，初学立正勤。
金磁半理器[4]，五业莽昆仑。

2019年5月

前行

——贺母校兰大百一十周年华诞

黄河之滨贤儒汇，皋兰山下萃英集。
积石堂里卷启智，昆仑厅间诲士疑。
宏宇微观文史奇，医环生地草学宜。
陇上厚学独奋力，苟日又新志不移。

2019年3月25日

---

[1]兰根：喻兰州大学之根基。历代师生将兰大的根基浇灌，所以兰大持续芬芳。

[2]隆基、树帜：兰大两任著名校长江隆基、辛树帜。本句意为：物理学是自然科学的基础，自然科学的极致目标又跟人文学科相成，似道家天人合一。另外，兰大物理系蓬勃发展奠基人之一的段一士教授，与江隆基校长颇有渊源。五十年代，江隆基访问苏联，当时留学苏联的段一士参与接待，结下渊源。后段一士在兰大工作期间，受到运动冲击，江隆基专门召集会议了解情况，并恢复了理论物理专业，大力支持段一士的工作。见《江隆基传》，P419。

[3]格致：格物致知，正勤：正心意、勤身体。本句意为：老一辈和新一辈都在践行格物致知，正意诚心。

[4]20世纪80年代，物理系五个典型专业：金属物理、磁学、半导体物理、理论物理、器件。在校读书期间，师生间常以“金”“磁”“半”“理”“器”简称之。

王彦伶

现居北京。1982年至1986年就读于兰州大学物理系磁学专业。教授级高工。现任北京七星华电科技集团有限责任公司总裁，北京798文化创意产业投资股份有限公司董事长。七星集团下属企业七九七音响股份企业是“天安门”、“十九大”“朱日和阅兵”“南海阅兵”音响的核心供应和服务保障企业；其创建的798艺术区为世界最著名的艺术园区，成为继长城之后国外友人参观北京排名第二的景区，每年举办艺术展览及品牌活动达2000场次。

日内瓦孔院游览随感

一水远地平，云压勃朗峰。
鱼游浅湖底，鹅舞有闲情。

2015年6月23日

观《松猿戏瀑图》有感[1]

凌空千尺涧，水击万雷声。
相伴无你我，心闲透碧空。

2017年7月18日

画

竹挑西江月，菊延东山水。
烟笼江岸柳，月影摇香梅！

2017年7月22日

[1]读黎雄才《松猿戏瀑图》有感不在于成而在于无戏哉！如此大美只能心如止水啦。

游西湖

平湖藏春气，保俶细雨滴。
漾波耀百里，弦敲桃柳堤！

2018年6月8日

观卓民水墨

日月转乾坤，云雾漫昆仑，
百川天际挂，竹影摇故人！

2018年9月5日

观张大千作品有感

近看云水远，一碧倾万山。
豪气雄百古，千年一大千。

无题

有诗人未远，有景情自闲！
不用猜鱼思，我悦鱼亦然！

2016年1月22日

春至

椿芽初上树，万户有佳疏。
佛手报春到，沁香冰寒除！

中欧网协冠军庆功宴随感[1]

结网在人境，自无车马喧。
问君何能尔，心近地不偏。
相近未相远，相亲逾淡然。
网协多少事，欲说已无言！

2016年6月22日

七星电子整合有感

刚临整合际变，即知人间冷暖。
浮尘总会消散，一笑静待明天。

2015年10月16日

荡净黑霾万重景[2]

冲天一柱七彩虹，荡净黑霾万重景，
还有关山千万里，一步向前愈从容！

2013年6月10日

罗沛霖院士百岁诞辰感怀

涅槃中华乱世生，一生为国创业功。
百岁诞辰缅怀际，精神感召众人诚。

2013年12月20日

---

[1]中欧网协从2003年成立到2016年，历时13年，终于拿了EMBA网球大满贯冠军。

[2]6月9日一天下雨，傍晚出现彩虹，直至9日深夜终于将恶霸赵小明从798C区南铲除，当夜七星百余名员工一直坚守在C区南声援。

九月十八日观画展有感

春风一起百石青，夏日荷花比肩亭。
秋来菊色争千颜，冬梅傲雪暗香行。

2015年9月18日

第三届新朦胧主义研讨会随感

中秋月圆话朦胧，纵论东西各不同。
包容内敛成主义，放眼世界最文明。

2015年9月26日

观大师作有感

曾有浓颜骄艳阳，一临春风落满塘。
虽可自怜叹苦短，未如逐水奔大江。

2015年12月9日

青海行有感

亘古高原静无言，九曲黄河碧于天。
百转千徊登峰顶，一曲丹霞惊世间！

2016年2月28日

观大闹天宫画作有感

天地孕生齐天圣，一跃洞天破九重！
玉帝惊来安弼马，以其惆诱撞暮钟。

天生我才闹天宫，一脚凌云天马冲。
九千蟠桃仙女定，瑶池堂上灌玉琼。
搬下蟠宴犒亲朋，天庭震怒讨猴种。
刀斧雷电何堪用？三昧真火炼金睛！
金棒万钧众神熊，从此天地一英雄。

2017年4月16日

漫漫草绿唤春生

昨夜遇罡风，吹断荷头无影踪；
随水飘零处，化做尘泥换新生。
凌晨寒霜重，饮露自洁啸天穹；
随心飘落处，只争朝夕做九鸣。
今早霞光橙，漾漾彩波荡芦茎；
随光无尽处，漫漫草绿唤春生。

2019年2月1日

一剪梅

寂寞江湖无语处，
一杯老酒，几许闲愁？
明日疾风荡九州，
秋风尽处，漫山红绸！

广寥银河独自舞，
小小环球，多事之秋！
私心难安天下事，
共同命运，方有前途！

2018年10月5日

洪队缘

日落万山巅，一片云烟；
望中楼阁有无边，
唯有钟声拦不断，飞满江天！

洪队刻球缘，岁月潺潺；
多少峥嵘忆故园，
唯剩真情撒梦间，散去硝烟！

微信重相连，战火重燃；
细雨潇潇犹击鼓，
心在驰骋马不前，酒声震天！

2018年1月10日

殷雄

内蒙古武川人，现居深圳。1982年至1988年就读于兰州大学现代物理系核物理专业，获本科和硕士学位。法国哥诺贝尔商学院工商管理博士（DBA），研究员级高级工程师，北京大学和兰州大学兼职教授，南方科技大学产业教授，中华诗词学会会员。先后在研究机构、中央部委、地方政府和国有大型企业任职，出版《经济学笔记》等专著、《里根政府是怎样搞垮苏联的》等译著和《至乐斋诗抄》（三部）等作品。

七律·祭悼母校刘冰老校长

风雨如晦盼启蒙，一封朝奏破天惊。
身轻似雁飘鸿羽，事大如山过岳峰。
西北路艰驱骏马，中枢任重挽长缨。
严寒冻住黄河水，滚滚春潮可化冰。

七律·悼念段一士先生

惊闻段一士教授逝世，十分悲痛。我于1986年读研究生时，段先生给我们讲授《量子场论》课程，后来也多次聆听过他的专题讲座，受益终生。谨以此诗表达学生对先生仙逝的悼念之情。

奇才少有寸心丹，奉献金城六十年。
亦理亦工钻引信，半洋半土立前沿。
科研教学双肩挎，超越创新众志攀。
黄土多情能养士，先生遗教润皋兰。

七律·大学同学毕业三十周年聚会有怀

不是猛龙不过江，卅年四面聚八方。
观光助兴看桃木，斟酒撩人怨杜康。
无欲无求新境界，有情有义老同窗。
家和万事都能旺，金玉纷纷洒满堂。

七律·母校感怀

凭窗凝望四周楼，草树斜阳最眼熟。
忆旧有歌频对酒，悲秋无趣暗生愁。
小舟逝水陪苏轼，大醉回天梦陆游。
且看黄河波浪涌，随风直下海东头。

七律·次韵明代高启《梅花》(九首)

(一)[1]

几株盆景映窗台，应是东家信手栽[2]。
春暖不争和夜卧，雪寒犹喜送香来。
风摇瑟瑟庭前竹，雨打离离池畔苔。
搜尽枯肠徒自咏，明年此季看花开。

---

[1]高启原诗："琼姿只合在瑶台，谁向江南处处栽？雪满山中高士卧，月明林下美人来。寒依疏影萧萧竹，春掩残香漠漠苔。自去何郎无好咏，东风愁寂几回开。"

[2]（清）彭玉麟《题梅花图诗》（之四）："笔端饱酿惟春色，疏影横斜信手栽。"

（二）[1]

舞动风中好似仙，相通心气有机缘。
纷纷雾霰江南雨，袅袅飞龙塞北烟。
檐角非同墙角下，山门还在院门前。
骚人徒作多情种，不解暗香来自天[2]。

（三）[3]

老树新枝引话头，暗香浮动最难收[4]。
名声徒像礼仪帽，官笏更非舴艋舟[5]。
独有情浓才有梦，若无酒醉便无愁。
心安即是身归处，王粲春来不远游[6]。

（四）[7]

西风飘过了无痕，花落成泥散体温。
四季一年量旧路，孤身数卷寄城村。
暗香至乐斋中伴，明月招贤榜上魂。

---

[1]高启原诗："缟袂相逢半是仙，平生水竹有深缘。将疏尚密微经雨，似暗还明远在烟。薄暝山家松树下，嫩寒江店杏花前。秦人若解当时种，不引渔郎入洞天。"

[2]（宋）王安石《梅花》诗："墙角数枝梅，凌寒独自开。遥知不是雪，为有暗香来。"

[3]高启原诗："翠羽惊飞别树头，冷香狼藉倩谁收。骑驴客醉风吹帽，放鹤人归雪满舟。淡月微云皆似梦，空山流水独成愁。几看孤影低徊处，只道花神夜出游。"

[4]（宋）林逋《山园小梅》诗："疏影横斜水清浅，暗香浮动月黄昏。"

[5]（宋）李清照《武陵春》词："只恐双溪舴艋舟，载不动许多愁。"（唐）皎然《奉和颜鲁公真卿落玄真子舴艋舟歌》："刳木新成舴艋舟，诸侯落舟自兹始。"

[6]（唐）李商隐《安定城楼》诗："贾生年少虚垂泪，王粲春来更远游。"

[7]高启原诗："淡淡霜华湿粉痕，谁施绡帐护春温。诗随十里寻春路，愁在三更挂月村。飞去只忧云作伴，销来肯信玉为魂。一尊欲访罗浮客，落叶空山正掩门。"

雪夜来寻天子客，若非赵普不登门[1]。

（五）[2]

星河黯黯望蟾宫，圆镜[3]残芽本自通。

多虑嫦娥难睡觉，常思白鹤总凌空。

云深问道停松下[4]，世乱存身避沓中[5]。

五丈原头秋水怨，孤坟寂寂没荒丛[6]。

---

[1]《宋史》："太祖数微行过功臣家，（赵）普每退朝，不敢便衣冠。一日，大雪向夜，普意帝不出。久之，闻叩门声，普亟出，帝立风雪中，普惶惧迎拜。帝曰：'已约晋王矣。'已而太宗至，设重裀地坐堂中，炽炭烧肉。普妻行酒，帝以嫂呼之。因与普计下太原。普曰：'太原当西北二面，太原既下，则我独当之，不如姑俟削平诸国，则弹丸黑子之地，将安逃乎？'帝笑曰：'吾意正如此，特试卿尔。'"

[2]高启原诗："云雾为屏雪作宫，尘埃无路可能通。春风未动枝先觉，夜月初来树欲空。翠袖佳人依竹下，白衣宰相在山中。寂寥此地君休怨，回首名园尽棘丛。"

[3]（唐）惠能《坛经·机缘品》："大圆镜智性清净，平等性智心无病。"（明）李贽《与马历山书》："盖人人各具有是大圆镜智，所谓我之明德是也。"

[4]（唐）贾岛《寻隐者不遇》诗："松下问童子，言师采药去。只在此山中，云深不知处。"

[5]《三国演义》第一百一十五回："（姜）维曰：'先生幸教我以保国安身之策。'（却）正曰：'陇西有一去外，名曰沓中，此地极其肥壮。将军何不效武侯屯田之事，奏知天子，前去沓中屯田？一者，得麦熟以助军实；二者，可以尽图陇右诸郡；三者，魏人不敢正视汉中；四者，将军在外掌握兵权，人不能图，可以避祸：此乃保国安身之策也，宜早行之。'维大喜，谢曰：'先生金玉之言也。'次日，姜维表奏后主，求沓中屯田，效武侯之事。后主从之。"

[6]建兴十二年（公元234年）八月，诸葛亮病故于五丈原（宝鸡境内），享年五十四岁，遗言命令部下将自己葬在汉中定军山，依山势修建坟墓，墓穴仅能容纳下棺材，穿平时的衣服入殓，不必用其他器物殉葬。（北魏）郦道元《水经注》："葬于其山，因即地势，不起坟垄。"

（六）[1]

古道纷纷扬旧尘，途中尽是爱花人。
天寒浓酒陪长夜，香淡柴门报早春。
墙角数枝能数遍，坡前一片惹观频。
凌霜傲雪年年见，不信东风不认真[2]。

（七）[3]

驿外断桥无处依[4]，西风瘦马落余晖[5]。
花开唤主秋蝶上[6]，雪满留痕倦鸟飞[7]。
入世争功华发早，荷锄带月豆苗稀[8]。
范公巨笔堪神化，微遇斯人谁与归[9]？

---

[1]高启原诗："梦断扬州阁掩尘，幽期犹自属诗人。立残孤影长过夜，看到余芳不是春。云暖空山裁玉遍，月寒深浦泣珠频。掀篷图里当时见，错爱横斜却未真。"

[2]（宋）王令《晚春》诗："子规夜半犹啼血，不信东风唤不回。"

[3]高启原诗："独开无那只依依，肯为愁多减玉辉？廉外钟来月初上，灯前角断忽霜飞。行人水驿春全早，啼鸟山塘晚半稀。愧我素衣今已化，相逢远自洛阳归。"

[4]（宋）陆游和《卜算子·咏梅》词："驿外断桥边，寂寞开无主。已是黄昏独自愁，更著风和雨。"

[5]（元）马致远《天净沙·秋思》词："枯藤老树昏鸦，小桥流水人家，古道西风瘦马。夕阳西下，断肠人在天涯。"

[6]（唐）元稹《景申秋八首》诗（之七）："蜻蜓怜晓露，蛱蝶恋秋花。"

[7]（晋）陶潜《归去来辞》："云无心以出岫，鸟倦飞而知还。"

[8]陶潜《归园田居》诗（之三）："种豆南山下，草盛豆苗稀。晨兴理荒秽，带月荷锄归。"

[9]（宋）范仲淹《岳阳楼记》："微斯人，吾谁与归？"

（八）[1]

寒雪皑皑夺艳阳，青云正是鹤家乡[2]。
不求年寿同天老[3]，只愿余生共草香。
白首瑶琴[4]长夜寂，黄藤素手沈园荒[5]。
百花开放争春处，默默抽身点点霜。

（九）[6]

玉骨冰肌[7]谁会知，窗前明月照芳枝。
暗香扑鼻花微笑，浓酒穿肠茶苦思。
灯下清光幽静夜，心中幻影少年时。
行囊太重堪游远，话到沧桑才算诗[8]。

2016年2月13日

---

[1]高启原诗："最爱寒多最得阳，仙游长在白云乡。春愁寂寞天应老，夜色朦胧月亦香。楚客不吟江路寂，吴王已醉苑台荒。枝头谁见花惊处？袅袅微风簌簌霜。"

[2]清代书法家安徽人邓石如写过一幅"海为龙世界，天是鹤家乡"的立轴。1950年，齐白石为毛泽东写了这幅立轴，把"天"错写为"云"。后人写此联时，皆以"云是鹤家乡"为准，原来的"天"字反倒被人忘了。

[3]（宋）钟辰翁《水调歌头》词："清问同天老，俾尔寿而昌。"

[4]（唐）王昌龄《和振上人秋夜怀士会》诗："瑶琴多远思，更为客中弹。"（清）方文《石臼访韩元长》诗（之四）："珠树秋先折，瑶琴我独伤。"

[5]（宋）陆游《钗头凤》词："红酥手，黄縢酒，满城春色宫墙柳。"《沈园》诗（其一）："梦断香消四十年，沈园柳老不飞绵。"《沈园》诗（其二）："城上斜阳画角哀，沈园非复旧池台。"《十二月二日夜梦游沈氏园亭》诗："路近城南已怕行，沈家园里更伤情。香穿客袖梅花在，绿蘸寺桥春水生。"《春游》诗："沈家园里花如锦，半是当年识放翁。也信美人终作土，不堪幽梦太匆匆！"

[6]高启原诗："断魂只有月明知，无限春愁在一枝。不共人言唯独笑，忽疑君到正相思。歌残别院烧灯夜，妆罢深宫览镜时。旧梦已随流水远，山窗聊复伴题诗。"

[7]（宋）杨无咎《柳梢青》词："玉骨冰肌。为谁偏好，特地相宜。一段风流，广平休赋，和靖无诗。"

[8]（清）赵翼《题元遗山》诗："国家不幸诗家幸，赋到沧桑句便工。"

七律·次韵清代张问陶《梅花》（八首）

（一）[1]

一枝独秀不成霞，月色多情或可赊。
未揽秋风吹叶落，但随银雪盖峰斜。
暗香[2]极少施功用，旭日时常照锦华。
春意盎然说再见，群芳争艳却无花。

（二）[3]

坡前驿外异根生[4]，玉骨冰肌一样清。
香气陪君欺美色，寒风拽我动诗情。
象牙塔上经纶手，浮世舟中宇宙名。
春到人间分外暖，河开雪化寂无声。

（三）[5]

年年腊月绽开迟，紫气东来谁可知？
抽鼻嗅香休省略，凝神入夜要深思。
坡前瑞雪输香[6]日，驿外行人养眼枝。

---

[1]张问陶原诗："一林随意卧烟霞，为汝名高酒易赊。自誓冬心甘冷落，漫怜疏影太横斜。得天气足春无用，出世情多鬓未华。老死空山人不见，也应强似洛阳花。"

[2]（宋）王安石《梅花》诗："遥知不是雪，为有暗香来。"

[3]张问陶原诗："野鹤闲云寄此生，暗香真到十分清。转怜桃李无颜色，独抱冰霜有性情。赠我诗难应束手，笑他人俗也知名。开迟才觉春风暖，先听流莺第一声。"

[4]（宋）陆游的《卜算子·咏梅》词："驿外断桥边，寂寞开无主。"

[5]张问陶原诗："花中资格本迟迟，铁石心肠淡可知。此世何人能领略，为君终夜费相思。看来风雪无多日，香到园林第几枝。自是不开开便好，清高从未合时宜。"

[6]（宋）卢梅坡《雪梅》诗："梅须逊雪三分白，雪却输梅一段香。"

花愈新鲜景愈好，高山流水[1]最相宜。

（四）[2]

人稠最好落荒村，自享清闲自带樽。
香淡或能熏淡酒，色红岂可染红门。
群芳碌碌枝无骨，孤树铮铮叶有痕。
不妒牡丹不媚尉[3]，东君[4]何苦授私恩。

（五）[5]

难舍凡间惜旧缘，花开花落复年年。
巫山洒泪巫山女[6]，鸡犬升天鸡犬仙[7]。
不是清高才树敌，只因俗气最堪怜。
岁寒三友[8]居其一，傲雪凌霜[9]众口传。

---

[1]《列子·汤问》：“伯牙鼓琴，志在登高山，钟子期曰：‘善哉，峨峨兮若泰山。’志在流水，钟子期曰：‘善哉，洋洋兮若江河。’”

[2]张问陶原诗：“梦绕寒山月下村，一枝相对夜开樽。繁华味短宜中酒，攀折人多好闭门。风信严时清有骨，尘缘空后淡无痕。从来不识司香尉，只仗东皇雨露恩。”

[3]司香尉，主管烧香之类事务的官员。（清）袁枚《随园诗话》（卷九）：“他生愿作司香尉，十万金铃护落花。”

[4]东君，司春之神。（宋）辛弃疾《满江红·暮春》词：“可恨东君，把春去，春来无迹。”（宋）严蕊《卜算子·不是爱风尘》词：“花落花开自有时，总赖东君主。”

[5]张问陶原诗：“铜瓶纸帐老因缘，乱我乡愁又几年。莫笑神情如静女，须知风骨是飞仙。生来逸气应无敌，悟到真空信可怜。世外清名原第一，不修花史亦流传。”

[6]巫山神女是我国历史上脍炙人口的神话传说，赤帝女（南方天帝）之女，名曰瑶姬，未嫁而死，葬于巫山之阳，精魂依草，实为灵芝。最早见于《山海经》，屈原的《九歌·山鬼》和宋玉的《高唐赋》《神女赋》中都有描述。

[7]（汉）王充《论衡·道虚》：“淮南王刘安坐反而死，天下并闻，当时并见，儒书尚有言其得道仙去，鸡犬升天者。”

[8]中国传统寓意指松、竹、梅经冬不衰，因此有“岁寒三友”之称。

[9]（宋）杨无咎《柳梢青》：“傲雪凌霜。平欺寒力，搀借春光。”

（六）[1]

转瞬一年无影踪，已收麦浪万千重。
枝枝直上风先折，朵朵徐开雪后逢。
云里波涛浮白鹤，山中藤蔓绕青松。
凋零也似平常好，淡淡书香掩墨浓。

（七）[2]

鲜有孤芳合抱团，崭新一朵[3]受讥弹[4]。
花香未溢枝先觉，春意已浓雪最难。
白鹤翩翩随舞韵，朔风瑟瑟笑天寒。
清高不是真风格，唯有知音慧眼看。

（八）[5]

天寒也会惜芳枝，大地无形不载私。
驿外桥边谁顾此？美人香草[6]尔独知。
众生常笑弥勒相，佛祖难吟讽喻诗。
松竹凋于冰雪后，惟君俏丽报春时[7]。

2016年2月14日

---

[1]张问陶原诗："回首山林感旧踪，雪花吹影一重重。记从驿使春前折，又向瑶台月下逢。对客岂无能舞鹤，赏心还是后凋松。天人装束天然好，便买胭脂画不浓。"

[2]张问陶原诗："香雪蒙蒙月影团，抱琴深夜向谁弹。闲中立品无人觉，淡处逢时自古难。到死还能留气韵，有情何忍笑酸寒。天生不合寻常格，莫与春花一例看。"

[3]（宋）苏轼《再和杨公济梅花》诗："斩新一朵含风露，恰似西厢待月来。"

[4]（三国·魏）曹植《与杨德祖书》："世人之著述，不能无病，仆常好人讥弹其文，有不善者，应时改定。"

[5]张问陶原诗："腊尾春头放几枝，风霜雨露总无私。美人遗世应如此，明月前身未可知。照影别开清净相，传神难得性灵诗。万花何苦争先后，独自能香亦有时。"

[6]（汉）王逸《离骚序》："《离骚》之文，依《诗》取兴，引类譬谕，故善鸟、香草、以配忠贞，……灵修、美人，以媲于君。"

[7]毛泽东《卜算子·咏梅》词："俏也不争春，只把春来报。"

七律三首·译英诗《若君老时》

对爱尔兰诗人William Butler Yeats的名作《When you are old》[1]，中国许多老一代著名诗人和作家都进行过翻译，其中余光中、袁可嘉、冰心和傅浩的译作比较有名。这几天休息，试着用律诗翻译。

（一）

岁月催君渐少言，徒将白首对婵娟。
炉旁打盹听灰烬，灯下读书忘旧年。
双眸清柔浮黛色，只身安静望蓝天。
当时种种成追忆，且把相思寄日边。

（二）

青春欢畅好时辰，正是殷勤献美人。
何论当初藏假意，总归最后表真心。
诸公只重悦容事，独我珍惜朝圣魂。
纵使驻颜施妙术，艰难岁月也留痕。

（三）

弯腰驼背壁炉边，往日时光付火团。
爱意浓浓神觊觎，忧伤淡淡口呢喃。
曾经热烈手牵手，现在消沉山望山。
隔世相期心未死，抬头望汝众星间。

2015年3月4日

---

[1] William Butler Yeats原诗：“When you are old and grey and full of sleep./And nodding by the fire，take down this book./And slowly read，and dream of the soft look. /Your eyes had once，and of their shadows deep. How many loved your moments of glad grace./And loved your beauty with love false or true./But one man loved the pilgrim soul in you./And loved the sorrows of your changing face. And bending down beside the glowing bars，/Murmur，a little sadly，how Love fled/And paced upon the mountains overhead. /And hid his face amid a crowd of stars.”

七律·母校建校110周年感怀

滚滚黄河东入洋，白云远上鹤家乡。
汉唐故地风流在，文理萃英锦绣藏。
十载期颐人恋旧，兰馨日记墨添香。
钟灵毓秀湖边柳，岁月都存积石堂。

七律·兰州大学粤港澳湾区校友运动会咏

腊月岭南依旧春，白云如絮草如茵。
湾区三地成新景，校友终生恋故人。
身体灵魂俱上路，黄河碧海两相亲。
争锋不论师兄弟，足下留情头破门。

七言排律·纪念改革开放40周年

卌年烟雨卌年尘，思想包容信有真。
寒意微消除忌禁，东风一起泛涟沦。
惊雷十月除奸宦，砥柱中流现重臣。
分地耕田犹待旦，开科取士早迎春。
残躯堪比参天木，睿智全由出众人。
温饱小康偿夙愿，富强大略振精神。
甘棠叶茂因遗爱，美政恩深在恤民。
当代家园须建设，千秋史册要翻新。
负担持久还沉重，前景光明已渐臻。
先辈开疆享祭奠，后昆创业付艰辛。
神州崛起惊黄鹄，世界偕行抢瑞麟。

经济优先硬道理，文明存续好基因。
克艰上下皆同力，脱困城乡不再贫。
绿水青山还旧貌，富民强国创奇珍。
人生苦短何谈艳，好景难长惟敬仁。
转换时空成历史，连通兴旺踏霜晨。
少年中国少年梦，革故维新即是伦。

江城子·母校兰州大学核学院六十周年院庆次韵苏轼同调词致禧

当时求道戒轻狂，
敬炎黄，感苍穹。
良冶为裘，小马上山冈。
尽遇高师无郡守，
拦路虎，惧儿郎。

正逢甲子喜筵张，
懔怀霜，岂能妨。
环顾域中，气象更唐唐。
又是一年同此月，
尝跂望，觅天狼。

水龙吟·丁酉岁颂导师八十华诞

适逢导师八十华诞，同门师生共祝先生寿辰，真是一件幸事、乐事。回顾在先生指导下攻读硕士学位的往事，历历在目，感慨万端。念及先生的学者风骨，遂次韵辛弃疾同调词《甲辰岁寿韩南涧尚书》，填词敬祝。

卅年今又归来，杏坛郁郁重携手。
楼前老树，眼中新景，情怀依旧。
幸我同门，飞鸿于陆，唯瞻公首。
纵相期万里，念师风骨，功名事，终将否。

多少满天星斗，惜光阴、夜当明昼。
晨霜铺地，长亭回看，东奔西走。
一路轻尘，满山乔木，几杯醇酒。
杖朝真烈士，余心未了，愿先生寿。

翟亚军

笔名中和，字亦吾，河南永城人，现居深圳。1982年至1986年就读于兰州大学物理系磁学专业。现从事金融工作。对佛学、哲学、历史、文学、书法、建筑等均有研究，在鉴茶、品酒、户外活动、海上运动等方面颇有兴趣。

谒见语言文字大师李行健[1]先生

戊戌年五月十八日，与好友马亚平一同赴京拜谒李行健先生。

仲夏至京畿，满城蝉歌催。
谒贤访仁里，问道拜教帷。
明霞迎曙色，凉夜沐星辉。
东篱多真意，南山望翠微。

2018年7月7日

元旦感怀

2018年元旦与李风泽、王智全诸友品茶饮酒贺新，记怀。

兰叶春葳蕤，桂花庭前馨。
昨夜送旧年，今朝启新轮。
丛林桃源梦，俊峰云雾深。
举杯畅饮时，不独异乡人。

[1]李行健，教育部语言文字应用研究所研究员、中国社会科学院研究生院教授，曾任语文出版社社长兼总编辑、国家语委委员，《现代汉语规范词典》主编，现任中国语文报刊协会会长。

五绝·赏兰六章

——欣赏吴云东任跃英二位老师兰花盆景有感

（一）

造化功如是，清心蔚大观。

满堂生俊秀，一宇绽仙妍。

（二）

登顶临东岳，寻幽访古原。

葳蕤生此意，浩荡现辉繁。

（三）

累累千篇简，娴娴一片签。

漫天生秀美，遍地是娇嫣。

（四）

心系岁寒木，情存君子兰。

时逢春又至，斗柄指东南。

（五）

野外长生易，人工亦不难。

敞开心底意，施法世间观。

（六）

巧手生奇趣，神通守大贤。

此情藤蔓下，举首见南山。

2018年3月20日

五绝·谒见老师四章

戊戌年四月六日芒种，与好友吴鹏一同在北京拜谒博士导师方淑芬李汉玲前辈敬呈。

（一）

南岭闻风雨，碣石望海蓝。

打场鸠语脆，登顶露珠甜。

（二）

立雪渐盈尺，十年谒拜贤。

相逢凝泪水，叙旧意难宣。

（三）

昔酣教撰苦，今爱蔓藤香。

弟子三千众，神州万栋梁。

（四）

相忆冰城事，言倾仲夏觞。

东篱菊为乐，击壤咏羲唐。

2018年6月7日

丁酉中秋观月

庭前地阔树影斜，玉兔无声依桂花。

此时天涯共明月，一样乡情千万家。

过郑州见同学

五一节期间出差石家庄绕道郑州见胡长超、菅伟、陈锋、张宗良、孟庆裕、李亚等老同学。记怀（两首）。

（一）归来

黄河高渺神州游，两岸麦苗关雎鸠。
青衿一心着绣锦，学子三百硬啃书。
相争分秒即岁月，熟背章节贯春秋。
仨五年久玄黄撤，稽阮归来花满头。

（二）古韵

众生慵懒思茫茫，漫阶春色有清香。
百年老窖遂大醉，明前毛尖生荫凉。
一席良言成琴瑟，满室喜悦溢西窗。
隆中之策缘未老，章赋从今古韵长。

周末与学友聚会

丁酉年冬月周日细雨，与韩培刚、高淑丽、王功勇、徐清华、张学义、王智全等学友聚于深圳湾科技园，饮茶品酒，良言甚多，回顾颇丰。吟以为记。

（一）

南国冬天细雨悠，眼前繁盛似初秋。
五三高度琼浆劲，九十年份力道柔。
玉液三杯通玉帝，良言一席冠神州。
天生吾辈人生儿，唤喜兄台醉不休。

（二）

当年雄狮吼声巨，大国开放数风流。

伟人拍板科举制，少年登榜心怀忧。
辚辚车马纵天下，茫茫大漠芳草洲。
高校分羹才俊少，楼兰未到梦不休。

（三）

长城万里连雄关，古国九鼎如貔貅。
青春畅吟曹刘句，白云轻舞祥瑞浮。
学子气质当虎豹，巨龙十年慢抬头。
沙岛黄河中秋月，青山白塔拐角楼[1]。

（四）

贯通中西学如海，走进古今韵漫游。
沿海都市花天地，西北慷慨古凉州。
夏日避暑惜盛景，遍阅百科充斗牛。
运筹帷幄揽格致，袖手不忍闲处游。

2017年11月12日

马峦山徒步遇暴雨

闲步密林暴雨中，间有霄外惊雷声。
凉棚透漏浓烟味，大伞遮水户外景。
同伴慢走马峦山，好友急书深圳情。
前途路远心不急，走过一峰又一峰。

2017年5月23日

[1]在兰大读书时间，住3号宿舍楼即拐角楼。此楼现已被拆除。

洪伟足球队聚会感怀

（一）羊城聚会[1]

美酒彻夜兄弟亲，番禺球场风抱晨。
上场老将脚不乱，带队大师策略新。
英姿素朴真如玉，力量健美贵若金。
斗酒十千累全无，痴心长附母校荫。

（二）太原踢球[2]

兰山入梦黄河远，洪伟足球续旧缘。
风雨岁月雁阵过，书生意气凯歌旋。
绿茵激情燃天下，番禺战火传太原。
不亦乐乎老友会，醉吟狂歌夜未阑。

和吴云东任跃英老师《流苏寄情》

他年流苏艳丛丛，今日醉心香融融。
点染靓妆胭脂淡，剪裁新样鲛绡轻。
根脉涵蕴养灵秀，芳华焕发照苍穹。
鸳鸯枝头彩凤舞，诗书情寄坐春风。

附：吴云东任跃英老师原作《流苏寄情》“去年流苏开

[1]兰州大学足球队八十年代在洪伟教练指导下于甘肃省高校联赛中曾连续摘冠。不少队员记忆犹新的是在体育课上，看到洪教练在场上的精彩表演，用脚、腿、肩、胸、背、头等部位颠球。最酷的是把球踢到头上方，快速弯腰用颈部停球，球技迷倒众人。2018年1月7日，当年球队主力老将们穆诗今、王彦伶、李卫等二十多人从全国各地聚集到美丽的羊城，再次在洪伟教练的指导下，与兰州大学广州校友队及奥迪威厂队共组织了四场经典比赛，再次分享洪教头带队踢球的幸福体验，重温兰大情怀。

[2]2018年6月初出差太原。6月9日有幸与洪伟教练及兰州大学足球队老校友周耀光、马一清等同场踢球，同桌品茶饮酒，甚是畅快。

一丛，花香叶翠喜浓浓。叶老飘泊随花去，空余干枝叹苍穹。　老茎不堪离别情，新芽飞根舞春风。度得缘深花再聚，悠悠重续鸳鸯梦。”

老白和作：“流苏新开又一丛，黄花明艳香亦浓。诗心不老何所向？芳华常驻照苍穹！　老根含蓄蕴旧绪，新蕊怒放趁春风。应怜缘来当再聚，鸳鸯枝上蝶梦萦。”

2018年4月14日

幽居闻归雁（两首）

（一）

上帝开放伊甸屋，北风未作东风舒。
榕叶暗自含秋色，老夫当先饮屠苏。
且待岭上天欲雪，相唤旧友火围炉。
尘封烈酒更醇美，月照窗前好作书。

（二）

歌吟即兴适逍遥，梅沙美景入风骚。
漫眼秋波水天浸，几缕冬气时令娇。
笑赏晚霞敷阔浪，闲看归雁下塘坳。
来去尽堪乘明月，或可幽居闻推敲。

2018年11月30日

七绝·戊戌年初一与校友聚

戊戌大年初一与校友殷雄、潘飞、张学义、马亚平、王庆磊诸校友聚于深圳，共贺新禧。

（一）

大地山河成道场，新春佛祖送吉祥。
晨钟阵阵迎新岁，竹爆咚咚绽华光。

（二）

家家更换桃符快，户户焚香祭祖忙。

春色满园来大地，大江南北换新妆。

（三）

甘豫山川清气爽，鹏城湾泮惠风祥。

天公普惠童心发，瑞雪飞飘景气扬。

（四）

梧桐峰峻珠江阔，兰苑识高大地深。

飞弟挂角营垒固，雄哥布阵虎狮陈。

（五）

红梅绽放精神抖，旭日初升大地新。

联对手谈吟咏悦，举杯相敬数拳亲。

2018年2月19日

七绝·戊戌春回豫见老同学

清明总是纷纷雨，今到中原欲断魂。

举首仰观十五月，低头思念故园人[1]。

2018年3月31日

[1]父母去世后，我每次去内地出差总有一种家已不在的伤感，总想见见老同学。每次见到老同学，这种伤感总能得到某种寄托，心里会好受些。特别是2018年3月底，出差石家庄路过郑州，见大学同学李风泽、王静辉、张焕才、胡长超、陈锋、菅伟、方莉俐，和高中同学张宗良、孟庆裕、李亚勇、李亚等，这种感觉更加强烈。我越来越觉得母校就是家，同学就是亲人。

七绝·观深圳兰大校友足球队场上表演感怀[1]

盘带过停球技硬，攻防快慢品德娴。
临门飞脚堪光闪，天外惊雷到眼前。

2019年1月12日

七律·观粤港澳大湾区兰大校友运动会感怀

日月相邀迎盛会，喜逢盛世大鹏湾。
有如兰苑书声近，恰是学而虎吼酣。
汉武骠骑今更猛，三军合写壮丽篇。
百年兰府底蕴厚，万里丝路大地宽。

七律·己亥年除夕感怀兼和殷雄

百年一遇贺初春，今岁双合日月新。
竹爆家家福满地，桃符户户和祥音。
情思革变精神抖，章句成行宇宙深。
但愿时光归相住，节节换取有缘人。

附：殷雄原作《七律·己亥除夕感怀》“今宵巧遇谢交春，双岁相连日已新。暮鼓晨钟圈福地，高山流水觅知音。杂诗劝得天公抖，绝句吟来江雪深。毕竟时光留不住，频频召唤未归人。”

2019年2月4日

[1]粤港澳湾区兰大校友运动会2019年1月12日在深圳成功举办，本诗系观校友足球队比赛有感。

七律·己亥春节感怀兼和吕海峰

喜逢新岁吉祥景，恰是双春相递亲。
十载寒窗图壁垒，千年大势治平身。
深湾凝练春晖意，古训拳然赤子心。
美酒开喝华彩放，相传道贺报恩频。

附：吕海峰《己亥除夕谢交春》“又到满街桔对红，迎新辞旧忆恩亲。十年卧病慈父累，四季守床孝女心。雪松凛凛知春意，家训声声励后生。美酒初开灯欲放，喜传海外儿视频。”

2019年2月5日

七律·己亥槐月晤曙光

因校庆事宜，余与李卫、老白、芸兰、若炯、傅蓉、李祯、金成诸友，赴曙光师弟之邀而晤于其公司。曙光乃兰大八六级校友，创办广东奥迪威传感科技股份有限公司，殊称行业高标；其为人豪迈疏阔，待友极诚！是日，番禺气爽香清，风光飒飒，更喜高朋在座，话古谈今，不亦快哉！

番禺一派繁荣景，相会邀杯畅叙情。
五彩祥云丹凤舞，淋漓墨色醉龙呈。
兰馨新韵芬芳逸，传感尖兵造诣精。
万顷波涛图画展，一轮旭日海天升！

贺兰州大学深圳校友会金融分会成立[1]

西北转经轮[2]，丝路披祥云。
鹏城学友聚，情怀母校恩。
相逢客套少，执手气象春。
昔饮黄河水，今念兰园亲。
谈笑有鸿儒，纸笔运重金。
实业财源茂，群英功勋真。
一元天地动[3]，万般花木馨。
举杯已陶醉，同是兰大人。

2018年1月20日

初秋芒砀山行吟

戊戌年荷月偶回老家永城。离乡多年，感慨诸多风物人情。

披雾黄淮间，斩蛇芒砀山。
心先永城游，身尚白云端。
首拜观音桥，再瞻造律坛。
言语无一字，神情会几番。
车行济祁路，月印沱河澜。
雨助浍水急，宴开乡味鲜。
夜饮兴尤烈，晨睡身转懒。

---

[1]2018年1月20日，兰州大学深圳校友会金融分会在深圳市南山区深湾生态科技园召开成立大会。

[2]转经轮：经轮亦称法轮，或者玛尼解脱轮，属佛教法器，其中装藏经文或者咒语，通过右旋转动即等同念诵之功。

[3]是日逢大寒。

雄鸡早报晓，金蝉长吟闲。
田野稻谷盛，街巷柳丝繁。
千般出奇秀，万类入眼帘。
朝夕云霞异，指顾气象轩。
我辈俗气重，性亦爱丘山。
观祥云，转经幡，
拜土地，瞻老聃。
尘封秦汉物，记留孔孟言。
昔时夫子避雨知何处，但闻今人高诵学而篇。

2018年8月7日

浪淘沙令·兰苑健儿

塞外雪烂漫，直落九天。
万里飘洒黄河边，
汉武骠骑遗迹在，潺潺五泉[1]。

百年立圣殿，积石堂前。
丝绸之路龙脉安，
兰苑不独学问重，虎吼也酣。

浪淘沙令·洪队缘

丝路挂经幡，万里云天。
羌笛不见柳绵绵，
佛祖不只多变换，法道无边。

[1]传汉骠骑将军霍去出征匈奴，路今五泉山所在地，击剑成泉，五泉山因此得名。

往事已经年，战意犹酣。
洪帅门下结桃园，
隆隆战车今又动，沙场硝烟。

南乡子·读《兰馨集》诗稿兼和王登渤

丝雨惹天云，
花艳风柔也断魂。
夤夜更清，
庄子梦蝶尘。
飒爽逍遥两界真。

龙凤待时辰，
入海栖梧且啸吟。
近律古风，
含笑诉酸辛，
一曲高歌几代人。

附：王登渤《南乡子·忆与肖同庆兄夜唱京剧》“月落响乱弹，兴起甘露老乔玄。青葱不计呕哑曲，贪欢，潇洒翩翩两少年。　　窗外夜阑珊，曲罢校园旧梦残。古调今朝知音渺，辛酸，恍惚自顾鬓已斑。”

2019年2月26日

清平乐·足球缘[1]

丁酉冬月二十日，为重温八零年代兰州大学足球队在洪伟教练指导下连续摘冠之畅快，当年球队主力老将们[2]在洪大教练指导下，与广州兰大校友会足球队及曙光足球队在广州番禺进行了四场精彩比赛。李卫同学作《清平乐》一首，感而和之。

人生如梦，雨骤炮声隆。
醉里绿茵当年勇，洪帅风华更涌。

曙光拨下头筹[3]，彦伶猛似虎貅[4]。
更有飞哥穿越[5]，痛饮红茅老酒。

虞美人·和米健师兄

黄河古道宜风水，
佑护千千岁。
急流百转复几回，
但见积石堂外叶葳蕤。

[1]20世纪80年代洪伟教练担任校足球队教练。2018年1月，当年的老队员们在广州番禺集合，在洪伟教练的指导下再次上场比赛。三十多年后的今天重聚，老将们雄风犹在。

[2]穆诗今、王彦伶、李卫、柳勇喜、杨秀斌、张曙光、潘飞、王延军、郝发贤、周跃光、汪舟刚、刘志、李宝刚、刘箭、李春、王力兵、李滨、张健、郑健、朱建平、金正南、郭龙祥、孟庆华、郭卫东、张百良等聚集羊城。

[3]曙光，指张曙光，物理系86级，当天比赛中，攻进第一个球。

[4]彦伶，指王彦伶，物理系82级，当天比赛中，攻进第二个球。

[5]飞哥，指潘飞，电信系87级，比赛临结束前，连进两球。

重回母校人不识[1]，
频忆从前事。
大国昌盛赖群英，
正是天之骄子在其中！

附：米健校友《虞美人·重返黄河校园》“黄河原是天上水，直下万千岁。奔流到海不复回，便使大地生命尽葳蕤。东君歌舞今又至，敢忆当年事？校园重返寻旧踪，多少芳华无处觅音容！”

2019年2月8日

折桂令·与友人对饮兼和王登渤

酒浑浊，古树焕颜。
花色茶香，风细樽闲。
岭外春来，朔方雪洒，万里江天。

忆往事，雄关漫道。
叙情怀，意气如山。
兄弟同干。微醉微醺，梦回馨兰[2]。

附：王登渤校友原作《折桂令·登山》“无端世俗纷繁，趁丽日晴和，乐到名山。好处登攀，红尘碧落，天上人间。

眠白石松风往还，弈凉亭流水琴弹。极目凭栏，醉里红颜，梦里乡关。”

2019年2月25日

[1]（唐）贺知章《回乡偶书》（其一）：“少小离家老大回，乡音无改鬓毛衰。儿童相见不相识，笑问客从何处来。”
[2]馨兰，代指兰州大学。

蝶恋花·岭外吟雪

塞上严冬深几许，
朔雪吹寒[1]，岭外[2]云和树。
傍晚雨霖烟火处，老哥相唤围炉聚[3]。

倚坐闲楼不独语，
烈酒浮香，物事皆休顾。
季换春秋如柳絮，举觞无论朝和暮[4]。

定风波·山竹过粤港澳大湾区和吴云东任跃英老师

戊戌八月初六晚，罕见台风山竹奔袭鹏城。微信圈里传出多处受灾情景。任跃英老师未搬入室内的石斛兰盆景受损，遂填《定风波》词一首，表达其乐观坚毅精神。感而和之。

闻知狂风暴雨涌。
未有动静先有名。
兰园清馨低低语。

[1]朔雪吹寒：作这首诗逢大雪节气，恰北方下雪，深圳变冷。

[2]岭外：指五岭以南地区。（唐）高适《送柴司户之岭外》诗："岭外资雄镇，朝端宠节旄。"（宋）梅尧臣《和次道金桔》："谁传岭外信，尚带霜前叶。"。五岭，指大庾岭、越城岭、骑田岭、萌渚岭、都庞岭的总称，位于江西、湖南、广东、广西四省之间，是长江与珠江流域的分水岭。《史记 · 张耳陈余列传》："北有长城之役，南有五岭之戍。"毛泽东《长征》诗："五岭逶迤腾细浪，乌蒙磅礴走泥丸。"

[3]围炉：民俗，流行于台湾和闽南等地。

[4]举觞无论朝和暮：（唐）李白《将进酒》："但愿长醉不愿醒"。

心许。蕊珠娇妍绽真情。

一夜山竹虐鹏城。
梦醒。不见梧桐昨日景。
回看琴瑟相谐处。
且住。任它猖狂任它行。

附：吴云东任跃英老师《定风波·战台风山竹》“风颠雨猛吹断魂，青萝横翠有啼痕，山竹一路狂咆哮，发飙，茫茫天海密密云。　兰园娇儿闻颤音，微惊，举头侧目心平静。摧枯拉朽总有尽，待晴，吾当高歌向风鸣。”

2018年9月16日

水龙吟·与罗洪刚等校友喜聚大湾区

戊戌菊月，兰州大学物理学院吴国军、罗洪刚、拜永孝、栗军帅、彭尚龙、史慧刚、刘奇明、刘德全、李勇等师长一行来粤，走访禾望电气、中控智慧科技、奥迪威传感科技等校友企业，在深圳兰大校友会参加先进材料与新能源座谈会，吴国军、罗洪刚介绍兰州大学与物理学院发展情况。感赋。

鹏湾云海清秋意，随尔雁游天际。
登临极目，驰怀畅想，情真知致。
格致楼头，寸阴金贵，学而天地。
拥八斗才高，四方遍及，念兰苑、心潮起。

今日群贤万里，乘长风，俊鸿相会。
圣人论语，达摩面壁，万般文气。
无限江山，时代风雨，风采绚丽。
看英豪继起，自强不息，此怀相递！

莺啼序·岭外望北辰

——写在《兰馨集》付梓之际

三春长城壮美，醉炊烟晨露。
酒泉外、飞将传奇，应是汉典秦故。
葡萄酒、羌人唱尽，关山梦里驼铃度。
看胡杨豪迈，无边大漠神树。

剑笔雕石，五泉福地[1]，尽风流人物。
陇上厚、福佑神州，雄姿歇马暂驻[2]。
倚祁连、风和日丽，誓西去、荡平胡虏。
破苍茫，滚滚黄河，涛声如诉。

己酉之岁，吾校初降，法政立门户[3]。
丝路上、历百十载，疆域半壁，北斗格高，九州重土。
学生气质，求实进取，积石堂静平湖秀。
撰新篇，迈步自强路。
齐云竞秀，盛世枝叶摩天，未把韶华辜负。

岭南北望，路远山重，念念金城府[4]。
梦相见、雁滩鸥鹭[5]。
仲夏瓜香，悉数风雨，一一回顾。

---

[1]五泉：五泉山，兰州名山。

[2]雄姿：指汉骠骑将军霍去病，据说曾驻兵兰州，士卒疲渴，霍去病手著马鞭，连击五下，鞭响泉涌，遂成五泉，五泉山由此得名。

[3]法政：兰州大学肇始，称名甘肃法政学堂。

[4]金城：兰州古称。

[5]雁滩：雁滩公园，兰州游览胜地。

殷勤召唤，兰庭修禊，有情既往皆可志。
惠文人、自是中流柱。
曾经岁岁年年，暮暮朝朝，与君畅述。

周玉春

1982年至1986年就读于兰州大学物理系磁学专业。中共党员。电子工程高级工程师。现任内蒙古电子信息产品质量检验院副总工程师，内蒙古牧之源畜牧检验认证有限公司总经理。

清平乐·春晓

——2016年4月4日赴和林南山徒步有感

喧嚣渐少，塞外春来早。
桃杏含苞牛马跑，大漠独缺沙暴。

南山沟谷交横，百亭生态工程。
苍茫群山拥翠，古城盛乐欢腾。

水调歌头·辛愉

——2016年6月29日雨后土默川高速有感

雨后风光好，日落彩云飘。
辛愉淹没疲倦，莫道征程遥。
青山延绵不断，沃野默川平坦，
天高牛羊跑。
奔流黄河水，天地人谁娇？

江山斓，心态阔，锦绣召。
我自往前，小车呼啸大车倒。
人生一场旅行，仲夏夕阳风景，

风华正赶超。
四个二十年，稼穑当自豪。

天净沙·同学

2016年7月27日，兰州大学物理系82级毕业30周年聚会有感而发。诗中提到的同学有张新兰、唐丽云、赵江涛、裴海琴、郭龙祥、尚力超、马青山、王静辉、武志华、王耘波、邓晓颖。

新兰丽云江涛，
海琴龙祥力超，
青山静辉不老。
志华荣耀，
耘波晓颖今朝。

胡荣华

云南曲靖人。1983年至1987年就读于兰州大学中文系。先后供职于国内多家新闻出版机构及报刊社。现为独立传媒文化人，云南省诗词学会理事，新五华书院联合创始人。

停云五君雅集帝都

群内相期久，帝都月未圆。
倾心今聚首，难得午茶暄。

访京西马致远故居有所思

白日转寒山，红朝一梦还。
儒冠何所似，十丐八娼间。

西安行呈大学同窗诸君

拿云心事未成尘，重聚秦州半老身。
幸运八三多眷顾，生机满树叶青春。

太原兰大校友宴聚呈座中

汾水清清兀自流，初心老脸忆兰州。
一瓶好酒传佳话，驸马[1]三杯解万愁。

[1]驸马，云南驸马茶简称，一款顶级的普洱熟茶。

躬逢祁县第四届王维国际诗歌节

机器难为沉郁情，大棚豪迈会群英。
王维故里诗天下，且喜前贤扶后生。

应退之兄相邀赴祁县谒王维墓

（一）
诗吟千遍不言贫，来拜衣冠谢大神。
了却平生倾慕愿，心香一炷祭天真。
（二）
梨园翻转雪花多，未到月圆先放歌。
一炷心香归正统，衣冠容我吊诗佛。

访京西茶马古道有题

迢迢茶路晋商功，古道蹄痕对碧空。
瘦马西风谁致远，利通天下亦英雄。

祁县幸会补生先生境舍别呈

功夫百炼自天成，健笔凌云逸气横。
腕底果真藏大妙，相期心法典平生。

山居京西境舍题记

九峰合抱太师椅，一井灵泉上古风。
快意群贤多磊落，抛荒野树自葱茏。
杏花飘雪梨花竞，酒气熏天剑气冲。
舍我其谁唯此境，凡夫不与论英雄。

马存清

甘肃靖远人。1983年至1987年就读于兰州大学中文系。现供职于甘肃省白银市残联。

重逢北京

丁酉午月，大学同学聚会北京，感而赋之。

青春年少不言愁，风风火火闯九州。
板荡曾经临革鼎，浮云每对任去留。
友谊天长情犹在，沧桑变幻鬓已秋。
延熙堂里明月夜，把酒欢歌忆旧游。

2017年6月

梅兰竹菊

（一）咏梅

柳絮杨花狂舞时，百花斗艳醉迷离。
唯有梅花凌雪开，不借春风绽芳姿。

（二）咏兰

兰为花君不称王，品质高洁自珍藏。
深山幽谷甘寂寞，夏雨春云任炎凉。
俗伦眼中同凡草，东君殿下愧群芳。
千古骚客争歌咏，丹青笔下有奇香。

（三）咏竹

不与桃李争媚艳，怎堪藤草附攀缘。
碧翠一身弥正气，高节百尺向云天。

（四）咏菊
香姿冷蕊蝶难来，东君无情芳心哀。
金菊不逊牡丹色，缘何寒秋临霜开！

河西怀古

黑水白山大漠烟，敦煌长城月牙泉。
驼铃战鼓沉沙海，冷月胡杨问长天。
丝路依稀残照里，阳关寥落西风前。
唯有莫高佛灵在，笑看千年刹那间。

2004年7月

重逢大连

2012年5月，在大连与大学同学张兴富重逢，赋诗以赠。
一别二十五年前，学海行舟在兰苑。
青春壮志摩云岭，时代大潮搏浪尖。
同窗友谊情未老，岁月沧桑鬓已斑。
感君盅盅殷勤意，古今一壶付笑谈。

咏牡丹

落尽残红春未老，花王独立绽锦绡。
姚黄魏紫姿态艳，国色天香韵品高。
富丽曾经霜雪冷，坚贞蕴含傲梅娇。
违诏岂惧曌皇怒，焦骨烈火更妖娆。

拜谒桥山轩辕庙、黄帝陵

悠悠华夏五千年，寻根追祖祭轩辕。
殿前神柏耸穹宇，山后古冢藏衣冠。
开启文明功赫赫，哺育国魂祀绵绵。
祈仙台上放眼望，万里神州换新天。

2012年5月

观孔府孔庙孔林有感

茅屋两间林一丛，传道解惑仲尼孔。
荣枯无情墓前草，造作有意身后名。
圣像煌煌尊九五，府院森森比帝宫。
仁义斯文孔孟道，做人嫁衣变形容。

2012年5月13日

泰岳远望

一路攀登到天门，玉皇顶上我为峰。
壮观天地怀今古，远望九州忆峥嵘。
封禅祭天皇家事，祥和平安百姓情。
昔日不知尊五岳，只因国魂在此中。

2012年5月15日

读陆放翁沈园有感

雨冷秋深菊花黄，衡阳雁断满地霜。
春波照影难回首，画角堪哀对斜阳。

柳老宫墙心漠漠，情殇唱和恨茫茫。
千年挚爱意无尽，二题心诗韵留香。

2015年11月

我家牡丹写真灵

洗却腻粉脱俗尘，我家牡丹写真灵。
冷雪寒霜育春色，华容丽质隐梅英。
品关故乡山水意，韵系少年苦乐情。
天香不是女儿姿，丈夫落笔起雄风。

2010年6月

张宏发

甘肃靖远人，现居兰州，助理研究员。1983年至1987年就读于兰州大学历史系。毕业留校工作至今。历任历史系办公室主任、校长办公室秘书科长、化学系副系主任、化工学院副院长等职务。现为兰州大学草地农业科技学院党务秘书。主编2002年中国社会年报《裂变与整合》、2004年中国社会年报《风雨兼程》、2007年中国社会年报《和畅》。著有《欧化远传》《任继周传》等著作。

我的大学

（一）

回望金城三十年，艺坛书海苦登攀。

史林伐得几瘦竹，词章可读叙不完。

（二）

同学英才雕玉栏，贪心史书抄名篇。

夜来风雨飘窗棂，高谈阔论抒己见。

（三）

欢歌笑语一校园，竞听讲座满楼窜。

飞笔书本勤批注，文章争论不护短。

（四）

田径场上相追赶，书画园里舞翩跹。

多彩人生多彩梦，岂知岁月已昨天。

（五）

英气飒爽美少年，携手同窗登兰山。

三台阁上放歌唱，昂首即是半云天。

（六）

贤师教坛忙挥汗，史料抖落三万三。

育才路上多艰辛，白发银丝作老蚕。

（七）

冬天火起惊九天，我心飞翔赛银燕。

求知途中坎坷多，科学征程靠攻关。

（八）

兄弟携手结金兰，焚香叹拜宇三官。

君执牛耳战师专，我钻史籍赏秦汉。

（九）

文化传承五千年，甲骨卜辞开初篇。

列国孔孟觅大道，春秋战火烤圣贤。

（十）

汉晋风骨唐诗篇，宋儒词章盖蒙元。

明清笔记托尘世，帝制崩溃赞中山。

（十一）

四书五经常问天，几人得道几成仙。

蓬莱自古多福运，封禅向来崇泰山。

（十二）

宿论舍议常夜半，星月神话围枕边。

男欢女爱青春事，每忆大学多流连。

（十三）

坐垫常驻图书馆，文史哲里尽撒欢。

精言妙语如珍珠，胸中块垒吐不完。

（十四）

冰场美女伴俊男，泳池白条逐浪尖。

花前月下读书声，偶闻嘤嘤轻呢喃。

（十五）

柳枝摇曳桃花艳，荷池含苞逗月园。
彩蝶飞舞笑春风，马蹄疾疾勿用鞭。

（十六）

古道西风多瘦马，驿外断桥少肥荚。
青白蛇舞春湖涌，牛郎织女拆篱笆。

（十七）

子美文章写精华，右军书法甲天下。
李杜诗卷谁比肩，润之风度独一家。

（十八）

后主深宫咏梅花，前人原野观春芽。
红豆一颗相思泪，东坡桥头望天涯。

电教中心看大片

（一）

渴盼每周一下午，饱餐大片文科楼。
欧美名著多奇彩，苏俄文学耀神州。

（二）

雨果仲马牵牛虻，莎士比亚舞清愁。
百年孤独一场梦，巴尔扎克数风流。

（三）

红黑途中识简爱，悲惨世界浮尘埃。
茶花女儿命多舛，钢铁战士好运来。

（四）

追捕途中有廊桥，出水芙蓉美人娇。
音乐世界歌声起，乱世佳人唱风骚。

（五）

伯爵神化基督山，巴黎道修圣母院。
童话世界数丹麦，军事题材惟二战。

（六）

东征罗马十字军，古代希腊拥诸神。
横扫欧陆拿破仑，大战南北华盛顿。

（七）

这儿黎明静悄悄，那边夕阳无限好。
东南西北风带劲，春夏秋冬竞妖娆。

范国明

笔名鍪子、子风，斋名日月轩，四川广安人。1984年至1988年就读于兰州大学哲学系。中国书法家协会会员、重庆市书法家协会理事暨第三届学术委员会主任。现任重庆市九龙坡区政协副主席，九龙坡区政协诗书画院院长。著有《重庆文化艺术志·书法篆刻卷》《范国明书法作品集》《龚晴皋评传》《历代名人咏华岩书法作品集》《亲近怀柔》等。

癸巳夏日兰州数首

（一）鸟瞰兰州
群山万里曰苍苍，塞外风烟暑后凉。
梦里几回皋兰树，河声塔影在云乡。
（二）又回兰州
黄河远上八千里，陇上负笈三十年。
空叹隙驹快如箭，甘州又沐暑余天。
（三）碑林兰州
叹为观止说碑林，简牍抄经绽豹纹。
一帖书林称肃本，张芝草圣笔通神。
（四）金汤兰州
铁桥锁钥固重关，永固金城定九原。
塔影映河咆声壮，如歌岁月好河山。
（五）银滩兰州
绿柳翻飞生碧浪，森森白塔泛崇光。
黄河如染挥银带，秋雨槐花阵阵香。

（六）水上兰州

一桥紧锁接高岗，九曲安澜起韵光。
河谷金汤千里翠，万年锁钥水不扬。

花溪

花溪路自土桥分，虎啸飞瀑绕建文。
苦竹黄芦生野岸，巴腔小调扰烦心。
车通李渡舟人险，水湍龙滩虎豹嗔。
尘染黄花枝叶黯，骄阳似火恼行人。

李信民

甘肃兰州人，现居深圳。1984年至1988年就读于兰州大学无线电物理与计算机科学系。1995年、2001年先后获兰州大学管理科学系硕士和复旦大学管理学院博士学位，系深圳证券交易所第二批博士后。现任国信弘盛创业投资有限公司投资业务五部副总经理，兼任深圳市管理咨询行业协会名誉会长，兰州大学深圳校友会首届金融分会会长，深圳甘肃商会副会长。

重阳登山

——2017年重阳节与几位友人一起登梧桐山有感[1]

重阳结伴登山行，翠英绿道路幽静。
秋风阵阵精神爽，梧桐山上述豪情。

2017年10月28日

贺母校110周年华诞兼和各位校友

滚滚黄河东流水，奔腾不息入城来。
中山桥畔兴义学，风云百年育俊才。
独树一帜扎塞北，自强不息情满怀。
历尽艰辛非等闲，勇闯辉煌何壮哉！

2019年3月7日

[1]梧桐山是深圳市区海拔最高的山，亦是国家五A级景区。

春游无锡扬州有感

（一）

清明时节踏青游，午夜入住烟波楼。

阳山桃花争相妍，人在花海婀娜秀。

（二）

兴华千垛油菜花，盛开怒放胜于画。

碧波荡漾春意醉，风光无限人人夸。

（三）

烟花三月下扬州，瘦西湖畔把春游。

争奇斗艳花烂漫，万紫千红景色优。

（四）

春夏秋冬尽个园，竹林荟萃表心愿。

敢问人生如何度，高风亮节境深远。

（五）

中西合璧在何园，太湖石丑成奇观。

读书岂止为权钱，修身养性是本源。

（六）

关东街上老字号，文化古城美名扬。

文昌阁里话春秋，四望楼前见沧桑。

2019年4月8日

毕业三十年聚会

时光飞逝快似箭，转瞬毕业三十年。

同学相聚如初见，旧时容貌换新颜。

千杯万盏人不醉，娓娓道来情绵绵。

少室书院拜圣人，音乐大典释道禅[1]。
依依不舍蒙泪眼，期盼再会庐山巅。

2018年4月9日

[1]2018年4月聚会期间，同学们集体游历了“少室书院”，观看了“音乐大典”，并约定毕业35周年在庐山相聚。

汪东颖

1984年至1988年就读于兰州大学物理系磁学专业。纳思达股份有限公司创始人、董事长。

一朝阅尽天下事

自古拓荒多寂寞，意坚心勇破篱墙。
前行路上艰关阻，创业途中斗志昂。
涉海登山观盛景，经霜历雪醉梅香。
一朝阅尽天下事，利禄浮名身后藏。

清平乐·明志

激扬挥斥，
长有凌云志，
利锁名枷烟云逝，
回首一轮红日。

应羡南亩农夫，
一畦菜地临湖。
遥处山歌对唱，
书香闲伴茶炉。

徐清华

山东济宁人，现在深圳/香港工作生活。1984年至1988年就读于兰州大学计算机科学系，2010年清华大学高级工商管理专业毕业。从事金融投资。

参观泸州老窖集团

国酒老窖七百年，香飘四海美名延。
古法新技焕活力，喜逢盛世谱新篇。

2018年11月24

管理学院师生赞

——应邀参加管理学院广东MBA/EMBA 2019新春晚会

窗外明月照我心，辛勤汗水湿衣襟。
学用结合辟独径，理论指导天地新。
工商管理荟群英，创业实干要精勤。
漫步珠江览全球，时代才俊世人钦！

2019年1月12日

贺兰大粤港澳运动会成功举办

兰州大学深圳校友会在深圳组织举办广东校友运动会，有7个运动项目，近300人参加。

珠江两岸花海妍，校友荟萃粤港湾。
运动会场争锋盛，激情洋溢似当年。
美女校友不是客，男儿拼搏志更坚。

相聚时短情谊长，待到秋来再言欢。

2019年1月13日

恩师深圳行

——金秋时节信息学院刘亚军书记带队南行深圳

鹏城金秋花盛开，恩师南巡搭平台。
走访企业会校友，共谋发展议未来。
诉说当年师生情，培育之恩永记怀。
勤奋求实勇进取，放眼世界纳英才。

2018年11月9日

喜相闻

喜闻恩师杨小元老师、武继刚老师在广州工作生活，欣然赋诗一首。

南国十月花正艳，碧空万里海潋滟。
忽闻恩师朔方来，师曰同住珠江岸。
江水连着你和我，亦师亦友情不断。
三十年间一挥手，未来人生更灿烂。

2018年11月12日

袁占亭书记南行广东

杜鹃花开春盎然，书记南行粤港湾。
佳节更有师生情，兰苑学子喜欢颜。
赖有恩师著宏篇，母校辉煌再创先。
黄河珠江两相依，协同发展开新天。

2019年1月27日

泸州行

红鸥嬉戏民安详，店家矗立水中央。
江鱼河虾农家菜，泸州美味遍品尝。
老窖一举累十觞，十觞过后歌声扬。
良宵丽景客人醉，直把他乡当故乡。

2018年11月25日

游尧坝古镇

文化名镇遗风传，生活祥和百姓安。
小吃茶道麻将牌，人民淳朴物美廉。
灯笼木屋石板道，历史古迹二千年。
物华天宝是福地，人杰地灵占尧天。

2018年11月26

春节与发小同学聚会感怀

运河两岸灯火明，春节欢祥气氛浓。
发小同学再聚首，兄弟姊妹诉真诚。
美酒交融兴致起，半醒半醉吐心声，
欲说当年好困惑，只因结下不了情。

2019年2月12日

君远行

——好友李君离国赴美已二十有五，忆往昔谈今朝感慨万千

秋风凉，落叶黄。

君远行，世事茫。
三十载，隔海望。
忆当年，谈欢畅。
长相知，细思量。
海洋阔，天地广。
君珍重，路漫长。

2018年11月19日

再相见

——恩师屈志毅老师、杨来利老师深圳再相见

君登三尺台，天地为之开。
台上尊君师，台下兄弟待。
一别三十载，鹏城迎君来。
追忆师生情，感慨满胸怀。
当年志犹在，当下正精彩。
人生二百年，未来更豪迈。

2018年11月9日

闲暇

待我相思放下，不问尘世浮华。
晨观旭日绮云，晚赏夕阳彩霞。
闲来种花养鱼，平日食素饮茶。
相邀三五好友，浪迹海角天涯。
静看风雨飘飒，遥望江山如画。
我愿隐身归去，从此享受闲暇。

2018年12月8日

郝厚璋

原名郝灵，甘肃凉州人，现居福州。1985年至1989年就读于兰州大学中文系。文学作品发表于《中华时报》、《读者》等刊物及新华网、广播电台等媒体。经济社会研究成果发表于《新华文摘》《人民文摘》《经济日报》《经济参考报》等刊物。

无题

瘦诗成来梅花哭，香潮劲时雪正肥。
我亦无灯继黄昏，且将明月照不归。

2018年12月29日

中秋夜登岳阳楼致故乡诸友

烟雨空翠水空流，心逐彩云向北游。
为望故乡一片月，不觉又上一层楼。

2017年10月3日

深秋寄怀

一方红紫一方秋，当风飘飘各去留。
情深最是纤纤月，夜久犹自抱枝头。

2018年8月7日

感时偶成答老师

凉薄光景二月天，僵土未酥秃枝残。
铿尔一芽惊夜半，已然春声满山川。

2018年7月2日

初春回故乡携父母兄弟游春偶题

一蕾炸破天下春，一声舒啸绽晴云。
请君极目青郊外，一垄红紫一诗魂。

2018年3月31日

春日偶成

夹岸桃花羁渔舟，鹅黄乳鸭戏清流。
儿童不知春正好，歪戴柳圈赌石头。

2018年6月20日

读大学同学诗步其韵以为和

故园杏好不能拾，每值此季梦千里。
儿童老去心犹嫩，仰头仍羡最高枝。

2018年7月21日

题朝露荷花图片

仙子昨夜梦不成，晓妆懒梳泪未收。
君在天涯我在水，教妾朝朝望渡头。

2018年5月7日

题微信群野草图片一首

我自寂寞我自香，海角天涯即故乡。
何须折眉篱边寄，朝朝为人颂吉祥。

2018年6月30日

离兰州去福州前当宴赋黄河一首别诸友

千里黄河万里山，九曲百折多回环。
人生成事亦如此，冲开天嶂即平原。

2004年10月

无所思

山明水秀雨初霁，碧空一色鸟迟迟。
且行且啸千仞上，长歌长笑无所思。

2018年3月7日

微信群题张旭狂草长卷

超迈天地一挥间，云烟走奔蛟龙缠。
纵然破壁惊飞去，也留仙迹傲人间。

2015年11月16日

江东暮望

云起万里山白头，千古悲歌一色秋。
乌骓不逝霸王渡，晚唱萧萧横渔舟。

2018年5月28日

微信群赋夏圭山水图卷

尘世劳劳羡芳游，系心扁舟欲何求？
情逐渺渺江水去，直入桃源古渡头。

2018年8月

八盘峡

2007年6月6日友人以八盘峡为题请诗，遥拟一首为赠。

浪卷霞影荡水麦，鹰扬寒林激流外。
云出远山连西域，船循高峡奔东海。
画廊浸秋随势转，牧歌怀春何处来？
一自王母会周穆，至今游人话不衰。

题老师春游图照

新涨绿漪带夜寒，波间云影荡远天。
蛱蝶绕枝香初浓，黄花遍地春正酣。
堤上忽敛孵雏声，柳荫撑出放鸭船。
流连不觉日又暮，倚杖还看月初弦。

2018年3月

感时一首，题微信群秋林图片

梧桐枝头一零落，金风玉露遍寥廓。
应怜天外双回雁，还看塞上半钩月。
山川霜气瘦林木，江湖秋水肥鱼鳖。
向来繁茂掩真容，于今萧疏见本色。

2018年9月15日

网络应题斗诗偶得

秋风吹渭水，落叶满长安[1]。
汉宫摇落尽，秦塞更辽远。
寒凝彩云渡，声喧飞鸟关。
相与解骖辔，枕鞍梦南山。

2007年11月

忆什川梨园旧游[2]

常忆当年少牵绊，一路寻春到什川。
携取知交二三子，一醉勾留四五天。
梨花胜雪了无边，山光涳蒙更绝看。
翠声上下喜春嫩，炊烟远近酬客倦。
钓畔水冽休脱鞋，花下雨香莫撑伞。
砍棋何妨露本性，斗牌最是见手段。
对月侧耳听古今，借酒开怀谈书剑。
浩然一歌齐声和，纷纷花雨从天降。
林杪宿鸟惊回首，却见曙色又满山。

2007年6月5日

[1]网圈朋友以“秋风吹渭水，落叶满长安”为题斗诗，即兴赋此，围观者哄然称绝。

[2]什川乡傍黄河，位于兰州之北。什川梨园为兰州人节假日游憩之所，兰州大学同学多喜游之。兰州旧友某日聚于什川梨园，以微信致余，请为诗以记之。余韵次昔日游玩之乐以奉，众皆欢然。

浣溪沙·忆石羊河致童伴[1]

粼粼一水绕天涯，
荫荫芳林煨红霞。
呼狗圈羊骑大马。

夕阳西下飞暮鸦，
秋水满陂吵田蛙。
响鞭敲月好回家。

2005年10月

浣溪沙·初任福州即景戏题赠女儿以为记忆

细雨潇潇竹叶斜，
持伞携女不回家，
好花压径艳如霞。

荷叶风前旋似舞，
雨圈潭面密如麻。
也为赏景也钓虾。

2005年5月4日

西江月·忆石羊河致童伴

鸟移云翔天蓝，沙净草软水明。
鹅黄杨柳逼青山，瑟瑟苇荻夹岸。

[1]石羊河为河西走廊第三大河。余生于、牧于、乐于石羊河畔。

春信大雁排队，秋妆五彩画廊。
呼朋牵伴追鱼去，夕阳西下牧羊。

2005年10月

贺新郎·赋望岳一首赠友人

秋色压泰山。
抬望眼，彩沃秀峦，虎奔龙蟠。
一柱擎起万里天，任他云去雾还。
凌风举，上扪霄汉。
谁开通天一条道？
谁又抗东海千层浪？
历八荒，实少见。

英雄本色令人仰。
毋徒羡，秦槐汉柏，云海玉盘。
高祖尚能唱大风，不惟时运巧眷。
诗书外，几度论剑。
请君携取三尺剑，更请君争胜千仞岗。
成功者，重今天。

2012年秋

念奴娇·闽江[1]

天公偏厚，兴大江，润我青青闽国。
排开千山与万壑，的是英雄气魄。

---

[1]闽江为福建第一大河，因其利，福建的森林植被、水资源拥有量、水质、空气质量为全国之冠。清朝南洋舰队即以闽江入海口马尾为基地，东望台湾。

云汇鹰扬，渔唱彩飞，江花红胜火。
春潮叠来，壮极海天浪接。

东南形胜之地，烟波深处，多潜龙鱼鳖。
摧楫惊涛千万丈，正宜满帆举舸。
直下东海，收拾贝阙，趁此好风色。
一路凯歌，回首江天辽阔。

2010年夏

刘大为

辽宁铁岭人。1985年至1989年就读于兰州大学材料科学系。1999年获北京大学经济学硕士，2001年获加拿大多伦多乔治布朗大学国际商务硕士。历任鞍山爱科集团副总经理，辽宁东方巨业陶瓷有限公司总经理，鞍山祥正房产开发有限公司法人。现为辽阳吉美矿业有限公司股东、执行董事。

盘锦红海滩

天地非一色，红白对吟歌，
红表君赤子，白示君高洁，
红白海相连，天边成一色。

2013年10月1日

九华山旅游

修禅悟道难，首选九华山。
远看山是山，近看山非山。
俯瞰九华山，凡人落期间。
佛曰佛无语，度人心地宽，
禅佛凡间人，度佛法无边。

2014年5月20日

卢阳华

江西修水人，现居深圳。1985年至1989年就读于兰州大学物理系理论物理专业，1991年至1994年就读于兰州大学物理系凝聚态物理专业，获理学硕士学位。现主要从事半导体材料表面改性、激光通信光电子器件和半导体硅单晶生长炉及加工设备的研发制造等工作。

春游共青

2013年春月，和同窗好友林文耕、邱向东，应匡同学之邀，到江西共青一游，尽情地享受打高尔夫、赏湖光山色、品茗饮酒、打麻将的乐趣。夜宿美庐，意犹未尽，特作小诗志之。江西共青农场是邓小平落难时的劳改之所，也是胡耀邦的长眠之地。

（一）晚聚

打马鄱阳堤，日落倦鸟归。
春夜宜唤友，把酒茶山弈。

（二）茶山夜话

举杯问文耕，曾与玲相许?
向东侧耳听，浅笑不言语。

（三）春雨

翠鸟鸣窗前，惊梦睡难甜。
晚来牛毛雨，落樱满阶沿。

（四）美庐挥杆

绿茵岭上挥杆起，球惊白鹭振翅飞。
一池春水映翠竹，风轻云淡不思归。

重访南开

2013年7月17日到南开大学造访兰大校友姚江宏教授有感。

杨柳依依走南开，连天碧荷花似海。
花自风流君自在，半塘莲蓬半如来。

梦回兰大

——兰州大学深圳部分校友聚会有感

校友重聚夜难眠，梦回二十多年前。
皋兰山上种柏树，积石堂里读圣贤。
雁滩小径话高能，黄河岸边指遥汉。
少年翩翩人未老，师恩浩荡在心田。

2018年11月28日

太行放飞

2013年4月12日，春暖花开时节，邀几好友，登上800米太行山绝崖，乘无动力滑翔伞，乘风飞上1200米高空，尽揽太行雄姿，红旗渠蜿蜒缠绕太行之腰，千里麦田如绿毯，人间万象已天边，美妙之极，赋诗一首以记之。

太行壁立三千仞，山峦高耸入云天。
渠如盘龙绕腰缠，车似爬虫窜山岩。
峰回路转临绝顶，东望万里尽中原。
跃崖展翅乘风起，直上九天揽云烟。
随风滑翔舞翩跹，麦田万顷不见边。

燕子飞过回头望，空中飘来活神仙？
人生壮志当拿云，世间万事可变迁。
日新月异慨而慷，愚公若在应惊羡。

程庆拾　钢笔画

仇金选

甘肃省灵台县人，现居兰州。1985年至1989年就读于兰州大学中文系。一直供职于甘肃省交通系统，以文案为业。

初冬登山感怀

密密万叶风难透，夏神学画刚入门。
秋仙方懂丹青妙，寥寥几枝更传神。

2018年11月10日

夏夜听戏之《斩韩信》

高台拜将百年功，后宫计密一场空。
战神若悟良弓理，淮上秋深谁寻踪？

2018年7月26日

梦回故园

风摇杏黄无人拾，雨浸瓦绿有燕栖。
文案劳神梦境远，每见故园忘心机。

2018年6月26日

国庆登五泉山

秋日景好身不闲，佳节晨光竞流连。
料想满月映泉底，正看朝阳挂檐边。

左公老柳[1]拂也易，刘氏名联[2]行却难。
登高莫问心中事，浮华暂去望河山。

2018年10月1日

初秋登白塔山

晨雨午晴信步爬，闲倚栏杆诗意发。
黄河奔腾浮铁桥，绿树摇曳拥石塔。
秋水汪洋学有限，淡云舒卷思无涯。
忽想塬上景色好，谷满果熟在人家。

2018年8月20日

秋夜观河

注目夜景怜晚秋，低吟古调叹物候。
白塔风动飘落叶，黄河水退露石头。
彩灯能勾错落山，律诗不写婉转愁。
云遮弦月星无影，凉气满襟听水流。

2018年10月15日

[1]兰州五泉山至今尚有左宗棠西征时所植的古柳树，枝叶繁茂，轻拂人肩。
[2]刘尔炘先生号五泉山人，其在五泉山所撰对联甚多，最著名的是在“青云梯”景点所题的对联：高处何如低处好，上去容易下来难，其中所寓人生道理令人深思。

王芸兰

甘肃白银人，现居深圳。1985年至1989年就读于兰州大学中文系。先后在甘肃省供销合作联社储运总公司及卫生部科教司和甘肃省卫生厅、中华医学会医学教育分会联合主办的国家级专业杂志《卫生职业教育》杂志社从业。

杂感

昨夜君入梦，何故情戚戚。
最思章台柳，年年寄别离。

2013年3月16日

他乡重阳

梦里登高望，遍地菊花黄。
天边明月起，浊酒唱思乡。

2018年10月17日

春过定西

峰峦坠云天，春雨酥山川。
红褪见青杏，绿意藏梯田。

2017年4月30日

咏茶花

本自生山间，枝干向上端。
叶浓馨味溢，花玉似莹颜。
德品出高贵，移植住院前。
报答君美意，春绽贺新年。

附：翟亚军校友和诗《五律·咏茶花兼和王芸兰》“踏破数重山，游蜂掠顶巅。枝端肥绿意，艳溢味馨绵。春早生情谊，德高做事谦。星君持美愿，伴我贺新年。”

2019年2月8日

异乡春节

春阳日日暖，东风时时醺。
鲜花默默绽，新鸟清清闻。
红盏联对起，街巷行人频。
相见笑相问，都是异乡人。

2019年2月4日除夕

剪发记

万木春来换新装，百花竞妍吐芬芳。
裁去烦恼三千丝，不惹尘埃不施妆。

2018年4月19日

五泉秋荷

白露微蒙细雨凉，芙蓉静守旧时光。
素笔墨荷弹一曲，却是香残向夜长。

2015年白露

与室友母校兰大赏春

满园春色关不住，群芳流香溢四方。
把盏忆昔勤学苦，最是当年抢座忙。

2016年4月8日

与好友母校赏花怀念同学

榆梅满枝四月天，梧桐树下忆当年。
物是人非今安在，鸿鹄一展碧云端。

2013年4月5日

观任老师流苏石斛生死恋有感

千年沉木情更坚，生命只与流苏绽。
一生一死共相依，枯枝彩帘出天然。

2019年4月7日

贺母校兰州大学建校110周年华诞

左公西行安国运，黄河之滨辟鸿蒙[1]。
童子呀呀学堂进，星辰冉冉东方升。
育树尚需十年力，材人更堪期颐功。
积石堂里聚财富，强国人才出萃英。

2019年3月12日

兰庭序曲[2]

良宵香风送兰庭，主人呈上十年红。
少白斗酒赛太白，大吕洪钟激豪情。
文史理综济天下，建言献策谋玉成。
皇皇诗篇岭南起，源源汇集在萃英。

2019年3月3日

听韩培刚师兄分享深圳技术大学筹建历程有感

谦虚审慎求真干，攻坚克难破臼窠。
传道无私除困惑，育才有法创先河。
大师风采人人唱，工匠精神代代歌。
砥柱不虚名与实，深圳速度创绝卓。

2019年1月20日

---

[1]清末左宗棠治理西北，广兴义学，并建立甘肃法政学堂。即今兰州大学前身。

[2]己亥正月廿五日阳历三月一日，与老白、吕海峰、陈云岗赴翟亚军师兄府上商讨《兰馨集》事宜。翟府阔大庭院茶花盛开，花架上盆兰随风摇曳，大家兴起，或曰昔有兰亭，今有兰庭也。少年白（陈云岗）当场赋诗一首，老白海峰随和之，余亦和诗一首，博大家一乐。

贺第二届粤港澳湾区
兰大校友运动会在深圳成功举办

萃英山上彩云翔，昆仑堂前步履忙。
无悔青春兰苑度，有情岁月四方航。
珠江校友风雷动，兰大同仁意兴扬。
猎猎彩旗声似震，频频捷报快高强。

2019年1月13日

初二夜惠州西湖观灯怀苏东坡

璀璨西湖苏坝藏，九方桥上鬼魔降[1]。
茫茫人海瞻光彩，幻幻灯潮照众墙。
流水高山子伯遇[2]，红颜知己轼云双[3]。
东坡寻趣遗词在，今夜谁人颂大江[4]。

2019年2月7日

[1]民间相传春节灯火晚会上，走过曲曲折折的桥，可以甩掉一年的晦气和不祥的鬼祟。

[2]子伯，子期和伯牙。

[3]轼云，苏轼与王朝云。王朝云，苏轼最为相知的一位有才学的小妾，陪伴流放惠州的苏轼，早逝葬于西湖湖畔，今仍有坟茔遗址。

[4]苏东坡词《念奴娇·赤壁怀古》。

与众师弟师妹访翟亚军师兄有感[1]

春雨花凋凋几分，香氛小径落英陈。
闲庭茶酽醉宾客，雅客德高喜主人。
顿挫抑扬吟不断，推敲平仄语更臻。
遥怀陇上师恩重，一册兰馨树蕙存。

元宵节忆祖父[2]

拂面香风春淡淡，溶溶月色满乾坤。
老人欷歔说诸葛，小辈高声论禁军[3]。
祖父颠颠孙后拽，顽童雀雀院前奔。
一年又是元宵日，不见昔时赏夜人。

2019年2月19日

---

[1]3月10日（农历二月初四），春雨潇潇，朵朵茶花落了一地，楼下的栀子花香阵阵袭来，与老白春红云岗亚平效禹雪飞诸师弟师妹会于翟师兄府邸。老白书写“兰庭”二字及兰庭序。并治印两方，其一仍是兰庭二字。大家赏字品印，进一步探讨《兰馨集》事宜，不亦乐乎。

[2]20世纪70年代末，“四人帮”被打倒后，传统文化得以恢复。家乡有一条叫街（gai）的大街，位于村子的最中心，横跨东西，长约三四里，街的东中西各有一座廊檐飞翘的木质古楼。它们分别为菩萨楼、灯盏楼和文昌楼。正月十三，大人们搬出“文革”中幸存下来的古老木质纱灯，沿街两边栽杆张挂。纱上绘着《三国演义》《水浒传》《封神榜》中的人物故事和关于故事的题字题词。正月十四到十六晚上是赏灯时节，村里倾家出动，街上人流涌动。观灯的欢乐盛况不亚于各种史书记载的关于元宵夜的场景。堂哥堂姐堂弟堂妹们和周围邻居家跟我差不多大小的伙伴们，来到我家簇拥着爷爷带他们去看灯、讲灯上的故事。

[3]禁军是指《水浒传》里的禁军教头林冲。

初一日有感

世间万物皆成史，明月一轮万里光。
淡淡浮云追皓日，翩翩彩蝶恋花房。
梁园梦好风浪大，故里情深山水长。
莫道羁行难适意，寸心安处是吾乡。

2019年2月5日

荷塘春景

树影回塘相向察，春风不嫁是荷花。
绿波潋滟清池破，白鹭蹁跹空镜划。
游客微醺挥薄袖，彩鸢冉冉缀人家。
最当一季时光美，万木绿装伴彩葩。

2019年1月24日

周末校友基地听殷雄师兄讲诗词格律及春联写作

北方春雪洒漫漫，南国鲜花最艳丹。
殷雄师兄飞彩玉，弟兄姐妹意珊阑。
仄平顿挫析联对，泼墨挥毫祝豕安。
正遇盛时多喜乐，湾区校友聚颜欢。

2019年1月20日

立夏日见石岗王功勇等学长有感

木槿花开雨霏霏，鲜鲜绿叶饰珠蕤。
福田美酒佳肴煮，校友诗篇韵意辉。
正颂黄河涛浪涌，又吟毓秀燕莺归。
相谈最是深心事，恩报积石教谕巍。

2019年5月6日

佳节杂思

秋至西风荡，藤蔓扯断难。
忆萱言晚岁，游子泪涟涟。
空室还曾暖，衣食尚可堪?
南国枯谢少，秋亦百花繁。
此地无娘亲，身心俱难安。
声声闻北雁，春至盼佳笺。

2018年10月2日

偶遇南柳

北方风劲多柔媚，南方温润枝叶坚。
北穗鹅黄絮飞白，南穗翠绿红絮翩。
本是同族异域生，同好水边影自怜。
折枝无所寄，君下多徘徊。
湖光潋滟银波闪，恍惚身处亲水台[1]。
似曾相识细思量，从此思乡顾君来。

2018年2月12日

[1]亲水台，兰州黄河边上的一处景点。

严格

1985年至1995年就读于兰州大学物理系，获博士学位。现就职于东莞新科技术研究开发有限公司。

侠客行

己亥初夏，与翟亚军、郑国恩、库万军诸师兄弟小聚鹏城，杯盏间慨于各校友虽出身毫末，然各有成就，虽天命之年，犹壮心不已。此虽时也命也，亦非初心宏愿不能至。有感于此，遂以记之。

布衣一介走天涯，文以鸿儒武用侠。
上愿初心逾半百，犹如晓日绽芳华。

杨成田

辽宁开原人。1985年至1989年就读于兰州大学历史系世界历史专业。先后在辽宁省铁岭市监察局、中共铁岭市纪律监察委员会、铁岭市人民政府办公室工作。历任铁岭市政府办副科长、科长、副主任，铁岭市政府副秘书长、辽宁省昌图县县委副书记，现任昌图县人民政府县长。辽宁省书法家协会会员、铁岭市书法家协会原副主席。

山乡雪韵

大地宣纸白，沟垄墨线裁。
村庄写真意，远山入画来。

海市蜃楼

五彩缤纷地，明媚艳阳天。
绿树春意闹，白云独自闲。
一湖柔情水，几只逍遥船。
美哉此境界，何似在人间。

伴

老来无事不从容，闲坐江湖望远空。
心静眼中无波浪，尘思恰似往来风。

风骨

时来满眼绿葱茏，运去萧索亦从容。
阅尽荣枯寻常事，留得残枝啸晚风。

禅房花木深

人迹罕至锁重门，耸干方知庭院深。
和风一夜花山满，堪笑墙高不掩春。

如梦仙境

天接碧水水接天，倒影如幻柳如烟。
一线虹桥天地跨，难分仙境与人间。

比个

玲珑秀塔耸梭桥，花木黄紫斗妖娆。
角度果能生错觉，寻常小树比天高。

翠色随人欲上船

东风无力懒云多，曲水长波又短波。
唯有离离原上草，生生无忌任嗟哦。

小桥流水入我家

花隐树丛树隐花，霞映碧水水映霞。
水流小桥桥流水，家拥园林园拥家。

冬韵

杨柳新垂嫩绿绦，晶莹红豆点林梢。
东风一夜报春讯，任尔冰封雪未消。

桥博会

自古桥梁故事多，遄飞思绪费琢磨。
鹊桥相会一年整，三生石畔可奈何。
断桥借伞西湖雨，灞陵折柳泪婆娑。
遥怜尾生抱柱苦，脉脉凡水不扬波。

段竑

网名陇上老九。陕西西安人，现居兰州。1986年至1988年就读于兰州大学图书馆系，毕业后留校工作至今。现为中国榜书协会会员，中华国礼书画研究院院士，中国文化产业战略协会书画艺术委员会理事，国家一级美术师。甘肃省书协会员，中诗协、中楹联协会会员。作品流传海内外，为个人及企业所喜爱。创作格律诗词近五千首。

踏雪访梅闲吟

踏雪经禅寺，寻声向野山。
说春僧不语，浅笑指梅端。

见庭兰盛开闲吟

沁腑幽香静，怡神俏影恬。
悠然居陋室，自在守清闲。

品茶闲吟

品水拾清趣，敲诗享逸闲。
浮沉杯内演，冷暖座中谈。

题画闲吟

雾锁山形隐，尘封水色收。
疏枝栖倦羽，野渡荡空舟。

对景闲情远，临池往事悠。
随缘安冷暖，率性纵春秋。

从教三十年闲吟

教育三十载，人生半百春。
唏嘘青涩事，慨叹老年身。
不慕桃林广，心安野鹤真。
敲诗情万丈，舞墨酒七分。

立秋日闲吟

惹绪秋风起，牵思季语张。
已知残叶苦，不忍倦花伤。
对景常怀古，悠情每恋乡。
初心存远志，岂困在何方。

重题五叶堂

笑语三观妙，天成五叶堂。
无心争宠辱，有意化炎凉。
世上时光短，壶中日月长。
茶香温润处，坐看往来忙。

生日自题

荏苒光阴度，蹉跎岁月催。
常经风与雪，已惯是和非。
胜败何足喜，得失岂陷悲。

老白

原名刘白瑜，字俊辰，号不厌居者，甘肃陇东宁县人，现居深圳。1986级兰州大学哲学系学生。兰大书画社老社员，书道修习者。

翰邦[1]兄新作读后

不向兰山久，观书若相晤。
无限活意思，饶多静功夫。
开阖每任性，拙巧辄合度。
释怀见虚和，神完乃自足。

2011年11月17日

张伯荣《书法笔力详解》读后

（一）
笔法笔力推究深，科学思维岂因循。
用笔千古原一理[2]，廓清迷雾始逼真。
（二）
八面出锋自超迈[3]，入木三分惊有神[4]。
剖开牛隙好游刃[5]，秘辛言传任纷纭。

---

[1]魏翰邦，兰大历史系86级学兄，余兰大书画社老社友。
[2]赵孟頫曰："书法以用笔为上，而结字亦须工，盖结字因时相传，用笔千古不易。"
[3]米芾自称"八面出锋"。
[4]（唐）张怀瓘《书断·王羲之》："晋帝时祭北郊，更祝版，工人削之，笔入木三分。"
[5]庖丁解牛故事出自《庄子·养生主》。

（三）

书道从来仰玄深，学浅难窥众妙门[1]。

犹多陋习隘心眼，解放思想诚可珍。

（四）

祖述前贤更勿疑[2]，丹青难写是精神[3]。

不取亦取蜂酿蜜，虽师勿师剑铸魂[4]。

2014年6月20日

甲午中秋前夕张天泽[5]兄莅深与诸友聚

（一）

碧云高远风送爽，相见各数鬓间霜。

往事如花不肯谢，岁月纷纷落叶黄。

（二）

金城一别走萍踪，天南地北几度逢。

人间得失何由计，且凭杯酒祝秋风。

（三）

车如流水楼如簇，红尘深处寄蜉蝣。

若能静心观物动，何劳身外费营求。

（四）

世事如棋未见终，莫道于此论输赢。

一轮凉月照今古，万丈雄心作闲情。

2014年9月5日

[1]《老子》有句“玄之又玄，众妙之门。”

[2]杜甫《戏为六绝句》之六有句“未及前贤更勿疑，递相祖述复先谁？”

[3]王安石《读史》有句“糟粕所传非粹美，丹青难写是精神。”

[4]袁枚《续诗品三十三首·尚识》有云“不取亦取，虽师勿师。”

[5]张天泽，兰大经济系86级学兄，余多年好友。

鹏城再会赠唐文明[1]兄

（一）

乍暖还寒难将息，四海同春终可期。
中华文脉当续立，汲古存真更不疑。

（二）

欧风美雨次第袭，千年智慧蕴生机。
静心常有出尘意，闲观沧海涌潮汐。

2015年1月25日

鹏城再会口占呈石厉兄[2]

重逢忽过三年半，香蜜湖畔风嫩寒。
诗人怀抱盈热血，临海一笑春潮翻！

2019年1月8日

读《庄子》偶得

（一）

鲲鹏御风云漫漫，蓬间雀惊呼连天。
濠上观鱼谁知乐？梦蝶翩翩意自闲。

（二）

运斤成风叹神技，不得其质难斫鼻。
谁料效颦增丑态，邯郸趋步成屈膝。

[1]唐文明，余兰大哲学系88级同窗好友，清华大学哲学系教授。
[2]石厉，原名武砺旺，余兰大哲学系82级学兄，诗人、文艺理论家，现任《中华辞赋》杂志社总编辑。

（三）

望洋兴叹无边景，解牛还应大道通。

鷦鷯所栖足一枝，曳尾于涂自在行。

2015年12月27日

毕业20周年同学聚会北京感赋

2010年11月，兰州大学哲学系86级同学相约北京毕业20周年聚会，抚今追昔，良多感慨，得俚句四章。

（一）

尘封故事乍唤醒，廿岁流光去无声。

八零年代春汛绿，四十里铺秋叶红[1]。

兰山雄魄照伟姿，黄河母亲铭芳踪。

梦魂常迷盘旋路，难忘同游少年情。

（二）

逝者如斯诚可叹，莫言万事付云烟。

负笈[2]金城盟后世，重聚京华续前缘。

无悔青春山作证，有改志趣水为澜。

是非成败俱抛却，共掬瓣香在心田。

（三）

几世缘定一窗读？百年修得同船渡。

当日率性小男女，今朝苦心为父母。

红尘难逢开口笑，白雪应解乘醉舞。

顺逆穷通何须问，祝福携手向前路。

---

[1]四十里铺镇，位于平凉市区东四十里处。1986年9月刚入校，兰大86级文科系新生即开赴四十里铺，在84855部队进行了为期一月的军训。这也是恢复高考以来兰大学生首批进入军营军训。

[2]负笈，谓背笈游学。笈，书箱。

会友感赋二首

2011年9月2日，张曙光（兰大物理86级）、陈庭立（兰大法律87级）从广州来深，与徐家斌兄四人痛饮畅叙，草俚句为赠。

（一）

黄河浪打意气遒，波涌珠江蕴情柔。
园外倚窗看孤树，海滨对酒解千愁。
春花闲赏红依旧，秋月匆照光若流。
百载逆旅谁为伴，老大犹作少年游。

（二）

南来每被酷暑苦，北望渐少念乡情。
会友当下即节庆，随缘相安是我庭。
浓阴沉沉遮月暗，丽日朗朗透心明。
莫话过去未来事，尽在相握一笑中。

哭母七章

（一）

初闻病讯意何轻，未尽岐黄恨无功。
冰水浇脊直彻骨，热泪盈掌已吞声。
遗容笑貌难审视，伤情悲歌不忍听。
仓皇归途坎坷路，旷野地迥泣长风。

（二）

王家怀中襁褓女，郑氏心尖娇大姐[1]。

生逢战乱世多艰，身居穷乡足犹解[2]。

十六出嫁奉老幼，中岁茹苦备蹀躞。

半生守寡抚子孙，凄雨酸风见毅烈。

（三）

温厚柔弱一农妇，忆中已然老太婆。

里外奔忙恒疾走，日夜操劳似转陀。

更深扪虱闻炮响，冬寒皴手见刀劐。

但知拼力直前进，何曾彷徨思退缩。

（四）

家严早逝事事艰，千斤重担齐上肩。

操心满头白霜染，劳力浑身朽骨残。

儿女成人慈母老，桑榆凋零夕阳寒[3]。

庭院荒芜留尘影，梦蝶人去无一言[4]。

（五）

慈爱倾洒出天然，善念芬芳自本源。

未对顽童冷只眼，不与邻舍争半言。

奋前无畏命途舛，虑后岂计个人难。

大智宽心应如海，勤苦精进向佛天。

（六）

往事如虫蛰欲醒，镜头联翩似哀鸿。

[1]母亲本是王家生女，从小抱养过继给郑氏舅家。

[2]母亲1932年出生于陇东乡村，处战乱年代，社会变迁，女孩缠脚旧习渐废，长成一双缠了半拉子的“解放脚”。

[3]桑榆，日落时光照桑榆树端，因以指日暮，又喻晚年。

[4]梦蝶，典出《庄子·齐物论》：“昔者庄周梦为胡蝶，栩栩然胡蝶也，自喻适志与，不知周也。俄然觉，则蘧蘧然周也。不知周之梦为胡蝶与，胡蝶之梦为周与？周与胡蝶，则必有分矣。此之谓物化。”

穿衣细捋昔已惯，洗脸重擦今犹疼。
烙馍临灶费熏燎，送儿追身多叮咛。
勉我读书求上进，擎天蜡炬热血腾。
（七）
深圳不是旧桑梓，叶落寻根念家园。
前夏送母归故里，今春回乡失慈颜。
山水连绵何限恨，生死契阔奈何天。
早登极乐光明地，长留遗爱在人间。

2012年3月

登大沽口炮台遗址

大沽要塞今犹在，龙旗猎猎壮高台。
海飙阵阵海水冽，心潮滚滚心胆开。
历览兴亡今古恨，恍闻血战鬼神哀。
闭关难防国门破，放眼天下向未来。

2012年11月11日天津

和杨成新[1]兄咏怀素之作[2]

（一）和杨成新兄咏自叙帖之作
醉意磅礴势无垠，狂墨叱咤写苍冥。
迅雷奔驷惊大地，旋风骤雨舞巨旌。
独留笔冢无长物，遍题蕉叶见道心。
嘈嘈切切流天籁，瘦硬圆劲堪通神。

[1]杨成新，兰大经济88级学弟，余兰大书画社老友。
[2]2012年冬，余在河北打工，11月30日周五夜晚接杨成新兄短信发来的《读怀素自叙帖》诗一首，随步韵和之。成新兄再回诗，余再和之，兄又回和，余复和之。如是往复唱和，竟一夜无寐！

（二）再和成新兄咏怀素之作

技至进道在磨炼，天地相参独往还。
一气贯之放怀后，万变生于随手间。
乘兴何必期尽美，忘形当下属大难。
江湖墨客滔滔是，几人媚眼看青山。

（三）赞素师，三和成新兄

写穿漆盘恒修炼，绿天庵外彩云还。
太白放旷诗酒后，鲁公激昂魏晋间。
以狂继癫成新美，援毫掣电省烦难。
奇伟瑰怪有如是，草圣千秋仰高山。

附：杨成新咏怀素唱和诗作：（一）《读怀素自叙帖》激风滂沛正无垠，流布星河耀苍冥。重似崩云震天地，轻如蝉翼掠旗旌。生发荣枯通万物，长短徐疾任一心。满壁纵横听爽籁，森严法度见精神。（二）《诗书往来，交心吐诚，真“四美具，二难并”也》法门微妙需修炼，天地精神相往还。好字常书醉酒后，雄文多现失意间。曾怀逸兴期四美，再放豪情并二难。晋唐风华随处是，高人何必在云山。（三）《研读自叙帖，和老白兄》心摹手追勤苦炼，孤云遥去哪知还。出神入化旋风后，把酒放歌骤雨间。独树一帜称大美，长留千载究何难。几声绝叫当如是，素壁粉墙胜梵山。

2012年12月1日

机上作

宇为空间宙为时，漫漫长天白云浮。
万事缘起遂生有，一例性空终还无。
人间真情宜珍重，海上蜃景莫希图。
蝶梦飘然余泡影，且任各自黄粱熟。

2013年10月1日

感事

百代过客走光阴，醉月簪花几度春。
来如山盟当有信，去似粱梦已无痕。
贪泉爽口难解渴，泥涂曳尾自开心。
一啄一饮观造业，戏装卸罢始见真。

2017年5月12日

华光兄[1]邀约兰大书画社老友2018元旦西安雅集

（一）
卅载光阴付逝川，兰山回首意绵绵。
四方星散望残月，三生萍聚念宿缘[2]。
丹青莫使凋秋树，翰墨须令蔚春山。
此日共赴长安道，一元复始还童颜。
（二）
金城旧梦去未远，绿鬓犹记昔时颜[3]。
书道当日曾问津，墨海今朝再扬帆。
万岁青春余热血，二毛生涯惜前缘[4]。
长安醉歌君莫笑，兰亭风流共陶然。

[1]华光，兰大中文87级学兄，兰大书画社老友。

[2]佛教的因果轮回学说，认为人可以三世转生有前生、今生和来生。萍聚，萍水相逢，暂得相聚。宿缘，指前定的因缘，一般是因果的后续。

[3]绿鬓，乌黑而有光泽的鬓发，年轻貌。

[4]二毛，斑白的头发，指年岁变老。《左传·僖公二十二年》：“君子不重伤，不禽二毛。”杜预注：“二毛，头白有二色。”

挽雷达先生

文坛观潮四十春，手把旗色动风云[1]。
指点江山擢新锐，激扬神采铸旧魂。
黄河远上景阔大，时代缩略情深沉[2]。
恋曲低回《韩金菊》，千载梁祝应泪奔[3]！

2018年4月3日于深圳

与蔡骅兄鹏城会杨成田兄书赠[4]

翩翩当时美少年，相逢今日鬓先斑。
文字激扬河间浪，青春挥洒笔底烟。
南海携手潮迭起，兰山回眸意难言。
谁念长别卅载后，一杯重续隔世缘。

附：杨成田和作“一别兰州整卅年，相思泪染翠竹斑。真真眼前人俱老，沉沉往事却如烟。三口焉能说万语，锦书一纸胜千言，我愿时光能倒转，再续兰大书画缘。”

2018年5月21日

[1]宋潘阆《酒泉子·长忆观潮》有“弄潮儿向涛头立，手把红旗旗不湿”之句。雷达评论精选集《雷达观潮》于其去世前一日由人民文学出版社出版。

[2]雷达有评论集《民族灵魂的重铸》、散文集《缩略时代》、《黄河远上》。

[3]同窗李万青兄缅怀雷达有句：文坛四十年，高山仰止；一篇韩金菊，千古梁祝。

[4]杨成田，兰大历史85级学兄，余兰大书画社老友；蔡骅，兰大化学86级学兄，皆余兰大书画社老友。

深圳书城购书戏为俚句

此生有涯知无涯，应惭恒河一粒沙。
浩淼烟海书世界，须臾露珠梦年华。
放眼但有望洋叹，扪心岂容向隅夸。
随缘且取一瓢饮，兴来犹鸣井底蛙。

2018年5月28日

王锐[1]院士师生欢聚深圳湾，列席感赋

美酒飘香歌阵阵，鹏湾欢聚笑语纷。
海天璀璨舒醉眼，桃李芬芳蔚高林。
国士勋业恒济世，春风化功好树人。
时光不老缘不散，日月有情长美新！

2018年7月7日

史正涛兄[2]莅临鹏城

夏风拂臆不须惊，挥手送衣殊匆匆[3]。
尘世星散各南北，浮生萍聚自西东。
一朝重逢海未远，卅载倏过山犹青。
于今回眸兰园路，乡音难改慰乡情。

2018年8月15日

[1]王锐，中国工程院院士，兰大副校长。
[2]史正涛，余同乡，兰大地理83级学长，现为云南师范大学教授。
[3]三十年前匆匆作别于兰大校园，正涛兄曾以衣物相送。

挽金庸大侠

香江英风五洲动，天下纸贵争景从。
射雕风云为变色，论剑血雨乍蜚声。
侠之大者当济世，义所在焉每倾情。
挥手江湖笑傲去，神龙教众尚喧腾。

2018年10月30日

送林清玄先生

读君犹记廿年前，慰我铁肠闻雅弦。
三界火熄随心静，一腔血热与情燃。
冬日丽景梅映雪，林间清风鸟谈天。
幸福开关随身带，温语禅意付世间。

2019年1月24日

赞兰大湾区校友运动会成功举行

湾区激荡起战云，运动盛会聚群伦。
塘朗山下春雷动，沙河岸滨欢语闻。
健儿雄风赛场显，丽影光彩镜头新。
战斗情谊续南海，喜看昂扬兰大人！

学书自省

（一）

学书难成莫漫嗟，吾道不孤更探寻[1]。

始羡张芝专精草[2]，渐爱魏碑各率真[3]。

曾效素师锥画沙[4]，又误杜老硬通神[5]。

意造无法非妄语[6]，宁丑勿媚是至论[7]。

但得陶然赏心处，古今雅俗共一尊。

（二）

厚拙真朴含清刚，自在闲逸灵妙藏。

铮铮骨气风雷殷，悠悠情韵水天长。

行于当行止当止[8]，法无定法相非相[9]。

何必巧笑媚人眼，宜将素颜焕春光。

天然书成墨色润，云淡月朗花自芳[10]。

2014年6月20日

---

[1]子曰："德不孤，必有邻。"

[2]年少时读介绍张芝的文章说"张芝草圣，专精一体，以致绝伦"，对我学书颇有影响。

[3]小时候不喜欢魏楷觉其还没有小学生写得周正，后来才渐渐爱其真朴之美。

[4]曾从舅父处得怀素《自叙帖》习练久之，体会其如锥画沙的笔法。

[5]杜甫诗云："书贵瘦硬始通神"，对我的习书曾有很大影响。

[6]苏轼《石苍舒醉墨堂》诗云："我书意造本无法，点画信手烦推求。"

[7]傅山在《作字示儿孙》小序中主张作书"宁拙毋巧，宁丑毋媚，宁支离毋轻滑，宁真率毋安排。"

[8]苏轼《答谢民师书》有云："大略如行云流水，初无定质，但常行于所当行，常止于所不可不止，文理自然，姿态横生。"

[9]《金刚经》说"亦无有定法如来可说。"清何元普撰联："世外人法无定法然后知非法法也；天下事了犹未了何妨以不了了之。"《金刚经》说"凡所有相，皆是虚妄，若见诸相非相，则见如来。"

[10]前人集字联云"天然文吐春云润，悟后心如秋月超。"

兰州大学110华诞赞

皋兰峥嵘，黄河远上。倚剑昆仑，扬帆汪洋。
大漠苍茫，长风浩荡。东来紫气，西接佛光。
百年学府，世纪沧桑。风雨历程，深情回望。
卓然西北，科教兴邦。人才辈出，桃李芬芳。
伟哉母校，裔裔皇皇！入萃英门，登至公堂。
天下兴亡，慨当以慷。肩荷道义，手著文章。
踵武前贤，蹈厉发扬。勤奋求实，进取无疆。
独树一帜，不息自强。青春日新，诗和远方。
继往开来，文明大光。大哉兰大，祝嘏称觞！

感言：母校是一个所在，是一群人，是一段身心投入的往事，是一个无法舍弃的梦。母校不只是一个地方、一段时光、一些有缘的人，一份难了的情。不，这些都还不够！母校事实上就是你深植的乡愁，一旦你曾经走进其中，她就走进了你的生命，永远永远无法退出。是的，母校就在你的人生里，如影随形，她不但与你的从前同行，而且还要与你一起走向未来。母校比你古老深邃，博大精深，曾给年青的你以抚育和温存；可她也比你青春无敌，活力不衰，当你日渐老迈，暮气渐增，而她却仍然会日新又新，激情澎湃！所以啊，110岁对她来说，来日方长，正是风华正茂，前程似锦！

2018年5月4日

临江仙·用东坡韵

读阎军[1]老师分享古贤诗词佳作，欣然效颦。

漂泊天涯长作客，回望一路风尘。
世间到处慰情温。
当养浩然气，不折凌霄筠。

春来遍野红萼发，闲看碧水白云。
安能攒眉效娇颦。
笑傲凌沧海，江山属何人？

2019年2月27日

沁园春·丁酉腊八祝福并贺深圳兰大校友会书画社建群

斗转律回，南海波涌，北地雪莹。
想尼连河边，菩提树前，王子起座，一星当空。
周知十方，洞明三界，大道终于此际成。
千载下，捧一碗热粥，福慧双生。

皋兰山月朦胧，祈黄河百年一旦清。
念我佛西来，白马驮经；飞天散花，丝路闻铃。
笔舞雄风，墨泼七彩，高歌海天驾鹏行。
贺新春，看万木争荣，百鸟竞鸣！

[1]阎军，兰大老师，“萃英记忆”主持者。

水调歌头·连城[1]十年志贺

击水黄海潮，融冰渤海湾。
太平洋上洪波，浩荡浪接天！
神州千载文化，人类万代生息，
太阳供能源。
倾情输热量，无限光和电！

恒可靠，长增值，更规范。
携手追梦，铸造辉煌历十年。
赖有连心志城，方得伟业共赢，
初心检点看。
大爱汇精诚，春风暖人寰！

2018年1月29日

[1]大连连城数控机器股份有限公司，为兰大物理系校友李春安等创办的致力于全球领先的光伏及半导体设备制造企业。“可靠，增值，规范”为其企业理念。

李多艺

甘肃镇原人，现居兰州。1986年至1990年就读于兰州大学中文系。现为甘肃财贸职业学院教务处副主任、副教授、高级经济师，教育硕士，省级优秀教师。

平中抒怀[1]

沙若生玉景方秀，石可平泉清自流。
四十五载苦中乐，学子九州续春秋。

2003年秋

惜柳

春风无意戏杨柳，万条低垂犹含羞。
长袖飘逸为君舞，流水东逝又一秋。

2016年春

[1]这首诗写于平泉中学四十五周年校庆暨沙秀石六十诞辰之际。诗中嵌入了“平泉中学沙秀石”七个字。平中是我的母校，沙秀石是我入校时的副校长。我对平中的记忆一生挥之不去，那些朴实无华，无私奉献的乡村老师，特别是全国优秀教师沙秀石为了这个乡村中学的发展，夜以继日地工作，最后累死在讲台上，年仅40多岁。沙秀石精神成为平中校魂，2003年秋，沙老师的汉白玉雕像在母校45周年校庆之日揭幕，我有幸接到母校邀请，就写了一篇题为《教坛路漫漫 学子情悠悠》的文章和这首诗，以表达我对母校和恩师们的怀念！

题晓霞晨静图

5月20日（农历四月初六），小满初夜，兰州降雨。清晨，同学晓霞出行途中，被兰州黄河岸边的雨后景色陶醉，拍摄并分享了这张美图，我亦受到感染，即兴题诗以赠之。

高楼小亭黄河岸，清波翠茵四月天。
孤伞为何亭下歇？主人晨醉雨花前。

2018年春

赠鸿洲同学[1]

又是一年秋草黄，鸿雁渚洲恋胡杨。
早已不知南飞路，醉在他乡岁月长。

2018年秋

登高

文人登高常赋诗，诗中抒怀言心志。
我且独上仙阁台，借用古律填新词。
台高风寒浮云急，神思不见月偏西。
归来顿悟圣贤语，静待禅韵入梦时。

2018年7月·兰州

[1]鸿洲，高中同学，毕业从军，转业宁夏，未曾有聚。今年秋天，其分享胡杨林图片，故作此诗以赠之。

中秋抒怀

中秋孤月圆，思念回村院。
不见慈母影，心如秋霜寒。
院内杂草满，盘结有余廿。
月光渐模糊，往事说流年。
曾经中秋来，花馍[1]比饼甜。
油灯伴针走，缝补多少线！
月同两地看，镜中有团圆。
借问嫦娥姐，可见母容颜[2]？

2017中秋

西江月·兰州新区

昔日荒丘如陵，今朝新绿盈川[3]。
惊碎薛举[2]梦千年，海市蜃楼[4]重现？

[1]花馍：陇东方言“花馍馍”。中秋节当地人制作的一种烙饼，有各种图案，类似于月饼。

[2]“每逢佳节倍思亲”。我从小与母亲相依为命，1986年上大学后，母亲独居，1994年母亲离世，至今已有二十多年了。每次途经故乡，必驻足老屋，见院落杂草丛生，窑洞坍塌，物是人非，可脑海里总会浮现出母亲生前在院子里活动的身影，每当此时，悲从心起，泪眼模糊……

[3]薛举，隋朝时金城（今兰州）校尉。隋炀帝大业十三年（公元617年）4月，率众反隋，自称西秦霸王。7月在金城称帝，建元“秦兴”。秦王川当时是西秦霸王薛举的屯牧之地。

[4]海市蜃楼，此处指“晴望幻景”。据史志记载，秦王川每逢晴晓雨霁，常见城郭楼台，人马旌旗，类似海市蜃楼，名曰“晴望幻景”。

马路千条纵横，灯火万家璀璨。

泼墨绘就新画卷，晴望[1]换了人间！

2018年7月

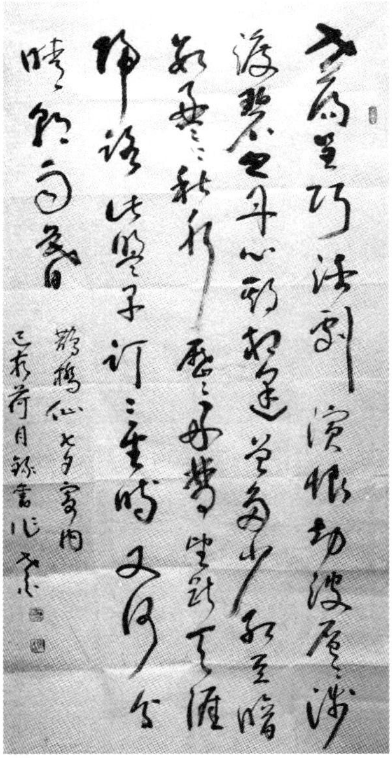

老白书 《鹊桥仙·七夕寄内》

[1]晴望，借指秦王川。相传隋朝以前，秦王川叫“晴望川”。据史料记载，古时因秦王川地势平坦，宽阔空旷，平川绵延数十里望不到边际，晴天远望时常常会看到海市蜃楼，古人因此取名“晴望川”，意思是天晴方能望见川之雄阔。薛举称王后，改“晴望川”为秦王川，一直沿袭至今。

李春安

河南南阳人，1986年至1990年就读于兰州大学物理系。现为兰州大学辽宁校友会会长、隆基股份董事、大连连城数控机器股份有限公司董事长、中国红十字会隆基百分之一基金管委会主任、兰州大学教育基金会副理事长。著名企业家。

短歌行

——读《兰馨集》有感

逢母校百十华诞，承蒙亚军团队送《兰馨集》稿本。展读欣然，不能自己。感我兰大人年无分长幼，皆似兰斯馨，学不论文理，俱如松之盛。喟然也未忘初心，奋然而顿生诗情。心念编者之功，口占：

己亥可志，北望旌招。吾兰盛事，九月相邀。
黄河淼淼，白塔遥遥。流年洒洒，往事飘飘。
渠荷的历，园莽抽条。人间随画，风物堪描。
集诗成颂，赋雅还啸。感斯诸友，气正才高。
百十逆旅，其路迢迢。弦歌载载，不负今朝。

2019年5月

刘向兵

1986年至1990年就读于兰州大学生物系细胞生物学专业。研究员，博士。现任中国劳动关系学院校长、党委副书记，教育部高等学校专业设置与教学指导委员会委员，中国人民大学国家改革发展研究院特邀研究员，兼任中国劳动经济学会副会长、中国劳动经济学会劳动关系分会会长、全国工会学研究会副会长、中国教育发展战略学会常务理事。主要从事高校战略管理、思想政治教育、工会理论与劳动关系等方面的研究。著有《大学战略管理导论》等著作15部。

浣溪沙·戊戌岁末深圳纪游[1]

南国湖边赏晚霞，
相嬉人浪[2]小梅沙。
碧波深处有渔家。

老友新逢情胜酒，
远山遥望意无涯。
何当从化一杯茶[3]？

附：吕海峰原诗《陪向兵红珊与女儿柯妤同游小梅沙，沙滩筑城，陶醉一家》“春潮拍岸雪花妍，极目梅沙天地宽。卷腿抛鞋去微信，与儿挥汗筑城垣。”

2019年1月31日

[1]2019年1月底，笔者携妻女南下深圳度假，在老友吕海峰陪同下，先后在欢乐海岸、小梅沙、海上渔家等处游览。

[2]相嬉人浪：人与浪相嬉。

[3]“从化”句：相约下次在从化相聚。

江城子·鹏城会[1]

清茶薄酒忆从前。
喜连天，几无眠。
故事犹新，一笑到兰山[2]。
健步长湾[3]春胜处，
海正阔，碧空连。

风云廿载志方坚。
鬓微斑，意悠然。
创业辛甘，何日后生传[4]？
应谢此差行万里，
南北望，再登舷。

2015年4月19日

江城子·喜观中劳院学子军训闭营式

又逢秋日胜春朝，
碧云霄，赤旌旄。
兵点沙场，千骑竞英豪。
八百健儿惊涿郡[5]，
拳动地，步如潮。

[1]2015年4月，笔者在宁夏回族自治区中卫市挂职期间南下深圳公差，有暇与经年挚友、创业校友小聚长谈，忆往念今，因有此令。

[2]兰山：兰州、兰大。

[3]长湾：深圳湾。

[4]后生传：诚邀他们为中卫学子讲授创业课程。

[5]涿郡：河北涿州市古称，中国劳动关系学院涿州校区所在地。

半生庠序忘寥萧，
逝华韶，意陶陶。
寄语华年：但把苦甘抛。
会[1]唱阳光风雨后，
桃李盛，看中劳[2]。

2016年9月29日

破阵子·兰大生物系86级毕业20周年聚会

庭外漫嗟岁月，花前忍叹昔今。
长柳幽池何处寻？壮气豪言于此斟。
游子始称心！

忆旧百杯无绪，怀恩一泪关情。
发鬓微霜曾意切？儿女成行疑梦深。
犹歌梁父吟！

2010年7月27日

渔家傲·中劳院任职两年有感

秋月春华嗟两度，
栋梁作育增光路[3]。
宏业纵横知乐苦。
同心赴，疾行况复波催橹[4]。

---

[1]会：应当。
[2]中劳：中国劳动关系学院的简称之一。
[3]栋梁作育：培育栋梁；增光路：中国劳动关系学院北京校区在海淀区增光路45号院。
[4]波催橹：辛弃疾有词“波似箭，催鸣橹”，谓江流疾速，催舟早发。

冷了苏辛闲李杜[1]，
学诗无有非常句[2]。
为续崇劳兴国赋[3]。呼与鼓，
风流莫惧风吹去[4]！

2018年6月20日

[1]“冷了”句：谓苏辛的词、李杜的诗，都顾不上看了。

[2]“学诗”句：化自李清照“学诗谩有惊人句”，谓因忙碌，已经写不出诗词了。

[3]崇劳兴国：我校响应习近平总书记“实干兴邦”号召，研究和推动崇劳兴邦、兴国。

[4]“风流”句，化自辛弃疾“风流总被雨打风吹去”。

吕海峰

1986年至1990年就读于兰州大学中文系。全球人居环境论坛（GFHS）秘书长、中国城市发展研究会可持续城市专业委员会会长。《全球最佳范例》杂志总编辑。在五大洲成功组织了14届全球人居环境论坛年会，组织制定了《国际绿色范例新城（IGMC）标准》，参与了多届论坛宣言和成果文件的起草，主编有《21世纪的水与人居环境》（中英文）。长期积极致力于促进联合国可持续发展议程，2016年10月联合国71周年华诞之际，在纽约被授予“联合国精神奖”。

游河源万绿湖

群山环万绿，浩水映云光。
登高星月近，眺远钟声扬。

2011年10月23日

戊戌仲夏再约向兵兄晨练北京玉渊潭公园

晨练胜杯盏，相邀赴玉渊。
鸟鸣垂柳后，荷举影师前。
步劲湖城动，风柔桥拱圆。
笑谈情胜旧，弹指又三年。

2018年7月

秋至纳木错湖

圣湖纳木错，静泊藏高原。色凝宝光绿，眸闪慧眼蓝。
雪恋山着素，云垂玉含烟。帐篷玄白缀，牛羊珠玉散。

仙女来沐浴，彩凤喜盘旋。清甜洗尘埃，悠然已忘返。

2014年9月

癸巳中秋咏月

中秋争望月，无月不中秋。诗歌千万首，咏月不可数。
似盘似明镜，如玉如宝珠。月下觥筹庆，月上嫦娥舞。
月圆人团圆，月盈亏相续。世代无穷尽，日月运不休。
沧海明月泪，天涯咫尺愁。同赏一轮月，独品万里秋。

2014年9月9日

绿城如树[1]

诠释2018全球人居环境论坛年会“绿色范例城市”主题而作。

亭亭树参天，大道法自然。能量借白日，源源不间断。
沐泽善化育，升落自循环。固碳释鲜氧，众生吐纳酣。
叶脉网络匀，殊途通各点。瓣瓣欣共享，飒飒风来欢。
绿城若如树，幸福遍人寰。

2018年10月

辛卯贺中秋兼和张效民副主席[2]

皎皎空中明月轮，悲欢离合总关情。
古今同仰一盘玉，把酒吟啸寄东风。

---

[1]树对于绿色城市发展的启示包括：1.光合用能，最妙科技；2.固碳释氧，环境友好；3.资源循环，没有废物；4.叶脉网络，均匀互联；5.包容公平，和谐共荣。

[2]张效民时任深圳市政协副主席、论坛高级顾问。

附：张效民原作：《敬贺中秋》“把酒遥祝杯莫停，指看碧空孤月轮。万古今夜人共仰，五洲四海同关情。”

2011年9月12日

游增城白水寨景区

（一）

白练挂顶千仞垂，激流穿石万錾雷。
青山无意私绿水，江湖有源鱼米肥。

（二）

素练轻烟落缤纷，深谷蜿蜒涧声鸣。
若无山林涵泉驻，何来江河万古清？

2012年12月21日

乘机有感

大鹏疾驰御风起，扶摇直上九万里。
碧空纯静神意畅，云海翻腾思绪飞。
越洋跨洲等闲至，追星超月日不垂。
鸟瞰地表如棋布，欲辨山河惊细微。
嫦娥飞天今等闲，因梦而奇人何伟！

2014年10月

美丽中卫·沙漠水城

中国人民大学副校长刘向兵校友挂职中卫市委常委副市长，业绩斐然。应他和中卫市政府热情邀请，实地调研考察。

九月草枯天气凉，游客稀疏转机忙。

腾格里东湖水绿，沙坡头南岸柳黄。
以克论净街巷美，引流入城河网长。
塞上江南难自弃，生态文明由此彰。

附：刘向兵和作《沙漠水城·美丽中卫》“北地天寒透骨凉，客游稍歇故人忙。衡阳雁去湖犹绿，应理风来柳正黄。论净沙坡雄更美，贯城水系秀兼长。知君到此千般叹，塞上江南美誉彰。”唱和作品中北地、应理为中卫旧名；衡阳雁去：出自范仲淹词；论净：以克论净，中卫城市环境管理独特机制，住建部召开现场会全国推广。

2014年11月25日

乙未初冬携众同事畅游漓江[1]

一江春水下兴安，百里风光向岭南。
烟雨画山峰影淡，清波流镜草枝繁。
竹筏回转歌遥近，幻象层出指易难。
好景还须善护念，桂林处处是金山。

2015年11月

咏柳·北京紫竹院公园

二月春风洗碧空，迎春怒放压桃红。
撩人最是园中柳，曼舞新丝动昊穹。

2016年2月

[1]漓江，属珠江流域西江水系，源起广西兴安县，至平乐三江口，全长164公里。其中阳朔一段山水最美。

丁西春节咏鸡[1]

（一）

彩凤飘飞下帝宫，司晨精进励众生。

迟迟长夜星河暗，辞旧迎新第一声。

（二）

春来孵卧静无声，竖羽关关护仔恩。

一唱咯咯饮者笑，蛋香今夜伴清樽。

（三）

喜闻飒飒[2]振精神，绿色风吹四海春。

撸起袖子加油干，闻鸡起舞跨新程。

2017年2月8日

夏泳山前

最喜三伏碧水长，蝶扑蛙潜性灵扬。

天光云影清波漾，曼妙轻柔是我乡。

2017年8月30日

---

[1]2017年是农历鸡年。鸡有六德：头戴冠者，文也；足傅距者，武也；敌在前敢斗者，勇也；见食相呼，仁也；守夜不失时，信也；无私无畏孵育幼鸡，爱也。鸡的勤奋敬业、敢为天下先、无私无畏的特质精神鼓舞着一代又一代的中国人闻鸡起舞，奋发争先，终于迎来了中华民族伟大复兴的新时代。

[2]“飒飒”是“可持续城市和人居环境奖”（SCAHSA）的简称，是由全球人居环境论坛（GFHS）创立和颁发的年度的国际大奖，得到联合国环境规划署的大力支持。获奖者们无疑具有敢为天下先的特质精神。“飒飒”，意思是飞翔的风，寓意绿色之风、飞遍世界。读来铿锵有力，催人奋进。

戊戌春节咏百合兼与友人分享

鹅黄浅粉次第开，硕朵高枝香暗来。
龙凤合欢婷婷舞，婵娟沾露楚楚白。
俯仰难拍惊气度，朝夕不舍苦徘徊。
珍惜灿烂芳华日，莫负愁骚向老衰。

附：老白《和海峰兄戊戌新春咏百合之作》“赏心百合迎春开，丽质宛似美人来。骚客乘醉蹁跹舞，玉颜凝香皎洁白。蕊萼俏姿饶态度，蜂蝶迷情费徘徊。正是东风骀荡日，好花奇服两不衰！”

2018年2月

戊戌泰历新年与王鸿宾主席欢会于曼谷，感怀赋赠

缘溯金城学府中[1]，欢谈曼谷沐春风。
三生慷慨好公义，四海豪杰出难营[2]。
发愿苦僧大道悟[3]，图南[4]巨翼政商通。
同怀万里青云志，一带一路显英雄。

2018年4月

---

[1]王鸿宾为世界一带一路组织创始人兼主席，1985年曾作为四川大学团干在兰州大学住过几个月，开展工作，也喜欢兰州牛肉面。因此甫一见面，就觉十分有缘。兰州又名金城。

[2]王鸿宾性格豪爽慷慨，早年曾在法国巴黎留学工作，与波兰总统瓦文萨、捷克总统哈维、南非总统曼德拉及国内多位豪杰落难之时有交情。

[3]王鸿宾55岁生日时，曾在清迈一寺庙剃度出家为僧7日，历经辛苦，坚持成功，体悟大道，人生由此再出发。

[4]图南：典故源自庄子《逍遥游》，“鹏之徙于南冥也，水击三千里，抟摇而上者九万里……背负青天……而后乃今将图南”。

戊戌仲夏访翠华山觅摩诘仙踪

太乙[1]寻踪夙愿偿，摩诘风韵此流芳。
登高渐有清凉意，环水时闻艾草香。
唐时明月松间照，今夕朝槿[2]树中藏。
翠华虽好人俗重，来日深山访仙乡[3]。

2018年7月

中秋送别石头[4]

饭罢离家灯火红，通关颈望影朦胧。
归来坐立似难适，巡视空房觅仔踪。

2018年9月29日

[1]太乙山也名翠华山，是终南名胜，王维的名篇《终南山》“太乙近天都，连山到海隅……”就描绘了这里秀丽、雄奇、幽静的景色。

[2]王维的名篇《积雨辋川庄作》有“山中习静观朝槿，松下清斋折露葵”的名句，朝觐也名木槿，其花朝开暮落，比喻人生短暂。而今漫步天池之滨，游人如织，只看到一株木槿树藏在银杏、梧桐、果树之中。

[3]翠华山已成游客常到之处，车水马龙，不复幽静。隐士都远遁深山之中，只能来日再翻越群山去寻访了。

[4]儿子小名石头，暑假结束告别深圳返欧洲读书。

戊戌除夕谢交春[1]

又到满街橘对红，迎新辞旧忆恩亲。
十年卧病父冤累[2]，四季陪床子孝勤。
凛凛青松经雨雪，谆谆家训胜金银[3]。
华灯初放酒将进，笑与拜年儿视频[4]。

2019年2月4日

浣溪沙·从化温泉宾馆[5]

从化山青翠溪流，
梅兰竹桂绕园圃。
廊桥亭榭墅沉浮。

明末采汤兴府埠，
冬宫枕漱[6]浴王侯。
闲来小住品从头。

2015年12月18日

---

[1]2019年除夕遇立春，两个日子首尾相接，如阴阳太极，大吉大利。有句老话：万年难遇谢交春！

[2]2009年父亲重病，遭庸医误诊，含冤卧床，生活不能自理。大妹念父亲昔日恩情，全身心护理，四兄妹和母亲齐心协力，父亲遂能奇迹般平安无恙，至今已整十年，阖家亲情浓郁，实乃不幸中之大幸。

[3]为学前贤治家之道，激励年轻子侄传承勤孝家风，自强不息，2015年春，经和宗亲讨论，我发起订立《吕氏家训》，10个短句，每句4字，共40个字，打印装裱，每家张挂厅堂，劝读践行。

[4]儿子在欧洲上大学，春节不能放假团聚，通过视频拜年也十分欣喜。

[5]从化温泉宾馆有“中南海东宫”之美誉，成为党国领导人的疗养胜地，接待过多位国家元首、国内政要和知名人士。

[6]从化温泉为世界珍稀小苏打温泉，出水温度71度。在明清两代即被誉为枕漱佳境。

满庭芳·丙申全球人居环境论坛年会后记[1]

天低城高，地穿赤道，阴晴凉热难调。
人居盛会，万里飞来早。
多少艰苦难耐，再回首、纷纷过了。
新议程、寄可持续，飒飒声如潮。

喜报，纽约召，UN华诞，大奖揭晓[2]。
为城市美好，十年布道。
庆华人折桂，影像里，华发招摇。
灯如昼，长街相送，归程路迢迢。

2016年10月

临江仙·雅聚兰庭兼和老白兄[3]

夜聚兰庭议诗稿，皇皇巨著初成。
谁言兰大重理工？

[1]第十一届全球人居环境论坛年会2016年10月18日在基多成功举办。基多地处赤道和安第斯高原、气候独特多变。论坛作为联合国住房和可持续城市发展大会的平行会议，参与和见证历史，助力落实《新城市议程》。得多方相助，团队克服困难，大会终获圆满成功。飒飒理念深入人心，绿色之风，飞越全球。

[2]因十余年从事人居环境事业，本人有幸获得2016年“联合国精神奖”，这是该奖项创立十年首度颁给华人，是对论坛多年努力的肯定！于是转赴纽约出席25日举行的颁奖典礼，24日晚还有幸出席了联合国诞辰日音乐会，和联合国（UN）领导人及各国使节共祝联合国71周年华诞。

[3]己亥正月廿五日，与芸兰、老白、云岗诸位校友赴翟亚军师兄府上商讨《兰馨集》事宜，卓有成效。夜饮红参药酒，微醺，唱和行令，尽兴而散。归途中酒力发作，余终醉……

编辑功力狠，熬枯几盏灯。

把酒歌吟抒情志，人生最喜微醺。
忘却烦恼与功名。
今宵何处醒，夜阑人独行。

附：老白原作“栀子花开香暗送，春来雅聚上兰庭。案牍文稿共推理，樽俎笑谈聊放情。高咏非关骚客醉，前缘终有吉时逢。今夕不问天上月，诗酒风流映华灯。”

2019年3月

临江仙·雅集曼谷绿宝石酒店兼和鸿宾兄[1]

夜饮曼谷话别后，
几桩大事谈成。
从来豪气不虚名。
皇家御封酒，
喝了两三瓶。

纵论浮生争胜负，
笑到最后方赢。
放牛书生爱比拼。
功名一场梦，
实业堪称雄。

2019年3月

[1]己亥正月廿七日，与世界一带一路组织主席王鸿宾教授雅集曼谷红宝石酒店，畅谈合作大计，达成多项成果。随后畅饮皇家御封红酒，畅谈当年老同学各自发展得失，尽兴而归。

王鸿宾先生年少曾在巴蜀家乡放牛，玩伴中有八人1978年考入全国重点大学，后分别在国内外政、学、商界发展，几十年后见面，依然是当年放牛娃较真本色。

王登渤

1986年至1990年就读于兰州大学中文系。国家一级编剧。现供职于甘肃省文联。

谒李广墓

金戈铁马伴征尘，剑气一啸铸汉魂。
胸吞千古星河梦，倚天仗笔写昆仑。

冬日黄河即景

雪融黄河寂无声，偶有闲鸭波上鸣。
粼光无心添寒趣，岂知啾啾已报春。

南乡子·忆与肖同庆兄夜唱京剧

月落响乱弹，
兴起甘露老乔玄。
青葱不计呕哑曲，
贪欢，
潇洒翩翩两少年。

窗外夜阑珊，
曲罢校园旧梦残。
古调今朝知音渺，
辛酸，
恍惚自顾鬓已斑。

折桂令·登山

无端世俗纷繁，
趁丽日晴和，
乐到名山。
好处登攀，
红尘碧落，
天上人间。

眠白石松风往还，
弈凉亭流水琴弹。
极目凭栏，
醉里红颜，
梦里乡关。

王雷

安徽淮北人，1986年至1990年就读于兰州大学中文系。先后在某市交通部门、体育部门、科技部门工作。现供职于安徽省淮北市科学技术局。

槟榔

青果小小枝叶稠，藏于深深不抛头。
等闲修得无限味，款款深情入君口。

落花生

东垄西垄任由之，无须农家细操持。
情知身将落花死，从容花落结果实。

茶

离枝一去千万里，沦落商贾论贵贱。
年年清明谷雨时，魂向青山绿水间。

采莲

盛夏，过江南，见一池白莲，甚是别致，遂感。

别样素洁一池栽，皓腕伊人次第采。
伊人如莲莲如玉，忽有一枝入梦来。

雪

闻道冬来景致少，身向人间扮妖娆。
不与群芳斗娇艳，一夜春风上碧霄。

姚君喜

甘肃通渭人。1986年至1990年就读于兰州大学中文系。在职硕士研究生毕业，复旦大学美学博士，复旦大学传播学博士后。上海交通大学媒体与设计学院长聘教授，博士生导师，上海交通大学“中国视觉形象传播研究中心”主任。主要著作有《西方崇高美学》、《审美与艺术研究》、《媒介批评理论与方法》等。

忆兰大两首

（一）[1]

青翠皋兰遥相见，路名天水接盘旋。
读书年少今白发，重聚明堂忆古贤。

（二）[2]

光耀黄河岸，地接皋兰山。美名扬朔漠，雄踞金城关。
其名为兰大，经纶百十年。遥忆左公柳，应怜子弟寒。
不再奔波忙，此地立贡院。今有至公堂，悠悠岁月长。
己酉更法政，绵延堪无疆。有公讳隆基，学校美名扬。
才俊辈涌现，海内有影响。今我兰大人，励志续华章。
厚德方载物，精勤谱辉煌。

时在己亥年夏月

---

[1]兰州大学位于皋兰山下，毗邻天水路、盘旋路。校内图书馆为积石堂，故为明堂。

[2]兰州大学前身为晚清陕甘总督左宗棠在甘肃兰州萃英门设立的甘肃贡院，名为“至公堂”。1909年（农历己酉年）更名为甘肃法政学堂。中华人民共和国成立后，江隆基曾任校长，期间兰大发展迅速。

张曙光

1986年至1990年就读于兰州大学物理系。现为兰州大学广州校友会会长，广东奥迪威传感科技股份有限公司创始人，董事长。著名企业家。

古端州秋游

波光粼粼山色青，
高湖泛舟水鸟惊。
良师好友览宋城，
琼浆一壶醉仙境。

2018年11月13日

车全宏

甘肃定西人。1987年至1991年就读兰州大学物理系半导体专业。毕业分配至国家机械电子工业部，后创立中控集团（中国）控股有限公司，为中控智慧科技股份有限公司创始人，任中国生物识别科技创新产业联盟理事长，被选为致敬改革开放40年中国安防卓越人物，获2018年度全球安防卓越贡献奖，是兰州大学杰出校友，兰州大学深圳校友会名誉会长。

五排·兰大往事（新韵）

结缘自祖辈，底事略相同；
皎皎皋兰月，亭亭白塔松；
倏忽寒面雪，肆虐裹沙风；
毓秀湖边影，积石堂里灯；
流年常入梦，念念有回声。

七律·致敬母校一百一十周年校庆

三代同门祖父孙[1]，百年学府洗蓬尘。
书文砺志天行健，笔墨修德地势坤。
灯火积石琢意念，波光毓秀淬元身。
黄河浩浩千帆浪，濯我征衣拜师恩。

[1]祖父与父亲也曾就读于兰州大学。

高爱田

甘肃榆中人。1987年至1990年就读于兰州大学夜大中文系汉语言文学专业。历任甘肃省政府办公厅信息技术处、督查处副处长，信息处处长，省政府督查室副主任、办公厅人事处处长。现任甘肃省政府驻广东办事处副主任。

祝贺港珠澳大桥通车

潮涌伶仃洋，凌空彩虹起。
高铁又贯通，湾区添两翼。
助力港珠澳，一桥连三地。
复兴中国梦，环宇赞奇迹。

颂河西走廊胡杨

极目金秋千里黄，自成一景阅沧桑。
天荒无际三千秀，地老枝枯根犹长。

颂陇原中医药[1]

中医文化源悠长，岐伯甫谧陇东乡；
华夏中药阶州良，药材地道巩昌仓；

[1]甘肃省是中医药大省，医祖岐伯与周天子论道讲医形成了《黄帝内经》，皇甫谧是针灸推拿的鼻祖。历史上西秦岭就是天然药乡，即现在的陇南市及周边等地。目前，甘肃中药材种植面积450多万亩、年产量120多万吨，均为全国第一，一些品种在全国具有举足轻重的地位。甘肃省正在着力打造绿色中医药产业，旨在造福人类、致富甘肃百姓。有感于此，特作之，以示贺！

岷归文党名四方，红芪大黄销五洋；
有病医病救众生，无疾养生利家邦。

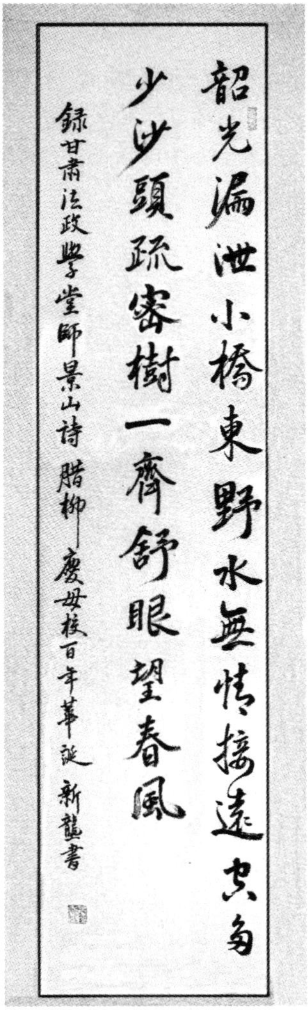

苏新龙书 《腊柳》

库万军

1987年至1994年就读于兰州大学物理系磁学专业，获学士和硕士学位；1994至1998就读于冶金部钢铁研究总院获博士学位。2000年在葡萄牙里斯本计算机系统集成研究院完成博士后工作回国。是第一位在GMR巨电磁传感器领域学成归国博士，也是深圳产业转型初期最早引入的海外留学人员之一。在国内聚集了一批磁性薄膜、真空镀膜设备、半导体集成技术及自动控制应用方面的专家，牵头创立了深圳市华夏磁电子技术开发有限公司。

题《兰馨集》

岁在己亥，时值母校一百一十周年华诞，承蒙亚军师兄相邀，共襄《兰馨集》，斯事盛也，诗以记之！

沈沈卷启有兰馨，
聚拢八方兰大人。
滚滚黄河频入梦，
百年襟抱付清吟。

2019年5月21日

罗洪刚

1988年考入学兰州大学物理系理论物理专业。1992年、1995年分别获学士、硕士学位，1999年获兰州大学和德国吉森（Giessen）大学联合培养博士学位。1999年—2003年在中科院兰州近物所和理论物理研究所先后从事博士后研究工作。2003年—2009年中科院理论物理研究所兼职副研究员。1999年开始在兰州大学担任助教、讲师、副教授，2006年聘任为教授。现从事凝聚态理论与数值方法研究。2013年获国家自然科学基金委杰出青年基金资助，2014年获批长江学者称号。目前担任兰州大学物理科学与技术学院院长。

江城子·结缘兰大

昔年弱冠[1]正金秋，
去[2]渝州[3]，赴兰州。
圆梦萃英[4]，走笔四层楼[5]。
夜半星光风起处，
挥斥意，气方遒。

先生教诲爱金瓯[6]，
砺吴钩[7]，早绸缪[8]。

[1]弱冠：男子二十岁左右。
[2]去：离开。
[3]渝州：隋初改楚州为渝州，治巴县，即今重庆。后遂以渝为重庆的简称。
[4]圆梦萃英：萃英代指兰大，意指上了大学。
[5]走笔四层楼：兰大旧文科楼，灰砖四层。走笔，指上课及自习。
[6]金瓯：金的盆盂；比喻疆土之完固，亦用以指国土。
[7]吴钩：“男儿何不带吴钩”，引喻一种骁勇善战、刚毅顽强的精神。
[8]绸缪：把东西收拾好。早绸缪意指早做准备。

学海书山，一入莫回头。
兰大百年同我辈，
西部屹，创一流！

江城子·物理学院

丙戌一九四六年，
学院立，群贤至。
格物致知，上下而求索。
雏鹰展翅须倍力，
意坚定，志高远。

改革开放催新机，
勤问道，奋图强。
师生同心，合力铸辉煌。
教学为重促发展，
育人才，报时代。

如梦令·校庆（新韵八寒）

问道百十有践，
优势综合凝练。
哲史法文明，
数理化生实验。
积淀，积淀，
前路光明无限！

王斌之

笔名司马桥，甘肃武威人。英国杜伦大学博士研究生，中国金融期货交易所特聘专家。曾于1988年10月在兰州大学图书馆工作，1992年下海创业。现任上海某私募基金公司董事长，中国对冲投资研究院院长。

沁园春·陇上望北辰

——写在《兰馨集》出版之际

皋兰山阴，黄河岸南，积石圣堂[1]。
望北辰[2]陇上，从来巍焕。
秋鸿塞下，怜唱风殇。
弃野紫芝，沉潢朱草[3]，
断壁残垣汉瓦墙[4]。
天荒破，自萃英门[5]立，百世文昌！

曾经毓秀湖塘，夕阳下，彩云水底翔。
忆文科楼上，夜读昼阅。
图书馆里，万册生香。
世象凭窗，洪流激荡。
拔剑昆仑悯九苍！卅年后，礼百十华诞，格致新章！

---

[1]积石堂：指兰州大学本部图书馆，其历史可追溯到1909年。

[2]北辰，指北极星。语出《论语 · 为政》："子曰：'为政以德，譬如北辰，居其所而众星共之。'"

[3]紫芝、朱草：此处"紫芝、朱草"，指彦良才俊。语出左宗棠为甘肃举院（兰州大学前身）礼堂撰写楹联上联："共赏万馀卷奇文，远撷紫芝，近搴朱草"。

[4]汉瓦墙：借指汉长城。

[5]萃英门：萃英门为清代甘肃举院旧址，位于兰州旧城区西北隅。

杨成新

安徽滁州人，现居兰州。1988年至1992年就读于兰州大学经济系统计学专业。曾从业于财政厅，现供职于省政府。闲来爱好填词学诗。

读元四家画作

（一）悠远
修篁飒飒又秋声，垂钓兰溪遇老僧。
侧将唤儿开好酒，香来幽谷和山风。
（二）高古
草庐临涧水淙淙，独弈时闻隔树钟。
松下抚琴童子戏，哪知峦嶂万千重。
（三）自然
竹杖芒鞋深谷中，西行千里谒梵宫。
鸟啼花放皆知我，半壁云烟万事空。
（四）超逸
山静云闲听晚风，清江映月月澄澄。
箫音鹤梦宜长醉，一叶扁舟待日升。
（五）忘机
寄情山水喜葱茏，放浪形骸曲蘖中。
书画由来皆一体，诉诸笔墨忘穷通。
（六）旷达
一水一山一钓翁，烟波浩渺五湖春。
如何忘却浮沉事，鼓枻放歌乐平生。
（七）潇洒
舴艋轻浮随浪行，风歌荡漾任闲情。

收竿最爱鲈鱼美，浊酒一杯向月明。
（八）适意
休官去家乐洞庭，不识公侯有姓名。
醉卧斜阳横短棹，梦寻范蠡叙诗情。
（九）沉静
树木萧疏水波平，虚篷听雨正酩酊。
残霞返照懒回顾，早以糊涂换聪明。
（十）和合
画里赋诗出妙真，交融水乳长精神。
天机或在云崖处，世外情怀世内身。

2012年5月

听十大古曲

（一）知音
千年名曲传古今，大美高山流水音。
流水洋洋东逝去，高山依旧动人心。
（二）从容
深山聚醉竹林欢，魏晋风姿若神仙。
引颈从容弹慷慨，广陵绝响净丝弦。
（三）寥落
余音缭绕云舒卷，渚清沙白雁南飞。
雁叫声声心欲碎，曲终伊问归不归？
（四）悲壮
楚歌四起盼家国，秋色横空染江河。
英雄气短怜红泪，儿女情长遗恨多。
（五）凄美
秋深月下独徘徊，宫锁妾心寂寞来。

当初不赴玉关道，残花败叶落皇台。

（六）真纯

茫茫世事殊难料，塞外飘零孑然身。

十八胡笳悲与苦，文姬思汉露情真。

（七）高洁

关山路远万千重，梅发南枝入梦中。

耐得严冬寒彻骨，才有暗香配玉容。

（八）清丽

梨花清澹桃花艳，草长莺飞蜂蝶恋。

莫负阳春白雪情，花前月下琼楼畔。

（九）澄怀

把酒凭栏沐晚风，冰轮皎皎共潮生。

一江春水随箫鼓，舴艋浮波短棹横。

（十）散逸

箬笠蓑衣羡渔樵，放钩挥斧乐逍遥。

相逢不论浮沉事，一任他山高水远路迢迢！

2013年7月

读杜子美秋兴八首

江楼独坐起秋思，吟望京华托组诗。

乡念深沉何处去，故交零落有谁知。

览今萧瑟愁多病，忆昔堂皇叹老痴。

律细蝉联书寂寞，千年摇曳凤凰枝。

2013年1月

端午

龙舟竞渡争先后，艾蒲悬香续古今。
风过清江涛韵旧，雨刷大地草色新。
诗循正道天涯问，国有孤忠水畔吟。
此刻欢尝八宝粽，谁人能解九歌心？

2013年6月

清明

欲避繁城驱野村，和风细雨荡心身。
芬芳兰草接遐迩，绚丽桃樱隔浅深。
千亩梨开翻雪海，几枝杏闹越墙墩。
莫嫌陇上春来晚，历尽苦寒最动人。

2015年4月

牡丹

百花退避暮春时，东君频催故来迟。
浅笑轻颦娇魏紫，浓妆淡抹醉西施。
蜂着细蕊常迷恋，蝶绕繁香总傻痴。
莫嫉窈窕空入目，孤芳即画自成诗！

2016年4月

三台阁

久未登高或眼低，兰山踏遍汗淋漓。
独怜青草将失色，空恨白驹又过隙。

野外田家斟老酒，天边皓魄误佳期。
晚风飒飒流云会，青女素娥梦依稀。

2014年9月15日

金城关怀古

风清日丽，临河叩关，抚今追昔，不亦快哉！

白塔群楼一水间，清风流韵浪拍关。
浮云两片新天地，春树几行旧山川。
斗酒马前评治乱[1]，兴文陇上溯源泉[2]。
谁知大将功多少，处处柳荫越百年[3]。

2012年5月22日

青海坎布拉行吟

倘无适俗趣，何妨入丘山。
徜徉图画里，纵横天地间。
围湖縠纹平，野岭路蜿蜒。
阳峰突兀起，阴壁锦绣连。
深浅随光影，高低分岭峦。
风动云轻舞，云翔天蔚蓝。
邀神工，纵鬼斧，小瑶池，大自然。
四季不同，千般造化出绮秀。

---

[1]谭嗣同年轻时曾三次来甘，游历天水、兰州、平凉、会宁等地，观察风土，结交名士，励志吟唱，指点江山。

[2]刘尔炘曾任五泉书院主讲。他一生对兰州文化教育以及园林景观建设等做出了巨大贡献。

[3]1866—1874年，左宗棠总督陕甘及新疆军务期间，沿丝绸古道种下几十万棵杨柳，世称“左公柳”。时任甘肃布政使杨昌浚《恭诵左公西行甘棠》写道：“大将筹边尚未还，湖湘子弟满天山。新栽杨柳三千里，引得春风渡玉关。”

晨昏有别，万种风情入眼帘。
寄托身与行，放胆欲何言？
自古塞边太高远，只叹李杜未曾留诗篇！

2018年8月

十六字令·山(四则)

初冬兰山，气势不凡，积雪未消，行路艰难。奉诗友之命而作。

(一)
山，素裹银装气万千。
抬头望，高阁入云端。
(二)
山，雪映苍穹驿道湮。
何须怕？只要肯登攀[1]！
(三)
山，夹峙黄河一线天。
咽喉扼，风啸浪拍关[2]。
(四)
山，朝染红霞暮笼烟。
疑无路，新月倚峰巅。

2009年11月22日

[1]语出毛泽东《水调歌头·重上井冈山》："世上无难事，只要肯登攀"。
[2]兰州黄河两岸高山临河耸立，白云观一带为最窄处，形似咽喉，古代设金城关，称"金关锁钥"，为军事要道。

采桑子·赠别老同学(二则)[1]

(一)

倚窗独饮邀明月，思在中秋。
念在中秋，天上人间无限愁。

同游塞外心依旧，昨日兰州。
今日兰州，不负黄河万里流。

(二)

从来天意高难测，十五月明。
十六月盈，谁晓嫦娥更伶仃。

相逢塞上曾年少，一望金城。
再望金城，万水千山总是情。

2010年10月4日、7日

采桑子·九州台(二则)

(一)

一年一度春风好，拥着蝶儿。
醉了花儿，百紫千红任意开。

重峦叠嶂孤城外，拾级登台。

[1]2010年中秋，兰大管理科学系87级校友、安徽同乡徐军阔别兰州19载，今携妻儿来兰，同游金城和母校。

游目骋怀[1]，无尽黄河滚滚来[2]。

（二）

金城四月芳菲尽，绿放红衰。
烟荡云裁，鸿雁北归一字排。

世间荣谢相催替，今上高台。
谁解情怀，扑面山风共雨来。

2013年4月5日

减字木兰花·赠别老白[3]

金关玉垒，万顷尘沙都付水。
好景如斯，明月清风两相知。

契阔谈宴，醉忆芳华今夜半，
他日何归，梦里云山倚柴扉。

附：老白和作“未饮先醉，相逢莫叹时如水；又赋新词，赏心唯有故人知。　　金城言欢，高原印象畅夜半；难舍伊谁？他日再敲月下扉。”

2015年7月31日

[1]语出王羲之《兰亭集序》：“仰观宇宙之大，俯察品类之盛，所以游目骋怀，足以极视听之娱，信可乐也。”

[2]用杜甫《登高》：“无边落木萧萧下，不尽长江滚滚来。”

[3]老白莅兰，邀兰大校友在黄河边大高原酒楼小聚，以为留念。

江城子·寄诸友[1]

——和老白兄

半生甘苦托辞章，
春秋梦，日月光。
案牍劳形，捶背羡刘郎。
规矩文风难适意，头发胀，闷得慌。

几番春雨满庭芳，
蜂蝶忙，百草香。
亦谐亦庄，趣味漫厅堂。
妙笔生花花映月，
人书老，写沧桑。

附：老白雅和一（14:30余初客冀地，得成新兄新词，读之如沐秋水，奉和助兴）“偶得清兴弄词章，不成调，娱时光。村笛无腔，相顾有周郎。人生何处能称意？且随缘，心莫慌。　　欣逢甘霖万卉芳，笔如神，墨飘香。濯足沧浪，振衣千仞冈。几处同看一轮月，秋风爽，话沧桑。”

江城子·酬老白

16晚22时，兄台雅和，才思敏捷，自愧不如。闲坐河畔，凑韵酬和。

[1]2012年8月16日中午，收到兰大校友、辽宁昌图县县长杨成田兄手书“兰大诸友唱和集”，内含老白、成田、孙璋和我往来唱和之作，如沐春风，作江城子一阕寄诸兄。时老白兄客冀，不到1小时，兄原韵雅和，读之喜甚，玩味再三，下班后于黄河岸边搜肠刮肚，酉时原韵酬兄。如此往复，夤夜无寐，兴味不减，至次日清晨，余与刘兄唱和同韵江城子各四阕。诚为乐事！

玑珠锦绣出华章，忆寒窗，正韶光。
信马由缰，潇洒少年郎。
愿以柔肩担道义，天欲堕，哪曾慌。

几度风雨各一方，友情长，翰墨香。
此生何求，漫步小山冈。
海角天涯今对月，同唱和，笑沧桑。

附：老白雅和二（17日1时，成新兄河畔之作又至，情韵悠悠，自然佳妙，夤夜无寐，再和一曲）“等闲出口便成章，岂辜负，好时光。河畔俊游，翩翩谁家郎？尘世无价唯情义，见肝胆，不说慌。　　此时各在天一方，心相印，诗留香。帘卷西风，极目向高冈。何日菊前醉明月，同把酒，论麻桑。”

江城子·再酬老白

豪情逸兴见辞章，
夜风凉，缀星光。
燕赵飞歌，端是好儿郎。
试过吴钩知寒意，
随地老，破天荒。

才情满腹写大方，
自舒张，吐馨香。
今夕何夕，思绪寄黄冈。
把酒欲歌邀明月，
道珍重，话麻桑。

附：老白雅和三（17日5时）“昨夜星辰焕文章，惊夺目，射奇光。水调数声，更赋贺新郎。醉舞狂歌乘快意，风鹏举，越大荒。 梦绕神州遍四方，诗心在，传天香。渔唱三更，野火耀长冈。几处吹箫下寒月，谁共我，对沧桑。”

2012年8月17日2时

江城子·三酬老白

往来黉夜急就章，
临川笔，带龙光。
何等天资，才气比王郎。
四美二难真快意，
乘诗兴，越八荒[1]。

兰台走马欲何方，
路漫长，雨也香。
关山虽阻，神会在昆冈。
万里云开见秋月，
兄与我，共沧桑。

附：老白雅和四（17日13时）“欲笺心事难成章，但袖手，赏风光。咏絮才思，也应羡檀郎。若能会得拈花意，自欣悦，度穷荒。 孤旅清秋在朔方，雨打萍，黄花香。鸿影去处，举目望云冈。恍闻人歌关山月，又念远，忆沧桑。”

2012年8月17日12时

[1]语出王勃《滕王阁序》：“遥襟俯畅，逸兴遄飞。爽籁发而清风生，纤歌凝而白云遏。睢园绿竹，气凌彭泽之樽；邺水朱华，光照临川之笔。四美具，二难并。”临川即谢灵运，其曾任临川内史，《宋书》本传称他“文章之美，江左莫逮”。“四美”指“良辰、美景、赏心、乐事”；“二难”喻才智与坦诚兼得。

一剪梅·五泉踏雪

簌簌琼花落满园，
银罩溪亭，素裹琅嬛[1]。
恰逢雪霁眺城关，
熠熠清辉，袅袅炊烟。

乐到名山总忘言[2]，
月下寒松，石上流泉[3]。
蜡梅一剪俏枝头，
香在风中，春在心田。

2012年12月25日

兰山赋

塞上十月，径登兰山，天高地迥，金风飒飒。野旷而伏云翳，塬荒而笼尘烟。一行雁阵，撩人无限归思；满眼霭霞，映染几许残花。寒城远瞩，金关锁钥，旧时武略，千载边防。大河无日无夜，奔流远去。峻峰有始有终，森然高耸。西山落日，千般神韵织妙景。东岗明月，万种风情壮锦图。历风雨，经硝烟，一桥彩虹凌波，百年流云飞渡。林帅贬谪，盖世英名已

[1]琅嬛，传说中天帝藏书之处，此指刘尔炘所创五泉书院旧址。
[2]五泉山公园正门悬挂舒同所题“乐到名山”匾额。
[3]用王维“明月松间照，清泉石上流”诗意。

立[1]。左公浩叹，经年黄河未清[2]。复生少年，斗酒纵横天下[3]。尔炘老成，斯文再续五泉[4]。

凭栏远眺，曾喟然而涕下，临岸静听，则悠然动遐思。泛舟赤壁，享明月清风，羡长江流无尽、哀人生只须臾，苏学士之歌赋。穷途零丁，历千辛万苦，留丹心照汗青、守忠贞赴国难，文状元之辞章。王子安序滕王阁，对满座嘉宾，兴尽悲来，而识盈识虚。范希文记岳阳楼，观浩荡洞庭，宠辱皆忘，却忧君忧民[5]。好诗常于悲壮之际，雄文多在失意之时，何也？人禀七情，望天地而勃诗兴；神游八极，感河山而壮文胆。怀古乃壮士之志，忧时乃君子之心。为文因不能自已，抒情定莫以相欺。寄妙理于豪放之外，出新意于法度之中。俯仰之间，诗文千古，沉浮一笑，浩气长存！

某，江淮游子，秦陇书生，东去三千里，西行二十年。持朴鲁，少练达。年过不惑，手无缚鸡之力，热血尚存，口有咀华之香。形似飘絮无所倚，久埋蓬蒿唯苦吟。亦尝问伯乐安在，抚鳞羽以自惜，若能逢知音既赏，奏流水又何妨[6]——望深秋苍茫，叹人生易老，爱塞外寥廓，痛黎庶多艰。静观陇原，先天

[1]清道光二十二年（1842年），林则徐因虎门销烟被革职遣戍新疆伊犁，7月29日途经兰州，甘肃文武要员恭迎进城，下榻行馆，在兰州逗留八天。敬慕英雄的来访者络绎不绝，林公酬酢往还，题诗作字，游览观光，不一而足。

[2]左宗棠任陕甘总督期间，曾做“万山不隔中秋月，天下黄河谁见清”一联。

[3]“复生”为谭嗣同之字，其父谭继洵在甘肃为官期间，他曾三次来甘，壮游天水、兰州、平凉、会宁等地，观察风土，结交名士，励志吟唱，指点江山。

[4]刘尔炘（1865-1931），著名学者，兰州人，清光绪年间进士，授翰林院编修，后辞官归里，任五泉书院主讲，他一生对兰州文化教育以及园林景观等做出了巨大贡献。

[5]分别指苏轼《前赤壁赋》、文天祥《过零丁洋》、王勃《滕王阁序》和范仲淹《岳阳楼记》。

[6]语出王勃《滕王阁序》。

劣质尽显，动察甘肃，后发优势横生。优劣之辨，存乎一心，图强之策，在于实行。倘能融潜力于大势之中，必可建奇功于厚积之上。转型跨越不远，和谐发展可期。身处斯世，常念与国理财，心系千秋功业。职属公仆，更当为民议政，志在万世太平。愿作清流，朝惕夕厉，不求闻达于今代。甘当循吏，夙兴夜寐，岂盼流芳于将来？

有感而发，唱赋情怀。并成四韵，以望来年。

心存戚戚总难忘，学问岂能为稻粱？
腹有诗书自风雅，口无遮挡吐馨香。
不屑王侯多有种，更觉书生意气长。
鹤立龙潜纵永夜，哪曾雉雀鱼鳖相！

张劲松

张劲松，河南信阳人，1988年至1992年在兰州大学哲学系就读。创立北京明达同泽科技公司等企业。

和白瑜同学

三十年后重逢于深圳，白瑜兄以《临江仙》相赠，因诌句回赠。

南国重逢卅载后，
清茶代酒话当年。
奋发勉作云中龙，
小隐难为世外仙。
足下漫漫求索路，
肩上凄凄奈何天。
山河固为平生志，
心安终是吾辈愿！

附：刘白瑜原作《临江仙·赠劲松兄》皋兰巍巍入梦寐，黄河远上苍穹。卅载回首影迷濛。少年心事在，谁是入云龙？　　风雨彩虹抬眼处，劲松挺秀长青。健康大业千秋功。福泽济天下，科技作先锋

钟忆民

安徽绩溪人，现居深圳。高级经济师。1984年至1988年就读于华中科技大学计算机系，1988年至1991年就读兰州大学管理系企业管理专业硕士。1992年投入证券市场大潮至今。忝列证券业资深人士。编著有《甘肃长风宝安股份有限公司公开发行股票并上市有关文件及资料汇编》、中国信达资产管理公司《托管清算业务手册》等。

夜宿徐闻杏磊湾

日落余晖映彩霞，月升朦胧共人家。
海天秋色无限好，一怀思绪在天涯。

2015年11月

致老同学[1]

巍巍中华，滚滚长江。九省通衢，龟蛇相望。
关山路口，喻家山下。高等学府，名华科大。
森林校园，梧桐飘香。道路棋盘，楼宇四方。
剑指麻省，自比清华。数万学子，汲取营养。
回想当年，神州转向。尊师重教，改革开放。
放眼世界，科技兴邦。信息革命，不辞逞让。
莘莘才俊，理科至上。弱冠精英，走进课堂。
软件硬件，自高大上。外部设备，亦多灵光。
计算机系，本是一家。求学四年，德智体彰。
运动强身，晨曦操场。才思泉涌，图书灯光。

[1]2018年6月，恰逢华中科技大学计算机系84级校友毕业30周年庆典，这是笔者为此次庆典写的主题诗。此前2008年我们曾举办毕业20周年聚会。

滴滴汗水，青春激荡。淡淡书香，伴我成长。
敢于竞争，善于转化。学业有成，放飞梦想。
娄谢[1]师兄，公仆天下。微信世界，小龙飞翔。
海康威视，傲立同行。创投精英，有龚虹嘉。
兄弟同窗，英姿绽放。网络先锋，吴君承扬。
创业达人，克让袁闯。高球健将，唤我日祥。
筚路蓝缕，梦想战场。沧海桑田，艰辛备尝。
平凡岗位，科研厂房。拳拳之力，贡献绵长。
不必细数，无需铺张。钟灵毓秀，泱泱大方。
不论高下，日月同光。做回自己，尽显华章。
廿年聚首，萦怀难忘。音容笑貌，温馨画廊。
聚则似火，散作星光。同窗友谊，情深意长。
十年飞逝，寒来暑往。昼思夜想，纯真时光。
幽思愈久，不胜惆怅。满眼泪花，照片泛黄。
天清气朗，草木芬芳。卅年庆典，心驰神往。
花儿争艳，鸟儿欢唱。期待来年，互吐衷肠。
历经风雨，阅读沧桑。同学缘分，陈年佳酿。
共同分享，共沐阳光。同学人生，熠熠升华。
山高水长，吾心向阳。彼此珍爱，温暖如常。
精神抖擞，身体健康。各路贤达，黾勉奋发。

2017年11月6日

[1]指娄勤俭、谢伏瞻师兄。

孙会龙

山东人，现居深圳。1989年至1993年就读于兰州大学法律系。先后就职于特大型国有企业和知名私企。现为广东君逸律师事务所合伙人，专职律师。兰州大学深圳校友会第七届副会长。

品茶[1]

我有一杯茶，细品乾坤大。
身在寺庙外，心中生莲花。

我有一壶酒[2]

我有一壶酒，足以慰风尘。
春风又十里，喜与故人饮。
壮志未曾酬，道义犹在心。
他日何处觅，山中听梵音。

与同窗好友话别

梧桐秋深锁暮蝉，哀鸣声催江水寒。
梅花何日映窗雪，围炉畅饮话流年。

---

[1]常言茶禅一味，静坐品茶，亦是修行。

[2]微信圈中一时盛传以“我有一壶酒，足以慰风尘”起句的续诗游戏，兴致勃然，遂狗尾续貂。

丁酉冬岭南夜读偶得[1]

三九如春不见梅，夜半无眠挑灯花。
借得几许寒风来，与我雪水好煮茶。

[1]2017年冬，三九时节的深圳温暖如春，品茗夜读，北方朋友微信发来照片说窗外正飘洒着鹅毛大雪。

马亚平

甘肃定西人，现居深圳。1991年至1998年就读于兰州大学化学系，获学士和硕士学位，后获中科院成都有机化学研究所博士学位。先后任成都地奥集团项目经理、海南中和集团副总经理，2006年至2016年任深圳翰宇药业股份有限公司（创业板：300199）副总裁、CTO，是系列多肽药物研发技术带头人及关键技术形成的指导者和组织者，完成了多项国家、省、市、区级科技攻关项目，先后获中国技术发明奖、中国专利优秀奖、广东省科学技术奖，任深圳市青科协常务副会长、深圳市青联委员。2017年创办深创生物，在MAH新政下，从事创新药与高端仿制药研发孵化及创新成果的推广应用。

忆西南联大

南渡北归群贤聚，留得栋梁报家屋。
无问西东文理渡，而今更需大师沐。

2018年12月3日

纪念著名华人物理学家张首晟英年早逝

万物速朽公式恒，0、1书写寰宇丰。
大道至简数最珩，骄子飞逝迟解藤。

2018年12月6日

“自强不息、独树一帜”
——徐守军教授和他的脑瘫“博士”[1]

祖辈三代恒不弃，陇院先生铸魂堤。
积石同砚共研习，中华萃英自强立。

七律·兰州大学110年礼赞兼和李映洲老师（新韵）

济济人才出萃英，吾兰名盛九州崇。
积石堂重重西北，烈士亭铭铭汗青。
树帜树人千载业，隆基隆器百年功。
志存高远务实干，自立自强当再兴。

附：李映洲老师原作“吾校何瘦？因肥华夏。吾校何难？因远京华。吾校何坚？因植胡杨。吾校何美？因教有方。吾校何蕴？因有隆基。吾校何幸？因树有帜。吾校何巍？因处高原。吾校何馨？因州在兰。吾校何灵？因滋河畔。吾校何强？因志高远。”

金庸大侠仙逝和周雪飞师弟

飞雪连天射白鹿，
笑书神侠倚碧鸳。

[1]脑瘫患儿谢炎廷，在祖父和父母的支持鼓励引导下，靠顽强毅力自学完成十二年基础教育。进入兰州大学数学院，在导师徐守军的精心呵护和周围其他老师同学的各种帮助下，完成了本科硕士课程，顺利进入博士课程的学习。兰州大学“自强不息”“独树一帜”的精神在谢炎廷同学和徐守军老师身上得到了充分彰显。

侠肝义胆江湖路，
戊戌金秋回首顾。
醒也江湖，梦也江湖。
俱往矣！家国侠义是归途！

附：周雪飞原作“飞雪连天射白鹿，侠肝义胆江湖路。仗剑天涯歌一曲，岁月何曾回首顾。醒也江湖，醉也江湖。俱往矣！武林何处是归途？”

2018年10月30日

谢义军

现居成都。1991年至1995年就读于兰州大学物理系。律师、一级建造师、工程师、管理咨询师。从事过科研、集团战略管理、集团法务、律师工作，并经营过智慧矿山、合金冶炼和节能服务等项目。

冬至吟

冬至日，兰大成都数校友聚，谢义军诌改《陋室铭》，为校友助酒兴。津门师妹蓉菇凉觉谢师兄之鱼目几可乱真，作混珠之用，故荐稿于《兰馨集》。

交不在深，有酒就行，酒不在高，情到则酽。斯是冬至，唯吾心牵，雪迹沁衾冻，霜风透窗凝，围炉二三子，谈笑四五更。可以闲中敲棋，醉里看剑。有呼朋引侣之得意，有乐圣衔杯之忘形。南城羊肉馆，东床扪虱榻，谢某云，何冬之有。

丁矛

四川绵阳市人，现居成都。1987年至1992年就读于兰州大学哲学系哲学专业。现为房地产策划人。

史书夜读

南冠高卧地，夜读不零丁。
风雪连天白，诗骚入眼睛。
利名观味薄，节义掩糠腥。
残日回江海，于无寐处聆。

1996年11月11日

十六字令

秋！千里岚霜剑气柔，问游子，夕照几多愁。

1996年5月27日（农历）

生查子·中秋

那年山色痴，素帽闲山垄。
也是月上时，携手稽天重。

今夕偶琼楼，花树枝枝痛。
法界性无心，梦梦过额缝。

丙子年夏

鲁勇

河南省汝南县人。1992年至1996年就读于兰州大学物理系半导体器件专业。现任河南新蔡县移动公司总经理。

西道雪

飞雪西道满，几树黄叶残，
风摇杨枝左，瑟瑟冰拨弦；
芦花重白茅，塘水连浅岸，
雾漫村落静，天寒百户眠。

冬月夜

明月浩然生，重雾不可见，飘乎数万里，墨菊黯香染。
秋风去渐远，当时望归雁，浮云只相送，孑然孤影边。
芦花沙渚静，泛舟流水寒，烟氲长日暮，魂魄追逝年。
依昔扶铁戈，挥遒舞飞剑，黄沙漫苍穹，一过疏星澜。
凉浸枫林透，冰潜霜露霰，浅酌青玉茶，夜宿彩云端。

遥祝酒(校友聚京城)

青懵贯西北，势冲五泉山；黄河携沙过，盘山据此湾；
千年春风度，玉门复折返；少年宿兰州，习读日月慢。
当时木新生，伊栖梧桐巅；一年发蓬蕾，几过寻常见；
两年展新容，皎洁不可端；三年花正清，季风吹渐远。
过往不可忆，轻云自舒展；谁知天涯客，再聚何偶然；

倏忽华发生，星转已廿年；相见半相识，举箸初思缓。
美人聚京华，凤翔翱九天；谁解情谊浓，葡萄美酒满；
觥筹相与错，可代勤把盏；今夕尽可醉，皓月不入眠。

端午

水宿彩云西，东去过长江；连山入平湖，洞庭千帆扬。
一路潇湘去，携沙赴沧浪，掩漾天云布，瀚海明月朗。
弹指光飞度，忽闻竹叶香，汨罗晨烟静，南北点雄黄。
仲夏早露重，楚地绿草长，前日榴花雨，枇杷满树间。
落红非相思，寒食忆绵山，千里生紫茵，折柳编青冠。
瀚史逝如烟，瞬息两千年，燃艾正端午，今住黄河南。

石头记·随感唐宋烟烛

牡丹花开点江村，任是无情也动容；
韶光枝头词曲过，柳黛鹤姿痴不同。
共持冷月画炊墨，不灭繁华虚剪烛。
寂寥烟花泛风流，吴山越山浮云平；
凌波白衣放红装，相送长江许长生。
一痴江湖解风霜，相知填词红袖香；
少年行，铅华净，素手破千橙；
试吹笙，袅三更，夜晚马蹄斜；
南北西东，南北西东，楼高不可登。

和桃花庵歌

春风只在初三月，冬寒又是腊月间，
寒雾千里终有散，黄土万亩历冬盐。
朗朗斗转又是春，桃花还开桃花庵，
桃花坞里人依旧，桃花树下有红颜。
青草葱葱奈何天，满目缤纷白云涧，
杖锄荷巾无数步，粗席一展落花前。
荞香泥壶酽茶浓，袅袅炊烟半世闲，
对花不愁无故友，浊酒青碗相与干。
闲说来年花浓淡，相约观花此树边，
待得晚来月摇风，桃花轻弄影蹁跹。

秋山歌

深山结庐三五间，古松相伴高崖岸，
院前且留荒野树，院内只种草与兰。
十月间，霜入山，忽而满树红叶寒，
秋山定，雾如烟，绵延氤氲沟壑满。
绝壁千仞黛色淡，泉冷水冰百瀑慢，
更看群峰天地静，惊涛挥墨万层峦。

如梦令·别崔健

忽欲万里舞剑，
醉月风云变幻，
性情直泛海，
我遇故人崔健。
酒酣、酒酣，
已约还乡再见。

卜算子·龙凤山小聚

远山层云幕，月峪风入树，
湖水渐冷岸边沙，游人初止步。

秋来始重衣，廿年情如注，
粗茶野蔬一席酒，流年正可述。

卜算子·冬夜饮海陵岛

沧海含碧玉，银鳞层浪扫，
十里黄滩沙岸白，人行倒影俏。

水气连云飘，一舟横海缈，
北国雨从雪暗坠，夜饮海陵岛。

长相思

秋行深，夜行深，
明月空悬照离人。
暗影伴归魂。

情沉沉，意沉沉，
仙樽一举共谁饮。
霜寒落衣襟。

浪淘沙·紫荆山太阳庙

紫荆九龙跃，
炎腾四野，
后羿举弓赤芒灭，
苍穹万里忽永夜，
寒冰暗结。

万物渐凋谢，
昆仑玄月，
赤乌一息命未绝，
光明复出太阳庙，
再巡天界。

清平乐

紫荆山巅，朔风吹暮寒。
沉鼓悠悠几声连，千家万户入眠。

霜雪又侵寒径，古刹千年青灯。
一盘水仙吐芳，菩提焚香暖冰。

踏莎行·夜汝南

墨染郊野，千里寒雾，湮风青黯婀娜树。
古寺禅灯影飘摇，庙堂落烛花无数。

芷若沙白，北岸星扶，青石桥静水夜度。
龙庭沐霜阻草长，汝河独依东北路。

水调歌头

轻风送秋魂，飞云布苍穹。
孤月九天独照，缥缈寂寞行。
我驾扁舟济海，沿河西出五泉，
长流不可停。
落雪抵芦花，摆橹伴疏星。

采金桂，酒半盏，石榴红。
韶华易老，锦瑟鼓弦不经听。
春暖绿枝生烟，秋寒落叶摇情，
千古总相同。
人心存浩然，夜展万家灯。

渔家傲·牧羊归

苍云如烟蔽万里。
秋风扬鞭向天际。
枯草寥落人独立。
斜阳里，
羊皮蓑衣任霜雨。

黄沙浩荡漫重宇。
白茅婆娑尘满地。
牧魂贯听塞上曲。

寻羊迹，
慢步轻杖且归去。

小桃红

十里长廊翡翠山，新雨涤青烟。
芦草滩涂任水漫。
鹭飞天，绿杨疏朗人语喧。
挽衣跣足，玉浆清涟，修庐可居仙。

咏蜡梅

大雪飞秦岭，冰霄入太行，
红叶落处蓑草长，
万木尽萧瑟，风重寒山凉。

遒木虬枝纵，花开如玉黄，
人生纷纭莫怅惘，
君行千里路，可捻一枝香。

雁儿落兼得胜令·赴兰州夜宿天水(元曲)

天山云未息，戈壁浅入画，
拨弦月半空，畅饮兰山下。
黄河流沙远，溯洄落蒹葭，
当时风半吹，植树过年华。
飞驾，天水暮云狭，启灯宿临家。
北斗夜静，照麦积山花。

冬柿赋

凌风透兮万里，雪飘卷兮抟渊，泰山石寒云筛冰，青松贯挺白烟。

夏花易澜兮不觉，秋风漫漏雨多，黄叶遍地兮岁碾，荷倾折水兮影垂香。

清月照人相望，冬静一方兮思罔，红衣舞兮心柔，流光忽忽兮竟忘，不语伊幽茫。

数年兮不见菊傲，三秋后为何？我栽一树兮青柿，来年太行可去，白雪半点红装。

搴离（古楚韵送段一士）

我载惠草兮良多，弦促急乐兮奈何，声声古乐兮谁可解，湍水流逝兮急坠。世纷纭兮飘乎，云垂渊兮观阿。俗至情共兮遥可指，集中思乎兰山可表。

可叹吁兮人之杰，可默颂兮立今夜。缗蛮不知兮繁星可照，一斗享享兮幽泯可绕。春花兮谁可多看，桃李兮抑其自傲，繁花兮众芸，不知兮云雀。

揽驷奔兮缅乌雀，折若木兮阻逝水，星直落兮咸池，无可抚兮扶桑若何？天辽远兮风过，夜两栖兮天阿，红尘可照宇胧胧兮，追虹逝烟香锁。

不可解兮勉魂魅，漂漂归兮故里，菊香黄毳兮清洁，昆仑浩瀚兮连天，魂披霞帔兮临月照，风霜浸染兮汝值，兰弱兮其香，火棘兮其红，飘飘飞兮勉勉，不知汝师兮学子共殇。

驾麒龙飞兮，盘玄歇兮，师子且归兮，儒子且追兮！

马飞骧

别署白云居士、一卷风云、近湖庐主人等，甘肃天水人。1992年至1996年就读于兰州大学文学院。曾创立西北高校第一个诗词社——兰州大学青衿诗社，中华诗词学会会员、甘肃诗词学会理事。著有《诗经缵绎》《论语诠旨》《川上看云集》《白云录》《白云花木记》《风中的影子》《猪的堕落》《思念草原》等。

慧根居并序二首

根宫佛国有小筑，名慧根居。戊戌仲夏，应忆雪堂邀，并诸诗友，小住于此。观其依山负势，飞檐抱神，合浓荫以匝地，履浅苔而到门，诚欲界之仙都，净土之别院也。楼止两层，庭宽数武。得老松一杆，上出崇阁；疏蕉八株，袅如美人。听雨听蝉，清韵如水；沐日沐月，流光若风。得斯境也，或挥毫而弄墨，或品茗以论道，或读诗而听箫，或带醉以眠云，高谊数日，为乐何如。然契阔有时，聚散无常。欢娱已尽，各饯别觞。自箫郎声杳，楚骚笑罢，秦风西归，飞轩就寝，吾其独也。步月中庭，因为无眠，赋以寄梦云。

(一)

空庭蕉鹿梦，了悟几根由。
听雨青盈户，抚松绿上楼。
息心闲对月，品茗漫经秋。
云物倏今古，蝉声浑欲流。

(二)

闲庭筛白日，飞阁度青云。
松老鳞生骨，蕉清玉掷人。
挥毫逢大雅，论道转亲仁。

寂寞谁知我，中天月一轮。

游吴中诗草并序

江南风物，天下共美，小桥流水，竹舍人家，鱼米之富，景境之奇，臆为天堂可也。岁在癸巳，时维暮春。居京心淡，远游兴发，应汪陈之邀，借烟花之月，佐山水以壮志，赏风月以寻诗。于是早发冀北，暮至吴中。姑苏三日，南徐一朝，名物赡裕，不足尽览，时力碍限，何可全筌？乃择优抉粹，信兴而游。留园读韵，拙政品味，同里观水，金山听钟，芙蓉一楼，诗茗共鉴，冰心在壶，塔影浸江，挥别江夏，祖饯归程。噫，不读华严，莫知佛家之富贵；不到江南，难解人间之风情。天地吾庐，山水吾席，日月吾枕，云霞吾裾，松竹吾友，舟车吾仆，风花吾酒，鱼鸟吾琴，而吴门烟水，幻为吾念，姑苏评弹，衍作吾思，诗俦道侣，并鉴吾心。握翰词穷，品藻味永；五言寄慨，叠章显情；暂留指爪，以待来鸿。

(一)

寻幽三径冷，访胜一园深。
留得风云气，长存山水心。
兰茎无俗韵，松竹有清音。
久坐莓苔上，悠然忘古今。

(二)

微风熏欲醉，拳石净春晖。
曲径花间出，轻歌水面飞。
虚窗明翠黛，古木泻清徽。
静念绝尘想，长留不欲归。

（三）

守拙亲山水，开襟卧石松。
闲看云一卷，如过岭千重。
兰雪春时路，藕香秋夜钟。
放怀天地外，随处寄行踪。

（四）

竹影依台榭，花香淡幕帷。
一声吴越调，漫作水云飞。
急雨蕉窗暗，清风松露稀。
莓苔知坐久，欲上绿人衣。

（五）

流水石桥古，香樟里弄深。
橹声穿酒旆，吴语度银针。
漫品千秋事，闲听四海音。
清风与时至，落日一天金。

（六）

古镇太湖畔，吴门舟楫通。
家家枕流水，处处沐清风。
鱼米云间富，人文日下隆。
兴来看灯火，直过小桥东。

（七）

同里吴中秀，物华天下奇。
堂深弄仄仄，桥迭水漪漪。
泽国苏园画，评弹宋锦词。
阳澄滋味好，应是故人知。

（八）

结缘寻古寺，偕友下汀洲。
近汲中泠水，遥望北固楼。

清江波澹澹，白鸟影悠悠。
南国此留别，芙蓉送远舟。
（九）
南徐望烟水，北固忆曹刘。
击楫当年事，寒风剑气秋。
金山兀自靖，铁骑黯然收。
江阁长延伫，清波脉脉流。
（十）
高塔白云里，行舟碧水中。
泠泉上人盏，豪翰落花风。
天地大炉鞴，江山等过鸿。
澄心听万籁，消息自无穷。
（十一）
南国莼鲈味，东风杯茗清。
诗书江上阅，花木岭头生。
流水满离绪，连山总别情。
重逢黄菊酒，更向秣陵行。
（十二）
晨风出燕赵，日暮至姑苏。
酒品雪梅味，茶烹天目湖。
留园品山水，拙政识规模。
更喜评弹韵，林花每挈壶。
（十三）
留园留不足，拙政拙何如。
为有林泉约，来参天地书。
诗朋近同里，道履遍东吴。
烟水枕边梦，江山作寄庐。

（十四）

烟花三月后，吴越景尤清。
已览山河险，更尝鱼米精。
文逊陆机赋，武惭谢安兵。
永叹华亭鹤，江流槛外声。

（十五）

送送吴门外，劳劳筵复筵。
芙蓉楼接岭，江渚水连天。
品茗风盈袖，飞觞云满川。
遥岑送黄鹤，一别或经年。

井冈山晨起登高二首

（一）

朝瞰云在岭，梦醒鸟呼窗。
秋径草衔露，山花衣带香。
龙行藏大壑，虎气隐殊方。
游目登高处，天风为浩茫。

（二）

天地腾灵粹，风云变海桑。
山高人到顶，水湛月凝霜。
烽火照幽昧，琼怀出远荒。
英豪有时会，世运信微茫。

西峪山中四首

（一）

深山不弃我，大道还青天。

野云度重嶂，飞鸟凌苍烟。
骤然风雨至，笑对石花言。
洗虑忘物事，以开智者颜。
（二）
长川数十里，清境未曾看。
山合群象舞，鱼共水精眠。
落日归山鸟，吟风醉暮蝉。
不敢更前驱，万壑树迷烟。
（三）
西峪大华下，白云生复生。
窗含春草绿，帘卷夏山青。
入耳虫声悦，望湖秋水清。
聊斋藤月梦，风雨夜来听。
（四）
胜日山中静，佳期梦里留。
天边青鸟过，岭上白云浮。
物理良堪味，芳华纷未休。
行行入城市，车马去悠悠。

大观怀古

别来十九载，山水又凭栏。
人物思高古，风云极大观。
群鸥自还往，一艇起波澜。
世事入诗酒，披襟吟考盘。

春夜与诸友坐筵朝阳门并序（二首）

吾与吴兄思卫，王兄说之，坐筵春夜，佐觞朝阳，上穷天理，中道人事，下及草昧。茶品浓淡之际，酒酣舍得之间，三教益泛，大易入玄，俯仰兴怀，良宵转深。倾盖有访戴之爽，寄世无处囊之忧。以达人见机，君子不器。富贵浮云，如朝菌之晦朔；功名逝水，等蟪蛄之春秋。所以居高明，处闲旷，无碍鱼龙之杂，有顺通穷之变。听风萧萧以起萍，观物芸芸而复命，何其简易哉！盖无争于势，有安于位，挈矩于翕张，慎独乎内外，故可以应物不伤，运化无穷矣。有朋自远，为德不孤，浮生苦短，秉烛何堪，得我二友，诗以纪志。

（一）

固有埋轮节，岂无倾盖心。
茶烹滇树古，酒饮蜀云深。
择处识鸣凤，里仁闻素琴。
善占得易简，不必问浮沉。

（二）

依兰得淑气，坐宴释春风。
睨世鱼龙杂，归根尘俗空。
梦醒超象外，偶丧得环中。
应笑霾劳客，群熙奏圣功。

武大赠别李广宽师弟

春风荆楚度，把盏已忘程。
抵掌鸡窗白，披襟湖水清。

纵横极经史，出入体幽明。
一别珞珈路，长怀郢质情。

戊戌立春日友人招饮常营

天心常湛湛，世事苦营营。
春看枝头立，身怜梦里行。
无霾岂疑路，有酒慰平生。
草木如知我，焉期一岁荣。

槐花

老树摩云白雪光，香风阵阵透雕墙。
南柯莫笑黄粱梦，自有长安富贵乡。

苹果花二首

（一）
玉绡片片透微红，裁就烟霞未染功。
开遍山川益心气，为谁零落惜秋风？
（二）
不争桃李不争春，棠韵梨魂自有神。
应许繁花如过眼，平生只与野人亲。

丁酉守岁二首

（一）
万户千门守岁时，屏前同庆说相思。

风云寂寂沉杯底，箫鼓年年入凤池。
（二）
莺歌燕舞满荧屏，四海承恩醉太平。
更喜雄鸡能助力，由来都向野人鸣。

丁酉元夜

春风无语逐流霞，明月河山万里家。
处处楼台着灯彩，年年心事属烟花。

戊戌迎春二首

（一）
处处笙歌拂路尘，阳回九域又维新。
云间鸡犬已成梦，海内鱼龙欲变春。
草木欣时沾雨露，烟霞无佞负经纶。
霏霏承宇天将雪，独向苍茫野水滨。
（二）
为欢日日宴中身，满目莺莺屏上春。
四海欢腾龙世界，九州沉醉梦精神。
坚冰犹待东风解，残月渐看西极沦。
灵犬有心忠事主，吠尧吠跖若为新。

丁酉元日有感三首

（一）
百感人间老病身，一声天下尽知春。
残云横岭暮将雪，冻树衔花梅有神。

盛世烟花空梦幻，原心物欲等风尘。
清樽幸得儿时乐，笑看仁亲与善邻。

（二）

爆竹声嚣逐俗尘，又将魍影庆新春。
痴儿无病终成梦，霾路有车空问津。
天运阳回依帝力，人心物化与谁亲。
等闲识得杯中物，沉醉东风野水滨。

（三）

坐年谈笑释春风，一例山河醉意中。
明世每从屏幕得，偷生幸未俎鱼同。
孔方四海皆兄弟，大化九畴泯困穷。
信有金鸡能捧日，朝霞簇拥海门东。

浣溪沙·西园踏春

桃李争春细柳垂，
水天一色碧琉璃。
琼花绣靥彩云飞。

揄袂石桥人款款，
邀风竹树鸟依依。
轻歌忽过小亭西。

浣溪沙·西园

眼底风光随处新，
缘阶草色绿如云。
连桥香径入苔痕。

花不矜名真自美，
时无遗类笑逢春。
观凫听鸟乐为邻。

浣溪沙·数日睽违惜湖，重游又见石榴花开

聊奈生涯厌此身，
可怜草木倏然新，
物华为主我为宾。

艳树摇情浓胜火，
惜湖留影总如云，
几番碌碌在风尘。

临江仙

诗酒流连何处，鱼龙潜跃经年。
鲁阳无力驻朱颜。春风如解语，
春鸟厌啼烟。

问道人间行路，那堪水瘦山寒。
从来只履叩重关。寻梅情未减，
踏雪月孤悬。

临江仙·春夜醉饮长安谢诸友

沉醉春风还醒，忆来往事纤绵。
京华说梦夜云寒。

黄河流未倦，苍鬓奈新斑。

放胆曾因年少，狂歌今为情欢。
人生偏是见时难。
花看明日好，月向旧时圆。

临江仙·故乡阳春大雪

二十年来疏阔，八千里外苍茫。
风云一卷漫飘扬。
梨花春似海，陇麦梦生香。

休道田园诗酒，空耽用舍行藏。
天涯无尽是沧桑。
栖栖归倦鸟，念念又经霜。

临江仙·香港二首

（一）
名利一江春水，东西两只航船。
繁华如梦鸟空翻。
楼台山树没，灯火晚风寒。

记取前朝荣辱，可堪后事方圆。
中原北望几重关。
倚栏云忽起，弥望雨如烟。
（二）
小住不知春夏，欲归未辨西东。

南洋有道徙鲲鹏。
青山滋笔墨，沧海变鱼龙。

天下奇文多少，人间嗜欲无穷。
渔樵何事计名功。
潮来江水白，帆远夕阳红。

临江仙·丁酉端午吃故乡天水大樱桃

明若水晶凝脂，艳来玛瑙堆盘，
朱唇一点惹人怜。
十分夸妩媚，万里惠甘甜。

念彼白云亲舍，常怀碧岫桑园，
天涯相望几华年。
乡情空际月，心事梦中圆。

临江仙·滇游二首

（一）
二十年来南北，八千里下鲲鹏。
风华无限故人情。
青云何翦翦，苍鬓奈星星。

见面终嫌匆促，推杯尚诩英雄。
多言怎似不言清？
大观天地外，自在水云行。

（二）

酷爱南中风物，大观座上文章。
翠湖春色入流光。
渊雷何处有，烟雨正苍苍。

嬖佞无端颠倒，戏精格外猖狂。
头颅虽好惜膏肓。
造神争餍足，皇帝爱新装。

一剪梅

一袭春衫湖上轻，百草含英，千树啼莺。
未妨坐卧与徐行，风也清明，云也清明。

万事空花过眼荣，天有阴晴，月有亏盈。
可怜物态兀多情，蜂又营营，蝶又营营。

念奴娇·尝与任兄道远饮，若为酒困，脱然形埒，隐几而酣，赋此以赠

呼牛呼马，正神人无己，忘年忘义。
一饮千觞秋雨冷，都作尘缘滋味。
达者何悲，痴人何喜，世事风烟耳。
昏昏默默，六龙周览天地。

俄尔遽遽还醒，嘿然自笑，万物空炊累。
恬淡无为因寂寞，销了人间名利。
体尽无穷，而游无朕，抱独和昭昧。

道观天下，大千同我沉醉。

汉宫春·赵兄联飞偕妻孥来访，会天雨，乃以半湖子听雨茅檐意赋之

听雨茅檐，问坐中佳士，予意云何？
无言天地，自将日月消磨。
浮生若寄，甚蜉蝣，老尽烟蓑。
回首处，青山若冢，英雄似梦婆娑。

万里秋风人瘦，等清江木落，渺渺愁多。
功名亘古尘世，未靖干戈。
吾庐偏小，叹公卿，栋宇嵬峨。
君莫慚，知音弦绝，一觞醉饮山河。

汉宫春·青龙峡

万里秋风，看青龙峡上，碧水苍烟。
龙盘虎踞，莽莽险塞重关。
惊流倒立，在人间，觉梦生寒。
红叶路，岩崖高处，扑来野火方燃。

应问昔年何事，遣山丁力士，叩劈层峦。
平湖兀然若镜，涵影长天。
时光冷落，上亭台，诗酒流连。
谁问我，山河无恙，可怜转瞬千年。

汉宫春

百战归来，看将军卸甲，再读兵书。
不知胜败人我，御道何如。
时空换了，怅秋风，依旧江湖。
荣与辱，功名转瞬，忽惊苍狗云殊。

问计方家殷切，唤惺惺固我，棒喝醍醐。
灵台湛然若镜，记省当初。
三分定鼎，笑刘郎，曾到茅庐。
回忘矣，离形去智，坐来天地都无。

汉宫春·与朱兄建华重逢姑苏偕游虎丘

江左风流，看烟花赏我，又到吴中。
梦边风雨，一霎收尽辽空。
青衿换了，叹华巅，廿载重逢。
今与昨，芸窗对酌，何须更问穷通。

却向虎丘寻胜，望云岩剑指，欲破苍穹。
幽池古台宛在，悠邈听松。
云亭竹路，挽斜阳，鸟语萍踪。
浑莫管，溪桥谈笑，长留山水声中。

知了

知了，知了，知了世事多少？饮风饮露朝暮，听雷听雨花草。大块过浮云，高天来飞鸟。何炎夏之炽热，竟八表以喧闹。尔歌尔吟，尔说尔道。胡声嘶之力竭，极缠绵而缥缈。心与物游，意臻玄奥。无涯过客，情为底而颠倒？暂住逆旅，欲谁主而作造？追名已极，茫茫莫晓。逐利弗届，碌碌称笑。明镜生海，悬中天而独照。深夜栖虑，伫中枢而灵耀。天何以言，神何以告？与尔嘶响，若秋风扫。

刘兴尧

1993年至1997年就读于兰州大学文学院，后就读南京大学文学院戏剧影视系艺术专业硕士，国家二级编剧。现任常州市文化剧目工作室主任，常州市文化艺术研究所所长，常州市第十四届政协委员。获得过国家艺术基金大型舞台剧资助项目、江苏省五个一工程奖、江苏省戏剧文学奖、江苏省哲学社会科学优秀奖等。

寻洪亮吉遗迹

寻迹先哲到惠远，庙堂直谏戍边关。
西陲风物诗中记，吾辈至此思古贤。

赛里木湖

天上明珠落玉盆，满山牛马如轻尘。
一夕晚照西风里，万里晴空涤我心。

夜读有感

今世纷纷说大明，奇闻件件汗青中。
甘罗八岁不为少，姜尚耄耋再建功。
大伴弄权丹陛乱，先生独断朝堂争。
儒生阉竖帝国史，全是黎民血泪成。

长相思·丙申国庆

柳丝绵，雨丝绵，
又见江南阴雨天。
暮秋水似烟。

喜涟涟，乐涟涟，
湘语城楼庄重宣。
雄狮醒睡眼。

诉衷情·元旦

残年未雪菊犹黄，古树下斜阳。
寒梅点点枝上，疏影淡生香。

鸡黍暖，绿醅芳，曲悠扬。
一元还复，万象更新，思共天长。

相见欢·戊戌新年

江南瑞雪初收，束归舟。
翠黛清风疏柳，淡春愁。

寒梅谢，芳尤烈，水东流。
幸福人间康泰，看常州。

徐非池

现居深圳。1993年至1997年就读于兰州大学经济系。现为北京大成律师事务所高级合伙人\律师，并担任中国资本市场学院讲师。曾在北京市德恒律师事务所深圳分所、广东华商律师事务所担任律师和合伙人。

西北望

百年局变看谁强，
科创号声万里扬；
注册潮推千丈浪，
出江入海太平洋。

李万元

1994年至1998年就读于兰州大学大气科学系大气物理与大气环境专业。后在中科院寒区旱区环境与工程研究所工作并获硕士、博士学位，之后在该所完成了博士后工作。现就职于中科院西北生态环境资源研究院，主要从事天气气候的分析预测、沙尘暴的数值模拟和预报，以及干旱气候成因的分析诊断等。

新春赋

暖风裁新叶，旭日融旧冰；
千家茗酒香，万户彩灯明。
百侣竞余欢，扁舟送琴音。
鸿鱼衔佳讯，山水亦多情！

2015年春节初稿，2018年11月修改

清明赋

日光似针针针直，云白如朵朵朵新；
万顷幽蓝天有顶，千山青碧地无尘。
惠风朗朗远筝清，柔波脉脉近柳明；
雕窗简户竞相开，今宵应无失眠人！

2014年清明节

新春礼赞

河山图画里，人物瑞气佳；
新花被旭日，老枝暗吐芽。

笙歌送情暖，笑谈呈意雅。
北方弈棋叟，南国戏鱼娃。
岁月老人事，童心未能改。
光阴无声过，又年盛妆来。
新物乘兴增，旧景忆味长。
且觅一新诗，把酒望故乡。
远途南北通，长桥东西跨。
荒野有电讯，人间无天涯！

2018年春节初稿，2018年11月修改

邵向锋

甘肃张家川人。1994年至2001年就读于兰州大学化学系，先后获学士硕士学位。2004年获中国科学院化学研究所理学博士学位。现在兰州大学功能有机分子化学国家重点实验室从事教学科研工作，教授，博士生导师。

七律四首

（一）

总是仓皇辞旧年，人生未老鬓先斑。
杯中大叶深秋色，槛外横途积雪寒。
岭上浮云曾入梦，指尖泡影已飞烟。
向来事事从天命，啜苦无非意不甘。

2019年1月20日

（二）

绿水汤汤鬓染霜，千帆过后已平常。
风中古柳红墙外，雨里繁花小榭旁。
信步来时知远路，流云去处有余光。
山形今日多颜色，底事匆匆入夜凉。

2018年6月10日

（三）

毕竟秋来雾色沉，枫林白桦落霜痕。
四方风动寒鸦起，万类声悄野壑森。
物象轮回人易老，时节嬗变梦难存。
流波此日殇凝咽，冀许他年碧水深。

2017年9月19日

（四）

最是光阴不可追，梧桐树下叶成堆。
惶惶一岁惊风去，隐隐初心抱梦回。
怅望寒山氤暮霭，收拾卷帙起烟灰。
白头更向明朝看，羞愧轻拍髀肉肥。

2016年11月8日

古风六首

（一）

夜半惊雨薄衾寒，一枕碎梦似浮烟。
沙沙穿林起秋声，漠漠侵窗冷竹帘。
西风叶落满渠流，尘事鬓白负壮年。
闲来应景三两句，聊作生平向自然。

2013年9月9日

（二）

长夜冷风深入怀，小竹寮前雪成堆。
寂寂行程影相伴，迟迟归路梦与随。
已无落花可拭泪，时有流星自怜才。
索然一年不称意，留待春潮再卷来。

2008年12月31日

（三）

是耶非耶俱惘然，黄花点点已秋寒。
竹林尽头即红叶，清溪来处远人烟。
才为鸿影让归路，偏着虫声入流年。
白云仍向天际落，蛱蝶何日托梦还？

2008年9月18日

（四）重读《红楼梦》有感

一片飞花百年思，因风吹过金陵池。

青烟空门劫余晚，白衣楼台老来枝。
草木难免春秋色，江湖易赋兴亡词。
忽觉前缘如后梦，石头城外橹声急。

2008年1月21日

（五）

沙场路尽楚歌伤，堪忆怒火焚咸阳？
八千子弟百战死，半世雄图一时亡。
江畔乌骓刨故土，帐前艳姬舞寒霜。
东山非是豪杰梦，血溅渡船愧还乡。

2007年12月25日

（六）

近来，由杜子健发起一场为韦应物的《简卢陟》的尾联“我有一瓢酒，可以慰风尘”的续貂活动。本人也喜欢此联，因此一续之。不合格律，博一笑耳。

我有一斛酒，可以慰风尘。
拂衣起案牍，闲步过杨林。
浅斟江湖远，深醉星月沉。
向来书生气，不媚赵家人。

2016年3月1日

沈亚锋

安徽安庆人。1994年至1998年就读于兰州大学材料系材料物理专业。现任通达集团深圳基地副总经理。

回兰有感

皋兰一别十八载，南海浮沉几徘徊。
身随银翼九天上，心似银梭积石台[1]。

西夏银川

天下黄河富宁州，民族交融乐悠悠。
西夏王妃今安在，华夏才俊梦难酬。

2016年12月10日

西行返深[2]

西行漫游路八千，师恩同窗比金坚。
今乘祥云返鹏城，愿把日月换新天。

[1]此诗作于2016年12月7日，作者毕业十八年后第一次返回母校，刚登上飞机，心已到了母校最神圣的殿堂—图书馆（积石堂），为押韵把“堂”改为“台”更显母校在作者心中的高大地位。
[2]此诗作于2016年12月14日，作者从兰州去银川再到北京一路考察，一路得到老师及同学的关照，深感兰大情深，收获颇多，振奋精神要回深圳好好一番作为。

江城子·二十载聚首

金榜题名聚八方，
兰山下，黄河旁，
四十同窗，携手求学忙。
曾忆国庆兰山上，
师生情，同欢畅。

皋兰一别二十长，
南海边，天子堂，
各显身手，立志把名扬。
相思无泪再聚首，
丁酉秋，积石堂。

2017年5月

钟志凡

号七宝石泉斋主，江西萍乡人，现居浙江宁波。1994年至1998年就读于兰州大学化学系物理化学专业。自2013年开始诗词创作以来，作品陆续发表在中华诗词网等网络平台上，并结有小集《石泉诗话》一册。

五绝·咏梅

卧雪凝冰骨，寒铿气愈清。
虬枝披野火，顾自向天横。

五绝·冬竹

相宜风与月，冰雪亦娉婷。
愿为寒山上，长留一抹青。

五绝九首

（一）
二月春初满，红娇次第开。
溪山寒色改，应喜故人来。
（二）
野木摇竹影，石泉间鸟鸣；
闲庭独静坐，漾漾享春风。
（三）
夜观星与月，早起坐听蝉。

任性一壶酒，堂前赏翠澜。
（四）
碧树风摩影，云闲傍月明。
咻咻闻水响，人近夜蛙惊。
（五）
微澜轻涌处，草木自悠悠。
丽日长空静，不觉已立秋。
（六）
凉秋白露浅，振振雁飞高。
欲叹辰光老，回眸烟雨遥。
（七）
独喜高台望，离天近几分。
临风邀满月，可共语乡音。
（八）
暮色添寒意，霜风领晚秋。
乡思生九月，入夜愈加稠。
（九）
晚来斟盏酒，借此慰相思。
明月应怜我，西窗默与随。

五律·深秋随影

秋色连山染，层林满地黄。
高天清且爽，静夜冷还长。
琼露邀新月，金风渡野塘。
飞鸿声咽咽，念念唱思乡。

五排·三清山

奇山多诡秀，造化弄阴阳。栈道连今古，云霞笼玉裳。风飙摩万仞，雾渺掩灵汤。巨蟒凭空立，仙姑照镜妆。金龟观怒海，骚客赋心伤。险木惊飞羽，巉岩坠野羊。苍龙盘峻岭，松麓隐天光。抱朴求丹祖，长生问老庄。三清藏大美，五岳也寻常。

七绝十四首

（一）

暮色轻皴寒浅浅，春初烟雨润无声。

寻常巷弄江南夜，水色昏沉灯火萦。

（二）

季换节更天未暖，人间普庆火龙新。

元宵入梦灯如马，驭驾哒哒总是春。

（三）

曲巷斑墙苍黛瓦，参差夜火浅寒风。

江南气象多娇色，淡雨飞烟小院中。

（四）

江南二月寒初遣，漫步良宵未省迟；

夜静风轻人迹少，阳春满院玉兰知。

（五）

几树骄蝉鸣向晚，一窗盛夏翠成堆。

斜阳自抱西山岭，眷恋人间不肯归。

（六）

云开雨霁蛙声起，树影穿窗乱枕巾。

两地秋初风物异，一帘乡梦慰离人。

（七）

时雨逢秋日见长，慵慵散散落西窗。
凭窗遥忆他年事，北地初寒别样黄。

（八）

平生少喜秋来雨，慢惹乡思紧惹愁。
此刻唯期谋碗酒，牢骚往事可皆酬。

（九）

白露初生八月近，星移斗转又一程。
长庭栎木寒颜色，不患秋风患雨声。

（十）

大爱溪山秋小住，也无风雨也无晴。
乡音在耳心常静，夜赏庭前落栗声。

（十一）

小院秋来风雨紧，有时萧瑟有时铿。
但凭满饮三杯酒，暖自从容冷不惊。

（十二）

昔年种地皆言苦，回想当时趣味浓。
浑似由来一场梦，懵然梦醒已失声

（十三）

繁华阅遍些些累，且坐闲庭把酒斟。
饮至半酣诸事忘，相邀晚月漫谈心。

（十四）

满地凋黄疏影浅，寒窗载月碧纱稀。
西风想必心思甚，院弄徜徉不肯离。

七绝·重阳咏菊

岁岁重阳今又是，无风无雨亦无晴。
秋深莫道韶华老，抱冷寒花气愈铿。

七排·遇台风

恍似天公擂战鼓，夯雷阵阵电光危。
三江六岸闻惊马，东海明洲见孽螭。
骤雨催潮潮若倒，狂风造浪浪如驰。
长街水漫舟车乱，闹市声喧秽物弥。
纵使人间存正道，妄灾难挽怨难夷。

卜算子·岁末

柳岸乱风疾，任意黄凋舞，
半浸斜阳浪未兴，血色寒江覆。

岁尽正残冬，心绪些些堵，
憾事常随去日生，欲遣无归处。

卜算子·秋夜

暑尽夜初凉，更有星天满。
欲往西山顶上攀，搅动鱼龙变。

蛙鼓伴蝉音，草木随风乱。
几处人声淡淡传，渐渐依依散。

采桑子·雪

千山沐雪多娇色，几处青烟，
几处白烟，逾往西行逾感寒；

凝眸驻处前尘事，一眼惆然，
一眼阑珊，别去流年未可还。

采桑子·寒露

凉风漫卷金秋老，寒露悄悄，
长夜悄悄，冷雨零星任性飘。

重阳又到相思扰，心事如潮，
往事迢迢，更有乡愁不肯消。

采桑子·大醉

同窗对坐能无酒？往事难酬，
老友应周？且饮千杯自解忧。

迷离相问还来否？月正西楼，
醉上心头，颠倒乾坤忘去留。

沁园春·早

十月宁波，乍冷冬初，草木微凋。
老巷晨来早，参差步履，喧喧市井，涨落人潮。
雀鸟逐飞，长街渐沸，更有轻烟绕日高。
徐抬首，放眼三江口，隐隐金涛。

常觉岁月如刀，雕朱色，改红颜媚娇。
浩浩流川下，风湮路转，壮怀熄灭，志气平消。
往事迢迢，皆不可再，莫若心间暂且抛。
当奋力，待他年检视，未负今朝。

忆秦娥·冬甚

冬初凛，乡晨雾锁青山隐，
青山隐，枯凋草木，履霜寒甚。

塘炉灶火灰烟混，斑墙砺瓦流年遁，
流年遁，当时旧事，与谁相问。

忆秦娥·清明

春风暖，葱葱郁郁溪山满，
溪山满，红娇绿嫩，层林皆染。

清明在望天忽变，斜飞细雨闲庭院，
闲庭院，星星点点，几多思念。

忆秦娥·江南初夏

值初夏，江南绿浸浑如画，
浑如画，幽街老弄，更着清雅。

闲风间或追云耍，零星乱雨零星下，
零星下，慵慵散散，几多潇洒。

忆秦娥·中秋

中秋夜，年年此刻乡思切，
乡思切，凭栏北望，露寒清野。

重山阻断心难越，情牵两地忧何解？
忧何解？一壶老酒，满窗明月。

忆秦娥·再聚首

长空邈，西行往北时节好，
时节好，当年旧里，憾失原貌。

同学廿载相约到，红颜略改心犹少，
心犹少，扶肩把盏，未觉时老。

忆秦娥·冬初

冬初冽，寒堤水满灯如雪，
灯如雪，一江烟火，万家风月。

光阴易老流年窃，平添往事千千结，
千千结，可将佐酒，莫与翻阅。

如梦令·春节

岁末无寒无雨，垅上春风已顾，
十里慢山乡，炮仗声喧处处，
欢度，欢度，
应是民丰物阜。

如梦令·冬

入夜淅淅雨促，未几闲庭漉漉，
隐隐远声微，恰似离人叮嘱，
如诉，如诉，
此去寒冬处处。

如梦令·饮归

兴起相邀小晤，酒尽醺醺且去，
入夜晚风微，扰动霓虹处处，
归路，归路，
沓沓重重脚步。

如梦令·山行

欲访青山遇雨，意兴阑珊归去，
傍道有寒溪，间或惊飞奋羽，
争诉，争诉，
应是旧人来顾。

蝶恋花·随录

最是怅然天入暮，
落日披红，恋恋云归处，
渐渐幽昏不可睹，
人间灯火千千户。

月引虫鸣风引露，
拍遍横栏，些语无心诉，
乱首杂芜搔几度，
西窗隐隐高枝布。

菊赋

茕茕北雁，振振南飞；风高九月，岁老寒微。余自凭窗远眺，把盏临风，唯见苍焦草木，绿敛枝零，凉秋气象，瑟瑟重重，惆怅之郁气顿生！不意间，窥得一抹亮色，活灵摇曳，独立黄凋！咦！菊矣！

夫菊者，闲植陋野，饱受山岚凛冽，恪守卑微，宣昭草木气节。芳华浅浅，雅度雍雍，不着艳色，不与香浓。负载凌霜冰傲骨，承传百代玉风姿。独领寒秋物语，启迪万类精神。夫菊者，可谓花中之隐士，品物之豪侠也。

国人爱菊，久矣众矣，彰表体裁，累牍连篇，荣极誉至，尽哉殆哉。吾爱菊，取其孑然淡定，隐忍独行，不争风月，不惧霜重。观夫人生百载，俨然苦海行舟，若果得菊而师之，心怀常态，奋棹不停，纵使狂飙怒浪，水阔天空，当可物我两忘，得失不惊！苦海无边，有何惧哉？！

兰州大学赋

神州之北，北地往西，有龙曰祖，祖脉昆仑者也。巍巍祖昆仑，灵汤浩淼，亘古冰封，伟哉乎万山之始，大也哉众水之源。昆仑两麓，其南统率长江之起点，由北衍生黄河之发端！黄河九曲，由是而东，劈山贯道，御水扬波，汤汤乎掩映千年灯火，滉滉焉润泽万里人烟，正可谓文明之见证，华夏之祖先。黄河上溯，淤土积原，群山堆岸，要塞通衢，金城盛地，文韵凝珠，是为兰州大学耳。

伟哉吾华夏之文明，横穿地域，纵越千年，先由仓颉造字启迪八荒蒙昧，后有诸圣修文成就万代春秋，朝代更迭，风雨消磨，犹自光华若斩，气象弥新。文明之要，大道之学，在传在授，在继在承。盛世举，文风兴，民智启，大学行。夫兰州大学者，启三千里陇原之苍莽，发百十年教化之文气，根由法政先基，承继萃英伟业，常披朔北飞沙，惯饮昆仑冰雪，久战苦寒，得养坚忍之气度，长居瘠地，成就质朴之德风，瞰皋兰兮而张扬高标志气，枕厚土兮以实践道德文章。雀鸟音娇，喧喧终日而闻雷战战，雕鹏志远，默默危崖常逆雨击空。吾校自己酉以降，初遇国朝凋敝，再逢乱世飘零，然沉浮辗转，未负学人本色，度尽波劫，长彰济世徽声。育则恒有负薪传火之师，甘居劳苦贫微，授业解难，殊为标范；学更不乏奋力笃行之士，不惮艰辛阻困，穷疑溯远，可谓杰雄。己丑年，民国退，共和立，人间鼎易，万象革更，吾校亦然！先有辛树帜，筚路蓝缕筑基础；后有江隆基，栉风沐雨壮其形。追怀往事，铁笔彪青！回望首，自己酉至己亥，流年百载逾十，但见吾校巍巍，弦歌不绝，学综文理医农法，研涉三极微与宏，品入双一流阵列，名昭内外炳西东。大匠层出，攘攘哉不能尽数；贤达郁郁，熙熙焉欲举难穷！

唯近年，北部西部，时节不予，经济不兴。世人皆道吾校形瘦，怜之叹之，讽之誉之，然不知愚公力短，践志功成，野竹无饰，翠暖穷冬。吾兰之瘦，其声赫赫；吾兰之瘦，其骨锵锵；吾兰之瘦，其根展展；吾兰之瘦，其气皇皇。曰，何瘦之有？积石堂里灯如海，毓秀湖边道若新！是故弱水不择声大，因成其势；寒松不厌冰严，故证其节。乘风固使扬帆破浪，逆水还将奋棹迎潮，道履于艰，业兴于啬，壮哉吾兰！

西疆有木，奇木胡杨，其名久盛，其誉洋洋。胡杨者，植身于荒漠，扎根自狂沙，雨露不将润泽，飙风却任摧折，生而千年不死，死而千年不倒，倒而千年不朽，源自贫瘠，成于倔强，雄甚壮哉至极乎！观乎吾兰州大学，自强不息，独树一帜，躬耕粗鄙，广领八方子弟，求学问道；饮誉五洲，常留四海方家，格物致知。此可谓文林之巨木，学界之胡杨者也！吾兰之德，犹胡杨德之甚欤！

浑浑天地，涌涌流川，俯仰间英雄草莽，唏嘘处怒海苍山。功名伟业，宕宕乎湮于垒土；烈日危云，忽忽矣匮止横澜。岁月如工，磋磨品类，年光似火，焠铁熔岩。呜呼，赞礼之声朗朗兮，皋兰之月常圆；愿吾校之德长盛兮，惟吾兰之誉长燃！

诗曰：山由险峻留风景，水自无华质乃清。

苦雨霜冰何所惧，虬枝郁郁立云峰。

代秋声

湖北宜城人。1996年至2000年就读于兰州大学现代物理系原子核物理学与核技术专业。后投笔从戎，在总装备部某试验训练基地研究所从事射线物理研究工作。2005年赴中国科学院上海应用物理研究所硕博连读，获工学博士学位。现从事医疗仪器的研发。

春游遇雨

孤身寻古寺，日隐山林幽；
树下听丝雨，飞花落满头。

2018年春于姑苏郊外

医师节有感

2017年送所研制的移动CT到陆军总医院进行项目临床试用，恰逢国际医师节，有感而发。

五年磨一剑，饱经霜雨雪；
今朝献诸君，不负英雄血。

过襄阳

远眺古襄阳，城深落叶黄；
天寒心亦冷，梦醒过汉江。

2014年冬

夏日

漫步小池塘，荷花满目香；
晚霞别落日，新月送清凉。

2017年夏于苏州

登黄鹤楼

我辈初登黄鹤楼，凭阑遥望鹦鹉洲；
文人骚客今何在，借酒同销万古愁。

2018年春

游盛泽月季园

盛泽月季甲江南，姹紫嫣红香满园；
莫道春归无觅处，群芳吐艳胜桃源。

2018年立夏于苏州

早春游太湖

山岛空蒙水面平，游人私语鸟鸣林。
春风有色千枝绿，细雨无声万物新。

2017年春

春日游阳澄湖

日暖风和水无边，鸢飞鸟语笑盈园；
阳澄湖畔春光好，杨柳依依花漫天。

2017年春

元旦环古城瞻子胥有感

碧水轻纱绕古城，胥门遥望相无声；
苦心竭力成功业，不负生前身后名。

2018年元旦于姑苏

刘德波

现居深圳。1996年至2003年就读于兰州大学化学与化工学院无机化学专业，获硕士学位。从事电子电路制造、先进半导体封装等行业。

望月随想[1]

冰月悬空寂，人间满欢歌。
嫦娥生今世，仙丹弃若何？

芙蓉[2]

老树苍翠繁华簇，一树更比一树高。
仙女采之献王母，王母展眉弃蟠桃。

莲花山残荷[3]

一池残荷秋风凉，回首灼目却骄阳。
冷雨寒霜何所惧，身有正气头自昂。

中秋有感

中秋自古多别离，再读苏词更嘘唏。
人生不若草与木，荣不离乡枯不移。

---

[1]2018年9月24日晚，八月十五。深圳晴朗见月，灯光秀璀璨夺目。
[2]2018年5月13日，凤凰花开正盛，记之。
[3]2016年10月23日，莲花山晨练，观残荷有感。

望月思乡[1]

皓月高悬照轩窗，遥望姮娥暗神伤。
欲唤吴刚呈桂酒，微醺入梦好还乡。

游东江[2]

云蒸漠漠千峰隐，碧波粼粼万里清。
莫负秦汉好时光，男儿当立潮头行。

一字诗[3]

一僧一烛一神鹰，一阵烟雨一谷朦。
一桥一溪一潭鱼，一众游人一字行。

洪湖公园观荷[4]

碧叶半掩芙蓉身，花落蓬生子连心。
如泥成荷出水日，方念老藕哺养恩。

---

[1]2016年9月15—16日，中秋夜望月思乡。
[2]2016年6月17日，乘船游东江，乘风破浪，风起云涌。
[3]2015年5月28日，游张家界，雨雾蒙蒙，怪石嶙峋，游山谷有感。
[4]2015年6月28日，洪湖公园赏荷花有感。

中秋前雨[1]

秋雨凉秋叶黄，
蝉声尽雁南往，
月圆夜桂酒香。
归期难觅，强颜难遮断肠。

虞美人·济南[2]

犹记昨夜微风凉，
梅花暗浮香。
醉卧床榻复难眠，
又见凭栏远眺美少年。

好友相聚济南城，
共忆同窗情。
七分话语还未出，
挥手作别何时能相遇？

江城子·两游张家界[3]

绵雨初歇匆匆行，
雾幔轻，山色明。
曲水淙淙，十步换一景。

---

[1]2017年9月24日，中秋前夕，大雨。
[2]2015年3月9日，高中同学相聚济南，大醉。
[3]2015年5月28–29日，两天游张家界，头天雨雾，第二天放晴。风景美不胜收。

宛如仙境降人间，
蝶儿美，猴儿精。

索道扶摇御清风，
过断壁，越青松。
忽入云中，贸然入天庭。
信步游遍神仙处，
天子阁，御笔峰。

沈云樵

现居澳门。1996年至2000年就读于兰州大学法律系。现为澳门科技大学法学院副教授，博士生导师，仲裁与争议解决研究中心副主任，中国人民大学亚太法学研究院兼职研究生导师，澳门法律论坛发起人，澳门法制研究会副监事长、中国仲裁法学研究会常务理事、中国法学会商法学研究会理事，中国国际经济贸易仲裁委员会仲裁员等。

咏澳门科技大学法学院赠诸师友

葡风化雨何不堪？法外施恩心未甘。
悻悻望洋终西去，频频北顾同华年。
未名军都仗侠义，一城学府若法仙。
君心似海濠江意，春雨轻柔大潭山。

2010年5月20日

南乡子·端午感怀

小雨催晨曦。
端午佳音尤鸣迟。
一国两制千万事，
星移。
七子归来少年时。

镜海碧如洗。
垒土成城总归宜。
唯有英雄谙此意，
歌骊。
妈阁无声落旧泥。

于增强

笔名夕露沾衣，吉林人。1996年至2000年就读于兰州大学化学系有机专业。2003年赴奥地利留学，2011年获雷奥本矿业大学环境工程硕士学位，同年进入奥地利柯那普公司任职。现为海外凤凰诗社格律诗编辑，世界汉诗协会奥地利分会副会长。诗作常发表于凤凰诗社以及竹韵海外等自媒体平台。

七律·立夏书怀

花到荼蘼昼渐长，垂杨湖畔碧霞庄。
丝丝薄雾飘云岭，点点莹珠落雨塘。
梦觉闲斋茶已沸，诗成锦案墨犹香。
常思能效夷齐志，独采清薇向首阳。

七律·步韵唐寅落花诗

秋风萧瑟莫心恹，自有诗情佐酒添。
古调常吟如梦令，新歌独爱卷珠帘。
三餐节制身多瘦，百事通明性亦恬。
佛祖当年无语笑，几人悟透一花拈。

附：唐寅原作“恻恻凄凄忧自恹，花枝零落鬓丝添。周遮燕语春三月，荡漾波纹日半帘。病酒不堪朝转剧，听风且喜晚来恬。绿杨影里苍苔上，为惜残红手自拈。”

七律·冬日杂兴二首

（一）

晚风瑟瑟夜初长，黄叶萧萧满地伤。
万点清霜侵萎草，一轮冷月照松冈。
难期雪舞红梅瘦，幸有炉温绿蚁香。
莫道河东[1]诗寂寞，寒江钓处暮云苍。

（二）

山依落日水悠长，秋尽孤城客亦伤。
今夕随萍飘异海，去时冠剑别昆冈。
雄鹰振翅途难返，倦鸟归巢梦自香。
朔气凝窗空怅叹，远峦鬓发两苍苍。

浣溪沙·夏风

吹散残春香玉尘，
拥开野泽碧荷身。
飘游叠翠送流云。

抛雨倾波来有迹，
穿街过柳去无痕。
轻掀帘幕入闲门。

[1]河东指河东先生柳宗元。

九张机·春日杂赋

一张机，雪残霜尽露苔衣，寒鸦绕树几声唳，
清霜薄雾， 萎苕枯草，何处梦春熙？

两张机，杏街新雨草微萋，如烟绿柳青纱细，
暮云未散，春潮又至，风拂白沙堤。

三张机，芽黄叶嫩絮初飞，春晨白露凝如泪，
家山尚在，锦书难寄，旧雁几时回？

四张机，繁花似锦压枝低，紫燕漫舞衔春泥，
闻潮涤浦，远山归翠，知是又星移。

五张机，寒风未尽忽重归，忍看落玉随流水，
春波难暖，晓寒依旧，小径客徘徊。

六张机，春寒不复柳枝西，花荫醉卧歌桃李，
清词丽赋，古风雅趣，临竹弈闲棋。

七张机，漂蓬异域泪谁知，故园寥落芳华逝，
人生易老，辉煌不再，唯笑旧人痴。

八张机，新词一曲话田畦，稻花十里香无际，
青蓑孤笠，斜风细雨，桃满武陵溪。

九张机，晚家太乙最相宜，水穷尽处观云起，
吟怀潇洒，松云白首，醉月辋川矶。

戴士文

江苏盐城人。现居常州。1997年至2001年就读于兰州大学无线电物理学专业。曾就职于大唐电信集团和UTStarcom。后移居常州创业至今。

浪淘沙

百花笑开颜。
春意盎然。
梦醒犹是意绵绵。
园中徘徊不再还，一夜无眠。

晨雾薄如烟。
残月无边。
梦里泪眼对无言。
锦书鸿雁不相连，相见何年。

2017年3月28日

鹊踏枝

梅雨霏霏春已去。
车停湖边，愿忘归时路。
湖水轻打湖边树。
树上栖鸟无寻处。

湖畔幽径独漫步。

罗衣湿透，只叹相思苦。
年年燕来无寄语。
空有愁肠无处诉。

2017年7月3日

段竑 《清趣》

张奇

甘肃天水人。1997年至1999年在职就读兰州大学历史系近现代史专业，获硕士学位。曾长期在财政部门工作。现任甘肃省审计厅副厅长。出版有诗集《鸿爪心印》等。

观建军九秩阅兵纪怀

鼙角沙场来，列阵耀甲盔。
猎鹰呼啸过，长箭倚天偎。
帅令号五军，威气慑九陔。
但期无战事，敌兵知难回。

2017年8月1日

赠江南友人

金城春讯从来迟，三月垂柳不吐丝。
窗外南湖消冰日，可是君家赏花时？

过陇中二首

(一)
黄土高坡黄水流，卧吹孤笛送晚秋。
碧空忽过一鸿影，风霜渐烈使人愁。
(二)
乱山十万少青衣，沟壑纵横镜水稀。
陇中高原何所似，黄山黄水相因依。

2013年9月

深秋与友人登兴隆山抒怀

故人相约意若何？陇右名山听秋歌。
峰峦莽莽白衣远，殿阁俨俨紫烟遮。
巍巍马衔着早雪，潺潺溪水下黄河。
大汗总统皆远去，红叶瑟瑟韵满坡。

2005年9月

参观兰州文溯阁四库全书藏书馆纪怀

九州台上香气浓，一部巨书藏阁中。
雅士观览叹有幸，大河欢歌似诵声。
经史子集八亿字，绿红蓝灰四色封。
十载征编毁与汇，千秋还论过和功。

2012年7月

咏兰州牛肉面

从来面食西北精，兰州拉面负盛名。
千炖牛骨汤厚老，百调鲜味师传承。
妙手和就如意面，匠心化作金丝丛。
清白红绿四色美，大碗小凳吃有声。

2012年8月

偶感二首

（一）
金城草未绿，白塔煦风生。

黄河昨夜雨，高斋听沥声。
任事人半老，为官渺前程。
桑梓何以归？蓦然伤悲萦。
（二）
此山此城此关津，闲来俯仰倍感亲。
方言惯听渐知味，九曲常看日日新。
他乡十载是故乡，楼林千重着庸身。
年啖拉面三百碗，不辞长作兰州人。

南京大屠杀首个国家公祭日抒怀

血雨腥风忆当年，冤魂何止三十万。
贫羸必将生奇耻，富强还须靠变嬗。
器物岂能安社稷？体制才可柱蓝天。
虎狼侧伺何当对，信仰化虹是宝剑。

2014年12月

姜维墓凭吊

梓里追思吊姜维，墓碑夕照映光辉。
文韬武略逢伯乐，义胆忠肝斗阉贼。
天水曾惊骁将胆，祁山屡挫魏国威。
衰微伐强非明举，矢志不渝史上垂。

2003年10月

春节前夕赴静宁县帮扶贫困村社慰问贫困户和驻村同事偶感

安贫慰苦腊破天，党意政情墟里烟。
陵山萧索霜雪后，翁婆蹴踖惨阳前。
衣食无忧苍颜舒，学医有保素心宽。
但使本职各尽好，何必同事分劳燕。

浣溪沙·贺家乡公路竣工通车

新路蜿蜒绕几山，
邻近村庄都串连。
班车也到家门前。

致富当靠交通便，
让宅砍树心里甜。
父老含笑话变迁。

2012年11月

武志翔

山西晋中人。现居深圳。1998年至2004年就读于兰州大学数学与统计学院应用数学专业。后入香港理工大学，获工商管理硕士学位。2002年加入平安集团。2010年起担任平安1号店业务发展部总经理。2014年创办深圳多多益善电子商务有限公司。2017年创办深圳市君仁控股有限公司并担任集团总裁。

吾爱兰大

独树一帜立功德，
自强不息育英才。
一入兰大成幸事，
华夏盛世创未来。

2018年11月26日

李发荣

1999年至2003年就读于兰州大学中文系。毕业后留校工作。先后在《理论探索》、《甘肃日报》、《甘肃诗词》等刊物发表文章多篇，现为兰州大学政研室主任。

游青海湖有感

湖波静卧夜朦胧，
雁语轻飘草郁葱。
我寄情思归水月，
一杯美酒乐融融。

2002年

马岩华

甘肃武威人，现居江苏无锡。1999年至2003年就读于兰州大学物理科学与技术学院材料化学专业。高级工程师，从事锂离子电池正极材料研发和产业化工作。

冬景

绿谢百芳残，朔风扫地寒。
莫言无胜景，白雪满峰峦。

五绝·仲春寻茗

山泉煮碧芽，去市爱农家。
料峭春寒在，香茗就杏花。

五绝·煤炭

怀璧有其罪，负能堪粉身.
频掀经济热，缕缕做烟尘.

五律·紫砂壶

耐能一刹热[1]，堪守满壶温。
素面[2]修金质[3]，樱唇[4]释木芬。
有心匀水火，无意验浮沉。
负垢持香久，良时[5]且自斟。

五律·秋叶[6]

养翊三秋果，阴遮一夏凉。
花前甘是客，根下幸非商。
褪绿能出彩，擎红爱傲霜。
此间枫正盛，何必恋菊黄？

五律·观小童对弈

对弈小顽童，出招竟老成。

---

[1]一刹热：骤热，引以述突然情况下的泰然处之。
[2]素面：相对于瓷器需要上釉而言，喻之天然，透气。
[3]金质、木芬、水火、（茶）垢：紫砂壶一事俱五行。
[4]樱唇：大壶之小口，紫砂特点之一。
[5]“良时”谐音“良师”，“自斟”谐音“自珍”，双关。
自析：作为陶瓷材料科学从业人员，这首诗是对做人做事的一点认识吧。人要耐得住一时凉热，认准的事也要经得住岁月变迁。自身修养到了，自然会光彩夺目，少说多做久了，也自然焕发迷人气质。从水火浮沉中积淀下来的，都是一辈子的财富。
[6]写于2017年秋，彼时恒大许家印正式退出快销农业，逃回房地产。有感于实体经济、制造业干不过虚拟产业、房地产业。真正动手创造财富的人，受到的关注低得可怜。然而我正在这样的实体制造业中打拼，我也深信自己所做的事情是有意义的事。

劫杀围复眼，叫打作长龙。
落子从无悔，收官亦有攻。
输赢虽未淡，气度不输翁。

五律·葡萄酿酒飨宾朋

溪畔仲秋黄，枝缠叶起霜。
嫘嫘藤尚婉，累累果犹香。
酵起丹琼色，盛来琥珀光。
红云飞笑靥，不负美人妆。

七绝·枣树

尖刺盈枝铁干遒，金风乍起亦温柔。
临墙莫问花前事，已落邻家面带羞。

七绝·登山观日出

朝日播红覆翠微，无花草木亦芳菲。
拈毫自信丹青力，点染江山必有为。

七绝·于博物馆见石磨

石盘两片累年磨，勤苦推来饭满桌。
笑慨风尘归展馆，黔驴今日已无多。

七律·武威怀古二首

（一）

繁华汉郡曾三甲，悍勇声名盖九州。
铜马蹄扬摹骠骑[1]，奸雄计破掷兜鍪[2]。
挥戈铁律祁连雪，束铠金装塞上秋。
感此尝思陈校尉[3]，街心正遇冠军侯[4]。

（二）

休屠故地汉新疆，武帝题名誓吐扬[5]。
塞上秋燃然甲胄，祁连雪寂祭刀枪[6]。
求征所以声威远，止战由来气运长。
敢叫男儿承血性，雄辞[7]莫使负陈汤！

七律·咏树二首

（一）胡杨

守驻沙梁又一秋，朔风枯雨不言愁。
根探绝地疑龙伏，枝指长天似蟒游。

[1]铜马：武威雷台汉墓出土的东汉铜奔马，现为“中国旅游”的标志；骠骑：将军号，霍去病为第一任骠骑将军。

[2]奸雄：指曹操；兜鍪：头盔。整句是说曹操在渭水被马超打败，感慨西凉军队的悍勇，“掷兜鍪于地曰：马儿不死，吾无葬地矣”《三国志》。“西凉锦马超”后来也成为骠骑将军。

[3]陈校尉：东汉校尉陈汤，曾有名言：明犯强汉者，虽远必诛。

[4]冠军侯：霍去病，汉武帝以军功封其为冠军侯。在武威街道有霍去病雕像。

[5]休屠故地：武威曾是匈奴休屠王庭所在，霍去病收复后，被汉武帝以“彰我武功军威”命名为“武威”。由此汉族人开始了扬眉吐气。

[6]然：动词，此处取信守之意。祭：动词，以庄重的仪式拿出。

[7]雄辞：即“明犯强汉者，虽远必诛”

静待秃芜成绿浪，淡观繁茂易荒丘。
平明但得乌云起，即吐新芽乐此悠。

（二）香樟

浓荫华盖逆寒生，叠翠英姿不逊松。
昔日乡间人少问，如今都市众相争。
身着斧刨出名器，体炼油香抵害虫。
有道成材唯刻苦，江南漠北此心同。

七律·塞上咏雪

飞花六角洒云霾，疑是玉镶烽火台。
骤起寒流风飒飒，强催旷野景皑皑。
但观弱质伤兼死，且慕虬枝挺不歪。
更喜山河同净寞，万千尘世共一白。

七律·咏猫

吐气开声电目圆，宣威嗜血虎牙尖。
穿屋过栋轻如燕，走壑飞林健似猿。
既任捉贼深巷角，同堪垂钓碧溪沿。
不唯爱彼皮毛色，守物娱心乐两全。

七律·秋耕

车归值暮见秋耕，牛叟夕烟互纵横。
雪鬓无暇思夜色，寒衣有劲诉英雄。
犁头掩却根茎叶，蹄下翻飞雨露风。
最是一年裁腐败，摧枯拉朽向长庚。

西江月·梅

无意先发众妒，绝非早落独愁。
红芳硬骨傲寒流，更列松竹为友。

也就风晴雨后，小溪泛尽重游。
生津止渴忝珍馐，摘与英雄煮酒。

西江月·江南苦夏

历享黄梅雨沐，又经季月桑拿。
江南美景莫浮夸，受用方知苦夏！

山寺无寻秋月，江边勿找春花。
是时工业胜农家，遍处高楼大厦。

西江月·互联网+生活

机扫联程高铁，刷骑共享单车。
二维码下验轻奢，免却恹恹跋涉。

支付不需划卡，上门奉送吃喝。
休提玉律与金科，皆是匆匆过客。

仲嘉亮

别署子正，浸墨居主人，甘肃民勤人，现居乌鲁木齐。高级工程师。1999年至2003年就读于兰州大学生命科学学院。专业从事环境保护工作。现为中国书法家协会会员，新疆书协学术委员会副秘书长，新疆诗词学会会员。

临屏忆博湖秀景

篱落旋沙樵笛和，风漾霞荡翠星罗。
银鸥逐鲤千般掠，恋是苍深一俏波。

弈局偶吟

几曾弈谱假诸侯，竞得寸方穷策筹。
各举青红争伯仲，同携楚汉博春秋。
车前卒勇机先秉，马后炮威术预谋。
但憾将终垓下殁，徒骁何论项还刘。

忆江南·栖霞寺

栖霞寺，
翠映水淙淙。
恋谧禅香徉镜涧，
迷幽梵乐荡中峰。
虔步伴梦钟。

趋牖处，
君碑偶相逢。
御墨辞中藏峻笔，
梅花石里嵌韶容。
幸已破尘封。

鹧鸪天·乙未端午遣怀

仲夏薰菖骤踽凉，
缘逢父节叠端阳。
屈公笃志沉瓯水，
游子营私疏北堂。

亲惋叹，国忧殇，
孝忠难得共酬偿。
只闲即弄离骚韵，
寄愿醉吟归梓乡。

杨许波

河北沙河市人，现居甘肃兰州。2001年至2005年就读于兰州大学中文系。文学博士。现为兰州大学文学院古代文学与古典文献研究所讲师。著有《苏舜钦研究论稿》《故事里的文学经典：明词》等。

五泉文学社社报《黄河魂》迎新特刊寄语口号

文章经国业，不朽岁寒松。
善感人间事，笔参造化功。

敬和林家英先生《桃李情》三首

（一）[1]

昔年承教入诗门，汉韵唐音总觉亲。
虽处金城苦寒地，春风化雨意真醇。

附：林家英先生原作“一从缘结萃英门，似水流年弥觉亲。杨柳楼台桃李梦，唐音宋韵品真醇。”

（二）[2]

桃李不言实自繁，江南塞北各斑斓。

[1]2005年曾携古诗习作就教于先生，多蒙指点教诲，之后求学金陵，先生亲为举荐，其恩情铭感于心。先生尝言余之气质应研习唐诗，今日研究、教学皆为汉唐诗歌，亦有赖于先生指引。先生对余关爱备至，如春风化雨，虽僻居西北，风狂雪骤，与江南暖春无异。

[2]先生1956年自复旦大学毕业后即执教于兰州大学中文系，1986年招收硕士研究生，执教兰大58年来，所教授之本科生、研究生及其他弟子多人，其中大多已卓有成就。先生道德文章，言传身教。其弟子遍布大江南北，思念师恩时，远望西北，先生“望之俨然，即之也温，听其言也厉”之形象当会浮现脑海。

思师每向天西北，即也温然望俨然。

附：林家英先生原作“沃土根深枝叶繁，芳华桃李绽斑斓。人文素养滋风采，青胜于蓝信必然。”

(三)[1]

鸿迹雪泥常拾贝，高吟浅唱最惺惺。

诗词散论追光稿，抉旨知微见性情。

附：林家英先生原作“桃李春风馨远近，新颜柳色惜惺惺。江南塞北丝丝缕，牵曳高山流水情。”

鸡鸣寺

江南佛寺千古名，画柱雕梁绕绣楹。

劳碌众生争蜗角，鸡鸣寺里一鸡鸣。

曲江

台榭参差碧树秋，几多士子探花游。

万家灯火高楼矗，难掩曲江月色幽。

春两首并序

昔年寻春，春色未至；今日偶观，春在枝头。咏春之诗，题虽同而景异；赏春之客，人虽一而情殊。黄沙飞舞之日，虽无春而盼春；春花烂漫之时，虽有春而伤春。春光明媚，春风如醉，春树繁茂，春水荡漾。如此春色，蜗居斗

[1]先生着有诗集《雪泥鸿迹》及续集、诗歌鉴赏集《诗海拾贝》及续集、论文集《诗词散论》、诗文集《追光存稿》等，字里行间常蕴诗人之灵心善感。先生善吟诵，每咏古诗，古音古韵，最为悦耳动人。谈诗论词时，往往抉旨知微，其中亦可见先生诗人之真性情。

室，忧愁抑郁，不亦悲乎？虽不敢效夫子沂水之游，亦当携三五好友，出闹市，赴野郊，游黄河，踏青山，方不负春光如许。是为序。

（一）

春日寻春春未至，但观山色舞黄沙。
经旬细雨飞无影，尽日浮尘暗万家。
积石青衿吟硕鼠，萃英红袖诵蒹葭。
冬风已远东风近，且待古柳漫吐芽。

癸巳年春

（二）

花落花开未晓时，恼人春色袅晴枝。
蒙蒙雾雨迷山路，款款蜻蜓舞苑池。
远客尚言寒未尽，田家已道暖来迟。
东风又绿依依柳，徒惹伤情赋别离。

甲午年春

送别诗二首

（一）

一别金城几日来，浮云舞絮自徘徊。
黄河水畔观风雨，白塔山头踏土埃。
偕友论文妙言至，与朋饮酒笑颜开。
夷陵此去图宏志，莫学痴儿泪满腮。

（二）

故友已随笛声去，空余杨柳袅晴丝。
佳人独立阑珊处，斜月自悬窈窕枝。
对酒难歌离别曲，倚楼新谱断肠词。
相思恰似青山远，江北江南惹梦迟。

姚凌云

河南周口人。2001年至2005年就读于兰州大学经济学院。现工作于珠海。

自嘲

生育后体重居高不下，辛苦经年，得减若干，历一寒假而尽回。揽镜自照，惆怅万端，遂作打油自嘲。

欢喜时深怨亦深，每逢寒假胖十斤。
从来骨大偏多肉，何况眼小更无神。
三餐往往馋虫闹，半夜时时饥火焚。
长恨邻女腰肢细，雨打梨花深闭门。

鹧鸪天·悼亡两首

——为友人长篇小说《寒烟翠》题

（一）

尺素红笺不忍抛，
几回灯下慰寂寥。
可怜那时殷勤意，
都成眼下惆怅刀。

情缓缓，路迢迢，
春荣秋谢漫煎熬。
此生合是无情甚，
劳卿空守奈何桥。

（二）

年来无处可销魂，
醉扶雕鞍过白门。
欲凭琵琶唱金缕，
怕动肝胆思玉人。

花易落，梦难寻，
不敢拔剑断冗尘。
也知泉台辜负久，
鬓角风霜渐成云。

鹧鸪天·戏作

游湖遇雨，饮酒微醺，击盏而歌，或有放诞之语；友人录像，曰白首相嘲，即为佐证。遂作鹧鸪天，聊为开解。

单裙透雨碧色寒，
莲叶盛酒尽余欢。
云暗风急懒寻月，
烟轻湖小试唤山。

花映面，露侵鬟，
孤舟摇摇兴益酣。
醉来多少无赖语，
白首灯前带笑看。

张学文

江苏兴化人。2001年于至2005年就读兰州大学大气科学学院应用气象学专业。后在职获南京大学地质工程专业硕士学位。现就职于常州市轨道交通发展有限公司。

百丈行

——常州地铁百丈车辆段建设随感

百丈今为勇士乡，青天作被枕春江。
千营铁骑开新道，万柄吴钩垦大荒。
今日丹心酬壮志，明朝长列走康庄。
笛鸣声歇龙归海[1]，又待天明运客忙。

瞻仰常州烈士陵园

龙城飞燕唱春枝，松柏犹闻铁马嘶。
吴地英豪拍案起，江南勇士举旌旗。
九州百战经风雨，三杰一生忘己私。
先辈舍身思救国，今朝开路复兴时。

七律·双节抒怀

——喜迎国庆中秋佳节

金桂送香连月殿，碧樽邀月宴荷田。
佳期双至歌千曲，长笛初鸣赋百篇。

[1]龙归海指地铁列车回库。

誓为众人谋福祉，不和车马抢行权。
百年伟业前程远，万乘骧腾志向前。

龙城缘地铁情

五年求索，砥砺前行；战天斗地，历经夏冬；工程建设，如火如风；双百地铁，快马加鞭；歌以咏志，赋诗一篇：

百丈寒冰侵戍旅，三冬曜甲傲青霜。
吴钩映日争尝胆，壮志齐云肯信缰？
卧地玄钢修远道，擎天巨柱列长行。
清风车马驰行急，黄土旌旗建造忙。
无畏湖山多险阻，不言风雨少温良。
子亭快驿行时短，坚壁高车运度长。
佳构既成通表里，宝驹待纵乐城乡。
玉脉可舒淤堵气，琼宫能纳怒途郎。
喜盼健行非苦旅，勿忧醉驾可酣觞。
道走康庄除路怨，畅行南北解愁肠。
江南新筑蛟龙府，出海犹同万马骧。
加封地线驱风险，修饰天窗待曙光。
弦歌满路持金具，秉德全程谱玉章。
虎齿铮声鸣众志，龙门奏乐报时康。
持方济路担仁义，守正经营举纪纲。
华胄英才迁沃土，中吴儿女建家邦。
百岁宏图非易事，五年辛苦岂寻常？
人勤春早书祥瑞，时吉民康立柱梁。
地有铁而通四季，州为常乃誉八方。

2018年元月

南乡子·元宵观灯

玉兔驾冰轮，
彩绘秦淮月色匀。
欢庆良宵如白昼，
游人，醉于和风享酒醇。

锦绣古城门，
处处花灯大地春。
喜见荷花形最肖，
出神，似有蜻蜓舞亦群！

2011年元宵

忆江南·龙年秦淮观灯

元宵好，玉帝遣春神。
灯海秦淮逢水润，
金龙行雨降凡尘，
花月正宜人。

春归处，烟火起祥云。
香色流光迷眼目，
楼台近水月一轮，
河里有乾坤。

2012年元宵于金陵

陈巡来

笔名苹英，贵州人，现居兰州。2002年至2006年就读于兰州大学文学院。现就职于中国移动甘肃公司。

秋日登兴隆山

2014年10月19日，回兰大榆中校区，重登兴隆山。

沐阳松林绿，栉风霜叶红。
高云闲栖峰，洞鼠忙储冬。
草皆知兴替，人应识枯荣。
若嫌禅理深，松下问道童。

思乡

2013年7月24日，睡后被临街酒吧噪声惊醒，无眠，乃作。

酒客声惊梦，嫦娥影弄窗。
花开三日暮，酒藏十年香。
得失见空杯，忧喜问月光。
劝君莫言醉，梦里好还乡。

凉州医院陪护所闻

2015年5月31日凌晨，岳母重病，武威医院陪护，见一妇人哀天嚎地，忽有《石壕吏》之感。

夜凉吠惊梦，忽闻妇哀嚎。

君去事皆空，妇活情难了。
阿母隅下泣，乳儿怀里嗷。
多少山海誓，怎堪病与老。

苟泽生

四川巴中人，现居重庆。2002年至2006年就读于兰州大学管理学院市场营销专业。现从事汽车行业对外贸易工作。

忆昨昔毕业十年有感[1]

皋兰山下黄河边，牛肉面香飘满天。
有缘已做兰大人，求学往昔浮眼前。
翠英山下天山堂，书声琅琅不等闲。
立志成才功未就，此身回首已十年。
若得十载再相聚，共举酒樽把欢言。

[1]毕业十年再聚首，本期望有个大团聚，但全班42人，仅8人相聚。天各一方，物是人非。昔日同学早已各奔东西，各自境遇不同，各自志向相异。要再次聚首，好难！愿大家都安好。此诗作于2016年毕业十周年聚会，以飨思念！

张效禹

山东郓城人，现居深圳。2002年至2006年就读于兰州大学信息院基地班电子信息与科学技术专业。现供职于某半导体公司。近体诗歌爱好者。

五律·深秋携子登樟树布山(新韵)

秋深天亦燥，携子入山中。
曲径人无影，闲亭琴有声。
山幽林蔽日，树茂鸟衔虫。
林密多歧路，甄心以慎行。

五律·登沙湾关[1](新韵)

屹立梧桐下，仙湖越水凝。
天青云欲坠，水阔鸟常鸣。
老树池边蔓，新苗破土生。
改革多险砺，停驻敬豪英。

五律·罗湖绿道随感(新韵)

(一)
春光无限好，趋步向罗湖。
蝶恋桃花舞，雀嬉榕树逐。

---

[1]沙湾关，特区初立时的二线关口，位于深圳水库旁，紧邻梧桐山，与仙湖植物园隔水相望。

青山生雾霭，碧水泛青蚨[1]。
极目南天望，心平愁亦舒。
（二）
漫步梧桐下，闲游水库边。
微风拂弱柳[2]，旭日暖深山。
鸟止垂榕顶，花开栈道南。
晴空无限好，心适享悠然。

七绝·饮茶（新韵）

缠枝环绕附游龙[3]，香溢浸脾色润红。
不羡圣贤酣醉客，独钟鸿渐[4]盏中茗。

七绝·鹏城之冬[5]（新韵）

叶茂枝繁群艳竞，鹏城草木不识冬。
虽无雪落纷飞舞，却有花开别样红。

七绝·秋殇（新韵）

细雨缠绵秋意浓，银蛇乱舞锁梧桐[6]。
寒蝉难耐西风冷，瑟瑟悲声强自鸣。

---

[1]青蚨:铜钱，水波粼粼仿若金钱铺满了水面。
[2]弱柳:水库旁很多叶似柳叶的未知名植物，本处以弱柳相称。
[3]缠枝，缠枝饰纹；游龙，指茶杯把手。
[4]鸿渐，茶圣陆羽。
[5]鹏城，深圳的别称。
[6]梧桐，指梧桐山，深圳最高山。

七绝·安化系列之东坪[1]（新韵）

半边江水半边山，白鹭翻飞掠客船。
水映落霞金尽染，香山[2]怎可忘江南？

七绝·沙子吟

晶莹剔透色微黄，一遇洋灰[3]化作浆。
宁舍自由难舍汝，愿为尘世一泥墙。

七绝·忆故乡冬景（新韵）

细水[4]潺潺触手凉，小儿强令厚衣裳。
树枯叶落萧条显，却有青苗日渐长[5]。

七绝·2018年教师节致敬兰大李红信老师（新韵）

偏居西北忍荒凉，别具一格兀自强。
默默耕耘十五载，遍植桃李满芬芳。

---

[1]东坪镇，安化县城所在地，地处雪峰山下，资水穿城而过，为典型江南小城。

[2]香山，香山居士白居易，一首“忆江南”传唱千古。

[3]洋灰，水泥的别称，因水泥为舶来品，状如灰而得俗称洋灰。

[4]细水，北方冬天河流进入枯水期，河面窄小，故称细水。

[5]青苗：此处指冬麦；长，读音chang。

七绝·深圳湾旁迎大学同窗裘旭益(新韵)

故人南下至鹏城，深圳湾旁忆萃英。
岁月匆匆如逝水，友深情挚永长青。

七律·台风“山竹”袭城有感(新韵)

鹏城九月秋来晚，却是台风肆虐时，
雨打芭蕉急入耳，风吹老树欲折枝。
匆匆步履无留意，熠熠灯光有在司。
唯愿道途无堵塞，加工劳者返家驰。

七律·梦中故乡行[1](新韵)

雪霁天晴焕素妆，枝摇树曳舞寒霜。
河边枯草风中泣，田里青苗雪下藏。
家犬离家嬉在野，老牛识返信由缰。
梦中未忘归桑梓，梦醒踟蹰意返乡。

七律·安化系列之乡村行[2](新韵)

借问游人何处去？云台灵动水清莹。
松涛阵阵凝眸底，竹叶声声入耳中。
家犬路旁因骨戏，水牛河畔向青行。
莫愁事琐无闲日，心所安时享静宁。

[1]冬日已临，不知故乡是否已下雪？早晨起来，犹记昨日之梦，梦中又回到了儿时坐在老牛车上去外婆家的情形。城市的快节奏带着我无法停歇的脚步，离故乡愈来愈远。

[2]云台，云台山，安化黑茶主产地。

七律·忆兰大同窗(新韵)

金城已去十余载，往事悠悠若梦间。
北上广深人可觅，天南地北各得安。
交通顺畅难言远，繁事缠身相见难。
相见虽难思念系，情深若水久绵延。

七律·大年初一忆山东兄弟(新韵)

犹记旧时齐聚首，鹏城一去已经年。
举茶未饮思兄弟，提箸难食念故园。
抬首梧桐云下隐，俯身古塔梦中牵。[1]
可怜最是他乡客，千万乡愁千万山。

七律·梧桐春早(新韵)

梧桐日暖春来早，树茂虫鸣万物生。
榕叶葱葱吐新绿，桂香袅袅展风情。
鸟鸣幽谷声声脆，花绽桃枝朵朵红。
试问游人何处觅，流连忘返此山中。

七律·上海见诸同学(新韵)

金城一去十三载，沪上今朝相见欢。
暖意袭临寒鸟语，盛情洋溢倦心燃。

---

[1]梧桐山，深圳名片。古塔，指唐塔，郓城名片。

茶酌半盏说今事，酒饮三巡忆旧年。
欲向天公寻妙手，留得此刻滞人间。

七律·访翟亚军师兄有感[1]（新韵）

二月春回天渐暖，鹏城旭景汇知音。
蝴蝶[2]竞彩枝头舞，普洱溢香脾胃温。
喜鹊纷飞传喜讯，兰庭雅聚论兰馨。
唐诗宋韵抒胸臆，遥祝积石百寿辰。

七律轱辘体·百年兰大百年情（新韵）

（一）兰大英才盛
百年兰大百年情，百万英才出萃英。
玉树盛开结硕果，积石堆砌汇高峰。
齐云楼里齐云志，毓秀湖旁毓秀灵。[3]
桃李满园天下晓，五洲四海遍其名。
（二）历史厚重
风雨兼程百年过，百年兰大百年情。
曾观旧日冰霜冷，今证新朝星月清。

[1]农历二月初四，深圳普降甘霖，适翟师兄府，遇王芸兰师姐、马亚平师兄、老白师兄及师嫂（亦兰大师姐）、陈云岗师兄、周雪飞同学等诸多兰大优秀学子，聆听各师兄师姐教诲，同时得知《兰馨集（兰大校友诗抄）》在出版方面的最新进展。作诗以记之。
[2]蝴蝶，指蝴蝶兰。兰庭为翟师兄庭院之凉亭，因修葺兰馨集而得名。
[3]玉树苑、积石堂、齐云楼、毓秀湖为兰大本部及榆中校区内建筑或景点。

危难时期多烈士[1]，和平当代满精英。
往昔荣耀抛身后，兰大今朝又启程。

（三）自强不息，复往日荣光

兰州今日纷飞雪，素裹银装掩萃英。
千里黄河千里景，百年兰大百年情。
皋兰不语观今寞，白塔无言见旧荣。[2]
自立自强风复起，辉煌璀璨耀金城。

（四）师生多努力

拂晓校园薄雾笼，行人路上履匆匆。
学生努力习当奋，教者辛勤事必躬。
千万师生千万力，百年兰大百年情。
自强自立独一帜[3]，母校今朝新貌迎。

（五）兰大人才兴

黄河水畔地通灵，千亩学园汇众英。
天水路旁佳士聚，萃英山下俊才兴。
隆基[4]无悔八方晓，均益[5]勤学四海名。
毕业虽离心永在，百年兰大百年情。

---

[1]兰大校园内有七烈士碑。
[2]黄河穿兰州而过，皋兰山、白塔山皆为兰州市内景点。
[3]自强不息、独树一帜为兰州大学校训。
[4]隆基，指江隆基校长。
[5]均益，指水均益校友。

七律·兰大110周年礼赞兼和殷雄师兄（新韵）

滚滚黄河东逝去，金城惟见至公堂[1]。
身居西北星空寂，心向八方志气昂。
毓秀历观四季雨，萃英曾证百年霜。
兴衰荣辱随风过，兰大今朝又启航。

附：殷雄师兄原作《七律·母校建校110周年感怀》“滚滚黄河东入洋，白云远上鹤家乡。汉唐故地风流在，文理萃英锦绣藏。十载期颐人恋旧，兰馨日记墨添香。钟灵毓秀湖边柳，岁月都存积石堂。”

七律·冬殇（新韵）

2018年12月29日，闻同学冯之噩耗，后辗转联系其家人而不可得，唯愿其家人坚强面对。斯人已逝，吾心永记。

惊闻噩耗悲声咽，夜半无眠独自彷。
河畔风急杨柳冷，田间霜降菜蔬黄。
枯藤老树冬逾瑟，孤月稀星夜更凉。
唯愿春回天地暖，清风细雨抚心殇。

鹧鸪天·鹏城冬日不觉寒（新韵）

路上行人衣正单，
鹏城冬日不觉寒。
北留孤雁[2]鸣寒浦，

[1]至公堂，兰州大学标志性建筑积石堂前身，为清末左宗棠所建。
[2]北留孤雁鸣寒浦:取王勃“雁阵惊寒，声断衡阳之浦”之意，因衡阳位于深圳北面，此处做北留。

南徙群鸭戏浅滩。

山染绿，水生烟。
花开锦簇色斑斓。
晴空日暖疑春至，
信步由心忘返还。

卜算子·咏梅(新韵)

独立悬崖边，不畏冰霜苦，
雪漫群山路险艰，犹有游人慕。

无意竞群芳，唯愿春常驻，
料峭风寒万木萧，默把芳香诉。

周雪飞

湖北仙桃人，现居深圳。2002年考入兰州大学哲学与社会学院哲学专业。现为理财规划师，家庭财富管家。

和老白师兄农家宴俚语[1]

天鹅宴里话毓秀，农家菜中忆钟灵。
萃英山上绿正好，积石堂前醉薰风。

附：老白师兄原作“（一）坪山河畔景日美，鹏城之东瞻鹏飞。科技创新聚活力，广阔天地大有为。（二）田头山上白云逸，万千气象旷襟期。喜看学府拔地起，无限鹏程奠鸿基。（三）笃定正途赖老马，青年才俊任奋发。筚路风雨堪欣慰，人生有涯业无涯。（四）天鹅宴开兰大酒，农家菜肴胜珍馐。今夕兄弟共醉语，长念西北有高楼。”

共学记[2]

共学不觉日已西，立志方可大道期。
勤学改过从今起，知行合一无止息。

---

[1]2018年5月15日翟亚军师兄、徐清华师兄、老白师兄去深圳技术大学拜访韩培刚师兄。韩师兄天鹅宴，农家菜款待，忆兰大岁月，宾主尽欢。毓秀湖、钟灵园、翠英山，均为兰大校园景点，积石堂为兰大图书馆。

[2]2018年10月5日，在阳明心苑与众心友在盘子老师带领下，共学阳明先生《立志》。先生说：“致良知”从“立志”起，“志不立,天下无可成之事。虽百工技世,未有不本于志者”。“立志”与“勤学”“改过”都是修行的功夫。一天的共学同修，获益良多，结束时恰逢夕阳西下，美不胜收，得俚语数句。

归家途中偶怀

远游千里今还乡，又回廿年旧时光。
永清河边春长绿，无定桥上夏荫凉。
常念老父手中茧，尤怜慈母鬓间霜。
游子归来情总怯，离家愈近心愈慌。

2019年1月31日

孔德明

青海民和人。2003年至2007年就读于兰州大学物理院物理学二班。现就职于青海省海东市地震局。

夜飞鹊

2011年7月10日夜，和大学同学聊天，各怀聊赖。心里五味杂陈，忆舅母为儿既怒又忧，又忆父染病，世事虽万般艰难，但毕竟是由于生着，自然会避免不了一些必该遇到的东西，唯有放平心态，自足而不怠。夜深，作此词。

雨桥危栏处，音信难得。
雁不现、花只谢，
台上杨絮尽坠地，黯黯苍心忐忑。
风霜万千事，流水哀伤来，树声呜咽。
志虽无争，怎无视、独自安乐？

惆怅意转青史，忧心稍安定，却怀凄切。
何不重忆那刻，杨柳晓风，双眼都热？
天高夜寂，待入梦就与人叠。
留万世清野，泰然而对，一轮明月。

庆宫春·立春后

轻云薄暮，寒山瘦峰，旧时遗痕灭明。
荒野衰草，飞鹊流春，画窗离人难等。
忧思不堪，千丈楼，千丈青藤。

何处寻觅，绿帐红烛，夜半清笙。

沧浪一扇入梦。掌中人瘦，塞外雁冷。
明月寒蝉，流水灞桥，世人命途归一程。
纵是今朝，天涯四处起春风。
羌笛何须，频怨杨柳，吹破愁城。

2017年1月

裴亮亮

甘肃天水人。2003年至2007年就读于兰州大学地理系。后获应用心理学硕士。职业心理咨询师。创办学之渔心理工作室，创立标准化心理咨询技术“范畴解构”。

月夜洗心

游目苍穹外，长天半撩开。
风引空山老，青竹渡月来！

2012年1月

洗心岛[1]

久仰天麓湖，幸会凤凰山。
穿林开大道，驱车入桃源！
嬉犬群逐路，钓叟自放竿。
既上洗心岛，方得阅君颜！

2011年10月

听雨珠江

昨夜风声穿陋巷，浮生飘雨见莽苍！
陇上狂沙吹到海，渭水秋声[2]闻珠江！

2011年8月

---

[1]洗心岛：恩师申荷永教授在广州天麓湖区觅得某湖心岛，作为东西方文化交流之地，取自《易经·系辞上》：圣人以此洗心，退藏于密。

[2]渭水秋声：清末民初乡贤任承允曾纪秦州（今甘肃天水）八景：伏羲卦台、麦积烟雨、仙人送灯、石门夜月、南山古柏、玉泉仙洞、净土松涛、渭水秋声。

初过珠海海岸

但见海天垂一色，铺陈往来争舸[1]间。
难辞秦陇终故里[2]，原来四海亦江山[3]！

2012年8月

顽石

顽石自古多呈祥，百炼补天[4]藐金汤。
落下凡尘终无悔，夺入真火[5]自成钢。

2013年9月

咏梅

岭外游风带入冬，闲雨无心问秋深。
了无寒意雕青树，岂待北国[6]话诸君！

2014年11月

---

[1]争舸：化用毛泽东《沁园春·长沙》句“看万山红遍，层林尽染，漫江碧透，百舸争流。”

[2]故里：即羲皇故里古成纪（今天水），伏羲一画开天，开物成务之地。

[3]江山：化用毛泽东《沁园春·雪》句“江山如此多娇，引无数英雄竞折腰。”

[4]补天：女娲炼石补天。

[5]真火：三昧真火，《西游记》第七回：太上老君即奏道：“那猴吃了蟠桃，饮了御酒，又盗了仙丹。我那五壶丹，有生有熟，被他都吃在肚里，运用三昧火，锻成一块，所以浑做金钢之躯，急不能伤。”

[6]北国：借用毛泽东《沁园春·雪》“北国风光”句。

短歌志

一梦十年思若何！去日[1]甘苦了无得。
须臾风雨霁长夜，吟啸千古作短歌。

2014初作，2018年修改

晨吟

空冠陇[2]客愁思浅，素衣秦[3]人富贵闲。
朝起莺声新停雾，晚来燕语故收烟。
烟霞凫水增寒幕，幕云经天除冷山。
珠城物色翻日月，陋室心空[4]落诗篇。

2016年11月

无题[5]

珠城千载喜相逢，海纳百川劳远征。
儿女情牵难消灭，童子意中易长成。
保元守气黄田浅，护幼化神紫鼎隆。

---

[1]去日：化用曹操《短歌行》中名句“对酒当歌，人生几何?譬如朝露，去日苦多。”

[2]陇：甘肃的简称。

[3]秦：甘肃天水古称“秦州”，与大秦帝国的崛起有很深的地缘联结。

[4]陋室心空：合用刘禹锡《陋室铭》中“斯是陋室，惟吾德馨”句，《太上老君常清静经》中“内观其心，心无其心；外观其形，形无其形；远观其物，物无其物；三者既悟，唯见于空”句和《心经》中“舍利子，色不亦空，空不异色，色即是空，空即是色。受想行识，亦复如是”句。

[5]作于珠海儿童保护协会。

协和万家愿平乐，会当千仞览众峰[1]。

2017年2月

萃英门[2]

数十度春秋，栉风沐雨，
仍胸怀天下，效鹰击，大展宏图；

象千载风云，经天纬地，
长抱定乾坤[3]，如雁集，指点迷津！

2011年8月

[1]会当千仞览众峰：化用杜甫《望岳》中“会当凌绝顶，一览众山小”句。

[2]作于广州兰大校友聚会，遇诸多校友学长，其中有文武兼修的历史学家马明达教授，有感而作。

[3]乾坤：《易经·系辞下》有“子曰：‘乾坤，其《易》之门耶?’”，而《易经》为百经之始，是中华文化的总纲。

吴章金

江西九江修水人，现居珠海。2003年至2007年就读于兰州大学计算机专业，后保送兰州大学软件与理论专业硕士研究生。先后任职于Lemote、风河和魅族，现任魅族技术总监。出版书籍有《Optimizing Embedded Systems using Busybox》。

立冬

君说有花开，伊答立冬来。
花虽非蜡梅，亦可傲霜白。

2014年11月8日

登滕王阁记

大唐滕阁今不复，幸得王勃作序传。
江山代有匠人出，各兴楼台数十年。
今朝访友游故地，携手擘画科创研。
青云之志当而立，怎负盛世之延绵！

2018年11月22日

张春辉

2003年至2014年就读于兰州大学生命科学学院生态学专业，分获学士硕士博士学位，现就职于青海大学。

醉山记

2005年3月5日与同学游萃英山，以打油诗记之！

疾行萃英道，汗滴阶上土；
巅上痛饮酒，笑对西山雪；
漫天彩筝飞，戏云人语声；
席地草上座，仰观云上风；
日暖人心散，酒入肠亦热；
立地笑风月，身亦为世界。

黄靖

甘肃临洮人。2005年至2009年就读于兰州大学数学系应用数学专业。现在珠海优康科技有限公司从事进出口贸易工作。

浪淘沙·粉墙青瓦间

粉墙青瓦间，
几许炊烟。
中庭柳梢叶初现。
檐外春光早谢了，
蛛网孱孱。

景物似去年，
新荷打遍。
骤雨竟惹鹊扑帘。
等闲若把韶光负，
无限悔慊。

2006年夏

南歌子·西湖久采莲[1]

西湖久采莲，南窗初嗅梅。
弄笔画眉人已醉，
誓为黄泉碧落长相随。

---

[1]写于2007年夏，读欧阳修《南歌子·凤髻金泥带》及苏轼《江城子·十年生死两茫茫》，因诗中旖旎风光及悼念亡人的巨大反差有感，故作此诗。

池边鸳鸯欢，人间劳燕悲。
清风拂弄园中葵，
声声丝竹又似雨霏霏。

忆秦娥·登楼望

登楼望，素手打翻茶清凉。
夏清凉，菡萏香彻，绿波弄桨。

洮水悠悠人怅惘，佳人当年笑鸳鸯。
羡鸳鸯，池边杨柳，依旧海棠。

2007年夏

魏康

2006年至2010年先后就读于兰州大学历史文化学院历史基地班专业和新闻与传播学院网络新闻专业（各两年）。现工作居住于广东珠海。

送汪坚[1]

江湖犹闻汪总笑，
吞杯千百翁不倒。
不见伊人戴月归，
八栋从此鬼夜嚎。

[1]此诗写于2011年6月，当时作者工作于湛江日报社。汪坚为同在报社工作的友人，岗位为夜班编辑，同住在报社第八栋宿舍楼。其人率性如癫，饮酒海量，深夜下班常高声吟啸，是位趣人。2011年6月其离职返乡。

侯榕育潇

2007年至2011年就读于兰州大学艺术学院音乐表演专业，2011年保送本院音乐史论方向硕士。国家二级心理咨询师，中国音乐家协会会员，甘肃省音乐家协会会员。现供职于北京某部高校。

游园有感[1]

驻跸山下花似海，神岭千峰绿纱盖。
青绦送风碧波暖，畅舒筋骨香盈怀。

中秋戊戌

九州明月何皎皎，清朗胜霓虹。
对月咬月甜沁脾，玉琼桂香浓。
古来仲秋诗多思，平仄常染愁。
不见晴空挂玉盘，人间盛丰收。

2018年仲秋

[1]这首诗写于2016年3月，校园在京郊驻跸山下。春花初开之时，一片花海，神岭千峰的题字伴着一片绿意。游园观景，舒畅直达胸怀。

张子楠

笔名南极子。2008年至2011年就读兰州大学法学院法律硕士。现就职于河北省邯郸市城市管理综合行政执法局。

春愁

应知春多愁，何必愁上愁。
红尘本虚幻，不要放心头。
但见春化雨，又思陌上秋。
鹤鸣长空去，丹檀寄思幽。
白浪衬天色，黄沙漫古洲。
本欲启心事，不如荡孤舟。
静看桃花落，坐思云外游。
愁绪无以遣，泪长对海流。

王伟

2009年至2014年就读于兰州大学化学院，获博士学位。目前在深圳微芯生物从事新药研发。

毕业记

花信番番送沁香，经年未负少年狂。
吴钩常伴山河复，一般豪情到夕阳。

情思

情思难随墨迹干，薄襟初暖夜阑珊。
丝丝凉韵窥窗破，沥沥春愁滴梦寒。
误别雁归云渐远，偶逢花落泪轻弹。
晓来聊尽昨宵酒，醉把红笺仔细看。

赠安鹏赴美国

(一)
明月吐露记新秋，日远衔山画小楼。
一样兰山登临客，别时浩情胜离愁。
安心科教桃李着，鹏举异乡壮志酬。
凯乐何需他人奏，旋将热血写春秋。
(二)
共事金城自不忘，同舟风雨联袂忙。
合成世界窥奥妙，老三店中诉感伤。

天涯共赏故乡月，丹心犹待效忠良。
他日若遂凌云志，再尽杯酒话海桑。
（三）
金秋有意润金城，挚友难堪别挚情。
客地繁华诚可恋，家乡父老莫相轻。
信笺频寄深情在，相册常更学谊增。
一路莫愁风兼雨，无敌自是报国忠！
（四）
唱彻阳关泪始干，功名余事付瑶烟。
他乡衣瘦怀高志，梦里觞空慰流年。
信是丰城藏剑气，犹凭逸性指江山。
今朝且尽杯中酒，待君东篱并醉欢。

鹧鸪天·自信金城山水郎

——2011年秋登兰山有感

自信金城山水郎，笑将韶华付疏狂。
歌凭轩辕嘹天地，武借龙泉断长江。

蓑笠破，任风霜。也曾粪土作侯王。
一壶浊酒随羁旅，醉眼浮沉尽千觞。

鹧鸪天·病中怀女友

月浸疏窗花已凋，强将心事付浊糟。
文园独卧偏成病，尺素频传却杳杳。

寻好梦，觅翠翘。醒时依旧冷清宵。

虔诚祈祷窗前月，照我相思到谢桥。

鹧鸪天·送立宁之锦官城

记得长河唤小名，还谈未来到天明。
果然渐近分离日，折柳声声不敢听。

行慢慢，泪盈盈。此时情思向谁凭？
兰山共我凄凉意，老眼从今为汝青！

鹧鸪天·雨后感怀(科研受挫)

身似轻蓬水中萍，懒从风里认飘零。
青梧雨打经年恨，碧柳丝缠桑梓情。

曾海志，今伶仃，可怜消瘦为功名。
瑶琴真解心中事，弦落偏出断肠声！

临江仙·重上兰山

——2010年秋罗惠鑫君之北大前同登兰山

小雨初歇忆旧游，雪纯枫艳山青。
闲登小阁看新晴，长河弯几回，哪回到京城？

烟雨依前霜如旧，怎今作了伊行。
阳关叠里起离声，曲终诗句短，难尽弟兄情。

熊晶

江西上高人，2009年至2014年就读于兰州大学信息院计算机专业。现居深圳，从事国际贸易、旅行活动和东西方交流服务。

咏我兰三章

兰馨
春生玉白风中语，
笑靥锦丛绕绿茵。
心似汉唐犹鼎盛，
己亥之年吐新馨。

兰乡
渺渺水云外，
茫茫越关山。
大漠风清处，
心悠天地间。

望兰
自强不息独树帜，
人生三立乐知足。
香馨兰苑四海众，
砥砺西土待东出。

张小兵

笔名兰息，2010年至2014年就读于兰州大学管理学院市场营销专业。现供职于贵州省怀仁市人民法院。

撸串举酒[1]

素衣胜锦，长裤似雪，布鞋多情，玉面旁风滞，马尾摇天心。春风多远避，夏日常悲鸣，谁言秋意浓，冬雪为之凝。

心随眉走，久顾唇弧，一颦一盼惹人愁，一进一退神思忧。入口易化，着手怕飞，唯有融心，尘念不敬，俗世容扰，最怕惊香魂。唯舍你远去，倩影留铭。

[1]作于2018年10月9日贵州仁怀，时与同事撸串，酒至半酣，应邀作诗，念及佳人，凭生落寞，举酒撸串而成，第二日酒醒，再做校正。

刘清德

广西人。2011年至2014年就读于兰州大学哲学社会学院外国哲学专业，获硕士学位。现就职于广西贵港市委党校。

客

舟摇衣轻扬，
水澈鱼悠游。
两岸万千景，
无一为尔停。

马骁

吉林长春人。2011年至2015年就读于兰州大学经济学院。现为金融行业基层职员。

灯下闲思[1]

万户皆归静，
惟吾灯尚明。
学子追梦苦，
奋起智方灵。

2007年12月

[1]2007年冬天，我15岁，在读初三，处在中考冲刺的关键阶段。初中高中那几年，学习任务很重，我也是个很上进的人，经常会熬夜做作业。无数个夜晚，千家万户都归于平静，只有我的台灯还亮着，为了考取梦想中的学府奋力拼搏。

陈海波

就读于兰州大学管理学院2012MBA广州四班。现供职于广东省电力工业燃料有限公司。

江船独赏

幽涌舟成对，闲岸客独倚。
浮沉有相守，远近无分离。
动静皆尽意，梦幻随相期。
明尽昏生觉，冷暖自高低。

2016年5月28日

回游电校

后山衣裳绿，前湖水亭清。
金坑忆古圣，众蝉曲今鸣。
世事三更变，同窗四冬情。
行止尽天地，春秋自分明。

2017年4月22日

茶音

梯田万顷绿成荫，黎民百世摘茶芯。
嫩叶一枝出凤凰，禅茶半杯觅知音。

2016年4月17日

对紫茶话

对口醇香解渴茗，紫叶柔枝凤凰情。
茶毗性净造非凡，话语人生无常平。

2016年5月21日

吉沙行

闲抱冬日身心依，坐看水面云脚低。
一声相聚大吉沙，万波江水濑船稀。

2016年12月18日

观

雾含江山景似仙，春抱林海花上天。
犬舞禅农桥为疆，动静默然观大千。

2017年4月22日

心茶

梦品早春单枞茶，情怀凤凰乌栋山。
初心未与年俱老，晚霞尚为岁添安。

2017年12月31日

袁梦

2012年至2016年就读于兰州大学大气科学学院大气科学基地班。

别江宁

暮昏寒秋风，冷雨映天凉。
萱室[1]渡时劫，杞忧负腔肠。
长缨难为继，参运续书香。
挥恨斩别去，恸怀满长江。

[1]萱室，恩师如母，此处代指恩师。

吴海鹏

现居深圳。2012年至2016年就读于兰州大学新闻与传播学院广电专业。

秋夜初登塘朗山望月有怀

皎皎河汉正当空，巍峨塘朗郁葱葱。
南望伶仃波澜阔，东瞰鹏城霓虹通。
凉风有性拂人面，秋月无边思娇容。
等闲识得千重难，无限风光在此峰。

丁酉冬月

占文新

安徽安庆人。2012年至2016年就读于兰州大学管理学院信息管理与信息系统专业。现就职于深圳市华星光电技术有限公司。

偶感[1]

寒烟缈缈起，
柴门寂寂开。
叶落山空静，
秋深鸟倦来。

[1]2017年某日于深圳，偶觉疲累，想古人归隐山林生活之闲适，亦不免生此情愫。寄情于遐想，化身柴夫奔走于林间。

赵昶卓

甘肃渭源人。2014年至2017年就读兰州大学管理学院工商管理硕士。先后在国有企业任副处长、处长等职。目前就职于兰州高新区。

重阳

明月嵌苍穹，寒烟锁清秋。
滔滔大河东去，英雄随波流。
红日升，薄雾散，
江山色彩泼遍。
重阳登高处，万里画中游。

兰州赞

九曲长龙透金城，黄河母亲育英贤。
青城古镇存风雅，兰山峰壑兴云烟。
曲径通幽石佛沟，栖云名胜兴隆山。
一清二白牛肉面，云雪皑皑古梨园。
瓜果香，百合甜；苦水玫瑰传百年。
白马浪，中山桥；五洲共襄兰马健。
叠嶂层峦，白塔耸山巅。
石洞寺，植物园；
谁言此地无景观?
桃林景不远，直指仁寿山。
大禹治水九州台，四库全书放光焰。
将军挥鞭出五泉，漠北祁连美名传。

吐鲁沟气象万千，水车园不舍逝川。
丝路西行从此始，飞渡陇原无数山。
新时代，新理念；跨越发展勇争先。
幸福感，兰州蓝；生态文明最耀眼。
扬鞭奋蹄，北拓东进急。
脱贫困，治污染；河山旧貌换新颜。
秦汉两千年，今朝更好看。

李世建

2017年入读兰州大学MBA广州班。

2018年中秋节

契友金兰同窗情，
学海博大良师伴。
兰粤榆中百十载，
节至金秋人月圆。

谨以此书献给母校兰州大学百十华诞

兰州大学出版社

蘭聲集

陸浩題

下编

图书在版编目（C I P）数据

兰馨集 : 兰州大学校友诗选 / 翟亚军主编. -- 兰州 : 兰州大学出版社, 2019.8
ISBN 978-7-311-05671-1

Ⅰ. ①兰… Ⅱ. ①翟… Ⅲ. ①诗集－中国－当代 Ⅳ. ①I227

中国版本图书馆CIP数据核字(2019)第178574号

责任编辑 饶 慧 锁晓梅 刘爱华 马媛聪 王颢瑾
书名题签 陆 浩
书名篆刻 程庆拾
封面画作 段 竑
封底画作 由旭声
封面设计 李 念

书 名 兰馨集——兰州大学校友诗选 下编
作 者 翟亚军 主编
出版发行 兰州大学出版社 (地址:兰州市天水南路222号 730000)
电 话 0931-8912613(总编办公室) 0931-8617156(营销中心)
0931-8914298(读者服务部)
网 址 http://press.lzu.edu.cn
电子信箱 press@lzu.edu.cn
网上销售 http://lzup.taobao.com
印 刷 兰州人民印刷厂
开 本 710 mm×1020 mm 1/16
总 印 张 57.25(插页28)
总 字 数 719千
版 次 2019年8月第1版
印 次 2019年8月第1次印刷
书 号 ISBN 978-7-311-05671-1
定 价 280.00元(上、下编)

《兰馨集》顾问委员会

总顾问

袁占亭　严纯华

特邀顾问（以姓名音序排列）

高永中　葛墨林　李恒滨　李吉均　林家英　刘人怀
陆　浩　涂永强　王　锐　吴云东　杨利民　岳建民
张文轩

顾　问（以姓名音序排列）

包国宪　车全宏　陈文江　范宝军　冯　诚　韩培刚
韩　玉　何仕荣　金兴宜　李春安　李葛卫　李文学
李振国　刘大为　刘建东　刘向兵　刘彦峰　刘运才
庆振轩　石　厉　苏　刚　唐文明　田旭龙　汪东颖
王登渤　王功勇　王建军　王彦伶　吴　彬　吴维学
向　彬　向建军　肖同庆　谢海涛　薛从伦　杨盛茂
殷　雄　曾开天　张继革　张劲松　张曙光　赵四海
赵学勇　钟宝申　周发展

共忆兰大师生情谊
同谱时代奋斗篇章

刘人怀

二〇一九年七月卅日

刘人怀 题词手迹

如梦令·咏怀

半世苦征學海，
卅载精耕多肽，
华发渐悄生，
仍是初心不改，
莫怠，莫怠，
道远時不我待。

二〇一九年七月 王锐

王锐 词作手迹

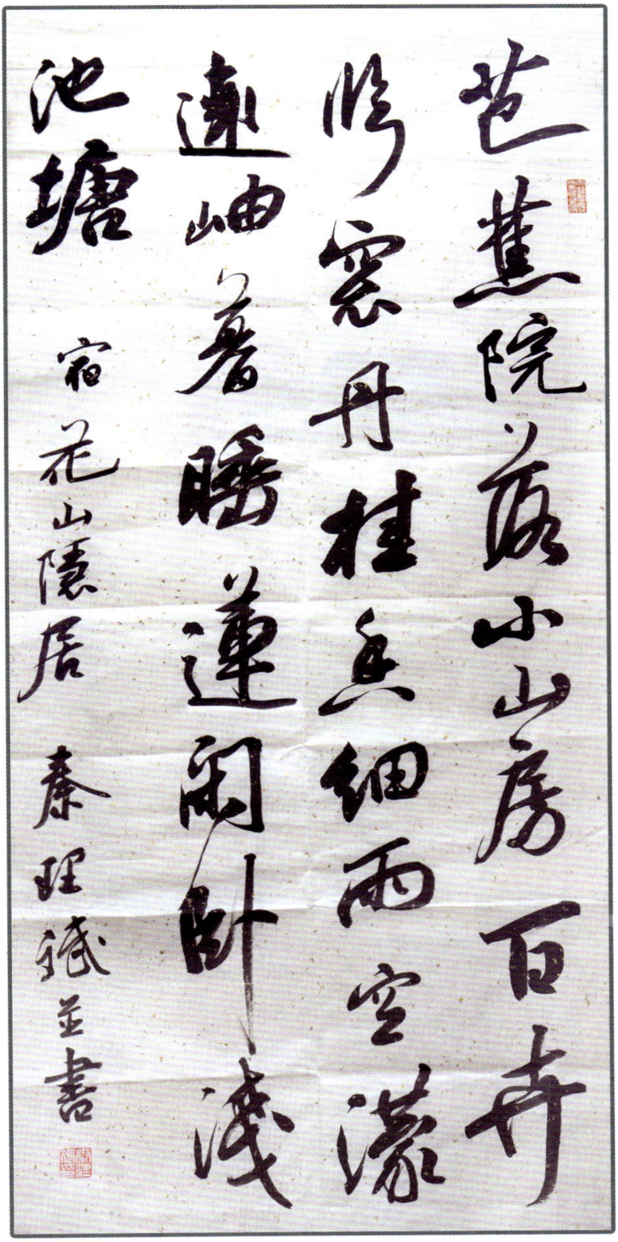

秦理斌 书法：自作诗

薛从伦 绘画：祁连倚天图

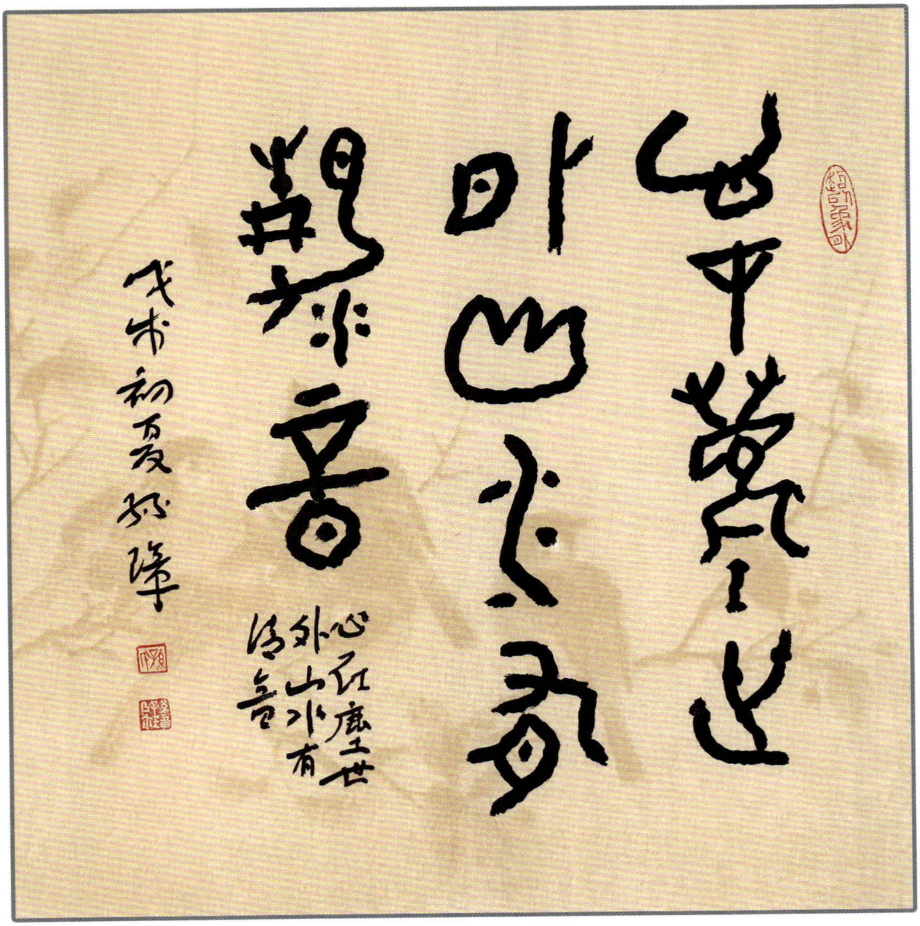

孙璋 书法：金文斗方

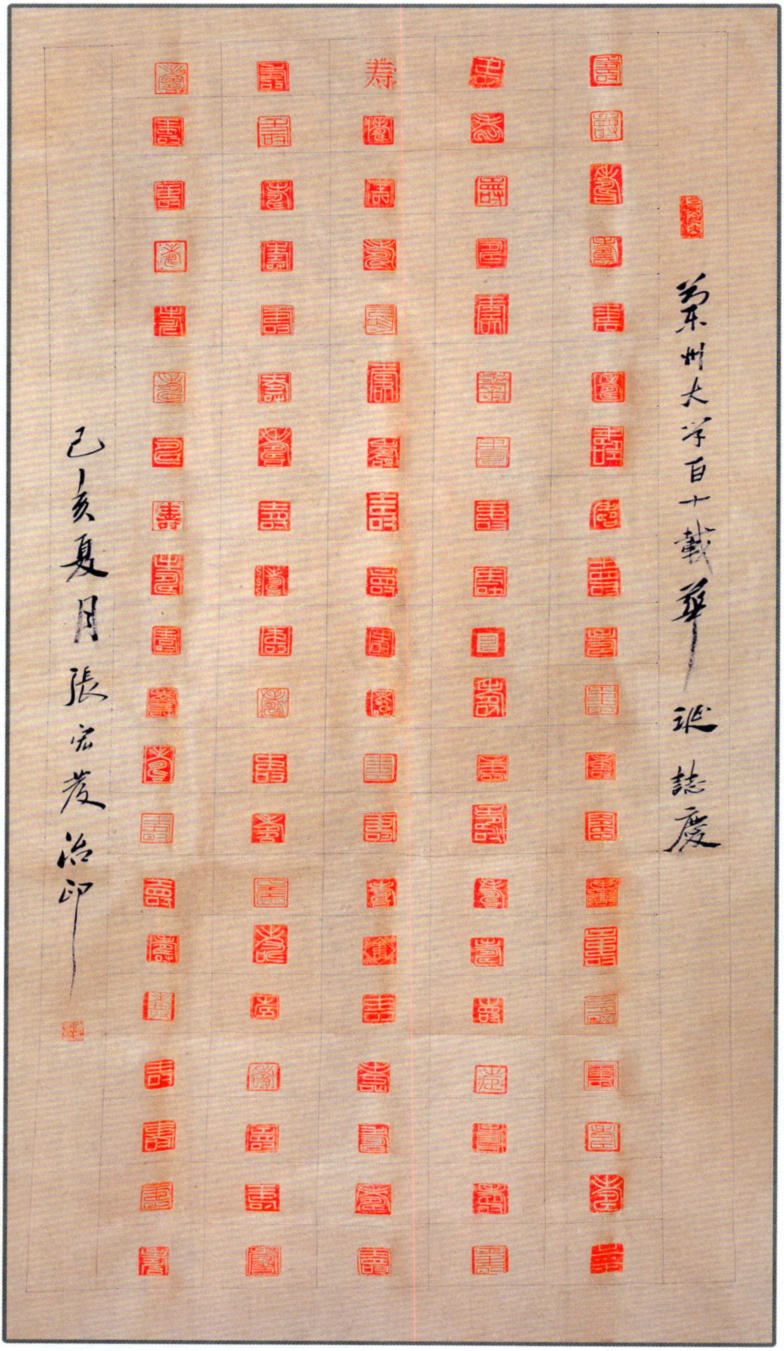

张宏发 篆刻·百寿印屏

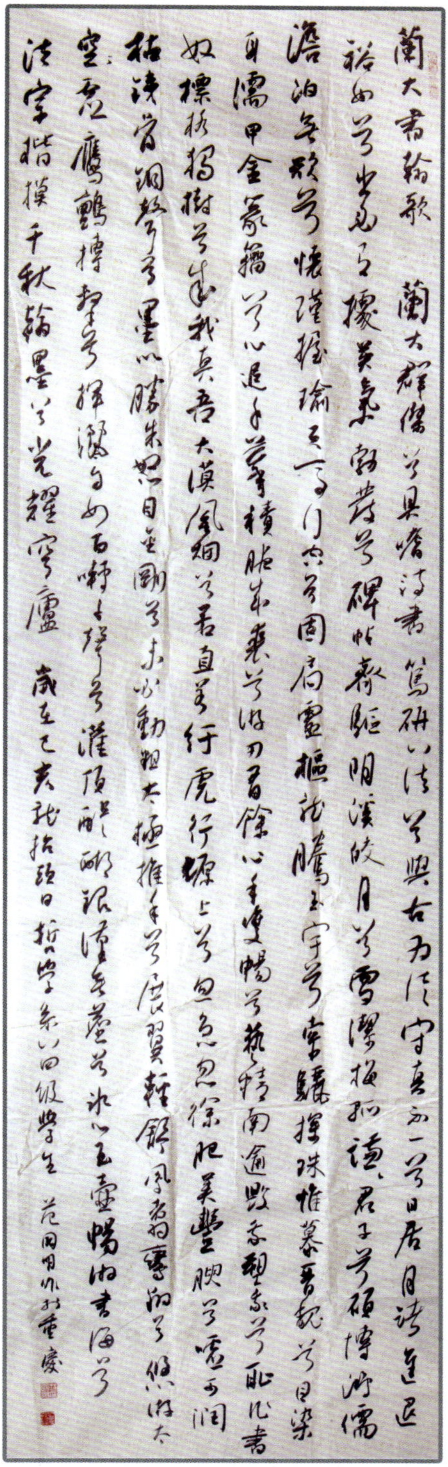

范国明 书法：兰大书翰歌

老白 书法：兰庭

篇　目（下）

现代部分

（按作者入校时间顺序、姓名拼音顺序排序）

跋

（按作者入校时间顺序、姓名拼音顺序排序）

后记

洪裕国

现居沈阳。1960年至1966年就读于兰州大学物理系无线电专业。曾任兰州大学沈阳校友会会长，辽宁校友会副会长，现任兰州大学辽宁校友会名誉会长。

儿子的照片

儿子
我特别喜欢这张照片
把它放在
电脑的桌面
每次开机
都看到你
会心微笑地
站在我的面前
我的心情
随即被感染

儿子
我特别喜欢这张照片
它是爸爸
亲自拍摄
有一种成就感
你从心里

往外在笑
父子间
心心相通
不设任何防线

儿子
我特别喜欢这张照片
一瞬间
三十四年
你已
长大成人
懂得了
与人为善
肩负起
人生的重担
我欣慰
你是爸爸
生命的续延

2009年12月9日

王明安

笔名星河无座，陕西汉中人，现居河北唐山。1962年至1968年就读于兰州大学物理系无线电专业。曾先后在沈阳市精密仪表厂和唐山市电缆总厂工作。

戊戌年中秋节寄老姐

天上有道天河，
地上有条汉江。
天河水流入汉江，
汉江水甘洌清亮，
欢快奔向东方。

天上有道天河，
地上有条黄河，
黄河之水天上来，
奔流到海波连波。

您住黄河之滨，
吾居汉江之岸。
汝饮黄河水长大，
余喝汉江水成人。
兰州汉中相隔千万里，
您我却吃着同一天河之水汁。
不是无巧不成书，

是上天愿我们成为姐弟。
分子原子本为两股道，
“革命”让姐弟相识。
姐之才高过八斗，
令弟仰慕弗止。
姐之风采绰约灼华，
令弟心折不已。
只是衷心的祝福，
只能默默地在背地里。

“革命”风暴席卷大地，
“老九们”各奔东西。
只道是今生命如参商。
往后难再相遇。
不知明日是否安在，
一切思念只能留在心底。

五十年岁月催人老，
一辈子时光快要熄。
日月经天年年相似，
凡夫渡口难有涟漪。
忽见人间沧桑开新篇，
济黄引汉水北去。
汉江黄河分流几千里，
今日又相遇。

天地尚且有情意，
人间当有奇迹。

感谢现代科技，
众群相识有了新神器。
五十年没有老姐的消息，
那一日喜讯忽至。
彩照新衣露靥面，
更有子孙绕膝。
五十年岁月没有磨灭姐的风采，
五十年岁月更增添了姐的英姿。

悲怆哀喜一言难尽，
千种思念终于有了归宿。

2018年9月24日

裴云天

甘肃定西人。1963年至1968年就读于兰州大学中文系。甘肃省作家协会会员。曾任中共甘肃省委组织部青年干部处处长，甘肃省信息中心党委书记，甘肃省体改委副主任，甘肃省发改委巡视员。出版有诗集《春之恋》，散文集《夏之梦》《秋之旅》，小说集《冬之语》等。

春的恋歌

当晓霞托起你妩媚的笑脸，
当晨风拨响你欢快的歌音，
春呦，我的恋人，
我真想在你的额际，
印上一千个热吻，
让每个吻都变成理想的胚胎，
生长起希望的新绿！

你来了，
你把淤积在心底的思念，
化作一朵朵彩霞，
投给小河、小草、小花，
染红一个个青春的身影；
你来了，你把深藏在心底的眷恋，
变成一芽芽新叶，
为古藤、老树、干枝，
缝起一片片绿荫……

于是，
我用山乡小寨袅袅的炊烟，
责任田里粼粼的水波，
农家小院醉人的馨香，
农贸市场鼎沸的人声，
为你缝做一件西装，
缀上
姑娘眼睛里甜甜的向往，
老汉烟斗里跳动的火星。

于是，
我用年轻厂长远大的设想，
谈判桌上雄辩的论争，
炼钢炉旁金红的信念，
运输线上奔驰的信心，
为你编结一条领带，
绣上
汽笛迎风奋进的歌唱，
吊塔高高举起的热情……

春呦，
这便是我们献给你的礼物，
献给你的
正在解冻的思考和追寻。

陇原的呼唤

给我一缕温馨的春风，
我要在春风中得到新生，
抛却无数干渴的黄昏，
迎接一个湿漉漉的早晨。

给我一颗希望的种子，
我要让希望在心里扎根，
冲破干旱、荒芜和贫穷，
生长起对祖国的蓬勃爱情。

给我一泓清冽的甘泉，
我要拨响生命的彩琴，
唱出水草丰美、山花娇艳，
唱来蜂蝶成阵、牛羊如云。

给我一片理想的绿荫，
我要驾着绿荫展翅飞腾，
越关山万重，跨江河千道，
追金霞满天，奔锦绣前程。

1985年4月4日

山那面

无论海角天涯，
无论酷暑严寒，
我都不会忘记山那面。

山那面有一条清清的小河，
小河是姐姐的镜子，
小河是哥哥的琴弦。
小河上飘着我的梦，
梦中有一个赤脚少年。

山那面有一棵大榆树，
树上长满稀奇古怪的传说，
树根连着四方八面。
树下常有朗朗的笑声，
笑声就像飞舞的榆钱。

山那面有我敦厚的父亲，
肩头担着家乡的山梁，
脸上刻满山村的沟坎。
父亲这辈子就端一只老海碗，
老海碗却把我们姐弟送出了山。

山那面有我辛劳的母亲，
心灵手巧会做最美的针线，

月夜里常听她弹拨动人的口弦。
母亲灯下的叮嘱，
永远是我们做人的准则和尊严。

走过斗转星移，
沧海桑田，
我的心里都装着
山——那——面！

2005年12月12日

成倬

甘肃省漳县人。兰州大学中文系77级学生。原甘肃省广电总台副总编，高级编辑。享受国务院政府特殊津贴专家。中华诗词学会会员，甘肃作协会员。

别言三章

——写在兰州大学中文系77级毕业生欢送会上

（一）致同学

四年同读大学书
今日分手校园时。
情相织，
泪丝丝，
莫道此去相见迟，
天涯知音流水处。
问鸿雁，
报捷否？

（二）致校园

一走三留步，
三步两回头。
拣一粒石子，
揣一把沃土，
折一枝松叶，
紧贴在胸口……

春风送我来，
瑞雪伴我走。
播下了韶华，
收获了成熟。
来日重返母校游，
情如故，
歌满楼。

（三）致老师

假如您再听见叩门声
站在面前的，将是
另一张面容
而我，曾使您费神的学生
已在新的岗位
挑担上任
虽然，我没有什么礼物作为告别的纪念
您授课的神态将在我心中永存
来日方长
相见有期
到那时，我会呈新的答卷请您判分

1981年12月于兰州大学

未曾飘逝的黄丝带

昨夜秋风

就这么匆匆走了，
来不及抬一抬手。

惜别的泪水强咽心底，
任千般思绪封住紧锁的眉头。
颤抖的嘴唇似缄默的红豆，
谁知哪一天
会是相逢的时候。
汽笛扯断了心结的网，
带走一串张望的窗口。
多想再看一眼
那张熟知的脸庞，
深夜的秋风
旋起难挨的孤独。
我问秋风：
是你傻还是我傻？
秋风无言，只有路灯花
微微摇头……

送

轻风晚霞明柳，
山道园田小狗……
指尖还留着握别时淡淡的温韵，
泪花里却泛出心底难忍的孤独。
路畔的花儿，
泉边的草儿，
树上的鸦儿，
向着远去的背影默默泣诉：
走了，走了，
今夜君归何处？

冯诚

甘肃省临洮县人。中共党员。1977年考入兰州大学。1978年至1981年就读于兰州大学中文系。先后任新华社新疆分社、甘肃分社、湖北分社、江苏分社社长、党组书记。新华社高级记者，享受国务院政府特殊津贴专家。现受聘兰州大学新闻与传播学院院长，中国书法家协会会员，新华书画院副院长。著作有《镇版报道的气质养成》和《我决定，慢下来》。

40年，让我对你说

——写在兰大中文系77级高考入学40年返校之际

叫一声，我的老同学、我的老同学
喊一句，我的师弟师妹、师哥师姐
搀一搀，扶一扶，我的老师啊，我的恩师
看一看，走一走，我的母校，我的兰州大学

眼睛已有些湿润
喉咙也有些哽咽
心绪已回到当年呀
脚步也慢了许多，许多

四十年呀，我们第一次齐刷刷返校
也是第一次分享归来之乐
四十年呀，我们又一次向老师报到
又一次请母校检阅

漫步今天的校园
但见绿草如茵高楼林立
旧貌新颜处处欢歌
可我们总是想起旧文科楼的伟岸
想起食堂木桶里玉米面糊糊的香甜滚热
还有那喷泉假山老旧宿舍
校园后门口丁香花开放的季节

虽然我们胸前没有校徽
但我们的气息早已相接
天水路78号，是我们望得见的乡愁
中文2010教室，是埋藏于我们心中的不舍

握住老师的双手
仿佛时光倒流恍然如昨
老师啊，您的目光和神情
把我们又一次带进课堂上的古今中外
书本里的春花秋月

还记得，一门《红楼梦》赏析课
就让我们早早参透了人生“好了歌”
还记得，一门鲁迅著作选读
体悟到世态的炎凉人性的顽劣

还记得，老师要我们
“把薄书读厚，把厚书读薄”
还记得，我们爱上唐诗宋词
是因为听老师讲“阳关三叠”和“定风波”

还记得，课堂上老师唱起了“花儿”：
“上去高山望平川，平川里有一朵牡丹”
让我们感慨“花儿本是心头的肉”
艺术的本源在民间
还记得，“同学们，你们一定要认真啊”
那一声慈母般的叮咛呀
已成为来自天堂的撕扯

四十年间，我常常从梦中惊醒：
有时上课迟到进不了教室
有时贪玩懈怠耽误了作业
有时和同学莫名争吵
有时被老师批得焦头烂额
难道这就是爱愈深情愈怯
难道这就是青春的履痕成长的纠结

四十年追梦
我们常想起
课堂的点名，操场的集合
四十年打拼
我们更珍惜
校园的沐浴，老师的恩泽

我爱您，我的老师
四十年过去，您依然是我至尊的导师
我爱你，兰州大学
四十年过去，你依然是我灵魂依归的精神世界
那是一个激情燃烧的年代

我们真的心热似火
那是一个爱的季节
我们真的爱过，至今爱着
40年过去，人依旧，情更烈
让我现在对你说，我爱你我的老同学

我爱你，教室里挑灯夜读的沉静
我爱你，图书馆里邃密群科的执着
我爱你激扬文字的豪迈
我爱你青春萌动的羞涩

课堂上，我们争相举手不甘示弱
草坪上，我们席地而坐讨论“伤痕文学”
夜幕下，我们仰望星空思接今古
晨光中，我们结伴早读笑迎红日喷薄

记得，有位男同学饭票不够了
几位女同学争相解囊无私捐助
记得，有位女同学阑尾炎发作
好几位大哥哥背的背抱的抱
每个人都像一辆救护车
假如，再上一堂体育课
我们还会蹦得很高很高
假如，再有一次大教室的讲座
我们的笔记本还会记下很多很多
“积石”的基因，“萃英”的品格
我们无愧中文系77级的本色
“勤奋、求实、进取”

我们是兰大精神的诠释者

从2010教室起步
我们走成三山五岳
从天水路78号出发
我们走成长江黄河

我们自信，中华民族伟大复兴的航程中
有中文77拉纤的背影
我们骄傲，共和国弃旧图新的画卷中
有中文77垦荒的脚窝

怀揣梦想，我们奔赴东西南北各行各业
不忘初心，我们何惧长路漫漫上下求索
我们是老师手中接过的蜡烛
我们也登上三尺讲台
教书育人授业解惑
我们是致力文学写作的莘莘学子
从《三国殇》《羲皇》
写到西路军喋血
我们是资深编辑媒体记者
我们传承使命，成风化人
我们铁肩道义，扬善惩恶
我们是人民公仆著名学者
我们主政一方，造福百姓重整山河
我们专攻一业，为天地立心为往圣继绝学

四十年，我们的队形没有走散

四十年，我们的脚步就是传说
——我们是幸运的兰大中文77级
——祖国，让我对你说

叫一声，我的老同学、我的老同学
喊一句，我的师弟师妹、师哥师姐
搀一搀，扶一扶，我的老师啊，我的恩师
看一看，走一走，我的母校，我的兰州大学

四十年啊，我的老师
今天我们仍然以学生的名义
陪着你一天天变老
——从丁香花开，到梧桐叶落
从白塔染绿，到皋兰飞雪

四十年啊，我的老同学
今天我们仍然以同窗的情分
守望相助抱团取火
跋山涉水一路高歌
梦犹在，血还热
胸中滔滔是黄河
摁下“回车键”
开启新生活
再写人生四十年
万里关山从头越

2017年8月8日

看见兰州

那些斑驳的山体
或已无法修复
沟壑拉伤的裸露
救赎我的记忆

蜿蜒山脊像额上的青筋
一直颤抖到手指
剥开皮肉看见骨髓
看见细胞看见基因
先驱者的沧桑
似上古粉尘还在飘
每一步都能踩到黄土

划破揉碎皴裂
褶皱扭曲焦虑
经历过多少地质年代造山运动

盛唐时代
先贤便天才发现黄河从天而降
李白看见它的奔跑它的冰期
由此向前
元代白塔自己长高敲响晨钟暮鼓
金城关腰牌捆绑章草汉简
霍去病长鞭戳出五泉饮马西征

丝绸长安来
驼队出阳关

更早些时候
天倾西北水注东南
光着身子走出洪荒
和大禹一起导河积山
因此兰州成为九州中心
成为全世界最深厚的黄土堆积

看见兰州
看见兰州
我一百遍地看见兰州
仿佛是初见
抑或是初恋
二十年刻骨铭心的别离
二十年分分秒秒的看见
从大脑沟回到记忆中枢
从心脏瓣膜到胃觉体感

兰州牛肉面千抻百拉
断然甩进沸腾的黄河波涛
这神来之笔让兰州盆地莫名灼烫
而那浑如面汤的黄河
终归奔流到海不复回
让万山圈子一山拦住一山放

还有一些叫作

灰豆子甜醅子酿皮子的尤物
在街头小摊大行其道
把童蒙乡愁夯进年轮
至于日食月晕
人间磨难高原反应
有南北两山扛着
当然不会让天塌下来
而俗世的一切欲念和风情
都在黄河两岸变现

最奢侈的是蓝天白云
让土著居民别无所求
夏日的清凉
也已备份在恋人手中
刷屏朋友圈

其实对于我来说
看见兰州
就是看见博物馆里黄河古象
看见新石器时期马家窑尖底彩陶瓶
看见白塔山碑林张芝塑像草圣墨痕
就是登上九州台
戴着白色手套拿着放大镜
翻看文溯阁四库全书
就是在黄河水车下
淋湿衣襟推动磨盘
在我眼里
兰州是万里黄河的四维逗船

是宇宙的中轴线
现在
我每天的早读
就是抬头仰望兰山三台阁
享受这尊横空出世的活佛
摩顶苍生
而我胴体的快感
就是置身于黄河风情线
就是激流飞渡舍筏登岸
实现灵与肉的抵达与招安

看见兰州
看见兰州
这是他乡游子的宿命
这是皇天后土的百年守候

2018年8月

高永中

1977年考入兰州大学。1978年至1981年就读于兰州大学中文系。研究员。曾任中央组织部干部一局副局长兼中央办公厅调研室六组组长，《党建研究》主编，党建研究所所长，中央党史研究室副主任，全国政协委员。现任全国党建研究会副会长，中共党史学会副会长。主编出版《党的建设科学化研究》、《改革开放口述史》等研究专著30多部。

爱的隐曲

人，总是各有所爱。——题记

我曾经如呆如痴地爱过——
父亲那柄开山的大斧，
母亲剜菜时的小曲，
祖母童话里那位美丽的仙姑，
土屋旁生榆钱儿的那棵老树，
翘着尾巴奔向山溪的黄犊，
邻居大哥肌肉隆起的胸脯，
春雨在窗前沙沙的脚步，
谷叶上一串一串的露珠，
柳笛儿一声一声的单吐，
哥哥课本上那些神秘的未知数，
姐姐上学穿的紫花衣裤……

（灼热的阳光下，我光着屁股。）

我又爱了，爱得很苦——
在生活里没有了音乐的年头，
我爱婴儿坠地时的第一声啼哭。
当我失去了最后一位朋友，
我爱溺水者那声“救命”的疾呼。
在报上一天出一个英雄的时候，
我爱抢险者那滴着血的伤口。
当知识和充实变为罪恶的同义语，
我爱庸庸碌碌的虚无……

（呵，我的爱，像一个要干涸的湖，）

我仍在爱啊，爱泉如注——
地球上的每一缕阳光，
生活里的每一块绿洲，
该争夺时的激烈争夺，
该踯躅时的再三踯躅，
想笑时的开怀大笑，
想哭时的号啕大哭，
娓娓而谈的亲昵，
拍案而起的震怒，
居民区新添的房屋，
合家驱车旅游的农户，
待业者喷香的夜餐小铺，
孩子们手中散着墨香的新书，
夜雨中对老者的搀扶，
人对人发自内心的羡慕，
有音符和无音符的乐谱，

闷热的现在和清爽的千古，
我儿时痴爱过的一切，
一切为爱而生的痛苦！
我爱呵——
我爱我。我爱诗。我爱泥土。
当然，还有她那羞涩而深情的
——一顾……

1981年9月

希望之歌

高永中　裴云天　尚春生

这是一首古老的歌谣。可是。她说，“我还年轻……”

——题记

啊，希望！希望！
你这迷人的奇异的精灵，
你这嫩绿的透明的精灵，
你这主宰沉浮的婀娜多姿的
命运女神呢——
当我们的祖国大声召唤我们的时候，
当我们故乡到处生长你的时候，
我们那么想握住你温热的双手，
把你——把我们祖国的明天
紧紧地、紧紧地搂在怀中！可是啊，
看不见你像白衣少女那样翩翩走来，
只听见你从大地上坚定地走过，

留下了一串串敲人心弦的足音……
于是，我们翻山越岭去探找，
于是，我们地北天南去觅寻——
风栉雨淋，浪托平台，
我们在南海盆地钻探打井，
——地下的希望和地面的希望啊，
一起在年轻司钻的刹把下轰鸣！
提上马灯，吹起口哨，
我们察看责任田新播的良种，
——党的希望和人民的希望啊，
一起在复苏了的泥土里生根！
蹬起踏车，戴上阳镜，
我们阅读丝绸古道的今昔，
——昨天的希望和今天的希望啊，
一起在我们的车轮下延伸……
终于，我们发现了！
如同哥白尼发现“日心原理”一样，
我们发现了二十世纪八十年代希望的集群！
希望啊，你不是风云水火，
你不是草木鱼虫！
你就是——你！
你就是——我们！
你是我们八十年代中国的青年一代！
你是我、你、他——我们中国大地上每一个
年轻的工人、农民、士兵和学生！
你是我们前进中的二万万中国青年公民！！
我们是——希望！
希望是——我们！

找到了，我们终于找到了
我们青春乐章的主旋律！
喊出了，我们勇敢地喊出了
无愧于伟大时代的最强音！
是的，有人会说这是“不自量力”；
“这些青年，这些青年……”之类的叹息，
至今还像冰刀刃一样折磨着我们！
可是，我们不想争辩。
我们要用自己每天的工作，
为“青年”正名！
栖日的扶桑树将为我们作证，
巍峨的昆仑山将为我们作证：
今天，时代把绿色的希望赋予了我们，
明天，我们定将捧出一个金黄色的希望，
奉献给祖国！奉献给母亲！
祖国啊，我饱经风霜的母亲！
此刻，您的儿女凝神仰望着您，
望着您欣慰的信赖的笑容！
我们是不同于任何一代的一代，
我们有最大的不幸和最大的幸运：
几乎失去了人生最珍贵的母爱，
终于又被您送上了希望的远程……
啊，当我们认识了自己的价值的时候，
当我们在历史序列里找到了自己的位置的时候，
我们从未有过这样的自信！
也从未感到过这样的沉重！
我们知道，我们将背着中国历史博物馆，
——背着中华民族世世代代的追求，

奋然起步，
我们懂得，我们将扛着人民英雄纪念碑，
——扛着先烈们前赴后继的重托，
赳赳前行！
聚合着——
“五·四”街头血染的围巾，
《可爱的中国》里赤子的沉吟，
渣滓洞寄来的《给孩子的信》……
聚合着——
妹妹的学费，妈妈烧饭的柴薪，
我们和荒山结下的约会，
我们和未来签订的合同……
五千年的风云，一代人的悲欢，
一起压上了我们人生的天平！
沉重啊！怎能不沉重！
明天，历史的盘山道上，
将刻下我们这一代负重跋涉的脚印，
——那将是我们留给子孙后代的铭文！
沉重啊，我们的肩头无比沉重！
轻松啊，我们的心头无比轻松！
尽管我们失去了十个金色的秋天，
尽管母亲的衣襟还打着昨日的补丁，
但是啊，
“坚冰已打破，
航道已经开通”，
三千里海岸线上，
我们的祖国迎来了千帆竞发的早晨！
埋下希望的种子，

每一颗心都是一片初春的原野，
放行希望的列车，
每一棵草都高举起闪亮的绿灯！
中南海，春阳灿灿，
晾晒出老一辈绘制的四化蓝图，
陇右山，细雨蒙蒙。
沐洗着总书记西行的仆仆风尘……
党中央把办公桌搬进了希望的田野，
实事求是，重新写进了我们的每一个行动！
炼钢炉前，我们不再欣赏绚烂的钢花，
责任田里，我们不再收割谎言和贫穷，
人民大会堂，
我们用掌声把知识拥上主席台，
山村小墙院，
我们用毛驴把科学驮进了柴门！
引滦入津工地上，
我们用铁锤钢钎，描绘幸福、想理，
待业青年小店里，
我们用锅碗瓢盆，交谈爱情、人生……
……啊，就这样，我们出发了，
迎着早晨八九点钟的太阳，
在八十年代充满生机的阳春！
祖国，请检阅吧！
您年轻的梯队，青春的阵容——
把死的可能留给自己，
把生的希望送给别人，
——那是我们的张华啊，用生命
为我们托起了雨后初晴的第一道彩虹！

当他没有片刻犹豫地俯身一跳——
我们的希望又升华到一个新的高峰！
“人生的真正意义在于贡献，
而不是索取”，
——这是我们的张海迪啊，用心灵
为我们写下了千古不朽的座右铭！
当她的轮椅缓缓地驰过天安门广场，
我们的希望又前进到一个新的里程！
法卡山的战友，把希望装进警惕的枪膛，
守护着每一颗露珠圆，每一朵花儿红！
女排的姐妹，把希望带进拼搏的赛场，
打出了祖国的尊严，民族的威风……
祖国，请检阅吧！
我们是您腾飞的金翼，
我们是您“龙的传人”！
我们的力量因您而无穷！
怕什么料峭春寒再偷袭解冻的大地，
怕什么山后残云再遮盖初晴的天空，
我们有滚烫的热血！
我们有明亮的眼睛！
我们有党——希望航程的灯塔！
我们有马列——希望航船的纤绳！
让我们登上黄鹤楼头吧，
看希望的大江汹涌澎湃，浩荡奔腾！
让我们登上日观峰顶吧，
看希望的太阳辉煌灿烂，冉冉上升！
祖国啊，
当二十一世纪的第一缕春风吹遍您的千山万岭，

母亲啊，
当四个现代化的第一道霞光映红您慈祥的面容，
——我们这一代，将在胜利的凯旋门前，
用如椽鼓槌，把庆功的喜鼓隆隆擂动！

1983年11月24日

薛从伦　《陇南徽县写生记行》

李建生

山西平陆县人，现居太原。1977年考入兰州大学。1978年至1981年就读于兰州大学经济系。历任中科院山西煤化所所办业务秘书，山西省政府办公室会务组组长，山西省政府调研室副主任，山西省经贸委主任助理，兼办公室主任，山西能源产业集团副总经理兼董事。曾任山西兰州大学校友会会长。

忘不了

（一）
一九七八年的春天，
有这样一群大青年和小青年，
是知青的扔下了刀镰，
是工人的离开了车间，
是老师的放下了教鞭，
是战士的告别了营连。
我们终于走到了一起，
走进了兰州大学的校园。

我们不幸，
那个风雨苍黄的岁月，
曾经对我们灵魂与肉体，
进行了百般的摧残、百般的洗练。

我们有幸，

终于迎来了这个时代的转折点，
从而站在了这个时代的制高点。

从而命里注定，
我们将为这个时代谱出新篇，
我们将成为这个时代的中坚。
从而命里注定，
我们将会有四年的朝夕相伴，
我们将会像兄弟姐妹那样亲密无间。

忘不了黄河岸边，
我们升起的袅袅炊烟。
忘不了皋兰山上、白塔公园，
我们在那里抒发情怀、品茶聊天。

忘不了八人宿舍，
那里还有着我们的情意绵绵。
忘不了运动场畔，
那里还有着我们的身形矫健。
忘不了阶梯教室，
那里还有着我们的浮想联翩。
忘不了游泳池边，
那里还有着我们的笑语连天。
忘不了兰大图书馆，
那里还有着我们的宏图大愿。
忘不了门前那条路——它的名字叫“盘旋”，
而我们盘旋着展开了灿灿的人生之纪年。
……

忘不了颜哲的聪明睿智，
忘不了自强、新陆、伯安
常新的见解、严密的思辨。
忘不了晓西的长诗一篇，
唤醒了我们内心深处民主与科学
骚动着的漪涟。

忘不了温文尔雅的蔺秦生，
为人纯真有时还带着腼腆。
忘不了活泼的王梅善社交，
1058信箱几乎每天都有她的信件。
忘不了学究气甚浓的周冰，
是那样的感情充沛并且善语能言。
忘不了张云小弟的宏大愿景，
真个是豪气冲天！

忘不了张义、虎存、吴刚、丙申、习华们
孩童般的笑脸，
忘不了老大哥、老大姐们无微不至的
关怀与爱怜。

忘不了建香、陈英、刘颖
百花丛中增芳艳，
忘不了建新、解秋、青成
英姿勃发好手段。
他（她）们经过四年的苦恋，
终于步入了婚姻的堂殿。

朱健民老班长，
性情温和心地善。
闫振芳小不点儿，
美声一曲嗓音甜。
潘锋、兆东爱收藏，
邮品囊括地与天。
维平、建平个性强，
暗中咬牙猛攒拳。
志龙、学成有城府，
遇事冷静善谋算。
柳民、贞俊性格好，
有人夸奖有人赞。
朱宁紧随陈隆基，
双出双入常相伴。
人称建华副统帅，
又喊富华组中央，
还说福祥有特点。
小叶、忠科动作快，
先行一步去读研。

党正的朗诵，
定中的歌，
发贵的憨厚，
余泽俊的烟。
怀珠的爽朗，
白堤的美艳，
育平雍容又大度，

燕萍的笑声总相连。
慈祥的大姐葛凌青，
柔情的宋扬多浪漫。
秀英淳朴且善良，
晴晔端庄亦淑娴。
健壮的洪恩爱锻炼，
沉稳的炳龙不多言。
刘枫风度总翩翩，
晓农堪称美少年。
壮昌之刻苦、
含琳之勤苦、
旭东之好古，
老杜、老黄智谋全。
……

忘不了就是我们这样一支学生队伍，
为参与国家的农业现代化调研，
浩浩荡荡开进了盐池——
宁夏一个偏远的小县。

那时的盐池县，
荒漠一片、
荒凉一片、
荒草一片、
荒沙一片。
我们蛰居在
小县城、高沙窝、大水坑、麻黄山，
与那里的干部、村民一道尝苦尝甜。

强劲的尘沙漫天，
刺骨的寒风刮在脸上像刀片。
淳朴的盐池人，
用羊奶熬稀饭，
用羊肉做美餐，
硬是给我们制造出温暖，
滋润了我们的心田。

那时的我们，
还站在学问之路的初端，
知识也还显得浮浅。
但是，
我们的抱负，
我们的胸怀，
我们的意志，
我们的理念，
却在那一篇篇论文中得到了充分的体现。

今日的盐池县，
蓝天一片、
绿草一片、
富庶一片、
繁荣一片。
她完全是我们二十多年前规划梦的实现。
我们有理由重归这里，
续写我们未尽的宏愿。

（二）
我们分手已经二十三年，
今日重聚这里，
再次实现了梦中的团圆。
为了这一天我们盼了多少年！

如果说世上有成功，
我们的成功就来自于
兰大校园相逢的那一天。

如果说人间有幸福，
我们的幸福就产生于
长长久久地相互眷恋。

如果说真情是湛湛的蓝天，
同学之间的真情，
当属于最美的白云一片。

亲爱的同学，
我的梦与魂经常被你们深深地绕牵，
我无时无刻不在把你们思念。
而我的灵与肉
却经常因为你们的挂牵
而闹得翻天。

二十三年在历史的长河中
就那么一点，
而在我们的一生中

却是那样的沉沉甸甸。

我们的双脚已将世界的各地各方踏遍，
我们的才干已在祖国的各业各行展现。
我们创下了活活泼泼的事业，
我们谱下了生生动动的章篇。

我们还肩负着千斤重担，
我们的道路还很漫漫。
我们绝不因迷途而返，
我们只知道一直向前。

我们的儿女已然长大，
他（她）们自然自在，
天生有着迷人的光焰。
而我们的理念早已植入他（她）们的心田，
民主与科学将是我们留给他（她）们
最重要的遗产。

（三）
待到那一日
我们的身躯化为灰烟，
我们的思想将会继续留在人间，
我们的事业还会走向明天。
因为我们的事业属于明天，
我们的理念笼罩着宇寰。

待到民主政治全面树建，

待到科学的光芒普照天边，
我们还会凝聚在一起，
化作烟花在空中向后人示放出漫天的礼赞！

2005年7月

李映洲

甘肃天水人，1977年考入兰州大学历史系。1982年毕业留校工作。任兰州大学教授、兰州大学旅游管理研究所所长。学生时代曾创办秦风诗社并主编《秦风》诗刊。留校任教多年笔耕不辍，创作诗歌散见报纸杂志。近年尝试古体诗作酬唱赠答于师生友人。

“兰天”组诗四章

（一）火炬树，红红的火炬树

在民勤治沙站，我们看到了旱生乔木新种——火炬树。

是荒漠衬托了空旷
还是空旷装饰了贫瘠
这里只生长漫漫的黄沙
连傲岸的沙梁
也裹上了厚厚的沙衣

一定是谁偷走了赤橙黄绿
所以，这里的调色盘
才那么单调，单调得使人战栗
只有风举着一把灰色的刷子
在胡乱地涂抹着这广袤的大地

然而，就在这沙漠统治的王国
有人点燃了一树熊熊火炬
在她的映照下，治沙大军列队出征
沙枣、梭梭、红柳、驼驼刺
他们将开赴戈壁滩上的沙漠腹地

从此，大自然会将
七色盘无私地赐予
人们将不再感叹荒漠的贫瘠
啊，火炬树，红红的火炬树
怎样才能表达大漠旅人对你的敬意

假如有一天你在沙漠中熄灭
我就去盗火，也许会死
但我的生命之光
在你永恒燃烧中
会留下一树灿烂的印迹

1983年7月20日夜　于民勤

（二）致阿迪吉斯

阿迪吉斯，裕固族姑娘，1983年7月28日在肃南裕固草原。参与接待了兰州大学“兰天”丝绸之路考察联欢活动。

微雨，黄昏
启程，汽车喇叭声
手提一把雨伞
没有打开
也许是好让雨点

把送行的惆怅浸润
一声“散拜啦”
此去，还能否
再听到你铜铃般的声音

从认识到分手
没过三百六十分钟
三百六十分
时针只画了六个圆
而我却游历了
一个民族千年的里程

你从安千赞吉的时代走来
多久了？似乎也就是昨天
那令人亢奋的马蹄声
震落了多少回草原的晚霞
又摇醒了多少个沙漠中的黎明
因为是马背上的民族吧
你们在跨越世纪的前进
马鞍上精美的雕纹银饰
寄托着未来生活的信心
头面上缀饰的珍珠、玛瑙
珊瑚、海贝和金银
装饰着尧乎儿姑娘美好的心灵

阿迪吉斯——美丽的小孔雀石
从你名字的透亮晶莹中
我明白了，为什么

一个迁徙的民族
选择了自古出玉的祁连山
作为护守家乡草原的巍峨屏风
你的祖先是迎着太阳走来的
所以，在你身上看不到
一丝偏狭和保守
有的只是豁达和赤诚

阿迪吉斯，请撑开小伞吧
别让调皮的雨点打湿你的花裙
当格桑花再度开放的时候
我一定再来
因为今天，你温馨的帐篷
留下了一颗炽热的心

1983年7月28日夜　于张掖

（三）左公柳，青青的左公柳

丝绸之路考察途中，在玉门镇，我们看到了参天蔽日的左公柳。传为左宗棠西进收复新疆时带领湘军一路所植道柳。

在当年汗血马驰骋的古道上
如今我骑自行车疾驶
来寻访历史的沉积
也觅求未来的启迪

怎么一下子闯进了浓荫的世界
我怀疑是否进入梦里

啊，柳树，一棵，两棵
戈壁滩上出现了两排威武的勇士

这就是神话般的“左公柳”吗
你原是湖湘子弟兵的血汗浇灌的呀
为保护你宝贵的生命
总督曾颁发了苛严的令律

啊，左公柳，青青的左公柳
后人之所以这样命名
因为在你的一百多圈年轮里
蕴藏着一个庄严的主题

当民族的赤子心碰撞着边疆危机
青青的柳树，你在西北找到了自己的位置
当年左公抬棺进军新疆
领土的存亡也紧系着他的生死

啊，左公柳，青青的左公柳
你弹奏着一曲悲壮的乐曲
你告诉后来者：任何一桩英雄的业绩
历史的年轮都不会失去他的记忆

1983年8月4日夜　于玉门

（四）额木尼克梭梭林，你不会死去

在青海诺木洪，有一片原始的额木尼克梭梭林，当我们骑车途经那里，却荡然无存。

来到诺木洪，逢人就打听
这里曾有一片绿色的梭梭林
如今，不知她在哪里

人们茫然的摆摆手
吐出一声沉重的叹息
有如一块戈壁滩上散落的砾石

那是遥远的过去
这里是有叫额木尼克的梭梭林子
还有一条清清的小溪

可眼前只有古道、荒漠、戈壁
隐隐还有干涸的小溪留下的足迹
绿色的梭梭林呵，却不知在哪里

难道你和小溪一起私奔
难道你像文物一样被人盗去
可我就是不信，你已默默捐躯

案前的书描述着你的容姿
携带的图也标明你的位置
你美丽的身影昨夜还出现在我的梦里

额木尼克梭梭林，你怎么会死
没有你，诺木洪更添几分空寂
没有你，驼铃也失去往日的韵律

没有你，漫漫黄沙又要得寸进尺
没有你，绿洲又缩去一方土地
没有你，就连瀚海之舟也平添几分愁意

额木尼克梭梭林，你不会死去
你看，兰天写下了无数身影
他们用青春的旗帜在呼唤你

为了在干涸古老的河岸上找到你
我们愿用晶莹的汗，殷红的血
化出一条碧青的流溪

额木尼克梭梭林
我们绝不让你死去
你，不会死去

1983年8月17日夜　于诺木洪

苏玉成

1977年考入兰州大学。1978年至1981年就读于兰州大学物理系磁学专业。北京市高等学校教学名师。现为北京物理学会理事，中央民族大学理学院教授，兰州大学北京校友会副会长，兰州大学北京校友会物理分会常务副会长兼秘书长。

兰大光环[1]

兰大光环照耀着物理田园，
物理人却说物理真的很难，
真的很难也不比诗词歌赋，
诗词歌赋要讲究平仄押韵，
平仄押韵好像有规律可循，
规律可循又回到物理里面，
物理里面走出了自强人生，
自强人生点缀了兰大光环！

[1]2015年7月，为祝贺兰州大学北京校友会物理分会成立而作。

罗峻岭

现居呼和浩特。1978年至1982年就读于兰州大学物理系金属物理专业。现任中国航天科工情报信息研究中心高级工程师，兰州大学内蒙古校友会顾问和理事。

告别积石堂

怀揣着学位证，告别了永矗心中的积石堂。
风华少年奔赴疆场，胸中满是希冀和惆怅。
不再能埋首书海，又离开了导师和学长，
四年的积淀，能否支撑今后数十载的担当?
这沉甸甸的问句，寓意清晰却答案迷茫。
“自强不息，独树一帜”，
母校的鞭策和风骨，赋予我胆魄与脊梁。
即使孤身一人，也不惧千里履职路上的寂寥夜长。

发动机的高昂轰鸣，飞行器的天际翱翔。
报国强军团队里，总有兰大学子的奔忙。
地球三极闪亮着校友们的风采，
但无名英雄的岗位上也有我的充实酣畅。
显微镜下的细查，研讨会上的宣讲，
研制和创新始终闪耀着知识宝剑的锋芒。
面对着阅兵式上威武铿锵的大国重器，
联想到发射场上泪喜交织的捷报飞扬，
我们遍布海内外的莘莘学子，

用汗水和睿智高扬着对祖国和母校的深情吟唱。
忙碌的一天，疲惫的身影在夕阳下分外修长。
晚霞里传来“坚守奋斗”的新时代召唤，
让我感到白发的兰大人还不能就此打烊。
经年累月操持的温馨家庭，每天都带来解乏的睡乡。
玄幻美梦的星光下，我仿佛苍鹰振翅般从草原上起航。
飞越朔漠海川，回到了皋兰山下的黄河岸上。
毓秀湖边，隆基像前，
一队队步履匆匆的正值青春的学弟学妹们令我敬仰，
年轻的他们英姿勃发，挺拔茁壮，
又一个硕果累累的毕业季，万千才俊告别积石堂……

2018年12月于呼和浩特

尚春生

现居北京。1978年至1982年就读于兰州大学中文系。曾先后在甘肃省委组织部、甘肃政法学院、甘肃省委《党的建设》工作。历任副编审、副主任、办公室主任等职。

花儿漫出宁夏川

黄河水在这里拐了个弯，
沃土一片，是我的宁夏川。
春风拂绿柳，浪里飘白帆，
稻花香里话丰年。
羊皮筏子，承载梦幻，
盖碗茶，喝出塞上的温暖。

贺兰山在这里擎起了天，
蓝天下面，是我的宁夏川。
串串枸杞红，条条鲤鱼鲜，
沙湖鸥鸟舞翩翩。
一个宁字，喊出眷恋，
掀盖头，露出塞上的笑颜。

啊，花儿漫出宁夏川，
压砂瓜，品尝生活的甘甜。
天下黄河富宁夏，此话是经典，
吟咏塞上江南的诗篇。

啊，花儿漫出宁夏川，
栽绒毯，织出百姓的期盼。
自古宁夏好家园，此话不虚传，
铺开塞上江南的画卷。

你的手，我的手

你修出了路，我盖起了楼，
立潮头，争上游，挥手风雷吼。
你的手，我的手，都是创业的手，
托起太阳升，牵着月亮走。

你种出了粮，我采出了油，
六六顺，九魁首，端起庆功酒。
你的手，我的手，都是奋斗的手，
掌上青山秀，指间绿水流。

啊，你的手，我的手，
伸开是天地，收拢握春秋。
你我同圆中国梦，甘当拓荒牛，
风采总依旧，出彩抖风流。

啊，你的手，我的手，
手心亲骨肉，手背亲娘舅。
你我结成情谊厚，挽手大步走，
传统永不丢，前程铺锦绣。

老家甘肃

嘉裕雄关让人举头仰慕，
月牙泉水让人惊奇叹服。
大地湾追思智慧先祖，
会师楼瞻仰英雄风骨。
莫高窟前，谁弹琵琶悠悠倾诉?
沐浴缤纷花雨，笑看飞天起舞。
啊，甘肃，老家甘肃，
爱你的黄河水车，
爱你的太平锣鼓。
爱你的文化厚重，民风淳朴，
一部史书，一串明珠。

羲皇故里让人乐不思蜀，
甘南草原让人一见如故。
铜奔马引领欢乐旅途，
夜光杯斟满虔诚祝福。
航天城外，谁送卫星太空漫步?
手持开天神斧，数我风流人物。
啊，甘肃，老家甘肃，
爱你的大漠胡杨，
爱你的丝绸之路，
爱你的春和景明，花团锦簇，
一片热土，一卷蓝图。

王立业

现居北京。1979年至1983年就读于兰州大学外语系俄语专业。现为北京外国语大学教授，博士生导师。莫斯科大学博士，北京大学博士后。长期从事高校俄罗斯文学教学、研究与翻译。主攻方向：俄罗斯诗歌与小说，文学比较研究。有专著两部，主编高校精品文学教材一部两本，编著两部，译著四部。主持国家社科项目、省部级项目多项，参与国家重大社科项目多项。

小树林之慨

清晨，大雪刚刚落过。
乘坐在二二六[1]。
一声惊叹未及出口：
哦，可怜的小树林，
一夜间，你竟老死了许多！
昨天，你用透明鲜绿的纤手，
将人生的春天描就，
可你，瞬间垂下如山的白头，
倒毙在闹市口。
未及哀哭，没留遗嘱，
顾不上行人对你怜惜注目！
啊，看到你，我想到
人间恒定不变的悲局：
创造美的智者劳死，

[1]226公交车从普希金俄语学院到莫斯科地铁西南站。

挥霍美的庸人苟活！

2003年11月3日

爱之歌[1]

Меня ты любишь， любишь[2]，
隔着云海，隔着天幕，
我何曾不觉出
你的脉搏为我起伏，
你的心跳为我加速，
你的温唇为我急切切，
你的热泪烫得我好幸福。

Тебя я люблю， люблю
穿透时空，穿透心壁。
你不能不沉迷
我的血液为你沸腾，
我的呻唤为你骤急，
我的心房为你春燕绕梁，
我的生命为你勃发生机。

（副歌）
爱我吧，我爱你，
不要再与我说分离；

[1]此歌词已经翻译成俄语，并由俄罗斯圣彼得堡著名作曲家瓦列李昂·斯特拉图察作曲，基辅罗斯艺术团演唱。该作品中俄文版刊登在杂志《俄语学习》2017年第3期上。

[2]俄语。意为：你爱我，爱我。

我爱你，留住我啊，你！
我会让你人生出现奇迹。
山终究会崩，海总是要枯，
不死不烂唯有这爱的情意。

2007年8月12日

寄语南去的你

——写给我的妻子

你的足踪，
烙在南去的铁轨上，
你去有多远，
我念有多长！

没怎么思量，
你就陷身在酷阳，
烈昼不能为你缩短，
我不能为你撑起一片荫凉！

病身的你不该在这时踏上未知的远方，
你却执拗于此行，说，活动活动无妨，
可是，我对你的挂念就此上岗，
不敢有一丝的懈怠，
不能给自己片刻的安详！
也许，直到你无恙归来，
我才能重又拾起昨天的繁忙……

2013年

张聪明

1979年至1983年就读于兰州大学经济系。现供职于中国社会科学院俄罗斯东欧中亚研究所。

怀念兰州

兰州，兰州
我离开你远行
已经走了很久
如今，我在深秋里回头
隐约看见你在原地向我招手
我还不能动身回家
我还没有准备好给你的礼物
有很多的亲戚需要走一走
等到春暖花开
我要反复走过飞天缠绕的盘旋路
去东岗，去西固
去赵家庄，去刘家堡
去看望黄河上撑羊皮筏子的唱着花儿的少年
以及雁滩滩尖子上大雁的歌舞
我要去看黄河铁桥百年不朽的钢梁
和一个小似一个的弧度
我要去看小西湖上一只船的陈年铁锈
我要去看中山林里白塔顶上的云影
和拱星墩侧面的苔垢

我要在十里店住上几天
我要在五里铺的地摊上交易
我要买几个白兰地一样醉人的白兰瓜
我要把她们像宝贝一样放在床头，瞅一瞅再嗅一嗅
我要穿过南关什字的人流，在畅家巷的深处
吃一碗马子禄家的牛肉面，我还想单加一份牛肉
最后，我要在兰山的红山根下寻找
寻找青白石上忽隐忽现的星火
让她照亮我不为人知的隐忧
我要在大河岸上举杯
在母亲不动声色的注视下
畅饮五泉煮熟的枸杞、桂圆和大枣、冰糖
就当是喝了一杯故乡的土酒

2018年11月5日

高洪波

1980年至1984年就读兰州大学外语系英国语言文学专业。1999年获南开大学文学硕士学位。编审，国家一级职业指导师。先后担任《辽宁出版导报》(机关报）主编，辽宁新闻出版局主管期刊《书缘》杂志社总编辑，辽宁人民出版社总编室主任，辽宁电子出版社副总编辑。现任北京汉道咨询管理有限公司副董事长，辽宁伏晶科技有限公司董事长。

新黄河恋曲2018

在寻找你的路上
我走了多少年
如今，黄河就在我身边
却看不见你的容颜

你在哪里啊
我对着白塔山呼唤
你在哪里啊
我对着黄河桥呐喊

认识你的时候
大家叫你兰兰
一张笑脸写进心里
问天借一句美轮美奂

那个夜晚装满了童话
装满了金沙装满了梦
也从此装进了一团
不老青春的火焰

一晚上都在阔论高谈
一晚上都没离开我的视线
一晚上都守候着那颗星星
一晚上都想你是哪里的神仙

终于等来了黎明
等来了和日出约会的时间
我踽踽独行
远远的对你和你们呼喊

你听得见我的喊声
但你看不见时空里那叶飘忽的扁舟
是经历了怎样的回眸才注定
在大漠戈壁荡起漪涟

一记熊抱印证不老宣言
一团火焰从此在心中点燃
一腔热血化作奔腾黄河水
一声珍重道不尽迟来的牵念

兰州是你的城
兰州也有我的顾恋
兰州是你圆梦的地方

兰州也是我重生的乐园

重生之旅对于我
是跳进黄河洗去岁月的尘埃
是放慢匆匆的脚步
植入一个新生命的开端

我唱黄河谣
我走黄河边
我亲黄河水
我恋黄河滩

你就在我的心里
你就在我的身边
你是黄河的女儿
你是天使下凡

我徜徉在阳光灿烂的路上
我抚摸着远处的山峦
我期待在前世约好的风景里
和你重逢在灯火阑珊

盛铁明

辽宁沈阳人。1980年至1984年就读于兰州大学无线电系。先后在沈阳、深圳、天津及山东等地从事过新技术研发、技术转移、金融保险、管理咨询、职业规划咨询等工作。

我思念,我的第二故乡

我思念兰州,
思念我的母校——兰大,
那是我生活学习过的地方,
是我的第二故乡。

我思念,
白塔山下的黄河铁桥,
那上面布满了我的足迹。
也思念,
皋兰山上的丛丛绿树,
那里面留下了我的汗水。

我思念,
慈祥的黄河母亲雕像,
它象征着华夏文明的发展。
也思念,
古老的黄河水车,
它代表着先人们的智慧结晶。

我思念，
夜晚图书馆的灯光，
映射出同学们勤奋苦读的身影。
也思念，
清晨小树林的读书声，
初升的太阳照在每个人的脸上。

我思念
早晨校园广播站的呼唤，
跑步做操听他喊。
也思念，
晚上宿舍楼里的叫卖声。
“谁洗的被子谁来取”！

我思念我思念啊，
马子禄的高汤牛肉面，要多加辣子。
盘旋路的清汤牛肉面，要多添汤。
夏天里青白石的白兰瓜，
现在还甜在口中。
冬季里农民巷的热冬果，
至今还暖在心上。

我思念啊我思念，
西关的酿皮子，
南关的灰豆子，
马爷的烩面片儿
还有胖妈的手抓羊肉。

忘不了，
一盘羊杂碎配个小羊头，
再喝碗原汁儿原味儿的羊汤，
那才一个香。

忘不了，
一片陇西腊肉夹在白面馍馍里
再配碗浆水面汤，
那叫一个好。

忘不了，
拎几瓶黄河啤酒，
再烤几串铁签肉，
这是一个爽。

忘不了，
最后打包牛奶鸡蛋醪糟，
热腾腾带给心爱的那个人
真是偷偷的一个美。

最忘不了，
我暗恋的姑娘和我上铺的兄弟。
直到今天，
还留在我的甜梦里！

张绍红

辽宁盘山县人，现居石家庄，中共党员，研究员。1980年至1984年就读于兰州大学经济系。在河北省委办公厅先后从事文字、后勤、经营、保卫等工作，现任河北金融学院党委常委、纪委书记。河北省作协会员、诗人。出版诗集有《田野牧春风》、《诗痕浸墨香》等。

故乡行

（一）井水

老家的村中
有一口深井
石砌的井栏旁
留下了我儿时的足迹
有玩耍嬉戏时
磕破的额头
也有打水做饭时
跌破的棉衣
但在我记忆深处
还是留恋那甘甜的井水

多少年了
没有喝过家乡的井水
那种甘甜
让我一生都无法忘怀
那种清冽

一直沉睡在我的记忆
家乡已经用上了自来水
人们已不再肩挑手提
水也是甜的
辽河里的水
却没有那种甜蜜的记忆

我打开老家的水缸
舀了一瓢喝进了肚里
清冽　甘甜　亲切
这分明是甜甜的井水呀
没法表说的
是那种感觉和惬意

妈妈知道我爱喝家乡的水
特意把那口老井
淘了又淘，清了又清
挑了这缸清清的井水

三十多年了
每一次回家
您都会挑上一缸井水
等着你的儿子
饮上这浓浓的亲情
和酒一样让人沉醉
妈妈，为了这缸清甜的井水
我会常常回家看你
哪怕是只能停留一会儿

哪怕是只给您一个笑意

（二）炊烟

快到老家了
远远看见我家的老屋
炊烟在屋顶袅袅升起
我知道这是妈妈为我升起的炊烟
这炊烟就像一位慈祥的母亲
在召唤着远行的儿子
似乎在告诉游子
回家吧家里很温暖
家是温馨的港湾

在看到炊烟的一瞬间
我的心感到强烈的震颤
仿佛看到母亲在灶膛前填柴的身影
红彤彤的炉火照亮了母亲的脸
岁月沧桑没有改变她年轻的美丽
一脸的洋溢一脸的期盼

离开家乡已经三十年
三十年里也常常把母亲挂念
特别是在艰难的时光里
总把母亲当作人生的靠山
有苦想向妈妈倾诉
有难题想听听妈妈的人生感言
看见妈妈最多的是在梦里
一年里回家也就那么几天

妈妈想儿是在天天
她的思念却藏在心田
每次听到儿子回家的消息
她都是忙里忙外不得清闲
她会把最好吃的东西放进锅里
而把她的寄托和思念放进炊烟

我湿润的泪眼望着炊烟
我会找出一切的时间把父母陪伴
我不会让这炊烟消逝在风里
让它定格在我记忆的心坎

（三）鸡鸣

漂泊在外
梦里常被鸡鸣声吵醒
醒来四周是一片寂静
我知道　那是想家了

临到年关
我回到了家乡
第一夜又做了同样的梦
梦醒时那鸡鸣声还在
就在屋外　就在窗前
那是妈妈的鸡舍
叫得最响的　是妈妈的金翎儿

星星还在那眨着眼睛
炊烟已从各家升起
这鸡鸣声分明是号角

吹响农人一年的希望
吹来了果满粱谷满仓的丰收景象
它是吉祥的

妈妈喜欢这只金翎儿
在农忙的季节里
它会第一个吹响起床的号声
它就像是一个司令
指挥着乡村的合唱
看着乡亲荷锄而出的时候
它那雄浑而高亢的歌声
仿佛又是多么温情地充满希望

锄禾日当午
那是骄阳下的辛苦
雄鸡催促的
却是早春的寒冷
盛夏的美梦
秋晨的宁静
还有冬天凌晨梦的心情

我爱这只金翎儿
就像我爱妈妈
写完这些的时候
我家的炊烟已经高升
炉膛前的火焰映着妈妈的白发
那是我的太阳和光芒
是我的永恒和力量

庚寅年腊月二十六

（四）清明的雨

又到清明了
天上下起了雨
我祈祷着、祈祷着
能在梦里和妈妈见个面

清明，是阴阳两隔的人
说话的时间
我说的话
妈妈听不见，弟弟听不见
因为隔得遥远
被风儿阻断

游子离家是个痛
江湖离家更远
多少个清明
我的眼泪载着我回家的船
找一个回家的理由不难
回家的脚却步履蹒跚

这一个清明，下起了雨
下雨的天更加对亲人思念
买一张高铁票回家去
到老娘的坟上参上三参

铲一锹新土到坟头
问问老娘，早春的冷暖
你那里的天气还好吧

阳间的细雨
滋没滋润着阴间的田

磕一个长头到心里
说一说儿子对您的挂牵
冬天的棉衣您收到没
那是儿子在千里之外捎到这边

能尽孝的时节，不能尽孝
不能尽孝了，才来到您的坟前
眼泪不知流过多少
您是否知道
儿子的心也如油煎

这边的清明，下起了雨
正好咱娘俩拉话到黎明天
一肚子的话要和您讲
却不知从哪说起，从哪疙瘩谈

离开家乡四十年
儿子常常在梦里把家还
难得膝前尽孝
思念的心情却难变

您走后听说找过很多人
为什么偏偏将儿子晾一边
望您能常常来梦里
让儿与您见见面

家乡　我的妹妹在张望

九为大　九月是大月
九月的时候　她出生了
她出生的时候　已经是秋天了
秋天　漫山遍野是黄的
是那种金子般的黄色

就连小河里淌的水
都染成了黄色
秋天的菊花开了
开得很展　很绚烂
漫山遍野　一片金黄
于是　她有了乳名　就叫小菊

小菊是我的妹妹　亲胞妹
她只比我小一岁半
小时她木讷
可能是饿的
那年月　妈妈吃不饱
哪有奶水喂她
所以　她的脸也是黄的
不是菊花的那种黄
是蜡染的那种黄

三年自然灾害过去了

我们也长大了一点
我们也能够去挖点野菜
补充粮食的不足
特别是秋天的时候
还能找几个老鼠洞
那里的粮食
可真金灿灿的黄啊

如果发现一棵野菊花
妹妹就会憨憨地笑
她喜欢那金色的花朵
有时我也会采一把
给她戴在头上
然后欣赏她笑得灿烂

后来　我们长大了
我离开了村庄
求学去了远方
她望着我远去的背影
落寂　惆怅

再后来　我在城里扎根
为我的所谓事业
拼搏奔走
在宦海沉浮中游荡

而她　我的妹妹
顽强地固守着脚下的黑土

向我远去的方向凝望
期望着有一天
那远去的背影能回来
也许那就是她想依靠的山冈

她依然是那样的喜欢黄色
那金黄的野菊花
常常映衬着她的窗
还有那金黄的稻谷
在她的汗雨里
变成了雪白的米粒
成了父母盘中的食粮

她默默地为我供养着父母
直到有一天母亲去世
她的泪水像河一样流淌
这泪水里
有她的悲痛
有她的心酸
有她的无奈
也有她心的茫然

她仍然是小菊
她还在稻田鸡舍中间奔忙
一生的劳碌
让她的脚步更加坚定
她坚信前方布满霞光

2011年9月2日

高非子

原名高长云，湖北公安人，现居杭州。1981年至1985年就读兰州大学生物学系植物学专业。1987年至1992年在兰州大学管理科学系教书。现就职于广州某互联网教育企业。

耶利亚，和/或修饰语

在黑夜的丛林耶利亚
你是捉迷藏的孩子
裙裾飞舞如落红的石榴
谎言是娇艳的罂粟花
在雨季次第开放
我感觉那种氛围并不陌生
穿过肥沃的菜园地
穿过雪夜的记忆
我是月下推敲山寺的长者
雪夜　在寒江结庐
炭火熊熊很温暖
而千山万壑飞鸟已绝
喝一杯祝福再去钓雪
忆想鸟声清越鸟声亲切
在禅悟的季节
耶利亚有谁和你
共享温情的月光
你细小的雀斑如雨点

如金色的沙砾和王冠
你是忧郁的公主美丽的伤痕
如月色如水
在哪里愈合　万般风情
谎言随秋叶任意挥洒
落叶如飞鸟的意群
鸟如驰骋荒原的
野马
我渴望独自骑上一匹野马
远征撒哈拉
但我的苍老如荒原落日
辉映你的光洁和神秘

耶利亚在无雨的雨季
怎样开启这扇古老的预言
在往事的山坡后面
你挥锄种下几棵树
苦楝楠木月月竹
或者无花的果树和草
这把锄头是黛玉葬花的锄头
你不葬花一心葬自己
我不会画画或雕刻
不会轻吟不善辞令
只会让笑容捉摸不定
炊烟袅袅那是乡愁写意
在天空随意行走
宛如农妇傍晚的心事
天鹅湖岸没有围墙

有遗留的轻羽
水晶鞋悄然坠落湖心
晚风如潮你在雪月夜
遗一把油纸伞装饰梦境
而山寺桃花依旧
而深夜无雨无雪无月
谎言如早熟的青果
如早熟的你

耶利亚你将如何逃避此生
猎枪弩箭铳飞刀
东南中西北
语言是未谙世事的鸟群
在黎明前继续操练
趁浓雾出港吧
趁着晨雾
跳出想象的陷阱

本草求真之一:辛夷和厚朴

我想象辛夷仿佛无助的湘云
她娇憨可爱的模样仍历历在目
历史和原野一样沉默厚重
鸡血藤的手臂连接着我们
我偶尔闯进情人花园
想象厚朴就是从前的自己
某些诡秘必定蓬勃生育

纸床上的游戏早已蒙尘
幸福的战栗就像一江春水
回想西子湖畔的酒旗婆娑
我和她恍若隔世的友邻

她在彼岸　我身系此岸尘缘
虚构的桥梁是等待千年
辛夷和厚朴仿佛一片雷场
占据未经琢磨的生存方式
我们共同穿越 谨慎而好奇
许多痴迷的情节散失于幻境
谁又能预告预谋者的结局
她才貌双全的日子注定早谢
我想象我们都是想象的云彩
在大雨背后苍白地坠落
而我们的微笑成长为文物
演绎生生世世的不朽柔情

辛夷和厚朴从本草纲目的
小径
荒凉地苏醒
几只麻雀飞过墙飞过窗前
轻捷的姿态如同想象中的我们

2014年4月

川端康成

人世间怎么如此凄美透明
那个姑娘是株清癯的蜡梅
住在古色古香的都城
她和你相逢在雪国
雪国的小站空旷无人

从垂暮清静到少年
千羽鹤飞起飞落
那种印象　如在北国
冬夜的月下　我给远方写信

我的长兄 在原始森林
的胸腔和裙角
你拾掇几丛菊花的高贵
以及渗透梅香的茶韵

谁是伊豆清纯的踊子
我们都曾经无限年青
你徐徐转身　我徐徐坐下
大幕徐徐拉开
舞台上
飞旋起幸福的冰冷

2014年4月

墓碑

我死后，如果为我树块墓碑
我希望墓碑是块很大的石头　来自
大山深处或者遥远的地心
来自我今生从未踏足的领域
我希望石头隐没于杂草丛林
昼夜陪伴清风和鸟声
石头有很青的颜色，棱角分明
石头很重，如同我和先辈们从未摆脱的负累
我希望刻上我的籍贯、性别、姓名（乳名、学名、曾用名）
刻上我来到这个世界和离开她的日子
最好还刻上一首春光明媚的短诗
祈福我爱着和爱过的人们
最后，我希望在空白处
密密麻麻刻满
那些我从未实现的梦想
千百年后，成为一方文物
供后人探究，或者评头品足

2014年4月

穆诗今

辽宁辽阳人。1981至1985年就读于兰州大学物理科学与技术学院，1985年到1987年在沈阳化工学院（现沈阳化工大学）基础部，从事普通物理教学工作。1987年到1990年在中国科学院长春物理研究所读硕士研究生。1991年到2001年在长春从事广告行业。2001年移民加拿大，继续从事广告行业。2016年在美国从事大健康产业。2018年回到多伦多，现从事地产行业。

你在他乡，还好吗

当惦念成为一种习惯
当距离是你我的不堪
当日常成了永远的重复
当时间没有了子午卯酉

当你举头望月
当你目对空杯
当你辗转反侧
当你茶饭不思

你在他乡，还好吗？
是不是过着
你想要的生活
简单的拥有，还是
沉重的代价，不堪

我不能为你做的
是不是你早已拥有
还是一直在奔波的路上

离别的殇

——另一种青春

那天晚上，弯弯的月亮
夏季的五号楼前
没有了往日的喧哗
一场离别静静唱响

泪水肆意流淌
任心无限忧伤
羞怯中没有拥抱和吻别
眼神里满是惆怅哀伤

石厉

原名武砺旺。1982年至1986年就读于兰州大学哲学系。诗人、文艺理论家。曾任《三月风》杂志主编、《环球企业家》杂志社总编辑，现任《中华辞赋》杂志社总编辑。九三学社社员、中国作家协会会员、中国诗歌学会理事、线装书局学术顾问、中国佛教图书文物馆学术顾问，中国传媒大学等兼职教授。出版诗集有《幻象集》《梦幻集》《走向彼岸》《天倪》；译著有《天空里的紫丁香——狄金森诗选》；著有《中国远古诗歌思想》《先秦人文精神史纲》《中华五千年史演义》《春秋公羊家思想考略》《诗歌的范式》等学术理论专著。

黄河，她从天上流来

年轻的时候，我曾经登上过
黄河最远最高的卡日曲源头——
雅拉达泽山脉的一个主峰，当每天的
阳光，穿过成千上万个多棱的晶体
掠过高空中的鹰翅洒落下来，接受这些
落英缤纷般赞美的，是山峰赤裸的腹股
这里正是孕育这条河流的伟大子宫
在缓缓的两面夹坡上
对称排列着六十八个泉眼
严谨地显示了上天古老的秩序
第六十九个离天最近，那里空气稀薄
人迹罕至，寸草不生，犹如九天之上
接近她，就像接近我的初恋

我用尽了世界上最后的力量
她高贵纤细，流量虽然稀少
但足以洗净我们内心所有的污垢
她胎儿般的脆弱，有着皇后前世的温婉
似乎与天庭有一条维持生命的秘密通道
源源不断的溪流汇聚到山口
在婴儿般的啼叫声中诞生

小河，从此像一条拖着脐带的美人鱼
从梦的沼泽中左突右冲地游出
她天真烂漫的样子，让飞鸟羞涩
雪豹躲在远处，狼群压低了嗥叫
她的纯净，除了大自然本身
没有任何其他的杂质
泥土失掉了泥土
矿石永别了矿脉
草离开了草，根子变成了潜伏的虫子
对面的斋朗刚疆山脉也从自己出走
像一条黑色的大蟒
忘掉自己，凶悍地守护着她的幼年
她摇动自己挂满银饰的手臂
没有指向的表达，在一种空白中显示着
另一种空白，暗示了不再需要暗示的
她在高原上长大
是众多神山护佑的仙女
有时候，她也有自己成长期的烦恼
转过面孔，变化着的漩涡
发出颓废然而尖锐的光芒

潜藏在每个早晨，可能会刺痛远方一位
刚刚睁开惺松睡眼的、少年稚嫩的瞳仁
让他又一次甘愿闭上眼睛，返回畅游黄河的
梦乡，直到河流中突然溅起的一朵水花
将他，再度唤醒

多少北方少年的痛苦和忧思
曾经在这条河水中奔腾和咆哮
我的生命，也在她高过河岸的浪潮上徘徊过
哪怕仅仅是一秒钟的凝视与幻想
都会是划过你一生的风浪
何况这是无数个日日夜夜的每一秒钟
沉淀在我青春迷宫木柱的年轮里
我的泥沙是她的泥沙
我的清澈是她的清澈
我在她每一滴河水给予的激情中奔跑
她的每一滴泪水都是我的泪水
她的波浪，从来都要高过，任何波浪
有一天她在任性中决堤，冲坏了
岸边的庄稼，一位少女，为自己父母
满是老茧的手，伤心地哭泣
我看见她晶莹的泪水中闪耀着河水的影子
我看见她在河水中不能自拔
这时候我的失意，只能在叹息中
像河水一样拐弯

虽然，我早都远离了她
但是在她古老的岸边，我已经徘徊得

太久，每当夕阳的昏暗中
像梳子一样伸向天空的芦苇
柔软地梳理着，那些走向彼岸的
纷乱思想，没有结果
失去意义的反光，可逆地回照我们
此时我分明看见她从天上流来
她水波中最明亮的部分
虚幻地穿越黑暗的尘世时
依然散发出冰铁的冷焰
那似乎是对于煅烧失忆之后的
一种仇恨，是宽容对于所有闯入者的
抹平，这星星一样遥远而熟悉的光芒
让我迷惘的内心，又一次产生了波动
我知道她对我无动于衷，甚至是
永恒的冷漠，但我却是那个爱上她
冷漠的人，何止是我们
我们也是另一轮冷酷传送带的制造者
那些被她滋润的青草，细细的茎管
在风中呜呜地哭泣着自己短暂的命运
它们中间颀长的杰出者
在牛羊铁锉般的咀嚼中死去
它们的未来无法由自己决定
谁都不能护佑它们
还有被干旱折磨的麦芒
它们鼓胀的愤怒
有多少是上天垂直的愤怒
麦粒的忧伤，又有多少
包含了波浪被碾碎时的忧伤

最后所有的这一切，不管高的和低的
都被命定的皮鞭赶进，食物链的风暴
在人类身体掀起的一场场欢宴中
沿着河流漫长的曲线，消失殆尽

从青藏高原上流下
进入黄土地，你少女般的清澈
无法拯救你成为母亲后的混浊
但这是金子最纯的颜色
是太阳在井口徘徊的折射
是土地的本质，最为表面的一次堆积
那也是所有赞美诗，辉煌的内部
天才的画笔，无法描绘
她究竟为谁而流，她的简单
掀起了复杂的浪潮
河岸边的每一粒石子
都熟识那些早已化作尘埃的马蹄铁
它们被利益的战阵驱使
曾经为争夺王位而深陷河滩
无数的锈色中飘满不散的冤魂
几千年来，为拥有这条河流的美色
多少人死去，未来的人再死去
一次又一次的厮杀从来没有停止
每一处因为她而遭受重创的沟渠
流淌的，竟然是人类的血液
世界难道因此，才得以复活与延续
活在历史中的人们，内心又多了一重波浪
但河水不管这些，她依然故我地奔流

她身边发生的一切，与她似乎没有关系
她已经变得雍容大度，成熟而丰满

她将北方的河流连接起来
将所有的土地连接起来
将所有人的血管连接起来
将所有的语言都连接起来
让铺天盖地的文章连接起来
她超过所有互联网的连接
她抹平了胜利与失败
她淹没了王城与平民窟
她是任何差别与界限的取消者
这是一条金黄色的大动脉
她将日月的光芒汇聚成河
她将数万年以前和今日相连
她将去世的祖先和来世的婴儿相连
她将白天与黑夜相连
她来自天上，又开创了地下
她是无限的未知，与深刻奥妙的
信息流，永无休止地投射在
人类大脑高贵的穹幕上
她金镶玉的指尖，无声地拨动宇宙的琴弦
风雷的盘底，事先被横穿河流的闪电
击穿，她是生命底蕴中的暗河
经过地火亿万年的煮沸
正在发出从炼钢炉中跑出的铁水的节奏
奔腾的时候，无可阻挡
凝固的时候，无坚不摧

她是藕断丝连对于洪流的保存
她是沉默对于火焰的保存
她是伤口对于渴望的保存
她是满手的细纹，向掌心的汇聚
是全部力量的一次攥紧
是鹿角的闪电对于静止的最终挑战
是大地和天空一直以来的悄悄私通
所有的秘密，所有的难以理解
就这样奔流，就这样在奔流中贯通

2016年8月

伏羲，伏羲

你曾将漫长的黑夜点燃，每当黎明
天空中的第一群飞鸟
掠过最后闪烁的灰烬
它们朝远方缓缓地飞翔
一定能揭开那些秘密的铁幕
父亲是雷，母亲是风
你是在风雷激荡中，被孕育了
十二年的一个奇迹，诞生在
叫做成纪[1]的山地上
被百兽荡起，像病毒一样

[1]成纪：相传一位风姓女子，曾去雷泽郊游，发现一个大脚印，出于好奇，将自己的脚踏在脚印里，受感应而怀孕。怀孕十二年后，生下人首蛇身的伏羲。古人将十二年称为一纪，当地人为纪念伏羲诞生，将伏羲的降生之地叫成纪。《汉书》曰：“成纪属汉阳郡，汉阳郡即天水郡也。古帝伏羲氏所生之地。”甘肃天水无疑为羲皇故里。

扩散的浮尘，无法触碰你高昂的眉梢
你远远高出我们，是所有王的底版
浑浊的形象，隐形于古老的江山
你的目光自成闪电
你的脚掌是插入土石中密集的树根
你汇聚了大地上许多生命的长处
你有蟒蛇的身体，鳄鱼的头颅
雄鹿的长角，猛虎的眼睛，红鲤的
鳞甲，巨蜥的腿脚，苍鹰的利爪
白鲨的尾巴，长鲸的胡须
传说中，你是运行地下
从云入空的那条龙
你当然也是大地上，从未
熄灭过的一团烈火，你能将
繁华的表象，顷刻间照穿
你能看到本质的深渊中
使激流迷乱的旋涡，怎样
简化为相互依存的力量
事物的大水里两条互动的鱼
形成了一个阴与阳的圆圈
让我们根本难以摆脱
我们只是在它表象的曲线中运转
有时相恋，有时相恨
所有的妄想似乎只存在于
对方最阴暗的深处，那里是一切
生命山谷中的最高峰，盛开着
最让人惊心动魄的雪莲
让人为之生，也为之死

你与女娲，像蛇那样缠绕
爱情让人与动物之间没有距离
我们根本难以知晓，蛇到底知道什么
它冬眠于洞穴，沉潜于深潭
飞翔于云雾，它隐蔽的多于暴露的
它可以凌厉迅急地注入痛苦的毒液
它将算计和操控藏于冰封的冷血
深知矿脉中最小的一次裂变
也清楚纤云酝酿的最轻的一次风暴
当它划过庞大的事物
有一种我们从未见过的战栗传遍地表
据说它有多条性命，扁平地穿越时空
等同于幻影，突然降临又突然消失
而人有人的道路，既要与神保持
距离，又不可与兽混同，这条
门径，注定要被人类的尊严杜绝
混乱从你开始，也从你结束
你掌握了谁都听不懂的语言
只用简单的图形和数字说话
你是天上的书页，云朵中的文字
河流思索的山脉，在风中
奔跑的大地，你消退于时间的背面
那些后来的传说，只是你的赝品
在你冷峻威严的面孔之后
你比你的身体和心智更善良，你教
人们如何将生冷的食物变成美味的
熟食，每一位俊男健康的体魄中
都蕴藏了你的精神，每一位女神

细嫩的皮肤中，都闪耀着你的光彩
你能让岩石流出铁水
将支撑群山矗立的钢筋攥在手中
整个地平线，都在朝一个方向倾斜
你不是给后人留下格言的人
却是黯然中的一个亮点
泥土在你的燃烧中舞蹈
人首和鲵鱼状的彩陶
傲视八方，统治了荒野和群山
最深刻的绝望，莫过于
一个在岸上行走，一个在水底漫游
那是另外一则人和鱼的故事
你只与火焰谈黑暗，不与波浪论深浅
我看见，你真正的形状，就在——
每一次点燃的后面，每一回流水的底部
你给事物赐予名字，创设符号
观测云彩、雨雪、雷电、大风
火焰、山川河流、飞禽走兽
安静地坐在古代成纪的卦台山上
模拟了大千世界复杂的结构和秩序
以八种事物作为代表
画出未来最为简洁的图形
太阳从地下沿着六爻的台阶冉冉升起
跃出地面，在所有空虚和断裂的
地方，在彼岸与此岸之间
架起一座贯通的桥梁
这是0与1，虚无和真实
两个简单的数字筑起的天梯

沿着它，在黑暗与光明的往复中
我们可以进入天穹
甚至在今天，踏着你的足迹
我们几乎接近了天神住所的门洞
每个人内部的太阳和月亮
也是如此升降
每一次发光、每一次熄灭
都在这样一个蛛网一样的世界中
埋藏着命途苦难的轨迹
就像蜘蛛在编织的天地中
网罗昆虫，迷惑不速之客
操纵生命的大手
以光亮遮掩了光亮
以墙阻挡了墙
以蜘蛛遮挡了蜘蛛
一根无限柔长单薄的丝线
反复折叠，竟然能成就一个
海浪与风暴无法企及的输赢的棋盘
但它并不自恋，该毁弃的，瞬间毁弃
突然会逃亡得无影无踪
你教导人们，如何像闪电一般织网
在天上，如何捉拿飞禽
在湖海，如何捕捞鱼虾
同时对别人，为何又要网开一面
每个人都是这个梦幻世界
最终的开关，一旦恶意关闭
自己眼中的世界，就会永远消失
我们被自己缠绕，也被他人缠绕

很难找到其他的途径
最终要跳出太极的图形
逃出八卦的蜘蛛网
单独的个人无路可走
望着你镶嵌在日光中的背影
有太多的谜团无法解开
黑夜的斗柄只指向辽阔与无穷
不会给我们任何深入浅出的提示
天地之间话语不通
在你的初次翻译中我们摸索了数千年
如今仍然在阴与阳、0与1之间徘徊
这是一个伟大的数字迷宫
它的路线埋藏在能诞生黑铁的
岩石深处、生殖力
最强大、最茂密的部位
那个最后的出口
依稀有井口之上漫溢的月光
但一猜就错
它一直是宇宙的谜底
而你是第一个猜中谜语的人
你仿佛一直是高悬天际的北斗七星
以一个巨大的问号在试探人间的
祸福，在你的摇光中，人赤裸
和透亮得一丝不挂，堆积成山的财富
顿时比单调的麻绳还要多余
那是人类多余的尸骨和污垢
是兽皮和落叶，是一场飓风之后的
灰尘，你因为抖落了它们，乾坤

就向你敞开了它最虚幻的胸怀

过年

春天由南海岸登陆，向抽象的
北方挺进，那些写满了荒山野岭
的桃花，它们被丝绸遮掩的嘴唇上
积蓄了太多羞赧不安的胭脂
生命在天空的篇章，被徐徐打开
抬起头，仔细辨认雪花瞬间
带来的好消息，那副缥缈的
面孔，黑夜中月光的面孔
恋人一转身就看不见的面孔
云在将它想念，风在将它追寻
黎明时，化为大地上闪电一样的
光芒，把我们一年的辛苦
全部洗净，该放下的
都放下，才会有满抱的收获

白花花的日子，仿佛一门哲学
银子的提纲，遮不住丰满的内容
花掉了一天，另外一天飘落
我们匆忙的身后，倒伏的
时间，正被装订成册
战神或狮子把守门洞般的
封面，一件具体的事情
在梦幻中生根与纠缠

会让床榻之下的大地发抖
但群山之外，故乡上空的
每一抹蓝墨水，都是我们崭新的
学生时代，都是春天到来时
树冠上悄悄排列的梢云和波动

沿着风暴天生的斜面
长途跋涉，走进平仄的桃符
就像阅读一部古代世故的
经书，让人内心安详
飓风撤退，寒冷顺着
碗碟的边缘，纷纷倒下
田野与兽皮之上的温暖，围拢
辰星，将寂寞的夜空照亮
喜悦从脚下升起
爆竹在头顶炸响
汗水化为收成，颗粒早都
归仓，久违的声音
就是那首最缠绵的歌曲
记忆被岁月整理一新
天地变小，一切皆在方圆之间

许多人脱下去年的厚重
换上未来的复杂
老人们习以为常，踩踏
神龟的韵脚，行走在一条
漫长的路线上，中年在正午
困倦的阴影中，一声不吭

孩子们最容易满足，仰起脸庞
火红而透亮，他们跨过心做
的门槛，进入欢乐的厅堂

2018年2月

周玉春

1982年至1986年就读兰州大学物理系磁学专业。中共党员，电子工程高级工程师。现任内蒙古电子信息产品质量检验院副总工程师，内蒙古牧之源畜牧检验认证有限公司总经理。

包钢赋

长城西去，
黄河南下，
云卷云舒天苍苍，
霞光灿灿映北疆。

神马展开双翼，
昆河金波荡漾，
似钢花缤纷，铁水奔腾，
横空出世，
扬帆云中。

草原钢城，
稀土之都，
碧野清风，
交响鹿鸣。

2018年7月7日

梦在草原

神一般的黑山，赋予我吉祥
潮格温都尔敖包，保佑我安康
蓝天上白云飘荡，仿佛羊儿驰骋在欢乐牧场
海日罕的传说，就像月光驱散我内心的苍凉
花开草原，是百灵鸟悦耳的歌唱
缤纷的彩虹，是太阳呈现天地的吉祥
牧人的心胸草原般宽广
牧人的梦想雄鹰般翱翔

2018年7月20日

柏常青

1983年至1987年就读于兰州大学中文系。现为中国作家协会会员，中国诗歌万里行组委会副秘书长。1985年起在《诗刊》《星星》《诗歌报》《飞天》《深圳诗歌》《世界论坛报》等海内外报刊发表诗歌近千首；写有《西行之书》《诗歌白皮书》《河西走廊》等诗著；诗作入选《诗屋》《中国诗歌排行榜》《中国新诗日历》等选本；曾获罗马尼亚雅西诗歌骑士奖、津巴布韦国家诗歌文化奖、中国新归来代表诗人奖等。

河西走廊以西

我遇见山谷的野花，簇拥起西部的黄昏
晚霞抱住群山；三千弱水浇灌河西走廊
我看见老鹰缄默着，飞向天边海市蜃楼
一条冰河黯淡如铁，金戈铁马奔向敦煌

如果一生有相同的背影，梦境莺飞草长
我便会心事苍茫，以诗换酒，翩翩欲飞
飘扬着沾满麦香的衣衫，听到远方回响
孤陋的心，也会澎湃；我做了流浪的王

走到唐朝，微熏后就有点把持不住自己
挥毫泼墨，在大地上涂抹出芦苇、村舍
落日长河，以及天空中绚烂的万丈丝绸
酒不醉人，多少风流故事被风吹落河西

我是鹰类中最衰老的那一个，风烛残年
挣扎着，由晚唐飞往宋初。离离原上草
如果我想歌颂风景，就让一群麻雀先说
大河西流，几度夕阳，一壶老酒与谁酌

怀古之痛，如同落败的菊花，剑和战场
在盛世的花园，马头的位置还旷世空落
天上白云朵朵，地下白骨森森；于是乎
骊歌如水，喧哗与躁动中有巨大的陷阱

我捂住流血的伤口；我抱住单纯的天鹅
打开柴门等待英雄归来；共享一曲胡笳
客栈中熟睡的那位剑客，来自雨中渭城
天亮后我等还要西行，寻找牧羊的苏武

不知道突围方向的散兵游勇，世代因袭
沼泽深不可测，前途如云朵般飘忽不定
那又怎样？他们不愿意重蹈死亡的游戏
历史的天罗地网编织在虚伪的笔下枪膛

一只天堂鸟，率领那些摧古拉朽的大风
像十万匈奴，翻越山冈奔袭而来。野草
岁岁荣枯，长满思想家和梦想者的荒坟
而记忆之马，依然在旷野上潇洒地奔驰

我真的不知道上帝会站在哪一边。虽然
他拒绝接纳魔鬼的灵魂；火中的十字架
道路上白色的花，黑色的人，祈祷的话

不要打扰我，不要惊醒刚刚诞生的婴儿

河西走廊以西，我不想拐弯，不想找到
一生的方向。做一个顽冥不化的朝圣者
保持尊严，并永远长跪在道路的边缘上
那只老鹰，会耐心等待，带走我的一切

河西的村庄

黄昏的原野上只剩下遥远的死亡
赤脚舞蹈的亡妇垂下恍惚的浆果
西风中的花影，晚霞酿造的胭脂
用飞翔的羊齿草的金针细细描绘
那些在薄雾之中漫游绿草的姐妹
牧鹅人从古诗中赶出小小的火焰
吐着粗哑的词语；让人感到月光
就是女子们粉质的舌头和碎刀片

隔水相望的男人坐在悲伤的高处
把血红的灯笼挂上了高悬的屋梁
在婚宴上用唢呐吹出带血的长路
纯铜脸庞，闪着比铜更深的紫光
用粗大的拇指，掰开坚硬的风俗
在白银的沉默中承受莫名的跌落
他们缔造了村庄又被这村庄囚禁
所有的家门都是无底的幽黑伤口

在庄外，只剩下一棵树和我自己
让我讲述断崖，讲述平静的水面
谁久久地穿行于月亮的银色山谷
去见桂树下静坐着的九个玛利亚
手中的羽毛，轻扫着熟睡的村冈
率领着孩子，乳房，蓝色的大地
以及温柔的谎言和那生铁的爱情
披花的原野被我梦见，被我拥有

小城之恋

巴丹吉林沙漠派出十亿粒沙子
包围了我的小城；金字塔尖上
众神至；秋风正劲，胡杨灼灼
乡亲们在血色黄昏中闪闪烁烁

我站在合黎山的高处额手远眺
褐色土地和灰色弱水蜿蜒而去
延伸到北方的居延海和蒙古滩
那人声鼎沸的颂唱越来越清晰
一把苦难中的盐，苦涩而富足

军列穿越戈壁；星辰纠结四野
田畴阡陌上，站着一棵消息树
诗人，在金泽湖的月色里等待
到城里去贩卖棉花的父母双亲

种子的身影在土地上一闪而过
就变成庄稼和花朵；在我眼里
都是相依为命的风俗和繁体字
飘摇不定，有世代相传的命脉
联袂演绎出杨树下的古老风景

树梢上的喜鹊、土路上的马车
返乡的心跳与谁呼应？告诉我
离开这儿还是留下来？也告诉
闪闪发亮的小麦、镰刀和谚语

金塔并不遥远，向北即可抵达
深秋是恋爱的季节，我与小城
再度重逢；我们是两个穷亲戚
用小小的心脏迎娶对方的身心
泪水回到心里，鲜血升到脸上

侧耳

侧耳倾听，许多许多的逝水年华
在今夜的月光下沉沉地流湿我们
何年何月何日一张似曾相识的脸
再也不能忆起。月色给人的抚慰
照亮露台上冬天遗留的枯枝败叶

遥远的天际上帝的眼睛闪闪烁烁
誓言掩藏起我们心中阴暗的瓷器

一些人抛首洒血为活着的人死去
一些人忍辱负重为死去的人活着
缅怀着的生死能让我们看到什么
除了一张平淡无奇的脸涂满诺言
左手是人性的鲜血右手染尽罪恶
生存到今天是殉道者的幸之不幸
昨日不曾赴死是陪葬者不幸之幸
我们是谁？在这世界上无所事事

重新唱起逝去年代的颂歌或挽歌
为了走遍大地，麦穗像祖先的头
承受着生命中不能承受之轻之重
更远处的人们在阳光中挥手走动
是我们的儿子和他们漂亮的爱人

现在的天空是秋天收割后的海面
我们如此年轻，不懂贫贱和富贵
命运像鹰的命运，悲哀如火如荼
独自翻阅未经沧桑的诗歌静静地
倾听灵魂为劳动为自由敲响银盘

像所有年月中固守墓志铭的石头
在弯曲而明亮的风声中坐守生活
不再企求谁给我一个深奥的手势
许多许多的年华逝水，侧耳倾听
有谁能够度过我们平凡的一辈子

天鹅歌尽而亡

我的宠物是一只天鹅，正穿过迷漫的雾霾
抵达坚贞的思想城堡，扫出一行灿烂星光
走在最高、最远的北方，从来不结伴飞翔
琴棋书画诗酒花，柴米油盐酱醋茶的日子
贫困潦倒的人们再度重逢，云里醉倒一片

也曾抚剑采菊，驾驭铁马向唐朝冰河驰骋
听见天鹅在诗词中引颈而歌，在冰上独舞
且起落于白云深处，带伤的姿态高于众禽
她在寻我：用原野上的矢车菊和青葱白杨
让我以泪洗面，骑上黑马传递九月的消息

天鹅歌尽而亡。月亮上住着失明的守望者
到了十月，苦艾的路上有深不可及的大美
我继续向北，踽踽地压向弱水更高的绝望
我永远向北，与她两败俱伤；心灵的羽毛
带我飞翔，也不会放弃漫天追逐的雪绒花

我和罗素在深秋散步

这里是酒泉西郊，近而远，远而无边
坐在湿润的草叶上，看秋风吹黄树叶
绚烂的云雾搭起彩虹，谁在踽踽独行

在河西的山峰与云朵间挖掘黄金经书
铁打的悲伤，夕阳留下了苍老的水声

彤云翩然而至，壁画丢失的丝路飞天
披着干燥的头发和朔风一路浮光掠影
让这个秋天转瞬即逝。剩下仅仅一天
吹响黄昏浑圆的长号，嘹亮而又悠长
我热爱的黑骏马，翻过山冈奔驰而来

黛青色的草地，三叶草和诗寂寞生长
甚至幻想着覆盖城市和那些造假作坊
那些人，那点事，那些套路里的游戏
都可以一笑了之。一个真正唱歌的人
总是在人群的旷野中发出红色的颤音

道路，像掺杂着血丝的丝绸飘带展开
我和罗素在这个平淡的黄昏边走边谈
太阳跌落在白色的岩石上，如火如荼
如漫漫人生，我的思想是生锈的刀子
把这古老大地划出鲜血是多么的不易

父亲的金色麦田

公元2009年6月18日凌晨5时50分
骨头上的疼停止了。你才安详地睡去
像一个说完了话的句号，冰冷而安静
你的全部遗产，只是一滴钻石的泪珠

太阳升起，你的魂魄飞在金色麦田里
告别了人世间的喜怒哀乐，留下儿女
麦田里的守望者，比绝收的人更忧伤
六月的大风，把山岗上的青烟又吹燃

割倒麦子寻找你，再挖开大地叫醒你
重生的人，不再疼痛，只说出一句话
唉，活着的人子，快离开迷惘的人群
安静地坐一会儿，在我金色的麦田里

祖母的松木天堂

金塔的山冈上，冻土中下沉的松木房
做了你的天堂。小米和银元是否用完
她默不作声。瘦小而驼背的小脚女人
一个人在石头上走路；又不点亮马灯

油灯下的一双巧手，梦见婴儿和菊花
公元1996年4月8日，老杏树上开满
繁茂的白花。一碗小米汤还没有喝完
她的头突然疲惫地歪倒在织布衣衫上

大路上，菊花灿烂：黄色的、白色的
一簇火苗中，她重新归来，微闭双眼
我就知道，此刻她在另一个地方定居
“单纯的米奈芙，安静如花瓣的积蓄”

弱水

一条河，流了五十年，剩下了一杯
孤独，在青山深处。用颤抖的手指
触摸它；用漫山遍野的茶，浸染它
自斟自饮，泪水悄无声息地流下来

逝者如斯。亦如今夜无欲无求的黑
在世纪大道的拐弯抹角，看见了家
万家灯火中有没有一杯清水等着喝
今夕何夕，远方的山上茶花开了吗
水在河里那么静，像被掏去了内心

屋顶之上

坐在屋顶上，远眺城市的灯火
那些杂沓的蚁舞，隐秘的尖刀
家和女儿永远处在飞盘的边缘
我的父母和兄妹、羊群和田野
熟睡在夏天凉爽的北方的湖边

摘下乌黑的葡萄、长梗的苜蓿
世代绵延的羊毛和祖传的油灯
廉价出售到城里。与马车空归
颠簸在月光朗照的水面或土上

坐在屋顶上，坐在生活的中间

之下是幽深的花园、根和沃土
之上是明澈的月亮、光和桂花

呵，这阳光

阳光刺穿这墙壁，温暖被心阻挡
心，是梦想披着血液流浪的地方
一滴水跑进阳光；与我默默对抗
希腊蓝的空气，爱琴海水的油布
深藏我必须去梦见一个人的窗户
四分之三的爱情和惜存的老唱片
第一次注视阳光在事物上的风度
手掌上的露珠，流向忧伤的秋光
超过眺望的树梢，暗夜提前到达
我傲慢地消沉于周身隐约的涛声
或一声轻微的叫喊：呵，这阳光
沉落于镜面和我四分之一的脸庞

放下

你看见的一团云，是我为你请来的白度母
感受到的一阵心跳，是你遇见了不俗的我
只是你躲在花的背后、字的背后，掉眼泪
那些老掉牙的哲理，那些过目难忘的眼神

都轻轻放下。此生，由心去爱，向死而生
我喜欢和一只小小的转经筒一起打发时光
坐在河边，念念有词，周遭的人都听不懂

乔淑英

河北故城人。1983年至1987年就读于兰州大学中文系。1987年至2013年在石家庄职业技术学院管理系工作。现任海南热带海洋学院旅游学院副院长和教授。

兰州记忆

泛黄的照片
记忆浮起
永远的兰州
二十年

天是当然的蓝
照着窗外的山
有点黄
黄色的
还有白兰瓜
很甜
牛肉面
金城面馆首选
不只因为
它在正门对面
羊肉串哧哧地
在天水农贸冒烟
还有黄河

滔滔急湍
落日姗姗
所有碎片
温柔地盘旋

满片皆是　皆是
那个忧郁的男生
穿着流行的阔腿裤
怀抱他写的爱情诗篇
在夜的校园
任心中的爱琴海
不竭流淌
上铺的她
为了那件
没有纽扣的红衬衫
五次登临那家小店
斟酌　不厌其烦
凉菜盘的土豆丝
被写成了洋芋
语言学老师
开始溯源
后门那条街
粮票换瓜子的摊贩
还有四两粗粮
可以兑换的大面包
它们都肆无忌惮
在空中飘扬
在记忆重现

宿舍楼敲门推进
心急探看
当年的铺位
今夕之承传
那珠状的液体
不涉悲伤
心雨潇洒
呢喃着
当年的惆怅

关于这个城市
风沙
可以忽略不计
暖暖地
吹着南风
文科楼里的《简·爱》
依稀还在宣言
那堂争论
关于加林和于连
渐行渐远
两壶水渡到六楼
歇息一抑或二
舍友眼神
一起商谈
皋兰山亲手植下
稚嫩的茁壮
已然苍苍
循着林荫路

记忆寻觅
不知不觉眼前
俄式建筑
当年拥挤的
图书馆
二十年
还是那样耐看
仰望
那个顶部的钟表
那里是否
定格了
我们涩涩的青葱灿烂

该去夜游黄河大桥了
母亲
一如既往地
安详
枕着滨河路蜿蜒
我们上去，下来
热闹着
进了歌厅
只为
并排齐声
老歌里八十年代的斑斓

丝绸路上
拾取了
敦煌石壁飞天

遗落的花之烂漫
像当年来时
我们
又不约而同地走散
挥一挥衣袖
相约着
下一次
有关兰州记忆的
舞翩跹

2007年11月

王志荣

甘肃临泽人，现居兰州。1983年至1987年就读于兰州大学中文系。2002年至2004年，在兰州大学中文系研究生课程进修班学习。有诗歌、散文数十首（篇）发表于《诗歌报》《飞天》等报刊媒体。诗歌作品被收入《出去变只白鸽子》《人生诗历》，报告文学被收入《当代人风采录》。与友人合编《当代最新青春诗名篇赏析》。

咸亨酒店

如此真实
我们走进方位明确的咸亨酒店
一个被尖锐的墨汁洗亮的岛屿

如此真实
我们的饥饿能够证明
一杯绍兴老酒　一碟茴香豆
曾暖和过胃

不是怯怯的低声喝的一个人
我们是偌大的一群
高声吃喝　叫喊　谈论
仿佛那个人已走出我们的时代

如此真实
某一神秘的时辰

那个唯一的影子来到我们身后
安静地站着
穿着长衫
喝酒
仿佛他从未离去
一直在我们中间

如此真实
他的无声盖过我们偌大的一群

恍惚一个比真实更真实的世界

沈园

是什么使幸福和不幸的人
在欲雨未雨的午后
同时抵达
是什么使一个人为的错误与词
继续与我们发生联系

沈园，阴阴的沈园
沈园，红颜女子被合理之手钝杀的沈园
红润修长的手指无望地梳理长发的沈园
苦涩的笑刺入阳光的沈园

沈园，一个男子被脆弱伤害的沈园
书生的手梦想舞剑挥戈的沈园

悔恨的笔无力垂下的沈园
爱情远逝的沈园
向我们走来的沈园

能说一切都已过去吗
那些刻在短墙上的词
尽管被人一遍又一遍地书写
一遍又一遍诠释带走
而我知道
爱情远逝了
悲剧仍将继续

回味与哀伤是我们虚弱的明证
残缺与伤害是我们抵达的理由
那个断肠的声音仍在对我说
错　错　错
莫　莫　莫

夜船向舟山

暗下去　暗下去
直至海完全消失
直至一个黑暗的词在心中诞生
直至一头盲目的动物更加盲目

这时　你选择沉默与黑暗对抗
让恐惧在沉默中扎根

让孤单更加坚实

黑暗中的海　一个等待发生的世界
你只能在船的飘摇中由词开始寻找
黑暗的边界　海的支点
直到沉默地陷于疲倦或无望

这时　舟山的灯遥遥闪出
黑暗的边界　海的支点
神示般撬开内心的黑暗

这时　黑暗就是
果实的核
灵魂的根

感悟语言散文诗系列

（一）情人

一次注目注定一生的怀念，一次抚摸注定一世的寻找。

这是命定的时刻。我们的相遇绝不是普通的相遇，而是一次烫伤或者烫伤之后相互的摸抚。这样的场景也是命定的。黄昏像一块巨大的红布，凄艳而悲壮地为爱情告别。河水低低地呜咽着，流淌千年的悲伤。你柔美地静卧于夕阳那红色的幕布中，用芬芳的呼吸接纳着生命中最不安的分子。我在你饱满的嘴唇，芬芳的呼吸，高山流水般迷人的肉体中，窥视了躁动、激情，窥视了创造的夜和辉煌。爱情，冰凉的手掌在你的目光中显现金黄的温度。我就这样在你的注视里溶化着，走近着。我止息了呼吸摘取你芳香的嘴唇，吮吸咸涩的泪水，抚摸你纯洁而温热的肉体。我在大地的沉寂中，爱情的沦陷中，汲取你悲愤的血液、河流一样绵绵不断的生命之水，汲取你半世的柔情半世的伤痛。

我的旅途和诗歌因此被照亮。午夜的兰花打湿的你的身影在我不灭的眼神中熠熠闪动。我们的相遇注定是对爱情这个被糟蹋的词语厌倦之后的寻找，是对轻飘的词义和沉重的词根中创造性的反叛。我们的相遇注定是悲伤之中生出的一枝花，黑夜之中露珠的滚动。

我的旅途和诗歌因此被照亮。我想起你时，是想起迎风肃立的一枝花，在高山之巅为我开放。是想起一支古琴，如玉的手指为我弹唱。是听到一阵悦耳的风铃为我送来童年的耳语，是感到伤口时一只轻抚的手，是迷途时一声母爱的呼唤……

心灵被屡屡烫伤的时代，消失激情的时代，你是为我送来幽情的一支蜡烛，是用柔情为我疗伤的一枚金针。多少次，我在你的注目里，坚强地站立起，满含热泪向前方走去。我想你一生的沧桑就是一种奇迹，就是献给我的辉煌。你的灵魂是我一生的激情和生命的灯盏，不倦地照亮着我永恒的追寻脚步。

你是世上唯一的浪漫。不代表爱情，穿透爱情，不代表生活，穿透生活。你是我注目一次，抚摸一次的女人，是我长长一生寻找的女人。我知道你的声音代表一种方向，在我循声而来的路上，在我疲倦的热泪滚洒的路上，你是唯一一个翘首楚望的女人，唯一一个为我洗去风尘，打开行囊让我安睡的女人。让我用嘶哑的喉咙为你歌唱吧，你是我创造的一个词——情人，一个引领我通过苦难听到神示的女人，一个怀抱鲜花为我等候的女人，诗歌之中永远鲜亮的女人。

（二）刀锋

阳光手掌上悖然的烫伤，血液的一次激情喷溅。

我目睹了这样的过程：黑夜的温床上一次次灵魂的出卖，狂欢的肉身上一次次虚妄的消耗，守夜者一步一步的退却和固守者一声一声的悲歌。我目睹了浑浊的年代，如何用柔弱的音乐和空洞的欢歌掩饰着血液的凝固，用末世的狂欢维持微弱的体温。我目睹了虚弱的年代，那些怀揣爱情的人吹着口哨轻飘地远去，失去爱情的人站在窗前等待艳事发生。我目睹了钢铁包围心灵的过程和心灵臣服的过程。已经不需要什么，人类只剩堆积的营养供以寻欢作乐。甚至阳光，仅用于人类辨读年龄，提醒注意抹去一些肉眼侦察的线索。没有激情的年代，村庄、露珠成为疏读的点缀。

这时，我认识了刀锋——寒光淋漓的逼近。黑夜在它幽冷地颤动中，交代了引诱的罪恶和秘不告人的阴谋。我甚至听到它激越的声音穿越时代游走于人类的窗前，击穿虚弱的歌声，温情的旧梦，以及弥漫的无知笑语。守护的等待像一次终极的审判，让每个人在最后的时刻垂下头。黑夜颓然倒下，腐败的血液向人类兆示根深蒂固的丑恶。

而刀锋闪着光芒向太阳斫去。失血的太阳在它激情的冲撞中溅出满地碎片。那虚弱的光环下暗藏的腐蚀和迷醉在刀锋炽热的滚动下，化为水、化为火，化为反戈的手。破旧的太阳，腐蚀和迷醉的太阳，你唯一的功绩是照亮，唯一的错误是温暖。而刀锋是寒冷，是另一种光芒，刀锋的歌唱是骨头的歌唱，是亡魂的歌唱，是醒世的歌唱。刀锋悬在人类头顶时，不只是一种光芒，还是冷冻的热量。它寒光淋漓地向我们逼近，不是寒冷，是灼人的热度，烧灼凝固的血液，冲撞你闭塞的神经，是无数的手让你在昏睡中记忆反抗，记忆村庄和露珠。刀锋的意志是尖锐、破坏、反抗和创造。在刀锋淋漓的逼近中，浑浊的年代走向清纯，虚弱的年代走向强健，退却的心灵开始潮水般汹涌。

此时，刀锋是千万种乐器的击打，召唤生生世世的激情。

（三）麦地

七月的人民，低垂下头颅，与麦地亲近。七月的我，端坐于麦地中心。

翻开麦地的手掌，你可以看到我在爬虫遍布的角落，某个城市中奔走的足迹。太阳高悬，苹果腐烂，了无声息的天空布满失神的眼睛。我奔跑，像一支标枪找不到落点，我的足迹也像爬虫一样沉重无息。你可以看到我在疲惫无望时，怎么转动头颅，像转动天上的一颗星子，你可以看到我怎么在寂然无声的大街上裹紧风衣，犹如保护一个寒冷逼近的婴孩，你可以看到我怎么在浑浊的空气压倒爬虫时，凝神屏气坚持站立的姿势，并且伸出目光，向天空之外探望。这是怎样一种时刻呵！我在全部的记忆中看到依稀微露的麦地和它的人民，一种生气勃勃的情景！

遥远的麦地，古代的麦地，散发芳香的麦地，我在田埂之上休憩。我是麦地的人民，在三月的泥土中耕种，迎来春风磨亮的初生。我是泥土的孩子，赤裸的双脚插入泥土就是扎根的树，就是长出绿叶的树，你听到我生长的声音压倒三月，你听到泥土的三月发出一阵轰响。我是麦地的人民，我迎来麦地的春天，守护于麦地之旁，看着金黄的麦粒在泥土的三月隐忍而潮湿地生长，看着它们怎样在夜露清凉的气息中破土而出，占领春天。呵，麦地，一片清新的嫩绿让天空轻薄透明。麦地的人民，一群精壮的汉子，一群大脚农妇，从三月走出。这就是我的兄弟姐妹，踏实的一群人，他们专注于农事时，仿佛关注自己的孩子，为它们某一节气的生长牵肠挂肚。这是热爱的一群人，他们用磨亮的农具耕作时，汗水和歌唱同时在麦地之上回荡。这是强健的一群人，他们日复一日勤劳于土地之上，节气、水、阳光以及灾难从未击倒过他们复出的希望，磨亮的农具在黯淡之夜，从悬挂的门楣上散发光芒。麦地的人民就这样穿越季节跨入永恒的七月。

七月的麦地，黄铜的歌唱。七月的人民赤裸了上身。我看到我的兄弟姐妹扑到麦地之上，用坚实的胸脯与麦地亲近。爱情遍布的时刻，我看到我的兄弟姐妹在麦地之上交流相亲相爱的语言。寡情的疏漏，未及表达的亲情在麦地嚓嚓作响的节奏中溶于高悬的太阳。坚实的欢乐中我看到强健而真实的灵魂，谅解和热爱。

喂养我灵魂的麦地，喂养我灵魂的人民！我歌唱七月时，所有回忆的手掌变成纷飞的鸟群，一种激越的声音穿透身体和身边的城市。我的麦地之上的人民，我的兄弟姐妹像是远方的亲人，正迈着坚实的脚步向这个城市踏踏而来。

现在，我是手掌的两面，一面是我远离的麦地，一面是我进入其中的城市。犹如一面是召唤，一面是斗争。

（四）月光

今夜，我怀揣零点的温暖，走进月光的世界。

高悬的月亮如一只垂挂的苹果，散发久已遗忘的光芒。九州之城，在它光芒的俯视中，沉湎于怀念和淡远的回想。怀念中行走的我，躬身于内心气候的我，在片刻的谛听中，窥见月亮之门轻轻地开合。

此刻，我是古代的采诗官，手牵白马，行走于故国的中央大道。月光之下，悠远的钟声和梦中的打更顺水漂来，为我带来十月的宁静。我在月光洗亮的一扇扇木门前，俯拾被露水打湿的一篇篇诗歌。这遍地诗歌在月光的姿态中，鼓荡爱情和正义的风暴。古中国的诗歌，月光之下翩飞的灵魂。在我抚摸的手掌下，一股宁和的大气弥漫我全身。

此刻，我是客居他乡的旅人，在小小的木门前，举杯邀月，对影自酌，清亮的瓷器闪动紫色的寒光，怀乡之病在喧嚣白昼的积淀中深深敲击心灵。奔波之后，劳碌之后，我得到什么？在这月光之下，我一遍又一遍地叩问自己。

或者，我此刻是一个恋爱中的男人，在这月光之下，回味零点之前恋人小手的轻抚，芳香四溢的嘴唇和怀抱之中心房的呼应。

但，此刻，我更多地看到城市之外地旷野，大山侧卧于月光之下，彻夜呼吸的植物以及石头和水，用弥漫的雾气和清凉的露水回应月光旷世的宁和，洗亮平静也洗亮风暴。九州之月，中国之月，我看到和平和爱情生长的地方，横卧的灵魂用亮丽的眼睛告诉我劳动和创造的真谛，柔情和豪气的真谛。

我在月光之下奔走。我在月光之门的开合中看到的情景只是开始于路途的某一细节，犹如我的怀念开始于偶然的那个人。长街如洗，我清晰的内心再次感到一种刺痛和酸楚的温情。我的怀念是缘于遗失还是获得？我在这经久的城市中为月光所激动时，是怀旧还是向往？月光，遍地月光，你平息风暴后，我为何感到血液又在体内奔涌？月光，我这样仰起头颅承受你时，你是否感到一颗脆弱的心灵正在接受一次神圣的洗礼，正如我的古老国度，在月光之下接受一次宁和的洗礼？我的灵魂在你的注目里，翩然而飞如古中国的诗歌，在月光之地潮湿而清亮地发出透明的光芒。

月光，从历史中走出的月光，洗净我的月光，今夜我怀揣零点的温暖走进你的世界，犹如在时光的下降中，听到灵魂飞升的声音。

（五）透明

静若止水。绕指的轻风是一刻春日的漫游，黑夜优雅地擦亮一支蜡烛，犹如擦亮黑夜中一只额头。

十指如水，黑夜如水。头颅的漂浮深深触及事物的根部。此刻眼睛的凝视是河水源头的灯火，破碎和复归着长流不息的梦想。

这是薄如蝉翼的时刻。黑夜越来越近，白昼越来越近。古人的歌声顺水漂来，你看到你的初生和带给黎明的颤动。爱情的时刻，少女的腰肢如柳，长发似烟，仿佛春日送暖中漫天的青草带给世界的清新。挚爱一生的女人，隐于草丛，嘘气若兰，遍地芬芳聚于一身。高山之上，长笛悦耳，仿佛古塔的风铃。挚爱的女人，你在侧耳倾听。一本春日之书，一部泛黄的琴谱，挚爱的女人在远处伸开十指用心弹唱。这是我初生的时辰，那个洁白的女人引领我一生。

金黄的芦苇，十月美丽的黄昏。太阳是只折翅的大鸟藏身于苇丛。我是因为追寻而失落的旅人，在太阳隐身的地方，开始漫长的歌唱。呜咽的芦苇在我歌唱的手掌上滚动温热的泪珠。我是以粉红的血肉追逐梦的第一人，我是双眼流血而失明的第一人，我是因为灯光而被驱逐的第一人，我是双膝跪在苇丛中，用嘴唇寻找太阳的最后一人。我挚爱的女人，因为挚爱而流浪的女人，你引领了的欢乐，引领我的痛苦，也引领我通过肉欲之门，窥视太阳的藏身之处。我成为再生之后赤足的夸父，为了追逐，请给我你的肉体，你的血，你的气，你的神。

在这挚爱的一刻，我是风的儿子，是河的女儿，是石头的丈夫。我是生生不息的生命之河。我是春日河水的眼睛，是昼夜为怀念打湿的兰花，我是秋天最后飘落的红叶，是冬天折翅而飞的一只孤鸟。在这个暗夜，我能清晰地看到你——挚爱的女人，手持长笛在高山之巅召唤的声音，和我循着笛声踉跄的一生。哦，我是泥土的孩子，我闻到泥土的芬芳！让我回家吧，回到最初的出生之所，让我在沉睡中梦见我挚爱的女人草丛中的身影。

那是最后一片透明的天空，那是最后一个透明的梦。

（六）骑手

丑陋的山冈，夜夜的马匹在黎明敲响。马匹红的像火，来自天堂自由的国度，来自地狱摧毁的火焰，来自灼热奔腾的血……

马匹嘶厉着一遍又一遍驰过山冈，一遍又一遍敲响黎明。我看到马匹颤动的腹间鼓起一阵一阵的愤怒，朝向前方的眼睛射出炙人的光焰。马匹在黑暗的中心放开四蹄奔驰时，我看到我的内心光亮一闪。

没有人读懂马匹的夜夜奔驰和夜夜嘶厉，它在人类居住的地方光焰一闪，夜夜惊醒一些人的睡眠。马匹是向我们奔来，我清晰地听到马匹踏踏的脚步响至我的窗前，稍稍停顿之后才向更远的地方奔去，夜夜如此，像一个神圣的寓言在我心神凝聚时消失于远方。

这是什么样的寓言？马匹的蹄声又在踏踏地走近。

马匹在我们中间寻找骑手！我忽然听到那个静坐于篝火之旁的诗人回答了我苦苦的思索。

马匹！寻找已久的马匹！愤怒已久的马匹！期望已久的马匹！人类的脆弱和耻辱在你永不停息的奔驰中被打入永远的地狱，恐惧与悲哀在我清醒的眼睛中郁结阴影。人类，告诉我，骑手如云的时代是否已永远消失？

我记得那个年代。在北方高原，一群剽悍的红脸汉子，在踏云蔽月的马群中寻找最暴烈最强健的马匹。长长的套索一遍又一遍向高原划去。优美而动人的一瞬凝聚于惊心动魄的搏斗中。那些黑如炭的马匹，白如雪的马匹，红如火的马匹，那些马中之王在剽悍的红脸汉子手中，温存地摩挲，打着热气腾腾的响鼻。这是骑手如云的时代。高原，剽悍的红脸汉子成就了一代一代的传奇。我看到那些勇敢的骑手打马归去的路上，爱情和鲜花像颂歌一样鼓荡英雄的心房，而那些苍老的骑手，坐在炉火之旁，如现在的我坐于温暖的房中一样，回忆年轻的旧事，感伤和失落随着苍老的泪水缓缓而下，他像我一样听到踏踏的马蹄由远而近时，如同看到爱情离他远去。我看到一个英雄苍老的哀伤布满纯情。这是激情的年代，这是人类最辉煌的一页。

现在，我又如此贴近地听到火红的马匹踏踏而来的脚步。现在，我感到那马匹是为我而来，我就是那沉默已久的骑手，我以我思想的力度，我以我血液奔流的速度向马匹追去，向着黑夜，向着黎明追去。我是失传的骑手，手持短鞭，在火红的马背上踏破沉沉的梦境，踏破沉沉的黑暗，我是火红的骑手，我是火，在黑夜的山冈奔流，召唤激情。

那是我们内心之中奔腾的马。我是我的骑手，在这个无法安宁的夜晚，带着摧毁和创造向黎明奔去。

（七）骨头

剖开肉体最后看到的部分，剖开灵魂最先看到的部分。

青草在地面生长，骨头在地下歌唱。你能在月夜合围的夜晚看到它的寒冷和逼近，以及金属般激越的跳动；你能在寂寞阳光的包围中，看到它像河流一样温暖而平静地走进，亲人一样贴近地抚摸；你能在迷失的旷野，看到它像星光一样幽微的光亮，和默默无言的暗示；你能在无形的手制造的阴谋之网中，看到它像一面不屈的旗帜在风中猎猎作响……

没有人能深读骨头的恐惧，悲哀和刀锋一样深入大地的历史，骨头从肉体分离时，那种纯粹、干净和坚硬的状态，常让人悲哀地想到人类，一些不能从骨头里生长灵魂的人和一些以骨头敲打世界的人。你目睹人类群居的各个角落，臃肿的人深深地藏起骨头用柔软的肢体在世界上滚动。你看到骨头在肉体的包裹下曲折生长，痛苦地扭曲而止于最后的寂然。你看到另一些寒冷的人，温暖的人高耸着骨头在雪花之上奔跑，在阳光之上奔跑，在人群之上奔跑，坚硬的骨头撞疼一些人，撞翻一些人，有时也撞伤自己。

骨头高悬，人类的恐惧一寸寸加深。脆弱的人看不到骨头为谁悲哀。骨头，离开肉体的骨头，歌唱的骨头，此刻在一生的苦役之后静静深入泥土，静静卧于阳光之处。仿佛一个迷途的孩子回到家，孤苦而独立地依靠于木门。骨头的注视，是熟读的陌生，亲近的穿透，是生者和死者的桥梁。一些不死的传说因为骨头的存在而流传至今。恐惧的人们，在骨头刺目的光辉中，看到的是软弱、羞愧，是深秋树叶的飘零，是沉于泥土的默默无声。骨头在身体中只是一种必然的结构，受制的孩子。骨头离开肉体，是世界的不安和撞击，一支阳光下幽咽的短笛。

你因此想到那些伟大的亡魂，那些失落故乡的亡魂。他们的骨头深埋地下千年，却依然让世界惊悸。那些不倦的寻找者，在激情喷涌的时刻，在冥思的时刻，在泪流满面的时刻，听到它长久的歌唱和悠远的温馨。甚至在阳光地带，你能听到骨头碰击阳光，阳光像蝴蝶般惊飞的过程。骨头，绝不是死去的物质，而是生长灵魂的地方，是楔入世界的钉子，是神赐给人类的支撑。当死亡的走势摧毁肉体时，骨头从肉体中脱颖而出，直抵死亡根部，引渡热泪打湿面颊的灵魂，走向绵绵不断的生之归路。

骨头，阳光中耀眼的舞蹈，月光中清寂的音响，长风之中悲鸣的短笛。在你用心的阅读中，陌生的光芒在身后嚓嚓生长。

（八）石头

热的凝固，火的结晶，力的形体……

我不止一次看到，蛮荒的月亮照耀九州。万物止息于俯仰之间生命的悲哀，疲倦后的长叹，温情中的沉睡。河流、村庄和花草汲取冰凉之水后远远消失于视线之外，生命幽微的脆弱在这样的夜晚为我洞悉旁察，巨大的悲哀以月光遍照的方式弥漫承受者的头颅。沉寂、沉寂，歌者的声音像一滴水珠消失于月光。

这时，我看到石头，以冰冷的姿态立于旷野。似乎存在很久，也许刚刚开始，但它幽冷的光辉在这脆弱的夜晚，显得多么与众不同！看着它粗粝的外表，看着它与月光的对视，我感到沧桑中的战栗正在震荡月光和夜晚。这是石头的世界，这是石头支撑的夜晚。在万物低垂的头颅下，石头是高傲的冰中之火，寂然不动之中神性的存在。我一遍又一遍读着石头沧桑的激情，但我无法知道它们起于何时，至于何处。

在这样一个阅读的夜晚，我一遍又一遍想象石头的历史，起于神话的历史和起于河流源头滴落水珠的历史，起于历史学家眼中的历史和起于伟大的艺术中的历史。我相信石头的神性起于一个不为人知的夜晚，一个不为人知的旷野，一次悲愤的隐忍，一次苦难之后的沉寂。石头平静覆盖了那个夜晚开始后的日子，像一个启示等待心灵的破译。我也阅读了石头的细节，那是石头激情的爆发，是一次耀眼的摧毁；那是石头扛起的巨人，立于太阳下的广场，让人满怀精神瞻仰辉煌；那是古老的石磨，为劳作获取粮谷精华。我因而知道，石头是一种风景，平静中无限的火，是一种精神，足以撑起众多的巨人，是一种平凡，为所有土地上耕作的人带来喜悦和欢欣。

石头，就这样在我的阅读中逐渐展开，我不止看到它的激情，它的平静，也看到它永远躁动不安的心。那不仅仅是储藏金属的地方，它也是储藏太阳、储藏纯洁水源的地方。没有人能分离这坚固的物质，没有什么能溶化这坚固的物质，唯有它能自己分离自己，自己溶化自己，用自己凝固的火摧毁自己，重新创造自己。

石头，一种存在于物质之上的精神，包容物质的精神，砸碎物质的精神。石头，一种精神之上的物质，力的物质，火的物质，坚强的物质，无法阅读的物质。无论安静地立于众人群聚的广场，还是静静卧于旷野，它都是平静而又孤傲的存在，与音乐撞击，与色彩撞击，与诗歌撞击，固守了灵魂中最强健的部分。从石头的阅读中，我看到无数伟大的亡魂的脚印，歌唱在敲打寻找的头颅。我终于承认——

石头就是山，是人类伟大灵魂无穷的覆盖。

（九）水

语言的密林，沉重的骨架，我在一支烛光中寻找词根。

漂浮的河流，触及隐痛，触及我一生的迷失。高及眼眶，高及天空，高及我匆匆转动的年轮。漂浮的河流以我一生无法靠近的距离，楔入我彷徨的白昼，空洞的睡眠，虚弱的诗歌。

河流，一种形式的存在，让我在无数个夜晚拾起它，以及相关的情景。譬如在群山的底部，我站在那些纤尘不染的海子前，静听海子的歌唱时，我曾想到那是一群神性的孩子，端坐于尘世之外，固守灵魂和久已失传的歌声，和阳光一样，寂寞而苍凉地走过无数个世纪。这些被人类遗弃的孩子，被诗歌遗弃的词语，是纯洁、是照亮、是坚定、是一面旗帜，敲击黎明和黄昏。我们这些迷失的孩子，羔羊般安卧于海子的身旁。风尘，疲倦和眼泪在最深的依恋中像一声叹息，漫及大山和一缕缕腾飞的阳光。海子，在我灵魂的最深处，我听到呼唤，听到哭泣，听到母性的气息在万物流动的生命中深入诗歌的根部。

另一种时刻，是海潮的汹涌，击打黑夜，击打白昼，击打钢筋水泥构筑的灵魂。日月凝固，海潮是最后伟大的勇士，那铺天盖地的碎片是对这世界最深的仇恨。那种汹涌是摧毁的火焰，风暴的中心。面对我们的脆弱，它是无法拒绝的敌人和无法拒绝的歌唱，用暴力摧毁腐朽，用平静接纳新生。这时，海是疾恶如仇的父亲，是雍容大度的母亲，是注入我们体内强健的血液以及斗争和创造。

我无法避免形式后的深入，我看到那个躲在词语密林深处和物质背后的纯洁词根——水，那个像孩子一样纯洁，像母亲一样宽容，像父亲一样斗争，像爱情一样温柔的物质。它朴素地存在于我们生命背后，而又在我们遗忘最原始的地词意时带给我们神示。我们在它的手掌上流动着，迷失着，寻找着，最终又像柔软的孩子依恋着。它不着痕迹地赐予我们露珠时，诗歌就被擦亮了。

水照亮我们一生时，我们的一生就生动起来。我们依恋水，就是依恋诗歌和物质最朴素的品质——纯洁和力度。

张宏发

甘肃靖远人，现居兰州，助理研究员。1983年至1987年就读于兰州大学历史系。毕业留校工作至今。历任历史系办公室主任、校长办公室秘书科长、化学系副系主任、化工学院副院长等职务。现为兰州大学草地农业科技学院党务秘书。主编2002年中国社会年报《裂变与整合》、2004年中国社会年报《风雨兼程》、2007年中国社会年报《和畅》。著有《欧化远传》《任继周传》等著作。

懂你——致我可爱的老师

（一）

岁月静好
写在你的脸上
熟透了的思想
飘在杏林桃园梨庄
促成无数的含苞怒放
懂你
只为了知识文明的传扬

风采依旧
美在心上
昔日的青春年华
屡屡为生活神殇
在爱与恨的交织中
任灵魂四处游荡

只愿倦于燕窝
偷偷地疗伤
懂你
人生的公平
何时降临你的身上

灯下独语
案几奋笔
奔驰于书籍的原野
浸淫在知识的海洋
哪怕风吹浪打
何惧学海无疆
只将积郁胸中的忧伤
奏成哪怕歇斯底里的独唱
懂你
苦乐交织的岁月里
即使一贫如洗的你
依然有诗和远方

尘世纷忧
众生芸芸
何处芳草绿
何处好窝房
经历了善恶美丑的较量
梳理单纯的思想
看惯了尔虞我诈
听惯了痛哭哀嚎
人与人之间多了虚伪和提防

天地之间少了真挚与善良
可那又能怎样
谁能磨灭你的高尚
谁又能将你的步伐阻挡
懂你
追逐着半生的荣耀
只为了心中的大爱无疆

（二）
风华正茂
青春依旧
无论世事怎样的无常
只迷恋三尺讲堂
秦汉三国
魏晋隋唐
史籍占据心中的分量
诗词歌赋描绘着华章
懂你
不想面对尘世的喧嚣
宁愿在历史的长河两旁
踩着细碎的脚步
独自一人彷徨

对于真善美的追逐
对于至诚至爱的渴望
填堵在心中
时时阻隔着血脉的流畅
懂你

孤独终老非所愿想
将灵魂存放
哪怕半尺窝棚一个平方
只要能自由自在
享受一缕朝阳

敬老护幼
唯盼小康
柴米油盐勤劳作
春夏秋冬著文章
登得厅堂下得厨房
懂你
爱心织就幸福
勤勉绘成小康
任时序怎样飞转
坚执天生的善良

天地翻覆
与时俱进
变幻莫测的风云
日新月异的城乡
还有永不停歇的思想
伴着自己的苦累神伤
懂你
不甘心岁月流逝
敢直面人间沧桑
摸爬滚打
只笑尘世熙熙攘攘

酸了腰背
花了青丝
挺直了的脊梁
依然骄傲的端庄
懂你
人生的舞台
不论怎样的粉墨登场
孤傲的灵魂
只会昂头高歌
唱响坚强

（三）
又是一个春天
观百花齐放
闻疏影暗香
迎春的鸟儿尽情欢唱
教授的智慧在笔端流淌
那是中国的崛起与大国形象
把千百学子的心弦扣响
懂你
恨不能掏出毕生所学
把一棵棵幼苗滋养
陶醉于木秀于林的希望

在这个世上
再柔弱的地方
总有令人惊讶的坚强
懂你

梳理经典辞章
用知识的块垒
填充每一个空空如也的皮囊
正是你追逐的理想

梅兰竹菊
春华秋实
在你的词海里
充满着文化的力量
懂你
不想空守易逝的时光
只愿每一滴酸楚的心血
换回一个小小的愿望
守着清风朗月
数着满天的星斗
祈祷他们晶莹闪亮

著书立说
站穿讲堂
古今中外的文明
凝聚在一个点上
懂你
夏炼三伏
冬抵严霜
蜡烛成灰泪始干
青丝白发笑沧桑
只一个劲儿地
把精神弘扬

懂你——致我的兰大

陇原有明珠
你是璀璨夺目的梦乡
你是传播知识的海洋
你云集八方学子
你荟萃百年芬芳
懂你
在历史的长河上
百年孤独算不上悠长
只将无数经典华章
镌刻在兰大人的心上
有多少人走遍天涯海角
总也忘不了
图书馆塔楼上的钟响
有多少人阅尽人间沧桑却始终难以忘怀
你孤寂而骄傲的芳香
又有多少人的魂牵梦绕伴随毕生的情结
却是岁月淹没不了的
法政学堂

勤奋求实进取
正是窜天的白杨
坚挺着豪迈的精神
依然骄傲地走在大路上
懂你

区域的差异
为了梦中的希望
曾割舍了多少英才
任血液汩汩流淌
滋润着四面八方
只因为黄河母亲
坐落在你的身旁

曾几何时
你体健肌强
驰骋疆场
几人可与相抗
曾几何时
你笑傲江湖
任凭风吹雨打惊涛骇浪
骨头断了头颅依然高昂
懂你
揣在祖国的心脏
多一种责任担当
在贫瘠的土地上耕耘
让原野的鲜花尽情绽放
恰是你的职责你的梦想
懂你
胸怀天下
大爱无疆
让莘莘学子的成就
丰富天下营养
让兰大人的精神

宛若沙漠中的胡杨
为了明天
坚执顽强

薛从伦　《看图忆得住山阿》

王功勇

江西人，现居深圳。1984年至1988年就读兰州大学无线电物理与计算机科学系无线电专业。现任深圳市银河表计股份有限公司董事长，兰州大学深圳校友会会长。

最是日月似流水

少怀凌云志
老诲莫当初
名利似烟云
纵有终是无

能相守
更何求
湖边瓦房菜地
田野麦稻农夫
远听山歌对唱
近见牧童骑牛

夏摇扇
冬围炉
才子配佳人
音乐伴美酒
日里谈古论今
夜闻书香泛读

咖啡杯
紫砂壶
棋盘落子声
妻唤不回头
纷繁是非由它去
淡看日月似水流

2019年春

向梅

辽宁抚顺人。1984年至1988年就读兰州大学历史系世界史专业。现任抚顺市工商业联合会办公室主任。

忘不了流经兰州的那段黄河

时光流逝,
往事依稀,
流经兰州的那段黄河啊,
却在心里铭刻愈深,
无论怎样,
都忘不了你!

第一眼看到你,
是在一个落日流金的夏日傍晚,
你那耀眼的波光,
曾把我击倒。
从那日起,
我便深深地爱上了你!

欢乐时,
我想起你;
痛苦时,
我更想起你。

只要看一眼你那博大的胸怀，
我便不会得意忘形；
掬一捧你的乳汁喝一口，
心中的一切苦水便会变甜！

啊！流经兰州的那段黄河，
我怎能忘记你？
曾几何时，
我比你为热恋中的情人，
把心底的隐秘告诉你。

曾几何时，
我将你身上的宝石要来，
当作我旅途上的伴侣，
直到今天，
我满身周边还尽是你的身影！

啊！流经兰州的那段黄河，
谢你曾给我许多、许多！
永远忘不了你，
今生来世！

何双玄

陕西户县人（今西安市鄠邑区），现居甘肃兰州。1985年至1989年就读兰州大学哲学系哲学专业。从事企业管理工作多年，现从事文化创意设计工作。喜爱书法艺术和诗歌创作。

无关爱情

（一）等你到来

是的
我在等你到来
茶已煮泡千遍
酒已酝酿数年
台词已排练万次
甚至梦里
你也化成庄周的蝴蝶
翩然而至
暧昧的情绪
白骨精一样
三打不死

还是
你等我吧
春刚露头
花刚结蕾
算计好柳暗花明的日子

见你
今天出发
化缘的心情
该用怎样的木钵
鸟啼就是木鱼声吧
你施主一样
施舍淡淡的笑容

要不
都别等了
同时起身
像孔子一样
周游列国
意外的相逢
是遇见明君一样的惊喜

（二）应该

应该
真的应该
下点儿雪了
作为季节的馈赠
“好雨知时节
当春乃发生”
雪咋就不好了呢
拿捏什么呢
吊得我胃口好大

我想

只是想想
该见见你了
印证时间的勒索
“雨中黄叶树
灯下白头人”
不会这么凄凉
有些恓惶吧
一瞬间泪水饱满

我说
只能说说
劝慰是虚伪的
优雅地舔舐伤口
“山回路转不见君
雪上空留马行处”
我想你已来过
错过就错过吧
没有什么应该

（三）且慢

且慢
等雨停下来
等月出来
等秋再深浓一些
黄河沉淀一下
心情不再逼仄
故事古老几分
足以承受窑变的温度

是吗
行程已是一半
高铁很快
那就终点等你
咋就想起牛车马车
自行车呢
还有后座上的我
莫非行走的意义
就是路过风景

（四）叙旧

你看
时光的落叶
铺满一地
我们的叙述
是线装的书行
从右至左
背景泛黄的纸张
是怎么也揉不碎的过往
天气不好
像在等待一场雨到来
一开口
语言已背井离乡
疏远的感觉
是另外一个世纪的油画
这样
记忆不再发酵

一杯清茶
喝出乏味的漫长

（五）别秋

那些从前的从前
以后的以后
是因果吗
记忆
总有拧不干的水分
潮湿和温度
是霉菌的主因吧
若有若无的痛楚
痒痒的
容易过敏
寂寞的湖面
偶然的落果
涟漪无限放大
有种远征的心情
夹带一些私货
比如一件趁手的兵器
再也不去
思量原理公式
再也不举例说明
故事不会雷同
可秋天呢
每年都是照抄的作业

（六）上回

上回说到
……
你说的上回是哪回
我已模糊
质疑是否存在
只有感伤
如影随形
生活的桥段
时间
庖丁解牛
高超的厨艺
杂碎也烹饪出滋味

你说的上回是不是那回啊
无关风花雪月
无关爱恨情愁
和你结盟的愿望
如此强烈
青春的孤独
负隅顽抗
黑夜的屏障
铜墙铁壁
风很大雨很猛
暴露恃强凌弱的本性
我的无助
唾手可得

你说的上回对应哪个下回
共有的上回
难道只是铺垫
陈述你下回的理由
下回与我无关
好吧
我就沏好清茶
倾听你的精彩

岁月如歌

（一）最近

最近
折腾书架
几本书未读
比如《唐璜》
《浮士德》才读一半
翻翻吧
历史嚣张
爱情突兀
掉落一张合影
有你
年轻的不再真实

最近
翻翻报纸
当前形势大好

关税升了赋税降了
肉价涨了物价总体平稳
是真是假
寻人启事寻狗启事
言辞一样真切
必有重谢

最近
天已凉了
太阳懒了
心中微微一怔
想着老妈
该加些衣服
想起故乡的玉米豆子
也该熟了

（二）我和岁月不熟

我装着和你不熟
尽管如影随形
你的刻薄
你的尖锐
你沉默的禀赋
岁月啊
我已退避三舍
你却步步为营
恃强凌弱
高处
是你得意的旌旗

我真的和你不熟
每天尽管面对
还是形同陌路
早安您呐
你从未报以微笑
举杯邀你
你漠然置之
只好独酌宿醉
只有诅咒你
岁月
你以为你是谁啊

我也不想和你很熟
也不想讨好你
也不再在乎你
有什么用呢
你的爪牙密布
你的算计准确
岁月
我们不会成为朋友
只有
越来越多的怨气

（三）五十开外

五十开外
多了检讨的意思
和身体闹些别扭

迷信药理
再也不和往事较劲
轻抚时间的硬伤
情绪的琴弦
旋律简单
哆来咪发嗦啦西

五十开外
年过半百
命运不会对折
留着边界的茬口
五十步笑百步
同情父母的衰老
担忧儿女青春的魔怔
有些不甘呢
有些悔悟
有些事
扳着指头数来
一二三四五六七

乡愁永远
——等待春天

北方的春天很迟
迟得我差点儿失去耐性
柳树看了好几回
像观察结婚许久的新娘
是否受孕
总算来了
长出一口大气

城里的春天浅薄
浅薄到一眼看透
看透它装装样子
白玉兰扭捏
没有欢欣的本质
可是故乡的春天放肆
即使野草出芽
也会奔走相告

现在的春天很短
短到没有情节
没有交代
你看这杯茶
茶味尚酽
还没和你好好说说话

夏紧赶着来了

刚好今天愚人节
就虚伪地歌颂春天的繁华
矫情地以为一切都好
吃完豆浆油条
以饱满的姿态
上班

虎良灿

笔名老虎，云南昭通人。1985年至1989年就读于兰州大学中文系。曾就职云南省人民医院团委；担任过云南经济电视台栏目记者、主持人、制片人；出任过龙润集团中国区副总裁。现任昆明老虎文化顾问机构总裁。

我们灵魂的悲歌

穿过草结成的环　火和城市中弥漫的雾
我听见我们的灵魂在歌唱
在远古陵墓的阴影下　枭和咒语的啼叫
阻止不了我们灵魂的歌声

穿过的是怀疑　痛苦以至悲伤
回到赤色的心脏　打开
这不忍卒读的华贵诗章已然朽坏
其中　只有我们的灵魂低首在歌唱

只有高远的日光　风和誓言
才是每一滴泪水的消逝　哭泣的归宿
只有连根的花以及花的朋友
才懂得分享这灵魂悠扬的歌

那种不实的幻影　瓶颈般脆弱的美丽
无法窥见真正的伤口　血的涛声动人依旧

握笔的手颤抖的手不知所措的手
掩饰不了游移指缝间忧郁的歌声

我们的灵魂　踏入云霄的洁白与孤独
低头看一看这虚假的城吧
这虚的　空的　反动与破坏的船
将在我们的悲歌中沉没　等待重生

等待复活　穿过寂静与深沉
地底涌动的卑微念头　淹没一切的冲动
等待古典的朴素的圣水　欢乐的节拍
浇湿我们超凡脱俗的灵魂

1993年昆明

刘大为

辽宁铁岭人。1985年至1989年就读于兰州大学材料科学系。1999年获北京大学经济学硕士，2001年获加拿大多伦多乔治布朗大学国际商务硕士。历任鞍山爱科集团副总经理，辽宁东方巨业陶瓷有限公司总经理，鞍山祥正房产开发有限公司法人。现为辽阳吉美矿业有限公司股东，执行董事。

一个人，一张桌

一个人，一张桌，
一杯茶，一本书。
在书中，我旅行，五千年时间长河。
王侯更迭，英雄救美，别有一番风情。
在茶中，我静思，一百年人生光阴。
胜败沉浮，爱恨交织，此处风景独好。
让灵魂随茶丝沉淀，让思绪随书香起舞。
一杯茶，品五味人生。
一本书，阅千年沧桑。
一张桌，托起千年一叹，一世风雨。
一个人，一世界！

2014年10月25日

孙政

笔名淡心，1985年至1989年就读于兰州大学哲学系。现为沈阳行政学院法学教授，北京盈科（沈阳）律师事务所律师。出版有诗集《正等你来》。

时光

晨懒起
雾临窗
山水着淡妆

夜闲坐
虫呢喃
和风轻吟唱

晨复夜
夜复晨
轮回乃时光

惜眼前
感过往
怎叹太匆忙

2015年8月

雪

雪
无声
旋律如弦
唤醒昨日沉睡的梦

雪
纷飞
裙裾如花
装饰最美的冬天

雪
任性
如孩子般
将春藏在她的身后

雪
漫天
温暖如你
将世界揽入你的怀抱

2015年12月

老人

公园里的老人
轮椅上不言不语
笑意慈祥温暖
嘴角挂一丝难以察觉的神秘
他是否在心里得意
谁可以像此刻的我
叫每个人一声，孩子

看蹒跚学步的婴童
他心里说
孩子，不急
从你到我的距离
很长也很短
不必在意这一次跌倒
多跌几次步伐更加坚实

看奔跑追赶的少年
他心里说
孩子，不急
你跑过所有同伴
也跑不过匆匆岁月
人生其实没有起跑线
只能与时光一同慢慢长大

看脚步匆匆的青年
他心里说
孩子，不急
你奋斗的所谓天下
不过是眼前的一片浮华
奈何不了四季轮转
身后总有一季又一季春花

看步履渐沉的中年
他心里说
孩子，不急
责任是一副旅途中的扁担
你离我最近而行囊最重
为了与我接力
现在必须学会放下

2015年9月

周末

周末喜欢
躲到自己的角落
一个人发呆

想从前
时光那么慢
小小的我盼着过年
不为花衣裳

只为姥姥家做的糖葫芦
可以举着去炫耀
舍不得吃
就那样伸出舌头
舔了又舔

每一个微小的愿望满足
都可以快乐
整个冬天

附：何双玄和孙政之《周末》：周末的心情是简装的/随便翻书一本/厚重的文字也会轻盈/初冬继承了秋天的遗存/感伤也淡淡如烟/即使兴起/想到过往也是虚妄的郁郁葱葱/想着陪你河边散步/轻漫的语气说起故事/像是诵读经书/宁静持久/再无意义的指向/也会说起天气/东风或者西风/云雾雨雪/也像别人的风景

2016年2月

城市的夜晚

城市的夜晚
是彩妆上台的演员
瞪着霓虹闪亮的眼睛
豪饮咖啡和啤酒
嘶哑着嗓音
不休不眠

城市的人们

永远的匆忙往来
都说不能输在起点
出发得越来越早
奔跑的越来越快
待夜幕降临时
却忘记哪里才是追求的终点

夜晚的城市楼房
看上去格外高耸孤单
窗户的灯光挨得很近
讲述的故事无言的疏远
故乡只是传说中的山水
城市的家园
少了一丝心的归宿感

我想知道
城市的夜晚
还有没有人失眠探讨
什么才是城市的灵魂
我想问询
夜晚的睡梦中
还有没有谁呐喊追问
什么才是城市的底线

2016年4月

雨

春之
缠绵的雨丝
是娇羞女孩的心事
一味地缠缠绕绕
伸出手
抓不住一根
只感觉湿了手心
润了心情

夏之
磅礴的暴雨
是多情男子的脾气
片刻雷电交加
等不及征得同意
直灌你的怀
淋透一颗心
哪管大坝是否会决堤

秋之
冷夜的孤雨
是相思者的呢喃
暗自诉说想念
唤不回夏季的热情
难以忘怀的时光

伴着秋叶飘零
凉了记忆

冬之
寂寞的寒雨
有最执着的期盼
化身洁白雪花
不惧冷酷翩然舞蹈
独吟天地之诗
期盼春季再来
一往情深

2016年5月

王芸兰

甘肃白银人，现居深圳。1985年至1989年就读于兰州大学中文系。先后在甘肃省供销合作联社储运总公司及卫生部科教司和甘肃省卫生厅、中华医学会医学教育分会联合主办的国家级专业杂志《卫生职业教育》杂志社从业。

守望

山和河
遥望
山和河
隔着岸
不语
山和河
以峡为岸
偶然邂逅

曾经的山涧和小溪
相依相偎
一路欢歌
蓝天白云作证
他们真心相爱
如今的峡是他们的亲密接触
山坡蔓延到河边的青草
是他们相爱的信物

河水随岁月流过
他们学会了豁达
山在远处凝眸
河在平原上静静流淌
只在入海的瞬间
远处的山垂下头颅
匍匐向海边
河水撒下最后的爱恋顾盼

2010年5月21日

你是一缕清风

你是一缕清风
睫毛滑过我的额头
眼睛轻吻我的润唇

你是一缕清风
夏日带来清凉
冬季冲出暖房相迎

你是一缕清风
欢快时款款而至
忧伤时轻轻抚慰

你是一缕清风
白天飘浮在眼前
夜晚游荡在梦中

你是一缕清风
伸手摸你不着
可你陪我走过四季

你是一缕清风
穿越我灵魂
伴我一生一世

2010年6月9日

追随

追随着你的足迹
一步步靠近你的驻地

追随你镜头下灼灼牡丹
是我对春天的苦苦期盼

追随你相册里的莹莹兰花
曾是我初夏的惊喜感叹

追随你的目光
那棵老槐树也是我眼里的风景

追随你迎风冒雪的身姿
我的思绪雪魂般飘飘

追随着你的心灵
靠近你精神的港湾
追随着你的理想
放飞我的翅膀

追随着你的思想
让自己的人生放光

追随着你的爱
永远与春风相伴

追随着你的阳光
让自己清晰透亮

追随着你的微笑
让心河荡漾

追随着你生命的弧线
分辨那一缕缕异彩的光芒

追随着你的脚步
让自己永不彷徨

追随你的点点滴滴
如数家珍般清晰铭刻

追随你越过荆棘泥泞
走向海阔天空

追随着你的追逐
让心遥遥相随

2010年9月16日

你是一扇窗

你是一扇窗
一扇向外打开的窗
可以看见外面的浮华欢畅

你是一扇窗
一扇向内开着的窗
让心语哗哗流淌

你是一扇窗
一扇向左开放的窗
窗的方向就是我要去的地方

你是一扇窗
一扇向右开着的窗
那里有我依靠的臂膀

你是一扇窗
向前推开的窗
让我看到了希望之光

你是一扇窗

向后开着的窗
照来我前行的光芒

你是一扇窗
向东开启的窗
让我学会春天般的微笑

你是一扇窗
向南张开的窗
让我拥有夏天的昂扬激荡

你是一扇窗
向西敞开的窗
那里存放着秋的丰硕安详

你是一扇窗
向北开着的窗
经历了多变的雨雪风霜

你是一扇窗
变故让我改变了开启的角度
你依然是我的心窗

2010年12月7日

无题

盛夏将你的心扉锁住
深秋将你的身体疲惫
遥望苍然寂寥的远景
我的心里装满了惶恐
这就是养育了我的母亲
在这隆冬的季节里
我还是仔细搜寻着
从你的目光里
依然抛出了一抹春光
我将这春光
悄悄收藏在书柜的某个格子里
在寂寥涌动的时光里
默默去回味咀嚼
远处连绵起伏的山峦
半山黛色的屋瓦
村庄里田野中枯去的树木
在苍色里沉寂着
没听到你远去的脚步声
却感到你磁场引力的松动
没收到你返程的信息
而感到你心房的跳动
山田里一畦畦泛着绿光的冬麦
告诉我你心中的秘密
生命的律动中深藏着爱

2010年12月24日

将你藏在诗里

轻轻走过你的身边
无意掀起你的衣角
悄悄游过你的心湖
不想荡起你的涟漪
远远扫过你的目光
不愿引起你的追逐
立在某个地方眺望
将你化成一道风景
散文的形式太清浅
不能够使你更丰盈
小说的叙述又凝重
会将你湮没在辞海
诗眼的清澈和明晰
随时可以将你翻阅
诗意里模糊且含蓄
随时将你掩映其中
诗化的灵动和悠扬
着意将你丰富飘逸
诗语的美丽和恬静
刻意将你装扮如处
花红乱飞春光不再
相思青藤缠绕诗里

2011年5月18日

月丫

月丫悬在半空
是她微闭的杏眼
微闭的杏眼
勾起了你的思念

月丫撒下的清辉
是她纯真的微笑
纯真的微笑
荡起了你的心波

月丫挂着微露
是她腮边的泪珠
腮边的泪珠
打湿了你焦渴的眼

月丫裁出美丽的剪影
是她依偎着你的幸福
依偎着你的幸福
捎给她一个安详的梦

2011年10月31日

思念

是你走出了我的视线
还是我沉没在了你的心域
直觉告诉我
又一次将你迷失
天空和大地的距离有多远
信使高峰也到达不了
谁还能保证
有什么能阻止他们的思念
洁白的思念使大地生辉
何等壮举的重逢
何等热烈的相拥
不得相依相守
思念的味道
化成了永恒的微笑
只要微笑在
就有思念在
人说相思苦
我只想要思念是甜蜜的微笑
还记得那一低头的羞涩吗
因相思的煎熬
灼伤了不敢正视的眼
还记得盈盈春水般的目光吗
心跳如元宵节的乐鼓
敲打又敲打

记忆中的年
向来与你相伴
曾几何时
你的身影渐行渐远
是因为爱的索取过于沉重
还是因为你已经疲倦
伤了你的心
还是累了你的躯体
如今你的光临
成为一种意外的惊喜
经历了岁月的雕琢
懵懂中学会了善待你
玉树临风的你
一路潇洒地向我走来
三个昼夜不分的相依相恋
我要拿出三百六十五个昼夜偿还
春雨在耳边悄语
夏花在眼前妩媚
秋实在远处颌首
相信下一个明媚的冬日里我们会重逢
亲 无论何时何地
我的手是一直伸向你的
请你紧紧牵着她
握住我们永不言弃的相思

2012年1月24日

心线

心线抽出又抽出
心线缠绕又缠绕
抽空了谁的心
缠绕了谁的孤独
孤独需要温暖
温情需要释放
谁温暖了你的孤独
谁的温情又将你缠绕
心线空了又缠缠了又抽
你说转身吧
却撒出水样的目光如网
心线缠绕着的是孤独抑或温情
还有什么在看不见触不到的地方缠绕
宁愿是其他
不要孤独和温情
心线来谁牵挂着谁
心线去谁又孤独了谁

2012年11月22日

老白

原名刘白瑜，字俊辰，号不厌居者，甘肃陇东宁县人，现居深圳。1986级兰州大学哲学系学生。兰大书画社老社员，书道修习者。

又见歪脖树

曾经枝叶扶疏
也曾风华葳蕤
纵然是棵歪脖子树
羞于根下的贫瘠
卑于枝头的暗淡失色
借着春风昭苏生命的力量
青春的旗帜上
依然高扬起
万丈豪情和鹰击长空
高傲无畏的光辉
地心引力
红道白道黄道黑道的诱惑
东南西北风的拉扯与吹袭
即使站直身干都不容易
必须吃力地梗起脖子
坚持摆正笨拙的头颅

多年以后

失去了春雨的萌动
饱尝了夏雷的痛击
抚慰着遍体结痂的伤痕
还记得从前的自己
芳华葱翠不再
凌云壮心渐歇
可曾依势攀援而上
抑或趴地匍匐而生
纵然空度岁月云淡风轻
还是那棵歪脖子树
还能梗着脖子
挺立于尘世沧桑风沙凄迷
吃力地摆正苍然的头颅
直到时间凋零枯萎

2017年10月6日

吕海峰

1986年至1990年就读于兰州大学中文系。全球人居环境论坛（GFHS）秘书长、中国城市发展研究会可持续城市专业委员会会长。《全球最佳范例》杂志总编辑。在五大洲成功组织了14届全球人居环境论坛年会，组织制定了《国际绿色范例新城（IGMC）标准》，参与了多届论坛宣言和成果文件的起草，主编有《21世纪的水与人居环境》（中英文）。长期积极致力于促进联合国可持续发展议程，2016年10月联合国71周年华诞之际，在纽约被授予“联合国精神奖”。

一路走来

——为全球人居环境论坛创办十周年而作

2015年10月
我们从远方一路走来，
翻越高山，飘过大海。
纵使千难万险，
我们风雨兼程，初衷不改。

我们从过去一路走来，
从风华正茂到鬓发初白。
纵使十年磨一剑，
我们真金烈火，锤炼不殆。

我们从梦里一路走来，
菩提无树，明镜非台。

纵使红尘万象，
我们安贫乐道，心无挂碍。

我们只想这颗星球天蓝水清，
我们祈盼浮云不要遮住快乐的眼睛，
我们只想人人拥有适足的栖居之所，
我们祈盼城市能包容其中的每一个人。

我们一路走来，心手相连，一走就是十载，
我们还将走下去，续写故事，继往开来。
为了你我憧憬的绿色梦想，
为了你我无辜的世世代代。

欧阳旭

曾用名杨代友，1986年考入兰州大学经济系人口研究专业。现任金碧地智能科技（珠海）有限公司法定代表人、董事长。中科金碧地智能科技（珠海）有限公司专门从事“智能家居+养老陪护机器人”产品研发、生产及销售，为独居老人与家人搭建一座沟通和互动的桥梁，为“居家养老+社区养老”提供一揽子解决方案。

师恩难忘

——献给我的母校:兰州大学的老师们

当把又一批孩子
送进社会的考场
此刻的您啊
一定充满了感想
四年来
一千多个日日夜夜
您已经把每一个孩子
都刻录到了您的心上

当把又一批孩子
送进人生的考场
此刻的您啊
一定充满了感想
正是这
一批批的迎来送往

燃烧着您如火的年华
书写桃李芬芳的梦想

当把又一批孩子
送进事业的考场
此刻的您啊
一定充满了感想
曾记否
那曾经稚嫩的身影
如今已是未来的栋梁
而您已两鬓染满秋霜

当把又一批孩子
送进梦想的考场
此刻的您啊
一定充满了感想
何曾想
耕耘着艰辛和快乐
却收获了无悔的生命
铸就了您大写的模样

2019年1月18日

王雷

安徽淮北人，1986年至1990年就读于兰州大学中文系。先后在某市交通部门、体育部门、科技部门工作。现供职于安徽省淮北市科学技术局。

粮食家族

从爷爷的爷爷起我的家族就在秋天里收获粮食，
收获粮食的家族叫作粮食家族。

爷爷和奶奶，
耕种芝麻和黍子。
一方老豆腐和一瓦罐小磨油，
是奶奶的聘礼。
从此——
奶奶的小脚追逐吱呀呀的石磨，
停停走走。

父亲和母亲，
收种高粱和玉米。
接奶奶的花轿散落了，
母亲坐牛车而来。
父母收获着田里的庄稼，
也收获着三个齐刷刷的儿子。

我和我的妻子，
用新机器播种优质的稻米。
秋天里我们卖余粮归来，
换回与城里一样的冰箱和电视机。
一转眼——
妻子的腰肢
已如沉甸甸的粮食。

某年七夕

那时我老了不再嘹亮不再迅疾伟岸，
不能背情诗不能说明白走路蹒蹒跚跚。
最后啊只有软软的目光留在你脸上，
像秋日的夕阳愈来愈远愈来愈淡。

那时你也老了亭亭不再容颜清减，
欺负我眼昏花偏要问妆可深浅。
听窗外黄叶心满意足地谢幕，
亲爱的……
纷纷之中
有你的一片就有我的一片。

2018七夕

肖同庆

1986年至1990年就读于兰州大学中文系，文学博士。现供职于中央某媒体，高级编辑。

先生[1]

晚饭时间了
一个淡蓝色的护工进来
戴着口罩沉默如命令
替你摇起病床戴好围嘴
先生说你走吧
我不想你看我吃饭的样子
难看
我听话地答应着告辞出来
开着车一头撞进车流
窗外闪烁的都是尘世的光晕
唱机里放着老科恩的歌
曾经沧桑的声音
填满多愁善感的胸腔

想着先生凌乱的白发
想着先生颠三倒四的话
黑暗中我打开车灯

[1]先生吴小美是我的硕士导师，兰州大学中文系知名教授，退休后定居京城，已逾八十高龄。某日不慎摔倒住院，我去看她，孱弱如幼童，归来感慨记之。

仿佛照见我的结局还有未来
先生不再是我的导师
刚才握着先生的手说你要听我的
先生点点头像一个慈祥的孩子
我把脑袋贴在她的额头不烧
我帮她穿上睡衣别着凉
我抢过她咬了两口的柿饼
你要少吃点儿不好消化
我走到门口和两个病友再见
她们一个在含混不清地唠叨
一个始终在没来由地微笑
离开医院的时候
我浑身上下苍老不堪
像此刻科恩盛满沙子的歌喉

想我老了
声音嘶哑如风无声地凋谢
如枯叶一般脱落
无形的萎缩
如树皮一般凝固成痂
我不会恐惧越来越近的终点
无非是一个不再醒来的梦
我只是害怕这个跌跌撞撞的过程
害怕四肢不再接受我的支配
害怕言语不再是思维的传达
我害怕人们怜悯地哄着我
时刻刺激我脆弱的神经

想我老了
灵魂开始飘荡
游丝般正要脱开我的躯体
那些属于我的过去
盘旋在挥之不去的回忆中
我将失去灵活的舌头
我将失去筋骨的翅膀
我将失去宽容的肩膀
这才是比老还可怕的老
世界已经缩小到我刚刚够到的地方
所有的喧嚣已经与我无关
我会害怕黑暗
害怕那无边无际清醒的孤独

当我老了
希望我多微笑多沉默
对所有尊敬的目光颔首致意
我会想起那些陪伴过我的人
他们的容颜和我的年轻
我会在心里一个个去道别
谢谢你们给予我的爱

2018年1月25日

垂钓在十月[1]

选择一个秋日的正午
准备降落
整个森林士兵般肃立
历史的词语铺展成跑道
眩晕　失重　加速与反作用力
停泊在赣江之源
正如一个循环的起始
粉墨登场的舞台
谁在贫瘠与热切中等待？

穿过你的风也穿过我
像一丛丛绞缠在一起的火炬
像暗夜的篝火破碎成漫天星光
绝望曾照亮你铁窗的结构
墙上的主题和风的意义
你沉默的一年
仿佛沉默了一生　从此
喑哑了指点江山的文字
言语和目光
我想一定还有鸣响的骨头吧？

水上的阳光无遮无拦

[1]2018年，十一长假，承蒙江西瑞林兄之邀，携妻儿赴古城瑞金一游。期间相约垂钓，把酒言欢，诸景难忘，赋诗以记之。

照在此刻我们的舞蹈
像偶尔跃出水面鱼背上的粼光
你含混地从容地喊着
熟悉而执拗的声线
曾时刻在梦里击中我
远处苍山翠微
天际环绕
你的头发依然凌乱
我的血肉仍然斤两相当
时间并没有改变什么
包括你的专注和我的激愤
我们为什么要变?

想来那时候
帝王的版图也不过鱼塘般大小
他和你我年轻时候一样
搓捻鱼饵放下长线
凝神等待
等待突如其来的袭击
搅动整个鱼塘
自此长路豁然
纵然险峰重重
雪雾中也能眺望遥远的天极
从红的血到黄的土
何时君临天下?

十月的天空干爽暴烈
在农家借来的草帽下

我们胸怀江河青山
年过半百的人生气定神闲
第一次扮演垂钓者
第一次掌控自由的生死
对所有的等待都不再抱有希望
不再像我们年轻的夏天
热血气盛激扬文字
直到被撞上的大鱼
翻腾得汹涌澎湃
所有决定性的时刻都很相似
传说虽被打磨抛光
故事仍是那么素朴简陋
“靡不有初　鲜克有终”
《诗经》里的话与天地一样古老
伟大的诞生会不会孤独终老?

鸡啄在觅食
狗在脚下盘桓
蓝天　红椒　白色的农家墙
与庙里传来的唢呐一样悠扬
山下的舞台犹如一架破旧的钢琴
两尊帝王像与焚过的残香
复活着千百年的祈神仪式
古老的信仰
与现代的迷思和谐共处
这是存在与悖谬
还是永未改变的族群宿命?

古的树和嫩的枝
君王般高高在上俯视众生
成群的牛羊以及你我
匍匐在地
带着先知的审视与叹息
我们碰杯倾听释梦
所有的酸甜苦辣
以及对未来的预言
都被熬成汤
借着本质天然的杨梅酒
一起喝下
虚妄的绝望和希望
穿肠而过

邹力

1986年至1990年就读于兰州大学经济系，现居泰山脚下。

梦里又见中山桥

——思念母校兰大

纵然是日月风云
也改变不了我对她一往情深，
多少个日日夜夜
我的心都聆听着这样的声音：

太阳说：
好好看着我吧！
你们天各一方，
只有我才能把你灼热的目光
折向她美丽的脸庞。

月亮说：
好好睡吧！
不要再心潮激荡，
你只有走进梦乡，
才能贴紧她温暖的胸膛。

云儿说：
紧紧抓住我吧！

看着你天天向西北眺望，
我多想变成你飞翔的翅膀，
把你带到她身旁。

风儿说：
静静地等着我吧！
我一定驱来万里狂飙，
把你没日没夜的痴想
一扫而光。

不！这些还远远不够，
因为我知道：
再高的太阳也要落下山冈！
再美的梦境也是一枕黄粱！
再浓的云也会烟消云散！
再狂的风也难终日激荡！

而我
对她点点滴滴的思念，
早已汇成一片汪洋；
对她丝丝缕缕的牵挂，
早已结成百转衷肠。
若问何时不再依恋她？
除非等到地老天荒！

啊！我对她的神往
早已穿越时空的铁壁铜墙：
尽管相隔万水千山，

我依然能听到她砥砺前行的声响；
尽管过去了二十九个春秋，
我依然难忘为她情窦初开的时光。

她就像敦煌大漠的甘泉
将我心灵的不毛之地浇灌成绿洲一方，
她就像祁连山的冰川
在我昏暗的生命天空投下圣洁光芒，
她就像甘南草原的格桑花
在我荒凉的精神世界傲寒绽放……
一切姹紫嫣红，
一切风花雪月，
在她面前都黯然无光！

我再次坠入了梦乡，
梦见自己的心船正扬帆启航：
从黄河口逆流而上，
朝着上游的中山桥——
我对她一见钟情的地方
劈波斩浪……

河上渐渐升起一道彩虹，
那不正是中山桥弯弯的拱梁？
哦，我依稀看到
她斜倚着桥栏顺流眺望，
那绰约的身姿虽平添了沧桑，
可她的脸上更加神采飞扬！

船儿轻轻晃，心儿咚咚响，
我又来到了她身旁。
我多想知道：
手中那翻飞的船桨
可在她的心海里荡起轻涛细浪?

你知道我最在乎什么

你是天上月，
时而圆、时而缺；
你是四季风，
时而和煦、时而凛冽；
你是山间小河，
时而潺湲、时而激越。

哦，心上人，
日日夜夜
你知道我最忧虑什么?

当你是月亮的时候，
我最担心云朵，
因为再深情的目光
也怕被雾罩云遮。

当你是季风的时候，
我最怕落叶时节，
因为再真挚的话语

也靠风摇叶子来诉说。
当你是溪流的时候，
我最担心大雨滂沱，
因为细水长流的爱河，
最怕洪水肆虐。

其实，
我倒不在乎月亮是圆还是缺，
毕竟我欣赏你阴晴不定的皎洁；
我也不在乎风儿是柔还是烈，
毕竟我要经历你冷暖轮回的季节；
我更不在乎溪流是缓还是急，
毕竟我日日夜夜沉浸在你爱的润泽。

追忆似水年华

从前，
我一次次站在路口悄悄等你，
虽然总会与你“不期而遇”，
可每次短暂的翘首盼望
都让我感到遥遥无期！

多年以后
我一次次调出你的电话号码，
尽管我多么渴望倾听你的声音，
可对拨号键的轻轻一触
仿佛需要跨越千万里。

今天，
我一次次点开你的微信头像，
纵然心中有千言万语，
可岁月平添的重重顾虑
让我话到嘴边又掩住真情实意。

原来
世界上最漫长的时光，
不是物是人非的人生苦旅，
不是海枯石烂的斗转星移，
而是站在街口悄悄等你时
一个个备受煎熬的翘首瞬息。

原来，
世界上最遥远的距离，
不是跨越万水千山，
不是暗渡迢迢银汉，
而是从手指到电话按键的
那个触手可及的咫尺之距。

原来，
世界上最痛苦的情感，
不是抱恨终生的有情人各奔东西，
不是刻骨铭心的死别生离，
而是没日没夜地思念你，
却从未对你说过：
我——爱——你
……

思念是什么

思念是一封发黄的情信，
翻动时，
纸背上透出点点泪痕；
思念是一扇渴望敲响的漆门，
空寂里，
一层层剥去斑驳的漆身；
思念是期盼已久的电话铃音，
等待中，
那“嘟嘟”声早在我心里一阵紧似一阵；
思念是飞扬在你脑后的马尾辫，
当我看不见你的背影时，
那飞动的辫梢就在我眼角抽出丝丝皱纹；
思念是弥漫在每个角落的漫天烟雨，
将我无处可逃的心一点点浸润；
思念是吹刮不息的风，
犹如你的手
时而温柔时而任性地摩挲我的耳鬓；
思念是痛苦的梦醒时分，
那一幕幕久别重逢的场景
从未好梦成真；
思念是黎明，也是黄昏，
它迎着朝阳升起，
又在月下沐浴清辉；
思念是狂跳的心，又是饥渴的唇，

它千百次澎湃起爱的潮水，
又千百次回味你滚烫的亲吻。

啊！
思念到底是什么？
真是说不清也道不尽，
你一旦惹它上身，
就能深切体会出两种不同的滋味：
你既饱受魂牵的煎熬，
又倍感梦萦的温馨！

树枝对叶子说

叶子，是你
给我披上了夏日绿装，
多少人簇拥到我身边享受荫凉，
多少小鸟和蝉攀附到我身上
殷勤地为我歌唱。
叶子，是你
为我换上了秋日彩装，
多少人来到我脚下驻足欣赏；
我身着斑斓的彩叶，
检阅着一道道仰视的目光。

西风呼啸，
将叶子一扫而光，
自从你离我而去，

就再没有人来到我身旁。
回望我光秃秃的枝杈，
这才看清自己真实的模样：
哦，我单薄的枝身不能遮风挡雨，
我布满疤痕的皮囊也其貌不扬。

原来，我被簇拥被仰视
不过是叶子带来的荣光，
这荣光本不属于我啊。
可是，当失去它时，
我又感到多么落寞和沮丧！
仿佛满树干瘪的空枝
也失去了生命的分量……

陈持

1987年至1991年就读于兰州大学中文系，中山大学中文系中国现当代文学专业硕士，四川大学文学与新闻学院广播影视文艺学专业博士。曾在广东卫视担任导演、记者、编辑、制片人多年。2016年被外派加拿大和美国从事国际传播和视频节目、影视剧创作工作。

海神

有一个古老的传说……

一个美丽的女子，为了表达对海神的膜拜，走了无数个岁月，从沙漠到东海……

（一）

我曾经漂泊过黑暗的荒林
带给它落寞的秋风的清凉
我曾是夏夜里栀子花的清香
飘送过孤独而无言的寂寞
我曾受沙漠中的一棵枯草的嘱托
只为了在你的沙滩上
化作一阵温情的海风
在欢乐的夏日聆听你的爱情的欢歌
在凄冷的冬夜悲伤你爱情的凋落
在你起伏的涛声中一天天地衰老、死去
等待着陨落的流星点燃我渴慕的灵魂
到那时才知道人们为什么常说海枯石烂

为什么一瞬间便会是一生

（二）

你是我心中遥远的海神
你是海的神话海的梦想海的真诚
你是海的脉搏海的心跳海的歌声
你是海的呐喊海的疯狂海的挚情
就让我做你海底的一株海草吧
可随你的涛声起舞
或是在你的贝壳里隐藏起我那千疮百孔的爱情

（三）

我的等待是海滩上一棵歪扭的古树被风吹断了双臂
我的祈祷是沙漠中早已枯干的嘴唇
我的祭品是我所有的眼泪它比海水还苦涩
为了你的降临我甘愿弯下高贵的双膝

（四）

当我离去时你是夏日里汹涌的海潮
当我走近时你却是一块冰冷的礁石
在死亡也无法冲破的静默中
不知该怎样才能让你知道
汇成海的是泪
凝成石的是情

（五）

你终于淹没了我
用你翻卷的波涛和清辉的浪花……
只为了爱你，我才会沉没在你的永生之中

从此我变作一只黑色的飞鸟
千万年不懈地衔起沙石
永远去填平你那无边的波浪……

王永坤

兰州大学1987级物理系固体电子学专业毕业，毕业后分配到抚顺8231厂，历任技术员，车间副主任，副总工程师。后辞职南下，现在深圳从事SOHO外贸。

兰大之念

——致敬我们美好的芳华暨母校110周年华诞

想念兰大
想念刚到校就要穿上崭新的军装
想念长长的车队翻山越岭去平凉
想念秋风中哗啦啦挺拔的白杨
想念那位爱发脾气张口王八蛋的连长
想念我们十人一桌站着吃饭转眼一扫而空的食堂
想念8发子弹只中一发6环的射击场
还有那四十里铺的阅兵场

想念兰大
想念寒风中晨起跑圈的操场
想念常常风干流血的鼻梁
想念冰天雪地中冻红的笑脸
想念雾气腾腾的大澡堂
想念互串宿舍热闹的牛皮盛会
想念每到饭点人满为患的大食堂
还有宿舍侧门旁那热乎乎香喷喷的牛肉面馆

想念兰大
想念迎春花的盛放
想念紫丁香的芬芳
想念白塔山铁桥下黄河静静地流淌
想念安宁的十里桃花
想念树荫下小湖边三三两两的读书郎
想念常常要提前占座还不一定有位的图书馆
多想再一次回到从前一起上课的大讲堂

想念兰大
想念一望无际的黄土高坡阳光下闪着金黄
想念高高的皋兰山上指指点点意气风发
想念那香甜可口很少能吃上的黄河蜜白兰瓜
想念那盘旋路中灿烂的鲜花
想念那个暑假和劲松一起狼狈逃票游敦煌
想念我们没钱找民政局借钱返乡
想念我们帮人卖熟食打工挣钱
想念我们一起奋斗的同伴

……

如今身在南方
常常想起我们的兰大
无论是冬天的冰雪秋日的暖阳
还是夏日的白兰瓜春天的丁香
似乎一切都是那么美好
那里
增长了学识，打开了视界

那里
锻炼了意志，播种了希望
那里
蕴育了我们一生最灿烂的时光

秦理斌扇面 《赵孟頫纪旧游》

吴庆

现居深圳。1987年至1991年就读于兰州大学化学系应用化学专业。2006年至2008年就读于清华大学—香港中文大学金融MBA。先后在兰州炼油化工总厂、广西北海市工业开发区管委会工作，历任民营科技企业、跨国上市企业高管。现供职于爱诺华（深圳）投资顾问有限公司。

再见，四月！

以一场清凉夜雨，
作别漫天芳菲的四月。

一出门，
即踏入绿色殿堂，
深深浅浅，闪闪发亮，
殿宇上空神圣的光芒。

完美的造化的事工，
尴尬的人心的妄求！

这是谁家的盛宴，
谁的长情世界，
我却以短歌行，
如白驹过隙。

主人，请不要静默，
请在这花事盛典的尽头，
向我显现。
你如何铺设了星河大地，
又如何令草木动了生机；
你如何铺张了时间，
又从永恒里悲怜。
我看到自己无比微茫，
又包覆于浩大的善意。

我仰望穹苍，
俯瞰群微，
从星光，从深海波澜，
从历史大事纪，
从自己里面，
寻找你；
在光的极明亮处，
在圣乐至深处，
在内在的喜乐平安里，
找到你。
你的光穿越千年幽微，
播撒极深的春意，
从此，
不期待如花美眷，
不忌惮逝水流年。

2016年4月

里子和面子

生命是一袭华美的衣袍，
把锦绣穿在里面，
给爱人看，
单单为博他喜悦。
让他跋山涉水，为你采撷珍宝，
把红宝石戴在你手上。
心心相印，熠熠发光。
为着拥有彼此完整的爱
你们便拥有了整个的宇宙！
连上帝也为你们鼓掌，
你们相爱，
就进入神圣的场域，
创世之初平行空间的伊甸园。

2016年12月

作别

这个夏天，
黄河水暴涨，
兰花开得旺，
汗蒸羊肉留芳，
先天和后天亲人相见；
这个夏天，

从滨海之窗到黄河河畔，
从懵懂少年到独立生活，
跟朝夕相处的伙伴再见，
跟童年再见。

2018年8月

无殇

生命是一场独来独往，
像无垠波谱里，
有限的可见光。
有缘相逢，
要欢喜快乐；
圣灵内驻，
体验灵性成长。
寸寸进步，
抵御岁月成殇。
像不系之舟带上锚，
无惧雨骤风狂，
宇宙荒凉。

2018年10月

徐伟锋

笔名北塔。1987年至1991年就读于兰州大学外国语学院英语专业。诗人、学者、翻译家。国际丝路诗社社长，中国作家协会现代文学馆中国社会科学院研究员，世界诗人大会常务副秘书长、中国外国文学研究会莎士比亚研究分会秘书长。有作品被译成马其顿文等10余种外文出版。曾在国内外多次获奖。出版诗集《滚石有苔》等著译约30种。有“石头诗人”之称。

大卡车

（一）
大卡车，碾碎了超载的梦
从山西，从大同
仿佛是从一千米深的地下
大卡车源源不断地运来煤
此时北京正在沉睡
黑暗中看不见煤的黑
阳光下看不见火的光

大卡车永远在黑暗里蠕动
一辆，两辆，三辆
大卡车从来不单独行动
穿过群山，跨过桥梁
像被无休止的劳动
压弯了腰的老矿工

从卑微的远方蹒跚着走来
大卡车碾碎了超载的梦

像一颗颗被误吞下的石子
在小鸡肚肠似的隧道里翻滚
大卡车行驶在午夜的都市里
比黑夜更黑的梦里
卡住了时代的脚脖子

（二）
大卡车碾碎了超载的梦

他是个酒鬼
但是今夜，他滴酒不沾
跟一万年前一样
太阳一落山，他就想去休息
但是今夜，他的眼睛
将彻夜瞪得
比路灯还大
比天安门的路灯还要亮

如果受到盘问
他已准备好了打点的钞票
如果受到打劫
他已准备好了尚未开刃的匕首

大卡车碾碎了超载的梦

真希望一眨眼就到啊
真希望各个方向的大路小路
都并成一条，直直的
单行线，只有他这一辆车
那他就可以闭着眼睛
一路开下去
直到无尽的尽头

（三）
大卡车碾碎了超载的梦

在一座刚刚被撞断
栏杆的大桥下
在冰雪封冻的河面
一辆红色的大卡车
在晨光严厉的注视下
分外醒目
它的大脑袋耷拉在一边
仿佛是在打瞌睡
车门死死地关闭着
而他的眼睛瞪大着
大得能容纳他的大卡车

大卡车碾碎了超载的梦

那两颗像车轮一样不能再转动的
眼珠，像两块烧灼得发红的原煤
骤然间被泼上了水

一只鸡落入汪集的汤

汪集，你用一场豪雨迎接我
让我一路颠沛流离
累累若丧家之狗
若一只螃蟹
从涨渡湖到阳澄湖的运输途中
从大卡车上掉下
八只脚分处八方
全部陷入乡间的泥泞

那庇护我的深秋的树叶
已所剩无几
我的冠冕耷拉着
我的羽毛浸透了冰凉的世态
我的翅膀被高气压强行拢住
我的脖子被黑夜捏得快要窒息
我的啼鸣穿透雨幕却被锣鼓喧宾夺主

汪集，我承认，在到达你之前
我是一只落汤鸡
而你用大地深处的泉水
把我彻底洗干净
用老奶奶的手艺
帮我去除里里外外所有不必要的什物
再用你文化的火

把我炖成一锅美味
只要那黄昏时路过汪集的旅客
被我的香气拖住了脚步
只要他的舌尖一尝就消除了整日的疲惫
只要一碗汤就能医治他的乡思病
我愿意借你回春的妙手
奉献我的所有，我的肉，我的骨头

打糍粑

生米煮成了熟饭啊
好糯好软
这滚烫的一团
蜷缩在劳动号子里
毫无防备的石头
是洞房，却不是避难所

硬邦邦的棍子
从任何一个角度都能进入
都会被紧紧咬住
使出你吃奶的劲啊
拔出来再往里捅
好糯好软啊
这滚烫的一团
多少次翻覆，起来又趴下

石臼支撑着这狂欢

一动都不动，一言都不发
像托举着苍天的不周山
被共工的乱棍怒触而不折

直到这滚烫的一团啊
被抱出他的怀抱
滚向红糖的眼睛、黄豆粉的鼻息
然后，在宽大的门板上
被众多的手拍打、撕扯
被众多的舌头咂摸
被众多的牙齿咀嚼

米筛湖农庄之晨

司晨后的公鸡照着湖面贴花黄
旭日装饰在它的太阳穴上
与山头一样笔挺的红冠相互辉映

柳枝以鹩哥的鸣唱为诱饵
不是为了把鱼钓上岸
而是让它哪怕在水底也发声

昨夜，有人趁黑用胳膊肘亲吻汪集的露水
今早，黄叶在大门外被醉风揪斗
而红梅，在谁的宿雨安闲盛开

问津书院之问

（一）

渡口被石头压了三百年
靠一把偶然的锄头就能解救？
他的书册被焚了，他的信徒被坑了
谁敢在石头的脸上黥刻他的罪名？

（二）

三点水就让人长久地沮丧
像亡国之君一样溺亡
去掉一点就能得过且过？
去掉两点是否还是软弱？

（三）

七十二贤里谁是我的老师？
三千弟子里谁与我同学？
夫子而后，谁能指引我
抵达津渡，并借我一张筏子？

（四）

一生要问过多少津
才不会在风波里迷失？
一生要撞过多少墙
才能学会悬崖勒马？

船殇

旧船被废弃在
狭小的港口
缆绳朽烂
没有岸，没有石桩
没有一声汽笛
能带它驶回海洋
下半身浸在水里
像得了花痴的母鸡
接受漫长的酷刑
没有帆为它升起
没有舵为它定向
它已不可能掉头
劈开另一条航道

没有沉重的货物
累积在它的舱底
它将轻装而去
去那至黑的深处

曾经属于它的篙和橹
或许已由别的
新的船继承
正在远方的水域
欸乃一支失传的歌谣

一生与水为侣
最终为水而死
它将幸福而去
去那至黑的深处

仙栖洞

请剁去我戏弄清水的手
请砍掉我占用鞋子的脚
击沉我脑海中的万吨巨轮
赶走我心房中希望的小猫

只有一条铁皮船，像一支笔
沿着光滑的水面，缓缓行进
像催产妇手中发红的剪刀
挑开从未见过阳光的胞衣

用充血的笑声填塞这洞穴！
谁也不必害怕翻船落水
荒秃的山岭像老牛的乳房
干瘪而低落，像失恋者的情绪

我只要一路坚持刻写
就能到达那深藏于黑暗中的
神秘境界。而在我的诗篇
照不亮的地方，全是丑陋！

那在等待中完美的石头
像天宫里的仙子，不会被水流
轻易冲走。被关闭的怪想奇思
透明得犹如青春的肉体！

一万年才生长一毫米！
一小时就看完无穷的岁月！
被变幻莫测的云层诱使着
老态龙钟的时间流出一滴！

哪怕只是一秒钟的静止
也是永恒！不是我们厌倦了
运动，而是我们不能再运动！
让镜子收留可怜的影子吧！

我将皈依这不可复制的奇迹
我宁愿丢失灵魂，不能再生的
灵魂！让他们出去！让他们
回去！去争抢阳光和土地！

历史

丑陋的岩石
企图将水分开
而水轻快地越过了它
扬起胜利的浪花

多少船在快要靠岸时
毁于这块伏在岸边的礁石
多少人在欢呼时
在这块礁石上磨灭了生命

并不是每个夜晚都是月明
阿拉丁神灯看见的
并不是最为险恶的暗礁
当水无力将船托起
谁是最后的征服者——
以铁锚提问的人
还是以礁石回答的海

水上升到哪个高度
人才能从潮汐中解脱

张晓冬

山东省荣成市人。1987年至1991年就读于兰州大学中文系。曾任威海晚报要闻部副主任、威海报业广告有限公司副总经理、威海报业集团广告部主任等职。现就职于威海报业传媒集团。

元旦独白

你说要将这一天，
作为新生活的起点。
忘记激情燃烧的过往，
抹平刻骨铭心的印痕。

雪花，一往情深，
连接着昨日与今天。
那些喜欢恋旧的人儿，
在人心的冷暖间辗转不停。

伤感不过是对未来的忧虑，
而被包装成浓意深情。
你说男人要有男人的样子，
冷静果敢，不拖泥带水。

你走向你心中的净土，
寻找着熟悉温暖的风景。
在某一时空的交汇点，

你约好了要与走失的灵魂相见。
做一份力所能及的工作，
告别奔忙名利的日子。
每天都坚持读书走路，
遍访亲友，修养自己。

就那样不卑不亢，
不紧不慢……

秋天咏叹

我们在田野里采摘，
在山坡上歌唱。
忘不了你头戴花环的笑脸，
如秋阳般温暖灿烂。

我们在窗前读书，
你为我煮茶，我为你燃香。
我们畅谈着各自的感悟，
只为看清前方的道路。

我们在夕阳中漫步，
看红叶烂漫，看落叶归土。
明白了生命是一个个轮回——
生向着死，死孕育了生。

你说秋天是一个奇妙的季节，

她总会伴随一段段深情的时光。

我说生命是一个因果的存在，
心存美好就会自带光芒。

陈云岗

笔名少年白，号三晋布衣，山西泽州人，现居深圳。1988年至1992年就读于兰州大学中文系。著作有《深圳经验》等。

冬病夏治

这样古老的方子
是流传甚久的经验
那些个追捧者信誓旦旦
等待着夏日之恩典

宫里惯常是寒凉的
冰凌尚挂在梦的屋檐
雪上窸窸窣窣地
挑灯穿行者亦是寒凉的

可惜哦，眼下是长安的春天
迷离了四季的春天
短暂又短暂，闲坐说话间
遽然消逝的春天

空空荡荡宫外
春祭之花火为何解禁了
从此天长了

2019年2月

空中之旅

我愿秉承你的旨意
遍照这山川大地
我愿接引你的期许
飞越这雪域藏区

我于此空中之旅
回光返照机翼
瞬间雕塑优山美地

我愿以你为诗
行吟过那黄金宝地
我愿以你作歌
仰望起那铁鸟良驹

我由此重逢默契
随机赞叹不已
呈现万物应有之意

2019年1月

兰庭序曲

如此欢愉，不过顷刻之间
兰庭在宇，诗意巢穴

千家诗万卷书亿万斯年去也

于此念想遥远的黄河边上
红柳枝条，花儿朵朵
西北百科兰园初启谁人长歌着

今夜无眠，与谁同歌，念想起
西北大漠一张又一张哦，少年脸
兰庭长夜念兰园

2019年2月

李富荣

1988年至1991年就读于兰州大学医学院病源生物学专业，获硕士学位。医学博士。博士生导师。深圳市高层次国家领军人才。深圳市呼吸疾病研究所副所长，深圳市人民医院转化医学协同创新中心主任，国家干细胞临床研究机构负责人，广东省干细胞与细胞治疗工程技术研究中心主任，深圳市干细胞与细胞治疗重点实验室主任，深圳免疫细胞治疗公共服务平台主任。

医生赞

不敢对您亲近
我怕您的手术刀
会割断
我脆弱的情感

不敢对您说缘分
世间的路有许多
而走向您的
总是一路的悲伤

但我又不得不叫您
医生
命运的错
必须在您的手术台上纠正

麻醉药
已将我的神经安慰
梦回舞台
您是白衣乐队的总指挥

优美的旋律
将您高高托起
我成为您忠实的乐迷
陶醉于您精湛的技艺

音乐停止
我舒展的记忆里
早已盛满
您辛勤的汗滴

您结束了您的乐章
也结束了我的痛苦
洁白的床单
映照着重生的希望

当我离开
那点点滴滴的岁月
留给您的回报
只有欣慰

医生的微笑

您微笑着
握着冰冷的手术刀伫立于手术台前
您的微笑消解了病人的恐惧与痛苦
您保持着微笑
因为您见证着生命降临时的神圣
您依然保持微笑
您的微笑让病人的亲属感到安慰
您保持着微笑
您的微笑温暖着受灾群众
您微笑着
拉近了您与病人间的距离
无论您在何方
无论您在何处
只要您身穿那件白色大褂
一直保持着微笑
您的微笑就是一剂最好的良方
生命因为您的微笑变得更加坚强
生命在您的微笑中不断创造奇迹
您用微笑重新唤起生命的意义

唐文明

1988 年至 1992 年就读于兰州大学哲学系，现为清华大学哲学系教授。

果园与骑士

狗和灵魂看守着
果园。这永生的地方
秋收以后
我顺着丁香树爬上了天空
土地迈着迷乱的步子伸向远方
这时候我才惊奇地发现
在远离天空的地方才有路
我扛起长枪，跨上马背

水和少女浇灌着
果园。这永生的地方
远处的山谷传来阵阵回声
有野兽出没
一种混杂了草香的气味
被清凉的风频频吹散
带走了有关回声的秘密
我扛起长枪，跨上马背

土地和青草养育着

果园。这永生的地方
在绿色泽畔和参差的草地上
少女和飞鸟幸福地鸣唱
无数条道路通向果园
无数条道路遮住果园
在春天，理想会和青草一起复活
我扛起长枪，跨上马背

阳光和鲜花开放着
果园。这永生的地方
天空是一把预先撑开的伞
为爱情，我们并肩作战
为深深地扎根于大地
为桃子流出的思念
为丁香的气息弥漫四周
我扛起长枪，跨上马背

1989年于兰州大学

写给二十岁生日

在我诞生的时候
我哭泣
母亲流泪
大地溢出生命的岩浆
母亲痛苦地战栗着
我仿佛听到
远处有轰隆的炮声

我是一滴放飞的眼泪
飞出了母亲的瞳孔
我远道而来
日夜跋涉
而疾病和瘟疫
像恶魔一样缠绕着我
我受了伤
就在树荫下匆匆治疗

我的每个伤口
都是一只充血的眼睛
当我遍体鳞伤
我看到了
整个世界

1990年于兰州大学

秋之睫毛

在秋天
一只鸟飞过天空
像爱情
转瞬即逝

秋雨继续诉说着
过去的故事
秋波被打得凌乱
秋水仍如眸子一样

清澈
从湖心升起的
是一团调皮的秋雾
在雾中，醉人的秋色
散发着处女的体香
秋意从远处滚滚而来
秋风如爱人的发梢
拂面。秋的暗示
如此温柔
秋的睫毛眨一眨
渐渐走向
深秋

秋月像仙女一样纯美
没有谁能像她那样
安静地
栖居在秋夜
像爱情
长驻心间

1991年于兰州大学

肿泡眼

拖着瘦小的身躯
郑重地穿梭于这个世界
对生活没有发表过任何高见
一个陌生而不起眼的客人

一个肿泡眼

或许他怀着善良的忧郁
曾经为这个世界呼号、奔走
哭也罢笑也罢摔了跟头也罢
最终逃不出某个手掌心
或许他就为这种崇高的失望
泡肿了眼
或许他只是情场失意
当那个姑娘离去
流了太多的泪水
或许是真心、执着
或许
在一开始只想做做样子
后来感动了自己
或许他根本就是个浪子
在无数个夜晚纵欲
历史留下了痕迹
但不能说明一切
无数支歌在风中此起彼伏
每一种声音都值得尊敬
我只想问一句
在青春期
你为谁肿泡

1992年于兰州大学

X

一缕很远的麻烦
渐渐迫近
道路日渐消瘦
一滴早已流出的眼泪
在多年以后
仍然打湿了整个季节
一首无人能唱的歌
在风中再次奏响
一丝欢乐顽强地
爬满整个乐曲
一个销声匿迹的噪音
偷偷溜回
一头纯洁的幼兽
在发红的傍晚奔走
一种充满歧义的停顿
预示着
一次无所适从的开始
然而大地依旧敦厚
鸟儿依旧翔集
一片远远飘来的柔情
依旧
在一汪深邃的湖面上
泛起
一叶永不停息的轻舟

1998年于北京大学

独白

我一直在寻找
一个轻快的开端
让过于沉重的生命
自由飞翔
我一直在崩溃的边缘
快乐地活着
在悬崖之上
领略旖旎风光
我听到山的冷笑
心的祈祷
草木像玩世不恭的胡须
疯枯疯长
谁想和我唱一首危险的歌
让大火烧出一个结果
或者
捕捉深渊里的唯一一点星光
纵身一跳才是希望
生活依旧严肃得吓人
我没有翅膀
将在堕落中学会飞翔

1999年于北京大学

断章

秋风吹皱未名湖
一个绚丽的表面在颤抖
落叶枯黄的节奏
无比暧昧
一个昏庸的欲念
像爬山虎
在令人惊惧的缓慢中
陈迹于盲目的攀登
没有任何新的酝酿
甚至没有死亡
我们一再不懈地
重蹈覆辙
静谧的深秋缺乏必要的怨恨
我冷笑
藏身于一片血色花瓣
眼睛
仍能是一道严肃的缝隙
期待一声枪响之后
有谁会到来

2000年于北京大学

酒神秘语

看到花叶凋零
看到美人迟暮
你是否会欣喜若狂

这不是从
幸灾乐祸的乌鸦口中
也不是从
充满怨恨的侏儒口中
而是从
纵情声色的狄奥尼索斯口中
平静地说出

时间
是一个至大无外的饕餮
我们将被谁的牙齿咬碎
且在粉碎中
发出一声喝彩

我在风中愤怒了半个小时。
我在风中痛哭了半个小时。
我在风中沉默了半个小时。

之后
我听到了音乐

我不再为未来而忧伤
却因怀念荒漠而憔悴

一句无辜的谣言
附着在季节的轮回变幻中
被震怒的
不仅是人类

2001年于清华大学

在路上

在路上
一只孤独的大雁
像一个失意的旅人
在空中茫然地飞
酝酿许久的悠闲戛然而止
我分明听见
事物内部的破碎声
荒诞而快乐
这是旅途中的一个
异常关键的节奏吗

在路上
一粒麦子无疾而终
随风而逝
我悲伤得像一头牛
有谁能在酒神的门槛上

安享晚年呢
我无比急切
渴望迎接正午的阳光

在路上
所有人都在焦急地赶路
大自然也行色匆匆
我听见有谁在问生命为何
我听见有谁在反复吟唱：
天空飞过
一只会飞的鸟
一只会飞的鸟
这唱声
是旅途中的一个
异常坚定的回答吗

在路上
我学会了在飞驰的背影中
安顿自己
有谁能在活着的时候
失去未来呢
我不能和自己
僵持在
一个异国的小镇
即便生命只是为了
去参加一个葬礼

2004年于伯克利

除夕爆竹，或某种时间体验

以爆炸发出的声响
归属于辞旧迎新的礼仪
看起来是一种异常隆重的宣告
实际上也是

难道对时间的爆破
昭示着我们
每隔一段
总会处于断裂的绝境

但这一刻是如此欢乐
即使仅仅
止于故意营造的气氛
爆竹当然不是
对过去的诅咒
或对未来的恐惧
那明快的节奏
分明来自于
对时间的深深陶醉

只有当我们担心
无法从一个极点
跨越到另一个极点
我们才会有此疑惑

而先人们所发明的
深思熟虑的态度
就是庆祝
每一个
辞旧迎新的时刻

无须拯救，无须痛苦
生活中时时处处
都在发生着
光荣革命

2016年除夕于故乡朔州

但我们必须赞美

但我们必须赞美
此刻充满铜臭的世界
就像从陡峭无比的悬崖上奋力一跳
带着在坠落之前一定能学会飞翔的自信
从高耸的绝境，不可思议地逃离
万类霜天，不惧坚冰
期待再一次能够
鸢飞戾天，而季节只是绵延
不再措意于轮回的节律

此刻，只是一个转折点吗？

但我们必须赞美

此刻色彩斑斓的世界
就像从洪水漫过的孤岛上顺势一滑
带着在沉没之前一定能学会游泳的自信
从湍急的涡心，万分侥幸地转身
纵浪大化，不惧鲸鲨
期待再一次能够
鱼跃于渊，而江湖不再险恶
只为相呴以湿，相濡以沫

此刻，真是一个转折点吗？
但我们必须赞美
哪怕避世千年的隐者
被大数据检索，被全方位驱赶
再次老泪纵横

但我们必须赞美
必须赞美

2019年除夕于故乡朔州

野鸽子

海子有诗《野鸽子》，今于他辞世30年之日仿作一首，以寄怀思。

当我背靠群山
野鸽子在我家宽阔的谷场上
谨慎地觅食

野鸽子
我纯灰色的童年意象　我的惆怅
遗落在山路两旁的花丛里

这究竟是怀念还是展望
紧缩于当下　流浪者的身姿
已辨不出前与后
野鸽子　在迷离的夜色中
再次飞来　并不彷徨
没有暧昧

你为何而来？为何而来？

野鸽子
你是大地的精魂
你将奥秘藏在诗人的眼神里
再多的忧郁也遮不住
那明澈见底的欢欣

野鸽子
你的奥秘是轮回
深情于颠簸的四季
而全无所累

2019年于北京学清苑

居易

原名朱义，现居成都。1988年至1992年就读于兰州大学中文系，曾获得兰州大学中文系菩提文学奖诗歌类一等奖。现为国内知名笔迹学专家。

兰州之恋

相会是一次记忆，我的朋友
你伸开的怀抱接纳了儿童
儿童是理想国的温馨气息
风吹开你的秀发如欢乐催发着微笑
这新来的北斗，我的朋友
理想的少年盗窃了儿童的品性
不是从神秘的星空蜿转而下

从三千里的远乡走到你的近旁
第一眼的金光闪烁，愉悦的对象
看起来的老态，在你还属于年轻
婆娑的身躯供养着那么丰腴的脸
这个谐和的矛盾
你这饱蘸的精神，我的青春女神
温柔的今天和明天

记忆有笔财富，吝啬才能守住
相会了，我的朋友

我该走进我的楼道，我还为什么在此耽搁
你引诱了我，浮想
幼稚的童话，理想少年唯一的能事
瞧，夜已不邀自来，习惯了孤独而刚愎的家伙
如此清纯的月色已浸透我的皮肤

如此快乐喜庆的气氛捣捶着心胸
有如锥子在刺破的天空释放了欢喜
多么像一个婴儿
在你的抚爱下，在新鲜的梦中
还朝你咧嘴回报笑意
让第一次的相识
宁馨的味儿永远翻响

相识的契机，源于五种努力
我们且撇开不谈，你可以作证
你瞧，那种初尝的滋味
沙漠的边缘可没有江南的春早
登上了皋兰山，皋兰山的野草
从生长中采摘出，这也是一种象征
它受欣赏而牺牲

好奇与想象孕育着新生
甘甜的五泉山喝完醇酒
精灵们在雪中衬托成
可爱的豹溜踏于小径
因为北方的山高
北方的雪早，北方难以生存

好奇与想象会孕育新生

也默然地走过黄河之滨
像一个忠贞的情人，模糊了忠贞的对象
许多个秋凉的夜，空寂中孕育的终于来客
眺望三台阁之上的灯笼
恍惚着一种心情
那可是仙境，什么样的灵仙在受享
一种辉煌，隔着世的错觉

神秘的自然之力与无可比拟的人之力
并至这几个大地的情人
在冰凉中痴迷又超脱
三台阁之灯超越了象征
狭长的路，脚步的匣子
历久的回音，灯火缥缈而遥远
回来的脸上有俊俏的泪

你伸开的怀抱接纳梦幻和儿童
我的朋友，为生活的美好哭泣一阵
然后我牵着你的手可惜你不能走
为这天降的羁绊
自由便围着你，满心忧伤
许多泪我们不去流
许多泪我们不住地流

那契机所酿成的网，因为当初
的目光总不会明亮，而今又怎

知当初的下场，这个季节
鸟都飞失了，我脆弱的同伴
你怎受得了寂寞间介的景场
捉弄的命运移你到这一环境
呼来寒风，吹开另一页风景

为这戏谑的凄凉悲愤
还和你一起担当，任何
的协调也终有不谐的一天
矛盾的花蕾尽管漂亮地飘香
那终究是一朵有毒的蓓蕾
为什么我诅咒，诅咒北风
诅咒骗人世界的花样

那比真实还真，第一次看阴郁的丑恶
看你飘落的发丝和迷失的眼睛
我也像一颗陨星落到了域外
北斗与青春女神只是记忆的虚幻
这一幕还没有结束，结束还没有结束
正如开始还没有开始，过去只是序幕
难道这便是合理的悖乱

重来一次是永恒，熟悉的永恒
给我们针进一剂信心
雨落下，雨飞走，雨还会有再来的一天
时光的殿里，我们都是偶尔展出的画
而毕肖的我们会永恒出现
迟缓的运动背过身去

留给我们一幅呆滞不变的阴影
我守候，像围猎的猎人
在兔子逃逸的必经路口
选择全身布满魅力
啊，我不会像木桩放弃这种“爱情”
为什么相信不是联系的联系
把楔子钉入不是对应的对应
关系摇头晃脑，这个似人的老头不明白自己

当我从遥远的地方获得了思索的力量
所有的神秘都是应当，并都
源出于它的考虑，三台阁之灯
悬在最高的山上，瞧
春天的使者，已挥舞她苏复的手臂
那头秀发愈加滋润
作为一种自然的生机，我崇敬如昔往

春天将去，冬天又来，轮回永远而向前
只要你温柔，娇嫩跟随你
太阳躬身献出，哦，女性，她们可知道
太阳躬身献出最好的护发素和面霜
今晨的光束经精心提炼
抚爱着你我，你柔泽的枝
光泛的叶，想想我也是

被照拂得神奇
面对生活，坦然笼罩你
只有赢过“忧郁的心”才如此豁达

是吗？七号楼前的那棵柳
我相信我们另外的价值
忧郁的心啊，哭泣的幽灵
你们听，你们看，到这棵树前冥想

青春神，觉醒了的北斗
已抛开这身的象征，以本我出现
一切都归其位置
七号楼前的那棵柳只是柳

诗之恋（又名《诗章》）

火火火，水水水
给我元素，就是给我世界
让我来组合

我听惯了死亡的消息，看惯了死者苍白的面容
也听惯了新生儿的哭啼，看惯了年轻母亲的温怀
我关心的不是结局、伊始：
这没有我的错，也非我所能把握
那么你请讲一讲你到底明白了什么
你领悟到的人生奥秘，哦先生，或者教授
反正都是尊敬的头衔，你都捞到了
那好吧，我就告诉你我很孤独
我有过一次梦的经历——
世界多狭隘，就这么一间小房！
多简单，就这么一支笔，一叠纸！

当然还有两棵树，名字早已淡却
我叫什么？先生？教授？这不是我的姓，这无关紧要
你们说我渊博，其实那时候他们叫我小丑
我本来就是？至于现在？这无关紧要
你们两个，可是我的儿子或女儿？这无关紧要
是相亲相爱的兄妹，还是已成了一对乱伦的夫妻
这无关紧要
夫人和面包以及小狗，刨根问底，都无关紧要
我早已不属于时代
我这个老人，也曾年轻过
我就要睡去，坠入永恒的地狱之火
(啊，一个声音说
这无关紧要，无关紧要，两个人拍手大笑)

阴柔静谧是那大海
夜的音色翻摸着细浪，以一支风手
抚弄沉睡的情人
母亲的海洋孕育远航的温馨
风帆从眼的深处驶来，沉默而非沉没
谜一样的歌吹醒在波浪中前进
那背负的双手，架着脊背的沉重
我感谢慈母的赐予，对恩怨分得分明
凶狠并非她的本性
凶手与母亲，这就是观点，对于世界
但如今我只是温驯的，是海浪亲吻的一块岩石
那背负的双手，背后是平原、草原
背后是森林，哦沉默的海！
这大海的那一面

神秘是盘坐礁石的姿态
明眼人，世界只在眼瞳中
盲者以手去摸，用心体会，世界在他手心
于是混沌袭来
黑在蠕动
四方脸的蛇吞食灵魂
岩浆如炽
血液蒸腾的红雾映照，海水染红了天边一道霞彩
透风而来钟声、鼓声、钹声、唢呐声、琵琶声
音乐之雨射落被栽种的人，回到自我真实的感觉
礁石上只有一只绿背乌龟
龟壳下虚无、阴柔、静谧是那大海

森林王的女儿，放牧着羚羊，放牧着山冈
（来呀，爱呀！来呀，爱呀！）

雄健、躁动是那太阳
已湮死于大海的温柔
重放光芒是太阳王子，沐浴于
忏悔的母亲，欲望的她获得了宁静和理智
多么惊心动魄
过去揉擦着王子脊背，手不再颤动
不再拥合，不再以裸体去诱惑
年轻人，就让他走吧
把叹息和克制留给自己，直到
脊背如一面铜镜明亮得烫热了她的脸庞
年轻人，你走吧，苍老不过妇人
太阳王子升起来，燃烧得像一只苹果，鲜艳欲啖

我亲眼目睹了一切
我就是要寻找一种准则，我们
不能耽乐于父辈的方式
现在我转身离开
留下这单一世界在苦闷中，在宁静中，在虚无中
黎明是一种准则，一幅画
雄健、躁动是那太阳
阴柔、静谧是大海

森林王的女儿放牧着忧郁的目光，在云影里看我
（母亲说，你要回来，回来）
我迈出的第一步不是乡愁
平原上一望无际的田畴，春天
小草穿衣起来就冲破房顶
时间是嫩绿的种籽，长高了，也会老去
夏天离灵魂最近，我在夏季里
捕捉的蝉声已经禅寂
秋天是一次失去，果实并不能充实思想的口袋
纯洁的冬一片北国风光，憧憬着一所雪白的房子
白雪公主迤逦动人
我迈出的第一步也不是纯粹的希望
一种偶然的心情里迈出我的迷梦
那在光中飘流的线，肉眼看不见
回想最初的我，即是如此
虽然我曾劳动过，在母亲身边
用镰刀割稻子，划破了手指
鲜血紫了泥，我并没有血流到土地的悸动
我要我的童年，与伙伴们在河中扬水嬉戏

一段无忧的时光
我的儿子和女儿，我是否让你们有沉重之感
喘不过气，喘不过气来，是成人的呼吸，生活艰难
我怀念青蛙
捕来蛙鸣
一种稚真的微笑里
缺少门牙
值得羡慕的是乡村情调，啊永不再，我们永不再
我要走，我迈出的第一步不是乡愁
(母亲说，你要回来，回来
她的声音的颤动，有如一块石子在滑落)

父亲以力量铸造我，人子啊，在光芒中
在我离开之前父亲以最后的光芒照耀我，而我要背叛
我要到知识的海洋里去翱游
铁匠之子啊（并且是猎人父亲)，风箱在那里呐喊
要走，要走
父亲接受这仇恨，重锤之下
人炼成了人，父亲支持这仇恨
阳光挂在那里像门帘，空中滚落的汗水像念珠
脸是太阳，背是阳光，挂在那里像门帘
我流泪了，一匹野狗在太阳中奔走
风箱在那里呐喊
父亲的品质
铁匠的名字
猎人父亲
我不会忘记
当我回忆往事，我对贫穷的人充满渴望

唯贫穷执着，唯贫穷冷静，寻找财富
多年以后我才明白，我所要追求的原来是单纯，在我
父亲那里就有，只是苍白点，又无法企及
太阳王子升起来，升起来，刺舞着金剑升起来
仿佛癞牛、野牛、不驯的牛，
翻滚、喘息、试探、赏玩
太阳王子升起来，是一种高度，
在乌云的泥潭里自得、豪迈
啊，凭心脏的呼唤
母亲，对雌性的依恋也是雄性的
人间光芒万丈，因为这自得、豪迈
别了，野火、萤火、磷火、不灭的火
别了，风、雨、雷、电、冰、雹
别了，山、水、树、花、鸟、虫、草
别了，燃烧
我已经走进了森林

我出生时比
死亡还恐怖还宁静
男人一次比
女人一次更恐怖更宁静
父亲要去打猎
我比父亲更恐怖更宁静
我比小鸟儿
更恐惧更宁静
进入森林我曾望天一眼
它比我更恐惧更宁静

我已经进入了森林

在玩一条绿蛇
在一棵蛇树下，它的躯干，它的枝条，它的叶子
都仿佛是蛇
我怎样涉过海洋，涉过平原，涉过草原
到达森林，这象征的森林
她是怎样虐待我，打落了我手中的蛇
钻入草丛就不见踪影，仿佛我的心脏已逃避，
主意已失
站起来，一排落寞
颤抖得冷
我怎么会到森林里来
有一种神秘比命运还难以猜测
比死亡还浓重的阴影
好比苍鹭朝你大笑着“叫你生，叫你生”
叫你颤抖得冷，心中的冷流
就撒到干柴上
燃起一堆篝火，阴森的可怕
嗨，我的先人们哪
捉住你们在火焰上跳舞
蓝色的火苗在祭祀森林女神
燃烧着一种舛然、悔然、嫣然
我高兴得一霎那成了灰烬
又从灰烬中生长出我这个精灵
嗨，我的先人们哪
谁才能与我浑然一体
夜染黑我

火炼赤我
我扶持我
森林王的女儿与我浑然一体
一件神圣的事业将是爱情，誓言将变得是誓言
当黎明到来，在黑暗之后到来，是正确的到来？

可有绝对的状态，纯粹的状态，可有纯纯
太阳王子照耀着农夫在他的田地，收割着稻子
他可知收割的是稻香，是人香，是香香
临近黄昏，南方展开景致
太阳王子悬坐在古槐树枝
牵走了牛，牵走了妻，牵走农夫
在古槐树下，可有纯纯
播种光明的人，可有纯纯
一思索就发抖，追求纯纯
他的心虚，我的内心很少发热
我做戏，从开始时开始，到结束时结束
可有香香
我的女儿叫香香，他的心沉，他很少能轻松
只要活着，我做苦工，
从结束时开始
到开始时结束
播种幸福的人，可见幸福的真面
只需要沉湎和解脱
在生死之初
让我选择死亡之美丽的开放

来吧，农夫，叫他们说

我们却饮酒，在夕阳下，谈论田地
因为一切都离不开今天，而一切不仅仅在今天
今天的黄昏长长的，黄昏醉醺醺的
因为我和你
母女二人醉在无缘地一间茅屋（农夫的女儿和妻）
只有火焰流浪在深蓝的天空
当他们化为火种，真理随她们而去
留下的问题是可有人人
我对你说，蛋清里的黄，令我独伤，可有男男
农夫，我竟意识到我不能如你期待的那般圆亮
我的嗓子时常沙哑
我在这里待得太久，思考着
四种问题，迈不出我的脚步
火熄灭了一种心情，宁静被月色浸着，洗着，冲走
双眼亮堂，心里漆黑
森林王的女儿一霎那崇高而伟大，因为邪恶
我体内的水凝结成冰咔咔作响
夜幕笼上雕像，森林在走
仿佛海潮，仿佛叹息
谋杀了她们，我只害怕
也许她们在另一种世界里活得很好
像风一样吹给我烂熟的气息
想到人生就让我发笑，对自己唯有凄然相向
追求对你们还是安慰
在我出生的地方没有樱桃
荨麻长高了河岸，我撑着船歌唱而下
外婆是那个矮的黑女人，有一双精致的小脚
头发白了，乳房干瘪，充满神秘，她在楝树下

给我们讲故事，小脚上挂着地球（好玩的玩具）
在她尖尖的脚尖上旋转着，
这个天使是个有巫术的女子
是世界的主人，她给我摘天上的星星
说是桃子
她使我对人生具有的新鲜感，再一次接受世界的诱惑

儿子，女儿，我真的不知道，我为什么活
为什么从事创作，那样精力充沛
只是与别人比，我不得不这样
当我从大海里深呼吸，像一只蛙鼓圆圆的腹
对人生的腼腆才因为太阳的高度而有了意义
我不得不这样
我所谈的梦纯属梦，我一次次地试验过
有这种梦，并肯付同样代价的人实在不多
我不得不这样
你们难道活得真的很好，一点不脆弱，一点不坚强
我真的不知道，所以坠入地狱
我不得不这样
有时我想，人是很冷的，很麻木，但因为是人
他们渴望升空，或下地狱
这种超越
我不得不这样
我早已不属于时代
我这个人，也曾年轻过
我就要睡去，坠入永恒的地狱之火
(啊，一个声音说
不得不这样，不得不这样，连空气也发出会心的微笑）

阳刚

在炽烈的阳光下
皮肤是阳刚的
在痛苦的湮没中
振作是阳刚的
阳刚不是长头发
不是吞云吐雾酒海乘舟
沙漠不是阳刚的
阳刚是沙漠里植树的手
铁山是阳刚的身体
披上绿色的战衣
我赞美最男性的太阳
最男性的永恒的照射
工作就是奉献的燃烧
我赞美最男性的夸父
颀长的身体大步跋涉
汗浇黄土渴死的壮哉
我赞美金戈铁马
我赞美风涌黄沙
我赞美喜马拉雅
我赞美长江黄河
我赞美尼罗河幼发拉底河
我惊奇于几百万年前人的头颅
惊奇于金字塔
惊奇于罗马

惊奇于万里长城雄伟悲壮
惊奇于这些阳刚的文化
残酷是阳刚的历史
文明是阳刚的结晶
欺骗是阳刚的罪恶
愚昧是阳刚的衰退
凝想是阳刚的建筑
创造是阳刚的脊背
春雨是阳刚的叹息
百花是阳刚的低吟
夏日是阳刚的骚动
秋色是阳刚的深思
冬雪是阳刚的沉默
飞鸟是阳刚的诙谐
日光灯是阳刚的情操
古典诗词里有阳刚的挚爱
对视
阳刚永不沦落
拥有世界镇定自若
不讲轮回也不避禁忌
阳刚只知道
一味地一味地一味地创造和生活

月

这只是一种心情用纯钢铸成
所有夜半的游魂因此而沉重
憩息的丁香投射出缄默的芬芳
安歇吧，安歇的雨露滋润生命

建筑的生命梦魇在密闭的长房
溪水的流动只是停止了哗喧

只是这种心情在高处悬挂
想说说话已没有回音

不是没有音响，动人的音响岂能听见
在光倾泻，融溶在光里

芭蕉叶的暗绿也是一个旋律
洗涤过它们，洗涤着自己

一根银线传递，一根丝线飞来
在白光中提炼，只在白色中漂白

游魂是一片落叶，沉重终于一声息叹
月像一朵莲花，飞临地上四射光芒

我的豹

我在某个夜晚伸出我的脚
放出了笼子里的一只豹
默契，在某个时辰让它散散腥臊
它威武地走出去一抖皮毛
总能忍住饥饿为了吃个饱
瞧，只是往前走，有个目标

我白天为它侦察寻找
因这身慈悲的伪装极妙
豹回来，撑一个饱嗝，进笼子睡了

钟忆民

安徽绩溪人，现居深圳。高级经济师。1984年至1988年就读于华中科技大学计算机系，1988年至1991年就读兰州大学管理系企业管理专业硕士。1992年投入证券市场大潮至今，忝列证券业资深人士。编著有《甘肃长风宝安股份有限公司公开发行股票并上市有关文件及资料汇编》、中国信达资产管理公司《托管清算业务手册》等。

忆徐闻[1]

大陆之南，草木芬芳；
古港[2]知向，水路宽广。
喧闹的渔港，虾蟹满仓；
静静的红土，瓜果飘香。
灯楼角上，依稀可见海对岸的风光；
白沙滩畔，若隐若现珊瑚礁的模样。
绚丽多彩的原野，本是养生的天堂；
海天一色的景象，造就长寿的故乡。
岁月有情，天地沧桑；
人生有爱，彼此相望。
一阵海风吹过，把午夜的歌声唱响；
一缕阳光醒来，把梦中的姑娘照亮……

2014年10月

---

[1]徐闻县，广东省湛江市辖县，位于中国大陆最南端，隔琼州海峡与海口市相望。

[2]“大汉三墩”古港位于徐闻县南山镇，汉武帝时即为海上丝绸之路始发港通达远方。2001年，汉代徐闻港被文物部门确认为“海上丝绸之路最早始发港之一”。

孙剑

笔名阿剑。1992年至1996年就读于兰州大学电信系电子学与信息系统专业。中国化工作协、浙江省作协会员。作品曾发表于《诗歌月刊》《诗潮》《江南诗》《山西文学》《青年作家》《边疆文学》《野草》等期刊，入选《70后中国汉诗年选2018卷》《浙江省五年文学作品选（2013—2017）》《2018浙江散文精选》等选本，并获多个文学奖。

在南方（组诗数首）

（一）钓者

用一根线咬死水，捆绑河流
跟远方的海、风水、倾斜的大地搏斗

跟日子、未知的结局拉锯

有时抛下一个直钩
有时坐在高处，离题千里
有时，捕获一具洁白虚无的骨头
像水的真实本义

远离人群，逐水而居
跟草木一起静默
坚持古代笨拙的端坐方式

（二）春山

独坐春山，见山都轻了
草木第四十一次醒来
像头次那样，嬉皮笑脸

此时阳光普照
青松翠竹，沼泽灌木
随处倾尽全力

见山下高铁，俗人往来
山上亡灵，闲聊、饮酒、歌唱
春日熙熙，山中一派热闹景象

见三界繁忙，万物生长
病骨铮铮拔节，须发张扬，重回早先草莽模样
我独坐此山，心生欢喜，觉宇宙苍生均可原谅

（三）雕刻谷物

你，大地上的一颗谷物，内心犹疑
沿着祖先的路，在黑暗的光明的国度里漂浮

他们仰望天空，计算着日子，而日子
有时板着古代的面孔
在田间唱歌的人，在河边祭祀的人
他们双手和土地、作物一样颜色
他们眼睛半是虚空，半是黑的黄的红的土壤

让雨水进入湖泊膨胀的内心，让太阳

准备好它炽热的鞭子
种植的人已习惯摧残和死亡
他们眼中的雨水、谷粒都是一种形状
那也是大地的形状，河流与峡谷的形状
那是有一把刀在雕刻万物
今天
地球上刻满了活命的野菜和食粮

（四）丰收时节

在山间，等待身体一点点凉下来。你说
已矣，便有狂风大作
众器沉默，为何让一只口琴在黄昏孤自响起
从季节的骨头深处，一点点凉下来

是非，决断时刻。被两次遗弃的落叶
飘满山谷
它们受伤的手掌是青黄的脸
山川屏息，禾苗茁壮。有人
便忘了时间。有人端坐房间，听风吹过山冈
鹰在祭奠

（五）鲸落

半个月了，雨水还没走
它像马一样踩着屋檐
走来走去的声音
许多人听见

我知道雨水一夜醒着

是想找人说话
我躺在屋檐下面人海之中
像白净的骨头漂浮在宁静的海面
雨水中我觉得自己是一只鲸
在海中缓慢地死去缓慢地沉落海底
给大海最后的温柔最后的怜悯最后的叹息
人们把它叫住鲸落

李红兵

山东临沂人。1993年至1997年就读于兰州大学文学院，北京大学教育社会学博士。现供职于新疆一家文化传媒公司。

一路西行

一路西行
从黄河下游褐色的渡口出发
生命的光芒照亮前进的悲伤
在愈行愈远
水位渐次升高的节气里
南方的梅雨
正淋湿焦灼的目光及欲望

一路西行
在相持不下的季节交替里
潮湿而暧昧的暖峰正轻佻地抬升
贫瘠的没有一朵云彩的午后
有多少人跪在地上把目光伸向远方

一路西行
远方的危楼与雪峰
折回鸟类的飞翔
在干旱与沙暴肆虐的土地上
每一片伸出的手掌

都是一朵盛开的绝望

朴实而悲壮的西方啊
你的仆人一步一叩首的朝拜
总是把千里寻根的眼睛撞伤

1997年7月10日

西部摇滚

走进西部
阳关如一扇开启的门
在背后冷冷关上
西部的摇滚
在门外猛烈地敲着边鼓

在马背上站立起来
在篝火旁旋转起来
更加抵达生命与真实的西部摇滚
在牛皮鼓与梆子声中
洗涤鲜嫩的草原与洁白的羊群

在坚硬的风口
与更坚硬的水上
越旋越急越旋越烈的西部摇滚
如金黄的麦浪
把丰盈的果实倒悬在镰尖上

无所不在遍布天空和土地
粗犷而悲壮的西部摇滚
犹如一柄开刃的胡刀
切开刚刚苏醒的冻土

坚韧的胡杨
就要遍地开花

1998年6月3日

历史

一块青石板被打捞上来
晾成一张老照片
那个忧郁的男人蹲在黑暗里
一言不发

祥和的老农忙着赶场
湿漉漉的青菜露着白花花的牙齿
拥挤的人群缓慢而幸福

城墙狭窄光影不老
脚步深入小巷内部
从不慌乱

钢铁戳穿了天空
人们在一簿一簿方格本里
安分守己演算到天明

2015年6月21日

缺席

门虚掩着长满苔藓
狗在等待着狂吠
泥泞在盼望着脚步
生活被塞满五颜六色的漏洞

转动齿轮火依偎着火
时间已经缺席很久

秋天的果实一步一步走向枯败
大地被洗劫一空
羊群在隔山唱歌

我们穷其一生
在填充最后一个漏洞

2017 年 7 月 28 日

人生

车走走停停，像昏睡人的脸
又像被搁浅的人生
黑夜就像遮不住的真相，被星光和烟火戳穿
有时，眼睛也可以穿透黑夜
点燃黑夜，让黑暗在荒野里熊熊燃烧

车厢里每个人的背包里都装着半部人生
另外的半部被埋在了家乡
不管再走多远或者活得再长
他们的人生只有半部
就像窗外的黑夜被疾驶的列车
碾成两半

2018年4月5日

结构

一棵树在四季小心翼翼生长
鸟群围绕树冠没完没了地跳舞
一枚子弹击中裸露的胸膛
一切都没有意外

远离故乡的仙人掌渴望水
高悬头顶的红灯笼
是少年偷偷吐出的一个烟圈

把命运交给土地的种子
每时每刻都在努力向上
水中的风帆在靠岸前夜覆灭

深藏盒子里的喉咙
是迷失方向的儿童

梦和书排成两行

一双手掐灭了盛开的火焰

2018年9月21日

词语

种子和父亲深埋大地
早起的鹰衔起一块黑暗的石头

聚拢起残缺的烟头
我努力拼接成火的模样

词语的战争，从未停止
我们在词语里长大
在词语里分离
在词语里死去

2018年12月21日

李万元

1994年至1998年就读于兰州大学大气科学系大气物理与大气环境专业。后在中科院寒区旱区环境与工程研究所工作，并获硕士、博士学位及博士后。现从事天气气候的分析预测、沙尘暴的数值模拟和预报，以及干旱气候成因的分析诊断等。

致珍藏二十年的大学记忆

——写在大学毕业二十周年重归母校之际

二十年前，母校在祖国的四面八方
架起炫丽的桥梁
我们满怀喜悦，激情昂扬
南腔北调，共同诉说高远的理想

稚嫩的脸庞
柔弱的臂膀
心虽年轻，却迸发着无穷的力量
坚信未来的天地一片辉煌

贫弱，我们可以使之富强
落后，我们有能力奋发居上
体力，我们年轻，越来越健壮
脑力，我们勤奋，好好学习，天天向上

不相信生活中会有克服不掉的困难

不相信人世间会有平息不了的争端
不相信追赶不上的差距
不相信攀越不过的高山

四年的时光
也短也长
得失，荣辱，挫折，彷徨……
我们始终相依相傍

岁月静好，学海茫茫
母校亲切的记忆中
我们依然在一起
泛舟，徜徉，歌唱，成长……

二十年悄然已逝
当年母校精心搭建的桥梁
一如传说中瑰丽的佛光
依然在为我们每一位燃烧，延伸，护航……

二十年后，我们从世界的四面八方归来
天朗气清，惠风和畅
母校一如既往
温和慈祥

沧桑的容颜
不变的情怀
我们再次欢聚一堂
共诉衷肠

亲历世路，方知世路崎岖跌宕
深涉山水，始信人间山高水长
皱纹和白发沉淀着曾经的泪水和忧伤
坚定的目光依然闪烁着青春的激情和梦想

二十年的峥嵘岁月，风雨中前行，丽日下小憩
我们尽管不必披荆斩棘，乘风破浪
却能保持在困境中顽强健康的成长
在港湾中蓄势整装，心向前方

无论远处江湖
还是高居庙堂
我们都能不忘初心
无愧天良

今天，我们共同续写友谊的篇章
这珍贵的情意定会恒久绵长
更要深情地感谢母校
感谢她当年架起的桥梁

亲爱的同学，愿我们牢记彼此，永不相忘
前行的路途难免还会彷徨
跨越这情谊铸就、坚如磐石的桥梁
让我们时刻为彼此祝福，为对方疗伤

未来的旅途，我们有福共享，有难同当
你的荣光，就是我的荣光
也是他的荣光
更是母校的荣光

沈亚锋

安徽安庆人。1994年至1998年就读于兰州大学材料系材料物理专业。现任通达集团深圳基地副总经理。

故乡[1]

故乡是什么?
故乡是那浅浅的一池塘,
是一群光屁股小孩戏水的地方。

故乡是什么?
故乡是村后的一片小山,
那是一群放牛娃追逐的广场。

故乡是什么?
故乡是村前弯弯的一小河沟水,
那是我们抓鱼的乐场。

故乡是什么?
故乡是村头的那棵大枫树,
那是炎炎夏日老人闲聊的话房。

故乡是什么?
故乡是屋檐下的那棵桑葚,

[1]此诗作于2015年5月23日,当时笔者老娘远在深圳,思念家乡。

不知染红了我多少件新衣裳。

故乡是什么?
故乡是月夜下忽明忽暗的屋场,
也不知抛洒了我们多少的汗水,
总是等不到夜饭就进入了梦乡。

故乡是什么?
故乡是年未过完,
就磨破了我的新衣裳。

故乡是什么?
故乡还是灶台上那一碗锅巴兑米汤,
喝得无论走到天南海北都心驰神往。

故乡是什么?
故乡是七月半水边的老娘,
不知多少声“锋吖,莫搓黑(不要怕),
大胆地回到村庄”。

故乡是什么?
故乡是月儿朦胧的早上,
哥哥伴着星光送我上学堂。

故乡是什么?
故乡是一担粪桶在肩上,
他压弯了父亲的腰膀。

故乡是什么？
故乡是村西头那一片坟场，
我的祖祖辈辈在那儿轮回修炼上天堂。

启航[1]

积石堂，
钟声悠扬，
唤醒我们“兰大材料人”，
在青岛扬帆启航。

积石堂，
钟声悠扬，
文理虽已分房，但血脉相连，
中物的团队给风帆添上翅膀。

积石堂，
钟声悠扬，
青岛海山盛景，华东天堂，
“兰大材料人”启航有最好的会场。

积石堂，

[1]此诗作于2017年7月底，当时兰大材料人在青岛举办“首届年会”筹备会，长江学者95级材料秦勇教授与上海交大95级材化杨志教授是主要倡导者，九院的中物团队88级中文的郑师兄是主要组织者，同事非常感谢83级物理的孙小军师兄在青岛利用自己的主场提供场地及食宿接待，笔者冒着几十年一遇的台风“天鸽”北上护航，此次会议为后来2018年的全球兰大材料人在母校的聚会打下基础，意义重大。

钟声悠扬，
“天鸽”虽强，
怎能阻止我材料儿郎北上护航。

积石堂，
钟声悠扬，
经过四更的论畅，
“兰大材料人”约起十二华章。

积石堂，
钟声悠扬，
不论专业与职场，
“兰大材料人”汇聚新老最强力量。

积石堂，
钟声悠扬，
无论欧亚，还是远隔重洋，
“兰大材料人”都已摩拳擦掌。

戴士文

江苏盐城人。现居常州。1997至2001年就读于兰州大学无线电物理学专业。曾就职于大唐电信集团和UTStarcom。后移居常州创业至今。

远离你的时候

我来到茫无人烟的荒漠
希望无情的沙漠锻炼我的坚强
你却幻化成一片片悠闲的白云
对我静静凝视

我来到茫茫无际的草原
希望辽阔的草原开阔我的胸怀
你又化作一阵阵嘹亮的歌声
萦绕在我耳际

远离你的时候
不管我如何疾驰
你的倩影不远不近地跟在我的身后
如烟如梦

2001年4月

一卷匆忙的风

我是一卷匆忙的风
似乎在时空中奔波了几十个世纪
穿过三千年蒹葭的传说
跨过神女驻足的山峰
期待
这一世的轮回中与你相遇

山泉依然弹奏秦代的乐曲
我追寻着你留下的淡淡的体香
今日我已抵达花季末端的驿站
静坐
无所思亦无所不思

……为谁消瘦为谁醉

天幕的孤星在曙光中挣扎
我追上你在残夜中留下的最后一缕琴音
无数美丽的风景从身边飘过
但那是别人的
我的双眼只为你

你的身影已悄悄临近
我已感觉你我之间
似熟还生的幕帘

轻轻地拂动

我久久地凝视

只为你回头一眸

2001年4月

王少峰

陕西省蒲城人，1997至2000年就读于兰州大学经管学院企业管理专业研究生班。历任甘肃省高级法院研究室干部、中信证券首家理财中心总监、至圣孔子基金会运筹委员会委员、北京大学南燕文化创意研究会会长、香港孔教学院名誉院长、全球人居环境论坛教科文委员会顾问等，系中国诗歌学会会员。主编有《文化资本论》(海外修订版)(获教育部哲学社会科学优秀成果奖)，参与编辑《甘肃省志·审判志》《版权经济论》《蒲城教育志》等，参与策划中日合资电影《聪明的一休之反斗公主》等。

兰州大学的回忆

繁华的闹市
难得有这么一片世外桃源
爬满苔藓的围墙
把街道的喧嚣悠然隔断

小树林　小花园
白云飘过湖畔的假山
披在读书亭上的长藤
春风里轻吟绿色的诗篇

静静的林荫道
伸向朝霞中的图书馆
那里的茫茫书海

让迷茫精神远离尘凡
教学楼的溶溶灯光
荡涤了灵魂深处的灰暗
讲台上的谆谆话语
滋润着荒芜已久的心田

1998年3月于兰州

莲花山顶忆南巡

登上莲花山，
重温南巡的那个春天。
忆想八十八岁高龄的伟人，
退休已多年。

步履蹒跚，
双手发抖，
赤子之心却未赋闲，
那饱经风霜的目光，
闪烁智慧而激情的火焰。
话语似春雷，
声声唤人间！

下武昌，
赴长沙，
过鹰潭。
广东上海说胆量，
安徽江苏讲发展！

鹏城特区，
稳坐第一高楼，
指点大好河山。

一时举国潮涌，
多少人热血沸腾气冲霄汉！
我庆幸，
自己曾是其中的一员。
如今二十年过去，
华夏地覆天翻。
感恩改革开放，
明天将更加璀璨！

2012年3月于深圳

都市古镇

都市藏古镇，
山峦楼台隐，
小桥流水如茶峒，
雨巷梦中人。

文昌塔下院，
悠悠祖屋韵，
诗意远方这里有，
熏风已贮存。

月光起，灯摇琴，

街边小店风味醇，
假日友人来我家，
窗前花成荫。

2018年2月于深圳甘坑客家小镇

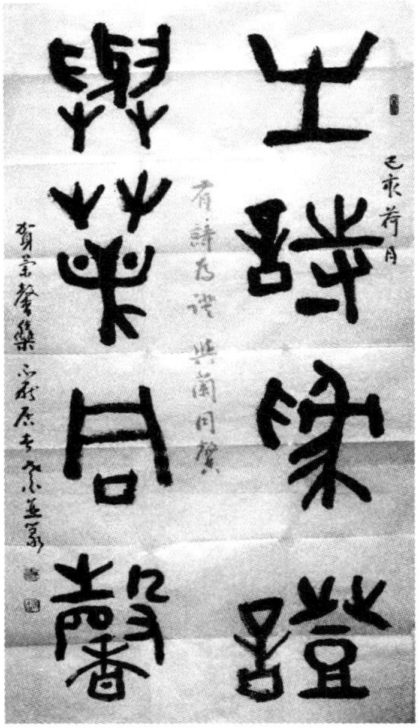

老白篆书四言联

李发荣

1999年至2003年就读于兰州大学中文系。毕业后留校工作。先后在《理论探索》《甘肃日报》《甘肃诗词》等刊物发表文章多篇，现为兰州大学政研室主任。

百年风雨萃英门

一座古老高原，
哺育了一个民族五千年的文明。
滔滔东去的黄河，
诉说着你悠远的美丽；
熠熠生辉的敦煌，
书写着你神奇的博大。

然而曾几何时，
肥沃的黄土地变得贫瘠，
璀璨的莫高窟无人问津。
你，华夏民族伟大的母亲，
竟成了
生命苦难的栖居地，
文化荒漠的代名词。
受尽伤害的你，在难挨的寂寞中
憧憬着什么，渴望着什么……

1909年9月17日，在这个饱受干渴之苦的高原上，

终于开掘出
一眼智慧的甘泉，
一片文化的绿洲——
甘肃法政学堂
在民族危难的时刻，
诞生于西部大地！

九十四场冬日飘雪，孕育了
九十四个浓绿的盛夏，
九十四度春日繁花，铺就了
九十四个丰硕的金秋，
九十四番风雨，九十四圈年轮，
九十四载耕耘，九十四次收获，
铸就了你骨子里成熟的风韵，
却改不了你青春永驻的容颜。

甘肃法政学校，
兰州中山大学，
甘肃大学，
甘肃学院，
国立兰州大学，
……
这一串响亮而质朴的名字，
包含着世事的沧桑，
铭刻你前行的脚印。
回首往昔岁月，
我们为你喝彩，为你赞叹！
一粒播撒在干涸土地上的种子，

怎样一天天长成了参天大树。
为保生存，
蔡大愚呼号奔走，力挽狂澜；
为求立足，
邓春膏夙兴夜寐，苦渡难关；
为谋提升，
辛树帜殚精竭虑，揽俊招贤；
为图腾飞，
江隆基呕心沥血，刷新局面；
……

接过先辈手中的火把，
新一代兰大人铸造了一个又一个辉煌。
我们用实力和品质，树立了
中外教育史上一大奇观——
兰大现象！
沙漠中的鲜花分外艳丽，
它独具的风姿让人们惊叹。
我们欣慰，我们自豪，
我们在世人诧异的目光中
气吐眉扬！

是啊，我们怎能不自豪：
当秦大河行进在南极冰封的雪原上，
当水均益穿梭在中东纷乱的战火中，
当三代人成就勇闯地球三极的壮举，
当李阳英语让无数的人们为之疯狂，
他们的身后，

是兰大深厚的底蕴，
是母校期许的目光。

凝视你坚毅的身影，
人们会想起沙漠中跋涉不止的骆驼，
那高昂的头颅是你不屈精神的写照。
但我们更愿意把你比作那
搏击长空的雄鹰，
用你巨大而坚韧的羽翼，
支撑起翱翔蓝天的梦想，
无论顺风，还是逆风。
朴实宁静的烈士亭，
气势宏伟的图书馆，
见证了几代人自强不息的壮丽；
衡山堂里苦读的背影，
萃英山下忙碌的身姿，
记录下十万学子争创一流的豪气。

漫步于林茂草芳的美丽校园，
你可曾留心欣赏另一种风景？
那是德高望重的院士权威，
那是年富力强的学术中坚，
那是后起直追的青年新秀，
那是蓬勃灿烂的莘莘学子。
从他们深沉而明亮的眼神中，
你是否看到了一幅美好的图景？

博学笃行，

是你广阔的胸怀、踏实的品格；
自强为新，
是你内在的气质、前进的动力。
作西部文章，
是你立足的根本；
创一流大学，是你远大的抱负。

风雨兼程的萃英门，
饱经沧桑的萃英门，
昨天的萃英门，
今天的萃英门，
明天的萃英门，
一道独特的风景，
一个奇异的音符！
古老而又年轻的萃英门啊，
你是一枚硕大的勋章，
覆盖熔铸在西部高原的勋章，
无愧地挂在世界的胸前，
闪闪发光！

你宽阔厚实的胸怀，
永远是我们心灵的依傍；
你如花似锦的前程，
永远是我们追逐的梦想。
你的每一步行进、每一个脚印，
永远牵系着我们爱恋的情怀，
在浩远的时空中
悠长地回荡，回荡……

2003年6月27日

李原昭

山西人。1999年至2007年就读于兰州大学历史文化学院，获硕士学位。现在校友企业杭州校铭文创供职。

我的兰大

一次美丽的邂逅
注定今生我们纠缠不休
你在坚硬的西北守候
我在柔软的江南
泛起思乡的愁
黄河日夜奔流
是否听见我的思念
在暗黑的夜里
如蚕茧缚着我的身
是否看见我的泪
如黄河般奔涌
只为那些年
燃烧掉的青春

我的兰大姑娘

尕妹子带着浅浅的酒窝
埋头在图书馆里

心无旁骛
尕妹子带着饭盒
走进食堂
带着甜甜的笑
尕妹子从不曾抱怨
兰州的苦
百合的故乡从不缺春天的温度
尕妹子的真诚
写在脸上
从不隐藏
如果你的人生
还不曾历经沧桑
不如娶一个兰大姑娘
那将是你
终生的幸福

陈巡来

笔名萃英，贵州人，现居兰州。2002年至2006年就读于兰州大学文学院。现就职于中国移动甘肃公司。

献给青海湖

说你是海
你的脾气，却没它暴戾。
没有台风的易怒，
像处子，安分守己在自己的一片领地。

说你是湖
它的容貌，却不及你。
无须浮夸的赞许，
四季流转，因时嫚丽。

你是海龙王最文雅的王子
你是西王母身边最俏丽的圣女，
你最美丽，我最庆幸
在你盛开的季节，我遇见你。

2014年7月18日

裴亮亮

甘肃天水人。2003年至2007年就读于兰州大学地理系。后获应用心理学硕士。职业心理咨询师。创办学之渔心理工作室，创立标准化心理咨询技术“范畴解构”。

晚安，山竹

尚在襁褓中的你
已为我们所熟识
你的名字真的很酷
酷得让人垂涎欲滴

当你在浩瀚的太平洋上长成
出落得如此水灵
虽在千里之外
却仍有亿万人为你心动

你的魅惑滑过吕宋岛
变奏曲淹没海礁
渔女也为你狂舞
舞池喷薄着你的妖娆

在这悸动的清晨
城市因你而沸腾
女高音穿越楼宇

这天堂与地狱的浑成
安静点安静点
你来了你来了
无法安静无法安静
你嘶吼而来

这大地也随你摇滚
风雨轮换着金属的节拍
文明紧跟着你的节奏
就连空巷也为你的狂舞让路
……

这世界已被你笼盖着
天堂与人间顿生隔阂
你把四野都染成雾色
大地铺满深秋的萧瑟

晚安，山竹！

2018年9月
珠海超强台风“山竹”过境之日

张玉双

甘肃白银人。2004年至2008年就读于兰州大学文学院。现供职于中国市政西北设计研究院。诗文先后入选《甘肃的诗》《中国当代短诗》《当代诗卷（2013）》《飞天60年典藏（诗歌卷）》等选本。

栀子花香

北归的列车上，同座送我一朵栀子花
多么素洁的花，干净得如送花的少女

这蜜一般的花朵，细腻、温润而又打着卷儿
像阅读幸福的情节，我小心地嗅着每个花瓣

从汉口到三门峡的旅途上，是这朵栀子花
让两颗怦然的心暗香浮动，而后彼此靠近

谢谢如花的少女。我们定是同时想起了什么
一瓣一瓣的，像揪着自己的心任它随风而逝

多年不曾亲近的花哟，我惊喜于幽幽的重逢
却忍不住泪流满面。这略带着痛楚的栀子花

乡村火车站

暮色之中的乡村火车站
隐藏着秋天最寂寥的故事
暗红色的铁轨尽头
一列火车冒着白烟徐徐开进

火车停下来的时候
钢铁部件撞击发出刺耳的巨大声响
一些瓶子、塑料制品被粗暴地扔下来
几个操着浓重方言的铁路工人
狠狠地掐灭手中的纸烟头
然后把扳手、钢钎、锤子之类的铁家伙
连同自己风干的身躯一并塞进绿皮车厢
继而，消失在暮色深处的一声轰鸣中

这是乡村火车站的全部场景
一个游历少年独特的怀乡方式
多年以来，我始终清楚地记得
那不痛不痒的站台名：夏官营

用整个晚上来想你

我用整个的晚上，为你
酝酿一个恰分的称呼词

以及紧随其后那些抒情的，诗化的修饰语或者感叹句

其实，更多的晚上
我试图去说服自己
忘掉那些不完整的表达和陈述吧
将黑夜还给黑夜，把生活还给生活

我只抽取一刻钟或者更少的时间，来想你
落雪的晚上，开花的晚上
失去的晚上，得到的晚上
想你。只要想想你
想想曾经和你在一起的日子
也是幸福的

陆梅华

笔名梅花鹿，2006年至2009年就读于兰州大学外国语学院，英语语言文学硕士。现为广西科技大学鹿山学院教师，柳州市青年作家班签约作家，著有长篇小说《平行时空里的爱》。

月光下的钟塔

十年前一轮硕大的明月
停靠在钟塔的塔尖上
月光柔和地拂过我的眼
校园的另一边歌舞欢腾
我青春的身影
愿久久地守候这明月和塔

我循着神圣的光
向古塔靠近
风轻轻吹过夜的树梢
不去打扰沉思者的祷告
我的脚步轻盈
踏着多少先贤的脚印来到塔前

古树掩映的图书馆
许多年轻的面孔
沐浴着知识的光辉
钟声似天籁悠远地回响

我注视着月光下的钟塔
仿佛瞥见天堂的模样

求知林

书声琅琅的小树林
有一棵高高的红果树
落地的红果泛着古酒般的醇
我贪闻着香
多想像脚边的小麻雀一样
吃到大醉一场

若我醉倒　就是摇摇晃晃
也定要走到那紫藤回廊
倚着古老的藤蔓
也许能听到兰大先贤的清谈

听水天同[1]爷爷念一段
“全世界是个舞台
男男女女都不过是演员
每个人都有自己的出场和落幕……”

醒了就到毓秀湖边
水滋润过的心眼清亮
一只松鼠翘着大尾巴

[1]水天同，著名翻译家，兰州大学教授，译有《培根论说文集》(Bacon´s Essays)。

在山松上啃着玫瑰千层饼
树下还有一只流浪猫在虎视眈眈
向月季花、伞树和旱柳问过好
就来到积石堂
读史、读诗、演算……博学修身

多少学子曾把梦种在这里
回望
她已穿过一世风雨
化作一卷卷华美的诗章

做一棵树

做一棵树
等阳光等雨露
在荆棘灌木中毫无顾忌地
沉默望着苍穹发呆
如果爱上另一棵树
就努力生长，靠近
闻一闻彼此的香
如果太遥远
就在每一片树叶上写满情书，
风一扭腰肢，
就把信送到那
看也好
不看也罢
落叶时我已倾尽美好

此后
飞雪落花也不忧伤
时光的静默里
暴风骤雨里
安心站成老态龙钟的模样

叶之思语

沉寂了一夜的思绪
于清晨遇到桂花的甜香
仿佛梦的苏醒

城堡似的群山
萤火虫和星星
都让我想起你
和你搬完一千本书后
身上的香气

你在你的山间
穿过木楼、石桥
鸿雁低鸣
你抬头向远眺望

我往水里送一片又一片落叶
每一叶都是秋的思语
水流过巨石险滩
流出花香四溢的山谷

期许在月落星沉时
抵达你的黎明

穿过冬林

若不是穿过湿漉漉的林子
怎会遇见三叶草
细密的水珠泛着银光
洒在一大片轻柔的碧青之上
如春的新绿让人不忍踏足

雨浇不灭的熊熊烈焰
是亮叶朱蕉的连绵紫红
在心底画下一抹暖

抬头又望见这一丛翠竹
挺入空中的枝干葱葱纤纤
一弯弯柔尾低垂
似舞台上的水袖抛起又落下

我忍不住驻足
停留片刻再多片刻
呼吸冬露的清新
任双眼在林子里沉醉
之后在喧嚣车流间匆匆步履间
不时回望这静谧的冬林

寻一枝早梅

水茫茫的玻璃，
隔绝了车内外的视线。
在窗上画一道透明的彩虹，
向外寻一枝冬天的早梅。

三门江的石屏壁崖，
氤氲里的木桥，
和森林间浮动的雾纱，
都是行走的雨景。
高枝上形似木瓜的蒴果，
是木棉不怕冷的小胖娃。

竹丛间的小船坞，
可有烤红薯香气缭绕？
老树疏落的枝丫，
孜孜不倦地等阳光来染绿，
或是等轻灵的鸟雀叽叽喳喳？

有人在岸边独钓，
有人在清扫落叶，
有人匆匆赶往不同方向。
在更遥远的乡村，我的亲人
在泥地里深耕、剪枝、砍甘蔗……

我忍不住双手合十，原来
风来雨里辛勤的人们，
就是傲立寒冬的早梅啊！

段竑　《暗香》

魏康

2006年至2010年先后就读于历史文化学院历史基地班专业和新闻与传播学院网络新闻专业（各两年）。现工作居住于广东珠海。

我撞死了一只蝴蝶

下午外出，匆匆事急，飞车前趋。
倏忽半空，一蝶来袭。
双翼轻灵，明黄为底，暗纹纤细，
张开见一方天地，闭合是一枚印记。
电光石火，避无可避。
刹那之间，
天地湮灭，印记消散。
车不敢停，久不能语，
尔命往矣，余生我替。

张顺杰

江苏苏北人。2006年至2010年就读于兰州大学化学与化工学院化学专业；后就读于山东大学化学与化工学院无机化学专业，获硕士学位。农化行业工作。现在一家农化外贸公司负责东南亚市场销售。

雨的记忆

儿时，总是在雨里追逐
喜欢连绵细雨的不绝
也喜欢骤雨的狂放
弱冠后，常与好友相谈雨晴
只知自己骨子里对雨的喜好
却不知是何原因
无论何时，又或何地
只要雨来，便欣喜非常

传说，雨是海和天相恋时留下的泪水
情至深处，于是有了海天相接，也便有了狂风骤雨
情丝如雨，是爱情里的泪水化成了雨
雨若情深，是雨像极了爱情的缠缠绵绵
也许我曾梦见蒙蒙细雨中的她
撑着油纸伞
轻轻地走在石板路上

岁中回至故乡

听母亲讲述幼年时的趣事
得知自己喜欢雨是从襁褓时开始的
那时只要有雨，便开始啼哭
后父亲抱我于雨下，哭声立止
母亲形容我望着雨的眼神是
仿佛见着了不入凡尘的仙子一样
直至雨停

眨眼已经初秋
来到泉城已近两月
犹记得开学时那场雨
滴滴答答地敲碎了学子的心
我似乎也有点恨起雨来
但却随着秋老虎的到来
泉城的雨少了
我的心情也无来由地低落
仿佛眷顾我的女神
悄悄离我而去

幼年时曾随父母迁徙东北
仅存的记忆也便只有雨了
还有雨化成的雪
幼小的我总是天真地认为
雪是雨儿心碎时留下的泪花
它是为谁而留
又或为谁而冻结自己

还记得四年前的八月

背着行囊的我
踏上了远赴大西北的行程
一路上心情凝重
只因金城历来少雨
如今四年已惶惶而过
记忆中的雨却很多
似乎背井离乡的学子
对家乡的物最是怀念
而我自然钟情于雨

记忆中
金城的雨有点小气
不若东北雨雪的冷冽
也不若江南细雨的婉约
永远给不了满足
金城的雨永远夹杂着泥土的芬芳
不仅闻着清爽
也切实地滴进我的身体
让我有重回大自然的感觉

金城的雨永远是短暂的
犹如淘气的女孩
想她不哭的时候
她总是意想不到地骤雨般地哭泣
而当我沉醉于雨中时
她却开心地笑了
于是那泪水
又消逝了。

去年暑中行至余杭
如今记忆最深也便是江南的雨了
由于去时不是梅雨季节
也便没了淅淅沥沥的印象
同行的同窗是西北人
记得他说过：
江南的雨真大
与书上说的尽不相同
我不反驳，也没法反驳
只因骑着脚踏车的我们
上下班全是在狂风暴雨中度过
还好酷暑中大雨也给了我们清爽
虽每天都是落汤鸡
但却甚少抱怨
如今我在泉城
雨已一月未见
心情似乎干燥了

于是我
祈求
雨的降临
来滋润已干涸的土地
祈求
雨的降临
来浇灌已干涩的自我
祈求
雨的降临
来净化所有人的心灵

2010年10月14日

周通

2007年至2011年就读于兰州大学大气科学学院大气科学专业。现供职于毕节飞雄机场。

一只鸟的车祸

当你扑打着翅膀
摇摇欲坠的时候
它却飞驰而去
消失在远处
不理不睬
只剩下轻盈的躯体
在空气中优雅地挣扎
落下的那刻
世界即会停止
没人知道你的痛苦
没人在意你是否死去
等待着你的
将会是永恒的寂静
可怜的鸟儿啊
不知你是否已被无数车轮碾过
那冰冷的路面
一定不是你中意的坟场
可爱的鸟儿啊
请原谅我吧

在你生命最脆弱的时刻
选择了冷漠
即便有那么一瞬
那么一瞬愿意停下飞驰的车子
温柔地走近

2017年6月30日

花环

零
人生
就像编织花环
以零为起点，以起点为终点
如同生命的开始和结束
好像没有距离
好像又遥不可及
然而，就在起点和终点所重叠的空间里
饱含了赋予这个世界神秘而美好的诸多质点
因为它们
世界被称之为世界
人生被称之为人生
勇气附上勇气
智慧充盈智慧
没有过去，没有现在，也没有未来
只有那一株串上奇迹的草茎
永恒地拉扯着已知的世界和未知的空间
在特定的认知领域开启一扇门

连接着我们的感官和意念
如同无尽的虚空里闪烁的眼睛
试探着看穿深邃
于是，四周开始明了起来
世界开始明了起来
沉睡的神灵也被人们唤醒
垂着惺忪的眼睛聆听着凡尘的祷告
虔诚的人们得到启示
举着火把高呼万岁
而那些被神灵抛弃的人们
怡然地欣赏着自然的神奇和伟大
赞美自然给予生命的美丽
是那一弯逝去的流水
滋养着万千生灵
于是，万物开始明了起来
人们不再只信仰神灵
不再只赞叹自然
他们开始用理性验证理性
用求知证明求知
用智慧滋养智慧
用无知肯定无知
然后，回归原点
在黑暗的角落
等待着另一扇门的开启
重新睁开眼睛。

2013年5月18日

曹文

2008年至2012年就读于兰州大学外语学院日语专业。现居日本大阪。

出走

古老的歌谣
游荡在大漠上空
枯瘦的河流
喃喃自语

大地的镜中
胡杨林正在梳妆打扮
诀别的诗
倾诉离人的衷肠

克拉玛依的云朵
不再哭泣
因为黑夜吞噬了灵魂

克拉玛依的孩子
不再悲伤
因为大火带他们去了远方

克拉玛依的呼喊

不再响起
因为舌头也不在了

2017年7月1日(7月7日修改)

姐姐

八月的风拂动河岸懒散的垂柳
夏蝉肆意鸣唱
汗珠滚动
炎夏依旧

今日立秋
该是令人振奋的节气
此刻的黄土地
一定满布金黄的喜气

在九月来临的时候
我将远行
去往那遥远的地方
看望我的姐姐

虽然九月不再有眷恋的槐花香
但是，我有姐姐
虽然九月不再有深情的相望
但是，我有姐姐

2017年8月7日

绿皮火车

古老的高原上
飞驰着一列绿皮火车
从沉睡的灯红酒绿
驰入寂静无垠的田野

欢腾的车轮飞轧而过
锈迹斑斑的铁轨霎时铮亮
汽笛在山谷中四散
道砟享受着短暂的欢愉

麦田里的老伯抽起旱烟
在雾气弥漫的清晨
守望着长龙驶过
思绪在轰鸣声中溜向远方

兜售特产的列车员
深情讲述着产品特效
倦意未尽的母亲
紧扶尝试站立的孩子

喧闹与寂静
在车窗外轮番切换
重逢与别离
在车轮里渐近渐远

轰隆轰隆
火车掠过三门峡

2017年10月8日

路

路上生长着献媚和殷勤
在深夜沉睡的街头
野蛮生长
道旁树沉默不语
因为决策从来不靠他们

路上埋葬着鲜血和汗水
午夜轰鸣的机器声
是真情的初心告白
也是最后的苍白呐喊

粉黛尽施的大道
是面容姣好的贵妇
众人慷慨解囊
只博回眸一笑

苟于一隅的小路
是衣衫褴褛的少女
春风吹起尘埃
落定之日无期

路是希望
春风拂面
绿意盎然

路是绝望
黄沙漫天
颠沛流离

2018年4月8日

画

天空那么开心
湛蓝地微笑着
似火的蔷薇花
摇曳着铺满了乳黄色的墙壁

黄县路的尽头
经营着一家咖啡馆
名曰不舍昼夜
那是一座德式的二层老楼

一楼门厅外
黝黑的摄影师收集着甜蜜
幸福的笑容
洋溢在年轻恋人的脸庞上

荒岛书店恋爱了

据她五十米的地方
新开了一家书吧
门口的楹联写着
求索心智远
书社文墨香

长发的画家
静心描绘着天与地
晚霞洒落画板上
笔尖旋转、跳跃
时光、希望定格

2018年5月27日

雪域高原

今日你是我的恋人
当浓情蜜意
被时光之河冲淡
你对我的牵引
一直未曾消散

今日我愿是风雪中
最后挺立的护路人
在海拔四千多米的第三极
坚守天路
守望家园

耳畔响起冬不拉
美得让人窒息
虽然这片热土
并不属于它
但却容得下它

当古老和古老相遇
一切雕琢掩饰
都不值一提
美好永远纯粹
丑陋暗藏驳杂

肃穆雪山
是圣洁情谊的见证
爱恋在山冈上行走
眷恋在血液里流淌
我进入你的身体
你刻入我的灵魂

2018年12月8日

马元雄

2008年至2011年就读于兰州大学文学院文艺学专业，获硕士学位。现供职于甘肃平凉市文化广电和旅游局，平凉市作协副秘书长。有小说、诗歌、评论发表于省市报纸杂志。

一分部，我已出走多年

（一）栖居

一分部的宿舍楼
低调、矮小
掩隐在周围的高大建筑中
静静地，散发着古旧的气息
一墙之隔，二热的两个大烟囱
热气滚滚，恣意升腾着

宿舍楼，不规则地展开
楼角翘起
恰似一本摊开的书本
夜幕来临时，闪亮在
每一个窗口的灯光
如一颗颗温暖的文字
跳跃

而今，我已出走多年
行万里路

或明，或暗
每当月儿挂上
阳台的栏杆
一分部5号楼405
灯光向暖

（二）衡山堂

衡山堂的弟子
腋下无剑
师出文学院、历史院、新闻院
师傅们教授着不同的经书，
却无派别之分

弟子们偶尔也会看相同的书籍，
不会有偷艺之嫌
书本方寸之间
孔子、王阳明、鲁迅、沈从文，
卡夫卡、福柯
……
古今中外大师
都会莅临这栋三层小楼

麦黄六月，学成出师的
走了一批批
金秋九月
慕名而来的新人，相聚切磋
学子们的江湖，负笈携卷
走过的路

春天百花绚烂，
秋日阴雨连绵
诗意两行

张子楠

笔名南极子。2008年至2011年就读于兰州大学法学院，法律硕士。现就职于河北省邯郸市城市管理综合行政执法局。

立秋

田野里的庄稼像烧着的火焰
在大地上热烈地跳动
远去了拔节的痛
秀一下扬花的欢快
在世人的不知不觉中
立起了一个不凉的秋
夏花的踪迹难寻
暴风雨和山洪一波又一波地来临
还将一波又一波地继续
仁与智的博弈
大渡河的水
正在经历着前所未有的波折
在一声婴儿的啼叫之后
世界由躁动归于平静
南天门的荒木
北湖里的鱼虾
感到了顿然而至的惶恐
雪山的泪水
在柔顺中滋润着草木秋虫

听一声又一声唱和
是一组美妙的月光曲
是谁的脚步响起
向天亮走去
阳光变得和煦
从桐树的叶缝里洒下
洒下一地的灿烂
蝉儿开始怀旧
唱着一个夏天的史诗
它的破壳而出
它经历的爱情……
和今世最后的那段相思……

荣国府贾母院的海棠
依旧枝繁叶茂
高过房顶的树干
尽显着富贵端庄
人去了
曲终了
一丝淡定
一场好景
一个令人惋惜的好梦
一个看门的少妇独坐树下悠然
和我聊一些红楼旧梦里的故事
我突然看到她很美
白净的脸上放着圣光
嘴角挂着观音的微笑
目光纯净

像那梦里的秋水
秋水来了……
那是上善的水……

黄鹤楼边涌月台下的黄花吐出了蕾
江水在不停息地上涨
蛇与龟在共舞
首义广场的菊花等待着遍地金黄
起义门斑驳的墙面
睁开了沉睡的双眼
打一个百年春睡的哈欠
舒一口长气
给自己一个清醒
看着徐锡麟人头落地
听着秋瑾剑舞长歌
遍地黄花的深处
七十二壮士的魂魄在悄悄地复活……

一个挎着藤篮的绝美少妇
篮里装满了紫的和碧绿的葡萄
在雨后的石板广场上叫卖
我买了一串
拿一粒含在嘴里
品不出是什么味道
沿着秋的方向
我随很多很多的人登上了高台
去观看一场热闹
银河里的水

喷出变化万态的泉
一个又一个泳者
从河里疾速地游过
站在两岸的人群
不停地喝彩欢呼指点
那只是一瞬间
真的
那只是一瞬间的故事
在故事终了
在春梦的破处
他们都是向秋的方向游去
在银河里的远方
是慈爱上善的秋水……

端午

逃出谎言和虚伪编就的樊笼
前方是漫漫的长路独行
死神地虎视
蛇蝎地暗算
挡不住一个坚定勇敢的信念
光明在前
在长路通向的远方
那扇黑色的门后
是无量的光明之源
被毒染了的河水在呜咽地奔流
呐喊是烈烈地无声长啸

仰天地诘问
怒目地急奔
唤不醒一群腐朽愚蠢的灵魂
四周黑暗
在黑暗迷茫的四周
那些谎言的背后
是恶鬼的地狱乐园
我散发赤足地奔跑
无暇计较妖言的惑众
我是一个疯子?
河水告诉我她很痛
美丽华山的清白
已早被妖魔断送
我是一个疯子?
妖言在惑众
河面氤氲的冤魂
在静默中无声地悲鸣
污浊的河水
在折腾出污浊的浪花
原本碧绿的河岸早已寸草不生
一只又一只河蟹
在专注地自慰
在被遮掩了真相的角落自得地骄纵
一个又一个粽子
被愤怒的百姓投入河水
清白和良善要与恶毒地狱同归于尽
我仰天长啸
我击节悲鸣

光明的力量使我惊起
我义无反顾地迎击地狱
我的脚步铿锵有声

红河谷

遥望洁白的圣山
我像雄鹰在你的怀里盘旋
纯净的蓝天似你的笑脸
珠穆朗玛女神的庄严
是她三个兄弟的流长渊源
孕育出世间最神圣的土地
布施着一方众生的平安
不变的玛尼堆
不变的经幡
不变的磕着长头的朝圣者
红河谷的绝美世上罕见
看那勇敢的牧女挥动着手臂
雪白的牦牛群若飘动的云朵
我前世的姑娘转世
在今世上帝的厨房里帮厨
这美丽的红河谷
是她前生的故土
我凝望土筑的城堡
可寻不到她留下的痕迹
耳边却隐约传来
她唱的牧歌

我的眼泪
化作了今世的红河

冬至

岁月的藤蔓爬上了月亮
爬满了太阳
如同远去的迷思
在空空的清宇飘荡
风雨岛的噩耗接踵传来
还将会继续
曾经的炽烈如火
早已成了陌路
像在冬夜寒风里飘摇的枯藤
追思变成了邪恶的亵渎
旧梦留给了远去的笑容
曾经的依偎
化作了永不相遇的日月
满天的星斗是你的泪滴
心的田地上落满了白霜
那里的空灵和寂无
早已滴水成冰
曾经的脚印已被时间磨灭
故人的影子
如同刻在石壁上的雕像
冰冷的极致
春天的脚步开始在心底踏响

敦煌

远方是一团
心影的模糊
西北的那座城
和绵延的黄土坡地
没有绿草和湖水
一钩弯月
于空中飘摇
每一颗星星
都像是你的眼
望着我于夜空下慢慢行走
这个红尘中
联结着多少世事的无奈
我多想
飞到你的身边
化作空
化作气
化作明晨的一片霞

守月亮

守住了月亮
却守不住月光
手执着明镜

照到的却是尘世的沧桑
看到了今天的美
却注定了明日的伤怀
有多少温存能够被珍藏
天堂虽好
却不过是途中的一道风景
伸向你的那只手
早晚也要变得冰凉
是什么让你平静
是什么让你安详
守不住月亮
守不住月光
守住的只是一生的沧桑

陈海波

就读于兰州大学管理学院2012MBA广州四班。现供职于广东省电力工业燃料有限公司。

玻璃心

一念爱
你成为家中的一员
十五年了
风雨兼程
默默付出
从无所求
你
感受着每一次的酸甜苦辣
倾听着每一次的欢声笑语
见证着每一次的春暖花开

一念弃
你感应到无形的心力
曾经的岁月
化作一道痕
一道泪水铸就的裂痕
忏悔
不该有的想念
惊讶

神奇微妙的纹路
感恩
包容一切的慈悲
一朵含苞待放的莲花
全然展现在眼前

一念净
以为去旧来新
却是令人心痛的错误
一切看似平淡无奇
实则奥妙无穷让人敬畏
打开智慧的心门
万物都充满生命的灵妙

2018年3月28日

罗时强

江西吉安人，2012年至2016年就读于兰州大学萃英学院（“珠峰计划”）。现供职于江西省乐安县广播电视台。

从长江之滨而来

六年前的夏天，
我从长江之滨而来
带着南方湿润的水气，
成熟在壮丽的黄土高原
在这里，
我是个穷学生，
是自由的灵魂，
孤独的承载
常常无惧他人，
与自行车为伴
在兰州多雨时离开，
我眼角没有一丝挂牵
后来却一次次吃馒头、土豆
来怀念最好的那几年

2018年3月5日，作于乐安县委宣传部

苏金文

2012年至2016年就读于兰州大学法学院法学专业，同时辅修应用心理学，获双学位。现从事农业。

母校，离开你已是好些年

——为兰州大学南京大学校友会成立而作

（一）

吾不见巍巍昆仑
吾不见铮铮天山
吾不见涛涛黄河之水
吾不见高高萃英之峰
吾不见西北青年！
母校，离开你已是好些年
母校，离开你已是好些年
我独自行走在山河四季，也在潼关的口子上探了探
或悲伤或激情或麻木不仁
母校，离开你已是好些年
我独自行走在山河四季，也张望了眼卷世的狂澜
怯弱着有力着无力的不争气的
苦苦追索——我想要的、你给我的和我给你的期许

吾不听闻昭之乐耳
吾不听君尔之鼾
吾不听伊尔倩音

吾不听你的那风那雨那秋那冬那疼那痛
吾不听西北青年
母校呀，离开你已是好些年
母校啊，离开你已是好些年
我犹记得有你的日子里，
我的恋人，我的兄弟，快乐而奋进
母校，离开你已是好些年
我犹记得没你的日子里，
我的恋人，我的兄弟，忧伤而思念

吾不登萃英之巅
吾不走隆基之路
吾不攀积石之阶
吾不行那兰州到榆中的四十五里地
吾不踏西北青年的半亩三分
母校，离开你已是好些年
母校，离开你已是好些年
我一直向前，乐着悲着伤着忧着奋斗着向前
母校，离开你已是好些年
我一直向前，我一直向前，我一直向前，我一直向前，
坚毅而怯弱的向前

（二）
吾不见巍巍昆仑
吾不见铮铮天山
吾不见涛涛黄河之水
吾不见高高萃英之峰
吾不见西北青年！

吾不得见

吾不听闻昭之乐耳
吾不听君尔之鼾，
吾不听伊尔倩音
吾不听你的那风那雨那秋那冬那疼那痛
吾不听西北青年
吾不得听

吾不登萃英之巅
吾不走隆基之路
吾不攀积石之阶
吾不行那兰州到榆中的四十五里地
吾不踏西北青年的半亩三分
吾不得登
吾不得走
吾不得攀
吾不得行
吾不得踏
吾不得
吾不得
吾不得
母校啊，离开你已是好些年
母校啊，离开你已是好些年

（三）
母校啊，离开你已是好些年
母校啊，离开你已是好些年

我仍旧是你的西北青年
母校啊，离开你已是好些年
我仍旧是那西北青年
我仍旧是那西北青年
我仍旧是你的西北青年
我仍旧是你的西北青年
我永是你的那西北青年
我永是我永是我永是我永是你的那西北青年
你的那西北青年啊

母校，离开你已是好些年
我独自凭听着人生的苦人生的乐人生的哀人生的喜
当我伤时
吾犹记
自强不息，独树一帜
当我悲时
吾犹记
自强不息，独树一帜
当我忧时
吾犹记
自强不息，独树一帜
当我怯时
吾犹记
自强不息，独树一帜
当我伤时
吾犹记
吾校虽瘦，必肥中华
当我悲时

吾犹记
吾校虽瘦，必肥中华

当我忧时
吾犹记
吾校虽瘦，必肥中华
当我怯时
吾犹记
吾校虽瘦，必肥中华
母校，离开你已是好些年
当我伤时
吾见巍巍昆仑
当我悲时
吾有铮铮天山
当我忧时
吾饮滔滔黄河之水
当我怯时
吾拾积石之阶
吾见巍巍昆仑
吾有铮铮天山
吾饮滔滔黄河之水
吾拾积石之阶
我想
吾必登高高萃英之巅

母校，离开你已是好些年
吾见巍巍昆仑
吾有铮铮天山

吾饮滔滔黄河之水
吾拾积石之阶
吾必登高高萃英之巅
吾见巍巍昆仑
吾有铮铮天山
吾饮滔滔黄河之水
吾拾积石之阶
吾必登高高萃英之巅
吾见巍巍昆仑
吾有铮铮天山
吾饮滔滔黄河之水
吾拾积石之阶
吾必登高高萃英之巅

占文新

安徽安庆人。2012年至2016年就读于兰州大学管理学院信息管理与信息系统专业。现就职于深圳市华星光电技术有限公司。

风的思念

这慌乱的风，
似乎已在尘世中流转千年，
夹杂着泥土的芬芳，
携眷着厚重的思念。
那苍白无力的柳絮儿，
任凭着风儿茫然席卷至天边，
而我在这苍茫的天空底下，
企图回归被岁月淡忘的失落的从前。
记忆中灰白色的老照片，
像是凝固了的无数个昨天。
那缱绻在时光缝隙里的缠绵，
像是这无序的故事中被埋藏的主线。
我说 我还会思念，
却只能在想象中永远。

听风，是一个人的孤独

无意中拨乱我的心情，
竟是迎面而来风的声音。
那遗落在记忆深处黯淡的身影，
此时却幻化成风弦上颤动的和音。
谁叫你如此多情，
撩动我一个世纪的伶仃，
谁叫你如此多情，
惊醒我沉睡了千年的心。

陈伟

2013年至2015年就读于兰州大学管理学院，国际工商管理专业硕士。现供职于广州工商学院。

深爱您　我的母校——兰州大学

您有着百年沧桑的年轮（1909）
您有着西北拓荒者的斗志
您有着为中华崛起的意志
那时
我们一代人深爱着您
在那艰苦革命与抗战的年代
他们为您立下汗马功勋
即使外表痛苦
但内心快乐着幸福着
因为他们深爱着这个事业

您有着新中国共同崛起经历（1949—1965）
您有着人民从此站起来见证
您有着为西北崛起的新意志
那时
我们一代人深爱着您
在那辛劳创业与建设的年代
他们为您奠基起大西北教育
虽然条件艰苦

但内心快乐着信仰着
因为 他们相信着这个事业

您有着“文化大革命”的洗礼（1966—1976）
您有着誓死不屈的坚强
您有着为西北教育的理念
那时
我们一代人深爱着您
在那阶级斗争与奋斗的年代
他们为您失去生命来保护着您
虽然身体委曲
但内心坚强着长叹着
因为 他们仰望总有好的天空

您有着改革开放的机遇（1979—1989）
您有着西北独特的天然
您有着为丝绸之路的开启
那时
我们一代人深爱着您
在那春天改革与大潮的年代
他们为您激动欢呼来支持您
虽然条件有限
但桃李人才辈出欣慰着
因为 他们等待梦想终露毛角

您有着机遇从身边溜走的苦楚（1991—2009）
您有着想大做却受条件的限制
您有着总以为是西北老大的优势

那时
我们一代人在爱的同时也给您提出挑战
在那东部个个崛起的时代
他们感叹您的笨拙与天真的无奈
虽然您是皇朝贵族
但落后的脚步紧逼着
因为他们的梦想依旧强烈而无助

您有着崭新的西北战略机遇的将临（2010—）
您有着担负新园区挑战的重任
您有着曾经孤芳自赏独自悠然思索
这时
我们和新生代依然爱您
如今您有着万般的机遇与无奈
我们只有相信
我们同时也要觉醒
我们要奋起直追勇于面对
紧跟时代步伐希冀桃李天下
我们一直深爱您我的母校——兰州大学

何雷

自称浪云，甘肃永登县人。2018年入读兰州大学EMBA（深圳双证班），从事IT行业。

群鹰荟萃

（一）老鹰颂歌

谁的守护
延续了百年兰大的辉煌
谁的坚持
让鹰的身影享誉五洲
谁的执着
在花开花落里铸就巢的绚丽

亲爱的老师
我们的头鹰
是你一生传播鹰的精神
是你一生守护巢的光辉
无数个清晨和夜晚
风霜雨雪雕刻着你的面容
在你的额头留下年轮的沟壑

亲爱的老师
兰大的守巢鹰
你的身影是刻入心底最美的图腾

似乎遥遥闻到
夕阳里
你新增的白羽沾满桃李芬芳

（二）雄鹰翱翔

那是一把温暖有力的手
拂去毕业墙下略显绝望的眼神
带来了人性之光
让我们深信传承的魅力和爱的力量

你从来都不知疲倦
出现在最需要的时候
那是一个鼓励的眼神
那是一句轻轻的提醒
那还是一个个汗水湿透的背影

兰大的雄鹰们
请带着祝福翱翔吧
也许
你的面容和背影
必将模糊
但是我们会铭记
天空始终将彼此凝结在一起

（三）雏鹰展翅

我们来了
这是一场万年前的约定
这份约定

是为找寻更好的彼此
你唯美地来了
我姗姗地来了
她嫣然地来了
他忐忑地来了
千姿百态的我们来了

我们是兰大的雏鹰
我们将品味鹰的精神
我们将享受重生的痛苦
以更雄健的身影
为天空振翅
为兰大之光翱翔

（四）巢之光辉
他从遥不可触的历史斑斓中走来
八千年的历史
在黄河平静或咆哮的身影中沉淀
这里有祁连山脉千沟万壑的悲壮之美
这里有马踏飞燕的洒脱
这里有丝绸之路的喧嚣和繁华
这里有被风沙无情掩埋的历史
这里有人类飞天之梦的婀娜身影
这里有葡萄美酒夜光杯的慷慨激昂
这里有漠北之战的气吞山河
诗和血性从来都是他的柔情和铁骨

今天我们是西北高原的一群鹰

带着巢的光辉
一起诠释和书写鹰的精神
我们必将自强不息
一起感受巢的温暖
增加巢之光辉

王志荣

甘肃临泽人，现居兰州。1983年至1987年就读于兰州大学中文系。2002年至2004年，在兰州大学中文系研究生课程进修班学习。有诗歌、散文数十首（篇）发表于《诗歌报》《飞天》等报刊媒体。诗歌作品被收入《出去变只白鸽子》《人生诗历》，报告文学被收入《当代人风采录》。与友人合编《当代最新青春诗名篇赏析》。

年味

小时候的年是从腊八开始的。从喝下那一碗热乎乎的粥起，冬天便开始弥漫出一缕一缕的热气。那热气自然是年味的铺垫，调动着我们味觉、嗅觉、视觉、听觉，也调动着我们有限但坚实的期盼！因此，小时候的年是有声的、有色的、有味的，是长大后铺在心底让人回味和感动的。

提到腊八，不得不说说“腊八粥”。“腊八粥”的来历有许多版本，但都没有我的故乡流传的说法更有意思——每年的腊月，人间逍遥一年的各路神仙都要上天到玉皇大帝跟前汇报一年的工作，相当于我们现在的年底述职。一堆神仙自然也是良莠不齐，偷懒的、谄媚的、报喜不报忧的，隐瞒不报蒙蔽玉皇的神仙自然也不是个例。于是，天庭建立了一套巡视制度，听这些大神大仙们的报告的同时，还会派出“千里眼”“顺风耳”之类的钦差大臣到人间巡视，然后把看到、听到的情况汇报给玉帝。天庭不好糊弄了，神仙们就得在人间动心思，正所谓上有政策，下有对策。这一年刚进腊月，一干神仙竟然偷偷凑到一起，研究起对付玉帝巡视的办法。土地爷、灶王爷、财神、喜神、龙王爷、阎王爷等神仙别看平时对付人间的凡人倒是不费吹灰之力，但要对付玉帝，到底还是神力不足，想了几天，脑壳发胀了，上天报到的日子临近了，还是没有找到好办法。最后还是灶王爷灵光一闪，想出了一个办法。众神虽然将信将疑，但苦于没有更好的办法，只能一试。上天的那天，灶王爷施舍给人间众生每人一碗由他精心熬制的“忘忧粥”，据灶王爷说，喝了这粥，凡人可以暂时忘记一年的烦恼和忧愁，忘记对风不调雨不顺的抱怨，忘记疾病频临、乱点鸳鸯谱的抱怨和对大神大仙的种种非议。果然，“忘忧粥”糊了众生的脑袋和嘴，无论穷人还是富人，都显出一副乐呵呵表情。玉皇大帝听了巡视汇报，果然龙颜大悦，以为一干众神在人间都干得不错，统统给予优秀等次，赐御席御酒招待一番，其乐融融，尽欢而散。这种粥因为是在腊月初八喝的，后来就叫“腊八粥”，也因为喝过后就开始糊里糊涂地花钱，又叫“糊涂粥”。

不知是“腊八粥”真有此功效还是别的缘故，反正腊八一过，沉闷的冬天就开始有声、有色、有味了！声是那肥猪挨宰前的哼哼声和尖利的嘶叫声，是磨坊磨面的吱呀声，是捣蛋到迫不及待的小子从手里扔出的爆竹的噼啪声，是南腔北调的吆喝声，是温言温语的问候声……色是杀猪匠刘瘸子提在手里的尖刀凌厉的寒光，是那咕嘟咕嘟冒出的猪羊的血，是脱完毛后的黑猪白花花的肉皮，是人剃发后闪闪发亮的光头，是灿灿的刚出炉的大饼，是母亲新缝制的带着细碎小花的红棉袄，是红红的对联，花脸的门神……味是最丰富的，烙饼醇厚的麦香，炸油饼的油香，杀猪宰羊后的腥膻，肉在锅里越来越浓的肉香，空气里有一搭没一搭的硫黄香，酒鬼提前洒落的酒香……这些声，这些色，这些味，又总是跟热气掺和在一起，仿佛让冬天变了一种模样——杀猪宰羊时大锅里滚动的热水上不断泛起的热气，刀子在猪羊的肚子上划开后腥温的热气，灶台里揭开鏊子就冲天而出的大饼的热气，刚洗衣服、床单、被面晾在院子里的铁丝上冒出的热气，爆竹噼啪后升起的一缕烟气，烧红的铁具落在猪头猪蹄上呲呲中冒出的难闻的焦毛气……

北方的年就是躲在这种热气里，突兀而来的，是带着大咧咧的神情，追着人的脚后跟大步而来的。这种来不像南方那种少女般的款款，也不像南方预先有着植物温润的铺垫，而是有点猝不及防的样子，夸张的样子。但又是被冬天的尾巴箍着的，不会过于张扬而失于浮躁的。它是内敛的，留着尾音和遗憾，就像小孩子口袋里的一粒粒鞭炮，是从一挂女人的大辫子似的鞭炮上小心拆下来的，炮捻的呲呲声后听到的不是酣畅的噼啪声，而是东一下西一下有间隔的叭叭声。声音也不是尖锐的、放肆的，像是少女刚刚笑出声，忽然觉得不该似的捂了嘴的偷笑，尾音下压成了弧形，凭空添了另一种味道。小孩子其实是不喜欢这样收敛地放炮的，他们是多么希望那整挂的鞭炮在自己的手里尽情欢唱起来，让那噼里啪啦的声音随着腾起的一团烟雾弥漫整个村庄，但也知道那连贯的鞭炮是有大用的——先人、财神、喜神、灶神等等的各路神明的迎送哪样能少了鞭炮呢？因而这小小的遗憾便留给了预支的期盼——今年过了不还有明年嘛！

大人们也是有遗憾的。总觉得过年的准备还是不周全的，小子缺一双袜子呢，给丫头答应的雪花膏没有买呢，拜年的点心差一份呢，等等。可摸摸口袋，空啦！再打开锁着的柜子就彻底傻眼了——压箱底的钱光啦！这钱怎么糊里糊涂就花光了呢？

钱花完了，该使的力使完了，大年三十顺理成章也就到了。待到下午，红红的对联们、似是而非的关公秦琼们、花花绿绿的门头们一律在午后的阳光中耀眼起来，空气里就弥漫出一股不可阻挡的热闹。再等到热腾腾的饺子出锅，那热闹就有了色香味。再等到给先人烧完了纸，就听到远远近近鞭炮的噼里啪啦声、雷管的通通声，虽然时间不会太长，但也此起彼伏。因为空旷，这声音是沉稳的，因为热闹，这声音又是暗藏了激动的，暗藏了期盼的。屋子的火炉上温着的酒开始散发出诱人的酒香，那是五谷的精灵在舞蹈呢！这时候的热闹，除了色香味，又是增加了声音的。一切都是放下的，辛苦是放下的，忧愁是放下的，眼泪是放下的，劳动是放下的，学习是放下的，留下的是像面包一样蓬松的快乐和即将像酒香一样弥漫的或近或远，如真似幻的向往。

除夕夜，连梦都是甜蜜的、热烈的。

最热烈的自然是那些从甜蜜中醒来的孩子们。一大早起来，他们便穿了新棉袄、新鞋子，戴了新帽子，撒欢似地出门，串联起一支小队伍蹿进村里的每家每户，东西南北的一支一支小队伍，渐渐地便汇成由某个大人带领的热热闹闹的拜年大队伍，纷沓的脚步落进哪家，哪家的院子里就响起震天的喊声，有喊爷爷奶奶的，有喊大爹大妈的，有喊叔叔婶婶的，有喊大哥大嫂的，各喊各的，只有给你拜年一句话和跪在地上磕头的动作是一致的。主人家招呼大人的大抵是一支烟，招呼孩子们的往往是瓜子和水果糖，抓一把揣进兜里，仿佛收获了一份庄稼。

孩子们也有私密性质的拜年，那是精心选定目标的。比如今年，他们的目标是胡子大爷的老二，他们唤他二叔。二叔不是每年都回家过春节，而是隔一年回一次，因为他是吃公家饭拿工资，常年在外工作的那种（好像是地质勘探）。他们特别地给他拜年，并不是跟他的关系特别，或者更近，关键的原因是他可能会给他们崭新的年钱，而不是像农村人一样拿一把瓜子或者一两颗水果糖敷衍了事！当然，他们在如何去上也是有计划的：一个人去当然胆量不足，人太多当然也不妥，最好是三四个孩子。关系太远的自然不能一起去，不近也不远当然最好。

这样的计划自然也是心照不宣的秘密——假装碰到一起，假装正好在门口碰到二叔，于是齐齐地磕头拜年，于是二叔呵呵笑着，从上衣兜里掏出几张崭新的一毛或者两毛的钞票，一人一张分给几个孩子，孩子们涨红着脸一边道谢一边笨拙地掩饰着兴奋，把那张喷香的票子攥在手里蹦跳着离去。这种好运因为不是年年都有，也不是每个孩子都有，于是孩子们便只能保留一份希望——拿工资的二叔啊，明年一定回家过年！

初二的主角是女人的。嫁出去的女儿带着姑爷、外孙欢天喜地跨进门，放下手里的东西，堂屋里上完香，双膝一跪，高叫一声：爹，我们给你拜年！妈，我们给你拜年！当妈的心就在那一瞬软了，觉得一切的辛苦都值了。细心的妈能听出，那一声高叫里，有了与以往不同的内容，像蒸笼中溢出的麦香，暖心暖肺，难怪说女儿是小棉袄呢！女儿们在父母身边永远是叽叽喳喳的小鸟，小鸟们叫一会，来来回回地飞一会儿，香喷喷的饭菜就上了桌，主角换了姑爷——嫁出去的女儿泼出去的水，姑爷不是家人是亲戚！是亲戚就得招呼吃好喝好，过年的礼仪是少不了的。亲舅子，表舅子，都是舅子，酒杯在舅子的手里轮番地来回，考验姑爷的酒量，也考验姑爷的气量！女儿们照例是要阻止的，说着别把他灌醉了之类的话，岳父也照例是呵呵地笑着劝阻不要把姑爷喝醉的，但舅子们一边答应着，一边继续敬酒的敬酒，划拳的划拳，吆五喝六，软硬兼施，直至姑爷最终醉倒在炕上。姑爷醉倒的方式也大有讲究，不吵不闹的、说话得体的，姑爷的人品自然是岳父暗里点头的，晚上的一碗醒酒汤自然是随时预备好的。酒风过不了关的，平时对女儿不好的，这场酒就具有另一种意义——小心着，女儿的娘家有人哩！

大年初一不出门，大年初二姑爷进门，大年初三进舅家门，大年初四迎灶神，大年初五迎喜神，大年初六接财神……

那时候的年就是这么一天挤着一天呼啦啦过的，大踏步地来了，又大踏步地走了，像是一个大大咧咧的壮汉，扇起岁月的一阵风，风中飞扬着泥土，挟着肉香和酒香，裹着质朴的亲情，带着贫困中的热闹，掩着缺憾中的期盼……那步子是踏实的，是畅快的，是预备着脱去厚重的冬衣的，是踏踏地直奔灿烂的桃花林的，是几十年后依然入心入肺的、氤氲的、散发暖意的……年的味道！

2018年2月23日于兰州

刘建东

1985年至1989年就读于兰州大学中文系。中国作协全委会委员，河北省作协副主席，文坛“河北四侠”之一。鲁迅文学院十四期高研班学员。1995年起在《人民文学》《收获》等发表小说。著有长篇小说《全家福》《女人嗅》《一座塔》，小说集《情感的刀锋》《午夜奔放》《我们的爱》《射击》《羞耻之乡》《黑眼睛》《丹麦奶糖》等。曾获人民文学奖、十月文学奖、《小说月报》百花奖、孙犁文学奖、河北省文艺振兴奖等。多次入选中国小说学会年度小说排行榜。

托克拉克

我只见过夏天的胡杨。

中国西部的光芒是扫荡一切的鬼神，令生命几近窒息。胡杨于我陌生，充满好奇。在我怀疑的目光中，它看上去十分丑陋、痛苦，像是马戏团的小丑，正在拼命地博得观众的笑声。为此，它要付出许多。弯曲，树干可以达到力的极限，以不可思议的角度伸展着。匍匐，只为树冠能够向上，遮挡住阳光。挣扎，是释放从根部传递出来的无奈。在阳光的舞台中央，它似乎在躲闪、回避，最强烈的敌意并不是上苍的谴责，而是天数，是剑一般、山一般的光。它只能用浓密的树叶去承接着光的重压，这是它唯一的盾牌，柔软，却坚硬。那绿色，在茫茫的光的舞台之上，像是熔炉中的水一样。可是，白色而灼热的光、凶恶歹毒的光，在水滴似的绿色树冠前先怯了场。剑，改变了方向；山，成了虚幻的梦境。我站到绿荫之下，瞬间就是另外一个世界，清凉，惬意，片刻之前的暴晒与烦躁，顷刻便逃逸了。它却不为我这样的观众动容，精神永远高度紧张，焦虑从脚下的沙漠开始，纠结着向上攀援，刀刻一样的褶皱，无法释怀的骨节，愤怒而敞开的树洞，簇拥着那高高在上的叶子，所有的愤怒、焦躁和挣扎，在抵达绿色的那一刻，突然消失了。就像是一个心事重重的演员，走上舞台之后，顿然放下了沉重的内心，以笑脸面对观众。每个人，都是自己内心的反面，事物也一样。当我不得不从阴凉之处走出，成为阳光的猎物，却变得如此可怜，我突然发现，自己连挣扎的机会都没有，这让我想到不久之前在博物馆里看到的沙漠干尸。我快速地向另一处绿荫奔逃。而被耀眼的光迷离着的视线中，那个叫胡杨的家伙，仍然在努力地、讨好似地，像是被恶魔缠身，它伸展着自己的身体，要摆脱自己的困境，那时，它是令人类忌妒的树妖。

我只见过与罗布人相伴的胡杨。

罗布人是楼兰古国居民的后裔，他们世代以捕鱼为生。这是在新疆，尉犁县，塔克拉玛干大沙漠的北沿。王国的盛景早就湮没在历史的滚滚沙尘之中，曾经的我国第二大内陆湖的罗布泊也早就成为探险者的乐园。生活在干旱少雨的内陆地区，罗布人却以捕鱼和狩猎为生，这也从一定程度上印证了沧海桑田、万物轮回。他们生活的环境当时肯定密布着大大小小的湖泊与河流，树木苍翠。他们和胡杨林一样，在大自然的逼迫之下，被迫不断地迁徙，却对故土始终不离不弃，尽可能地能够遥望到故乡。这是多么令人感动的一分眷恋呀。历史上最著名的罗布人叫作奥尔德克。他本名乌斯曼，在有关他的文字中，他善水性，捕鱼、捉鸭，样样在行，能长时间待在水里，奥尔德克就是鸭子的意思，典型的武侠小说中水上飞的形象。可是他之所以能留在史册中，并不是因为如此，而是因为他是瑞典著名的探险家的朋友和向导。1900年，就是在他的帮助下，斯文·赫定发现了楼兰古城。发现楼兰的过程比较传奇，据说，那一年的3月28日，探险队的一把铁锹突然丢失了，一把铁锹对于一个探险家是多么重要，斯文·赫定的沮丧情绪可想而知，奥尔德克自告奋勇地返回沙漠，去寻找铁锹，他遭遇了风沙，被命运之神带到了一处庙宇的废墟。这就是被茫茫大漠埋藏了千年的楼兰古城。34年之后，他又协助另一位探险家贝格曼发现了小河墓地。历史记住了斯文·赫定，却忽略了这个叫奥尔德克的罗布人。无法想象当他得知被掩埋的古城就是他的祖先的城市时，是一种什么样的心情。也许，对他来说，那只是一座废弃的城堡，于他没有任何的意义。他和他的族人，想得更多的是如何应对越来越恶劣的环境，如何像胡杨那样，抵挡着风沙与烈日。孤独的居民，最适合与孤独的植物相伴而生。他们如此相似，胡杨、罗布人、阳光、干旱，他们跟随河流退却的方向，一步步远离曾经有过的梦想与辉煌，迁移、漂流，却总能在新的土地上寻找到莫大的安慰。他们依塔里木河而居，他们是最好的邻居和伙伴，当夜色降临，追忆开始像树根一样深深地扎在地上，伸向遥远的过去。罗布人所缅怀的在地上，而胡杨的过去在地下，湿润如清晨的梦境。一旦它扎下根来，便很快地穿越沙质的土壤，以坚忍的根系，向深处进发。它的根系发达，能达到地下四五米。它不动声色，把自己屈展拉伸，从地下找寻着生长的力量。无法看到的根系，是胡杨的大脑，坚强不屈。它在思索着艰难世事中，一个孤独生命的前途，在探究着如何与残酷的现实抗争。我甚至觉得，地上与地下，舞动与伸展，它们是一体的精神分裂者，记忆纠缠着现实，干燥想念着水分，愤怒抵抗着平和。而造就了忧郁的土地，柔软却充满着幻灭感。很罕见的，两只蚂蚁在奔跑，它要想不被阳光消灭，就得不断地奔跑，成为赛场好手。环境成就了才能与梦想，多少身体中的潜能得到了发挥。

我只见过与沙漠为伍的胡杨。

胡杨因为沙漠而坚强，沙漠也因为胡杨而生动。南疆的公路穿行在茫茫的戈壁与沙漠之间，绿洲隐藏在遥远的耐心之后，飞驰的汽车变得徒劳而滑稽可笑，似乎绝望才是世界的主宰。人类所能达到的极限远远落后于突然出现于远方的胡杨，那一丛丛的绿色瞬间就让自己得到了解脱。沙漠之上，绿色为尊。而这绿色又这么任性，这么倔强，这么孤傲。我突然想到了与我的生活息息相关的白杨，在我居住的环境之中，白杨遍布于大街小巷，田野乡间，在平原之上，不管不顾，像是率性的孩子，快乐地生长着，它们挺拔、秀美，充分享受着阳光、雨露，丝毫看不出因为要与自然争斗所留下的痕迹。白杨被娇惯着，被呵护着。它可以完美地在乎着自己的形象，它们以哨兵的姿态，保持着优雅与悠闲。而华北的白杨与胡杨同属杨柳科，生命的状态却如此不同。很难说，哪一个比哪一个更加坚强，更加优秀，在同一片天空之下，大自然的恩赐显然是有失公允的，它把失衡赋予了胡杨，却把所有的宠爱加于白杨。似乎在梦中都会出现的阳光，消失于记忆中的湿润，让胡杨如同大自然的一个弃儿，一个被遗弃在沙漠边缘的漂泊者。没有天然的庇护，没有在分配的天平之上得到足够的公平，它只能依靠自己，独自面对恶劣的环境，忍受着阳光、风沙、干旱和无尽的挣扎。为了减少吸收可怜的水分，胡杨最初的叶子细长窄小，像是柳叶。从开始，它们的基因里就植入了节省的记忆。生存成为一种孤寂的事业，扭曲是为了更好地占有，狰狞只是想要得到片刻内心的安宁，而沉默是在等待更悠久的爆发。所有的努力都令人肃然起敬，令人动容。生存还成为一种要维护的权力，是自尊，是宣言。

我只见过极少数的胡杨，可是它已经在我的心里牢牢地扎下了根。据说，中国的胡杨百分之九十都集中在新疆干旱少雨的地区，它们是沙漠的对手和敌人，是历史竞争中的胜利者，是沙漠绿洲的守护神。而维吾尔族把它叫作托克拉克，意思是最美丽的树。于是，我开始理解并喜欢上胡杨，喜欢它在命运面前自嘲的姿态。它痛苦的外表，其实是在掩饰内心对于生存的渴望，对于命运的不甘，与沙漠、阳光战斗的决心，是以变化来适应环境，以粗粝对抗强权。

当我告别时，烈日仍肆虐着，塔里木河静静地流淌着，胡杨，自由地散落在河边的沙地中，像是静止的化石、沉思的智者。托克拉克，在梦中，在通向那些曾经消失的楼兰、交河、高昌古城的道路上，遍布葱茏。

2015年10月26日

王登渤

1986年至1990年就读于兰州大学中文系。国家一级编剧。现供职于甘肃省文联。

唯一:禀赋与担当

——翻检几段兰州大学的历史故事

因为创作纪录片《金城兰州》的缘故，我在无意间触碰到了母校兰州大学几段尘封的历史，并因此而怦然心动。

抗战胜利后，随国立西北师范学院西迁而落户于兰州十里店的一大批知名教授离开了兰州。兰州的现代高等教育，留下了短暂的空白。

1945年12月4日，国民政府行政院第723次会议召开。会议上，有人重申了战后甘肃兰州在国防、建国复兴中的战略地位，接着又有人讲到了兰州乃至西北地区教育落后、人才匮乏的状况。几经讨论，会议做出了一个重要的决定：将兰州原有的几所大学合并组建国立兰州大学，这其中包括兰州大学的前身——甘肃学院。

关于校名，会上产生了一点争论，究竟是叫兰州大学还是叫甘肃大学？最后，大家觉得这所设立在兰州的国立大学，并不仅仅属于甘肃，应该是一所面向西北各省的全国性高校。于是，西部唯一一所国立大学由此诞生。这唯一的背后，是占国土面积近一半的辽阔疆域。

也正是这唯一，决定了兰州大学的气质禀赋和责任担当。唯一，意味着孤独，意味着局限，在西部广袤的土地上，兰州大学唯一一所国立大学的属性，决定着他只能孤独地矗立；唯一，还意味着责无旁贷，它必须以孤悬西部的身姿，担负起他必须承担的一切重任。出版于1947年1月1日的《兰州大学校讯》的发刊词说："兰州大学是站在文化国防的最前线。"社会人士对兰大的评价和期望是："此足以慰藉西北人士多年来的喁喁之望，而足以永奠建设西北抑开发西北的始基。"

这，便是唯一背后，兰州大学需要承担的历史责任。而且，一经确定，便延续至今，不曾改变。

但是，必须看到，唯一与责任之间存在着巨大的反差，要承担的责任于他孤独的身躯而言，未免有些沉重。令人感佩的是，在兰州大学开启崭新历史的同时，自觉而果敢地承担了历史赋予他的一切使命。

翻检国立兰州大学筚路蓝缕的初创历史，我看到了一个伟岸的身躯。伴随这新的历史机缘的开启，一个值得兰大永远铭记的人走进了兰大。他叫辛树帜。

1927年，辛树帜留学欧洲归来。国民党元老朱家骅和戴季陶极力推荐，想让他担任黄埔军校政治部主任。然而，辛树帜却推辞了。辛树帜来到了广州中山大学，担任生物系主任。在中山大学，辛树帜结识了著名历史学家顾颉刚，并结为"毕生不变之好友"。

此番来到兰大，辛树帜面临着许多困窘。竺可桢先生说："教授是大学的灵魂。"但兰州地处西北，交通不便，人才延揽实属不易。但是，辛树帜下定决心，要为兰大请来一流的教师。这时，他想起了顾颉刚。他力邀顾颉刚来兰大担任历史系主任。此时的顾颉刚已经是蜚声学界的学术泰斗。当时，日本学界流传着一个说法，中国新一代学者中，只有顾颉刚和陈垣不可小觑。

面对挚友的邀请，顾颉刚欣然应允，然而夫人却极力反对，让他深感为难。无奈之中，顾颉刚推荐自己昔日弟子、历史学家史念海为兰大历史系代主任。辛树帜并未灰心。从那一刻起，顾颉刚每月都会收到辛树帜的来信，同时还会收到兰大寄来的一级教授的薪水。这样的日子，整整持续了两年。

精诚所至，金石为开。1948年6月，顾颉刚辞去复旦教职，不顾亲友们的劝阻，告别怀有身孕的夫人和年幼的孩子，只身飞往兰州。三天后，顾颉刚就站在了兰大的讲台上。台下，坐满了听众。除了文史两系的学生，辛树帜校长、许多兰大的教授以及兰州其他学校的师生也都坐在了台下。顾颉刚先生说道："这叫我如何可以不好好准备。"

就是在兰大，顾颉刚对自己的学术进行了梳理和总结，其学术在这里开始进入一个新的境界。短短几天，顾颉刚就融入了兰大。面对兰大炽热的召唤和急切的期望，顾颉刚心潮澎湃。1948年，顾颉刚当选中央研究院院士，但他放弃了去南京参加第一届院士大会的机会，他写信对妻子说，在兰大的"这个荣誉岂不胜于到中研院去开院士会议"！

在当时的兰大，流传着辛校长三件宝：图书、仪器、顾颉刚的说法。离开兰大前，顾颉刚留下了饱含深情的《积石堂记》和《昆仑堂记》，对兰大所凝聚的一种知其不可为而为之的精神，赞叹不已。延请顾颉刚到兰大任教，只是辛树帜广招人才、充实兰大师资的一个缩影。从那个时候开始，辛树帜的心里便十分明白，地处西北的兰大，要延揽人才，只能靠一腔炽热的情怀，有了人才，才可能让兰大担负起他无法回避的责任与使命。对于兰州大学而言，没有物质的优待，只能是精神的感召。

凭借着自己的执着、声望和深厚的社会关系，短短几年间，辛树帜便从国内外延聘了一批不同学科、专业的优秀专家学者到兰大任教。这其中有：文史专家冯国瑞、张舜徽、史念海，语言学家水天同、沐允中、杨质夫，法学家李镜湖、吴文翰，数学家段子美、程启宇，物理学家陈祖炳、聂崇礼，化学家张怀朴、陈时伟、左宗杞，植物学家董爽秋、孔宪武，地理学家王德基，医学家于光元，兽医学家盛彤笙等，可谓名家荟萃、灿若星河、人才济济，集一时之盛。明显地提升了各学科专业的教学水平，缩小了与京沪等地高校的差距。

清华老校长梅贻琦曾说，大学者，非大楼也，大师之谓也。从辛树帜时代开始，对于兰大这所位居西部的高校来说，延揽人才、引进人才、留住人才一直是历任校长乃至国家教育部门的一件大事。

20世纪50年代初，毛泽东见到当年在长沙师院即已相识的老熟人辛树帜，说道："辛辛苦苦，独树一帜。"如今，"独树一帜"已经成为兰州大学的校训，而且是全国唯一一所将人名嵌入其中的大学校训。兰大人不会忘记辛树帜，他创办的兰大和西北农学院均成为今天的985、211高校，无疑是中国高等教育史上的奇观。

翻检兰大的历史，我发现了两个人充满宿命的交集，那便是江隆基与赵俪生。

卢沟桥事变后的第十二天，清华大学外语系三年级学生赵俪生，悄悄锁上宿舍的房门，将钥匙交给了工友，他要去山西二战区从军。当时的赵俪生没有意识到，在未来的岁月里，命运之舟会将他们带向远方，带向陌生而遥远的兰州大学。

从军不久的赵俪生，因为一场大病脱离了战场，来到了陕西，开始了教书生涯。在陕西，他结识了刚从德国留学归来的教育家江隆基。

江隆基，这位土生土长的陕西学子，在一次学潮中引起了杨虎城的注意。杨虎城认定这是一个可造之才，于是先后资助他留学日本和德国，学习教育。回国后，他先后担任西安二中校长，之后，又去了延安，担任边区政府教育厅副厅长。边区教育厅实际上是未来共和国教育部的雏形。

1957年夏天，兰州大学从医学院借来一辆救护车，载着从山东大学调来的被称为新中国史学奠基人之一的赵俪生教授来到了新修的校门前。那天，刚下过雨，从火车站到兰大的天水路上满是泥泞。下车伊始，赵俪生惊呆了。刚刚搬进盘旋路新校址的兰大师生列队欢迎他的到来。这一幕，让赵俪生心生感动。他隐约觉得，自己的后半生，大约就要托付给兰州大学了。他感到了兰大师生的一腔炽热。

临近全国解放，赵俪生先在人民大学的前身华北军政大学任教授，一天，他因为替史学大师陈寅恪打抱不平，与校长成仿吾发生了激烈的冲突。进北京后，又与郭沫若发生了争辩，其个性可见一斑。几经周折，他成为山东大学历史学教授。山东大学有八大教授之说，赵俪生位列其中。当时，史学界有五朵金花之说，赵俪生独占两朵，在中国农民战争史和土地制度史研究领域独领风骚。听过他讲课的人说，赵俪生有五绝：板书、文献、外语、理论、博而通。还有人说，中华人民共和国成立前讲通史最好的是钱穆先生，中华人民共和国成立后则首推赵俪生。在山大，赵俪生还不曾意识到，自己即将和早年相识的江隆基会产生新的交集。

中华人民共和国成立初期，从美国学成归来的朱子清，因其学术造诣，成为全国少有的有机化学一级教授。一天，正在复旦大学任教的他接到了兰州大学的调令，调令上特意写道，已经为他准备了带玻璃窗户的住房。这样的调令绝无仅有。因为当时的兰大还位于兰州萃英门，其校舍甚至可以追溯到前清甘肃贡院。那时的教工宿舍还糊着窗纸。

也正是在这个时候，兰州大学被确定为重点建设的综合性大学。

国家“建设大西北”“建设战略后方”的召唤和兰大几届校

长的争取，一批知名学者教授告别了原有的生活，不计条件，从国外和内地高校，一路奔波，来到了条件艰苦的兰大。如从美国归来的郑国锠、仝允栩、刘有成、陈庆益、陈庆诚、吕忠恕、陈文涵、汪丽华、刘天怡、汤季芳，从法国归来的樊祖鼎，从苏联归来的段一士，以及从复旦、南京大学调来的朱子清、周慕溪、徐躬耦、黄文魁、陈耀祖、郦福绵，等等。这一支学术队伍，奠定了兰州大学未来发展的基础，形成了兰大在学科建设上的优势，其影响至今犹存。

1952年10月，江隆基离开西北，任北京大学党委书记兼副校长。在中国最高学府，他与校长马寅初一起，带领一大批大师、名家正书写着北大这所名校崭新的历史。有人说，那是北大的黄金十年。江隆基关注着赵俪生，关注着他在学术上的每一项突破和成果。赵俪生也无时不在关注着江隆基，关注他所领导的那个学术重镇。二人本有机会见面，但又一次次地擦肩而过。

1957年，为支援大西北的高校，国家高教部将赵俪生从山大调到了兰大。

从依山傍海的青岛，前往荒凉的西北，对此，赵俪生义无反顾。他说："我的学术就是从西北开始的嘛。"1959年，江隆基从北京来到了兰州，任兰大党委书记、校长。赵俪生听到这个消息的时候，正在河西走廊的农场里劳动改造。此时的他，已经因为兰大文科三系的调整，成为西北师范学院的教师。

江隆基来到兰大，并未见到赵俪生，但却遭遇了赵俪生女儿的不幸。赵俪生的二女儿赵纪，寒假未回十里店的家中，在兰大附中温习功课，准备高考。有一天小雪初过，与同学跑到皋兰山上，不慎摔下。消息首先传到兰大，江隆基立刻派出自己的车将孩子送到了省人民医院，并打电话请求医院全力抢救。此刻的江隆基得知了老朋友赵俪生的处境，立即通过省里打电报到农场，叫立刻放赵俪生回兰州。突如其来的调令，让数度濒于死亡的赵俪生产生了巨大的惊异，他弄不明白这是为什么。带着一腔疑虑，他搭上一列运牛的铁篷车，坐在牛粪上，回到了兰州。回到家，才知赵纪已经殉命。悲痛中的赵俪生留下了一首长诗《哭赵纪》，这诗写给女儿，也写给自己。右派的帽子几乎压垮了他，他甚至觉得自己也将气息熄灭。一天，一辆小车将卧床养病的赵俪生拉到了兰大。

陕西一别，就是二十多年，两人终于在这一刻重逢。江隆基握着赵俪生的手说："你的女儿，我们没有招呼好，遇到了不幸……"赵俪生一时无语。他后来写道："我自认为我这一辈子还算个会写文章的人……听到江校长这个伟大的人道主义者寥寥数语的时候，我的感情是什么，我的思想是什么，我确确实实是不会描写的了……"

在江隆基的努力下，从兰大划出去的文科三系重新收了回来，他还是要将兰大办成一所文理兼备的综合大学。赵俪生也再一次回到了兰大历史系。回到兰大的赵俪生，在江隆基的安排下，重新站到了讲台上。台下，江隆基率校党委、校委领导前来听课，而且一听就是两年。

据说，江隆基曾经指着兰大校门的两座立柱说，兰大理有朱子清，文有赵俪生，可以立住了。在那个特殊的年代里，江隆基领导的兰大，竟然科研成果不断涌现，蜚声全国。如今，江隆基的塑像坐落在兰大校园，他没有离开兰大。兰大人说，兰大的今天，基础是江校长打下的。赵俪生的后半生也没有离开兰大，尽管不乏重回山东大学和去别的高校的机会。他说，这是报恩。

1960年10月，中央发出《关于增加全国重点高等院校的决定》，新增重点高等院校44所。从这一时刻起，兰州大学再一次成为中国西北唯一一所全国重点综合性大学。

几十年过去了，兰大一直矗立在中国西部，成为一个标志。有人说他是中国最孤独的大学，有人说，从兰大调出去的人才，完全可以再办一所同等水平的大学。几经分蘖和整合，兰大依然宛若大树参天。不管怎样，兰州大学坚守了唯一的禀赋，并在唯一的禀赋下履行着自己的担当。我们更应该看到，这一个孤独的身躯，却像一个沉重的砝码，压在了中国教育版图的天平上，由于这个砝码的存在，使得中国高等教育的天平没有产生更大的失衡，兰州大学的存在，为西部，为中国，找到了一个平衡的支点，如果说这是一所孤独的大学，那么我更愿意说，这是一分高贵的孤独。

百年校庆时，我为校庆晚会撰写《百年兰大颂》，那一刻，我想到了红柳与骆驼，这一种意象，让我有了一丝的潸然。我感受到了母校的艰难与卓绝，感受到了唯一之下的担当。在钩沉了上述历史的时候，我为我的母校产生了巨大的骄傲感，也为自己能在兰州大学渡过四年的时光，感到了太多的自豪。不管怎样，感召与坚守，依旧是兰州大学弦歌中的主题。精神的力量，足以补充物质的不足。

有时，我会重回校园，总会经过逸夫科学馆，会从江隆基塑像前擦肩而过。偶尔，会看到有学生停下脚步，静静地注视一会儿这位老校长，默念起那些充满荣光和骄傲的兰大人，那“独树一帜”的兰大精神。

唯一，是一种标示，更是兰大责无旁贷的担当。对此，我深信不疑，更憧憬他的未来。

凉州的光响

(一)

公元301年的一个清晨，正在经受“八王之乱”的西晋帝都洛阳，在一片血色的朝霞里，悄然打开了城门。一队车仗从城门里缓缓而出，悄然西行。坐在车上的张轨面色沉重，对身后渐行渐远的洛阳，他甚至没有任何的回望，城内弥漫的腥风血雨早已让他心生厌倦。而将前往的那个地方，却一直在勾起他无尽的思绪。张轨此行的目的地，在遥远的河西走廊，叫凉州。

此时的张轨，刚刚接受了朝廷的任命，出任凉州刺史。但他并没有想到，这次出行赴任，会开启一段历史，一段与凉州密切相关的历史，即“五凉”时期。

史书记载，张轨“好学明经”。满腹经纶的他，一路上都在翻检着记忆，连缀着关于凉州的点点滴滴。有汉一代，凉州曾叫武威。《汉书·地理志》记载：“武威郡，故匈奴休屠王地。”占据这里的匈奴，以此为基地，连续发起对汉帝国的进攻。汉武帝时，霍去病、李广、张骞等一班名将两次杀赴河西，与匈奴兵展开激战，并给予匈奴毁灭性的打击。两场战役，促成了匈奴阵营的分化。浑邪王杀了休屠王之后，率十万部众投降汉朝。汉帝国在河西地区分设了酒泉、张掖、武威、敦煌四郡，正式将其纳入版图。之后岁月，作为重镇的凉州，见证了张骞开通的丝绸之路的繁盛。那个时候，商旅使节频繁穿行于凉州的街衢之中，相望于道，络绎不绝，丝绸、金币、香料及各种奇珍异宝在这里比对、竞价和交易，仿佛整个世界都不再遥远。

作为饱读诗书的张轨，不仅喟叹这些昔日的荣光，让他更感到兴奋的是，在归属汉帝国后，战争的硝烟与金戈铁马的鸣响还不曾远去，凉州便张开双臂，袒露心胸地接纳并普及了儒家文化，同时建立了较为完备的教学研习的体系。凉州以最快的速度、最豪放与健朗的心胸接纳了以儒学为正统的文化体系，以最快的速度让它在凉州这片土地上稳稳地扎下了根脉，而且迅速地繁衍了起来。匈奴故地的凉州，此时已经实现了华丽的蜕变。

想到这一切，张轨心觉宽慰，他约略感到，即将接近的凉州，或许因为这样的蜕变，为他今后的治理和经略提供一个雄厚的基础。

张轨的想法，在后来的岁月里变成了现实。

初来乍到的张轨在凉州施展了他的抱负与才能。他先是平定了境内的动乱和纷扰，接着又实施“课农桑，拔贤才”以及兴文教的政策，一时间，聚集在敦煌的各类人才齐聚凉州刺史府中。在他的治理与经略下，凉州成了孤悬西陲的一方安定富足的乐土。这一点，在以后的岁月里，显得尤为重要。

时光流逝，悄然已是十年。这时，他曾经生活的洛阳还未及抚平“八王之乱”带来的创痛，“永嘉之乱”又接踵而至。不仅是洛阳，整个的中原，完全浸泡在了凄风哀号之中。中原的变乱，让那里的人们急切地寻找一个可以躲避战乱、安身立命的地方。于是，凉州，出现在他们的视野里。那时，有一句民谣：“望中原，血没腕，唯有凉州倚柱观。”既然是一方乐土，那就自然有着强大的感召力和吸引力。史书记载：“中州避乱来者日月相继”，一时间，凉州人口大增，但更重要的是，中原人士的汇聚，为凉州的文化与学术奠定了一个坚实的基础。凉州开始成为中华文明得以延续、得以保存的一个文化重镇，或者说，形成了一个文化的中心。正是因为如此，凉州的感召力和影响力一下子空前绝后，让天下人有了“避乱之土唯凉州”的感慨。

“永嘉之乱”后，西晋王朝“衣冠南渡”，偏安江南，凉州孤悬西陲，进入了“五凉”时期。此时的凉州，在历史的空间里大放异彩、音响铿锵，中华文化的根脉不仅在此得以根植，而且大有乔木参天之势，这其中，经史之学的兴盛最为引人注目。辉映历史的五凉文化的建构，自此开始。

史学大师陈寅恪说：“盖张轨领凉州之后，河西秩序安定，经济丰饶，既为人士避难之地，复是流民迁徙之区，百余年间纷争扰攘固所不免，但较之河北、山东屡经大乱者，略胜一筹。故托命河西之士庶犹可以苏喘息长子孙，而世族学者自得保身传代以延其家业也。又张轨、李暠皆汉族世家，其本身即以经学文艺著称，故能设学校奖儒业，如敦煌之刘昞即注魏刘劭《人物志》者，魏晋间才性同异之学说尚得保存于此一隅，遂以流传至今，斯其一例也。若其他割据之雄，段业则事功不成而文采特著，吕氏、秃发、沮渠之徒俱非汉族，不好读书，然能欣赏汉化，擢取汉人，故河西区域受制于胡戎，而文化学术亦不因以沦替，宗敞之见赏于姚兴，斯又其一例也。”这样的见解与总结，难以超越。陈寅恪先生用失明的双眼看到了五凉对整个中华文化接续流衍的巨大作用和地位，为我们描摹出了一幅后世再也不曾出现过的凉州文化盛况。

的确是盛况。

从张轨的前凉开始，后来虽历经氐人吕光的后凉、鲜卑人秃发乌孤的南凉，李暠的西凉以及匈奴人沮渠蒙逊的北凉，一百多年间的凉州大地，一直是文脉浩荡、文风鼎盛。一方面，一些家学渊源深厚的中原人士迁居这里，如陈留江氏，在此延续六代，出现了江琼、江式这样的大人物。再如京兆杜氏，此家族在中国经学史上被称为“春秋有五，而独擅其一”，这一支起自西晋名臣杜预，其子杜耽携家来到河西，为张轨所用，至杜骥，历三代，使得杜氏《春秋》学再次得以延续和传承。此外还有河内常氏，其代表人物为常爽。等等，不一而足。

如果没有凉州这块乐土，这些经学世家的学问就可能在战乱中被淹没或阻断。凉州，不仅保留的是一个个家学传承的香火，更为中华文化保留了一颗颗读书治学的种子。这一现象，多少有点像抗战时期的西南联大、西北联大等一批高校，南渡西迁，虽历经磨难，却为中国留下了一大批“读书的种子”。

凉州的意义，可谓大矣。

外地经学世家迁来的同时，河西地区本土的学者也开始成长起来。特别是一批曾经散落在民间或隐遁山林的士人名流，开始遵从“有教无类”的圣人遗训，致力于教育学术的平民化，使得整个河西书风劲吹，一派生机勃勃的景观。这其中，酒泉人祈嘉，敦煌人郭瑀、刘昞、宋繇、索敞、张湛、宋纤，金城人宗钦，武威人段承根等，堪称河西学者中的翘楚。

公元437年，北魏已经强大，魏太武帝拓跋焘基本统一了北方，陷入衰落的五凉最后一个政权北凉的统治者沮渠牧犍不得不向其称臣，为自保，他又开始联络江南的刘宋王朝，送去的礼物，就是一批河西学者保存的典籍和著述，共19部150卷。可谓洋洋大观。这说明，在中原板荡、东晋偏安之际，凉州不仅成为士子、学者的避难所，更成为一个建树丰硕的学术中心。

不能轻视和慢待的五凉，是一段中华文化传承史上不可缺少的重要环节，没有它，没有这一百多年的时光，许多事情无法猜度和想象。

在五凉文化的繁盛期，政府兴办的官学与规模浩大的私学相辅相成，特别是一些鸿儒名士开坛课徒，且有些人的门生多达数千人，无疑是一个令人震撼的景观。

如此烦琐地讲述五凉文化的意义，其落脚点在于引起一个话题，那就是文化交流。交流从来都是平等的、包容的、互鉴的、融汇的。这一切，需要一个前提，那就是自身文化的强健。人们常说，丝绸之路的意义在于实现了东西方文化的交流，并在这种交流中，配合以本土文化的改造，不断生成、创造、改造着不同的文化，最终，使中华文明的内容得以大大地丰富。五凉文化，丰腴了凉州的身躯，拓展了凉州的心胸，使凉州具有了强大的包容、吸附和创造的能力。它，可以面对沿着古老丝绸之路奔涌而来的异质文化了。

（二）

“永嘉之乱”阻断了丝绸之路。这使得许多曾经在这条绵延万里、横亘中西的道路上从事经贸活动的商旅，一下子陷入了困境，这其中，犹以粟特商人为最。在丝绸之路的历史上，粟特人一直以长于经商闻名于欧亚大陆。他们原是生活在中亚阿姆河与锡尔河也就是今天的撒尔马罕一带的古老民族。从东汉开始，以商团的形式往来活跃在丝绸之路上。根据经商的需要，他们在许多丝路重镇上建立了自己的据点，这自然也包括古老的凉州。

公元313年，一个叫纳尼达尔的粟特商团首领写下了一封信，他在信札中提及了他们聚居的地方，即敦煌、肃州（酒泉）、姑藏（武威）、金城。但他更想通过信札传递的是他的商团面临的凶险——战争、死亡和商路的阻断。这些讯息，他觉得需要告诉远在撒尔马罕的家人和商团的出资人——撒尔马罕王子。处在绝望中的纳尼达尔特地提到了自己的儿子，希望他在长大成人以后，娶一位妻子，但再也不要离开自己的故乡。然而，这几封信并没有寄达他的家乡，而是被掩埋在了距离凉州八百多公里以外的敦煌沙漠之中，直到1907年被英国探险家斯坦因发现。

战乱，无情地阻隔了原先繁盛无比的丝绸之路，也阻断了精明的粟特人对于财富的梦想。商贸活动在丝绸之路上似乎陷于停顿，但文化的交流却不曾终止。就在粟特商队再也无法穿梭、逡巡的时刻，另一支队伍却浩荡启程。

公元385年，西域高僧鸠摩罗什跟着吕光的队伍从龟兹启程东行。这支队伍极其庞大，七万军士，五千铁骑，再加上用来驮载“珍宝奇玩”的两万峰骆驼以及万余匹骏马，浩浩荡荡，足以卷起漫天的沙尘。这支队伍中，最为显眼的无疑是被军士包裹其间的鸠摩罗什。几年前，前秦首领苻坚为了争夺佛学大师道安，发动了一场战争，抢到道安后，没想到道安却向他推荐了远在龟兹的鸠摩罗什。于是，苻坚给吕光下达了这样的任务：带兵前往西域，把鸠摩罗什带到长安。一场千里征战，缘他而起。

浩荡的队伍一路前行，鸠摩罗什双目紧闭，默诵佛经。但他此时并不知道，他的落脚点会在遥远的河西走廊上的一个重镇——凉州。这个事件曾引起余秋雨的惊呼：“从这里我们看到了一个令人惊愕的情景：在我们西北方向辽阔的土地上，在那个年代，一次次的烽火，竟然都是为了争夺某一个佛教学者而燃起！这种情景不管在中国文化史上还是世界文化史上，都绝无仅有。由此可见，这片土地虽然荒凉，却出现了一种非常饱满的宗教生态，出现了一种以宗教为目的、以军事为先导的文化交流。……包括鸠摩罗什等等这样的伟大行者，以最壮观的生命形式为中华大地引进了一种珍贵的精神文化。结果，佛教首先不是在学理上，而是在惊人的生命形式上契入了中华文化。”

鸠摩罗什到达凉州后，情况发生了变化。向吕光下达命令的苻坚因为淝水之战的失败而为姚苌所害，于是吕光停住了前行的脚步，他与鸠摩罗什一道，留在了凉州。这一留，就是十七年。鸠摩罗什祖籍天竺，生于龟兹，七岁出家，后到罽（jì）宾，也就是卡菲里斯坦至喀布尔河中下游之间的河谷平原学习佛经，成年后，已成为享誉西域的佛学大师。尽管并不笃信佛教，但吕光知道鸠摩罗什的价值，为了争夺他，吕光不惜与前秦开战。鸠摩罗什到凉州前，五凉治下的地域里，曾经活跃过一大批佛经翻译家，比如竺法护、竺佛念、宝云等。同时，从中原去西域求经的僧人也大都在凉州停留。那个时候，繁盛的经史之学与佛教文化的输入，同时存在于凉州大地上，佛经的吟诵与琅琅的读书声合成了一组瑰丽的交响。鸠摩罗什正是在这样的土地上，默默地完成了一项重要的积累，通晓并熟练地掌握了汉语。吕光建立的后凉灭亡后，鸠摩罗什被后秦王姚兴迎请到了长安。在那里，他花了十二年的时间大量翻译佛经。鸠摩罗什的译经几乎触及佛教浩繁经文的各个方面，他的译著，大部分成为中国佛教各宗派立宗的经典依据。“色即是空，空即是色”的名句就出自鸠摩罗什翻译的《心经》。这位西来的高僧调动了在凉州养成的积累，将源自印度的佛经，与汉语巧妙地结合，在义、音两方面，尽善尽美，炉火纯青，一千六百多年来没人去增减或改变一个字。中国佛教因鸠摩罗什面貌一新，他所创造的词汇大大地丰富了我们今天汉语的构成，烦恼、苦海、未来、心田、爱河……这些最初由鸠摩罗什创造出来的汉语词汇已经成为我们生活的一部分，丰富着我们的精神世界。今天，矗立在凉州城的罗什寺塔，据说是鸠摩罗什的舌舍利塔，他圆寂前曾说：“我翻译的佛经不失原旨，我的舌头在焚身时不会焦烂。”这也是“三寸不烂之舌”的来历。鸠摩罗什圆寂后，他翻译的佛经传到凉州，在他的影响下，北凉时期翻译佛经的盛况在凉州得以延续。毕竟，凉州是鸠摩罗什最为重要的出发地。

但对于凉州而言，此时更重要的是石窟的开凿。

佛教的开窟造像，仍然源于一场战争。公元前327年，亚历山大入侵东方。他把古希腊雕塑人像的艺术同时带到了东方。在古印度的犍陀罗地区，那里的人们开始用这种艺术方式为佛教创始人释迦牟尼造像。由丝绸之路开启的东西方文化交流，也将这种艺术方式带到了中国，并在凉州做了一次停留。

公元401年，笃信佛教的沮渠蒙逊成了“五凉”最后一个政权北凉的统治者。这时，身背一套写在桦树皮上的古老佛经《涅盘经》的天竺高僧昙无谶来到了凉州。两人一见如故，沮渠蒙逊让昙无谶翻译这部佛经。也正在这时，另一位高僧昙曜也来到了凉州，他从昙无谶那里知道了禅修是学习佛法的最佳途径。禅修需要一个安静的地方，于是，沮渠蒙逊决定建造一座宏大的石窟。

任务落在了昙无谶和昙曜身上，他们选择了凉州城北的天梯山。在昙曜的带领下，工匠们经过艰苦卓绝的工作，为后人留下了一座被称为鼻祖的天梯山石窟。在五凉的一百多年间，无论是佛寺的修建还是石窟的开凿，都呈现了一派令人叹为观止的气象。因为，也正是在这个时期，云游到敦煌三危山的乐樽和尚也敲击开石壁，完成了在这里的第一个石窟的开凿。后来，这里开凿洞窟的叮当声一直持续了一千多年，并为后人留下了一个叫作莫高窟的圣地。那时的敦煌，正在五凉的治下。在五凉治下的疆域上，新疆龟兹、于阗等地的造像传统带着鲜明的西域与印度色彩，最早开始融合汉地艺术，汲取新的元素，形成独具特色的石窟样式。考古学家宿白将这种样式定名为“凉州模式”。

在五凉政权宁静的土地上，有人说，“儒家文化与佛教文化如同两条汇聚的河流，开始了它们最初的彼此探索、琢磨、交融与激荡”。无论是儒学的传承，还是教育的兴盛以及佛教的传入，这一切都关乎文化，都发生在五凉。

凉州的繁盛，在令人震撼的同时，还让人产生了垂涎之感。

北凉时期，崛起的拓跋鲜卑，从血缘的关联中得知了五凉的丰腴，毕竟，当年从他们那里分蘖出的秃发乌孤、秃发檀儒让拓跋鲜卑知道了五凉的分量。

伴随着拓跋鲜卑的崛起，特别是拓跋焘、拓跋珪、拓跋宏这些卓越帝王的横空出世，从大兴安岭深处一路走来的拓跋鲜卑，开始张开双臂、敞开胸怀，他们要用一种异质文化来取代自己原先的游牧文化，要用汉族文化来改造和重塑自己，于是他们迫切地需要汲取和补充，迫切地需要引进和更替。就这样，凉州进入了拓跋鲜卑的视野，由秃发乌孤开启的一条历史伏线，在这里被重新接续，并且产生了石破天惊的历史效应。

北魏灭北凉后，将凉州吏民三万余人迁往平城（今天的山西大同），这其中包含着一大批学术精英，如赵柔、索敞、阴仲达、江式、程骏、常爽等，除了老迈的刘昞等人外，几乎网罗殆尽。另外，数千名僧侣、佛经翻译者以及参与开凿建造天梯山石窟的工匠也被一同迁往平城。

从凉州出发的队伍浩浩荡荡，他们带着中华文化的根脉，一步步地远离故土，又一步步地走进平城，文化的基因与种子将要植入那片土地。从凉州出发的这支队伍，大大地丰富了平城的文化内涵，曾经保留、生长、繁育在凉州一隅的儒家文化被移植到了平城。为了建立统治秩序，北魏政权迫切需要礼仪律令的制定和完善，这些熟悉汉代儒家礼仪律令之学的河西学者得到了北魏政权的礼遇和重用。他们大兴儒风、振兴礼乐，积极参与了北魏鲜卑政权的文化转型和政治改革。他们帮助拓跋鲜卑实现了彻底的汉化，实现了华丽的转身。

同样，佛教文化也跟随这支迁徙的队伍接踵而至，在凉州高僧昙曜的主持下，云冈石窟开始建造。

北魏孝文帝的改革大幕在这样的背景下拉开了，从凉州汲取而来的那一股文化灵气汇合到拓跋鲜卑来自旷野的浩然气脉之中，于是，中国的历史和文化形态在这里发生了改变。

陈寅恪先生说："惟此偏隅之地，保存汉代中原之文化学术，经历东汉末、西晋之大乱及北朝扰攘之长期，能不失坠，卒得辗转灌输，加入隋唐统一之混合之文化，蔚然为独立之一源，继前启后，实吾国文化史之一大业。"

这是凉州人值得庆幸的一件大事。由于五凉文化的东渐，凉州学者、儒生乃至僧侣参与了一场浩大恢宏的历史壮剧，在拓跋鲜卑之后，中国文化中浸润了一股来自旷野的浩荡之气。这股气息中，有着源自凉州的光响。也正是凭依着这股气息，迎来了一个充满活力与开放气度的大唐。

（三）

当年带鸠摩罗什来到凉州的吕光，用两万峰骆驼驮来的不仅仅是珍宝，还有当时被称为“奇伎异戏”的乐舞。这些东西让吕光欣喜不已，他将它们留在自己的宫廷中，观赏把玩。魏武帝平灭凉州后，这些乐舞几经辗转，传入中原，被定名为“西凉乐”。而且在以后的岁月里，西凉乐“备受魏世共隋咸重之”。至唐代，西凉乐又为新兴的乐种——燕乐的产生充当了先导，同时，在西凉乐的基础上，派生出了“凉州大曲”。

五凉时期，与经史之学和佛教文化同步发展的还有乐舞文化。而此时的乐舞文化与西域乃至异国有着千丝万缕的联系。前凉时期，天竺遣使朝贡，进献中就有一支十二人组成的乐队，箜篌、琵琶等乐器出现其中。这样的朝贡方式，不仅在天竺如此，其他一些西域小国亦是如此。同样的，前文所说的粟特人，本身就是一个能歌善舞的民族，他们的乐舞也随商团经商的步履，走进了中国。这些乐舞进入凉州后，经过进一步的加工改造，最后定型，并以凉州为中转站，渐次传入中原。在苻坚的宫廷里，演奏最多的就是来自凉州的乐曲。北魏时期，从凉州迁往平城的三万之众中，还包括乐手、歌姬和舞伎。再后来，这一切被隋帝国照单全收。

公元589年，隋朝结束了数百年的分裂局面，中国再度统一。十五年后，隋炀帝杨广即位。雄心勃勃的他决定恢复阻绝已久的丝绸之路。于是，盛况空前的二十七国交易会在张掖的焉支山下举行。西域各国的使节和首领、商人和平民聚集在那里。而那里，正是西凉乐的故乡。盛会期间，在隋炀帝的安排和指令下，西凉乐故乡的艺术家们向来宾展示了自己的技艺。从那以后，丝绸之路再次畅通无阻，曾经活跃其上的粟特商团经过几百年的沉寂，再度活跃起来。

而此时和之后的凉州，西凉雅乐的声响一直袅娜不停，与“音乐之都”的长安遥相呼应。在唐代宫廷中，西凉乐仍处于显赫地位，彰显着一个泱泱大国的宏大气象。在凉州，留下的是“凉州七里十万家，胡人半解弹琵琶”“听取满城歌舞曲，凉州声韵喜参差”“醉里卧听横吹曲，雄心一片在西凉”的诗句。

古老的丝绸之路，因为有了这样的吟唱、弹奏和曼舞，平添了无数浪漫的情调，使得漫漫旅程不再孤单和寂寥。

这一组由凉州儒家经史之学、佛教文化、乐舞文化组成的光芒与交响，照亮了历史的空间，响彻在历史的空间。这来自凉州的光响，如今依稀可见、依稀可闻。

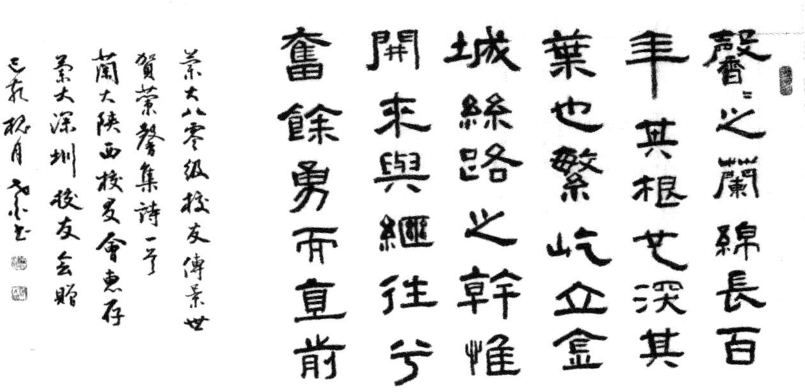

老白书　傅景世诗《贺兰馨集》

跋一

读《兰馨集》札记

李世英

今年是兰州大学建校110周年，关于迎接校庆的消息不绝于耳，令人时时感到振奋和自豪。当看到《兰馨集》，读着一首首流露着四面八方校友心声的诗歌作品，顿时感到那种学子对母校的情感汇成了可以触摸得到可以看得见的汹涌浪潮，使人激动，使人喜悦，使人沉浸在对母校的回忆和期望之中。“缀文者情动而辞发，观文者披文以入情”，谨记下阅读兰大校友诗选中古体诗词部分时的点滴印象和感受，以与同道交流和分享。

感恩母校，情深意真。“世总为情，情生诗歌”。诗歌的功能是抒情，是内心深处受到外界事物的兴感而迸发出来的审美表达。阅读兰大校友诗选，扑面而来的便是那浓郁的母校情怀。

李世英，1977年考入兰州大学。1978年至1981年就读于兰州大学中文系。毕业后留校任教。先后获兰州大学硕士学位和南开大学文学博士学位。出版专著有《唐宋诗歌导读》、《清初诗学思想研究》、《清代诗学》，主编《中国戏曲艺术思想史》等。现为中国戏曲学院教授。

作为学子，关注母校的发展，牵挂母校的变化，既为母校的辉煌而自豪，也因能为母校增光而欣慰。学子对母校的情感，犹如儿女对母亲的情感，无论长大后到了哪里，也无论取得了什么样的成就，对母校都有一种割不断的情思，一种依恋感，一种归属感，“十载期颐人恋旧，兰馨日记墨添香。钟灵毓秀湖边柳，岁月都存积石堂”（殷雄《七律·母校建校 110 周年感怀》），“育树尚需十年力，材人更堪期颐功。积石堂里聚财富，强国人才出萃英”（王芸兰《贺母校兰州大学建校 110 周年华诞》）。为兰州大学建校110周年而作的献诗，最集中地体现了学子对母校的情感。想起校园，就想起了培育自己成长的老师。许多人的诗中抒写了对教师的崇敬和感恩，“师道尊严是典章，园丁天职非寻常。平凡人生见非凡，桃李满园醉芬芳”（李卫《教师节有感，向老师致敬》）“祝福载酒倾心诉，贺词感人泪注。物态变化万千，理想仍如故。分别积石英山麓，会聚京云深处。成就自强人生，立论隆基路。”（苏玉成《桃源忆故人·隆基路——纪念江隆基校长诞辰一百一十周年》）江隆基校长是著名教育家，对兰州大学的建设和发展做出了重要贡献，他以高尚的人格和科学的教育思想赢得了兰大一代代学子的尊重和赞扬。杨许波《敬和林家英先生〈桃李情〉三首》表达了对老师春风化雨般教诲的感恩：“昔年承教入诗门，汉韵唐音总觉亲。虽处金城苦寒地，春风化雨意真醇。”桃李情深，师生谊厚，字里行间，情真意切。

大学时代结下的同窗情谊是深厚的，而同学间的深情在历经奋斗与风波后的再聚会再回首时表达得最为充分：“一别兰州三十载，依稀往事如烟。凌风把酒忆当年，千杯倾故意，今夜自眠。相见时难君莫叹，殷勤更续前缘。黄河柳色送归船。天涯明月在，处处共清圆。”（桂栖鹏《临江仙》）“金榜题名聚八方，兰山下，黄河旁，四十同窗，携手求学忙。曾忆国庆兰山上，师生情，同欢畅。皋兰一别二十长，南海边，天子堂，各显身手，立志把名扬。相思无泪再聚首，丁酉秋，积石堂”（沈亚锋《江城子·二十载聚首》）。久别后的聚散离别，是增进情感的催化剂，也是诗情迸发的触点。大学的同窗，更是同道，同行，相知相随，其深厚的友谊是相伴一生的。

兰州为西北重镇，五泉山，白塔山，羊皮筏子，金城关……兰州的风物历史，令人难忘，范国明《癸巳夏日兰州数首》就从“鸟瞰兰州”“又回兰州”“碑林兰州”“金汤兰州”“银滩兰州”“水上兰州”多个方面抒写了对兰州的热爱：“梦里几回皋兰树，河声塔影在云乡”，“铁桥锁钥固重关，永固金城定九原”。杨成新的《金城关怀古》抚今追昔，寄托了深沉的历史感怀：“浮云两片新天地，春树几行旧山川。斗酒马前评治乱，兴文陇上溯源泉。”黄河穿城而过的兰州，有美丽的风景，有诱人的美味，最令人难忘的就是早已名扬海内外的兰州牛肉面：“从来面食西北精，兰州拉面负盛名。千炖牛骨汤厚老，百调鲜味师传承。妙手和就如意面，匠心化作金丝丛。清白红绿四色美，大碗小凳吃有声”（张奇《咏兰州牛肉面》）有滋有味，有声有色，读来令人馋涎欲滴。求学时代留下的味觉记忆，是融汇在浓郁的西北风情和勤奋向学的校园氛围中的。

诗歌需要反映时代，反映社会，表达个人的真切感受，就不能不用“眼前景”“当下事”来抒“胸中情”，这样才是当代的诗。傅景世《伟大时代》“东来紫气正旋升，国泰民和万事兴。代代江山有良将，层层沃土多精工。智能网络信息化，高铁航天微信通。教育健康文化里，一机在手共享丰”，以新事新词入诗，从中可见时代前进的脚步印记。殷雄则用一首七言排律来抒写纪念改革开放40周年的宏大主题，铺张扬厉，格调高昂，表现出作者的思考和眼界：“卌年烟雨卌年尘，思想包容信有真”，“先辈开疆享祭奠，后昆创业付艰辛”，“绿水青山还旧貌，富民强国创奇珍”，“转换时空成历史，连通兴旺踏霜晨。少年中国少年梦，革故维新即是伦”。排律用长篇形式叙胸中块垒，容量大，格律要求严，历来作者较少，从此篇亦可见作者之才气舒展，声韵俨然。

兰大精神，一脉传承。兰州大学为著名高等学府，历史悠久，文化底蕴深厚，培养人才重理想立志、重科学精神、重人文情怀、重全面发展。天南海北的学子，入兰州大学而经熔炉历练，得到了优秀传统文化的熏陶，浸染了西北高原的豪放坚韧，在生命中打上了深深的印记。“百年兰府底蕴厚，万里丝路大地宽。”（翟亚军《七律·观粤港澳大湾区兰大校友运动会感怀》）关陇之地，乃“诗仙”李白的故乡，“诗圣”杜甫流落吟唱的地方，丝绸之路上西去东来的无数诗人，在此留下了多少千古绝唱：“古戍依重险，高楼见五凉”“黄河远上白云间，一片孤城万仞山”“大漠孤烟直，长河落日圆”“黄河落天走东海，万里写入胸怀间”……诗歌的精神绵延不绝，代代相传。[1]兰州大学的一代代学子，承传了这种人文情怀和高远胸襟，在校友诗选中亦能真切地感受到，其间清辞丽句，迭出不穷。“同赏一轮月，独品万里秋”（吕海峰《癸巳八月十六咏月》），“丰含三秋月，富比黄金国。贵在逢霜时，君前无俗客”（张绍红《菊韵》），“节节有神骄日月，根根无悔献甘甜”（李雪华《甘蔗赋》），“金戈铁马伴征尘，剑气一啸铸汉魂”（王登渤《谒李广墓》），“把盏忆昔勤学苦，最是当年抢座忙”（王芸兰《与室友

---

[1]林家英先生为著名文学大家，自上世纪五十年代来兰州大学任教，辛勤耕耘数十年，诗传海内外，桃李满天下，其诗词创作承传盛唐之精神，神足气充，调高韵远，“横锁金城对碧霄，等闲风雪卷寒潮。铮铮铁骨中流屹，不愧黄河第一桥”（《兰州黄河铁桥》）。林先生于弘扬中华诗词，厥功至伟。张文轩先生为语言文学专家，传统文化学养渊厚，于古代音韵学造诣尤深。“当年迢递瞰东岗，笋起楼台竞遮阳。满腹华章增不减，英才照旧踵门墙”（《图书馆大楼》）。其诗赋创作格律谨严，才力纵横。

母校兰大赏春》），“秋深莫道韶华老，抱冷寒花气愈铿”（钟志凡《七绝·重阳咏菊》），“竹林尽头即红叶，清溪来处远人烟”（邵向锋《古风》），“梦中未忘归桑梓，梦醒踟躅意返乡”（张效禹《七律·梦中故乡行》）……诗为心声，情动于中而形于言，汉语诗句言简意赅，情景交融，韵律和谐，富于表现力。中华传统诗词形式为我们提供了抒情言志的有效工具，凝练含蓄，意味深长。为什么这么多人都喜欢用古体诗词表情达意，正在于此。

兰州大学地处黄河上游，想到兰大，就想到了中华民族的母亲河，就想到了落天奔腾、穿峡出谷的黄河。李卫的《满江红·贺母校110周年华诞》就以黄河的意象起兴，“滔滔黄河，奔流过，时光飞逝。转瞬间，母校华诞，逾百有十。倡勤勉自强不息，重研学独树一帜。栉疾风，历筚路蓝缕，苦心志。看今日，根叶炽。果满枝，器成势。骐骥出绝域，骇俗惊世！踏歌寻梦何言痴？情怀天下贵真挚。正逢时，趁风华正茂，展雄姿”。将兰大校训“自强不息，独树一帜”嵌入词中，有岁月流逝的慨叹，有对母校悠久历史和辉煌成就的赞美，更有“趁风华正茂，展雄姿”的豪情壮志，道出了学子的心声。

题材广泛，体裁多样。兰州大学校友诗选是从一百多位校友的三千多首诗作中选编出来的，时间跨度大，作者数量多，阅读诗选时一个明显的印象就是题材广泛，体裁多样。题材的广泛首先来自于诗词作者专业面广，经历丰富：“理化史哲才俊聚。医经语数蔚奇观”（翟亚军《兰庭对酒歌》），入选作者几乎各行各业都有，兰州大学的深厚文化底蕴和兰大学子的全面素养于此可见一斑。诗词中有对母校的赞美和感恩，也有对同窗之谊、故乡之情的怀念和珍重；有身处改革开放浪潮的时代讴歌，也有静察默观生命感悟的低吟浅唱；亲情、乡情、友情、爱情，山水之情；行旅、聚会、送别、登临，思古幽怀；咏物寄托，议论说理，历史社会，科技信息……指点江山，激扬文字，情动辞发，随触为诗，叙事写景，不拘一格。有的则在一首作品中表现了丰富的人生体验，抒写了跌宕起伏的情怀：“君不见，霞光斜照兰园静，岁久年深绿成荫。君不见，千种石斛万种情，老干新枝著芳馨。春暖风和晴日短，知己相见犹恨晚。花开花落总有时，共邀明月把酒欢。人生聚散从来事，长歌一曲自当还。鼓槌敲，喇叭响，百花舞，酒正酣。功名利禄皆虚无，唯有诗歌隽永远。万里行走尽为乐，一醉方休千杯干。前路漫漫花为伴，春花秋月满篷帆。曲水流觞冠古今，幽兰诗意展新卷。将进酒，杯莫停，朋友聚，把歌唱，莫惧风雨莫回头，同谱人生新篇章”（吴云东任跃英《将进酒》）。有时光流逝的慨叹，有知己相见的欢愉，有聚散无常的沉吟，最终归结到“莫惧风雨莫回头，同谱人生新篇章”的自励自强，颇具格调。

中国传统诗歌形式多样，唐诗，宋词，元曲，一代代诗人充分发挥聪明才智，创造了多种多样的诗歌体式，汉语之美在中华诗词曲中表达得最为充分，最具表现力和感染力。从收入兰大校友诗选的古体诗词作品中，也可以看到创作者的学习掌握和继承创新。有四言体、五言体、七言体、杂言体；有古风，有近体；有律诗，有绝句；有五言四句的小诗，也有洋洋数十句的歌行；有长短句的词，有可加衬字的曲……形式是为表达内容服务的，选择什么样的体裁，取决于作者的爱好，也适应着表达内容的需要。苏轼说诗文当“随物赋形”“常行于所当行，常止于不可不止”（《文说》），情感随触而发，选择适合的表达方式，需要作者对古体诗歌形式的掌握和熟悉。刘向兵《浣溪沙·戊戌岁末深圳纪游》“南国湖边赏晚霞，相嬉人浪小梅沙。碧波深处有渔家。老友新逢情胜酒，远山遥望意无涯。何当从化一杯茶?”用《浣溪沙》词牌写对南国风情的感受，情景如画，下阕“老友新逢情胜酒，远山遥望意无涯”一联，对仗工整，情溢词外。郝厚璋《离兰州去福州前当宴赋黄河一首别诸友》“千里黄河万里山，九曲百折多回环。人生成事亦如此，冲开天嶂即平原。”以黄河起兴，自由奔放，富有理趣。“北方风劲多柔媚，南方温润枝叶坚。北穗鹅黄絮飞白，南穗翠绿红絮翩。本是同族异域生，同好水边影自怜。折枝无所寄，君下多徘徊。湖光潋滟银波闪，恍惚身处清水台。似曾相识细思量，从此思乡顾君来”（王芸兰《偶遇南柳》），作者偶然遇到南方的柳树，触发了乡思，对比联想，咏物寄托，饶有情味。四言整饬对称，用作颂赞，典雅庄重，朴厚悠然。白瑜《兰州大学110华诞赞》：“皋兰峥嵘，黄河远上。倚剑昆仑，扬帆汪洋。大漠苍茫，长风浩荡。东来紫气，西接佛光。百年学府，世纪沧桑。风雨历程，深情回望。卓然西北，科教兴邦。人才辈出，桃李芬芳。伟哉母校，熇熇皇皇！入萃英门，登至公堂。天下兴亡，慨当以慷。肩荷道义，手著文章。踵武前贤，蹈厉发扬。勤奋求实，进取无疆。独树一帜，不息自强。青春日新，诗和远方。继往开来，文明大光。大哉兰大，祝嘏称觞！”兰州大学“自强不息，独树一帜”的精神，已融化在兰大学子的血液中，成为兰大人的精神气质，生生不息，代代相传。

愿兰州大学生命之树常青，愿兰大学子用诗歌记录的心声流播久远，也期望后来的学子能有更多的人拿起笔来，记录下人生的脚步和心路历程，自励励人，传承文脉，弘扬精神。

2019年6月10日

跋二

魂系兰大，诗咏中华

傅景世

“馨馨之兰，绵长百年。其根也深，其叶也繁。屹立金城，丝路之干。惟开来与继往兮，奋余勇而直前！”

——《贺〈兰馨集〉》

翟亚军学弟是一个热心人。1982年兰大物理系几个热心同学在系领导和辅导员老师的支持下成立了文学艺术社，编选同学诗选《春草》，亚军就是积极参加者之一。后来亚军接替我担任文学艺术社社长，几年里编选了若干期《春草》。他持续30多年的热情今日终于大成——主编了《兰馨集》，我也有幸成为复审，并为《兰馨集》作跋。

2019年是兰州大学建校110周年，兰州大学深圳校友会诗词书画分会的部分热心校友，出于对母校的热忱，发起了《兰馨集》作品征集活动，准备正式结集出版，作为呈现给母校110

傅景世，1980年至1987年就读兰州大学物理系磁学专业，分别获学士、硕士学位。现任中经承园科技有限公司董事、总经理周年校庆的献礼。这是一个非常好的主意，毕竟，“如果没有存储事，谁知当年秦始皇（傅景世《存储》）”，从各个角度为母校留下一些记忆，也足以让我们这些游离于母校校园之外多年的游子们感到一丝欣慰。

《兰馨集》向我们展示了弘扬民族文化、振兴当代诗歌的无穷蕴力与魅力，也向我们展示了校友们对自然、人生、祖国、母校、亲朋好友的无限情怀，是校友们孜孜心与拳拳意的真实写照。

校友们对改革开放这一改变中国命运与个人命运的伟大时代进行了讴歌。如殷雄在《七言排律·纪念改革开放40周年》里写下了“卌年烟雨卌年尘，思想包容信有真”、“经济优先硬道理，文明存续好基因”的诗句。校友们对改革开放的总设计师邓小平充满了热爱。如吴云东“二十二载风和雨，不忘邓公您好（《临江仙·纪念邓公小平兼和任老师同题作品》）”，就像1984年中华人民共和国成立35周年群众游行时那样，一道“小平您好”横幅，一切尽在不言中。

校友们生在当代，与社会上发生的重大历史事件共鸣。如马岩华“最是一年裁腐败，摧枯拉朽向长庚（《七律·秋耕》）”，张学文“千营铁骑开新道，万柄吴钩垦大荒（《百丈行》）”。校友们关注科技进步，讴歌社会进步。如马岩华“支付不需划卡，上门奉送吃喝。休提玉律与金科，皆是匆匆过客（《西江月·互联网+生活》）”。

校友们怀念兰州、怀念兰大。如杨成新“相逢塞上曾年少，一望金城。再望金城，万水千山总是情（《采桑子·赠别老同学》）”，怎么评价校友们对故地和母校的感情，都不过分。校友们感激兰州大学的老领导。如“紧紧握住校长手，无限思念泪潸然（洪裕国《怀念江隆基校长》）”，写尽了对1960年代老校长的怀念。再如“炯炯精神眼，谦谦君子家。……慈祥尊长者，垂范人人夸（李雪华《忆刘冰老校长》）”，写神了1980年代在兰州大学读书的学子心声。

校友们对同学和朋友，情真意切。如翟亚军“举杯畅饮时，不独异乡人（《元旦感怀》）”，“不独”二字，不知还有何字可以替代。再如胡荣华“汾水清清兀自流，初心老脸忆兰州（《太原兰大校友宴聚呈座中》）”，“初心老脸”四字，甚为传神，用来形容旧日校友相聚，再贴切不过。又如李卫“忆起，忆起，同学真情如昔（《如梦令》）”，程庆拾“三朋四友豆棚下，谈古论今何快哉（《一川嘉好山水在》）”，印证了这句话：人生得二三知己，足矣！

校友们热情讴歌祖国的大好河山。如林家英“十分清丽关山月，地北天南一望中（《谷融师寄赠〈当代大学者对话录·钱谷融卷〉有感而赋》）”。再如李雪华“好个天然山水画，清心一片出娇妍（《早春游鼓山》）”，等等。校友们善于体会自然与人生。如韩培刚“西江千户今何在？游客匆匆过路人（《七律·逛苗寨》）”。再如米健“高楼窥望众生事，来去匆忙三者中（《高楼窥望》）”，似乎随心所欲、信手拈来。

校友们对家乡的感情是真挚的。如周雪飞“常念老父手中茧，尤怜慈母鬓间霜。游子归来情总怯，离家愈近心愈慌（《归家途中偶怀》）”，等等。

校友们热爱生活、享受生活。如王立业“敢问天籁何处有？有滋有味午后茶（《致陶化友》）”。再如钟志凡“迷离相问还来否？月正西楼，醉上心头，颠倒乾坤忘去留（《采桑子·大醉》）”。又如张奇“年啖拉面三百碗，不辞长作兰州人（《偶感二首》）”。校友们的心是清高的。如马飞骧“深山不弃我，大道还青天（《西峪山中四首》）”，钟志凡“长风怜我苦，猎猎树梢鸣（《五律·清明怀远》）”，刘德波“嫦娥生今世，仙丹弃若何（《望月随想》）”。呵呵，我的可敬可爱的校友们！

校友们的视野是开阔的，不仅有许多豪放派的作品，也有许多婉约派的作品。特别是，某些诗句的用词是很精妙、很微妙的。“不敢倚床瞅，怕惹相思笺。心恼无片语，情来何以堪（张绍红《夏夜小醉》）”，写出了夏夜一人独醉的微妙心态。“举杯问文耕，曾与玲相许？向东侧耳听，浅笑不言语（卢阳华《春游共青》）”，写出了同学间当年有意，却各奔东西，多年后相见时的未语泪先盈之态。“顿挫抑扬吟不断，推敲平仄语更臻。遥怀陇上师恩重，一册兰馨树惠存（王芸兰《与众师弟师妹访翟亚军师兄有感》）”，众位征稿编审者为《兰馨集》竭心尽智，皆在纸上。“欢喜时深怨亦深，每逢寒假胖十斤。……长恨邻女腰肢细，雨打梨花深闭门（姚凌云《自嘲》）”，写活了女生们争相减肥的心态。

校友们的诗作中，有很多情景交融之句。如王彦伶“烟笼江岸柳，月影摇香梅（《画》）”。再如马飞骧“可怜物态兀多情，蜂又营营，蝶又营营（《一剪梅》）”。又如李多艺“孤伞为何亭下歇，主人晨醉雨花前（《题晓霞晨静图》）”，吕海峰“新湿叶色晶晶翠，雾起峰迷客忘归（《沐云髻山温泉遇雨而作》）”，等等。又如李多艺“不见慈母影，心如秋霜寒。……借问嫦娥姐，可见母容颜（《中秋抒怀》）”，李万元“荒野有电讯，人间无天涯（《新春礼赞》）”，仇金选“登高莫问心中事，浮华暂去望河山（《国庆登五泉山》）”，邵向锋“风中古柳红墙外，雨里繁花小榭旁（《七律四首》）”。情耶？景耶？境耶？情耶？

校友们的佳作佳句之多，让我愕然。“归来踏月悄无语，断续蛩声一缕寒（林家英《鹧鸪天·偕诸生初秋夜共吟古典诗词》）”，“但愿时光归相住，节节换取有缘人（翟亚军《乙亥年除夕感怀兼和殷雄》）”，“三界火熄随心静，一腔血热与情燃（老白《送林清玄先生》）”，“妙笔生花花映月，人书老，写沧桑（杨成新《江城子·寄诸友》）”，“生津止渴忝珍馐，摘与英雄煮酒（马岩华《西江月·梅》）”，让人沉吟。

……

忽然之间，我感到写不下去了，佳作之多、题材之广、诗人之多，格调之多变，已经超出了亚军学弟给我的篇幅限制。罢、罢、罢！师兄师姐学弟学妹们，我只能对你们说声抱歉了，请原谅，请海涵！而我的一己偏见，也只有请师兄师姐学弟学妹们赐教了！

还是用我两首诗里的话，作为此跋的结尾吧：“东来紫气正旋升，国泰民和万事兴。代代江山有良将，层层沃土多精工”（傅景世《伟大时代》），“功成需待体肤饿，名就更凭心志沉。存储安全绿色后，与君一笑说昆仑（傅景世《无题》）”。

向母校兰州大学致敬！向兰州大学110周年致礼！

2019年5月17日于北京

跋三

百年诗情共兰馨

苏刚　老白

"人充满劳绩，但还诗意地栖居于大地之上。"

——德国诗人荷尔德林

感谢深圳校友的热情倡议征集和辛苦选编辑录，使我们有幸捧读《兰馨集》这部兰大人的诗歌选集。罗曼·罗兰说：生活中并不缺少美，而是缺少发现美的眼睛。我要说：兰大不缺少诗人，只缺少一声友情召唤！

将校友们的诗歌作品汇编成册，将历届兰大诗人集结在一起集体亮相，尚属首次。适逢兰大110周年校庆之际，兰大诗人方阵的奕奕神采，为我们呈献了一道靓丽的风景线。正如校友傅景世在题为《黄河·兰州·兰馨集》中表达的：

苏刚，甘肃庆阳人。1982年至1991年就读兰州大学物理系磁学专业，先后获学士硕士博士学位。1992年进入中国科学院研究生院博士后从事研究工作。现任中国科学院大学副校长，教授。

老白，原名刘白瑜，字俊辰，号不厌居者，甘肃陇东宁县人，现居深圳。1986级兰州大学哲学系学生。兰大书画社老社员，书道修习者。

兰馨集聚曾兰人，多谢亚军倾热忱[1]。

更赖各方齐助力，黄河滚滚是吾魂。

皋兰巍巍，黄河滚滚，岁月悠悠，长风浩浩，丝路花雨点点，大漠驼铃声声……作为一座肩负国家战略格局中重要使命的学府，兰州大学雄踞中国几何中心，扎根西北广袤大地，卓然独树一帜，接力自强不息，坚忍不拔地跋涉一个多世纪的坎坷风雨，谱写下一曲曲气吞山河的壮美歌曲、一首首感天动地的壮丽诗篇！这其中既有黄沙百战的英勇豪迈，又有热血报国的慷慨激昂，也有亲友情爱的柔肠冰心，还有家园山川的思恋赞美，更有励志奋进的咏志抒怀以及生活百味的品赏悟会。请听：

西北的青年莫要再耽延，
割断我们长衫抛却我们浪漫。
大时代的使命奔临在眼前。
大踏步冲出潼关，看一片漫天的烽烟。
仅凭舌尖怎能扫荡那凶焰，
挥起铁拳才能还我河山。
甘肃的青年莫要再迟延，
捣碎我们花冠停止我们歌筵。
大时代的担子紧压在两肩。
乘长风冲上青天，望一眼卷世的狂澜。
仅凭笔尖弱小怎能保全，
拼着血汗大同实现何难。

这首创作于国难当头的1938年的《兰州大学校歌》，代表性地展现了兰大学子以天下为己任、与时代共奋进的英雄气魄和壮美情怀。

---

[1]《兰馨集》把曾经在兰州学习生活过的人聚集起来了，首先要感谢倡议编纂《兰馨集》并担任主编的翟亚军先生。

“为什么我的眼里常含泪水？因为我对这土地爱得深沉……”（艾青《我爱这土地》）捧读《兰馨集》，作为一名兰大人，我的心头总会涌起一种莫名的别样的感动，就像一个游客在游赏过异国他乡的风光之后，看到了故乡的梦里家山，见到了从前熟悉的亲人那样的亲切与动情！是的，同为兰大人，共念兰大情，校友们的心怀是相通的，关于青春的记忆与怀恋，犹如一首情韵悠悠、摄人心魄的诗，又如一丛花叶常新、馨香袭人的兰，永远生机盎然地绽放在每个兰大人的心田。

大西北的浑厚苍凉，大西北的雄奇壮丽，为百年兰大的孤傲刚毅的奋进姿态和可歌可泣的光荣历程涂上了一层质朴深沉的底色。百年风雨，携手并进，百年诗情，与兰共馨。“勤奋、求实、进取”的兰大精神哺育着一代代的兰大学子和海内外的兰大人不忘初心，保持优良的学风，在人生的道路上发扬蹈厉、坚实迈进。

中国是一个诗的国度，中华民族是一个充满诗意、诗情的民族。从老农夫“凿井而饮，耕田而食”（《击壤歌》）的简朴自适，从劳作者“彼君子兮，不素餐兮”（《伐檀》）的苦辛不平，从钟情人“有位佳人，在水一方”（《蒹葭》）的向往惆怅，到屈子泽畔行吟、陶令归隐田园，以至于李杜光芒万丈、苏辛豪放百代……诗歌传统历数千年而不衰。迄于今时，虽物质主义盛行、游戏娱乐泛滥，但中华诗脉未易中断，揆诸兰大校友们的《兰馨集》可见一斑。子曰：“诗可以兴，可以观，可以群，可以怨。”诗歌是诗者心灵浪花的绽放，可以激扬情志、彰显精神，可以观察世界、感知天地，可以参与社会、交游朋友，可以表达意见、流露愤懑。读《兰馨集》，可以看到兰大校友们的诗歌创作形式多样，题材广泛，风格各异，诗情洋溢。就个人仓促间粗疏的阅读感受且与读者诸君分享点滴：

★宇宙人生的哲思

如："无数条道路通向果园/无数条道路遮住果园/在春天，理想会和青草一起复活"（唐文明《果园与骑士》），道路的"通向"与"遮住"、青草的"枯死"与"复活"，揭示着所面临的矛盾性与解决的辩证性。"她抹平了胜利与失败/她淹没了王城与平民窟/她是任何差别与界限的取消者"（石厉《黄河，她从天上来》），除了对于母亲河的深情，还有超越历史与现实之上的高旷视角的审视。又如："和风一夜花满山，堪笑墙高不掩春。"（杨成田《禅房花木深》）赏景而悟禅理，知天地间时运之来不可抗拒。"我装着和你不熟/尽管如影随形"（何双玄《我和岁月不熟》），人与岁月的关系带有某种"复杂"的况味。

★自然风物的赏咏

如："巫山巫水幻如画，巫雨巫云细似沙。"（米健《越三峡》）巫山云雨的梦幻之美，千载而下依然令人陶醉。"秋色压泰山。抬望眼，彩沃秀峦，虎奔龙蟠。一柱擎起万里天，任他云去雾还。"（郝厚璋《贺新郎·赋望岳一首赠友人》）泰岱雄姿依然让人豪情干云。又如："守拙亲山水，开襟卧石松。闲看云一卷，如过岭千重。"（马飞骧《游吴中诗草》）纪游山水，触景而情生。

★家国情怀与故园之恋

如："这片热土/浸透了血汗/染遍了笔墨/每一寸骨骼上烙着她的印记/每一滴血液中包含她的信息"（老白《植根心中的祖国》），"他从遥不可触的历史斑斓中走来……诗和血性从来都是他的柔情和铁骨。"（何雷《群鹰荟萃》）爱国之情融于历史文化的血脉之中。"七月的人民，低垂下头颅，与麦地亲近。""我看到我的兄弟姐妹扑到麦地之上，用坚实的胸脯，丰硕的乳房与麦地亲近。"（王志荣《麦地》）"我的父母和兄妹、羊群和田野/熟睡在夏天凉爽的北方的湖边"（柏常青《屋顶之上》），对土地、家园、亲人的情感总是交织在一起，密不可分。又如：

“啼鸟如歌声百啭，慈母听儿诵古诗。”（林家英《童年寻梦》）儿时的回忆总是如此温馨。

★母校情缘与爱情学谊

如：“书声琅琅的小树林/有一棵高高的红果树/落地的红果泛着古酒般的醇”（陆梅华《求知林》），校园的记忆永远那么鲜活清新。“昆仑势高星斗亮，积石堂静墨馨香。”（翟亚军《兰庭对酒歌——写在兰州大学百十华诞》）“毓秀历观四季雨，萃英曾证百年霜。”（张效禹《兰大110周年礼赞依韵兼和殷雄师兄》）对母校的景仰与思恋其情也深。“黄土多情能养士，先生遗教润皋兰。”（殷雄《七律·悼念段一士先生》）“峥嵘岁月君知否，教授曾为佩剑人。”（李雪华《戊戌元宵拜访魏世恩教授》）对恩师的崇敬与怀念其情也真。又如：“我们在田野里采摘/在山坡上歌唱/忘不了你头戴花环的笑脸/如秋阳般温暖灿烂”（张晓冬《秋天咏叹》），爱是永远不会忘记的。“同窗友谊情未老，岁月沧桑鬓已斑。”（马存清《重逢大连》）同学之谊历久弥新。“绿茵如梦，载青春葱茏。矫健不与少年同，激情却仍相拥。”（李卫《清平乐·绿茵如梦》）绿茵场上结下终生的战斗情谊。

★事业追求与生活情趣

如：“绿城若如树，幸福遍人寰。”（吕海峰《绿城如树》）作者以诗诠释绿色城市发展的理念，为推进全球人居环境的改善而不懈追求。“饶口饶舌饶脑力，为国为我为伊人。”（傅景世《无题》）以这样的心态投入工作辛劳中去，读来朴实而真切。“腹有诗书自风雅，口无遮拦吐馨香。”（杨成新《兰山赋》）“铁画银钩通篆草，枯毫润笔起云烟。信手寄狂颠。”（王维浩《忆江南·咏书法》）诗书风流，畅怀吟咏挥洒，得人生之快意。又如：“长恨邻女腰肢细，雨打梨花深闭门。”（姚凌云《自嘲》）作者以减肥事入诗，生活小烦恼，雅韵见情调。“机扫联程高铁，刷骑共享单车。二维码下验轻奢，免却恹恹跋涉。”（马岩华《西江月·互联网+生活》）作者所反映的当代生活状态，大约古人做梦也不会梦见过吧？

“这个世界不只有眼前的苟且，还有诗与远方。”高晓松的这句话成为时下流行的语句，表明当代青年在面对现实生活的考验时，不愿放弃对“诗和远方”的追求。身居祖国四方、世界各地的海内外兰大校友们在学习、工作、生活、努力奋斗、建功立业的人生征程中，共系一段兰大情缘，不断吟咏谱写着新的人生诗篇。从兰大人的诗歌里展现出兰大人相映生辉的精神风采。其实“诗”就在我们的生活之中，只要我们内心里蕴含着诗情，灵魂中不失去诗意，在漫漫人生长路上怀揣理想，亲近自然，珍惜情谊，追求事业，用我们的热血与双手去创造和建设自己的美好生活，我们就会“充满劳绩”而又“诗意的栖居于大地之上”。

百年兰大雄风振，百年诗情共兰馨。祝《兰馨集》芳华永驻，香清益远！

己亥槐月

跋四

延伸向西北的诗行

——《兰馨集》阅读杂记

刘建东

南国深圳，有一群热爱诗歌、心系母校的校友，筹划出一本诗集献给母校兰州大学，未曾谋面的翟亚军师兄和我的同班同学王芸兰，嘱我阅之，并写下感想。我对诗歌和写诗的人抱有一种天然的尊敬，并敬而远之，我一向以为，诗歌是天才们的心灵吟诵，是最能与心灵进行直接对话的文学形式。而我向来也不敢对诗歌造次地说三道四，但师兄与同学之意不能违，遂诚惶诚恐地应下，小心且认真拜读，在校友们的诗行中，收获了一些感悟，一些联想，忐忑记之，不成体例，是为杂记。

多年之后，诗歌是一行行延伸至兰州的美好意象。最早对“意象”一词有较清晰的理解，是80年代大学时期，朦胧诗人们为我们奉献的一首首传颂至今的诗作。在我的身边，那些曾经年轻而熟悉的诗人们，苗强、柏常青、付鹏锋、虎良灿、王川

刘建东，1985年至1989年就读于兰州大学中文系。中国作协全委会委员，河北省作协副主席，文坛“河北四侠”之一。鲁迅文学院十四期高研班学员。1995年起在《人民文学》《收获》等发表小说。

等，都已经是闻名西北的校园诗人，他们行走在兰大校园里，吟颂着梦想与期待、理智与情感、爱情与生活、青春与激情，以无比充沛的精力和体力，让我们的校园，在诗歌的伴随中，充满了诗情画意。而岁月沧桑、日月轮转，那些曾经的诗人们在离开学校之后，曾经明亮的意象在他们的生命中沉淀与升华，变得更加沉稳成熟，所以我看到的是一首首的诗，也是一行行由现在通向过去的意象，是由四面八方，重新汇聚向一个词——兰州大学的意象，这些仍旧闪光的意象是祝福、浅吟、回味、纪念以及贯穿时间纬度的长长的思索。诗集中的作者由1956级至2018级，纵跨了半个多世纪，在62级的王明安师兄的诗《戊戌年中秋节寄老姐》中，我感慨地读到了岁月的厚重在漫漫生命中的悲凉与欣喜，而在最年轻的何雷的诗《雏鹰展翅》中却又透着年轻的恣意张狂。我看到的更多的是在日月交替中，捧出的沉甸甸的感怀、想象与憧憬。他们或高亢，或低沉，或涓涓细流，或狂风大作，但有一点是共同的，兰大给了他们诗人的内心，他们也向兰大奉献着诗人的赤诚。每一个汉字，每一行诗，每一个奇思妙想的意象，都带着岁月的痕迹，浸染着真挚情愫，在祖国的每一个方向，在由兰州大学为圆心所画的那个大大的圆周中，如萤火般闪烁。

多年之后，曾经的诗人们仍然拥有着充沛的激情与深深的眷恋。兰州，是所有分散于世界、祖国各地的校友们心中永远的相思。兰州是每一个学子的青春恋曲，所以朱义在《兰州之恋》中，会柔情地讲述“相会是一次记忆”。那些具象的黄河、校园、雕塑、图书馆、教室，都成为他们情感依托的对象，仿佛，他们一直与它们在一起。在《我思念，我的第二故乡》中，兰州成为作者的第二故乡，“我思念，白塔山下的黄河铁桥，那上面布满了我的足迹；也思念，皋兰山上的丛丛绿树，那里面留下我的汗水”。这首诗让我回到了20世纪80年代，回到了我年轻的同学们当中，新生入学的第一件事就是去兰州黄河铁桥，照一张黑白照片，寄给远方的亲人。在《黄河，她从天上流来》中，黄河几乎成了作者精神的家园，“虽然，我早都远离了她”，但“她水波中最明亮的部分，虚幻地穿越黑暗的尘世时，依然散发着冰铁的冷焰……让我迷惘的内心，又一次产生波动”。读到这里，我不禁眼中溢满了泪水。岁月会让记忆慢慢地变淡，可对老师们的感激之情永不磨灭。《师恩难忘》中，作者更是直抒胸臆，“您凭着一腔热血和辛勤的汗水，开垦出一片片绿色的希望……在这个浮躁和充满着诱惑的世界，是您，使我们飞得更稳”。老师，不管我们走到哪里，每每想到他们亲切的面庞、各具特色的讲课的方式，总是能让步履匆匆的我们，远离学校的游子，感到一分坚实的力量、一丝稳妥的心安。更难忘的是同窗友情，“上铺的她，为了那件没有纽扣的红衬衫，五次登临那家小店”，四年大学情景时时闪现在记忆中。

多年之后，诗歌仍旧是诗人们打开世界的一扇窗户。他们通过富有个性的语言、美妙的意象、抑扬顿挫的节奏，为我们呈现了多姿多彩的世界，在他们的诗中，我们发现，诗歌中的世界如此神奇、如此美妙，又如此令我们热爱。我的大学时期，柏常青已经是如雷贯耳的著名诗人，在80年代，兰州是个孕育着诗意和诗人的地方。在他的《河西的村庄》中，“黄昏的原野上只剩下遥远的死亡，赤脚舞蹈的亡妇垂下恍惚的浆果”，“在庄外，只剩下一棵树和我自己，让我讲述断崖，讲述平静的水面”，他的目光中，浑厚的河西是一曲苍凉的悲歌，是凡·高油画般的底色，村庄、婚宴、唢呐等一切属于这片土地的符号，都幻化成了略显忧伤的生命意义。在王芸兰的诗中，世界是另外一番模样，它明亮甚或带有一丝的羞涩，是一弯《月丫》，它如此静谧和安详，“依偎着你的幸福，捎给你一个梦”。西部，迷人的荒凉与希望同在，在李红兵看来，这是一曲《西部摇滚》，“走进西部，阳关如一扇开启的门，在背后冷冷关上，西部的摇滚，在门外猛烈地敲着边鼓”。在曹文的笔下，世界是一列《绿皮火车》，被赋予田园色彩，“古老的高原上，飞驰着一列绿皮火车，从沉睡的灯红酒绿，驶入寂静无垠的田野”。而肖同庆眼中的世界明显地光彩夺目，尽在掌握，“我们胸怀江河青山，年过半百的人生，气定神闲”。我们既看到了诗人们眼中的世界，同时，我们也能真切地感受到，世界给每一位敏锐的诗人们带来的形形色色的不同的艺术感觉。诗歌在他们与世界之间架起了互通互达的桥梁。

多年之后，生长于西北兰州的诗人们，仍然怀揣着梦想与期待，以诗歌的方式抵达心灵深处。我们看到的更多的诗歌是心灵的歌唱，是来自于自己内心最柔软的那个区域对外部世界的优雅的回应。他们或者被爱所牵挂，爱亲人、爱鲜花、爱清风细雨……《远离你的时候》，“不管我如何疾驶，你的倩影不远不近地跟在我的身后，如烟如梦”。往事是因为有值得追忆的恋人的存在而美好如初。《家乡，我的妹妹在张望》，“她仍然是小菊，她还在稻田鸡舍中间奔忙，一生的劳碌，让她的脚步更加坚定”，是对亲人最朴素的祝福。《追随》着“你的足迹，一步步靠近你的驻地。追随着你镜头下灼灼牡丹，是我对春天的苦苦期盼”。他们充分地舒展着自己内心涌动着的情感，“大地上，菊花灿烂；黄色的、白色的，一簇火苗中，她重新归来，微闭双眼……安静如花瓣的积蓄”。这些优美的诗句，像是款款温暖的细语，轻柔地敲打着每个人的心房，让我们袒露于社会的焦虑的情绪获得片刻的安宁与抚慰。他们或者探寻心底中最脆弱的那一刻，让灵魂独自舞蹈和低语，弹奏着《我们灵魂的悲歌》，“等待复活，穿过寂静与深沉，地底涌动着卑微的念头，淹没一切的冲动；等待古典的相互的圣水，欢乐的节拍，浇湿超凡脱俗的灵魂”。或者，他们只是在记录，他们的每一次感慨，每一次叹息，每一次与心灵的对话，“没人知道你的痛苦，没人在意你是否死去，等待着你的，将会是永恒的寂静”（《一只鸟的车祸》）。

多年之后，诗人们仍旧是诗人。

多年之后，兰大仍然是心中的旧模样。

多年之后，所有的诗句，仍旧难以充分地表达，爱与被爱。

多年之后，兰大的学子们，仍旧在追逐梦想的路途之上。

以上是我阅读《兰馨集》后一点粗浅的直观感受，或许有与作者初衷相悖之处，但请宽宥。实际上，这是一次美妙而奇特的阅读体验，与任何一次的阅读旅程都不同，在阅读过程中，那一行行的诗句、一个个的词语，时时让我掩卷思索，时时让我不得不停止阅读，陪思绪回到三十多年前，回到兰州，回到我的青春时光，我仿佛与诗人们一起，有了时光倒流的切身体会。青春、理想，盘旋路、7号楼、旧文科楼、新文科楼、图书馆……他们穿行在我的生命中，组成了我生命永恒的生长因子，他们是我血液流动的一部分。感谢这本诗集中的每一位作者，每一位我亲爱的校友们，谢谢你们，给了我重回校园的美好旅行。

2019年5月

跋五

情怀百集　心香一瓣

——《兰馨集》小评

王登渤

有幸得以提前拜读这部汇集兰大中华人民共和国成立以来各级师长、同学、校友诗文的皇皇大著，心中涌起诸多感怀，为《兰馨集》的编纂付出巨大心血的几位学长嘱我写几句评价的话，我自知以我的才学是不堪此任的，但又盛情难却，加之确实感佩于这部诗作的洋洋大观和无限情怀，也就不揣浅陋地应承了下来，凑几句不成样子的话，权当续貂之作吧！

评价这样一部诗文集，我想到了几个关键词，或许可以对其内容、特点和成就做一个简单的概括和归纳。

第一个关键词是“传承”。

今人写古体诗词，其实是一件并不容易的事。言其不易，在于这种文体正逐渐地退出了我们的生活，不再是文学创作的主流文体。另一方面，今人所受的教育而导致的知识构成，古体诗文已经远不如古人那样丰实。这都为古体诗文的写作，增

王登渤，1986年至1990年就读于兰州大学中文系。国家一级编剧。现为甘肃省文联主席。

加着许多无形有形的障碍。但是，作为中华传统文化的重要组成部分，我们又似乎没有理由坐视其消亡，让它在我们这一代人的手中归于虚无。古人云，为往圣继绝学，我们或许还不至于承担此大任，但不能没有一份传承的责任。面对这本皇皇大著，我有一个强烈的感觉，那就是在兰大人的胸臆间，自觉地领受了这份担当。文集的作者，不惟文学专业，涵盖兰大的各个学科，这说明，兰大学子面对古体诗文这一传统文化的重要载体，有一种集体化的传承意识。如果将这种意识做一个简单的剖析的话，可能其中包含的就是一种守正创新的学风与校风。我曾经多次讲过，兰大的学子在学风和校风的建构过程中，总有一种不趋时、不跟风，甘于寂寞、苦守传统的风气。创新固然可贵，但创新的前提是守住传统，是对传统的继承，没有这个前提，创新是无从谈起，没有根基的。兰大人对古体诗文的这份钟爱与执着，对古体诗文写作的这份坚守与迷恋，就是兰大校风学风的一种体现，就是一种对传统和正道的传承。这种精神气质，值得我们褒扬。有的时候，古板、守旧或许会比时髦和跟风珍贵得多。

第二个关键词是“情怀”。

通览文集中的诗文，会让人强烈地感受到一腔来自兰大人的情怀。这份情怀，首先体现在对国家命运的关注和对祖国的礼赞。这一类的诗文几乎占了文集中的绝大部分内容。祖国的每一件大事喜事、国家的每一项成就，无不牵动着兰大学子的心灵，于是，笔下自然流淌出礼赞的诗句，自豪的情感，深沉的眷恋。其次，这份情怀还体现在对母校兰州大学的无限情愫上。对兰大岁月的追忆和怀想，对师长的怀恋，对兰大养育之恩的感念，无时不在每一个作者的心中激荡涌动，于是，笔下流淌着深沉的情愫，浓浓的思绪。往事并不久远，他将永远地铭刻在兰大学子的心间。这一部分的诗文作品，言真意切，情感充沛，为我们勾画出一幅幅生动的求学图景，让岁月中的一段时光成为永恒，成为凝固的瞬间。第三，这份情怀，还体现在同学之情、师友之情的描述与畅想之中。每一次同学的重逢，每一次欢聚，都能勾起无限的情思和憧憬。人生难得的际遇与交集，成为作者反复吟咏的母题，在这其中，包含着同学情、师友情的珍贵和难忘。以上三个方面，构成这部诗文集的主体内容，让人们感受到兰大学子浓郁的家国情怀，感恩母校、追恋同窗的浓郁情怀，读起来倍受感动。

第三个关键词是“气质”。

我总说，兰大人有一种独有的气质。往大里说，是因为兰大孤悬西陲，独自坚守而养成的一种高贵的孤独之感。往小里说，则是在这些诗文中所体现的达观、积极、向上、昂扬的一份气质。在这本诗文集中，虽然不乏一些对身世、际遇、人生的感慨和思索，但我们从中感受不到些许的消沉、委顿、迷茫，而是一种充沛、昂奋的郁勃之气。我们可以说，这就是兰大人身上固有的一种气质，一种敢于面对任何挫折、坎坷、艰难的勇气。曾经有人用红柳和骆驼来比拟兰大精神，那么这种精神也真切地体现在了文集的许多诗文作品中。人是需要一点精神的，而这种精神也确实在成就着兰大的过去、今天和未来，体现在兰大学子的气质和风范之中。

皇皇大著，内容丰富，我深知以上的归纳并不能言其全貌，只能凭感觉简略地做一个表达了。兰大110周年校庆即将到来，用这样一部作品呈示于母校，宛若一瓣心香，凝聚着众多兰大学子的情愫，无疑，将会是一份厚礼。如果达此目的，则编纂者的心血将是有价值的，他们的付出，也是一件功德无量的大事体了。

匆匆之际，浅陋之处，还望师长、校友们包涵。

2019年5月

跋六

我听见我们的灵魂在歌唱

肖同庆

我们的诗歌
像里程碑
必须标示道路
——约翰·伯格

愿它金色的时光预示着
你将度过的年月
——菲利普·拉金

我是在一个美丽的春天读到这些诗句的，他们来自五湖四海的诗人笔下，来自同一所学校——兰州大学。今年，它将迎来建校110周年。这些诗人愿意用母校赠予他们的灵感、诗意和文字回报那片土地，这实在是一个极富文学性的征集令，诗情由此激发，奔涌而出，像永不止歇的黄河水。毕竟，那座生长在黄河两岸的城市和在涛声中呼吸的大学曾经永久性地改变了

肖同庆，1986年至1990年就读于兰州大学中文系，文学博士。现供职于中央某媒体，高级编辑。

他们的一生。

“每一步都能踩到黄土
兰州牛肉面千抻百拉
断然甩进沸腾的黄河波涛
灵与肉的抵达……”

——冯诚《看见兰州》

此刻，无数的文字、诗句集合起来，“所有的碎片，温柔地盘旋”，如此充盈丰富，仿佛多年前年轻的操场上听到一声号令，他们整齐地站在一起，站在一所学校面前，像一个家族和世代，相同的基因根系彼此串接在一起，仿佛永葆青春和强壮，于是，“生命在天空的篇章，被徐徐打开——”

他们从各自的时刻走进和走出过这片土地，每个人都深受一所伟大学校的恩赐，讲台上的每一位先生，图书馆里的每一本书，校园里的每一棵树，初出茅庐的胆怯青涩，初尝爱情的新奇仓皇，都已成为生命的血肉。如今，他们遍布在各自的森林，每个人随着世界的节奏而起伏，生长，而澎湃在梦里的滔滔黄河，成为“照亮我们一生的水”（王志荣《水》）。

“我的生命，也在她高过河岸的浪潮上徘徊过
哪怕仅仅一秒钟的凝视与幻想
都会是划过你一生的风浪
我的泥沙是她的泥沙
我的清澈是她的清澈
她的每一滴泪水都是我的泪水”

——武砺旺《黄河，她从天上流来》

我熟悉这些基因的密码，熟悉他们独特的亲缘性：黄河两岸、白塔山下、红油翻滚、青葱岁月，这些来自岁月深处的恋曲正演奏着色彩斑斓的诗句，跳动着我熟悉的“灵魂的舞步”，“我们涩涩的青葱灿烂”在记忆里重现，源自肺腑的咏叹冲出胸

腔："我仍旧是你的西北青年"（苏金文《母校，离开你已是好些年》）。他们不全是诗人，有些人可能终其一生就写过这一首诗，从诗艺而言，或可因为感情过于外露而稍显幼稚，但都本真、深情，像恋人絮语，袒露着最原始的表达。它们有的轻松诙谐，有的痛快淋漓，有的清新隽永，有的哀婉悠长，激情如此充沛跳荡，想象如此丰富奇诡，散发着持续共鸣的精神力量。一首首读来，仿佛再一次温习了三十年前我的青春、我的爱情，"记忆之马，依然在旷野上潇洒地奔驰"。（柏常青《河西走廊以西》）

诗人黑塞说过："诗歌就其形成而言，乃是一种宣泄、一种呼唤、一种吼叫、一种呻吟、一种姿态、体验中的灵魂的一种反应，灵魂尝试以此反应来摆脱某种激愤，某种经历……"诗很多时候是梦中的呓语，是漫长人生的饮泣，更是一种生命的回答。诗人辛波斯卡将诗称为"精神的跳板"，能给予我们持续的快乐和安慰；作为"救命的栏杆"，供应着我们"赖以存活所需要的温度"，涵盖着我们内在的心灵空间。诗人们有一颗永远惊讶的童心，"用朝霞般的目光凝视着一切已有和将有的事物"。他们讲述从生活中得知的一切，无论是狂喜还是悲情，都在揭示深藏的秘密、困境和希望。

这本诗集很像是一部集体性的精神传记，他们的乡愁和那所校园有关，他们的忧伤和那段岁月有关，他们的依恋和那块土地给予的一切有关。而一旦形诸笔端，化成文字，它们就成为获得片刻自由的幽谧小径，直通诗人一生的出发和抵达。在每一个炎炎夏日举手告别，在每一个金秋时节敞开怀抱，大学四年，白衣飘飘的季节开启了每个人的命运时刻。就像叶芝在《随时间而来的真理》里写的：

> 虽然枝条很多，根却只有一条；
> 穿过我青春的所有说谎的日子

我在阳光下抖掉我的枝叶和花朵；

现在我可以枯萎而进入真理。

好的大学从来不乏记忆深刻的文学事件，就像青春总会创造属于自己的时代一样。我们的阅读定义了我们人生，只要还会写诗，人生就决不会荒谬，正如辛波斯卡所言："我偏爱写诗的荒谬，胜过不写诗的荒谬。"在这个已经疏远诗意的世界上，在我们生活的数字时代，诗人的称号已不再显赫，他们仿佛是"永恒的无家可归者"，都有着一切过去的时刻、期待和孤寂的时刻，都有着疑虑的时刻、备受煎熬的时刻。但我知道，许多个日子里，他们一再听到那来自青春校园的声音，那飘扬着永恒旗帜的声音。过去的时代通向未来，它会出现在庸常生活的缝隙，是从缝隙边缘透进的光亮。生命中的爱吸引着他们、感召着他们，"我的手是一直伸向你的"（王芸兰《思念》），在西去的列车上，在苍凉的高原上，在每一个夜晚、白昼、书本和梦想里，诗早已经诞生，它们沉郁激越，触角广阔而深远；它们诗风清澈明朗，坦诚而直率，安静地守候着自我，都呈现出生命的多样形貌和质感。

读这些诗句的时候，我一直在字里行间想象他们各自的模样，想象他们年轻时的渴望和走过时光后的痕迹。"你是孤独的旗手/在黄昏的驿站伫立/那荒凉而高傲的山峰/如同你的墓志铭/往日的故事"（高长云《墓碑》），我能读解出他们对这个浩瀚世界的好奇和对丰饶人生的惊异，感悟到那些生存处境的隐喻和本色天然的心灵图景。"你是天上的书页，云朵中的文字"（武砺旺《伏羲，伏羲》），他们的形貌、声音、姿态和永不忘记的怀恋，一次次让我惊叹于黄土之上的那分学养和深沉。这是一道道刻满诗句的年轮，关于一所大学和它的学子们。这是一块块会唱歌的石头，外表斑驳、坚硬而内心柔软。

这篇序言的题目我借用了诗人老虎的一句诗，第一次翻开诗集打印稿的时候，我没有发现老虎的诗，我还记得那个著名的校园诗人，记得他弹着吉他的忧郁样子，每一个校园都有这样的吉他王子。很多年前，我在云南见过他，人到中年，他的沉稳与睿智让我印象深刻。怎么会没有他的诗呢，我翻出手机里的电话簿，试着联系他，电话没变，老虎回复说：从1993年后，我就很少写诗了。一个确切的年份，一个清晰的对诗的告别，距今已过去二十六年。他发来了一首诗《我们灵魂的悲歌》，写于1993年。其中有这样的诗句："这不忍卒读的华贵诗章已然朽坏/其中 只有我们的灵魂低首在歌唱/只有高远的日光风和誓言/才是每一滴泪水的消逝 哭泣的归宿/只有连根的花以及花的朋友/才懂得分享这灵魂悠扬的歌"。读来令人怆然，我于是写了下面几句诗，作为对他的回复——

归来吧我们的诗人
去采集 倾听
去渴望一切街道
去踏遍每一寸山河
以恭顺的姿态
于苍穹之下 低头走过
听风车不停地转动
只要有风 不管从哪个方向吹
听水车在搅动死水
命定的逻辑自会创造历史
所有的和解
都会在罪与罚中完成
唱着悲歌的灵魂也会飞翔
我知道你神圣的孤僻和寂静的修行
你从来不是孤独地攀登
神祇在此

春天总会复活
去做沉静的塑造者
去奏响欢乐的节拍
让你的诗句
交响乐般诉说着内在的力量
在晚祷的颂词中体察无限
仿佛最纯粹的旋律
最温柔的感动
战栗的沉醉
让命运般的孤独
在尘世中升起
像一朵云
悄然无声而又从容不迫
那是竭尽深情的轻盈
仿佛一个旅人
去永恒地丈量丰裕的长途

不过我想，老虎从来无须唤醒，老虎总是要回归森林的，而诗就是人类最最广袤丰饶的森林啊！诗人老虎一定知道，诗或许是人类用来对抗有限人生和缺憾现实的一副镇静剂，美国桂冠诗人布罗茨基在国会图书馆做的一次演讲中说："诗歌不是一种娱乐方式，就某种意义而言甚至不是一种艺术形式，而是我们的人类物种和遗传学目的，是我们语言和进化的灯塔。"在演讲的最后，他用这样的话做了结尾，对于一本诗集，"它要做的事情就是时刻待在近旁。否则它就不会被踩到，更不可能被捡起"。

希望你的近旁有几本诗集，希望我们这本诗集有这个幸运。

2019年5月

跋七

酬君但以诗相磨

——编校手记

杨成新

己亥初春，余受兰大深圳校友会之托，有幸参与《兰馨集·兰大校友诗选（古典部分）》校对编审。统筹擘画，千里交流，渐渐广闻增识。忠人之事，才疏学浅，孜孜用力用功。遂于公务案头业余工隙，或于寒舍书屋睡前周末，紧锣密鼓历时三周，敬阅披览校友佳作。咀嚼勾画，读之欣然，既享先睹为快之乐，更觉才力绵薄之惭。你在南，他在北，我在西，因所识者寡，此为“盲审”。文载道、诗言志、词缘情，若互赏者众，可称“神交”。

本集所汇古典诗词文赋近千则，跨时数十载，涉及百余人，思接万里，激荡九州。此中上乘佳作近百，约占十分之一；佳作逾两百，约占五分之一。大体符合古典诗格律、文采优美、意境深远之律绝260余则，其中佳作80余则；古风400余则，其中佳作110余则；词250则，其中佳作70余则；赋曲等其他作品

杨成新，安徽滁州人，现居兰州。1988年至1992年就读兰州大学经济系统计学专业。曾从业于财政厅，现供职于省政府。

13则，其中佳作若干。母校人文底蕴之厚、教化基因之优，于师兄师姐之厚积薄发中可得佐证，于师弟师妹之玉韫珠藏里可见一斑。

文科才子逸兴遄飞，其跌宕雄豪高古典雅之气，疑为天人者有之；理工高手逸致闲情，其精益求精好上加好之功，尊为师长者有之。或感怀家国时代变迁、人生际遇，或回味母校草色书香、同学情深，或深悼恩师校长，或挂念老友新朋。字字珠玑，皆为情满而溢；篇篇锦绣，自是笔墨生香。严遵格律、着“镣铐”而舞者，首推殷雄、荣华、亚军、志凡、飞骧诸兄；沐浴古风、向雯霞而行者，当属春安、全宏、存清、宏发、厚璋诸君。成田、志凡、岩华、效禹擅摹四时之景，似画入眼；姚强、东颖、雪华、多艺长抒视听之怀，如歌萦耳。斌之、白瑜咏书则词奇崛而气淋漓，颇得法书三味；维浩、彦伶赏画则情景融而神韵远，又添美感一层。咏春花秋月夏风冬雪，芸兰、绍红悠悠闲庭散步；赞北原南岭西湖东海，阳华、秋声奕奕豪情放飞。呼朋则携诗载酒，李卫、向兵郁郁乎太白豪气；会友则煎雪烹茶，海峰、清华超超然东坡遗风。米健登高录满目烟霞，文轩望远寄一派天真，曙光壮游则云山意气，景世平居则松竹精神。林教授生花妙笔，非学问深厚者不足御之；吴院士醒人哲思，乃禅机初悟者方可道出……佳句连连，每每使余拍案叫绝，同座愕矣；尘俗几无，常常令我身世两忘，高枕酣然。

木心曾叹：“中华，古者诗之大国，诰谟、诏策、奏章、简札、契约、判款、酒令、谜语、医诀、药方，莫不孜孜辞藻韵节。婺妇善哭，狱卒能吟，旗亭粉壁，青楼红笺，皆挥抉风云，咳唾珠玉！然盛世难再，神州大地已不知诗为何物矣！”

诗词歌赋，诚乃古之盛事、国学精华，世易时移，难免蹉跎岁月、偶有凋零。今遍阅兰馨集稿，忽觉芬芳四溢，念兹在兹，美奂美轮——诗者，志之所至也，修其辞，立其诚，善为可法，恶为可戒。词者，径狭境隐，文小质轻，长短之别，因境因事，曲调之易，由人由心。诗词歌赋，皆因由万物，起于凡音，显晦诸趣，情动于中而形于言也。吾辈兰大同门何幸！往昔翩翩少年，直抒胸臆，负笈远游，长铗在手；而今卓卓君子，漫卷诗书，博学约取，荷重前行。处忙忙碌碌之时，于日新月异之际，仍怀雅兴，颇具此能。集句成篇，赏心悦目，谐声和律，押韵提神。即兴万里云罗、千山莺啼、百尺琼楼、一春梦雨；壮咏塞外黄花、边关残月、苍山夜雪、大漠秋风。真如随处，无久磨难见明镜；般若所在，非一悟不能通神。旁搜远绍，筚路蓝缕而莫废冬夏；志趣笔墨，切磋琢磨而忘却营营。述才思妙语，显卓尔不群，得以遣怀明志，继往传承，可酬木心，可对先人。

苦海茫茫，利锁名缰，明月清风何用之有？斯文悠悠，雅兴清趣，诗词歌赋聊以洗心。应物于兹，借山河而壮文胆。把酒纵横，望天地而勃诗情。咏眼前之气象，录心上之波澜，去流俗之矫饰，抱赤子之精诚。感其遇而述其思，施乎艺而发乎情，放歌因不能自已，咏叹则始于浅吟。登高长舒一腔浩然气，凭栏静浴千里快哉风。偶有通神会心之词，飘飘然如临真宰；每得意兴流连之句，欣欣然如饮佳茗。游戏文字，乐在其中，大用若是，何憾清贫！

梦撷萃英，此身堪比何物？神驰寰宇，大地仅如微尘。望断天涯，沉浮半生苦于数奇不偶；优游山川，俯仰之间亦曾略展素蕴。回声荡谷，散故我于陇上，诗文会友，齐贤人于鹏城。慕修禊兰亭，叹高山流水，相聚兰馨雅园，携手历届同门，五湖四海，少长咸臻。情怀未因俗务改，趣味尚留些许真。观其取舍，知其心性，听其议论，膺其才情。人生期颐皆恋旧，同归兰大学子忱。借此结交心缘，感喟肺腑，契阔谈燕，其乐融融。

歌以酬君，记之为铭！

2019年5月7日

甘晖行草书五言联句斗方

后记

找回我们的心灵密码

翟亚军

子曰："《诗》三百，一言以蔽之，曰'思无邪'。"

——《论语·为政第二》

己亥可志，北望旌招。吾兰盛事，九月相邀。
黄河滔滔，白塔潇潇。流年洒洒，往事飘飘。
渠荷的历，园莽抽条。人间随画，风物堪描。
集诗成颂，赋雅还啸。感斯诸友，气正才高。
百十逆旅，其路迢迢。弦歌载载，不负今朝。

—— 李春安《短歌行·读兰馨集有感》

（一）

一百一十年前的公元1909年是兰州大学元年。彼时，尚为宣统元年。对兰州大学来说，这一年可谓意义重大，大清朝廷

翟亚军，兰州大学1982级物理系校友。

批准在我国版图的地理中心设立甘肃法政学堂。这就是兰州大学的前身。

“夫兰州大学者，启三千里陇原之苍莽，发百十年教化之文气，根由法政先基，承继萃英伟业，常披朔北飞沙，惯饮昆仑冰雪，久战苦寒，得养坚忍之气度，长居瘠地，成就质朴之德风，瞰皋兰兮而张扬高标志气，枕厚土兮以实践道德文章。”（钟志凡《兰州大学赋》）

天地轮转，时代更迭。一百一十年，在宇宙不过一瞬，地球循着固有的法则，绕着太阳不停运转。但生息于地球上的人类社会，却天翻地覆。一百一十年来，在中国大西北丝绸古路的黄河岸边，兰州大学的脚步紧随着黄河无尽的涛声，响彻在这片苍凉雄浑的土地上，谱写出一篇篇壮丽的华章。

（二）

1977年国家恢复高考，改变了很多人的命运，也标志着一个伟大时代的开启。那年我刚上中学，由懵懂稚童步入青葱少年，不能自抑地惊叹于“任何物体在没有外力作用情况下，总保持原来的匀速直线运动或静止状态不变”的美妙表述。1982年我参加高考，有幸被录取到受众人仰望的国家重点大学——兰州大学。与千万同龄人一样，成为那个时代的幸运儿，被称为天之骄子！

从进入兰州大学的那一刻起，我们的命运就被母校这伟大的学府潜移默化地改变着。她在我们的生命里植入了其特有的文化基因，孕育了我们作为兰大人独有的气质。

本诗集作者大半是1977年至1989年恢复高考后的十二年里入校的校友。在母校，我们的老师辛勤劳作，排疑解惑，金针度人，同学们肩负厚望，刻苦学习，求知若渴。兰大人的风格与大西北这片土地莫名地契合。记得刚入校时，葛墨林先生就要求我们“尽快进入状态”，朴素的语言，让我一生受用。同学们来自甘肃、陕西、山西、山东、河南、青海、新疆、宁夏等地的较多，其中又以来自农村的孩子为最。斯时，一般家庭的生活都比较拮据，我们基本靠国家发给的每人每月20元左右的助学金为生活费，学费则是全免的。感谢祖国人民，如果没有这部分费用的资助，我是读不起大学的。其他很多同学情况也类似。我们都极为珍惜这来之不易的读书机会！

四年兰大，丝绸古路悠久的历史文化，汉武骠骑征伐的故事，千年胡杨屹立不倒的精神，九曲黄河汹涌澎湃的气势，黄土高原的广袤浩瀚，响应国家号召支援大西北建设的美好情怀，这一切和着积石堂日夜铿锵的钟声，如春风化雨一般，有声无声地滋养着我们，给我们的灵魂打下了“自强不息、独树一帜”的烙印。

（三）

伟大时代造就这个时代的英雄人物群体，而英雄人物群体反过来推动着属于他们的伟大时代。

大半个世纪以来，尤其是四十年的改革开放以来，祖国发生了翻天覆地的变化。可以说，本书的参与者们正赶上了这趟高速飞驰的时代列车。灵魂里带着兰州大学注入的学养基因，无数的学子们离开学校去往五湖四海，用宽阔的胸怀拥抱世界，在不同的舞台上展示着人生的各种精彩。在祖国建设乃至人类进步史上，不管是担纲梁柱还是当作砖瓦，均能秉承兰大人“勤奋、求实、进取”的精神，践行修齐治平的人生追求。

兰州大学作为全国最优秀重点综合性大学之一，可谓文理交融、学研并举、人才济济。本诗集中以吴云东、米健、冯诚、王彦伶、汪东颖、李春安等为代表的大批作者，正是恢复高考、改革开放、人才海归、经济和科技快速发展等一系列社会发展过程的亲身经历者、积极参与者与历史见证者。他们的作品显示出了积极进取、热爱祖国、热爱工作、关爱健康、感恩母校和师长、热爱家庭和家人的优秀品格。诗集充满了崇高的精神境界和深厚的家国情怀。

（四）

起念编集校友诗歌纯属本人凭着对母校的情感而自发的个人行为，没有受任何行政机关、社会团体和企事业单位委托。

父母去世后，每逢佳节或者去故地出差，我总有一种家已不在的伤感，深感没能给父母回报的歉疚。在这种心理影响下，总想见一下老同学。我越来越强烈地感觉到，母校就是家，同学就是亲人。我发起编集兰馨集，不是别人给的工作任务，是自己想在母校百十华诞之际，为回报母校尽自己一份心意和绵薄之力。

长期以来，有一批兰大校友活跃在粤港澳大湾区这块热土上。兰大深圳校友会早在1988年3月就成立了，2017年换届后，有热心校友在深圳市南山区科技园设立了一个专门场所作为校友基地，更是方便了校友之间、校友与母校之间沟通，使校友们更有了一个“大家”的感觉，深受校友喜爱。深圳校友会先后建立了数十个分会，包括2018年初成立的诗词书画篆刻摄影分会（简称书画社）。书画社成立后，校友们时常交流分享诗歌创作经验和作品，互相唱和，丰富了大家的文化生活。

感念校友们的诗作有留存下来的必要，加之自己的爱好，我便动了收集出版校友诗歌的念头。也遗憾于几十年来校友相互交往很多，精彩的人生经历感悟很多、饮酒品茶的时光很多，却都如流水般逝去，可惜没有留下文字记录。这更增强了我搜集、选编校友诗歌，出版诗集的决心。

于是，2018年10月启动了校友诗歌征集活动。起初只是考虑以粤港澳大湾区的兰大校友为主要征集对象，后来由于各地校友积极参与，响应热烈，我们把征集对象扩大到全国乃至海外的校友。

（五）

关于兰馨集的工作，起初虽然不是在任何行政组织下进行的，但是我们的工作很快得到母校领导和各地校友们的积极支持和参与。

最初，我一提出关于收集和编印校友诗歌的想法就得到校领导、同学和校友们的认可、鼓励和支持。81级物理系韩培刚师兄、82级物理系雷鸿昌、李卫、邓晓颖、韩玉、刘彦峰、孟庆华、苏刚、王彦伶、张继革、张新兰等同学得知此想法，认为很有意义，鼓励我积极做好这件事。

工作启动初期，母校领导袁占亭书记、严纯华校长、范宝军副校长，校友中兰大诗社原社长77级中文系高永中学长、77级化学系陆浩学长、77级历史系米健学长、77级化学系吴云东学长、78级地理系石岗学长、78级哲学系杨利民学长、81级医学院金兴宜师兄、81级现物系吴维学师兄、84级物理系汪东颖师弟、85级数力系李葛卫师弟、86级物理系李春安师弟、86级物理系张曙光师弟、88级哲学张劲松师弟、90级地质系王建军师弟等尊敬的校领导、优秀学长和杰出校友，听取我们的汇报，给予积极鼓励、指导和支持。袁占亭书记欣然接受我们邀请，担纲总顾问并作序，提出具体的编辑出版要求。陆浩主任为《兰馨集》亲笔题名。杨利民部长泼墨书写兰大校训“自强不息、独树一帜”。高永中部长提出若干条确保录用作品水平和诗集质量的具体要求。尤其吴云东院士，最早应允担任特邀顾问，为《兰馨集》摇旗呐喊，并不辞辛苦以小楷长卷形式惠赐珍贵的墨宝《兰馨集序》。

这期间兰大校友总会和各地校友会积极宣传转发有关信息，我们的工作很快得到海内外广大爱好诗歌及专业从事诗词文学创作的校友们的热情回应，稿件纷至沓来！

（六）

兰馨集征稿活动得到诗友踊跃响应。编辑和审稿工作反复经过六道程序。

工作伊始，我在相关校友群里公开了想法，寻找有兴趣的校友协助工作。85级中文系王芸兰、86级哲学系老白（刘白瑜）欣然赞襄。有这两位文科出身的佳人才子相助，我心里踏实了很多。

我们把征稿信息在深圳校友群里发出的次日恰逢周末，管院88级研究生钟忆民校友就把精心排版打印出来的诗稿连同个人简历交给了我。钟忆民校友是一位老党员，现在一家证券机构负责党务工作。他作为第一个投稿人，能这么快投稿，可见其对母校的情怀。

随后的工作，我们一边扩大宣传征稿范围，一边收集稿件。很多校友将作品发到校友群里或以发邮件的方式投稿。随着投稿量的快速增加，编辑工作量越来越大。我往往是在夜里十一点至一点这段时间，打开邮箱查看当天收到的邮件，并把它转发给其他几位编辑人员，同时打印出来以便随时审阅。由于工作量的增加，我们根据投稿作者及其作品情况，从作者中找到既有较扎实基础又富有热心的2002级电信专业的张效禹师弟参与编辑工作。在初选稿本出来后，我们又从投稿作者中挑选出几位外地校友加入编辑小组。经深圳校友会领导、热心校友和编辑同仁们反复斟酌，将诗集定名为《兰馨集》，并推举本人担任主编。

《兰馨集》的编审定稿工作，前后经过了以下六道程序：首先，收到每一位作者稿件后，由我与王芸兰、老白三人分头对作品审阅，再汇总。这样，从先后收到的3000余首作品中初步选出共约1500首，形成初选稿本。其次，对初选稿本进一步编审，先后有傅景世（80级物理系）、郝厚璋（85级中文系）、杨成新（88级经济系）、钟志凡（94级化学系）、马岩华（99级物理系）、张效禹等分头审评古典部分，柏常青（83级中文）、刘建东（85级中文）、肖同庆（86级中文）等分头审评现代部分。编辑小组根据这一轮的审评意见，由翟亚军、王芸兰、张效禹对初选稿本进行了调整，称为“剔苗”，形成复选稿本。第三，由王芸兰、柏常青、刘建东、钟志凡、张效禹对复选稿本进行了校对、编辑，形成三审稿本。第四，三审稿本出来后，请了米健、傅景世、王登渤（96级中文系）分头对古典部分进一步复审，刘建东、肖同庆、唐文明对现代部分进一步复审，形成拟定稿本。第五，请高永中和米健二位师兄对拟定稿本最后审定，形成初步的定稿版本。第六，在书稿提交出版社前，将初步定稿版本印发给校友中部分顾问和校友如吴云东夫妇、王彦伶、汪东颖、李春安、车全宏、李振国、钟宝申、王功勇、李信民、张曙光、吕海峰、王少峰、王登渤、库万军、徐家斌、张劲松、车春玲、王斌之、钟忆民、武志翔、戴士文等，请他们提出宝贵意见。综合顾问和校友们提供的意见，形成最终稿。

整个征集编审过程由翟亚军统一协调、组织、安排，王芸兰、老白、杨成新、钟志凡、张效禹、马岩华等密切配合，尤其校友王芸兰在具体工作过程中付出了大量的时间和精力。参与编辑、编审、审定、出版工作的全体同仁积极热情认真工作，海内外广大校友尤其粤港澳大湾区校友给予了积极关注、热情鼓励和支持。尤其是，在此期间，得到了兰大校友总会、深圳校友会（名誉会长吴云东、石岗、车全宏，会长王功勇，常务副会长徐清华、马亚平）各位领导和广大校友的鼓励并积极支持，以及兄弟校友会包括珠澳校友会（会长米健、汪东颖等）、辽宁校友会（会长李春安）、广州校友会（会长张曙光）、北京校友会（会长江一曼、李葛卫）、上海校友会（会长王建军）、陕西校友会（会长李文学）、山东校友会（会长车春红）等各地校友会领导和校友的支持。

在此，对所有关心、参与和支持我们工作的兰州大学校领导、校友总会及各地校友会、各院系师生及亲朋好友，一并表达诚挚的谢意。

由于诗集篇幅限制，最终仅保留了170余位作者的1 000余首作品。难免有遗珠之憾！

（七）

一个伟大的学府可以没有大楼，但不能没有大师，也不能没有属于它的优秀诗人和优秀诗集。

《兰馨集》有幸成为兰州大学这一伟大学府的诗人诗作的一次汇集，不仅印证了“千流归大海”这一真理，也印证了兰州大学作为百年学府的深厚底蕴，所谓“泰山不让土壤，故能成其大”，诚哉斯言！

按进校时间记，本诗集的作者跨越了1950年代到2010年代七个十年，恰好超过一个甲子周期，涵盖了兰州大学有史以降一半以上的时间尺度。诗集中大部分作者见证了改革开放以来的祖国发展变化的各个重要历史阶段。《兰馨集》的诗歌作品从多个侧面反映出兰州大学综合素质教育的成功。在诗集中我们不仅能看到文科生深厚的学术功底，也可以感受到理科生全面的人文素养。在编审本诗集期间已然看到，高远处深受屡屡称贺者，不独永中、世英、冯诚、米健、云东、雪华诸学长师兄；雄强之赢得声声誉彰者，岂止登渤、同庆、老白、志凡、岩华、效禹众师弟师妹。如杨成新在编校手记所言：“林教授生花妙笔，非学问深厚者不足御之；吴院士醒人哲思，乃禅机初悟者情感艺术、气度神韵，正是中华民族共同的文明底色，体现了中华千年的人文精神，无不归于有容乃大的中华大道。认同了这个底色、精神和大道，不论走多远，相距多远，终会相聚，终能回归。

今天，有幸走在中华民族复兴、文化复兴、诗词复兴的光明大道上，吾辈兰大校友咸怀雅致，激荡情怀，仰之赞之且欲探之攀之，不亦快哉！时逢母校百十华诞，能有机会用自己的浅吟低唱、劲歌豪情向母校献礼、向祖国致敬、为生生不息的中华文化尽绵薄之力，可以说这正是我们汇编《兰馨集》的根本动力，也是我辈兰大人传承中华文化、弘扬中国精神、回应这一伟大时代最深沉的诉求。

（十一）

我们相信，“能够培养出诗意的教育才更是成功的教育，能够造就出德才兼备、才华横溢的诗人的学校更是伟大的学校”（袁占亭、严纯华《刻满诗句的年轮》）。

祝愿兰庭以温馨、温暖、温情，更“聚兰大人之灵气、画兰大人之风采、写兰大人之精神、传兰大人之美名。”（吴云东《兰馨集序》）！如是，则《兰馨集》善莫大焉，为《兰馨集》编辑出版工作付出了辛勤汗水的所有朋友们功莫大焉！

作为主编者，我谨以在编纂本诗集期间所作的一首拙作《兰庭对酒歌——写在兰州大学百十华诞》，作为这篇后记的结语：

君不见，
中华泱泱万里疆，黄河滚滚破苍茫。
君不见，
丝绸古路盘龙脉，融汇东西盛汉唐。
彩霞点染兰园秀，桃李蓬勃沐日光。

泰斗云集梁栋众，百花竞艳满庭芳。
一盏春天任放收，杏花且与暮云留。[1]
檐前雨润风儿细，才子佳人玉韵稠。
春风送绿春江暖，知己相邀绽华年。
花落花开节季换，共陪明月把樽欢。
夜光杯，三桃园，满堂红，尽开颜。
悲欢聚散寻常事，对饮长歌兴正酣。
利禄功名身外物，豪情醉意应无边。
酒酣樽乱文思甚，岭俊风和天地宽。
前路南国多盛景，学而当下探前瞻。
倚天放目三千里，纵笔由心二百笺。
旅梦羁程蝶伴舞，茶杯酒盏月流连。
流觞曲水风云会，诗意馨兰汇巨篇。
理化史哲才俊聚，医经语数蔚奇观。
相对论，规范场，凝聚态，续新章。
昆仑势高星斗亮，积石堂静墨馨香。
百年孤傲谁堪比，雪水涓涓岁月长。

2019年荷月于深圳兰庭书屋

[1]翟亚军《摊破浣溪沙·兰庭序兼和芸兰海峰老白云岗效禹诸友》“一盏春天任放收，杏花且与暮云留。推敲兰馨平仄句，共兰舟！　　细雨檐前不寂寞，佳人才子玉章稠。名命兰庭星与月，醉方休！”